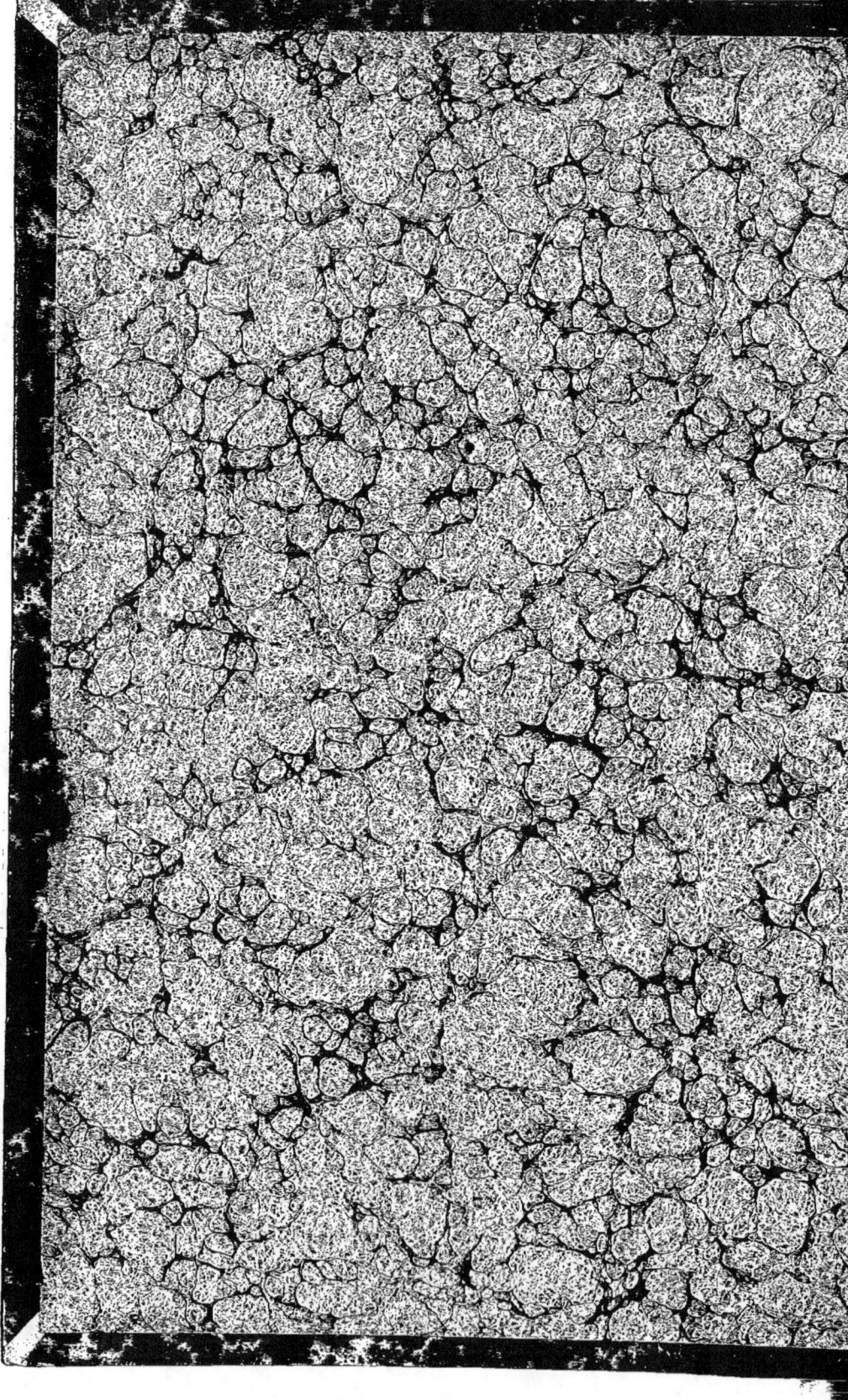

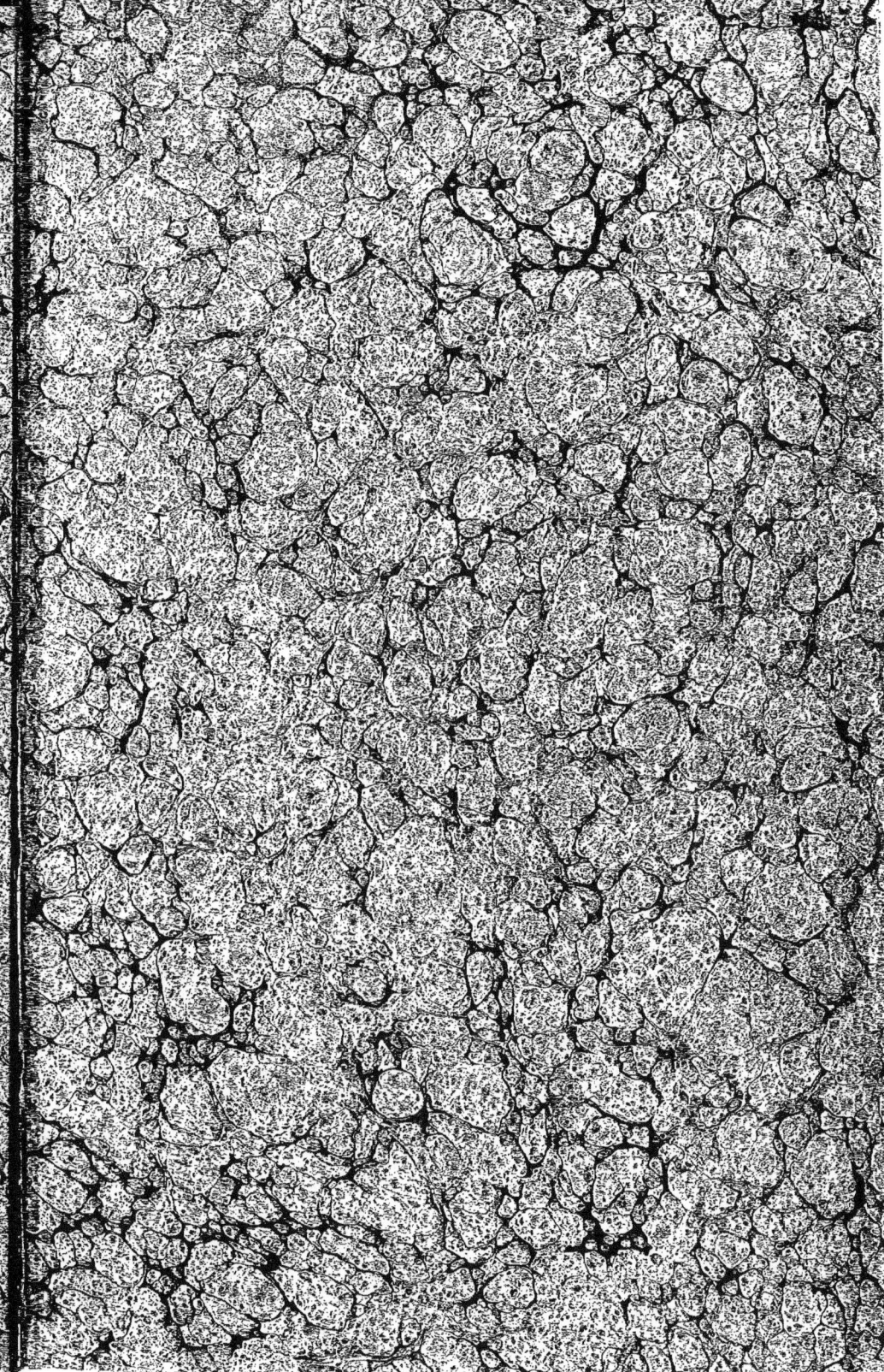

LETTRES
NOTES ET RAPPORTS

DE

J.-J. VALADE-GABEL

DIRECTEUR HONORAIRE DE L'INSTITUTION NATIONALE DES SOURDS-MUETS DE BORDEAUX
ANCIEN PROFESSEUR DE L'INSTITUTION NATIONALE DE PARIS
CHARGÉ DE L'INSPECTION ET DE LA SURVEILLANCE DE L'ENSEIGNEMENT
DANS LES INSTITUTIONS DÉPARTEMENTALES
MEMBRE DE LA COMMISSION DE SURVEILLANCE PRÈS L'ÉCOLE EXPÉRIMENTALE DE M. DUBOIS
ETC., ETC.

GRASSE
IMPRIMERIE E. IMBERT & C.
1894

LETTRES, NOTES & RAPPORTS

RELATIFS A L'ENSEIGNEMENT

DES

SOURDS-MUETS

LETTRES
NOTES ET RAPPORTS

DE

J.-J. VALADE-GABEL

DIRECTEUR HONORAIRE DE L'INSTITUTION NATIONALE DES SOURDS-MUETS DE BORDEAUX,

ANCIEN PROFESSEUR DE L'INSTITUTION NATIONALE DE PARIS,

CHARGÉ DE L'INSPECTION ET DE LA SURVEILLANCE DE L'ENSEIGNEMENT

DANS LES INSTITUTIONS DÉPARTEMENTALES,

MEMBRE DE LA COMMISSION DE SURVEILLANCE PRÈS L'ÉCOLE EXPÉRIMENTALE DE M. DUBOIS,

ETC., ETC.

GRASSE

IMPRIMERIE E. IMBERT & CIE

1894

INTRODUCTION

La vie et les travaux de J. J. Valade-Gabel se trouvent retracés dans les *Actes de l'Académie de Bordeaux* et dans le *Conseiller messager des sourds-muets**. L'auteur de la biographie la plus ancienne, M. Valat, a longtemps habité Bordeaux où il a suivi le développement de la méthode intuitive. Une coopération active aux travaux de la société scientifique à laquelle ils appartenaient l'un et l'autre, un égal intérêt pour les questions de pédagogie l'avaient, en 1839, rapproché de Valade-Gabel ; dès qu'il eut apprécié le mérite de son nouveau collègue, il ne cessa d'entretenir avec lui d'affectueuses relations. Les détails sur l'origine, l'éducation première, le début dans l'enseignement et la carrière officielle de l'éminent instituteur ont été fournis à M. Valat par ma famille. L'auteur de la seconde notice, M. l'abbé Rieffel, professeur à l'institution départementale de Strasbourg, puis directeur de l'institution nationale de Chambéry, eut des relations suivies avec Valade-Gabel devenu inspecteur des écoles de sourds-muets. Son travail confirme et complète le premier.

Les détails biographiques sont presque tous fidèles ; je n'y ai relevé que de légères inexactitudes :

---

* Actes de l'Académie des sciences, belles-lettres et arts de Bordeaux. Année 1881 — 1er trimestre — *Le Conseiller messager des sourds-muets*. Janvier 1884. Namur, imprimerie Vve Doux fils.

— En 1825 le Comte Alexis de Noailles ne connaissait pas la famille Valade. Ce fut à la demande de Brard, l'auteur de *Maître Pierre**, que le digne gentilhomme facilita l'entrée du jeune Gabel à l'Ecole royale des sourds-muets dont il était l'un des administrateurs.

— Les leçons élémentaires à la rédaction desquelles, dans les dernières années de sa vie, mon père consacrait tous les jours quelques instants, n'étaient pas, dans son esprit, destinées spécialement aux sourds-muets ; c'est en vue des écoles primaires que ce travail avait été entrepris.

— Sous la direction de M. Ordinaire, les professeurs de l'Ecole de Paris consenti ent, par suite de l'insuffisance de l'aumônier, à se charger de l'instruction religieuse des élèves ; comme ses collègues, mon père rédigea, pour sa classe, des leçons de religion. A Bordeaux encore, des circonstances exceptionnelles lui firent regarder l'emploi de ces leçons comme nécessaire ; mais il y renonça quand il eut obtenu l'abandon des signes méthodiques et que l'aumônier eut revendiqué la tâche d'exposer lui-même la doctrine religieuse dans un catéchisme**. Longtemps après, le cours de Valade-Gabel fut mis à la disposition de plusieurs mères de famille et de divers instituteurs. Aussi le prêtre vertueux et distingué qui, en dehors des fonctions de directeur, remplit à Chambéry celles de professeur et d'aumônier, a-t-il pu affirmer avoir eu en main ce travail.

— Dans la *Méthode*, aux pages LX, LXI, LXII et LXIII, se trouvent conscencieusement relatées les circonstances qui amenèrent la rédaction de traités d'enseignement à l'usage

---

* L'aimable et modeste savant s'occupait d'instruction primaire ; il avait fondé une école pour les ouvriers de la verrerie du Lardin. Dans une visite à cette usine, mon père sut conquérir les sympathies de Brard. Celui-ci l'appuya de ses recommandations et lui valut à Paris des relations précieuses.

** Abrégé de la doctrine chrétienne à l'usage des sourds-muets de Bordeaux, par l'abbé Rousset — Librairie Laffargue — Bordeaux 1841.

des écoles primaires et le parti que prit la Société centrale d'éducation et d'assistance pour les sourds-muets de placer *au dessus du concours* deux mémoires sur dix-huit et de les adresser au Ministre de l'intérieur. L'initiative ne vint donc pas de l'administration supérieure qui n'ouvrit aucun concours et ne provoqua la rédaction d'aucun ouvrage : charger l'Institut de France de déterminer la valeur relative de méthodes d'enseignement, tel fut son rôle en 1855.

Ces rectifications faites, je vais grossir et compléter, en quelques points, les notes recueillies par les biographes.

De 1820 à 1823, M. Eugène Muzac était resté attaché au pensionnat des frères Valade à Sarlat, en qualité de maître adjoint ; il avait l'âge de mon père et une étroite amitié unit bientôt les deux jeunes gens. En 1825, M. Muzac, qui avait jeté ses vues sur l'enseignement secondaire, fit un voyage à Paris et son ami le chargea de prendre des renseignements sur l'Ecole royale des sourds-muets dont un compatriote, M. Puybonnieux père, lui avait fait l'éloge.

Voici comment le futur principal du collége de Pamiers résume ses impressions : « J'ai vu M. Puybonnieux qui « nous a fait obtenir une séance spéciale et nous avons « assisté aux différents exercices des sourds et muets.

« M. Paulmier, premier professeur, nous a reçus avec « une affabilité que rien n'égale. Après quelques prélimi- « naires il en est venu à cette partie intéressante qui a pour « but : 1° de développer dans l'esprit des élèves le germe « des idées ; 2° de faire naître les idées purement intel- « lectuelles et morales de la combinaison des idées per- « çues par les sens. Ainsi des mots *croire, attendre, désirer* « se forme dans leur esprit le mot *espérer*. Pour donner « l'idée de *Dieu*, on représente une chaîne dont une main » tient le premier chaînon. Dieu a fait des lois : la puis- « sance qui les exécute, c'est la *Nature*.

« Des idées perçues dans l'ordre naturel, il faut passer
« à l'expression conventionnelle de ces idées, et voilà
« comment on s'y prend. Par exemple, on veut avoir,
« en signes conventionnels, l'image du *chapeau*, on dessine
« un chapeau autour duquel on inscrit le nom de l'objet ;
« puis on efface l'image ; et les lettres tracées à l'entour
« conservent la forme de l'objet. On fait ensuite entendre
« à l'élève qu'au lieu de dessiner l'objet, on se bornera
« pour le représenter à l'emploi des signes conventionnels,
« etc. Il en est de même de tous les objets matériels.
« Aussi les sourds et muets ne font-ils pas une seule
« faute d'orthographe, parce qu'ils ne sont point trompés
« par les sons, et qu'ils écrivent absolument comme ils
« ont vu écrire.

« Pour exprimer les idées purement intellectuelles, on
« a recours aux signes. Par exemple, veut-on faire com-
« prendre ce que c'est que l'amour, on désigne une
« aspiration du cœur, aspiration qui peut n'être pas
« réciproque ; et ce qu'on a fait entendre par les signes
« se résume dans le mot *amour*. L'amitié est une aspiration
« du cœur ; mais elle doit être réciproque : voilà ce qui
« la distingue de l'amour.

« Ensuite vient l'intelligence des pronoms, la conju-
« gaison et les idées de temps et de nombre, puis de temps
« composés et de modes ; enfin la composition de la
« proposition simple et celle de la proposition composée.

« Le jeune élève qui était en scène a fait preuve de tant
« d'intelligence dans les exercices d'application qu'il nous
« a enchantés. De lui-même il nous a fait un tableau ana-
« lytique de l'homme et de ses facultés qui est admirable.

« M. Puybonnieux nous l'a donné par écrit ; je te le mon-
« trerai quand je serai de retour, ainsi qu'un petit ouvrage
« de M. Paulmier sur les développements de la méthode....

« Les élèves ainsi que les maîtres ont un alphabet

« manuel commode pour s'entretenir. En ma présence
« un sourd et muet a écrit sous la dictée manuelle d'un
« autre sourd et muet avec la plus grande rapidité.

« Nous avons visité les ateliers des tourneurs, des
« menuisiers, des tailleurs, des cordonniers, des dessina-
« teurs, et partout il y a eu lieu d'admirer. Voilà, mon
« ami, en abrégé ce que j'ai vu en passant. »

Cette lettre détermina la vocation du jeune professeur ;
elle renferme des détails dont l'histoire de l'art d'instruire
les sourds-muets peut tirer parti : c'est à ce double titre
qu'il en est fait mention.

Initié de bonne heure aux choses et aux devoirs de l'enseignement par un frère et une sœur* qui, dans leurs pensionnats, s'adressaient au cœur plus encore qu'à l'esprit
des enfants, mon père accepta facilement un principe qui
devint la règle de toute sa vie d'instituteur : aimer le jeune
sourd-muet et le lui témoigner avec suite et intelligence
pour mener à bien son instruction. Une note retrouvée
dans un ancien journal de classe (15 juin 1827) confirme
ce dire, et me semble mériter d'être reproduite ici textuellement : « M. de Gérando nous a honorés de sa présence ; il a vu les applications nombreuses et variées que
les élèves ont faites d'une quinzaine de verbes. Le mot
aimer m'a été demandé le premier ; lorsque j'ai eu engagé
mes élèves à le faire entrer dans la construction d'une
phrase, Allonor s'est empressé de me dire (en signes) — Je
sais bien l'application que j'en ferai moi ! — Et quelle
application en feras-tu ? — Il a écrit aussitôt : *J'aime
M. Valade*. Une larme s'est échappée de ma paupière ;
elle était délicieuse. »

D'aussi loin que me reportent mes souvenirs j'ai vu
mon père exercer, sur ses nombreux élèves, cet ascendant

---

* Jacques et Rosalie Valade.

extraordinaire qui a fait la gloire des Péreire, des de l'Epée, des St-Sernin et qui a été pour Valade-Gabel la première et la plus douce récompense. Je n'ai connu aucun des sourds-muets qui composaient la classe où se sont, tout d'abord, révélées ses aptitudes pédagogiques ; mais, depuis l'année 1850, j'ai pu constater le vif attachement qu'avaient conservé pour leur ancien maître Jules Imbert, Alfred Levassor, Athanase Chambellan et d'autres élèves non moins distingués de l'Ecole de Paris. En 1861, Imbert écrivait à son cher Gabel*........ « Si je me suis dévoué à l'œuvre qu'a entreprise le Dr Blanchet, je n'ai eu que l'ambition d'être utile à mes frères d'infortune, mais non d'abdiquer tout sentiment de reconnaissance envers ceux qui furent jadis mes professeurs et surtout envers vous, car tout le passé est encore présent à ma mémoire comme si les faits étaient arrivés d'hier. Je n'oublie pas que c'est à vous que je dois de pouvoir m'exprimer labialement ; je n'oublie pas vos bontés pour l'écolier auquel vous fournissiez tous les matins de quoi manger avec son pain sec. Je n'oublie pas non plus que, lors de l'incendie de l'imprimerie Everat en 1836, étant sans ouvrage, vous me donnâtes à trois reprises cinq francs chaque fois, c'est-à-dire quinze francs. Vous le voyez, cher Gabel, vous avez en moi un dévoué ami et ancien élève. Croyez-en ma parole de père de famille, je suis digne de toute votre indulgence et de toute votre estime. Votre impression n'a été qu'une erreur de votre imagination, votre cœur a dû y rester étranger ; voici ma conviction intime.

Si les circonstances avaient permis que je m'attache à vous lorsque faire se pouvait, j'aurais agi bien autrement que ne l'ont fait ceux qui devraient vous nommer leur bienfaiteur et vous défendre contre la calomnie !...... »

* Jules Imbert occupait alors un emploi dans les bureaux du Crédit mobilier.

En 1838, pour exciter l'intérêt d'élèves de seconde année d'études, j'étais conduit, de temps à autre, à l'Ecole de Paris et je jouais un rôle dans la leçon. Au mois de mars le professeur distribua aux jeunes sourds, en ma présence, un tout petit livre de lectures composé pour eux et imprimé à ses frais par leurs camarades de l'atelier lithographique ; on y trouve en germe l'ouvrage remarquable qui parut quinze ans plus tard.

A Bordeaux, où le même toit nous abritait, j'ai vu de 1839 à 1850 les sourds-muets de l'Institution royale répondre à des soins paternels par une confiance entière, un respect affectueux et une soumission absolue. L'attachement qu'ils portaient au directeur s'étendait à sa famille ; j'aime à me rappeler les récréations prises en commun dans les préaux, les promenades aux environs de la ville faites avec de joyeuses bandes de sourds-muets et les bonnes journées passées dans les dunes à l'époque des vacances. Un maître et plusieurs dames de Nevers conduisaient, sur les bords du bassin d'Arcachon, les sujets de constitution débile ; et mon père nourrissait l'espoir d'y établir une précieuse annexe de l'Ecole, dès que le permettraient les économies réalisées par une sage administration.

Rappelé à l'Institution nationale de Paris à la suite d'une disgrâce imméritée, pour remplir les fonctions de son ancien collègue M. Morel, mon père m'y conduisit vers la fin de 1850. Des calculs non moins odieux que les intrigues ourdies à Bordeaux sous des prétextes politiques, lui firent confier non plus la classe de perfectionnement, comme l'avaient d'abord voulu les bureaux du ministère, mais une classe élémentaire et le cours d'articulation artificielle et de lecture sur les lèvres. Entre-temps j'avais obtenu le titre d'aspirant professeur et débuté comme surnuméraire à l'Institution ; je fus autorisé à seconder mon père dans des fonctions qui comportaient un nombre d'heures de classe que son état de santé semblait lui interdire. Le sentiment du devoir, l'affection qu'il a toujours portée aux jeunes sourds-muets et le contentement que lui donna bientôt ce petit monde relevèrent en lui le moral et soutinrent les forces jusqu'à la fin de l'année scolaire*. On en verra la preuve dans les détails que je suis à même de fournir sur la classe où, grâce *au plus obligeant et au plus sûr des guides,* se fit mon éducation pédagogique.

Une vingtaine d'élèves composaient, au mois d'octobre 1850, le cours de troisième année ; ils n'aimaient guère le maître qu'ils venaient de perdre, homme instruit pourtant et professeur consciencieux s'il en fut ; la bonne volonté faisait défaut et la discipline était en souffrance. Novice comme je l'étais, ces dispositions fâcheuses ne laissaient pas de m'inquiéter dans un temps où les désordres les plus graves se produisaient rue Saint-Jacques.

Le programme des examens du premier semestre en 1851 marque le point de départ du remplaçant de M. Vaïsse et fait entrevoir les difficultés contre lesquelle il eut à lutter. Obligé de reprendre en sous œuvre l'instruction des élèves de troisième année, il les a, observe-t-il, appliqués à tous les exercices usités à Bordeaux en première et en seconde année, en insistant sur les leçons qui devaient combler les lacunes les plus nuisibles : « .... les élèves en effet n'avaient pas l'habitude de la réflexion, leur attention se portait sur le matériel des mots et les idées accessoires, au détriment de l'appréciation des faits et des rapports qui les unissent ; ils cherchaient dans le langage des signes le

---

* « Chers enfants, je vous dois le bonheur le plus pur qu'il m'ait été donné de goûter ; en travaillant à votre instruction j'admirais les œuvres de Dieu dans ce qu'elles ont de plus sublime et de plus caché, j'acquérais des connaissances qui ne se trouvent pas dans les livres des hommes. Forcé de prendre avant l'âge le repos indispensable à ceux que les veilles ont usés, je me sépare de vous avec un profond regret......
Dédicace de la première édition des Petites lectures illustrées — Paris, librairie Roret.

point d'appui de la langue française, terrain qui devait, à chaque instant, crouler sous leurs pas ; ils étaient riches de mots plus ou moins compris exprimant en général des faits matériels et il y avait en eux de nombreuses idées d'un ordre plus élevé, restées à l'état latent, et qui venaient souvent entraver les opérations de l'intelligence ; au lieu de penser avec les mots, ils pensaient constamment avec les signes et ne s'exprimaient en français que par voie de traduction. En ce qui concerne les pronoms ils ne savaient pas se rendre compte des transformations que ces mots subissent dans le discours et des circonstances dans lesquelles on doit s'exprimer, tantôt à son point de vue personnel, tantôt au point de vue d'autrui etc...... »

Quelques semaines suffirent à modifier complètement l'état de la classe. Les jeunes sourds-muets apprécièrent d'eux-mêmes la valeur du nouveau professeur, ils lui ouvrirent leur esprit et leur cœur et se prêtèrent à des exercices qui faisaient, en 1851, sur le personnel des maîtres et des élèves, l'effet d'étranges innovations. L'ardeur au travail devint telle qu'à la fin de l'année scolaire plusieurs de ces pauvres enfants apportaient, le lendemain des jonrs de congé, de petits devoirs qu'ils s'étaient imposés et où ils avaient spontanément écrit leurs pensées. Attaché plus tard et successivement aux différents cours de l'Institution, j'ai connu deux générations de maîtres distingués ; nulle part, en aucun temps, je n'ai été témoin d'une transformation aussi rapide, aussi complète. Le progrès de l'éducation fut secondé par des historiettes morales composées au jour le jour et données sous formes de leçons. Il est difficile d'imaginer quel intérêt suscitèrent et quel bien produisirent dans l'Institution des lectures si heureusement appropriées à la portée d'esprit comme à la nature morale du jeune sourd ; à mesure qu'une historiette était écrite et lue au tableau, nos élèves en faisaient des copies qu'ils distribuaient en cachette à leurs amis des autres classes ; à maintes reprises le hasard m'a rendu témoin de ces actes de bonne camaraderie.

Quand il se vit obligé par le programme à s'occuper d'instruction religieuse, mon père voulut tirer parti de la vénération héréditaire des sourds-muets pour l'abbé de l'Epée et augmenter en eux, par un louable artifice, le goût des choses de la religion. A cet effet il rechercha et découvrit d'excellents matériaux dans les œuvres manuscrites de l'apôtre des sourds-muets ; je fus chargé d'autographier ces premières leçons qui, grâce à l'origine indiquée, furent lues avec avidité et préparèrent, on ne peut mieux, nos jeunes catéchumènes. Une mise à la retraite prématurée empêcha mon père de continuer et de mettre à fin l'œuvre commencée. L'idée était excellente et le travail devrait être repris, aujourd'hui surtout que tant de prêtres instruits et charitables s'occupent des sourds-muets.

Placé à la tête d'un cours d'articulation et de lecture sur les lèvres, l'ancien directeur de l'École de Bordeaux prit à cœur la tâche si pénible dont on l'avait chargé par surcroît. Ce fut pour lui l'occasion de vérifier d'anciens procédés, de tenter de nouveaux essais suivis des observations les plus intéressantes. Attaché à cette autre classe comme auxiliaire j'y vis disparaître l'habitude d'accompagner les mots articulés de la reproduction manuelle des lettres, de forcer les organes de la voix et de disloquer les mots et les phrases La réforme demanda du temps et des efforts ; elle induisit le maître à donner un souffle de vie à la parole artificielle, à créer une sorte de prosodie qui s'accomode aux organes raides, au souffle court, à la voix incertaine, mal dirigée et souvent ingrate du sourd de naissance. Recueillis avec soin les exercices improvisés à cette époque ont été publiés en 1878 par la librairie Delagrave. Comme les élèves de la classe de langue française les sourds-parlants du cours de phonomimie, élèves de tout âge et de divers degré d'instruction, s'attachèrent à leur habile professeur et prirent goût à une étude à laquelle ils ne s'étaient d'abord prêtés que de mauvaise grâce.

Devenu inspecteur des écoles départementales de sourds-muets et chargé de *ramener à une méthode uniforme les divers modes d'enseignement et d'en vulgariser l'application**, Valade-Gabel saisissait avec bonheur toutes les occasions de donner lui-même des leçons aux enfants et de remplir, sous les yeux des maîtres, sa tâche préférée. C'est ainsi qu'à Chambéry en 1867 et 1868, l'abbé Rieffel eut de fréquents rapports avec un confrère dont il sut apprécier le savoir et le dévouement. — Un fils est sujet à la prévention ; pour écarter tout soupçon de partialité qu'il me soit permis de m'appuyer du témoignage désintéressé de l'abbé Rieffel. — Dans les classes de l'école dont la direction lui était confiée il vit les moyens les plus ingénieux et les plus simples porter la lumière dans l'intelligence du sourd-muet ; il se montra dès lors un partisan convaincu de la méthode intuitive et se dit : « *L'enthousiaste admirateur et le fidèle disciple d'un maître qui s'est toujours montré pour lui le guide le plus obligeant et le plus sûr***. »

Les circonstances que je viens de rappeler, jointes aux détails de la carrière du fonctionnaire et des travaux de l'écrivain, ne sauraient suffire à faire connaître Valade-Gabel ; la divulgation des lettres, des notes, des mémoires qu'il a laissés en manuscrits était indispensable pour révéler entièrement l'âme si généreuse du philanthrope, le talent d'observation, la science et l'habileté de l'instituteur. Colligés avec soin ces documents sont, pour la première fois,

---

* Bulletin officiel du ministère de l'intérieur — Rapport du directeur général Thuillier page 148 — Paris. Paul Dupont 1862.

** *Le Conseiller des sourds-muets* — Bulletin des écoles. Janvier 1884, page 1.

réunis en un volume ; ils ont trait à la constitution physique et morale, au langage, à l'éducation des différentes catégories de sourds-muets, aux théories et aux vicissitudes en France de l'art de les instruire.

Toutes les idées, tous les écrits du maître auquel je m'honore d'appartenir par la doctrine comme par les liens du sang, se trouveront connus désormais. Puisse l'héritage ouvert aux instituteurs stimuler leur zèle et hâter le progrès de l'œuvre de science et de charité qui fut, pendant un demi-siècle, si chère à Valade-Gabel !

VALADE-GABEL André,

Ancien censeur des études de l'Institution nationale
des sourds-muets de Paris.

Grasse, Juillet 1894.

LETTRES

I

AU COMTE ALEXIS DE NOAILLES, ADMINISTRATEUR
DE L'INSTITUT ROYAL DES SOURDS-MUETS.

La dernière fois que j'eus l'honneur de vous entretenir, vous daignâtes m'exposer les principes qui vous ont conduit à la création d'une méthode pour l'enseignement des langues, méthode aussi féconde en résultats que facile à mettre en pratique. Sans vous en faire part, je conçus dès lors le projet de substituer à l'enseignement grammatical usité pour les sourds-muets une méthode analogue à la vôtre. Mettant donc à l'écart les nomenclatures de toute espèce que j'expliquais avec beaucoup de peine et fort peu de succès, je m'occupai dès lors à faire porter par mes élèves un nombre considérable de jugements sur les objets dont nous étions entourés ; et, à mesure, je leur en offrais le tableau exact et fidèle dans autant de propositions énonciatives. L'examen d'une série de jugements portés sur un même objet, amenait les élèves à reconnaître le sujet de la proposition ; l'examen d'une même modification affirmée successivement de plusieurs substances, achevait de les fixer sur le rôle de l'attribut ; enfin des affirmations positives et négatives, mises en regard, les

2

mettaient dans la nécessité de reconnaître les mots destinés à l'expression du oui ou du non de l'esprit.

Ainsi je me trouvais avoir substitué l'étude de la phrase à celle des mots isolés. Les progrès que firent mes pauvres muets leur inspirèrent une ardeur inconnue jusqu'alors. Encouragé par ces premiers essais, je formai la résolution d'opérer une réforme complète......

Afin de ne pas me mettre au dessus de la portée des sourds-muets, et pour ne pas risquer de retenir mal à propos leur intelligence dans une sphère de connaissances dont elle peut avoir franchi les limites, je leur fais contracter l'habitude de me demander l'expression des idées qu'ils ont acquises. Eh bien ! monsieur le Comte, au lieu de demander l'expression d'une idée unique, les élèves font toujours le tableau d'une pensée entière ; quelquefois, c'est avec le désir que je leur donne l'analyse complète de cette pensée ; plus souvent, c'est dans l'intention d'obtenir l'expression d'une idée principale qu'ils ne sauraient autrement rendre d'une manière intelligible : heureux instinct qui nous avertit de ne pas démembrer la machine pour en expliquer les rouages ! ils reçoivent leur explication de leurs proportions et de leurs rapports avec les parties qui les avoisinent. S'il arrive qu'un élève fasse un signe isolé, ce signe est pour lui vide de sens ; ses jeunes émules s'empressent de lui en donner l'explication, en le faisant entrer dans la construction d'une phrase gesticulée.

Dans le commencement, les élèves sont tout étonnés de voir exprimer, ou pour dire juste, consigner une longue pantomime en un seul mot ; quelquefois aussi ils témoignent une grande surprise en voyant une idée, pour eux unique, rendue par une longue périphrase. L'analyse de ces sortes d'expressions nous conduit à la

compréhension des termes exprimant des idées collectives et des idées abstraites.

Ces observations, faites et entr'éprouvées à plusieurs
reprises, viennent si bien à l'appui de votre théorie que
je n'ai pu résister au plaisir de vous les communiquer...

Paris, avril 1829.

II

A L'ABBÈ CARTON DE BRUGES, RÉDACTEUR DU
JOURNAL *Le Sourd-muet et l'Aveugle.*

A la veille de commencer un nouveau cours d'instruction, je cherche à m'entourer de bons matériaux, je
recueille soigneusement toutes les données de l'expérience, je juge avec une sévère impartialité différents
moyens auxiliaires introduits dans l'enseignement dont
souvent ils entravent la marche, sous prétexte de la
rendre plus prompte ou plus philosophique ; hors de
l'étude des faits et des réalités on ne saurait puiser que
de fausses lumières ; devant ce principe que deviennent
les procédés de décomposition étymologique dont
M. Bébian a fort bien fait la critique dans son manuel,
sans toutefois prendre la peine d'y renoncer pour son
propre compte ?..... Que deviennent les analyses grammaticales faites au début de l'enseignement à l'aide des
chiffres, des signes mimiques et de tout autre système ?...
Ceux qui ont recours à de tels moyens devraient bien se
donner la peine d'étudier le développement progressif
du langage chez les enfants doués de l'ouïe et de la
parole. Cette étude si féconde est à la portée de tout
homme capable d'observer et de réfléchir, tandis qu'il a
fallu un esprit original et subtil pour imaginer cette
multitude de procédés systématiques dont, selon moi, le
moindre inconvénient est de fausser le jugement de

l'élève et de lui faire perdre un temps considérable. L'autorité de certain nom les imposera cependant longtemps encore aux instituteurs qui, marchant sur la foi d'autrui, n'oseraient se laisser guider par leurs propres lumières.

Je n'oublierai de ma vie les circonstances qui m'arrachèrent le bandeau : c'était en 1826 ; à l'instar de ce que je voyais pratiquer chez mes collègues j'avais bourré mes élèves de nomenclatures et croyais devoir leur enseigner enfin la proposition énonciative. Admis dans l'Institution depuis seulement quelques mois, vous jugez du peu de confiance que je devais avoir en moi-même. Je recueillis donc les exemples et les traditions, je méditai profondément le cours de M. Sicard et me mis ensuite à faire exécuter par les élèves les petites évolutions de caractères alphabétiques au moyen desquelles le bon abbé prétendait *élever l'esprit du sourd-muet à la connaissance des abstractions, lui faire comprendre la coexistence du sujet et de l'attribut et le garantir du piège que lui tendrait sans cesse dans la suite la séparation du sujet et de la qualité* (cours d'instruction d'un sourd-muet, page 140). Bientôt presque tous mes élèves furent en état de reproduire exactement ce mécanisme ingénieux, mais quel fruit en retiraient-ils ? J'avais beau les interroger par le langage des gestes, leurs réponses prouvaient que mes intentions étaient méconnues et le but complètement manqué. Que faire ? Après avoir acquis la certitude que les élèves des classes supérieures ne le comprenaient guère mieux, je dis en moi-même : « Le procédé de l'abbé Sicard est-il conforme aux lois d'une saine logique ? N'est-il pas en opposition manifeste avec l'esprit de la méthode Pestalozzienne ? Au lieu de faire observer dans les choses un rapport naturel de coexistence, on veut, par une combinaison des lettres

de l'adjectif avec celles du substantif montrer artificiellement ce même rapport dans les mots. ». Ces réflexions
furent un trait de lumière, je me hâtai de faire disparaître tout ce qui avait été fait, et plaçant sous les yeux
de mes élèves un chapeau et une plume, j'en écrivis les
noms sur le tableau et je leur demandai par signes :
« Combien voyez-vous de mots ? — Deux. — Et de
choses ? — Deux — Vous voyez donc autant de mots que
de choses ? — Oui — Les mots sont-ils séparés ? Oui —
Pouvez-vous séparer les choses qu'ils expriment ? —
Oui. — Après avoir ajouté un troisième objet et en avoir
écrit le nom à côté des deux premiers, je renouvelai
mes questions, et, comme vous le pensez bien, il y fut
répondu également juste. Alors, faisant disparaître deux
de ces trois objets, je dis aux élèves d'en effacer les
noms, le mot *chapeau* resta seul sur le tableau, j'y
ajoutai l'adjectif *noir* dont ils savaient la signification et
recommençai aussitôt la même série de questions ; ils
ne manquèrent pas d'observer qu'il y avait cette fois
plus de mots que de choses indépendantes, que les mots
étaient séparés, mais que les choses exprimées étaient
inséparables. Je variai cette expérience de mille façons ;
enfin, j'écrivis sur le tableau : *mouchoir rouge, bleu,
blanc, carré ;* un élève nommé Hubert se hâta de
venir faire les signes de ces mots, tandis qu'un autre,
appelé Vincent, les comptait attentivement sur les
doigts ; arrivé au nombre de cinq, il les réunit en un
seul faisceau qu'il serra fortement dans la main droite.
Hubert, plus expressif encore, après avoir renouvelé la
même opération, jeta un regard perçant sur le mouchoir, objet de nos observations, et faisant disparaître
adroitement quatre de ses doigts, il ne montra plus que
le pouce. Ce signe fut aussitôt traduit par le verbe *être*,
dont la valeur copulative se trouvait déjà si bien
comprise. Combien vous avez eu raison de dire :

« L'intelligence de la langue dépend de l'observation et de l'étude des réalités ».

La lettre insérée, par ordre de M. de Vatimesnil, dans le *Bulletin de la Société des méthodes d'enseignement* vous a fait voir comment je fus amené un peu plus tard à substituer l'étude de la phrase à celle des mots isolés. Pour peu que cela vous intéresse j'exposerai les considérations qui en 1833 me firent adopter ce nouveau principe : *Enseigner la langue, c'est-à-dire toutes les principales formules de la phraséologie avec le plus petit nombre d'expressions possible.* Après les heureux résultats que j'ai obtenus dans ma pratique, je ne pouvais éprouver de satisfaction plus douce que de me trouver d'accord avec vous sur un point aussi capital ; l'application en étant bien faite doit produire une sorte de révolution dans notre épineuse manière d'enseigner.

Je reviens à mon dire : aujourd'hui notre tâche consiste peut-être moins à créer des instruments et des moyens nouveaux qu'à réformer ceux dont l'ingéniosité fait tout le mérite ; les voies de la nature sont d'autant plus riches qu'elles sont plus larges et plus faciles ; tout auxiliaire artificiel est une sorte de maillot, de lisière qui déforme l'intelligence ou en retarde le développement progressif. Vous qui avez la sagesse de consulter souvent le grand livre dans lequel si peu de personnes savent lire, hâtez-vous de m'envoyer le journal où doit se trouver reproduite la première partie du plan d'enseignement dont j'écoutai la lecture avec un si vif intérêt. Je m'efforcerai de rendre vos découvertes utiles aux pauvres sourds-muets qui vont arriver cette année à l'Institution de Paris, car c'est à moi de les recevoir, de gagner leur confiance et leur amitié, de pénétrer au fond de ces jeunes intelligences, d'en activer tous les ressorts. C'est à moi à revêtir leurs pensées des formes du langage qui seul peut les mettre complètement en rapport avec la société humaine et fournir à leur esprit le moyen de s'élever jusqu'aux plus sublimes conceptions. L'instituteur qui entrevoit l'immensité de sa tâche, en serait nécessairement découragé, s'il comptait plus sur son travail que sur l'activité propre à l'esprit de l'élève ; la tête de l'enfant n'est point un vase à remplir, mais un germe à développer ; nous ne pouvons lui enseigner toute chose, mais la réflexion peut tout lui suggérer, tout lui apprendre ; c'est un maître qui ne le quitte ni nuit ni jour, et qui ne se lasse jamais!.....

Paris, 28 septembre 1837.

III

A Messieurs du Conseil d'Administration et Messieurs du Conseil de Perfectionnement.

Lorsqu'elle adopta le programme rédigé par Mademoiselle Ferment, la Conférence se montra jalouse de déférer à un vœu exprimé depuis bien des années par les deux Conseils. Elle fit observer que, pressée par le temps, elle n'avait pu apporter à la discussion de cette œuvre toute la maturité nécessaire ; que, tel quel, ce programme servirait à constater dès à présent les progrès de l'enseignement durant ces dernières années, et ultérieurement les améliorations progressives qui doivent être le fruit de nos expériences quotidiennes. Pour moi qui ai mis en pratique pendant les années 1826, 1827, 1829 et 1831, à peu près toutes les indications du programme pour la classe élémentaire, je me proposais de modifier, dès cette année même, la marche que j'avais suivie ou plutôt de la changer complètement sur divers points, et de combler plusieurs lacunes qui me semblent y avoir été laissées ; ce n'est pas sans un douloureux étonnement que je me suis vu astreint à l'exacte application d'un programme rédigé avec un incontestable talent, mais qui chez nous ne saurait donner une impulsion nouvelle à la science de l'enseignement pratique.

Père de trois enfants en bas âge, j'observe en eux, avec un intérêt toujours croissant, le développement de la pensée et des formes du langage. J'ai vu qu'ils comprennent la valeur d'un grand nombre de mots avant d'en savoir proférer aucun ; qu'ils apprennent avant tout leur nom et celui des personnes qui les entourent ; qu'ils ne donnent pas d'abord aux mots toute l'étendue de signification dont ces mots sont susceptibles, ni toute leur compréhension ; qu'ils discourent, c'est-à-dire qu'ils emploient toutes sortes de formules phraséologiques quoique ne possédant encore que d'assez faibles connaissances en nomenclature ; qu'en eux l'attention n'est jamais si forte que lorsqu'elle s'exerce en même temps que leur activité physique. De ces observations et d'une foule d'autres qu'il serait trop long de rapporter j'infère : — 1o Qu'il faut avant tout enseigner à l'enfant à répondre à son nom, c'est-à-dire à venir quand on lui en montre l'écriture, puis à connaître et distinguer aussi par leur nom les personnes avec lesquelle il se trouve habituellement en rapport. — 2o Que du nom propre il faut passer incontinent à des actions intransitives que l'enfant peut exécuter ayant les yeux fixés sur le mot qui en est l'expression, ce qui le met dans une situation identique à celle du parlant percevant par l'oreille le mot parlé en même temps qu'il voit le fait exprimé par ce mot : — *Jules ! marche. Antoine ! baille*. Une proposition complète se trouve

---

* *Baille* figure dans cet exemple par suite d'une faute d'impression : « *Bailler, pleurer, rire, soupirer, souffrir* ne peuvent être enseignés sur le modèle de *marcher, courir,* etc., attendu qu'on ne peut bailler, pleurer, etc. quand on le veut » dit Valade-Gabel à la page 139 de la Méthode.

sous chacune de ces expressions. — 3° Ainsi que je l'ai formulé depuis plusieurs années, enseigner la langue avec le plus petit nombre de mots possible, c'est-à-dire pousser constamment à l'acquisition des formules du langage usuel. — 4° Ne pas exiger que l'élève soit capable de reproduire tous les mots d'une leçon avant de lui montrer des mots nouveaux et de nouvelles idées, puis revenir sur les leçons antérieures jusqu'à ce que l'enfant ait acquis une extrême facilité à les reproduire. — 5° Tenir constamment les élèves en action.

Les conditions de l'enseignement simultané sont généralement mal comprises ; il ne suffit pas que le maître s'adresse à tous ses élèves pour que la simultanéité de l'enseignement soit réelle, il faut surtout que l'attention de ceux-ci soit constamment dirigée et soutenue par le professeur ; il convient donc qu'ils s'impressionnent réciproquement. A cet effet, je fais prononcer avec la main et en cadence les lettres de chaque mot en marquant fortement la mesure avec le pied. Il y a dans l'accent de la voix quelque chose qui impressionne vivement et qu'il faudrait pouvoir donner à l'écriture. — 6° Dans la première période de l'enseignement il importe de faire acquérir la mémoire des mots plus complexes à l'œil qu'à l'oreille. Pour cela il faut amener le sourd-muet à former des syllabes visuelles. On y réussit en reproduisant fréquemment à ses yeux les mêmes combinaisons binaires et ternaires. C'est donc par la ressemblance matérielle des mots entre eux qu'il faut en partie se laisser guider dans la formation des premières leçons.

Intuition, imitation, analogie, tels sont nos trois grands maîtres dans l'étude des langues. Par eux l'enfant est capable de tout apprendre dès qu'il a contracté l'habitude de la réflexion, tandis que le professeur ne saurait jamais tout enseigner, tout expliquer. C'est pourquoi je crois devoir passer en revue toutes les familles naturelles des mots et emprunter à chacune quelques expressions : dans l'une, un nom de personne ; dans l'autre un nom de choses ; plus loin un verbe ; là un adjectif, ici un adverbe ; parfois même un substantif abstrait, etc. Lorsque l'élève aura recueilli des faits assez nombreux, les analogies que ces expressions ont entre elles se révèleront d'elles-mêmes aux plus intelligents, et il sera toujours facile de les faire remarquer aux autres. Bientôt ils se verront capables de deviner la valeur de quantité d'expressions qui s'offriront à eux pour la première fois. Quelle difficulté, par exemple, éprouveront-ils à comprendre les mots *scier* et *doreur* s'ils savent déjà la valeur des mots *scieur* et *dorer* ?... La nature n'a pas une seule manière de procéder, elle en a mille : sachons en tout la prendre pour guide.

Les errements de l'abbé Sicard sont comme un réseau dont l'Institution ne peut achever de sortir. Pourquoi s'occuper dès l'abord, ex professo, du genre et du nombre ? Ne se révèlent-ils pas d'eux-mêmes ? N'y a-t-il pas au moins inconvenance à fixer l'esprit de l'enfant sur la distinction des sexes qui doit, dit-on, lui expliquer l'inexplicable distinction des genres !... Si nous nous exprimons, avec justesse ; sans même qu'il ait appris à compter, le sourd-muet remarquera que le mot au pluriel se distingue du même mot au singulier par des lettres accessoires. Occupons-nous exclusivement de l'étude des faits, plus tard la grammaire aura son tour.

C'est un art bien difficile que celui de l'observation, soit qu'on l'exerce pour soi même, soit qu'on veuille y former autrui. Embrasser d'un regard un ensemble de faits, et répartir entre eux la force d'attention dont on est doué, proportionnellement au degré de leur importance relative, en est une condition indispensable. Dès lors que penser de ceux qui concentrent toute l'attention de l'élève sur le genre et le nombre des substantifs ?

Un grammairien de profession est fort mauvais juge d'un ouvrage de goût ; ni l'ingéniosité de la pensée, ni l'heureux choix des expressions ne trouveront grâce devant lui ; le passage le plus beau sera condamné si la règle des participes n'a pas été scrupuleusement observée ! C'est le résultat inévitable d'une fausse impulsion appliquée aux forces de l'intelligence.

Les cas sont dans l'écriture mentale et doivent se retrouver dans toutes les langues. Leur étude est d'une toute autre importance que celle des genres et des nombres. A Dieu ne plaise que nous parlions à nos élèves d'*ablatif* ou de *génitif ;* mais nous croyons qu'il faut graduer les phrases et les combiner entre elles de manière à ce que l'enfant soit en quelque sorte contraint de remarquer le rôle que le substantif tient tantôt de sa place, tantôt de certaines particules dont il est accompagné.

Le programme de Mademoiselle Ferment contient des indications qu'il est bon d'avoir sous les yeux, mais il n'indique pas convenablement l'ordre des leçons. Il exclut de la première année toutes les expressions abstraites, et c'est selon moi un mal réel, car c'est méconnaître l'influence des formes du langage sur la formation des idées. Il est également facile de faire comprendre ces deux locutions : *Le cheval a de la force* — *Le cheval est fort.* Mais le mot *force* entrera ensuite dans une foule de formules phraséologiques différentes, tandis que *fort* ne pourra guère s'encadrer que dans des formules toutes semblables.

Je remarque que presque toujours nous nous sommes créé à nous mêmes les obstacles qui nous arrêtent. Tout est habitude en éducation. Si par exemple nous avons tardé à faire usage de l'imparfait, l'enfant revêt de la même forme dans son esprit le passé instantané et le passé habituel, nous avons ensuite une peine infinie à les lui faire distinguer, et surtout à lui en faire faire usage.

Enfin le programme ne dit pas que la langue doit être enseignée, non comme langue savante mais comme langue maternelle, c'est-à-dire par l'intuition des faits, l'usage, l'analogie, et à cet effet qu'il faut lier le mot à l'idée ; car plus elle est immédiate, plus la liaison est puissante. En procédant ainsi le sourd-muet au sortir de l'école se trouvera en possession de deux langues maternelles, l'une qu'il y avait apportée en germe et dont le prompt développement a favorisé d'une si merveilleuse manière l'essor de toutes les facultés de son intelligence ; l'autre, dont il soupçonnait à peine l'existence, et qui lui a appris à mouler ses pensées sur un type universel, à régulariser toutes les opérations de l'esprit et à communiquer librement avec la société lettrée.

Je vous prie, Messieurs, de prendre en considération les réserves qui furent faites par la Conférence lorsqu'elle adopta le dit programme. Veuillez aussi avoir égard à mes respectueuses observations. Que cette œuvre ne devienne pas un obstacle au progrès d'un art à peine sorti de l'enfance ! Douze années d'expérience dans la spécialité de cet enseignement ne me donneraient elles aucun droit à votre confiance ? Faites donc que je ne reste pas dans la pénible alternative ou d'enfreindre vos prescriptions ou de ne pouvoir employer au profit d'une classe si intéressante le fruit de mes longues méditations.

Veuillez agréer, etc.

Paris, le 8 décembre 1837.

IV

Au Directeur des *Annales de l'éducation des sourds-muets et des aveugles.*

L'Institution royale des sourds-muets de Paris est celle qui par sa position et le mérite de hommes qui s'y consacrent à l'enseignement peut le mieux éclairer l'opinion publique sur la constitution intellectuelle et morale des sourds de naissance comme aussi sur la marche, les tendances et la portée générale qu'il convient de donner à leur instruction. De là pour les professeurs attachés à cet établissement l'étroite obligation de ne rien avancer qui soit contraire au petit nombre de vérités que l'observation a révélées, et que l'expérience et le raisonnement ont revêtues de leur haute sanction.

En tête des aphorismes admis par toutes les écoles se trouvent les propositions suivantes : *La surdité congénitale n'altère aucunement le principe même des facultés intellectuelles, mais elle en retarde l'essor, en contrarie l'exercice et nuit ainsi au développement du sens moral.*

C'est donc avec un douloureux étonnement que j'ai lu, dans votre estimable journal, le discours prononcé en public au nom du corps enseignant de l'Ecole de Paris, le 4 août dernier, discours où sont préconisées des doctrines suivant lesquelles, loin d'être dans une position qui nuise au complet développement de ses facultés, *le sourd-muet serait au moral un être parfait, doué d'une pénétration merveilleuse, auquel le Créateur accorde un surcroît de richesses intellectuelles, qui n'apporte en naissant aucune disposition perverse, aucune inclination au mal etc. etc.*

Ces hérésies, passez-moi le mot, prennent des circonstances où elles ont été produites une gravité telle que j'ai cru devoir les signaler et déclarer que l'Institution royale de Bordeaux, ne les ayant jamais partagées, repousse toute les conséquences qu'on en pourrait légitimement déduire. Personne d'ailleurs n'est plus disposé que moi à rendre justice aux talents de mes anciens collègues, et particulièrement au mérite littéraire d'un discours où l'érudition le dispute à l'élégance et à la facilité du style.

Agréez, Monsieur et cher collaborateur etc.

Bordeaux, le 15 mars 1846.

V

Au Directeur des Annales.

M. Puybonnieux a jugé convenable de répondre aux observations ou plutôt aux réserves que je crus devoir faire au sujet des doctrines plus que hasardées professées l'an dernier dans une occasion solennelle ; en cela il n'a fait qu'user de son droit, et personne ne saurait en blâmer l'honorable professeur. Pour moi, satisfait d'avoir vu ses assertions réduites aux proportions d'une opinion individuelle, si M. Puybonnieux se fût borné à commenter sa pensée, à restreindre sagement, comme il l'a fait, le sens de certaines propositions, je ne viendrais point réclamer l'insertion de ces lignes. Mais le silence ne m'est pas possible : non content en effet de se disculper, M. Puybonnieux incrimine ; après s'être laissé aller à l'innocent plaisir de contester sans motif la propriété des termes dont je me suis servi, il se livre à des allusions blessantes, met en suspicion ma loyauté et finit par m'attribuer je ne sais quelles intentions hostiles ; ma lettre aurait, dit-il, pour effet soit de le faire passer pour le complaisant intéressé des sourds-muets, soit pour un homme qui ne sait pas son métier.

Tous ces griefs, s'évanouissent devant cette simple déclaration : La lettre dont M. Puybonnieux a cru devoir dire qu'il avait eu fortuitement connaissance lui fut communiquée par moi dans les premiers jours de mars. Je lui offris d'en modifier la rédaction s'il y voyait quelque chose de désobligeant, et même de la supprimer tout à fait, ajoutant que, bien que je crusse utile de la publier, j'aimais mieux y renoncer que de blesser en quoi que ce fût un ancien collègue. Ce n'est qu'avec son consentement explicite et formel que je vous l'adressai avec prière de l'insérer dans les Annales. Après une telle démarche de ma part et une telle adhésion de la sienne, M. Puybonnieux devait croire, ce semble, à la sincérité des motifs qui m'avaient fait prendre la plume et ne pas m'en prêter de tout différents.

Il y a, je l'ai dit et je le répète parce que c'est ma conviction, il y a danger, danger réel à laisser répandre des erreurs, quoique souvent ceux qui les propagent soient, comme M. Puybonnieux, mus par d'excellentes intentions. L'honorable professeur le reconnaît lui-même lorsque dans le discours dont il s'agit, il s'écrie : « Ici point désormais de ces vaines utopies qui trouvent encore un crédit passager dans le monde, mais qui presque toujours ont fait des sourds-muets l'objet de coupables déceptions. »

Les utopies auxquelles, en ce moment, M. Puybonnieux s'efforçait de donner crédit et les opinions que je professe sur la constitution intellectuelle et morale du sourd-muet, ayant été insérées in extenso dans les Annales, je m'abstiens de rentrer dans la discussion ; seulement je crois devoir reproduire en entier une pensée qu'il a citée en la tronquant sans doute par mégarde.

« L'enfant privé de l'ouïe n'est pas seulement un enfant à instruire ; c'est un être moralement incomplet ;

jusqu'à ce qu'il se soit approprié une langue suffisamment étendue, variée, régulière, au moyen de laquelle
il puisse lire clairement la pensée d'autrui et analyser
ses propres pensées, il lui manque un des éléments de
la raison humaine, la réflexion. Méconnaître cette
vérité, c'est dénier à la fois l'objet de la méthode et la
gloire de l'inventeur. »

Je laisse à mon contradicteur le regret d'être descendu à des personnalités offensantes. Il a reconnu que
je m'étais servi dans ma première lettre de termes fort
bienveillants ; j'espère qu'il n'hésitera pas à reconnaître
que je m'exprime dans celle-ci en termes fort modérés.

La nécessité de repousser d'injustes attaques, toute
pénible qu'elle soit, ne me fera pas renoncer à l'engagement dès longtemps pris envers moi-même, de défendre, autant qu'il est en moi, les saines doctrines.

Recevez, Monsieur et cher collaborateur etc.

Bordeaux, le 24 novembre 1846.

VI

A M. Seguin, instituteur des jeunes idiots
a Paris.

.....Vos travaux, Monsieur, ont toutes mes sympathies ; je me suis occupé moi-même des idiots, et c'est
avec un intérêt bien vif que j'ai pris connaissance des
ouvrages dont vous m'avez gratifié..... Vous êtes, je
pense, Monsieur, dans une bonne, dans une excellente
voie ; mais la science vous fait ce semble perdre quelquefois de vue, dans l'application, les vérités que la
pratique vous a révélées ; il semble encore qu'à
l'époque déjà éloignée où vous publiâtes vos premières
brochures, vous ne teniez pas assez compte de l'influence que les signes en général exercent sur les

opérations de l'intelligence. Je laisse à votre appréciation des observations auxquelles votre bon esprit empêchera que vous n'attribuiez aucune intention critique et vais répondre sommairement à vos questions :

1° L'Institution de Bordeaux fut créée par suite du mouvement qu'imprima aux esprits vers 1780 l'œuvre de l'abbé de l'Epée. Avant l'instituteur français plusieurs savants avaient réussi à instruire des sourds-muets ; aucun n'avait fait école ; aucun même, que je sache, à l'exception de Péreire, n'avait mis ses services à la disposition du public.

2° Les principes qui dirigent l'enseignement de l'Institution de la rue Saint-Jacques ne sont pas les mêmes dans toutes les classes ; aussi est-il fort difficile de signaler les différences qui caractérisent l'enseignement des deux écoles.

Dans l'une et dans l'autre les signes méthodiques et les décompositions de mots qui forment le fond de la méthode instituée par de l'Epée et Sicard ont été également abandonnés ; l'articulation artificielle n'est admise qu'à titre d'enseignement supplémentaire.

L'Ecole de Bordeaux rejette à la fois les théories grammaticales dont l'Ecole de Paris fait encore fréquemment usage durant tout le cours d'instruction. Nous associons, dès le début sans intermédiaire, l'idée au mot tandis que Paris interpose le signe ; enfin nous trouvons dans les propriétés physiologiques de la parole vivante le critérium de tous les procédés spéciaux dont nous adoptons l'usage.

Vous pourrez lire dans les brochures que je vous prie de recevoir en échange des vôtres quelques indications sur notre méthode et ses résultats ; consultez aussi un article de moi inséré dans le second numéro des Annales des sourds-muets et des aveugles, publiées par M. Morel.

3

3° Non seulement j'ai eu connaissance des rapports de Buffon sur les travaux de Péreire, mais j'ai eu un long entretien avec une élève de celui-ci, Mⁱˡᵉ Marois d'Orléans, décédée seulement vers 1833.

4° Je fais enseigner l'articulation artificielle à quelques élèves ; et, ici comme à Paris, les élèves parviennent non seulement à lire et à réciter, ce qui n'impliquerait qu'une intelligence de perroquet, mais encore à mettre en circulation par la parole les idées qu'ils ont acquises par d'autres moyens. Tel est, Monsieur, l'ensemble des renseignements qu'il m'est possible de vous donner aujourd'hui. Si l'occasion de vous être utile venait jamais à se présenter, comptez sur mon empressement à la saisir.

Bordeaux, le 28 décembre 1846.

VII

A L'ABBÉ CARTON, DIRECTEUR DE L'INSTITUT DES SOURDS-MUETS ET DES AVEUGLES DE BRUGES.

..... Vous écrivez comme un ange, excellent abbé ; votre ouvrage* jette sur plusieurs point de vives lumières ; riche d'érudition vous révélez des faits historiques d'une haute importance ; vos appréciations toujours hardies, souvent heureuses, manquent rarement de justesse ; et néanmoins, le dirais-je, vous auriez pu faire mieux : — Vos théories n'ont pas l'unité qui en eût fait la force et la clarté. Vous méconnaissez le véritable esprit du langage des signes, ou du moins l'étendue des services qu'il est appelé à rendre. Enfin, non content de descendre Sicard et de l'Epée de leur piédestal, vous

---

* Mémoire sur l'éducation intellectuelle des sourds-muets, couronné par l'Académie Royale de Bruxelles, en séance générale, 8 mai 1845.

mutilez leurs œuvres... Ma franchise ressemble à celle du paysan du Danube : que servent les éloges qui ne sont pas mérités ! Quel mal peuvent faire, en tête à tête, des critiques si elles portent à faux ! Je n'éplucherai point d'un bout à l'autre votre mémoire, ce serait une tâche de trop longue haleine ; d'ailleurs vous n'avez point déserté les doctrines que nous professions en commun, seulement vous les avez laissées incomplètes : la politique et la philosophie religieuse vous auront détourné d'une voie plus modeste et beaucoup moins frayée ; je le regrette pour nos pauvres muets. Je regrette aussi la distance qui nous sépare, il me serait doux de vous montrer nos résultats, et par eux de vous convertir au petit nombre de principes sur lesquels nous sommes en désaccord. S'il m'était donné d'avoir encore avec vous un de ces longs entretiens qui nous rendaient les heures si courtes, je vous gronderais de vouloir me faire passer pour un égraineur de mots, sur ce qu'en 1831 il plut à la Conférence d'exiger de moi un plan de nomenclature générale, de moi qui le premier à l'Ecole de Paris et probablement en France, ai substitué l'étude de la phrase à celle des mots isolés. Lisez à ce sujet ma lettre à M. le Comte Alexis de Noailles insérée en 1829 par ordre de M. de Vatimesnil dans le *Journal d'éducation et d'instruction* et prenez-en bonne note pour votre prochaine édition.

Comme le premier exemplaire de votre mémoire est resté en route et que mes demandes réitérées n'ont pu faire venir jusqu'à moi la suite de votre journal, je crains que vous-même vous n'ayez pas reçu diverses publications que j'ai faites et que j'ai toujours eu soin de vous expédier. Un mot de réponse sur ce point à votre dévoué.....

Bordeaux, le 7 février 1849.

VIII

A Mlle ROSALIE VALADE, À SARLAT.

Courage et confiance en la justice de Dieu, car la
justice des hommes est sujette à de terribles défaillances
et nous met ainsi à de cruelles épreuves. Remercie le
ciel des forces qu'il me donne et dont j'ai si grand
besoin. Je vais m'éloigner de mes frères et de mes amis,
je vais reprendre à Paris des fonctions que je voudrais
n'avoir jamais quittées.

Mille accusations ont été tour à tour portées contre
moi ; les calomniateurs connus sont restés impunis et
moi, lorsque j'ai signalé des faits coupables qui sont
restés établis jusqu'à l'évidence et qu'il était de mon
devoir de signaler à l'autorité, je suis brisé comme un
faible roseau !

Par delà la main de l'homme j'aperçois la main de
Dieu ; mes enfants avaient sans doute besoin d'être
trempés par l'adversité ; leur bonne conduite, la dignité
de leur contenance, la fermeté d'âme dont leur mère
fait preuve, tout cela me grandit le cœur et j'y trouve
un asile contre l'iniquité des hommes.

Adieu, chère sœur....

GABEL.

Bordeaux, juillet 1850.

IX

A M. DE LANNEAU, DIRECTEUR DE L'INSTITUTION
NATIONALE DES SOURDS-MUETS DE PARIS.

Dans le système, dit *de rotation*, adopté par l'Institution de Paris, la substitution d'un professeur au professeur précédemment chargé de la direction d'une classe
est un fait d'une haute gravité, tant à cause de l'instruction des élèves qui peut en être compromise que par

rapport à la manière d'enseigner du professeur entrant en fonction dont il devient difficile d'apprécier le mérite par les résultats.

Jaloux de ne porter aucun dommage à l'instruction des élèves qui depuis deux années étaient confiés aux soins éclairés de M. Vaïsse et désireux de ne rien ajouter à la responsabilité attachée aux fonctions dont je suis de rechef investi, je vous prie, Monsieur le directeur, de vouloir bien : — 1º Me donner communication de tous les documents propres à me fixer sur le caractère et les dispositions des élèves de troisième année, sur la marche suivie par mon honorable prédécesseur et sur le degré d'instruction que chacun peut avoir acquis ; — 2º Me faire savoir si l'administration entend que, faisant abstraction de mon expérience personnelle, je m'efforce d'appliquer la méthode adoptée par M. Vaïsse, ou si elle me laisse la latitude de suivre à Paris dans ma classe les idées que j'ai fait prévaloir à l'Institution de Bordeaux. Je suis avec respect, etc.

Paris, le 15 octobre 1850.

En réponse à la lettre que m'avez fait l'honneur de m'adresser le 15 octobre dernier, je viens vous exprimer par écrit ce que j'ai eu déjà occasion de vous dire de vive voix, savoir : — 1º Que je n'entends en aucune manière que, faisant abstraction de votre expérience personnelle, vous vous efforciez d'adopter dans votre classe la méthode suivie par votre honorable prédécesseur, — 2º Que vous avez toute latitude pour mettre en pratique dans votre enseignement à Paris les idées dont vous avez fait l'heureuse application à l'Institution de Bordeaux.

La Commission consultative à laquelle j'ai donné connaissance de votre lettre et de la réponse verbale que déjà je vous avais faite, a partagé tout à fait ma manière de voir.

Recevez, Monsieur et estimable ancien confrère, l'expression de mes sentiments distingués et affectueux.

De Lanneau.

Paris, le 28 novembre 1850.

X

A M. Morel, directeur de l'Institution Nationale des Sourds-Muets de Bordeaux.

Ce n'est pas sans une assez vive émotion que j'ai lu
dans les feuilles publiques, d'abord l'allocution par vous
adressée aux fonctionnaires et employés de l'Institution
de Bordeaux au moment de votre installation, ensuite le
discours que vous avez prononcé et publié le jour de la
distribution des prix.

Elevé au rang où votre parenté avec la famille Dégérando non moins que votre mérite personnel vous appelait depuis longtemps, vous n'oubliez pas notre ancienne
confraternité ; bien plus, au moment où l'autorité
supérieure les a subitement perdus de vue, vous osez
louer les services que j'ai rendus à la Maison de Bordeaux ; je vous remercie de cet acte de courage et
d'équité ; il trouve sa récompense dans votre cœur,
il justifie le témoignage que je rendis de votre caractère
et de vos talents sitôt que j'eus appris votre promotion à
l'emploi que j'occupais encore.

Vous allez cultiver en paix une terre que j'arrachai à
des mains impuissantes pour en extirper les ronces et
les épines, la défoncer, l'assainir, la mettre en un mot
dans les conditions où vous la trouvez aujourd'hui. Pour
être moins pénible que ne fut la mienne, votre mission
n'en est pas moins belle ; mes vœux vous suivront dans
toutes vos entreprises ; si vous en doutiez en ce moment
vous le croirez dans quelques années, quand l'expérience vous aura appris combien l'administrateur s'attache à son œuvre par les soins qu'il lui prodigue et les
mille sollicitudes dont elle devient l'occasion ; oui mes
vœux vous suivront dans toutes vos entreprises par
attachement pour l'Institution et par suite de l'amitié

dont je serais heureux de vous renouveler les preuves.

Privé des hautes influences qui vous sont dévouées et dont vous avez fait un si brillant tableau, ce qui pour moi, ouvrier obscur, était obstacle sérieux : les oppositions de personnes, s'il en existait encore, ne sauraient suspendre votre marche. J'ai usé mes plus belles années, j'ai sacrifié le plus précieux des biens, la santé, à élever laborieusement l'édifice qui va recevoir de vos mains les décors de l'architecture ; la majeure partie de mes travaux restent enfouis dans les fondations, les vôtres seront de nature à attirer l'attention des savants et des philanthropes. Tout vous sourit, soyez heureux : les pontifes réunis en concile viennent d'imposer aux fidèles de l'Aquitaine le concours que je sollicitais avec crainte ; l'Institution prendra, sous votre direction, une importance nouvelle, soyez heureux. Oubliez que vous succédez à un collaborateur qui lutta si souvent contre vous, à armes courtoises, au sein des conférences auxquelles ne dédaignèrent pas de s'associer, avec votre illustre parent, les Raynouard, les Abel Rémusat, les Burnouf, les Fr. Cuvier et autres notabilités scientifiques ; oubliez que l'on vous enrichit de ses dépouilles : vous ne sauriez considérer comme d'un bon augure d'être appelé à recueillir les bénéfices d'une injustice. Si j'ai bonne mémoire, aventure pareille vous arriva en 1833, bien malgré vous, puisque vous joignites vos protestations aux miennes ; à vous restèrent néanmoins tous les bons élèves, à moi les incapables ; et ce fut à cette circonstance même que je dus le secret des simplifications que j'ai apportées à la méthode ; peut-être me sera-t-il réservé quelque autre compensation !

Les sages paroles par lesquelles commence votre discours se reproduisent involontairement à ma pensée : « La destinée de l'homme est parfois soumise à des changements imprévus ; aux yeux du vulgaire c'est l'effet du hasard ; le chrétien y reconnait le doigt de la Providence..... » que sa bonté vous préserve du sort dont l'Evangile menace ceux qui s'élèvent ! Pour moi je puise dans ma confiance en la sagesse suprême la force de résignation nécessaire au père de famille frappé sans motif avouable.

Je vais consacrer à la rédaction des ouvrages dont vous signalez la nécessité, tout ce qui me reste de force et de vie. D'après les assertions contenues dans votre discours, l'Ecole de Paris n'a rien produit d'utilement pratique, depuis que j'en fus éloigné ; le projet de dictionnaire illustré dont j'étais si fier d'avoir eu la première pensée et dont la rédaction fut entreprise, a été complètement perdu de vue. Cette circonstance, regrettable à bien des titres, fortifie en moi l'espoir de me rendre utile. L'étude renouvelée des méthodes diverses usitées dans l'Ecole de Paris me suggérera peut-être le moyen de perfectionner encore celle que j'ai établie à Bordeaux ; et vous, tout en donnant à mon œuvre la solidité et la perfection que j'ambitionne pour elle, vous sentirez mieux que jamais toute la fécondité, tous les avantages pratiques qui naissent de l'unité des méthodes adoptées dans un grand établissement.

Adieu, monsieur et cher collègue ; cette expression ne vous paraîtra point ambitieuse, puisque j'ai été douze années directeur comme vous l'êtes aujourd'hui, et que vous avez longtemps été professeur comme je le suis redevenu ; adieu, je vous serre affectueusement la main. Je me trouve, sous bien des rapports, plus heureux que vous ; puisque, en reprenant un travail suivant mes goûts et qui m'est familier, je m'éloigne des passions mauvaises que j'avais fatalement surexcitées, et que vous irriterez vous même, si, comme je le pense, vous tenez à l'accomplissement de vos devoirs d'administrateur plus qu'à la conservation de votre emploi.

Paris, novembre 1850.

XI

A M. Dufaure, président de la Société centrale d'Education et d'Assistance pour les Sourds-Muets en France.

Lorsque la Société centrale d'assistance dont vous dirigez les travaux eut bien voulu me conférer le titre de correspondant et m'engager à étendre aux départements du Midi les bienfaits de son institution, je promis de porter à sa connaissance les efforts déjà tentés à Bordeaux pour atteindre le but charitable qu'elle se propose. Aujourd'hui, bien que des événements sur la nature desquels de hautes convenances m'obligent à me taire, m'aient éloigné de cette ville et conséquemment mis hors d'état d'y être utile à la cause des sourds-muets, je viens remplir mon engagement et montrer combien les populations du Midi sont sympathiques à votre œuvre.

— Dès les premières années de l'empire, la nécessité d'un patronage et d'une sorte de police pour les sourds-muets adultes fut, à Bordeaux, vivement sentie ; et détermina la création d'un commissariat spécial chargé de leur distribuer des secours, de leur donner des conseils et de réprimer leurs écarts de conduite. Ces fonctions furent confiées à M. Gauthier, instituteur en second. La ville mit à sa disposition une somme annuelle de six cents francs qui longtemps fut grossie par la caisse de l'Institution d'une somme à peu près égale, destinée à venir en aide aux sourds-muets voyageurs. Cette dernière allocation, étant le plus souvent un encouragement donné à la paresse, au vagabondage, à l'inconstance qui caractérisent le sourd-muet à demi instruit, avait été supprimée dès avant 1838, époque à laquelle la direction de l'Ecole me fut

confiée ; mais M. Gauthier, aujourd'hui retraité, continue à répartir entre les sourds-muets indigents appartenant à la localité la somme que la ville continue à
mettre à sa disposition. L'espèce d'autorité discrétion-
naire que l'arrêté municipal en date du...., homologué
par M. le Préfet de la Gironde, donnait à ce commis-
saire a disparu sous l'influence des changements opérés
dans notre législation générale ; ajoutons que les mœurs
actuelles de cette intéressante partie de la classe souf-
frante ne font point regretter que certaines dispositions
de l'arrêté sus indiqué aient cessé de recevoir leur
application.

— Les dames de la congrégation de Nevers qui, de
tout temps, ont patronné avec un soin tout maternel les
sourdes-muettes sorties de l'Institution conçurent, en
1844, la pensée d'ouvrir un asile à celles qui, privées de
famille, manquent de direction ou de moyens d'existence. Cette œuvre, connue sous le nom d'*Œuvre des
Saints Anges* a recueilli, par souscription ou dons spon-
tanés, une somme de 36 à 40,000 francs environ et se
trouve ainsi en état de commencer à fonctionner. Les
chefs supérieurs de la congrégation prêtent un concours
actif et puissant à l'œuvre naissante.

Pour agrandir la sphère d'action qui lui était dévolue,
l'administration de l'Ecole n'avait point attendu que
l'impulsion lui vînt du dehors : des prospectus répandus
en abondance, des circulaires adressées à Messieurs les
curés de la Gironde et des départements voisins, des
pétitions à divers conseils municipaux et à un grand
nombre de conseils généraux avaient provoqué des
demandes d'admission et la fondation de nouvelles
bourses gratuites ; enfin, tout en effectuant les nombreuses améliorations que réclamaient les diverses
parties du service, l'administration, par une rigoureuse

économie et le soin qu'elle mettait à se créer des ressources nouvelles, trouvait les moyens d'élever graduellement de 60 à 75, sans supplément de subvention,
le nombre des bourses fondées par l'Etat. Frappée de
l'abandon ou végétaient jusqu'à l'âge de 10 à 12 ans les
jeunes sourds-muets de la ville, l'administration obtenait
du gouvernement l'autorisation de les admettre en
qualité d'externes, soit moyennant une légère rétribution, soit à titre purement gratuit ; et cela, pour le plus
grand nombre, dès l'âge de 5 à 6 ans. C'est ainsi que,
nonobstant la multiplication des écoles dans des localités
peu éloignées, la population de l'établissement, qui était
de 75 en 1838, a atteint successivement le chiffre de 122.
Nous ne croyons pas devoir énumérer ici la série des
mesures administratives qui ont amené un si heureux
résultat ; mais nous appelons particulièrement votre
attention sur le soin qu'on doit apporter à intéresser,
non seulement les fonctionnaires et les employés, mais
les élèves eux-mêmes, à maintenir l'ordre et l'économie
dans toutes les branches des services ; nous signalons
également la convenance et la nécessité de faire contribuer les parents aux frais qu'entraîne l'éducation de
leurs enfants sourds-muets. A cet effet le ministre a
souvent, sur notre demande, divisé les bourses gratuites
par quarts, par dixièmes et même par vingtièmes de
bourse, proportionnant ainsi les secours aux besoins
réels.

Tel est, M. le Président, l'aperçu historique promis à
la société charitable que vous présidez. Elle y trouvera,
je le répète, la mesure des sympathies qui lui sont
assurées dans les grands centres parmi les populations
du Midi qui, comme la population de Bordeaux, unissent l'esprit de charité chrétienne aux dons de la
fortune et d'une intelligence élevée.

Le jour approche enfin où tous les sourds-muets de la

France seront initiés aux jouissances de la vie morale et aux douceurs consolantes de la religion. Deux points cependant sembleraient pouvoir éloigner encore ce jour désiré ; savoir les dépenses auxquelles l'Etat serait entraîné par l'établissement de nouvelles écoles, la difficulté de trouver tout formés, ou de former en peu de temps, un assez grand nombre de maîtres à la hauteur de leur mission.

— L'expérience a prouvé qu'en obligeant les familles à s'imposer pour leurs enfants sourds-muets des sacrifices égaux à ceux qu'elles s'imposent volontairement pour leurs autres enfants, en donnant à l'instruction des sourds de naissance le caractère d'utilité pratique qu'on s'est trop souvent complu à lui ôter, en reliant ces malheureux à la famille par le choix d'une profession qui presque toujours se rapporte à l'agriculture, les sacrifices à demander à l'Etat ne seraient plus disproportionnés avec le profit matériel que la société doit attendre de l'amélioration de leur sort.

— La seconde difficulté pourrait être aplanie par l'adoption des procédés en vigueur à l'Ecole de Bordeaux, procédés de nature telle que des personnes, jusque là étrangères à cet enseignement mais douées de quelque sagacité et ayant une instruction ordinaire, ont pu, après quelques mois de séjour à l'Ecole, diriger une classe avec non moins de succès que des professeurs vieillis dans la pratique. Cette méthode n'est autre que *L'Institution de l'abbé de l'Epée* ramenée aux lois de la physiologie du langage et de la saine logique.....

Paris, novembre 1850.

XII

À M. Durieu, président de la Commission de surveillance près l'École Dubois.

La trop courte apparition que je fis dans les deux quartiers de l'École Dubois ne me permet de porter un jugement sérieux ni sur l'importance des résultats obtenus, ni sur le mérite des procédés par lesquels on les obtient ; mais puisque vous le voulez, voici les impressions que j'en ai rapportées :

L'attention soutenue que les élèves prêtent à leur professeur, leur docilité, leur maintien, tout semble annoncer que l'éducation proprement dite est très profitable à la masse des élèves.

L'instruction a un caractère usuel et pratique très convenable ; le point sur lequel mes rapides investigations ont principalement porté, le mécanisme du langage, est possédé par quelques élèves d'une manière satisfaisante, la prononciation laisse cependant à désirer. Comme l'instruction professionnelle n'a pas été abordée, il est difficile de faire des rapprochements équitables entre les succès définitifs et généraux qu'obtient M. Dubois et ceux qu'on obtient dans d'autres établissements.

Somme toute, ces expériences qui pour moi ne sont que commencées, ne font que me confirmer dans les opinions que j'ai publiées sur la matière : — Le développement intellectuel et moral obtenu par l'étude du langage écrit ou parlé, et dans ce même langage, est infiniment préférable à celui qu'on fait acquérir par le langage des signes ; parce que celui-ci constitue une civilisation qui n'est nullement en harmonie avec la civilisation du milieu dans lequel le sourd-muet est appelé à vivre. — Ce n'est qu'avec les sujets ayant parlé jusqu'à un certain âge et avec les sujets ayant conservé un certain degré d'audition qu'on peut attendre de véritables succès d'un enseignement qui s'appuie principalement sur la parole ; pour les autres le principal levier se trouve dans l'écriture, assortie d'un ensemble de procédés qui en assimile les effets aux effets de la parole vivante.

Les eaux de Vichy, je m'en suis déjà aperçu, n'inspirent rien qu'une invincible fatigue, je réclame donc toute indulgence.....

Vichy, le 14 juillet 1851.

XIII

A MM. André & Théophile Valade-Gabel.

Vous m'avez demandé, bien chers fils, quelques principes sur la construction mimique. C'est en effet là que gît la principale difficulté de ce langage et le point sur lequel tous ou presque tous les auteurs se taisent ou ne disent que des choses insignifiantes. Je vais tâcher de consigner ici les principales observations que j'ai faites sur ce sujet ; je les éclaircirai ensuite par des exemples, plus tard nous les commenterons et nous nous efforcerons de les étendre dans nos entretiens intimes.

Inutile de dire que le langage mimique a une allure qui lui est propre, allure complètement indépendante de toute langue parlée ; sa nomenclature contient nombre de signes naturels qui peuvent, quelquefois sans dommage et plus souvent avec grand avantage, être remplacés par des signes conventionels ; mais sa syntaxe a quelque chose qu'on peut qualifier d'indélébile, quelque chose d'inhérent à sa nature, qui en fait la clarté et sans laquelle il induit l'esprit en erreur, au lieu d'y porter la lumière.

On a dit que les signes doivent suivre l'ordre de la génération des idées ; il y a du vrai dans ce principe

mais le sens véritable en est difficile à saisir : — Il ne
s'agit pas ici de la génération des idées dans l'esprit
humain absolument parlant, ni de la manière dont elles
se sont produites dans notre esprit pour la première fois,
mais bien de l'ordre dans lequel nous venons de les
concevoir actuellement ; car c'est en les déroulant dans
ce même ordre que nous les rendrons saisissables à nos
auditeurs.

La succession des mots, l'inflexion des finales, les
prépositions et les conjonctions : voilà, si je ne me
trompe, tous les éléments de la syntaxe des langues
parlées. Nous venons de voir l'importance qu'on doit
attacher à la succession des signes mimiques, vous
avez assez la pratique de ce langage pour savoir que le
signe s'infléchit rarement pour exprimer les modications
de genre, de nombre etc., que les mots rendent si
facilement saisissables ; vous n'ignorez pas également
que la mimique est fort pauvre de prépositions et de
conjonctions, apprenez qu'elle supplée à cette absence
de souplesse et à cette pénurie de signes adaptés
à l'expression des rapports : *1º par la disposition des*
signes dans l'espace, 2º par la direction du mouvement
constitutif du signe verbal, éléments qui lui sont propres
et que les autres langues ne sauraient admettre. Le
langage des signes emprunte au dessin ou plutôt à la
nature elle-même ces deux puissants moyens d'exprimer
les rapports des faits entre eux et des idées entre elles.

On a dit avec raison que le langage des signes est un
dessin fugitif et sans couleur ; c'est pourquoi il importe
de disposer les signes dans l'espace comme on dispose
sur la toile le dessin des personnages qui concourent
à une même action, évitant de les masquer les uns par
les autres, plaçant sur les plans les plus éloignés ceux
qui ne jouent que des rôles accessoires et réservant,

pour les mettre en saillie et sur les premiers plans,
les personnages sur lesquels ont veut porter principalement l'attention des spectateurs. La mimique exprime
ainsi, de la façon la plus naturelle et la plus vraie, tous
les rapports de distance, de position ; par là elle trouve
le moyen de rendre très saisissables ceux de tendance,
de but, d'extraction, etc. Le point de vue auquel nous
placé la définition susmentionnée fait en outre parfaitement comprendre pourquoi les signes mimiques en
général produisent sur l'organisme une impression
beaucoup plus faible que la parole ; ce qui oblige de
*réserver pour la fin l'expression de l'idée qu'on désire
mettre en relief.*

Le verbe mimique est presque toujours la simulation
de l'acte qu'il exprime. Prenons pour exemple le verbe
aller, qui, vous le savez, s'effectue au moyen des deux
index imitant, en roulant l'un sur l'autre et se portant
en avant, le mouvement ambulatoire. Si nous nous
avisions de le faire en sens inverse nous aurions *venir,*
par un mouvement de bas en haut *monter,* de haut en
bas *descendre* etc.

Ceci nous donne déjà la mesure de l'importance qu'on
doit attacher à la direction du mouvement pour l'expression de l'idée elle-même. Voyons ce qui arriverait
si nous n'en tenions pas compte lorsqu'il s'agit d'exprimer nettement un rapport de but, de séparation, etc.
Supposons que nous ayons à traduire : *Je viens de Paris
— Je vais à Rome.* Exécutés dans l'ordre des mots les
signes ne rendent plus les rapports saisissables : il faut
un signe spécial pour chacune des deux prépositions, et
pour les traduire il n'y a pas de signes naturels exempts
d'équivoque ; tandis que, si renversant l'ordre des mots,
nous plaçons le signe de *Paris* à une certaine distance
de nous et que nous partions de ce point même pour

faire le signe de *venir* après avoir porté l'index sur notre personne, nous aurons mis le rapport de séparation en évidence ; et si nos doigts ont fait au départ comme un ressort qui se détend nous aurons attiré particulièrement l'attention sur ce rapport même. — Je ne puis pas avoir la pensée d'aller à Rome sans avoir au préalable l'idée de Rome et sans reporter ensuite mon attention sur ma personne ; c'est donc par application du grand principe de l'ordre de génération des idées qu'il faut traduire la deuxième phrase : *Rome moi aller à*.....

Vichy, le 31 août 1851.

XIV

Aux mêmes.

..... Le langage des signes sous-entend fréquemment des rapports que la langue écrite exprime formellement ; et, *vice-versâ*, il exprime formellement parfois des rapports que la langue française sous-entend.

Dans presque toutes les langues parlées le mot exprimant le rapport se place entre ses deux termes ; dans le langage mimique *il ne se place qu'après*.

Les propositions parlées comportent un grand nombre d'acceptions, les propositions mimiques n'en prennent presque jamais qu'une, en observant toutefois qu'elles servent au propre et au figuré.

Dieu est bon. On peut dire que le langage mimique sous-entend presque toujours l'affirmation positive, ou bien que cette affirmation résulte, soit du mouvement constitutif des signes, le mouvement étant la manifestation de la vie, soit de l'expression de la physionomie.

Il n'en est pas de même de l'affirmation négative : elle est constamment explicite et se rend soit par un mouvement de la tête, soit par un geste manuel.

Dieu[1] n'est[3] pas[3] méchant[2] — J'ai[2] de[3] l'argent[4] — Je[2] n'ai[3] pas[4] de pain[1] — Je[1] tremble[2] — Je[1] prie[2] — Je[2] prie[3] Dieu[1] — J'offre[3][4] mon cœur[2] à Dieu[1] — Je[2] couche[4] sur la paille[1].

De ces exemples on peut déduire les règles qui suivent :

— Dans les propositions simples, c'est-à-dire dans les propositions composées d'un sujet, du verbe *être* et d'un attribut, genre de propositions auxquelles on peut assimiler celles qui sont formées d'un sujet et d'un verbe intransitif, le sujet s'exprime en première ligne et l'attribut ou le verbe attributif en seconde.

— Dans les propositions transitives à trois termes le régime direct vient le premier, le sujet le second et le verbe le troisième.

— Dans les propositions intransitives à quatre termes le complément vient le premier, le sujet le deuxième, le verbe le troisième et la préposition la quatrième.....

Sarlat, le 12 septembre 1851.

XV

A SŒUR LUDOVICIE, INSTITUTRICE AU BON PASTEUR
DE CLERMONT-FERRAND[*].

De retour au sein de ma famille un peu moins souffrant, je m'empresse de vous adresser des brochures où vous trouverez, j'aime à l'espérer, quelques données

---

[*] La circonstance où s'établirent les relations avec la communauté du Bon Pasteur se trouve relatée dans une lettre du 5 septembre 1851 : « C'est de Clermont que je vous donne de mes nouvelles, mes chers enfants, de Clermont où je suis bloqué contre toute attente et où j'éprouve ainsi une contrariété qui aurait été capable de me rendre malade, si depuis déjà bien longtemps je ne m'étais habitué à me soumettre sans murmure à ce que les uns appellent la fatalité et d'autres, avec plus de raison, la volonté d'en haut.

Ma santé s'améliore..... Je passai hier plusieurs heures avec les

utiles sur la marche générale de l'enseignement difficile
aux progrès duquel vous consacrez avec un si rare
dévouement les hautes facultés qu'il a plu à la Providence de vous départir.

C'est avec une bien douce satisfaction que je me
rappelle les heures rapides passées au milieu de vos
intéressantes élèves. Puisse mon séjour à Clermont leur
être profitable ! il suffit pour cela que, faisant violence
à votre modestie, vous sortiez des arides sentiers d'une
science dont la vanité est surabondamment démontrée
et que vous consultiez la bonne et simple Nature dont
les inspirations transforment la plus humble des mères
en admirable institutrice ; que, si par impossible et
nonobstant le but éminemment charitable que vous
vous proposez, la sagesse de vos supérieures redoutait,
comme nuisibles aux sentiments d'humilité qui sont la
base de votre sainte vocation, les efforts que je vous
conseille, montrez-leur le chemin de Bordeaux et dites-
leur que là-bas, chez des religieuses comme vous, vous
pouvez apprendre en quelques mois ce que vous seriez
plusieurs années à découvrir par vous-même au prix
des plus pénibles efforts. Faites-moi savoir si vous continuez l'application des exercices élémentaires dont je
développai le mécanisme et ne me cachez pas les difficultés qui arrêtent le plus fréquemment vos élèves ;
c'est avec bonheur que j'exposerai les moyens les plus
propres, selon moi, à aplanir ces difficultés. Adieu,
Madame et très honorée sœur.....

Paris, octobre 1851.

religieuses du Bon Pasteur qui ne font pas moins bien, ou pour
mieux dire, plus mal que Mlle Ferment dont elles sont les élèves.
Elles sont loin de croire qu'on ne puisse faire infiniment mieux ;
aussi ai-je été écouté de ces dames comme un oracle. Je retournerai
chez elles cet après-midi, car lorsque j'aurai vu la fontaine incrus-
tante, je ne saurai me mettre autrement à l'abri de l'ennui. »

XVI

À LA MÊME.

..... Abstraction faite de ce que les compositions de vos élèves ont de trop flatteur, il me semble y trouver la preuve qu'elles ont fait depuis le mois de septembre des progrès marqués ; le rôle et la transformation mutuelle des pronoms sont généralement compris ; la construction et le développement de la phrase se ressentent moins de l'influence des signes. C'est après une deuxième lecture de ces documents, faite avec une scrupuleuse attention, et après avoir évoqué tous les souvenirs d'une longue expérience que je rends ce témoignage à vos chères enfants, et que, pour répondre à votre désir, j'ai l'honneur, Madame et chère sœur en Dieu, de vous soumettre les réflexions suivantes :

— Tenez-vous en garde contre la juste impatience où vous êtes de voir le sourd-muet s'exprimer comme les enfants de son âge. Le petit enfant exprime tout ce qu'il sent, tout ce qu'il conçoit, non par de longues phrases, mais au moyen d'une succession rapide de propositions très courtes et de formes variées qui viennent, sans effort, se présenter à son esprit. Après trois ou quatre années d'études, c'est-à-dire vers l'âge de 14 à 15 ans, le sourd-muet peut rarement s'exprimer d'une façon plus savante. Tant qu'il manie la proposition avec une certaine gêne, vous tenteriez en vain de le faire s'exprimer en longues périodes ; et, dès qu'il est en état d'exprimer ses pensées, grain à grain et sans hésitation, soyez assurée que les facultés intellectuelles vont grandir et qu'il arrivera, de lui-même, à exprimer formellement les rapports que les idées ont entre elles, c'est-à-dire à les enchaîner en phrases et en périodes. Dans le cas même où il n'y parviendrait pas, serait-ce un mal bien regrettable : — l'essentiel n'est-il pas qu'il mette avec les mots de l'ordre dans ses idées et qu'il puisse les émettre d'une manière claire, nette et conséquemment intelligible ? La sainte Bible, les Evangiles, généralement écrits en style haché, sont-ils moins faciles à comprendre que les admirables périodes de Bossuet et de Bourdaloue ? — Mais, pour que les élèves arrivent à écrire vite et bien en style coupé, il est indispensable que le maître compose presque toutes ses leçons en style de ce genre. Je mesurerais volontiers le mérite d'un professeur au degré de facilité qu'il a acquis pour dérouler de la sorte toutes ses conceptions : la nourrice règle ses pas sur le pas de son nourrisson ; l'enfant qu'on veut faire courir avant qu'il puisse marcher, ne se relève d'une chûte que pour retomber. — Conséquence qui dérive de ces aperçus : il importe de bien déterminer au moyen de la ponctuation, d'abord le commencement et la fin de chaque proposition, ensuite le commencement et la fin de chacune des séries d'idées qui découlent de la même source.

La lettre de Jeannette, quoique de beaucoup supérieure à celles de la plupart de ses compagnes, m'a cependant inspiré les réflexions qui précèdent. Pour moi il est évident qu'elle attache plus d'importance à bien aligner les mots qu'à se rendre compte de ce qu'elle dit et veut dire.......

Paris, le 10 janvier 1852.

XVII

A M. BERTHIER, PROFESSEUR À L'INSTITUTION
IMPÉRIALE DES SOURDS-MUETS DE PARIS

Vous ne vous êtes pas trompé ; elle est inadmissible, elle est impuissante la supposition à l'aide de laquelle un jeune écrivain prétend expliquer ce qui reste inexplicable dans le procès du sourd-muet de Péronne, et fera toujours suspecter le bien jugé de la sentence qui le dépouilla même de son nom ! La prétendue tradition qui veut faire de lui un demi-sourd est d'invention récente ; l'auteur la qualifie lui-même de simple hypothèse. Mais en fut-il autrement, fut-il avéré que ce malheureux jeune homme avait conservé un certain degré d'audition*, on ne saurait déduire de ce fait aucune conséquence légitime pour lui imputer un rôle infâme : celui qui dès l'enfance n'entend qu'à demi, au tiers, au quart, n'entre pas pour cela en possession du tiers, du quart, de la moitié du langage ; il contracte l'habitude de s'exprimer et de comprendre à l'aide des signes mimiques et quiconque s'est occupé de l'éducation des sens sait que l'habitude de penser autrement qu'avec la parole élève un obstacle invincible à l'audition de celle-ci. Ajoutons que l'instruction donnée par l'abbé de l'Epée à ses élèves ne ressemblait en rien à celle que le demi-sourd doit recevoir pour devenir capable d'écouter et de comprendre le discours verbal. Interrogez à ce sujet M. Allibert ; vous le savez, durant nombre d'années notre estimable collègue reçut du docteur Itard des leçons de parole ; — eh bien, comme finalement c'est à l'aide des signes qu'il a reçu son instruction, tout demi-sourd et tout intelligent qu'il est, je soutiens que l'oreille ne lui révèle jamais rien de ce qui se dit autour de lui.

Il eût été plus raisonnable de supposer que le précurseur de Gaspard Hauser avait, comme Desloges, perdu l'ouïe après avoir eu l'usage de la parole et qu'il saisissait encore celle-ci au mouvement des lèvres ; malheureusement cette supposition accuserait trop de naïveté

* Consulter la note G de l'*Historique de l'art d'apprendre aux Sourds-Muets la langue écrite et la langue parlée.* (Librairie Ch. Delagrave 1875).

et de bonhomie chez tous les hommes distingués qui furent en rapport avec lui.

J'ignore l'intention qui a pu dicter les feuilletons dont il s'agit ; mais à coup sûr si l'auteur s'était proposé d'effacer, jusqu'à leur dernière trace, les soupçons qui planèrent sur certaines personnes qui figurent dans cette déplorable affaire, il a complètement manqué son but. Je ne suis pas le seul à qui il a remis en mémoire que le respectable abbé Salvan, ce digne collaborateur de l'abbé de l'Epée, regrettait avec amertume l'impossibilité où, lors du procès de 1792, l'abbé Sicard s'était trouvé de faire usage des pièces que son prédécesseur lui avaient laissées dans l'intérêt de son pupille.

Adieu, cher collègue ; vous avez voulu connaître toute ma pensée, la voilà sans déguisement.

Paris, le 15 avril 1852.

XVIII

Au Ministre de l'Intérieur.

Le décret du 13 avril, qui m'accorde une pension de retraite sur la caisse de l'institution des sourds-muets de Paris, vient de m'être notifié conformément à vos ordres ; et je m'empresse, monsieur le ministre, de vous en exprimer toute ma gratitude.

Cette réparation, la seule que l'état de ma santé m'ait permis d'ambitionner, ne me laisserait rien à désirer, si vous vouliez bien, Monsieur le Ministre, la faire suivre du titre de directeur honoraire de l'institution de Bordeaux dont la direction réelle ne put m'être enlevée que par l'effet d'une surprise.

Dans cette attente j'ai l'honneur d'être, avec un profond respect, Monsieur le Ministre.........

Paris, mai 1852.

XIX

A SŒUR LUDOVICIE.

Votre lettre ne serait pas restée si longtemps sans réponse si elle ne m'était parvenue à la veille d'un départ de la campagne ; et si, presque aussitôt rentré à Paris, je n'étais allé faire une assez longue tournée dans le département du Nord et en Belgique.

Vous pouvez affirmer aux partisans de l'école des sourds-parlants que M. Dubois n'obtient de résultats appréciables que sur des sujets qui ont conservé un degré notable d'audition ou qui n'ont perdu l'ouïe qu'après avoir joui longtemps de l'usage de la parole. A moins d'avoir le don des miracles M. Dubois, pas plus qu'aucun autre, n'obtiendra de résultats sérieux avec la généralité des véritables sourds de naissance. Or, en ma qualité de membre de la commission de surveillance établie près de cette école par le ministre de l'intérieur, je vous certifie que M. Dubois, mon élève à l'Institution royale des sourds-muets de Paris, n'a jamais opéré contrairement aux lois immuables de la nature. A Bruges M. l'abbé Carton, instituteur des plus distingués, crut aussi, dans les premiers temps qu'il s'occupa des sourds-muets, pouvoir les mettre tous à même de se servir de la parole ; aujourd'hui l'expérience l'a désabusé ; j'ai pu m'en convaincre par moi-même.

— Les motifs qui vous ont déterminée à ne pas donner à vos élèves de vacances annuelles sont on ne peut pas plus respectables ; je vous engage toutefois à ne plus les en priver : cinq ou six années d'absence peuvent affaiblir et affaiblissent en effet les liens de la famille chez les enfants ; il faut d'ailleurs que ceux-ci ne perdent pas de vue les conditions d'existence qui les attendent sous le toit paternel ; il leur est infiniment profitable de sortir de temps à autre du cercle étroit de l'école pour agrandir la sphère de leurs idées : enfin les relations temporaires avec le monde leur offrent l'occasion d'appliquer les petites connaissances qu'ils ont acquises ; et, dès lors, ils sentent mieux la nécessité de les compléter. C'est après avoir étudié les effets de l'une et de l'autre pratique que je me suis décidé pour celle que je me permets de vous recommander.

— Quant à la division du temps pour les classes, j'estime qu'il est avantageux de faire alterner l'étude, le travail manuel et de courtes récréations, de faire avec les plus jeunes sourdes-muettes des leçons de peu de durée ; mais à mesure qu'elles grandissent en âge et en raison, pour combattre la mobilité d'esprit, l'espèce d'inconstance qui est un des traits saillants du caractère de ces enfants, il est bon de les habituer à rester fixées au même travail aussi longtemps que l'esprit et le corps n'en sont pas trop fatigués.

Témoignez, je vous prie, à Mesdemoiselles Jeannette et Laurence le plaisir que m'ont fait leurs aimables lettres.....

Paris, le 25 octobre 1852.

XX

A M. L'Abbé Carton, à Bruges.

Nous voici de retour à Paris après une absence de cinq mois et une sorte de course au clocher à travers la Belgique où nous avons à peine jeté quelques regards sur les monuments du moyen âge, si riches de souvenirs et de gloire ; toute notre attention s'est portée sur les institutions de sourds-muets ; et, le dirai-je, il faut convenir que si votre Gouvernement est plus généreux, plus équitable que le nôtre envers ces pauvres enfants, si partout les instituteurs se distinguent pour leur zèle, leur dévouement et leur bonne volonté, les résultats de leurs travaux sont généralement au-dessous de ceux qu'on obtient dans les écoles de France ; ceci est surtout vrai de vos écoles de garçons. Dépourvu de mission et ayant néanmoins reçu partout un cordial et fraternel accueil, je ne saurais me permettre de signaler celles qui sont les plus inférieures ; mais je ne crains pas de dire que, si tous ces établissements ne subissent une prochaine transformation, vous n'aurez plus des écoles mais de misérables hospices où les sourds-muets traîneront toute entière leur misérable existence.

A l'œuvre donc, cher ami, faites de bons livres et de bons élèves ; les uns ne sont pas moins nécessaires que les autres pour accréditer et répandre les saines doctrines. Mon fils et moi nous ne saurions jamais oublier les trop courtes heures que nous avons passées auprès de vous et nous nous berçons de l'espoir de vous posséder à Paris le printemps prochain. S'il devait en être autrement, je regretterais d'avoir resserré des nœuds que le temps et quelques malentendus semblaient avoir relâchés.

Adieu, cher collègue ; je vous quitte sans avoir tant s'en faut, épuisé les matières qui pourraient alimenter cet entretien, mais j'ai à remplir de nombreuses et pressantes obligations. Vous trouverez d'autre part le titre exact des ouvrages dont il vous fut parlé l'an dernier. J'ai publié quelques articles dans l'*Education*, journal d'enseignement élémentaire pour les écoles et les familles ; ils n'ont pas été tirés à part ; sans quoi vous en auriez reçu la collection. Je ne vous ai encore rien dit d'un petit livre de lecture à l'usage des sourds-muets dont l'instruction est en cours de deuxième ou de troisième année ; sous peu la poste vous en remettra un exemplaire. Je recommande à votre attention l'avant-propos et vous prie de formuler en quelques lignes l'opinion que vous vous en serez faite.

Encore une fois adieu, etc.

Paris, le 3 novembre 1852.

XXI

A SŒUR LUDOVICIE.

. .... Je vais répondre sommairement aux questions délicates sur lesquelles votre modestie désire des éclaircissements :

— Il serait selon moi fort inutile d'essayer de mettre des sourdes-muettes de 30 à 40 ans en état de s'instruire à l'aide des livres, d'entrer en communication avec les hommes par la lecture et l'écriture. Comme vous le faites parfaitement observer, chère sœur, leur intelligence pour cela est trop rouillée ; leur mémoire trop engourdie ; j'ajouterai leurs sens trop émoussés. S'ensuit-il que vous n'ayez rien à faire pour elles ? — Telle n'est pas mon opinion : les signes qui nuisent à l'étude de la langue écrite, loin d'en faciliter l'intelligence quand on n'en sait pas restreindre le rôle et diriger l'emploi, les signes constituent néanmoins en germe un langage qui, même chez les adultes trop longtemps négligés, peut être étendu, rectifié, perfectionné, de manière à servir surtout à l'expression des sentiments et des idées religieuses. Si donc les vieilles sourdes-muettes qui vous ont été recommandées ont quelque intelligence native, et si elles n'ont pas vécu parmi des gens de mauvaises mœurs, vous pouvez, je crois, les admettre sans danger parmi vos élèves dont les causeries mimiques commenceront à débrouiller leurs idées, tandis que vous chercherez à vous approprier les signes de leur invention. Tout abruptes et incorrects qu'ils puissent être, ces signes sont pourtant ceux dont il conviendra de faire usage pour capter leur confiance et donner les premiers rudiments des connaissances morales et religieuses dont elles sont dépourvues. Les idées et les sentiments religieux sont semblables à certaines graines qui, enfouies dans la terre où elles sont ignorées, germent et se développent tout-à-coup sous l'influence d'une bienfaisante rosée et couvrent bientôt la surface d'un champ. Gardez-vous d'employer les gravures pour faire comprendre la doctrine chrétienne: le sourd-muet qui, par sa nature, est peu porté à abstraire s'enfonce tout-à-fait dans le matérialisme quand avec lui on prête fictivement un corps à ce qui n'en a pas. Pour vous dire toute ma pensée, je doute que vous les ameniez jamais à raisonner les mystères ; mais si vous les avez mises à même de se distinguer de la brute, de reconnaître un Dieu créateur, rédempteur et rémunérateur, si vous les avez mises en état de comprendre la morale chrétienne, n'aurez-vous pas fait pour vos sourdes-muettes tout ce que les saints missionnaires font pour les sauvages ? Enfin, si vous trouvez en elles une piété sincère, une foi ardente et qu'elles puissent être admises à la pratique des sacrements comme d'autres l'ont été, après avoir vécu comme elles l'ont fait d'une vie toute charnelle, n'aurez-vous pas rendu à la religion, à la société et à ces malheureuses elles-mêmes un véritable service ? Que cette pensée vous soutienne dans le cours de votre charitable entreprise, et vous la mènerez à bonne fin, j'en ai la ferme confiance.

— Quant aux idiots dont on peuple votre école, c'est un véritable malheur, si les instincts animaux commencent en eux à se pervertir. Dans le cas contraire vous pouvez leur être utile ; et, dès lors, la piété de la religieuse fera taire l'amour-propre de l'institutrice. Il est aujourd'hui hors de doute qu'à certain degré l'idiotisme est curable, que l'éducation est profitable à toutes les créatures humaines que les infirmités physiques n'ont pas fait descendre au niveau de la brute. Or qui aura fait l'œuvre la plus agréable à Dieu : sera-ce l'instituteur qui, d'un homme ordinaire, aura fait un savant ou celui qui, d'un être abruti, aura fait un sujet plus ou moins rapproché de l'homme ordinaire ?... le vulgaire, je le sais, réservera toute son admiration pour le premier ; mais les hommes de sens, comme tous ceux qui sont pénétrés de l'esprit de l'Evangile, penseront avec vous que le second a fait une œuvre plus méritoire.

A votre place je ne ferais donc aucune démarche auprès du Conseil général. Seulement si, après une année de séjour, le sujet se montrait aussi incapable à l'atelier que dans les classes, et si le langage naturel des signes n'améliorait pas sensiblement et son caractère et son état mental, je provoquerais, auprès du Préfet, le renvoi de la sourde-muette dans sa famille et son remplacement par une plus capable, ainsi que prescrivent de le faire, auprès du Ministre, les règlements des Institutions de Paris et de Bordeaux.

Adieu, Madame et chère sœur en Dieu, etc.

Paris, le 15 janvier 1853.

XXII

A LA MÊME.

..... Je n'ai pu trouver encore le temps de vous exprimer combien les lettres de vos chères enfants me furent agréables par les progrès qu'elles attestent et par les sentiments qu'elles témoignent. S'il ne se fût agi que d'échanger des politesses contre les choses bonnes et gracieuses que vous laissez tomber de votre plume, il m'eût été possible de dérober, pour le faire, quelques instants à mes nombreuses occupations ; mais, pour répondre à vos désirs, il fallait par l'examen du style de vos élèves déterminer les principales lacunes, les fausses directions, les erreurs même qui ont pu être commises en les instruisant ; ce qui est une affaire très sérieuse et passablement difficile.

Le sujet qu'elles ont choisi est un peu au-dessus de leur portée actuelle ; pour le traiter, elles ont dû recourir bien plus à leur mémoire qu'à leur intelligence proprement dite. Je mets sous ce pli une image à la vue de laquelle je vous prie de vouloir bien leur faire composer une courte historiette, en veillant à ce qu'elles ne se copient pas les unes les autres. Un semblable travail n'exclut sans doute pas les réminiscences ; mais il exerce aussi toutes les facultés de l'esprit ; et le premier venu peut ensuite s'assurer jusqu'à quel point elles ont pénétré dans le sujet, si leur jugement, leurs opinions, leurs appréciations manquent ou non de justesse ou de vérité. J'ose espérer que, lorsque ces compositions nouvelles seront entre mes mains, je pourrai avec quelque assurance remonter des effets aux causes et indiquer les moyens d'amener de nouveaux progrès.

Les variations, les incertitudes, les mouvements rétrogrades même qui semblent se produire dans les connaissances de vos chères élèves n'ont rien qui leur soit particulier : tous les instituteurs de sourds-muets ont à lutter contre le découragement qui en résulte ; mais, plus ou moins, selon que leur méthode est ou non conforme à la nature. L'humeur des enfants et quelquefois les dispositions du maître n'y sont certainement pas étrangères ; la source principale en est dans le défaut d'étendue des idées et des moyens d'expression dont les élèves disposent et plus encore dans l'absence de solidité de leur instruction. Pour que l'instruction soit solide, il faut que la sourde-muette se la soit appropriée en quelque sorte d'elle-même, qu'elle l'ait puisée dans ses impressions, ses sentiments, ses réflexions ; en un mot qu'elle lui vienne du dedans beaucoup plus que du dehors. Je n'hésite pas à vous dire que, si l'humeur et les dispositions de vos élèves sont sujettes à des variations très fréquentes, c'est que votre marche est trop rapide, que vous ne vous proportionnez pas assez à la faiblesse actuelle de leurs facultés ou que vous manquez de patience, oubliant ce que disait souvent l'abbé de l'Epée avec Saint-Paul : « *Je suis celui qui plante, qui arrose ; et c'est Dieu seul qui donne l'accroissement.* »

Un mot encore avant de changer de sujet : vos élèves apportaient-elles autrefois plus de goût et de constance à leurs devoirs, étaient-elles d'ordinaire mieux disposées au travail qu'elles ne le sont généralement aujourd'hui?

J'ai grande envie d'aller vous voir dans le courant de l'été : la Providence bénit mon travail de manière à me permettre de faire les frais du voyage, mais trouverai-je les huit jours dont il me faudrait pouvoir disposer !

Longtemps j'ai partagé l'opinion que vous exprimez au sujet de la guérison des sourds de naissance ; et, si la surdité ne pouvait être guérie sans que la santé générale ou l'existence même de ces pauvres enfants ne fussent compromises, votre opinion serait encore la mienne. Mais j'ai sous les yeux, dans ma famille, deux demi-sourds en qui la médecine fortifie et développe le sens de l'ouïe d'une manière remarquable et de plus deux autres enfants qui, restés complètement sourds jusqu'à l'âge de 5 et 9 ans, ont recouvré la sensibilité auditive par un traitement tout à fait sans danger. Dirigés par une méthode naturelle, ceux-ci sont parvenus à écouter, à entendre, à comprendre et à parler à haute et intelligible voix : ils sont donc plus avancés dans leurs études

que des sourds-muets après cinq et six ans et cependant
leur instruction n'est commencée que depuis un an environ. Celui-là seul qui commande à la mer peut poser des
bornes à la science ; la médecine auriculaire est sans
doute peu avancée ; il ne s'ensuit pas, Dieu merci, que
tout progrès lui soit interdit.

Vous paraissez croire que si la sensibilité auditive
était entièrement restituée aux sourds de naissance, ils
devraient, par cela même, savoir parler immédiatement.
Ici encore j'ai le regret d'être d'une opinion toute contraire : les habitudes acquises, la fausse direction donnée
à l'attention, l'indépendance du sujet, — tout, jusques aux
connaissances qu'il possède , constitue un immense
désavantage pour l'enfant qui recouvre l'ouïe à un
certain âge sur l'enfant qui en jouit dès le berceau ;
et cependant ce dernier ne parle qu'après avoir reçu,
pendant deux ou trois ans, des leçons de sa nourrice et
de toutes les personnes dont il est entouré.

Je vous serais obligé.....

Paris, le 10 avril 1853.

XXIII

A M. LE PRÉSIDENT ET À MM. LES MEMBRES DE
L'ACADÉMIE IMPÉRIALE DE MÉDECINE.

Monsieur le Président, Puisque, sous le couvert d'une
question médicale, on a porté devant l'Académie divers
problèmes de psychologie appliquée à l'éducation des
sourds-muets, souffrez que, par votre entremise, je lui
fasse hommage de deux mémoires sur le rôle que l'articulation et la lecture sur les lèvres doivent jouer dans
l'instruction de ces enfants. Le corps savant qui s'honore
de vous avoir à sa tête trouvera dans les brochures que
je soumets à son appréciation la preuve évidente que,
dès avant 1838, les professeurs de l'École de Paris

s'étaient justement préoccupés de tirer parti de toutes les facultés, de toutes les aptitudes dont les muets restent pourvus.

Ni la facilité de faire revivre la parole chez les sujets qui ont été atteints de surdité à un certain âge et consécutivement de mutisme, ni le parti qu'on peut tirer de la sensibilité auditive que nombre d'entre eux ont conservée, ni l'utilité physiologique des exercices d'articulation appliqués aux sujets qui ne peuvent être compris dans l'une ou l'autre de ces catégories, rien de tout cela n'avait échappé aux investigations de l'École de Paris.

A travers les tâtonnements et les incertitudes inséparables de toute science à son berceau, l'art d'instruire les sourds de naissance a fait en France, depuis un quart de siècle, de véritables progrès ; et, quoi qu'on en dise, à l'exception de celle de Bruges, les écoles de Belgique n'obtiennent pas, à beaucoup près, des résultats égaux à ceux qu'on obtient dans les écoles françaises, bien que la durée du cours d'instruction y soit plus restreinte. Je m'en suis récemment assuré par moi-même.

Le découragement profond dont le savant et regrettable Itard fut saisi à la fin de sa laborieuse carrière, pas plus que l'avortement des promesses exagérées faites à l'Académie des sciences, et le grand nombre d'élèves restés sourds qui figurent néanmoins sur des listes de guérison, ne me font croire à l'impossibilité d'améliorer par des moyens médicaux, le sort de bon nombre d'enfants atteints de surdité congéniale ou acquise. Des faits récents me donnent même la confiance que la médecine auriculaire touche à de véritables succès ; l'Académie ne tardera pas à se convaincre que l'impuissance des otologistes, en général, se mesure aux efforts mêmes qu'ils font pour se poser en instituteurs.

5

Plusieurs des questions actuellement agitées devant l'Académie ont reçu une solution théorique et pratique; quelques autres sont susceptibles d'une solution prochaine; mais il en est qui attendent des études plus approfondies : telle est celle qui consiste à savoir s'il serait possible, pour l'instruction des sourds de naissance, de tirer parti des impressions produites par les ondes sonores sur certaines parties du corps, autres que l'appareil auditif. Dans l'état actuel de la science, qui oserait dire exactement le degré de force, de variété, de netteté que doit avoir une sensation-signe afin de prêter un point d'appui convenable aux opérations de la pensée? Qui oserait dire si tel signe qui suffit à rappeler une idée simple dérivant directement de l'action des sens, offre aux opérations de l'entendement l'appui nécessaire, quand celles-ci ont pour objet des notions abstraites et générales, en d'autres termes, quelle part d'attention le signe peut absorber sans dommage pour les combinaisons de la pensée elle-même ?

Ce premier problème résolu, il serait possible de déterminer jusqu'à quel point les forces de l'attention, la volonté, l'intelligence du langage peuvent suppléer la sensibilité auditive.

Il est aussi, dans l'ordre purement physiologique, une foule de points qui restent à éclaircir, et quoique l'observation m'ait donné la solution de plusieurs, je me borne à les poser ici sous forme de questions.

Outre l'intensité qui vient de la force des vibrations, le ton qui dépend du nombre de ces vibrations dans un temps donné, le timbre qui dépend de la nature des molécules vibrantes, et la vitesse qui est attachée au mode de propagation, n'y a-t-il pas dans les sons d'autres circonstances qui peuvent en faciliter la perception?

Les éléments constitutifs du chant ne sont-ils pas plus perceptibles que les éléments constitutifs de la parole ?

Les différents sons de la voix humaine qui peuvent être considérés chacun comme le produit d'un instrument particulier, ne sont-ils pas plus difficilement distingués entre eux que les différents tons d'un même son ?

Les articulations qui modifient la voix avec tant de délicatesse et qui transforment l'exclamation et le chant en expression régulière de la pensée circonscrite, délimitée, ne sont-elles pas encore plus difficiles à distinguer entre elles ?

Les cornets acoustiques n'ajoutent à l'intensité de la parole qu'aux dépens de sa netteté, à peu près comme les chanteurs qui donnent du volume et de l'éclat à leur voix, en négligeant l'articulation : n'y aurait-il pas moyen de modifier la construction de ces instruments, de manière que les deux éléments si essentiels de la parole se trouvassent également favorisés ?

Serais-je le seul à qui l'observation aurait révélé que, s'il est des muets par suite de l'affaiblissement de la sensibilité auditive, il en est par un excès de cette même sensibilité ; que l'oreille a ses cas de *presbytisme* et de *myopie* ; que la capacité d'audition peut être cultivée et étendue ?

Aurais-je été le premier à concevoir la possibilité de créer des appareils acoustiques qui feraient converger ou diverger les rayons sonores, de manière à permettre à l'oreille de les percevoir de plus près ou de plus loin ? Quelque immenses que soient les différences qui caractérisent la constitution intime de l'œil et celle de l'oreille, le mode fonctionnel de la vue a la plus grande analogie avec le mode fonctionnel de l'ouïe.

Encore un mot, si vous le permettez, Monsieur le président, et je termine cette lettre déjà trop longue. Comme évidemment l'audition n'est point un fait simple, mais le résultat combiné de la sensibilité auditive et de l'activité mentale, la guérison de la surdité nécessitera toujours la coopération de la médecine et de la pédagogie.

La question médicale a son petit côté et son grand côté. Il en est de même de la question pédagogique.

A mon sens, le petit côté de la question, chez le demi-sourd, c'est d'exciter en lui la sensibilité auditive, de faire mouvoir librement des organes longtemps engourdis, d'enseigner le mécanisme de la lecture, d'allécher l'oreille par des sensations agréables. Tous ceux qui se sont occupés des enfants atteints de surdité incomplète, y sont plus ou moins bien parvenus.

Le grand côté, c'est de fortifier l'attention et la volonté, de faire divorcer le sujet d'avec les habitudes mimiques antérieurement contractées, de développer complètement les facultés intellectuelles et morales, je ne dis pas d'enseigner, mais de faire acquérir toutes les idées que possèdent les enfants ordinaires ; enfin, chose aussi importante que délicate, et à laquelle n'ont songé ni les médecins spécialistes qui se sont posés en instituteurs, ni les instituteurs qui ont charitablement entrepris cette tâche difficile, c'est de faire que *le sujet associe directement la parole à la pensée, et qu'il pense dans l'ordre même où ses interlocuteurs émettent la parole.*

Médecins et instituteurs, vous n'avez qu'un moyen de prouver l'efficacité de vos procédés : montrez des sujets dont la surdi-mutité ait été préalablement bien constatée, et que vous ayez mis en état de penser et de s'exprimer à l'aide de la parole, comme aussi de s'approprier les idées d'autrui à l'aide des sons vocaux perçus, non par la vue ou par le tact, mais exclusivement par l'oreille.

Daignez agréer, Monsieur le président, etc.

Paris, avril 1853.

XXIV

AUX MÊMES.

Messieurs, C'est dans l'acte de la parole que réside l'une des plus éclatantes manifestations de l'alliance intime, de l'influence réciproque du physique et du moral ; aussi la question de surdi-mutité qui s'agite devant vous ne saurait-elle recevoir de solution sérieuse que par une double appréciation, une connaissance approfondie des fonctions qu'étudie le médecin et des facultés morales que le philosophe analyse et que l'instituteur dirige.

Tous ceux qui se dévouent à la cause des sourds-muets s'applaudissent de voir vos savantes discussions s'élever et s'agrandir à mesure qu'elles se prolongent.

Ce n'est pas d'aujourd'hui, comme paraissent le croire quelques-uns de vos orateurs, que date l'attention donnée par la médecine aux moyens employés pour instruire ces natures exceptionnelles. Les travaux de Pierre de Castro, de Van Helmont, de Conrad-Amman, attestent les services qu'elle leur a déjà rendus.

Si votre savante compagnie se fait maintenant une juste idée de l'importance et de l'extrême difficulté des questions dont la solution lui est demandée, si elle se trouve actuellement à l'abri de toute surprise, elle n'a cependant pas encore réuni toutes les données du problème.

Vous pardonnerez, messieurs, à un homme qui a

consacré sa vie entière à l'étude des questions ardues
sur lesquelles vous êtes appelés à répandre de nouvelles
lumières, d'oser, pour la seconde fois, vous soumettre
quelques observations.

J'accepte la devise que prend pour le corps médical
l'honorable M. Guérin : *Medicus sum ; nihil a me medici
alienum puto ;* mais vous ne trouverez pas mauvais que
nous, instituteurs, nous explorions à notre point de vue
une partie de ce vaste domaine et que, dans la dualité
humaine, nous revendiquions au profit de l'âme le rôle
qui lui appartient. — Vous nous permettrez également,
messieurs, de réclamer contre des usurpations flagrantes, et de montrer qu'à une question complexe de sa
nature vous serez inévitablement amenés à faire une
réponse multiple.

A quoi servirait de le nier ? La perfection des sens de
relation est une condition qui, dans l'enfance, favorise
merveilleusement le développement des facultés intellectuelles et l'acquisition des idées ; mais l'intelligence
peut s'exercer et s'étendre par des voies autres que
l'ouïe, par exemple ; et, quand elle a pris toutes ses
forces, acquis toute son activité, elle remédie dans une
certaine mesure au défaut de perfection du système
sensorial.

Je proteste donc énergiquement, et tous les philosophes spiritualistes protesteront avec moi, contre l'arrêt
que M. le docteur Ménière n'a pas craint de prononcer :
Non, l'enfant qui apporte en venant au monde une
certaine faiblesse d'ouïe n'est pas irrévocablement
condamné à rester sourd-muet. — Pour l'ouïe comme
pour la vue, l'attention et la perspicacité peuvent, ainsi
que nous l'avons dit, remplir les lacunes qui existent
dans la perception des signes de la pensée.

A des dénégations hasardées, je réponds par des faits

positifs. Dans la famille X, de Bruxelles, se trouvent
deux enfants très intelligents qui, restés sourds jusqu'à
l'âge de six et huit ans, ont recouvré partiellement
l'audition et consécutivement la parole ; enfin je connais à Paris quatre sujets demi-sourds dont l'instruction,
grâce au dévouement maternel, se fait avec un plein
succès par l'écriture et la parole perçue exclusivement
par l'oreille.

Itard a déclaré « que les sourds au troisième degré
« jouissent d'une audition pour le moins égale à celle
« qu'ont conservée nombre de personnes devenues
« accidentellement sourdes dans le cours de la vie, et
« qui n'en restent pas moins aptes à saisir le langage
« parlé quand la parole leur est adressée à haute voix
« et directement. On conçoit la différence, ajoute-t-il.

« Pour ceux-ci la perception de la moitié d'un mot et
« même d'une phrase fait deviner le reste ; mais nos
« demi-sourds natifs ne sachant rien, ne peuvent rien
« supposer, et ce qu'ils n'entendent pas complètement
« n'a pas de sens pour eux*. »

Tout cela est d'une irréprochable exactitude. Qu'en
conclure, sinon que, pour racheter ces pauvres enfants,
il faut leur faire acquérir, après l'affaiblissement de
l'ouïe, ce que les premiers se sont approprié antérieurement ?

Itard n'a donc pas désespéré, lui, de rendre à la plénitude des relations sociales les sourds au premier et au
deuxième degré ; évidemment le sort des enfants
atteints de surdité au troisième degré dépend d'une
pédagogie plus avancée que la pédagogie contemporaine
de votre illustre confrère.

Après avoir protesté contre des assertions erronées

---

* Deuxième rapport à l'administration sur les sourds-muets
incomplets, octobre 1824.

qui prennent une haute gravité de la position officielle
de leur auteur, souffrez, messieurs, que je signale les
conséquences inexactes que le savant et honorable
M. Bousquet a déduites du rapprochement opéré entre
le sourd-muet qui recouvre la sensibilité auditive et
l'aveugle qui est remis en possession de la vue. Pour
que le rapprochement soit juste, il doit être complet. A
la double fonction, passive d'abord, ensuite active, que
remplissent l'œil et l'oreille, fonctions rendues par les
mots *voir et regarder, entendre et écouter,* vient s'ajouter
l'action intelligente de l'œil sur la main, de l'oreille sur
l'instrument vocal. Or l'honorable M. Bousquet semble
ne pas se douter que la langue est placée sous la dépendance de l'ouïe, au même titre que la main sous la
dépendance de la vue.

Qu'un aveugle de naissance recouvre la vue : bientôt
à l'usage direct de ce sens il joindra l'aptitude à régler
les mouvements généraux de la main ; il se servira de cet
organe pour saisir les objets à sa convenance, pour
écarter les objets nuisibles ; nous sommes loin de le
contester. Nous accordons même si l'on veut, qu'il ne
confondra pas entre eux les caractères de l'alphabet ;
mais pour cela saura-t-il lire ? saura-t-il s'exprimer par
écrit ? quel temps ne lui faudra-t-il pas pour apprendre
à reproduire par le dessin les formes des objets, le jeu
de la lumière et de l'ombre ?

Et quand de longs et pénibles efforts nous sont indispensables, à nous, pour apprendre une langue étrangère, on veut que le sourd guéri, quelles que soient les
circonstances qui ont précédé ou qui accompagnent sa
guérison, s'approprie en quelques mois et de lui-même
la connaissance, idées et mots, de la langue maternelle !
On veut qu'en aussi peu de temps, il donne à l'appareil
vocal engourdi souplesse et dextérité, qu'il rompe avec

des habitudes invétérées, qu'il imprime avec succès aux forces de l'attention une direction toute nouvelle ! — Pour raisonner de la sorte, il faut ne voir qu'un fait purement physiologique là où l'activité de l'âme joue le rôle le plus important.

Vous paraissez unanimes, messieurs, à repousser des théories qui ne tendraient à rien moins qu'à faire considérer comme à peu près impossible tout progrès dans l'art de ramener à des conditions normales les fonctions de l'oreille altérées dans la première période de l'existence.

Les instituteurs mes collègues, eux aussi, ont foi aux progrès de leur art, et tous nous comptons sur votre concours. Mais serait-ce hâter la réalisation de ces progrès que proposer, comme le fait M. Guérin, sans distinguer ni les degrés de surdité et d'intelligence, ni les époques d'invasion, de substituer, partout et pour tous les sourds, l'enseignement exclusif de la parole à l'enseignement par l'écriture et par les signes ?

M. Guérin, qui, avec tant de verve et de talent, a fait sentir à votre commission la nécessité de se livrer à un examen plus sérieux des travaux de M. Blanchet, par une étrange aberration, sans s'être livré lui-même à l'étude comparée des résultats obtenus par deux méthodes qui l'une et l'autre ont un mérite relatif très réel, M. Guérin voudrait, sur je ne sais quelles assertions avancées par je ne sais qui, rayer d'un trait de plume les travaux, les recherches, le fruit des méditations d'une foule d'hommes dont jusqu'à ce jour les lumières et le désintéressement n'avaient pas été mis en doute ! L'académie ne se laissera point aller à de pareils entraînements.

On peut avoir publié de gros volumes sur l'enseignement des sourds de naissance, sans être pour cela le moins du monde en état d'innover utilement dans cette partie difficile de la pédagogie.

Que penseriez-vous, messieurs, d'un homme qui annoncerait sérieusement aujourd'hui qu'il vient de découvrir dans le quinquina une action fébrifuge ? Ce qu'une telle prétention aurait à vos yeux d'exorbitant et de naïf, ne dépasse pourtant point l'étonnement produit sur les instituteurs de sourds-muets par l'annonce des prétendues découvertes de M. le docteur Blanchet en matière d'enseignement.

L'excipient dont on fait usage en médecine ne change pas l'action du médicament employé. — Quelques modifications introduites dans les procédés de l'enseignement ne constituent pas davantage une nouvelle méthode.

Les ondes sonores font sur la sensibilité générale une impression qu'on a depuis longtemps utilisée pour donner les signaux qui règlent, dans les institutions, l'emploi de la journée ; l'acte de la phonation, produit aussi au toucher, des sensations qui servent à faire apprécier le jeu des parties de l'intrument vocal non accessibles à la vue ; aucun instituteur ne l'ignore et tous ceux qui enseignent l'articulation ont mis cette observation à profit. Si donc M. Blanchet annonce qu'il a l'intention de tirer parti de ces sortes d'impressions, c'est qu'il se propose d'en faire la base d'une langue nouvelle ou, tout au moins, d'un moyen régulier de communication. Pour le coup, M. le docteur Blanchet peut être sûr que personne ne lui disputera l'honneur de la découverte.

L'Académie ne tardera pas à le reconnaître : ce n'est pas assez d'avoir établi que M. le ministre de l'intérieur demande avec la solution d'une question médicale la solution d'une question de haute pédagogie ; la question de pédagogie elle-même doit être subdivisée. Suivant que le mutisme est la conséquence d'une surdité congéniale ou d'une surdité acquise postérieurement au développement de la parole ; suivant que la surdité est complète ou incomplète ; suivant que l'intelligence domine l'organisme ou est dominé par lui ; il y a quatre voies différentes à suivre pour l'instruction des enfants dont le sort vous préoccupe à juste titre. C'est là, je pense, la principale cause du peu d'accord qui semble régner entre les instituteurs, comme aussi de la diversité des opinions qui se sont produites parmi vous. *Catégorisation préalable des différents cas de surdité et de mutisme*, tel doit être, si je ne me trompe, le point de départ du progrès si impatiemment attendu.

J'ai l'honneur d'être, messieurs, etc.

Paris, le 17 mai 1853.

XXV

A SŒUR LUDOVICIE.

C'est du Périgord que je vous communique mes réflexions au sujet du rapprochement opéré entre les lettres et les compositions de vos intéressantes élèves. J'avais espéré le faire de vive voix ; mais, au lieu de dévier à gauche, je me suis vu contraint de prendre à droite et d'aller voir l'école où, pour le bien de votre établissement, je désire que vous séjourniez quelques mois.

Mon embarras serait grand si je ne vous connaissais moins, si je ne savais qu'animée par le saint désir d'instruire de malheureuses enfants, vous n'avez pas même à faire taire la voix secrète de l'amour-propre : — ainsi que je l'avais craint, la seconde épreuve a de beaucoup rabaissé l'idée qu'à la première on aurait pu se faire de l'avancement de vos élèves.

Ne vous faites pas illusion, ne cherchez pas à croire avec M. Morel que le sourd-muet, arrivé à la fin de ses études, s'approprie à l'aide de l'écriture les idées d'autrui plus exactement qu'il n'exprime les siennes : les non-sens, les contre-sens, les doubles sens qu'il laisse passer dans ses compositions ne sont que le reflet de ceux que son ignorance et son inhabilité lui font voir dans la pensée écrite par les autres. Dès lors comment qualifier une instruction si vague, si équivoque, si trompeuse ! Mieux vaudrait, ce me semble, marcher à tâtons que de se laisser guider par des lumières si pâles et si incertaines ; en d'autres termes mieux vaudrait laisser le sourd-muet à ses signes que de chercher à lui donner une langue à l'aide de laquelle il reste également hors d'état d'exprimer ses propres idées et de s'approprier les idées d'autrui.

Que ces réflexions, loin d'abattre votre courage, vous donnent des forces nouvelles ! je ne me les serais pas permises avec un esprit moins judicieux, un dévouement moins solide que le vôtre. Je crois vous l'avoir dit, les obstacles contre lesquels il semble que l'instituteur doive fatalement être arrêté naissent, non de la nature des choses, mais de ses propres erreurs ; *tout est dans tout* disait le fameux Jacotot, il y aurait des volumes à écrire à l'occasion des travaux que vous m'avez communiqués et c'est à peine si j'ai le temps de remplir quelques pages ; aussi je vais m'efforcer d'être concis, en vous laissant le soin de signaler les points où ma pensée serait trop obscure.

— Vos élèves en général n'ont pas la conscience de la valeur de la phrase, même de la phrase la plus simple, puisqu'elles n'en distinguent pas les limites ; leur mémoire semble plus exercée que leur jugement ; elles pensent par signes et n'arrivent à s'exprimer par écrit qu'après traduction. En général elles ne manquent point d'imagination ; elles ont des idées nombreuses et justes ; leurs sentiments ne sont pas moins remarquables.

— Si elles ne manient pas la langue française avec plus de facilité cela tient :

1º A ce que vous ne faites pas, dès la première année, exécuter un assez grand nombre d'ordres sous toutes les formes et que vous ne faites pas raconter ensuite ce qui vient d'être fait ;

2º A ce que, dans la traduction d'un texte écrit, vous suivez l'ordre et la marche de la phrase française, au lieu de faire toutes les inversions voulues par le génie de la phrase mimique ;

3º A ce que vous usez largement de dictées par signes, exercice tellement difficile que, pour être fructueux, il ne peut guère être fait qu'à la fin du cours d'instruction.

4º A ce que vous ne faites pas assez décomposer le discours, soit en détachant les propositions élémentaires, soit en en faisant le sujet de questions de toutes sortes posées d'abord par vous, ensuite par les élèves ;

5º A ce que peut-être vous les appliquez trop tôt à des lectures qui ne sont pas à leur portée ou que vous ne revenez pas assez souvent sur les mêmes passages, pour qu'elles s'en approprient parfaitement le sens et que les formes, les tournures se gravent profondément dans leur cerveau ;

6º A ce que, lorsque vous les obligez à se servir de la langue française, vous favorisez en elle la paresse d'esprit, soit en les plaçant sur un terrain que vous avez déjà exploré en commun, soit en leur suggérant, volontairement ou involontairement par des signes, les idées qu'elles doivent émettre.

Je me proposais de vous soumettre des observations sur le travail de chaque élève en particulier ; mais j'ai égaré quelques pièces et je me trouve hors d'état de le faire d'une manière pertinente...............

Enfin, enfin, la montagne est accouchée. Mon fils a dû vous envoyer la souris sous forme d'un tout petit volume à livrée verte.* Soyez assez bonne pour me dire si je suis compris sans trop de peine de vos élèves et pour me faire savoir, sans détour ni déguisement d'aucune sorte, les réflexions critiques que la lecture de cet opuscule aura pu vous sugérer.....

Sarlat, le 10 juin 1853.

XXVI

A M. CHARLES BAKER, DIRECTEUR DE L'INSTITUT DES SOURDS-MUETS DE DONCASTER.

La lettre dont vous m'avez honoré le 10 octobre m'est parvenue, au fond du Périgord où je suis encore pour quelques jours, et je m'empresse de vous envoyer l'adhésion que vous désirez.

L'espoir d'être utile m'a seul déterminé à faire imprimer les *Nouvelles étrennes de l'enfance* ; je verrais avec bonheur que, grâce à votre zèle, elles profitent aux sourds-muets d'outre-Manche.

Au cas où vous jugeriez nécessaire de justifier auprès de vos compatriotes le travail que vous allez entreprendre vous pourriez citer........

Isolées de l'introduction placée en tête de l'ouvrage mes petites lectures pourraient être mal appréciées ; aussi je vous prie de ne pas manquer de donner une traduction de celle-ci.

Je suis avec une affectueuse considération etc.

Sarlat, le 17 octobre 1853.

* La première édition des *Nouvelles étrennes de l'enfance.*

XXVII

A SŒUR LUDOVICIE.

N'est-ce pas une bonne fortune de faire quelque chose pour le ciel, tout en suivant ses inclinations les plus chéres! Je vous dois cette aubaine, madame et chère sœur, chaque fois que vous m'offrez l'occasion de rendre en votre personne de légers services aux sourdes-muettes. Je me hâte de répondre aux diverses questions que vous m'avez posées :

— On ne saurait commencer trop tôt à entretenir les enfants de Dieu, de sa bonté, de sa grandeur, de sa puissance, de sa justice ; car c'est ainsi qu'on fait de bonne heure germer dans leur cœur des sentiments religieux profonds et vivaces. Agir différemment c'est méconnaître la nature de l'homme, marcher sur les traces de J.-J. Rousseau et supposer que les spéculations de l'esprit peuvent réformer les sentiments ou en tenir lieu. D'ailleurs ces idées ont tant d'affinité avec notre nature que les sourds-muets, aussi bien que les enfants ordinaires, s'en montrent extrêmement avides. Il ne faudrait cependant pas en induire qu'il fût convenable d'aborder en même temps les dogmes chrétiens ; pour être conçues les notions révélées nécessitent un développement supérieur à celui que les sourds-muets possèdent le plus souvent durant les deux ou trois premières années du cours d'instruction.

Il y a donc deux conditions essentielles à remplir pour que les sourds-muets fréquentent, avec tout le respect voulu et tout le fruit désirable, les sacrements de l'Eglise : 1° Cultiver en eux de très bonne heure les sentiments religieux ; 2° leur donner une instruction suffisante pour qu'ils puissent, non seulement mettre

dans leur tête le texte du catéchisme, mais s'en approprier le sens d'une manière sérieuse.

Mais alors même que ces conditions sont remplies, il
ne faut jamais perdre de vue que les sourds muets sont
longtemps enfants de caractère et que la répétition
trop fréquente des actes les plus saints leur en fait
bientôt perdre de vue l'importance et la sainteté même.
J'ai donc toujours grandement approuvé la manière
d'agir des Dames de Nevers qui, à Bordeaux, ne permettent aux enfants d'approcher de la sainte table
qu'aux fêtes solennelles, et comme récompense, sinon
d'une conduite irréprochable, du moins de leurs efforts
pour se corriger de quelque défaut ou acquérir quelque
vertu. A la manière dont vous vous êtes exprimée sur
ces deux points, j'ai peu de peine à croire que je serai
compris et goûté.

— Il en est autrement en ce qui touche les pauvres
idiotes. Prenez garde de manquer envers elles de
charité ; toutes les apparences il est vrai sont contre
elles, mais ce n'est pas vous qui voudriez mettre à
profit cette circonstance. Je crois vous avoir fait
observer, dans une lettre écrite au commencement de
l'année dernière, que l'idiotisme est curable à un certain degré, et qu'il y a inhumanité à refuser d'être utile
aux plus malheureux, parce qu'on ne saurait en retirer
aucun avantage aux yeux des hommes. J'ai été professeur ; je sais combien la tâche est aride et rebutante ;
mais je sais aussi qu'elle produit d'excellents fruits,
quand on a la sagesse de ne pas supposer que la connaissance de la langue française soit indispensable à la
culture du sentiment religieux et à l'enseignement des
vérités révélées. Etes-vous bien certaine que ces pauvres enfants ne puissent atteindre qu'à ce que vous
appelez une demi-instruction et bien certaine que, si
elles ne vont pas plus loin, il n'y a pas de la faute de

leurs institutrices ? Je me garderais bien d'écrire de
pareilles réflexions si j'avais une moins haute idée
de votre piété et de votre caractère, et si d'ailleurs
je ne m'étais déjà permis d'en faire de semblables à des
religieuses comme vous qui ont fini par m'en remercier.

S'il est toutefois des sujets reconnus radicalement
incapables, et qui ne puissent profiter que matériellement de leur séjour à l'école, il est évident que la
charité même vous fait un devoir de provoquer leur
remplacement. Mais les renvoyer et prévenir le Préfet
de la vacance des bourses, c'est risquer d'indisposer le
Conseil général et amoindrir ainsi l'intérêt qu'il porte
à votre établissement. J'aimerais donc mieux attendre
la réunion du Conseil et faire alors un rapport où j'éta-
blirais la vérité, de telle sorte que ces Messieurs ne
pussent s'empêcher d'en accepter les conclusions.
Adieu, etc.

Paris, le 4 Mars 1854.

XXVIII

A M. RÉMI VALADE, PROFESSEUR À L'INSTITUTION DES SOURDS-MUETS DE PARIS.

Certainement les études que tu viens de publier te
feront honneur. Il y a beaucoup à louer : élégance et
pureté de style, finesse d'observation, érudition générale, solidité, hardiesse dans les vues ; je pourrais
facilement pousser plus loin la louange ; mais, indépendamment de ce que ma qualité de frère pourrait bien
aussi la rendre suspecte, à quoi te servirait-elle ? Assez
d'autres te donneront de l'encens : mieux vaut que je te
dise les points sur lesquels ton ouvrage laisse à désirer.
Par là tu seras préparé aux assauts de la critique ; car
j'aime à penser qu'il ne passera pas inaperçu et qu'il
fera surgir du cœur de maints ambitieux des sentiments
de dépit et d'envie.

6

« *Qui trop embrasse mal étreint* ». Pardonne-moi la vulgarité du proverbe ; il ne rend pas d'ailleurs complètement ma pensée. Je me ferai mieux comprendre en disant : « Qui trop élève son flambeau éclaire mal ce qui l'entoure ; et c'est cependant ce qu'il faut faire quand on veut projeter la lumière à une trop grande distance ».

Tu as fait sagement de prendre Ladrange pour libraire : ton livre s'adresse aux philosophes de profession, aux linguistes émérites, bien plus qu'aux simples et modestes instituteurs de sourds-muets.

Il y a dans tes études matière à quatre ouvrages distincts : — *Ecriture des signes ou mimographie, dictionnaire des signes, dictionnaire français à l'usage des sourds-muets,* enfin *grammaire du langage naturel des signes.*

Ce dernier objet est le plus neuf, le plus palpitant d'intérêt, celui que tu as le mieux traité ; par malheur il n'y occupe pas matériellement la première place. Je ne saurais te blâmer d'avoir, pour satisfaire les savants et éblouir le vulgaire, opéré de nombreux rapprochements entre la mimique et les langues anciennes ; mais n'eut-il pas fallu préalablement dire aux savants et au vulgaire ce que c'est que les signes méthodiques et les signes naturels ? Puis les instituteurs qui pourront suppléer à ton silence sur ce point, ne seraient-ils pas intéressés à trouver dans ton livre ce qu'ont dit sur cette matière, ne fût-ce qu'au point de vue négatif, Piroux, Carton, Jamet, Laveau, etc., etc. ? J'ai manqué d'espace, me diras-tu, j'ai manqué de temps. — Oui, tu as manqué d'espace dans ton livre, précisément parce que l'espace que tu t'es chargé d'éclairer est beaucoup trop vaste.

Il est des points de doctrine sur lesquels nous sommes en désaccord ; inutile de les signaler en ce moment ; tes opinions d'ailleurs trouveront peut-être plus de

partisans que les miennes ; je me garderai donc de les
discuter ici : il y aurait matière à de volumineux écrits ;
mieux vaudra les traiter au coin du feu l'an prochain.
Au résumé, cher Rémi, etc.

Sarlat, le 15 septembre 1854.

XXIX

Au Vicomte de Saint A*

C'est pour vous féliciter au sujet de la guérison de
votre fils que je prends la liberté de vous écrire ; la
Providence a voulu sans doute récompenser, selon votre
cœur, les pieux et persévérants efforts que vous et
Madame de Saint A* avez faits pour vaincre une nature
rebelle et faire germer dans cette jeune âme la foi et la
vertu. J'ai appris cette grande nouvelle avec plus de
bonheur que de surprise ; car je connais d'autres
exemples de sujets qui ont recouvré l'ouïe, soit naturellement, soit par l'intervention de l'Etre suprême. De
quelque manière que votre cher fils soit rentré en
possession du sens dont il était privé, je prends part à
votre joie et je serais heureux de recevoir de vous
la confirmation du fait. — Est-ce tout d'un coup ou par
degrés qu'il a entendu ? A quelle époque vous êtes-vous
aperçu de sa guérison ? Quelle influence cette guérison
a-t-elle exercée sur son caractère ? Entend-il d'aussi
loin et avec autant de facilité que vous ? Est-il devenu
grand causeur ? Fait-il encore les fautes de français
qu'il commettait autrefois ? A-t-il conservé quelques
vices de prononciation et lesquels ? Emploie-t-il les
pronoms sans se tromper ?

Mes fils instruisent en ce moment un jeune garçon de
dix ans qui entend depuis l'âge de six ans et qui n'avait
pu parvenir, ni à se servir des pronoms et des prépositions, ni à distinguer les temps et les modes, ni à

construire ses phrases d'une façon régulière, quoiqu'il soit très intelligent, que ses parents, gens fort distingués, se fussent beaucoup occupés de lui et qu'il entendît facilement quand on l'appelait, d'un ton de voix ordinaire, à trois ou quatre mètres de distance. Les difficultés qui ont arrêté ce pauvre enfant sont ce qui motive les questions que vous voudrez bien, je l'espère, ne pas trouver trop indiscrètes.

Ayez la bonté, etc,

Sarlat, le 28 Mai 1855.

A M. VALADE-GABEL, DIRECTEUR HONORAIRE.

Madame de Saint-A' et moi nous vous remercions des félicitations que vous voulez bien nous adresser au sujet de la guérison de notre fils ; et, loin de trouver de l'indiscrétion dans les questions que vous nous faites, nous ne pouvons qu'être heureux qu'un homme de votre expérience et de votre capacité puisse nous donner quelques avis sur ce que nous observons depuis que cet enfant entend.

Il n'y a pas longtemps que ce bonheur est arrivé ; c'est le mardi 17 avril qu'il a entendu tout à coup à trois heures de l'après-midi. Il travaillait avec son institutrice qui se fâchait un peu parce qu'il ne faisait pas beaucoup d'attention en écrivant un verbe sur le tableau ; elle était derrière lui, il ne pouvait pas la voir. Tout à coup il s'est retourné et s'est écrié : *Je l'entends !* il a sauté de joie et a dit : *J'entends le bruit que font mes pieds !* puis, quoique la fenêtre fût fermée, il a dit qu'il entendait un bruit qu'il a imité ; c'était le cri des hirondelles. Son institutrice voulait courir nous le dire, il n'a pas voulu de peur que cela ne durât pas. Ce n'est que le lendemain que, continuant à entendre, il nous a fait appeler dans son étude et nous avons eu la certitude qu'il entendait.

Cette guérison a exercé sur sa physionomie et vraisemblablement sur son caractère une heureuse influence ; car, surtout pendant les premiers jours, sa figure était radieuse. C'était un bonheur pour lui d'aller se promener dans le bois pour entendre les différents chants des oiseaux. *Comme c'est beau*, disait-il, *comme j'étais malheureux de ne pas entendre cela !*

Pour répondre à votre question, s'il entend aussi bien que nous et d'aussi loin, il faut faire une distinction qui nous a frappés et dont nous ne pouvons nous rendre bien compte. Nous avons la conviction, conviction acquise par un mois et demi d'expériences, que ce qui est uniquement *son* fort ou faible, il l'entend, aussi bien que nous et d'aussi loin ; mais pour ce qui est *parole*, il n'entend que du bruit ; il faut être assez près pour qu'il répète les sons qu'on émet ; il comprend son nom à voix ordinaire, je suppose à trois pieds, si on le lui dit à vingt, il n'entend plus que du bruit ; il faut répéter dix à douze fois à cette nouvelle distance, pour qu'il reconnaisse son nom. Depuis trois jours nous voyons cependant un progrès marqué pour répéter les sons et mots qu'on lui dit.

Vous voyez que, par le peu de temps qui s'est écoulé depuis qu'il entend, il ne peut y avoir aucune modification dans son instruction. La prononciation a dû gagner, mais ce n'est pas sensible. Nous ne pouvons concilier le plaisir qu'il a d'entendre avec le peu d'attention qu'il fait à la parole et même l'ennui qu'il éprouve, quand viennent les moments où on l'exerce sérieusement à écouter et comprendre la prononciation et à l'imiter.

Que cette guérison soit due à une crise naturelle ou à une grâce particulière de Dieu, comme tout vient de lui, notre reconnaissance n'en est pas moins grande ; et le cher petit croit bien à un miracle, parce que depuis qu'il se préparait à sa première communion, il avait dans sa pensée qu'il guérirait à cette époque.

Vous n'avez jamais vu un enfant aussi causeur, même aussi bavard que lui. Le soir au coin du feu, il n'y en a que pour lui ; et, s'il y a quelque étranger qui parle et que par politesse on est obligé d'écouter en négligeant par conséquent l'enfant, il ne tarde pas à dire : je trouve que tu es bien bavard ; tant il est ennuyé d'être réduit au silence !

Dans deux ou trois mois ce que nous pourrons vous communiquer sera plus concluant que ce que nous avons pu observer jusqu'ici. Réussirons-nous à l'initier à ce que les petits enfants apprennent sans effort apparent, le langage ? Maintenant qu'il est accoutumé à un autre moyen pour comprendre, il y a une autre difficulté à vaincre ; pendant bien longtemps l'application de ses yeux nuira à celle de ses oreilles.

Si ce que je peux vous raconter aujourd'hui vous paraissait insuffisant, ne craignez pas de me faire de nouvelles questions et d'autant plus hardiment que, si nous avions été à proximité de vous, nous vous aurions mené l'enfant pour que vous pussiez juger par vous-même du peu de rapport qu'il y a entre la manière dont il perçoit les sons et celle dont il entend la parole.

Veuillez, etc.

Château de M*, le 30 mai 1855.

P. S. — Dans les premiers jours on avait beau agiter une sonnette à ses oreilles il n'y faisait pas attention. Quand on lui en demandait la raison, il disait que ce n'était pas un bruit, que cela durait toujours et que cela montait et remplissait l'air comme une fumée ; il y est habitué depuis longtemps et distingue parfaitement ce bruit.

XXX

AU MÊME.

Gracieux empressement mérite gratitude. Je veux vous témoigner celle que je ressens en vous communiquant le fruit d'une longue expérience :

— N'arrêtez point votre cher fils à distinguer séparément les sons entre eux et les articulations entre elles ; n'appelez même point son attention sur des mots isolés, mais bien sur des phrases très courtes dont le sens lui soit familier ; qu'il ait ces phrases écrites sous les yeux tandis qu'il les prononce : revenez souvent sur le passé, c'est-à-dire faites-lui répéter les mêmes leçons pendant plusieurs jours, en ayant soin d'y ajouter quelques phrases nouvelles. Attendez qu'il distingue très bien des phrases de près avant de les lui faire entendre de loin. Parlez-lui sans crier, lentement et d'une voix pleine. Parlez en cadence : *Papa viendra bientôt — Ma sœur a vu le chat.* De la mesure à deux temps passez à celle à trois temps : *Mon papa voulez-vous m'embrasser*.....

— Quand il entendra distinctement un certain nombre de phrases, décomposez-les, en émettant les mots dans un ordre différent : *papa viendra bientôt — bientôt viendra papa — viendra bientôt papa — papa bientôt viendra.* Ce que vous avez fait pour les phrases vous le ferez ensuite pour les mots : *bientôt — tôt bien — viendra — dravien,* etc. Décomposez enfin les syllabes, en présentant séparément les voyelles et les consonnes.

— Faites-lui monter et descendre des gammes pour exercer à la fois l'oreille et le gosier. Exercez-le à percevoir, exclusivement par l'oreille, les phrases qu'il a lues et bien comprises soit au mouvement des lèvres soit à l'aide de l'écriture. C'est ainsi que, peu à peu, vous assouplirez ses organes et que vous lui ferez contracter l'habitude de donner aux sensations de l'ouïe la part d'attention qu'elles méritent.

— Barrez dans l'écriture les lettres qui ne doivent pas être prononcées ; adoptez des signes pour faire distinguer les syllabes longues, les moyennes et les brèves.

— N'exigez pas qu'il répète, avant d'y répondre, les questions qui lui sont faites ; mais ne vous contentez jamais d'un *oui* ou d'un *non* ou de toute autre réponse sommaire qui pourrait servir de couvert à quelque grosse erreur : *As-tu froid ? Non, je n'ai pas froid. — Est-il midi ? Oui, il est midi — Veux-tu aller te promener ? Certainement, je veux aller me promener.*

Si je savais jusqu'à quel point Gabriel est capable de manier la langue française, c'est-à-dire le degré de correction qu'il met dans ses compositions, peut-être pourrais-je indiquer les procédés les mieux appropriés à ses besoins actuels. Mais je ne suis nullement fixé sur ce point ; s'il s'exprime de vive voix, comme vous le faites parler dans votre lettre, il possède fort bien sa langue ; toutefois, vous l'avouerai-je, cela me semble peu probable. Or, ne vous y trompez pas, il n'entendra facilement que lorsqu'il sera capable de parler lui-même avec une certaine correction ; parce que seulement alors il combinera ses idées comme nous les combinons nous-mêmes. A l'âge où est arrivé votre fils c'est moins parce qu'on entend qu'on apprend à parler qu'on n'apprend à entendre parce qu'on possède l'intelligence du langage. Appuyez-vous donc sur ce qu'il sait de la langue pour développer son audition ; et, à mesure qu'il entendra mieux, servez-vous de son audition pour étendre ses connaissances : J'ai connu et je connais encore des sujets qui apprennent facilement un air de musique et qui sont incapables de percevoir la parole ; c'est vous dire, Monsieur, que la perception des tons est plus facile que celle des voyelles et celle des voyelles plus facile que celle des consonnes. C'est vous dire de plus le soin que vous devez mettre à la culture de l'intelligence du langage ; car, si les enfants dont je vous parle, n'entendent pas la parole, c'est qu'il sont hors d'état de la comprendre.

La tâche que vous avez entreprise sera certainement couronnée de succès : la docilité et la force de volonté qui caractérisent votre fils vous viendront puissamment en aide ; mais ne vous y trompez point, vous aurez bien des obstacles à surmonter....,

Sarlat, le 8 juin 1855.

À Monsieur Valade-Gabel,

Je ne saurais assez vous témoigner ma reconnaissance et celle de ma femme pour les détails précieux dans lesquels vous avez bien voulu entrer si minutieusement, c'est affectueusement que je devrais dire, pour nous guider dans la nouvelle éducation à donner à notre cher petit.

C'est toute une révélation ! par la méthode que notre expérience nous faisait suivre nous fatiguions l'enfant presque sans résultat ; les heures consacrées à écouter et à répéter la parole étaient pour lui des heures d'ennui et on ne voyait presque pas de progrès. Tandis que, depuis lundi seulement, en suivant la marche que vous avez la bonté de nous tracer, les progrès sont extraordinaires et l'enfant resterait toute la journée à ce travail, tant cela l'intéresse.

Mais c'est surtout le sentiment qui a dicté cette lettre que le cœur d'un père et d'une mère sait apprécier. Et je craindrais de ne pas l'apprécier comme il mérite de l'être, si je ne mettais autant qu'il est en moi sous vos yeux l'état des connaissances de mon fils, pour nous rendre plus profitables les nouveaux avis que vous voulez bien nous promettre. Je lui ai fait écrire ce qu'il a fait et vu dimanche dernier, jour de la Fête-Dieu, à la campagne. Je vous envoie sa composition sans correction telle qu'elle est sortie de ses mains. Vous le trouverez peu avancé, il le serait encore bien moins, si nous n'avions eu l'honneur de vous voir à Libourne chez Madame P* et de puiser, dans vos communications bienveillantes, des données qui ont facilité notre tâche...

M le 14 juin 1855.*

XXXI

A M. L'Abbé Laveau, directeur de l'Institution des sourds-muets d'Orléans,

L'état de ma santé m'oblige à m'éloigner de Paris, et après la mésaventure si peu croyable et néanmoins trop certaine de nos manuscrits* je ne puis me décider à me mettre en route avant que les nouvelles copies aient été enregistrées au bureau de l'Institut.

A vous maintenant de régler votre marche en conséquence : tout retard marqué se traduira par une double question de charité et d'intérêt personnel.

Les modifications, additions et changements soit de forme soit de fonds qui ne vont pas jusqu'à altérer les caractères de la méthode me semblent parfaitement licites, à condition toutefois que l'auteur ait soin de les accuser. Cette réflexion répond aux paragraphes I, III et IV de votre lettre, et partiellement au cinquième, relatifs au titre de l'ouvrage, à l'absence de théorie et à la correction de certains passages, à l'époque et à qui il convient que vous en fassiez le nouvel envoi.

Pour compléter sur ce dernier point les renseignements que vous désirez, je dois ajouter que c'est à M. de Col, chef de bureau au Ministère de l'Intérieur, division du Secrétariat général, que mon travail sera remis à l'époque indiquée.

Recevez, Monsieur et cher confrère.....

Paris, le 13 mai 1856.

---

* Transmis en janvier par le Ministre de l'Intérieur au Ministre de l'Instruction publique les volumineux manuscrits de MM. Valade-Gabel et Laveau s'étaient égarés dans les bureaux et étaient alors regardés comme perdus.

XXXII

A M. Charles Baker, à Doncaster.

Je vous aurais accusé réception depuis bien des jours des petits livres que vous avez eu l'obligeance de m'adresser par l'entremise de M. Vaïsse, si je n'avais été sur le point de faire paraître un ouvrage sur l'enseignement, ouvrage que je tenais à vous offrir avec mes remercîments pour votre excellente traduction ; ce travail est enfin sorti des mains de l'imprimeur et je me hâte de vous l'envoyer.

Ecrit spécialement dans le but de propager et de vulgariser l'enseignement des sourds-muets dans les familles et les écoles primaires, mon travail ne laisse pas d'intéresser les professeurs spéciaux, puisqu'il présente un résumé succinct et fidèle de la méthode que j'ai introduite à l'Institution impériale des sourds-muets de Bordeaux, méthode que je n'avais pas encore publiée et qui est tout à fait neuve dans son ensemble et dans ses applications.

Je vous serais très reconnaissant, Monsieur et honoré confrère, si vous vouliez bien m'adresser par écrit les réflexions critiques qu'aura pu vous suggérer la lecture de mon ouvrage et je serais intéressé à connaître les points de doctrine sur lesquels nous pouvons nous trouver en désaccord.

Paris, le 3 février 1857.

XXXIII

A M. Harvey Peet, directeur de l'Institut des sourds-muets de New-York.

Je me fais un plaisir et un devoir de vous adresser un ouvrage écrit pour vulgariser l'enseignement des sourds-muets en le mettant à la portée des instituteurs ordinaires. Jusqu'à quel point ai-je pu approcher du but : mieux que personne vous êtes capable d'en juger.

Vous jugerez en outre si en m'écartant des doctrine qui ont cours je me suis écarté de la vérité, si les procédés que j'indique peuvent ou non être combinés avec l'élément mimique dont j'ai cru devoir et pouvoir me passer ; vous jugerez enfin si mes recherches sur les propriétés inhérentes à la parole et aux différents moyens de communication en usage sont de nature à faire progresser l'étude des facultés intellectuelles.

Je vous serais reconnaissant, Monsieur et cher confrère, de me signaler les points de doctrine sur lesquels nous nous trouverions en désaccord et de vouloir bien me communiquer les travaux que vous avez publiés dans ces derniers temps.

Paris, le 4 février 1857.

XXXIV

AU DOCTEUR SCHMALTZ, MÉDECIN AURISTE À DRESDE.

En échange des excellentes publications que vous eûtes la bonté de déposer à mon domicile et dont j'aurais dû vous remercier il y a déjà longtemps, j'ai l'honneur de vous adresser la méthode que je viens de publier pour enseigner aux sourds-muets la langue française sans l'intermédiaire du langage des signes.

Les utiles travaux auxquels vous vous livrez dans l'intérêt des enfants privés d'audition ont, avec le livre dont je vous fais hommage, des rapports si multipliés que vous ne sauriez manquer de me lire. Toutefois je me permets d'appeler particulièrement votre attention sur les pages LVI et LXV-LXVI et suivantes — 15 et 16, — 127 et suivantes. Il y a quelques points de doctrine sur lesquels nous ne sommes pas d'accord, et dans l'intérêt de la science et de l'humanité je voudrais que nous puissions, vous et moi, adopter le même symbole.....

Paris, le 8 février 1857.

XXXV

AU MINISTRE DE L'INSTRUCTION PUBLIQUE.

Le vice-recteur de l'Académie de Paris ayant appelé votre attention sur les résultats médicaux et pédagogiques obtenus sur des sourds de naissance par M{^lle} Cléret, institutrice, vous avez chargé une commission de constater ces résultats et m'avez fait l'honneur de me nommer membre de celle-ci.

A ce titre et comme expression de gratitude, je viens faire hommage à votre Excellence d'une méthode à la portée des instituteurs primaires pour enseigner aux sourds-muets la langue française sans l'intermédiaire du langage des signes.

Si je ne me trompe, Monsieur le Ministre, cet ouvrage n'intéresse pas moins l'instruction primaire en général que l'instruction spéciale d'une classe trop nombreuse d'enfants disgraciés ; c'est le cours de logique naturelle que l'abbé Sicard proposait de substituer dans toutes les écoles à l'étude si aride de la grammaire ; il fournit les moyens de donner aux sourds-muets, d'une manière plus complète et plus sûre, l'instruction qui leur est indispensable ; il met les instituteurs primaires en état de se rendre plus utiles, d'offrir aux enfants doués de tous leurs sens un enseignement plus fructueux, mieux en rapport avec les besoins réels des conditions les plus humbles, enseignement dépouillé de toute apparence scientifique qui donne de la rectitude à l'esprit et ne saurait ainsi inspirer aucune bouffée de sot orgueil.

Je crois donc remplir un devoir envers la Société et envers vous, Monsieur le Ministre, en priant votre Excellence de vouloir bien soumettre cette méthode au Conseil impérial et lui donner mission d'examiner :

1º Jusqu'à quel degré d'instruction le sourd-muet peut être amené dans les écoles primaires et quels seraient les principaux avantages de cette instruction donnée en commun ;

2º Si les enfants doués de l'intégrité de leurs sens ne peuvent comme les sourds-muets, en dehors de toute technologie grammaticale, acquérir l'idée exacte des rapports exprimés par le discours ;

3º Les avantages réels que la culture de la mémoire des impressions visuelles peut offrir aux enfants non muets pour les mettre en état de pratiquer l'orthographe et d'écrire la langue avec autant de facilité qu'ils ont à la parler.

4º Dans quelle mesure le livre peut être recommandé à MM. les directeurs des écoles normales, à MM. les inspecteurs de l'instruction primaire et aux instituteurs eux mêmes.

Quel que soit l'accueil que votre Excellence......

Paris, le 10 février 1857.

XXXVI

A Madame la Supérieure de l'École des sourdes-muettes de Saint-Etienne.

Le temps n'a point affaibli les sentiments d'estime et de respect que plusieurs heures passées dans votre intéressante Maison m'inspirèrent pour les bonnes sœurs chargées d'instruire les sourdes-muettes. Aussi je me fais un plaisir et un devoir de vous adresser à leur intention la méthode que je viens de publier.

Ce livre contient nombre d'exercices et de procédés dont elles font usage et nombre d'autres qui ne s'étaient pas présentés encore à leur esprit ; il dit aussi le pourquoi de bien des choses qu'elles font sans les avoir raisonnées et il pourra, du moins je le souhaite, les mettre à même d'atteindre le but plus vite, mieux et avec moins de peine.

Si mes prévisions ne sont pas déçues et que vous m'en sachiez quelque gré, veuillez, Madame la Supérieure, me le montrer en me signalant les imperfections d'un ouvrage écrit uniquement dans l'espoir d'être utile à des enfants qui vous sont chères en proportion de leur infirmité.

Agréez, s'il vous plait, Madame la Supérieure, etc.

Pavis, le 13 février 1857.

XXXVII

A M. FOUILLET, INSTITUTEUR À SAINT-SYMPHORIEN DES BOIS (SAONE-ET-LOIRE).

Chargé en 1854 avec d'autres juges de déterminer le mérite des mémoires envoyés au concours de la Société centrale d'assistance pour les sourds-muets, j'eus connaissance de votre travail, remarquable à plus d'un titre, et fus étonné d'y retrouver en germe à peu près tous les principes qu'une expérience laborieusement acquise m'a fait successivement adopter. Cette circonstance explique comment et pourquoi j'ai tenu à vous adresser un exemplaire de mon ouvrage. Veuillez y voir une preuve d'estime et de sympathie ; veuillez y voir aussi l'expression du désir que j'ai de connaitre votre pensée sur la nature et l'étendue des services que mon livre est appelé à rendre dans les écoles primaires, tant aux sourds-muets qu'aux enfants doués de tous les sens extérieurs. Personne ne peut en juger mieux que vous, pas même les membres de l'Institut qui sont appelés à se prononcer sur ce point.

Quand vous aurez achevé la lecture de mon livre et que vous aurez fait l'application des procédés les plus importants, ayez donc l'obligeance de m'écrire vos observations, toutes vos observations, surtout les observations critiques. Signalez-moi les lacunes, les endroits obscurs, les points qui vous sembleraient en contradiction, les principes que vous ne sauriez adopter, les procédés qui ne conduiraient pas directement au but. J'ai fait une œuvre consciencieuse ; le temps et les avis des hommes pratiques et impartiaux peuvent seuls en faire disparaître les imperfections.

Adieu, Monsieur et très-cher confrère ; un mot également sur l'effet que produit dans votre école la présence des sourds-muets et sur l'utilité dont peuvent être aux parlants les procédés employés pour l'instruction des premiers. Recevez, etc.

Paris, le 19 février 1857.

XXXVIII

A SŒUR LUDOVICIE.

Les programmes de l'Institution de Bordeaux ne sont que partiellement reproduits dans mon livre ; il ne fallait pas effaroucher les instituteurs primaires en leur montrant un peu trop l'étendue de la tâche qu'ont à remplir ceux qui entreprennent l'instruction d'un sourd de naissance ; il fallait également passer sous silence les exercices de langage mimique qui peuvent être faits avec utilité dans les écoles spéciales, et dont on peut et l'on doit pouvoir se passer dans les écoles de parlants. J'ai réservé cette matière pour une publication plus opportune.

Si les indications sommaires contenues dans nos pro-grammes manuscrits ne vous paraissent pas suffisants, adressez-moi questions sur questions ; vous me rendrez service : les lacunes m'apparaîtront et je les comblerai sans fatigue et sans peine.

De nombreux amendements ont été introduits dans mon livre sous le double rapport de la classification des matières et de la rédaction ; vous remarquerez aussi quantité d'observations pratiques placées à la suite des leçons. Que Dieu me prête vie, qu'il y ait lieu d'en faire une seconde édition et l'ouvrage deviendra beaucoup moins imparfait.

Ayez la bonté, chère sœur, de me dire l'usage que vous en faites et les services que vous en retirez ; faites-le avec une entière franchise de fond et une extrême sobriété de formes élogieuses ; votre témoignage ac-querra par là plus de poids. Voici pourquoi j'en ai besoin : la commission mixte de l'Institut, si j'en suis bien informé, a de mon travail une idée excessivement favorable ; mais ne comptant parmi ses membres aucun homme pratique, elle craint de se laisser trop aller au prestige de la théorie, et désire faire procéder à des expériences comparatives. La chose est sage en elle-même ; mais comme j'ai plus de trente années d'expé-rience, que l'Ecole de Bordeaux est là, que je puis montrer des résultats obtenus par mes enfants et par plusieurs personnes non spéciales qui en font l'applica-tion à Paris, je voudrais que le calice passât loin de moi, et je recueille avec un soin extrême toutes les preuves, tous les matériaux qui sont de nature à éclairer la commission sur l'efficacité de l'application de la méthode naturelle.

Ne mettez donc dans la lettre que je vous prie de m'écrire aussitôt que possible, rien qui décèle les sentiments d'estime dont vous voulez bien m'honorer ;

dites seulement de la méthode que je vous ai fait
connaître, il y a déjà cinq années, le bien qu'elle peut
mériter, et du livre que vous avez entre les mains,
les espérances qu'il vous fait concevoir ; déterminez,
s'il vous est possible, jusqu'à quel point vous en adoptez
la marche et en quoi vous faites encore hérésie.

Adieu, Madame et chère sœur.....

Paris, 1er mars 1857.

XXXIX

A M. Francis Riaux, professeur de l'université.

L'occasion que vous m'offrez de vous écrire diminue
les regrets que j'eus de ne pas vous trouver. Recevez
tous mes remercîments pour l'excellent article dont
personne ne peut comme moi apprécier l'exquise bienveillance. J'espère avoir le plaisir et l'honneur de vous
exprimer de vive voix mes sentiments de gratitude et
que vous aurez alors la bonté d'ajouter à ma dette
en me signalant les côtés faibles que vous n'avez pas
voulu faire remarquer aux lecteurs du *Constitu-
tionnel.* Désireux de me rapprocher du but élevé que je
poursuis, rien ne m'est plus agréable que les critiques
judicieuses des hommes vraiment supérieurs.

Toutes mes sympathies et mon admiration sont acquises aux vertus solides, au noble dévouement, à l'excellent esprit de Mlle Cléret ; si elle le méritait un peu
moins, elle eût depuis longtemps obtenu un prix Mon-
thyon ; ceci dit entre nous, pour ne pas me brouiller
avec l'Académie française.

La Commission chargée par le Ministre de l'Instruction publique d'apprécier les résultats qu'elle a obtenus,
tant par les voies de la médecine que par celles de la
pédagogie, est à son égard dans les dispositions les

7

meilleures ; mais si un heureux hasard lui a fait rencontrer un remède qui n'est pas sans efficacité dans certains cas de surdité, si les inspirations de son cœur de femme et son dévouement sans bornes lui ont fait obtenir dans son enseignement par la parole des résultats très appréciables, quelque bienveillante que soit cette Commission, elle ne saurait raisonnablement voir dans le remède de Mlle Cléret un traitement contre la surdité, dans son enseignement une méthode d'instruction pour les demi-sourds. Il y aurait..... etc.

Paris, le 27 mai 1857.

XL

A M. Kersten, Directeur du *Journal Historique et Littéraire,* à Liége.

La méthode, pour enseigner la langue française aux sourds-muets sans l'intermédiaire du langage des signes, a été appréciée dans votre journal avec une bienveillance dont je suis vivement touché « c'est, avez vous dit, un enseignement complet en action; il ne s'agit là ni d'alphabet, ni de grammaire, ni d'orthographe. Le sourd-muet apprend par l'usage la langue écrite, *de la même manière que l'enfant doué de l'ouïe apprend la langue de sa mère.** »

Une approbation aussi nettement exprimée serait de nature à satisfaire l'amour propre le plus difficile. Toutefois l'intérêt de la science m'oblige à faire suivre mes remercîments de courtes observations au sujet du langage non institué qui seul donne la clé des langues conventionnelles. « Instruire, dites-vous, soit le sourd-

* Journal historique et littéraire, tome XXIX. — Livre I, 1 mai 1857.

muet, soit le petit enfant doué de l'ouïe, sans l'intermédiaire de la langue naturelle est chose impossible. Tout enseignement, toute communication exige un langage actuellement existant, et tout langage se compose de signes ». Mal compris, ce principe pourrait induire en erreur les instituteurs de sourds-muets et leur faire croire à l'absolue nécessité d'étudier la mimique pour enseigner par traduction la langue écrite, au risque de faire de longs et pénibles détours, au risque plus sérieux encore de multiplier, d'une manière indéfinie, les difficultés qu'ils se proposent d'aplanir.

En quoi consiste le langage non institué qui sert aux premières communications de la mère et de son enfant ? Accordons-nous, vous et moi, la même signification au mot *signe* et au mot *langage* ? — Dans mon esprit tout signe est un objet sensible et présent qui rappelle un objet absent auquel l'esprit l'associe. Les mouvements qui articulent et précisent en quelque sorte l'expression physionomique ne sont donc pas des signes proprement dits, lorqu'ils constituent des actions réelles. Toujours dans mon esprit, un signe, un grand nombre de signes ne constituent pas plus une langue qu'un soldat et un grand nombre de soldats ne constituent un régiment. La langue suppose, comme le régiment, le groupement des unités élémentaires en unités collectives de divers degrés, l'ordre, la subordination, les fonctions distinctes : toutes choses sans lesquelles ne pourraient avoir lieu les mouvements et les combinaisons nécessités par les circonstances. — Toute collection de signes doit en outre, pour mériter le titre de langue, être assez étendue pour se prêter à l'expression des idées de toute nature et se trouver à notre disposition de manière à ce que nous puissions tour à tour nous en servir pour combiner nos propres idées, les exprimer et comprendre celles d'autrui.

J'admets donc que toute langue est une collection de signes ; mais je ne saurais admettre que toute collection de signes soit une langue. — C'est par extension, par abus qu'on dit : *le langage des fleurs ;* on se sert des fleurs, il est vrai, pour symboliser des vertus ou des vices, des qualités ou des défauts ; jamais on n'en a fait un véritable langage : les fleurs prises pour signes ne sont pas assez nombreuses et rien n'en règle la coordination. — C'est par un autre genre d'abus qu'on dit : *le langage des bêtes,* pour désigner les mouvements instinctifs auxquels elles reconnaissent, instinctivement aussi, les besoins qui agitent les créatures de leur espèce ; les bêtes ne se servent point d'objets présents pour rappeler des objets absents ; elles ne font pas ces signes pour combiner des idées et se comprendre entre elles. — On dit dans le même sens *le langage de la nature,* pour dire les manifestations que, séparément ou dans leur ensemble, les êtres de la création font des qualités qui les distinguent.

Si je ne me trompe, c'est là, et là seulement, que gît le langage non institué sans lequel nul ne parviendrait à s'approprier la langue maternelle ; mais il faut prendre ce langage dans son ensemble, c'est-à-dire dans l'ensemble des êtres de la création considérés en repos et en mouvement, et ne pas oublier que l'homme fait partie de cet ensemble. — Or, lorsqu'on ne prend pour former la langue naturelle que les gestes et les mouvements par lesquels l'homme manifeste son activité pensante, on ne prend qu'une créature ; que dis-je, on ne prend que certaines manières d'être de cette créature ; et, bien que l'homme soit la première de toutes, bien que l'âme rayonne en quelque sorte à travers son enveloppe terrestre, les gestes et les mouvements ne sauraient faire connaître les œuvres de la création à ceux qui déjà ne les ont pas en connaissance. — Il est aussi impossible de faire une langue gestuelle, avec des signes purement matériels, que de composer une langue parlée, avec des onomatopées seulement. La preuve que les gestes et les mouvements, tels que la nature les inspire, ne constituent pas à eux seuls le langage non institué, et qu'ils n'en sont pas même la partie la plus essentielle, c'est que les aveugles-nés entrent en possession de la langue maternelle en aussi peu de temps que les *clairvoyants,* quoiqu'ils soient séparés de leur mère par une cloison parfaitement opaque, pour me servir d'une expression déjà employée, et que personne ne s'avise de faire avec eux en aucune façon usage de cette prétendue langue. — Les gestes, tous les mouvements du corps et l'expression de la physionomie font partie du langage mimique, mais celui-ci ne devient une véritable langue que quand il est étendu, perfectionné, enrichi d'une foule de signes arbitraires correspondant aux idées qui sont sans rapport avec les formes et les mouvements etc..... telles que les idées de saveur, d'odeur, de bonté, de sagesse, etc., etc. — Tout système de signes mimiques, élevés à la dignité de langue, nécessite donc pour être compris, une étude, une initiation ; ce n'est pas, ce ne peut pas être la langue primitive, la langue non instituée. La langue qui sert d'initiation à toutes les autres langues est celle que parle : « le ciel quand il enseigne à la terre à révérer son auteur. » — Quels sont les signes qui donneront, de la rose et de la pêche par exemple, des idées aussi exactes que la rose et la pêche elles-mêmes ? Ayez, si vous le voulez, recours au dessin, à la peinture, à la sculpture, à tous ces arts réunis ; ajoutez-y, si bon vous semble, des signes relatifs à l'odeur suave de l'une, à la saveur et au parfum de l'autre ; jamais vous ne donnerez de ces deux choses des idées exactes ; tout ce que vous pourriez faire, ce serait de faire revivre ces idées, de les réveiller si l'enfant avait déjà réjoui ses sens de ces doux présents de Dieu. — Il en est des actions et des qualités comme des choses pondérables ; rien n'en donne une idée aussi nette que la perception directe, immédiate, par un ou plusieurs de nos sens. Les mouvements qui constituent les actions réelles sont bien, si vous le voulez, des indices, des symptômes ; mais, je le répète, ce ne sont pas des signes proprement dits, c'est-à-dire des objets présents qui, par association d'idées, rappellent des objets absents. — D'où vient l'illusion qui fait donner le nom de langue aux révélations de la nature ? Probablement de ce que, en présence des faits et des choses, nous nous parlons à nous-mêmes, c'est-à-dire que notre intelligence entre en action, délimite, circonscrit leurs qualités, perçoit les rapports qu'elles ont entre elles et avec nous-mêmes etc, etc ; mais les choses n'ont pas, ne peuvent pas avoir de langage dans la véritable acception du mot.

Le désaccord apparent qui existe entre vous et moi provient donc uniquement de ce que nous n'avons pas donné aux mots *signe* et *langage* la même signification : vous prenez le mot *signe* dans le sens le plus large et le plus étendu ; je le prends uniquement dans le sens d'élément constitutif du langage ; vous entendez par *langue*, *langage* toute collection de signes coordonné ou non ; je ne donne cette dénomination qu'à un ensemble systématisé de signes. Vous voyez le langage non institué dans des gestes et dans les mouvements des parties du corps humain ; je le vois dans l'ensemble des êtres de la création ; je ne considère les gestes et les mouvements du corps humain que comme une partie de ce langage dont, en tant que signes proprement dits, le sourd-muet peut à la rigueur se passer et qu'il ne faut pas prendre pour base de son instruction, quand on se propose de lui enseigner une langue écrite ou une langue parlée.

En exprimant les idées qui précèdent je n'ai fait que confirmer les opinions émises dans mon livre. Veuillez vous reporter à la page LXIII, vous y lirez : « Telle qu'elle a été posée..... etc. — *Ceux qui veulent chasser le naturel le voient toujours revenir au galop :* Je ne crois pas avoir commis cette maladresse, puisque au § 98 j'ai dit : « Laissez s'établir par tous les moyens que suggèrent..... où les frères sont pour les frères les instituteurs les mieux écoutés. » — La preuve enfin que les réalités sont, à mes yeux, la véritable source extérieure de nos idées, la langue non instituée qui sert à initier à l'intelligence de la langue instituée que parlent nos mères, se trouve au § 159 que je crois devoir encore citer ici : « Nous avons indiqué les moyens simples, naturels et faciles à l'aide desquels le sourd-muet est initié par l'écriture à la compréhension de la langue. Pour lui etc... et à saisir et montrer au passage ceux qui échappent à l'imitation. »

Je m'empresse de le reconnaître, la critique qui termine votre remarquable article est parfaitement fondée : les mots *étendue de signification* ont été, par inadvertance, employés pour *étendue de compréhension*, désignant ainsi la somme d'idées particulières contenues dans chaque mot. Avec cette rectification il n'y a plus dans ma pensée de méprise possible, et ce que vous dites de l'emploi que le jeune enfant fait d'abord du mot *père* vient à l'appui de mon observation : s'il donne le nom de *papa* au premier homme venu, c'est précisément parcequ'il n'attache à ce mot qu'une vague compréhension du mot *homme*. Mais suivez de près en lui le développement du langage, vous remarquerez de singulières transformations : du mot dont il faisait naguère un nom générique, il fait actuellement un nom propre ; — *papa* ne désigne plus pour lui un homme en général, il désigne l'homme qui habite avec lui le même toît, qui le

protége, le caressé, le gronde, prend part à ses peines
et à ses plaisirs etc ; *papa* est dans ce moment un nom
qu'il refuse de donner à tout autre qu'à son propre père,
et s'il l'entend appliquer au père d'un autre enfant. il
proteste en disant : *non, pas papa !* — Le petit enfant
est conséquent avec lui-même ; il donne aux mots la
valeur dont il est parvenu à les revêtir : ce qu'il fait
ainsi par ignorance simule souvent la généralisation ;
mais est-ce bien la généralisation vraie, utile, féconde
qui fournit au raisonnement des auxiliaires si précieux ?
Il n'arrive, je crois, à celle-ci qu'un peu plus tard ;
lorsqu'il est suffisamment entré en possession de la
langue et que, parvenu à distinguer les objets par leurs
différences, il est dominé par la nécessité de les grouper pour soulager sa mémoire.

Tels sont, Monsieur, les observations que j'ai cru
devoir vous soumettre et les aveux que j'avais à vous
faire. Je ne m'attends pas à ce que ma lettre reçoive les
honneurs de la publicité... etc.

Paris, Mai 1857.

XLI

A M. WIRTH, INSTITUTEUR À NEIDERHASLACH (BAS-RHIN).

Un mien ami dont vous connaissez les intéressantes
publications pédagogiques, M. Rapet, m'ayant communiqué le numéro du *Bulletin académique du Bas-Rhin*
en date du 15 juin dernier, j'y ai lu avec un vif intérêt
un article, aussi bien écrit que fortement pensé, où
sont discutés les moyens à employer pour faire pénétrer
l'usage de la langue française dans ceux de nos cantons
qui ne parlent encore que l'allemand. Dès lors j'ai
conçu le désir d'offrir à l'homme de mérite, à l'instituteur dévoué qui aborde cette question avec une incontestable supériorité un livre qui, si je ne me fais illusion,

peut lui venir en aide pour la réalisation de l'œuvre qu'il poursuit.

Je vous envoie donc ce livre par le courrier de ce jour ; et, qu'il vous soit utile ou non, veuillez, Monsieur, voir dans *la Méthode pour enseigner aux sourds-muets la langue française sans l'intermédiaire du langage des signes* l'expression des sentiments d'estime et de sympathie que la lecture de votre écrit m'a inspirés pour votre personne. .....

Paris, le 28 mars 1858.

XLII

A M. FRANCK, MEMBRE DE L'INSTITUT.

Les renseignements que vous m'avez fait l'honneur de me demander ne nécessitent aucune recherche et je suis heureux de vous les adresser sans retard.

L'étude des mots isolés et l'enseignement analytique de la grammaire occupent aujourd'hui dans l'Institution des sourds-muets de Paris une place moins importante qu'ils le faisaient antérieurement à 1833 ; mais, depuis l'éloignement de M. Ordinaire à la fin de 1838, la suppression des conférences, l'absence de toute direction des classes, les changements des professeurs, les habitudes acquises chez quelques-uns des plus anciens (les sourds-muets) et d'autres causes encore ont, dès les premiers temps du cours d'instruction, fait reprendre aux théories grammaticales et à la nomenclature une place qui ne saurait légitimement leur appartenir.

L'intuition apparaît accidentellement dans l'enseignement des professeurs de l'Ecole de Paris proprement dits ; il arrive que ces Messieurs montrent matériellement les choses dont ils veulent enseigner les noms, que d'autres fois ils reproduisent l'image peinte ou dessinée ; mais habituellement ils ont recours aux signes pour imposer aux mots la valeur que les élèves doivent y attacher. Je dois ajouter qu'aucun d'eux ne s'avise de ramener à l'intuition l'enseignement des rapports.

S'agit-il d'une explication générale de la leçon, faut-il narrer aux élèves quelque évènement, le langage naturel des signes : c'est-à-dire un ensemble de signes naturels, de signes artificiels et de signes purement conventionnels, coordonnés d'après les lois syntaxiques inhérentes à la nature de ces signes, est mis en usage. Mais vienne l'étude d'un texte quelconque, adieu la syntaxe mimique ; les signes sont impitoyablement reproduits dans l'ordre de la phrase française : d'où pour les élèves un inextricable amas de non-sens et de contre-sens. Là n'est certainement point l'unique cause de l'infériorité des résultats obtenus dans cette école ; mais selon moi, cette cause suffit à rendre impossible tout progrès sérieux dans l'intelligence et la pratique de la langue française écrite.

Je crains fort que, loin d'introduire dans l'Ecole de Paris le respect de la construction mimique qui seul peut amener les élèves à respecter à leur tour la construction française, les professeurs venus de Bordeaux ne se laissent, par la suite, tomber dans l'ornière de la routine ; tant cette routine favorise la paresse et l'ignorance ; tant elle facilite la fraude quand il s'agit de constater les résultats obtenus dans le cours de l'année.

Mille grâces, Monsieur, pour vos bienveillantes dispositions à mon endroit et les services que vous rendez à la cause des sourds-muets..........

Paris, avril 1861.

XLIII

A M. DUMAS, MEMBRE DE L'INSTITUT, PRÉSIDENT
DE LA COMMISSION DE L'ENSEIGNEMENT DES SOURDS-
MUETS.

A la suite d'une étude approfondie de tous les modes
d'enseignement en usage pour l'instruction des sourds-
muets et après avoir fait constater les résultats obtenus
dans les écoles où ils sont mis en pratique, l'Institut de
France a reconnu et signalé au gouvernement la supériorité de la méthode intuitive usitée dans l'Institution
impériale de Bordeaux. Cette méthode fut publiée en
1857 sous le titre de *Méthode à la portée des instituteurs
primaires pour enseigner aux sourds-muets la langue
française sans l'intermédiaire du langage des signes.*

Daignez agréer, Monsieur le Président, et faire agréer
à vos illustres collègues l'hommage d'une gratitude
vivement sentie. Nul ouvrage de ce genre n'avait été
l'objet d'une distinction aussi flatteuse depuis le grand
prix décennal décerné au livre de l'abbé Sicard.

Né d'une imagination aussi brillante que féconde,
orné de toutes les richesses du style, l'ouvrage du spiri-
tuel et célèbre instituteur a le séduisant attrait d'un
roman philosophique ; fruit d'un travail persévérant et
de patientes observations, la méthode intuitive n'a
d'autre mérite que de suivre, pas à pas, la nature et de
rester constamment dans la vérité. Le premier de ces
ouvrages fit la gloire de l'auteur et appela sur les
sourds-muets l'attention de l'Europe savante ; le second,
grâce à la juste confiance qu'inspirent les décisions de
l'Institut, ouvre une ère nouvelle à l'art de Pierre
Ponce et de l'abbé de l'Epée.

L'honneur qui m'en revient, Monsieur le Président,

me fait un devoir de ramener un instant votre attention sur une question d'humanité qui, dans le rapport adressé à son Exc. M. le ministre de l'intérieur, n'a pas reçu, je le crains, une solution suffisante.

L'isolement et l'abandon nuisent au développement intellectuel et moral du sourd-muet plus que son infirmité même ; on ne saurait donc le soustraire de trop bonne heure à cet isolement fatal, si l'on veut que les instituteurs chargés de lui donner plus tard l'instruction que sa condition comporte n'aient pas à lutter contre une dégradation trop profonde. Partant, c'est à la famille, et à défaut de celle-ci, à l'école primaire et à l'instituteur communal qu'il appartient de commencer l'éducation du jeune sourd-muet. Je dis l'éducation ; car, s'il n'y a pas à s'inquiéter beaucoup du savoir qu'il acquerra dès ses premières années, on doit veiller de près à ce qu'il contracte des habitudes de soumission, de sociabilité, d'ordre et de décence.

La lumière m'est venue de l'expérience : à Bordeaux je notais avec soin, non seulement l'état physique des enfants nouvellement admis, mais autant que possible leur état moral et les connaissances qu'ils apportaient à l'école. Or, dans l'espace d'une douzaine d'années, je constatai que le rapport numérique de ceux qui savaient quelque chose à ceux qui ne savaient rien, on pourrait dire des civilisés aux sauvages, allait croissant ; et que c'était à l'école primaire que les premiers étaient généralement redevables de leur supériorité relative : Ceux qu'on s'était borné à faire écrire et dessiner profitaient déjà mieux de leur séjour à l'établissement ; et ceux qui étaient parvenus à compter et à comprendre un certain nombre de mots arrivaient presque tous à la tête des classes.

J'enregistrais ces faits et en déduisais des conséquences, moins en professeur absorbé dans les questions

de méthode et de procédés qu'en administrateur préoccupé d'intérêts plus élevés ; dès lors il fut démontré
que le séjour de l'école primaire est profitable aux
sourds-muets

Restait à savoir jusqu'à quel point leur présence dans
une école de village peut-être compatible avec la discipline et les progrès des *parlants*, jusqu'à quel point les
moyens employés pour instruire les uns peuvent être
profitables aux autres. — Pour m'éclairer sur des points
si importants, j'interrogeai les instituteurs primaires,
les frères de la doctrine chrétienne et d'autres personnes qui s'étaient appliqués à cette bonne œuvre.
Voici le résumé de leurs réponses : — « *L'accoutumance*
« *nous rend tout familier ;* si le jeune sourd-muet a été
« préalablement l'objet d'une causerie instructive, s'il a
« été admis dans le jardin avant d'être reçu dans la
« classe, il y devient rarement l'objet de la préoccu-
« pation générale. — C'est à tort qu'on a dit l'enfance
« sans pitié ; elle est éminement sympathique et imita-
« trice ; à peine le sourd-muet a-t-il, sous le patronage
« du chef de l'école, pris part aux jeux de la récréation
« que ses signes sont compris ; et peu de jours s'écou-
« lent sans que ses camarades parviennent à lui com-
« muniquer leurs idées. — Il est sans doute des enfants
« étourdis, fougueux, colères ; mais sont-ils pour cela
« dépourvus de ce qui est le fond même du sens moral
« et religieux ? Certainement non ; en eux la pitié est
« seulement engourdie, circonstance qui, loin d'être un
« motif pour soustraire les sourds-muets à leurs regards,
« est une raison pour les leur montrer, afin de stimuler
« en eux la compassion : la pitié n'est-elle pas un senti-
« ment qui se développe par l'exercice et le retour que
« l'esprit fait sur soi-même. — Le tracé de l'écriture
« et le dessin artistique et linéaire, étant principalement
« du ressort de l'œil et de la main, le sourd-muet en

« reçoit les leçons en même temps que les autres
« élèves ; il acquiert aussi quelques notions de calcul
« et de géographie, lorsqu'il est fait des exercices sur
« l'arithmomètre et sur les cartes murales. Dans l'état
« actuel des méthodes d'enseignement primaire c'est à
« peu près tout le profit qu'il peut tirer des leçons
« données aux élèves parlants. — Gardons-nous de
« toute illusion : Lors même qu'on leur a enseigné
« à produire plus ou moins bien les valeurs phonétiques
« et à les lire sur les lèvres d'autrui, les véritables
« sourds de naissance n'apprennent point la langue
« maternelle de leurs camarades par les relations qu'ils
« ont avec eux ; ces moyens de communication sont
« trop incertains et d'un trop difficile usage ; ils ne
« peuvent servir qu'aux sujets devenus sourds à un
« certain âge et possédant déjà le fond de la langue
« parlée. — D'où la nécessité de donner aux véritables
« sourds-muets des leçons de langue française appro-
« priées à leur organisation exceptionnelle et de créer
« pour eux des moyens d'étude, de peur que leur oisi-
« veté ne devienne dans la classe une occasion de trou-
« ble et de distraction. — Malheureusement, quand
« elles sont données par des signes soit naturels soit
« méthodiques, les leçons des muets ne sont pas profi-
« tables aux enfants parlants, parceque ce langage
« n'entre pas dans le programme de l'instruction pri-
« maire et qu'il ne sert d'introduction à aucune autre
« connaissance. Quand elles sont données par l'articula-
« tion artificielle, ces leçons ne leur sont pas plus pro-
« fitables à cause de l'extrême lenteur et des répétitions
« perpétuelles qu'elles nécessitent. De petits livres où
« la valeur des mots serait expliquée par le dessin et
« et qui permettraient au sourd-muet de s'occuper seul
« seraient des instruments précieux. »

Tel est l'ensemble des renseignements reçus des

instituteurs primaires qui n'avaient pas craint d'admettre dans leurs écoles de pauvres sourds-muets jusque-là délaissés. Remarquez s'il vous plaît, Monsieur le Président, qu'aucun d'eux n'avait fait usage de l'écriture associée directement aux faits produits sous les yeux des élèves ; et pourtant l'intuition est la source de nos plus sûres connaissances. Tous les modernes réformateurs des méthodes : Pestalozzi, le père Girard, Frœbel et Jacotot lui même, ont plus ou moins puisé à cette source et diminué ainsi la distance qui séparait l'enseignement des parlants de l'enseignement des muets ; j'ai rapproché davantage encore l'enseignement des muets de celui des parlants en lui donnant l'écriture pour instrument principal et en l'établissant d'une manière plus large et plus complète sur le terrain de l'intuition.

Il y a donc aujourd'hui entre ces méthodes assez de points de contact pour que les élèves parlants puissent tirer un avantage positif des leçons spéciales de français faites pour le sourd-muet en dehors des heures réglementaires, si le maître ne peut s'occuper de lui durant la classe : — En effet, aussi bien que le muet, le parlant a besoin d'apprendre la langue écrite ; c'est-à-dire d'apprendre à écrire la langue qu'il sait parler. — Quoiqu'il en comprenne le sens, il est longtemps à pouvoir s'exprimer avec la plume de manière à se rendre intelligible. — Le muet, qui ignore aussi bien le fond que les formes de cette langue, apprend les deux choses à la fois et parvient plus vite à bien orthographier qu'à bien comprendre.

C'est par la grammaire que, presque partout et toujours, on s'efforce d'enseigner aux parlants la pratique de la langue écrite, et le succès couronne rarement l'entreprise ; tandis qu'en peu de temps, par la méthode intuitive que l'Institut a approuvée pour les sourds-muets et par la culture des impressions visuelles, on peut mettre les sujets qui parlent, même les moins intelligents, en état d'écrire leur langue avec presque autant de facilité qu'ils en ont à la parler. Je me mets à la disposition de l'Institut pour en faire l'expérience.

Les services que l'école primaire peut rendre à la cause des sourds-muets avaient été reconnus de presque tous les instituteurs spéciaux que l'honorable M. Franck a interrogés et qui semblent aujourd'hui s'être concertés pour renier leur première opinion. J'en excepte : la mère Nathalie, qui sans doute n'a pas pris connaissance des documents recueillis à Bordeaux et qui ne s'est jamais, que je sache, appliquée à l'instruction primaire, — M. l'abbé Laveau qui n'a pas la pratique de l'enseignement qu'il dirige, — et M. le directeur de l'institution impériale de Paris qui, depuis trop peu de temps encore, a abandonné la carrière administrative pour s'appliquer à instruire les sourds-muets.

L'assertion n'est point hasardée : — M. Piroux, dans une foule de publications, revendique l'honneur d'avoir, le premier en France fait admettre les sourds-muets dans les écoles primaires et s'attribue à bon droit le bien qui en est résulté. — Messieurs les professeurs de l'école de Paris signaient tous, en 1854, la pétition que la Société centrale adressait au ministre de l'intérieur *« à l'effet d'obtenir que les enfants sourds-muets pussent recevoir dans les écoles primaires le degré d'instruction qui y est possible pour eux. »* — Comme membres du Conseil d'administration de cette même société, ces messieurs dépensent chaque année de 2 à 4000 francs pour envoyer dans les écoles primaires et à Vaujours de jeunes sourds-muets qui ne peuvent encore entrer dans les écoles spéciales. — Enfin l'un des plus recommandables, M. Vaïsse, proclamait dans une séance solennelle que les fruits de l'instruction préparatoire que les sourds-muets reçoivent dans les écoles primaires se font heureusement sentir, lorsqu'ils sont admis dans les pensionnats du gouvernement.

Depuis la publication de la méthode intuitive quelques instituteurs étrangers m'ont reproché de ravaler notre profession et d'insister pour que les demi-sourds et les sourds-parlants soient élevés dans les écoles primaires plutôt que dans les écoles spéciales, où ils ne savent bientôt plus communiquer leurs pensées que par signes. On conçoit que le charlatanisme s'accommode du mélange de tous les cas de mutisme et de surdité, mélange sans lequel l'inanité des méthodes grammaticales, des signes méthodiques et de l'articulation artificielle, pour instruire les sujets entièrement sourds de naissance, n'échapperait à personne.

La réaction que je signale s'explique, en France, par les craintes qu'inspire bien à tort un médecin qui, dans de bonnes intentions sans doute, mais trop confiant en son art, poursuit par tous les moyens en son pouvoir la suppression des écoles spéciales.

C'est en vain que la commission de l'Institut s'était tenue en garde contre l'impression fâcheuse qu'elle avait rapportée des écoles primaires où l'on prétend instruire en commun parlants et muets, demi-sourds, aveugles et idiots ; elle a reçu le contre-coup du mauvais effet qu'a produit généralement sur les instituteurs spéciaux une entreprise téméraire à laquelle on ne trouve guère d'autre excuse que l'excès du zèle de son auteur.

Décidez dans votre sagesse, Monsieur le Président, s'il convient ou non de porter à la connaissance de l'Institut des éclaircissements sur un point étranger à la méthode intuitive, qui ne touche en rien à mon amour-propre mais qui intéresse l'humanité : seul à seul avec le sourd-muet, l'instituteur primaire ne pourrait presque rien pour lui ; c'est à l'état sauvage qu'il s'agit avant tout d'arracher ce malheureux ; et, pour y parvenir, le plus sûr est de le mettre en relation habituelle avec d'autres enfants de son âge.

Quelle que soit votre décision, elle n'altèrera en aucune sorte les sentiments de profond respect et de gratitude que j'ai exprimés en commençant cette lettre et avec lesquels etc.

Sarlat, septembre 1861.

XLIV

A. M. Franck, Rapporteur de la Commission de l'Enseignement des Sourds-Muets.

L'Institut a récemment émis sur le mérite respectif des méthodes d'enseignement en usage pour les sourds-muets une opinion nette et précise : la méthode intuitive l'emporte en simplicité, en logique et en efficacité sur toutes les autres.

Néanmoins quelques personnes insinuent que, puisque l'ouvrage où la méthode nouvelle est exposée a été reconnu trop fort pour les instituteurs primaires, il ne saurait rendre de véritables services dans les écoles spéciales, à moins que les procédés n'y fussent mis en scène par l'auteur en présence des instituteurs spéciaux.

Des doutes s'élèvent sur un autre point : la parole, est-il dit dans votre rapport, devra à l'exception de l'écriture, être le seul moyen d'expression du sourd qui a autrefois parlé et du demi-sourd. En face d'une affirmation aussi formelle, il semble impossible de nier que, dans la pensée de l'Institut, ces deux catégories de sujets doivent cesser d'être élevés en commun avec les sourds-muets ; et pourtant, de ce que le rapport n'est pas favorable à l'admission de ceux-ci dans les écoles communales, on voudrait inférer que l'Institut entend que les demi-sourds et les enfants qui ont joui de l'usage de la parole continuent à être confondus avec les sourds de naissance.

Je ne le dissimule point, leur instruction nécessite des soins et quelques procédés particuliers ; mais je ne réclame pas avec moins d'instance leur admission à l'école primaire ; et cela dans leur propre intérêt, aussi bien que dans l'intérêt des véritables sourds de naissance : — Pour eux, parceque placés dans les écoles spéciales ils achèvent de perdre, les uns la faculté de parler, les autres la faculté d'entendre ; ils ne commercent bientôt plus que par signes, alors que la parole et l'ouïe auraient pu être en eux étendues et perfectionnées. — Pour les véritables sourds de naissance, parceque leurs instituteurs sont aveuglés par les résultats qu'ils obtiennent avec les faux sourds-muets à l'aide soit de procédés grammaticaux soit de l'articulation artificielle. Presque tous, même les plus consciencieux s'abusent, abusent les familles et ne réussissent jamais à apprendre par ces mêmes moyens la langue française aux véritables sourds de naissance ; il faut à ceux-ci un enseignement à la fois plus simple, plus naturel, mieux en rapport avec leur organisation physique et leur développement intellectuel.

À vous, Monsieur, qui avez été plus particulièrement investi de la confiance de vos illustres collègues, à vous qui avez mis en faisceau l'autorité des faits, les données de l'histoire et les lumières de la science, il appartient de mettre fin à des incertitudes qui n'auraient pas dû se produire.

Tel qu'il est, mon livre peut-il rendre des services réels dans les écoles spéciales ? — Serait-il nécessaire, indispensable que les procédés de la méthode intuitive pour être bien compris, y fussent mis en scène en présence des professeurs ? — Les demi-sourds et les enfants qui, avant d'être atteints de surdité, ont joui de l'usage de la parole doivent-ils continuer à être élevés en commun avec les sourds-muets ?

J'ai l'honneur d'être etc.

Paris, le 10 décembre 1861.

À M. VALADE-GABEL.

Je répondrai très brièvement à la lettre que vous m'avez fait l'honneur de m'adresser le 10 de ce mois, parce que les questions que vous voulez bien me soumettre sont tellement claires et précises que quelques mots suffisent pour exprimer mon opinion sur chacune d'elles.

1° Vous me demandez si votre livre tel qu'il est peut rendre des services dans les écoles spéciales. — Assurément oui ; tout le rapport de la Commission de l'Institut a pour but de le démontrer. Dans les écoles spéciales où l'enseignement des sourds-muets est l'objet d'une étude approfondie, votre livre sera facilement compris. Je n'en dirai pas autant des Écoles normales primaires et des instituteurs primaires. Un manuel pratique serait plus à la portée de cet ordre d'établissements et de fonctionnaires.

2° Je réponds, par là même, à votre seconde question : *s'il est nécessaire que les procédés de la méthode intuitive, pour être bien compris, soient mis en scène en présence des professeurs.* Vous vous exprimez assez clairement, Monsieur, et les exercices pratiques que vous joignez à votre théorie sont assez nombreux et assez variés pour qu'un instituteur spécial de sourds-muets vous comprenne sans difficulté et soit en mesure d'appliquer par lui-même votre méthode.

Enfin quant à la dernière question : *les demi-sourds et les enfants qui, avant d'être atteints de surdité ont joui de l'usage de la parole, doivent-ils continuer à être élevés en commun avec les sourds-muets ?* je vois que la pensée de la Commission n'a pas été comprise. — En signalant les inconvénients qui résulteraient de l'admission des sourds-muets dans les écoles primaires, la Commission n'a entendu parler que des sourds-muets de naissance qu'on ne peut instruire efficacement que par les procédés de la méthode intuitive. Quant aux demi-sourds qui pourraient recouvrer l'ouïe au milieu des enfants de leur âge et qui, connaissant déjà le mécanisme de la parole, pourraient recueillir un incontestable profit des exercices communs, il n'est jamais entré dans notre esprit de leur fermer l'entrée de l'école primaire. Seulement il est bien entendu que, plus les exercices qui leur sont nécessaires auront un caractère particulier, moins aussi il devra être permis au maître de s'occuper d'eux pendant les heures consacrées à la classe.

Je désire, Monsieur, que ces rapides éclaircissements puissent dissiper les doutes qui sont encore dans quelques esprits et je vous prie de recevoir etc.

Paris, le 13 décembre 1861.

XLV

Au Comte Taverna, Président du Comité pour l'instruction des sourds-muets pauvres de la province de Milan.

J'ai reçu le volume et la lettre que vous m'avez fait l'honneur de m'adresser le 21 de ce mois ; et, après avoir lu votre remarquable publication aussi bien que puisse le permettre mon peu de connaissance de la langue italienne, je m'empresse de vous exprimer mes sentiments de gratitude et vous dire que mon faible mais bien cordial concours vous est et demeure assuré. — La régénération politique de l'Italie, les dangers et les préoccupations qui en sont inséparables ne vous empêchent pas, vous et vos nobles collègues, de porter des regards attendris sur les enfants déshérités de l'ouïe et de la parole, comment n'obtiendriez-vous pas l'active sympathie des hommes qui comme moi ont consacré leur vie tout entière à l'instruction de ces malheureux !

Le rapport si remarquable que M. A. Franck a fait, au nom de l'Institut, sur la méthode intuitive ne donne pas, ne peut pas donner une idée complète des principes secondaires et des procédés particuliers qui la constituent ; il faut en voir l'ensemble dans mon livre dont il ne me reste malheureusement plus un exemplaire à vous offrir.

Avec l'élévation de vues et la perspicacité de jugement qui se font remarquer dans votre compte-rendu vous faites deux observations critiques auxquelles je tiens à

honneur de répondre : — la première porte sur l'embarras que peut occasionner au sourd-muet qui débute
dans l'étude de la langue écrite un seul et même mot
renfermant une proposition entière ; — la deuxième est
relative à la suppression du langage mimique à mesure
que l'élève s'approprie la langue française.

Je suis d'accord, complètement d'accord avec vous sur
ce dernier point : j'ai reconnu l'impossibilité de faire
que le sourd-muet renonce entièrement à se servir d'un
moyen de communication inhérent à sa nature et qui,
loin de nuire à son avancement dans l'étude de la langue
écrite, lui offre un terme précieux de comparaison avec
celle-ci et un moyen non moins précieux d'acquérir des
idées nouvelles. La condition essentielle et prédomi-
nante est de l'amener à penser avec les mots, sans
l'intermédiaire des signes, comme nous le faisons nous-
mêmes. Ce que vous n'acceptez pas avait été posé en
principe par l'ancien Conseil de perfectionnement de
l'Institution de Paris ; et c'est par distraction que
l'honorable M. Franck, si exact et si consciencieux
d'ailleurs, me l'a attribué.

Le point expliqué dans le sens de vos propres observations, je n'hésite pas à déclarer que vos appréhensions
ne sont pas fondées, en ce qui touche les dangers que
vous semble offrir la proposition simple renfermée dans
un mot unique. Cette affirmation se justifie, indépendamment de longues années de pratique, par les vérités
que voici : — La constitution de l'esprit humain est
telle que celui-ci ne peut entrer en action sans nier ou
sans affirmer, en d'autres termes sans porter de jugements et faire mentalement des propositions. — L'unité
de la pensée correspond à la proposition simple ; or
dans l'art de penser comme dans l'art du calcul, il est
indispensable d'aborder l'unité avant les parties qu'elle
renferme. On peut donc, en toute assurance, procéder

comme je le fais sans aller contre le principe qui
prescrit de procéder du connu à l'inconnu ; l'on y
trouve l'inappréciable avantage de mettre continuellement en jeu l'activité, la sagacité de l'élève qui, durant
de trop longues années, avait été entravée par le défaut
d'audition.

Tout dans la méthode intuitive se rattache à ce point
de départ ; il est comme le germe dont les évolutions et
le développement successif montrent à nos regards
charmés la plante que la main divine y a déposée. Je
suis persuadé, Monsieur le Comte, que, si l'expérience
en est faite sous vos yeux dans l'établissement dont
vous vous occupez avec une si touchante sollicitude,
vous ne tarderez pas à reconnaître que, sur ce point, la
vérité toute entière est de mon côté.....

Paris, le 26 janvier 1862.

XLVI.

A. M. L'ABBÉ LAVEAU.

« Moi, fussé-je vaincu, j'aimerais la victoire, » m'é-
criviez-vous, lorsque votre méthode et la mienne durent
être soumises à l'appréciation de l'Institut.

A proprement parler, il n'y a eu ni vainqueur, ni
vaincu ; mais, chose consolante pour l'humanité, constatation officielle d'un progrès marqué dans l'instruction
des sourds-muets. Je n'ai donc pas été peu surpris, cher
collègue, de vous voir protester contre le jugement du
premier Corps savant de l'Europe et en appeler à
l'opinion publique. — Une conviction profonde a pu
seule vous dicter cette grave détermination ; ne trouvez
donc pas mauvais que dans cette question qui intéresse
également la science et la charité, une conviction non
moins profonde me fasse prendre la défense des principes auxquels vous vous attaquez. — L'erreur est peu

dangereuse quand elle surgit d'un esprit vulgaire ;
j'aurais gardé le silence si je m'étais trouvé en présence
d'un homme moins instruit et ne jouissant pas, comme
vous, d'une légitime considération.

Vous persistez à croire et vous vous efforcez de
prouver que les *signes réguliers*, c'est-à-dire ceux qui
traduisent la phrase, signe pour mot, dans l'ordre même
où elle est tracée, n'empêchent pas l'élève de comprendre, qu'ils aident à l'étude de la langue au lieu de lui
nuire, qu'ils n'entravent pas la marche générale de l'enseignement ; en un mot, vous soutenez que les *signes
réguliers* sont exempts des vices qui ont fait proscrire
de l'enseignement les signes méthodiques de l'abbé de
l'Épée. — A ces affirmations inspirées par l'amour du
bien et appuyées sur des raisonnements subtils, spécieux, de nature à séduire les esprits portés à réaliser
des théories préconçues plutôt qu'à déduire la théorie
de faits froidement observés, je vais opposer surtout
l'autorité de l'expérience. — Vous rejetez les accessoires
grammaticaux ; vos signes, j'en conviens, offrent judi-
cieusement aux sourds-muets une expression aussi fidèle
que possible des choses elles-mêmes ; mais, comme vous
continuez de subordonner la succession des signes à la
succession des mots de la phrase française, vous laissez
subsister un écueil contre lequel l'intelligence du sourd-
muet doit fatalement échouer et contre lequel échoue-
rait aussi l'intelligence du *parlant*.

Chaque langue a pour exprimer les rapports des manières qui lui sont propres. — Dépouillez la langue latine
des désinences qui lui permettent de si gracieuses et si
énergiques inversions, vous lui ôterez toute clarté ; de
même, privez la phrase mimique de la construction inhérente à sa nature, vous la rendrez inintelligible.

Tels que vous les avez définis, les signes tiennent de la
nature du dessin, ils en possèdent les ressources, ils en

partagent les exigences. Dès qu'on en rapproche un certain nombre pour l'expression d'une pensée complète, ils doivent former tableau : *Ravaillac frappe Henri IV d'un poignard.* Que diriez-vous de l'artiste qui pour rendre ce fait historique placerait Henri IV derrière l'assassin et laisserait l'arme aux pieds de celui-ci ? Vous diriez qu'il n'a pas exprimé le fait historique, quoiqu'il ait représenté les deux auteurs de cette scène tragique avec l'instrument de meurtre. — Eh bien, pareil effet est produit par la phrase mimique telle que vous la construisez : lorsque Henri IV apparaît, le coup est déjà porté, le meurtrier a frappé dans le vide, sa main n'a pas encore saisi l'arme fatale. — Succession des objets dans le temps, disposition dans l'espace, direction des mouvements qui constituent le signe verbal, telles sont les règles dont les signes mimiques et l'art du dessin ne peuvent s'écarter sans être également frappés d'impuissance et tomber dans l'absurde.

Voici comment cette vérité m'apparut dans tout son éclat. C'était en 1827 ; à l'imitation de mes confrères, je faisais écrire sous la dictée, de petites phrases en ayant soin de coordonner les signes comme vous le faites. Entre autres pensées je disais ou croyais dire par signes : *J'ai mangé des pêches. — Un oiseau vole sur un arbre.*

Aucun de mes élèves ne se trompa en écrivant la première, mais tandis que *les moins bien doués* reproduisaient correctement la deuxième, les plus intelligents écrivirent : *Un arbre vole sur un oiseau.*

Je fus stupéfait. Après avoir corrigé et donné de nombreuses explications, pensant qu'il n'y avait eu que distraction ou méprise, je dictai : *Le chat dévore les souris — Le chien se cache sous le lit.* Mêmes résultats ; *les meilleurs élèves* retombèrent dans le coq-à-l'âne ; je lus sur leurs tablettes : *Le lit se cache sous le chien.*

En vain je fouillais dans ma tête, je n'y trouvais aucune explication plausible ; j'étais prêt à punir ce que je considérais comme une mauvaise espièglerie, quand je m'avisai de demander par signes : *où est le chapeau ?*
— *Table chapeau sur,* se hâtèrent-ils tous de répondre dans le même langage.

Ce fut un trait de lumière ; je dictai aussitôt : *Arbre, oiseau, voler sur. — Lit, chien, se cache sous.*

La mauvaise partie de la classe continuant à ranger les mots dans l'ordre où j'avais produit les signes, écrivit : *lit chien se cache sous ;* mais les élèves intelligents s'exprimèrent cette fois en bon français. — Quelle leçon pour le professeur ! Tant qu'il avait mal rendu sa pensée dans la langue qui leur est particulière, les élèves intelligents s'étaient, par un déplorable mais juste retour, exprimés tout de travers en français ; et si les autres semblaient avoir mieux réussi, c'est qu'ils avaient opéré mécaniquement, mettant un mot à la place d'un signe sans s'élever à la conception des rapports exprimés.

Enchanté de la découverte, je repris la dictée et tombai bientôt sur cette proposition : *M. Richard a salué M. le directeur.* Les bons élèves qui ne s'étaient pas trompés en écrivant : *J'ai mangé des pêches, — Le chat dévore les souris,* renversèrent cette fois les termes. Ils firent tous adresser le salut par M. le directeur à M. Richard.

Pourquoi n'avaient-ils pas opéré le même dans les phrases de construction semblable ? — Leur bon sens avait répugné à accorder un rôle actif à un objet inanimé ; la force et les habitudes respectives du chat et de la souris leur étaient connues. Intelligents, ils avaient deviné la pensée plutôt qu'ils ne l'avaient comprise ; mais dans *M. Richard a salué M. le directeur,* les deux personnes pouvant également servir de terme

actif et de terme passif, la coordination de mes signes
contraire aux règles de la mimique les avait forcément
induits en erreur.

Dès ce moment, je m'adonnai sérieusement à l'étude
de ces règles mystérieuses et je ne tardai pas à me
convaincre que, pour être complète et fructueuse, la
réforme opérée par Bébian doit s'étendre à l'affranchis-
sement de la phrase mimique qu'on avait bien à tort
jusque-là subordonnée à la construction française.

Quand elle reste calquée sur la phrase française, la
phrase mimique, ai-je dit plus haut, ne peut être mieux
comprise du *parlant* que du sourd-muet. Vous ne soup-
çonnez certainement pas l'auteur qui le premier m'a
donné la preuve de cette vérité : c'est l'abbé de l'Epée ;
non dans les livres qu'il a fait imprimer, mais dans un
recueil manuscrit de ses leçons en six gros volumes que
je mettrais volontiers sous vos yeux. Vous y verriez que
dans les séances où le saint prêtre faisait représenter de
petits drames, jaloux que ses élèves fussent compris du
public, il leur interdisait l'usage des signes de son
invention et y substituait les signes naturels rangés
comme l'exige leur essence figurative.* Le célèbre instituteur avait donc reconnu que, lorsqu'elle est cons-
truite sur le modèle de la phrase française, la phrase
mimique échappe à notre intelligence, comme à celle
du sourd-muet, bien que cette construction ne contrarie
point en nous l'évolution habituelle de la pensée. De là
aux perfectionnements de sa méthode, il n'y avait que
la distance d'une déduction logique ; l'inventeur ne
l'aperçut point, ou il l'aperçut trop tard, et laissa à ses
continuateurs, avec le soin de formuler cette déduction,

* Un de ces drames se trouve reproduit dans les *Etudes sur l'abbé
de l'Epée* d'Adolphe Bélanger. Paris 1886. Librairie Paul Ritti.

l'avantage d'en recueillir les fruits. Vous le voyez, loin d'admettre avec vous que la phrase mimique la plus conforme à la syntaxe française soit beaucoup plus lumineuse que la phrase écrite, et que les signes réguliers soient d'un secours précieux, j'y vois un piège perpétuellement tendu à l'intelligence, tandis que la phrase écrite composée de signes arbitraires peut bien offrir un non-sens absolu, mais jamais un contre-sens, par le fait même de la nature des signes dont elle est formée.

Il me vient souvent à l'esprit que M. l'abbé Jamet, de vénérable mémoire, M. Dudezert et vous, cher collègue, vous auriez attaché moins d'importance à prendre la phrase française pour type de la phrase mimique, si vous n'eussiez accordé au mot *dictée* une signification abusive.

Que signifie cette locution, *écrire sous la dictée ?* Dans le sens ordinaire, c'est tout simplement transformer la parole en écriture Dans le sens que vous lui donnez, c'est transformer les signes mimiques en langue française écrite. L'un ne serait guère plus difficile que l'autre, j'en conviens, si le langage mimique et la langue française étaient un seul et même idiome ; mais ce sont deux idiomes qui diffèrent par la nature des signes dont ils font usage, par le nombre, la corrélation de ces signes avec la pensée, enfin par l'ordonnance de la phrase.

En vain, a-t-on prétendu que les signes mimiques *porte-idées* ne sont point une langue, mais la prononciation des mots d'une langue : un signe ne peut être à la fois dessin pour peindre l'objet de la pensée, et signe conventionnel pur et simple pour rappeler la forme des mots. Entre l'idée et le mot parlé, il n'y a ressemblance que rarement ; entre l'idée et le mot écrit, jamais.

Il faut opter : prendre, comme M. Recoing, un alphabet manuel, littéral ou syllabique, et reproduire la forme des mots sans se préoccuper du sens dont elle est l'enveloppe ; ou accepter comme vous l'avez fait, autant qu'il se peut, des signes *porte-idées* sans se préoccuper de la forme des mots qui y correspondent.

Dans le premier cas, l'intuition des faits, l'usage, les explications du maître, donneront à la longue à chaque mot sa valeur réelle ; on pourra faire des dictées mimiques, mais elles n'enseigneront rien ou presque rien. Dans le second cas, les signes donneront aux mots leur signification ; l'intelligence de l'élève s'ouvrira plus vite, mais les dictées seront impossibles. Quoi qu'il en coûte, il faut donc y renoncer et les remplacer par de petits thèmes, exercer les élèves à mettre en français des phrases mimiques énoncées en leur présence et construites comme ils les construisent naturellement.

Vous allez dire que je multiplie à plaisir les difficultés ; pas du tout, écoutez plutôt : En 1838, époque où la direction de l'institution de Bordeaux fut confiée à mes soins, les signes que vous appelez réguliers régnaient sans conteste dans cette grande école ; la pratique avait forcément amené la suppression des accessoires grammaticaux qui surchargent les signes méthodiques proprement dits, et pourtant pas un élève n'était en état de construire régulièrement deux lignes de français, dès qu'il était laissé à ses propres forces. Les mêmes causes produisent partout et toujours les mêmes effets.

Quand j'interrogeais par écrit, on restait court ou l'on répondait au hasard, à moins que la demande ne se trouvât textuellement dans le formulaire qui avait été appris par cœur. Que de luttes, d'efforts, de patiente persévérance pour réformer, chez les maîtres, cette routine ! L'amour-propre froissé l'eût emporté peut-être sur le dévouement, si les élèves n'eussent fait avec moi cause commune.

Mais, s'écriait un jour l'un des plus anciens professeurs, comment voulez-vous, monsieur, que nous puissions dicter, sans suivre l'ordre de la phrase française, quelque chose comme ceci : *J'ai présenté mon fils à monsieur le curé ?* Il y a là trois personnes qui, chacune, peuvent devenir tour à tour terme actif, terme passif et terme indirect ; impossible qu'en dehors de la syntaxe française les élèves s'y reconnaissent. — Monsieur, lui répondis-je, je n'accorde aucune valeur aux exercices mécaniques ; l'intelligence des élèves n'a rien à y gagner. Celui qui veut traduire un texte quelconque, doit avant tout comprendre ce texte ; or l'élève sourd-muet ne peut pénétrer le sens de la phrase mimique calquée sur la phrase française ; donc il lui est impossible d'en faire une traduction intelligente. — D'où il suit, reprit en souriant le professeur, que pour mettre le sourd-muet à même de faire de bon français, il faut jargonner comme lui. — Vous l'avez dit, monsieur, répliquai-je. Voilà les élèves des Dames de Nevers, qui s'occupent d'enseignement depuis quelques mois à peine ; choisissez les meilleures, mimez à votre guise la phrase que vous avez prise pour exemple, nous verrons la traduction qui en sera faite. L'expérience eut lieu, aucune élève ne réussit à exprimer la pensée du professeur. Le rieur ne riait plus. A présent, monsieur, ajoutai-je, ayez la bonté de dire par signes : *Monsieur le curé fils mon je présenté à.* Toutes les élèves moins une s'empressèrent d'écrire : *J'ai présenté mon fils à monsieur le curé.*

Grande fut la surprise des professeurs ; si grande, qu'ils attribuaient tout bas à un heureux hasard l'exactitude de la traduction. Je coupai court aux suppositions et aux commentaires en faisant composer d'autres phrases avec les mêmes éléments : — *J'ai présenté M. le curé à mon fils. M. le curé m'a présenté mon fils. Mon fils m'a présenté M. le curé,* etc. La pensée contenue dans chacune de ces formules, exprimée en groupant les signes de manière à former tableau, fut aussitôt traduite en bon français par les élèves. Cette fois les partisans du système suranné durent reconnaître que ce qu'ils avaient, d'un superbe dédain, taxé de *jargon mimique* éclaire véritablement l'intelligence, tandis que les signes dits *réguliers*, d'un maniement, il faut l'avouer, beaucoup plus commode pour le professeur, sont impuissants à rien expliquer.

Tout ce qui empêche de comprendre nuit à l'étude de la langue, et tout ce qui nuit à l'étude de la langue entrave la marche de l'enseignement ; car pour les muets comme pour les parlants, c'est la langue qui contribue le plus au développement intellectuel et à l'acquisition des idées.

Les signes mimiques, quels qu'ils soient, que l'on fait trop fréquemment intervenir entre l'écriture et la pensée, tendent à fausser le sens de la phrase. En voici la preuve : — Un jeune aspirant d'une intelligence rare, trop tôt perdu pour nos pauvres muets, m'écrivait en 1851 : « C'est pendant les vacances, quand on a sous la main des élèves de toutes les classes que l'on peut examiner le degré d'instruction qu'ils ont réellement acquis. Je l'ai fait et n'ai pas été peu étonné en comparant les résultats. — Le petit G... (élève de 3e année, instruit par la méthode intuitive) rend à tous des points pour la lecture de la langue écrite ; et pour la rédaction, il marche encore un des premiers. Vous le comprendrez parfaitement, quand je vous dirai qu'ayant écrit cette phrase : *Donne-moi ton cahier*, l'élève R..., à qui je m'adressais et qui est de 6e année, ne m'a pas compris. — L'habitude des signes l'emporte chez la masse sur toute autre chose ; dans la phrase écrite plus haut,

R... traduisait *moi* par le signe moi et *ton* par le signe ton, de sorte qu'il comprenait que ce devait être à moi de lui donner un cahier. Ils font tous la même chose. »

Les signes mimiques, on le voit, reportent trop la pensée au dehors, ils se prêtent mal à l'abstraction, à la généralisation des idées, ils se rapprochent trop du dessin et pas assez des signes algébriques.

Avec un antagoniste moins habile et moins convaincu, je n'irai pas plus loin ; avec vous, honoré collègue, je ne saurais trop faire entendre la logique de l'expérience.

Il y a bien des années, je visitais à l'étranger une école de jeunes filles ; les signes réguliers y jouaient un grand rôle. Des récitations, des dictées ainsi mimées eurent lieu et, de bonne foi, je pus assurer aux religieuses, dont les élèves étaient sous mes yeux, qu'elles avaient obtenu des résultats égaux à ceux qu'obtenait autrefois l'abbé de l'Épée. Mais ces pauvres enfants comprenaient-elles ce qu'elles avaient si bien écrit ? Il était permis d'en douter ; aussi, ayant été autorisé à les faire travailler moi-même, je m'adressai à la plus instruite et lui dis par écrit : *Mademoiselle A ..., demandez à ma sœur N... si elle est contente de vous.* — Mademoiselle A... resta longtemps au tableau, tâtonna et ne réussit à rien. — Pareille invitation fut adressée à d'autres élèves, aucune ne sut y répondre. Mademoiselle A... revint alors au tableau ; je ne la perdais pas de vue. Elle se mit à tracer quelques lettres, puis à jeter des regards furtifs derrière moi ; sans tourner la tête, par un mouvement instinctif, que la moindre réflexion eût réprimé, j'étendis la main et saisis le bras d'une bonne sœur qui, faisant l'office de télégraphe, dictait en cachette ce que l'élève était hors d'état de rédiger. Du système de l'abbé de l'Epée, dont l'impuissance se trouvait ainsi démontrée, ces dames passèrent depuis au système de l'abbé Sicard ; elles eussent pu mieux faire.

Aux efforts que je fais pour vous amener à partager mes opinions, mesurez, cher collègue, mon estime pour votre personne. Nul mieux que vous, j'en suis assuré, ne sera capable d'étendre les applications de la méthode intuitive, dès que vous aurez achevé de vous pénétrer de son esprit. Voici en résumé les points sur lesquels j'ai regret que nous nous trouvions en dissidence : — Vous systématisez les signes mimiques et leur imposez une syntaxe contraire à leur essence figurative. J'adopte le langage naturel des signes, tel qu'il est créé par le sourd-muet, avec la construction qui lui est imposée par sa nature propre. — Vous voulez que la langue française et les signes mimiques s'amalgament, se fusionnent et ne forment plus en quelque sorte qu'une seule et même langue. Je crois l'avoir prouvé, c'est forcer la nature, tenter l'impossible. Les élèves instruites par la méthode de Bordeaux apprennent parallèlement deux langues distinctes et s'en servent alternativement pour opérer les combinaisons de la pensée ; c'est ainsi, et seulement ainsi, que par des rapprochements répétés, les jeunes sourds-muets acquièrent la conscience des règles syntaxiques qui régissent chacun des deux idiomes. — Les signes sont chez vous le principal levier de l'enseignement ; ils interviennent continuellement entre l'écriture et la pensée. Chez moi, les signes ne sont qu'un auxiliaire secondaire, un moyen de vérification, une source d'idées, dont s'enrichit la langue française. — Vous croyez impossible d'amener le sourd-muet à penser directement avec les mots écrits. Je soutiens que la liaison immédiate de l'idée au mot écrit est la condition première de succès. — Pour vous, la tête du sourd-muet est un vase à remplir, vous vous préoccupez sans cesse d'y mettre des idées. Pour moi, cette tête est un germe à développer ; hors d'état de donner des idées, je me borne à les faire éclore.

9

Vous avez fait de l'éclectisme et, permettez que je le dise, cher collègue, votre enseignement manque d'unité, conséquemment de puissance ; ainsi s'explique que vous n'ayez pas obtenu à Orléans des résultats égaux à ceux qu'obtiennent à Bordeaux les Dames de Nevers, vous, dont l'ardente charité, l'activité infatigable, le dévouement et la persévérance ne peuvent être dépassés.

Après avoir donné une analyse succincte de la première partie de votre cours, le savant rapporteur de l'Institut dit, il est vrai : *Cette méthode est excellente,* mais il ajoute incontinent : *C'est la méthode intuitive que réclamait Bébian et que nous avons déjà rencontrée dans M. Valade-Gabel. Nous regrettons d'autant plus que M. l'abbé Laveau ne l'ait pas adoptée plus résolûment et suivie avec plus de persévérance.* Je ne supprime ni n'amplifie rien.

Vous avez, avec une loyauté qui vous honore, signalé à diverses reprises, les emprunts que vous avez faits à l'école de Bordeaux. Je ne saurais donc craindre que vous vouliez vous attribuer le mérite de l'invention ; mais comme la similitude des dénominations aurait pu faire supposer l'identité des méthodes, j'ai cru nécessaire de faire savoir aux instituteurs disposés à adopter la méthode intuitive, en quel lieu elle est appliquée avec ensemble et dans toute sa pureté. Je m'étais engagé en commençant à appuyer mon opinion sur des expériences décisives : j'ai tenu parole. Le jugement du premier corps savant de l'Europe, la pratique des instituteurs contemporains les plus distingués, Bébian, Dégérando et autres écrivains qui font autorité, ont été à dessein passés sous silence, quoiqu'ils eussent largement suffi à faire prévaloir la thèse que je défends.

Une consolante pensée n'a cessé de soutenir mon courage durant cette longue discussion ; si nous sommes en désaccord quant au moyens, nous ne l'avons jamais été quant au but ; unis dans un même esprit de charité chrétienne, nous disons, vous et moi, ce que l'abbé de l'Epée, notre maître, écrivait au grand Péreire : « Il n'est point ici question de la folie d'être auteur, il s'agit de faire tout ce que nous pouvons pour nous rendre utiles aux sourds-muets présents et à venir. »

Dans ces sentiments, je suis avec une haute considération, Monsieur et honoré collègue,...

Paris, juin 1862.

XLVII

Au comte Taverna.

Le doute philosophique est et sera toujours le point dont il faut partir pour arriver à la connaissance de la vérité ; et l'étude des faits, l'expérience,— la source dont on la fera surgir brillante de tout son éclat. Loin de le voir d'un œil attristé, je me félicite donc que vous ayez voulu apprendre, par vous même, avec quel instrument pensent les sourds-muets lettrés.... Ceux que vous avez interrogés sur ce sujet vous ont unanimement répondu qu'ils pensent à l'aide des signes mimiques et qu'ils traduisent ces signes en langue syllabique quand ils communiquent leurs pensées la plume à la main. Je ne révoque pas en doute la véracité de ces messieurs ; bien mieux, sans les consulter, j'aurais fait pour eux la même réponse si j'avais connu la méthode qu'on a suivie pour les instruire. Pardonnez le rapprochement : qui vit de lait digère du fromage ; mais loin d'en déduire que tous les hommes digèrent du fromage, n'en devons-nous pas au contraire conclure d'une manière générale que le résultat de la digestion est en rapport étroit avec les substances dont nous nous sommes alimentés ? Partant, quiconque apprend par voie de traduction une langue

quelqu'elle soit continue à penser avec sa langue maternelle — C'est par voie de traduction que les sourds-
muets consultés ont été instruits ; les signes mimiques
sont leur langue maternelle: donc ils pensent et doivent
penser à l'aide des signes mimiques ; c'est le résultat
nécessaire, inévitable des habitudes contractées. —
Autant vaudrait se demander si les enfants doués de tous
leurs sens, à qui l'on a enseigné à s'exprimer en signes
mimiques, sont parvenus à penser avec ces signes !
Deux circonstances ne le permettent pas : ce sont la
dissemblance profonde des deux idiomes et les habitudes
antérieurement acquises.

Des faits exposés ci-dessus je déduis cette conséquence
que si, au lieu de fortifier les premières habitudes par
l'exercice, j'en fais contracter de nouvelles, si au lieu
de greffer un bon fruit sur un arbre qui n'est pas son
analogue, je sème ou je plante, j'obtiendrai des résultats
certainement autres et probablement bien meilleurs.

J'ai interrogé fort souvent des sourds-muets ayant
appris la langue française par la méthode intuitive, et
tous m'ont répondu qu'ils pensent avec les mots écrits.
Comment aurais-je pu d'ailleurs en douter lorsque je les
voyais s'exprimer rapidement et sans embarras, en
donnant presque toujours à leurs pensées la tournure
que nous donnons aux nôtres, tandis que les sourds-
muets initiés aux langues syllabiques par d'autres
méthodes hésitent, se trompent, effacent, recommencent
et finissent par produire en guise de français des
phrases calquées sur la mimique dont les gens familiarisés avec cette langue ont seuls la clé, tant elles s'éloignent de la construction française !...

Paris, le 26 janvier 1862.

XLVIII

A M. L'ABBÉ CARTON.

La brochure que vous m'avez envoyée était une invitation à descendre dans la lice : je m'empresse de répondre à votre attente.

Sous le titre de *Philosophie de l'enseignement maternel considéré comme type de l'enseignement du jeune sourd-muet et d'examen d'un rapport de M. Franck, membre de l'Institut,* vous avez fait en réalité une profession de foi pédagogique et la critique du livre intitulé : *Méthode à la portée des instituteurs primaires pour enseigner aux sourds-muets la langue française, sans l'intermédiaire du langage des signes.*

Le but de votre publication, dites-vous, est de concourir à l'amélioration des méthodes, de défendre vos principes (ils n'étaient point mis en cause) et d'exposer les arguments qui doivent empêcher les instituteurs de suivre la voie que l'Institut de France a déclarée *la plus simple, la plus rationnelle et la plus féconde.*

Émané des sommités de la science, après de rigoureuses investigations et l'étude comparative des résultats obtenus dans les institutions de sourds-muets de France les plus en renom, ce témoignage ne saurait cependant imposer silence à la critique ; vous avez usé d'un droit que nul, moins que moi, ne cherche à vous contester ; mais sans me faire une égide du rapport approuvé par l'Institut en assemblée générale, il me sera permis d'opposer à vos arguments comme aussi de citer à l'appui des miens, les faits dont l'honorable M. Franck a été témoin oculaire et que vous n'avez pas révoqués en doute.

Le débat se trouve engagé entre le mode d'enseignement que vous avez établi à Bruges et celui qui est suivi dans l'Institution impériale de Bordeaux ; sans offenser votre caractère, on peut donc suspecter votre impartialité : l'intérêt d'amour-propre n'aveugle pas moins que les intérêts matériels qui, pour vous comme pour moi, restent entièrement étangers à nos discussions.

Le titre de votre brochure promettait l'examen du rapport de M. Franck ; et dès la première page, au lieu de disséquer ce rapport pour en montrer les *imperfections*, les *méprises* et les *erreurs*, — ce sont vos expressions — vous étalez vos théories sur l'enseignement des sourds-muets ; vous accompagnez ces théories du plan d'un cours *anté-primaire* divisé en trois parties, et au moment de mettre le tout dans la balance de votre justice, vous y ajoutez de nombreux spécimens de vos leçons.

Jusque-là, c'est fort bien. Mais sans dire un mot de la partie théorique de mon ouvrage*, sans avertir le lecteur qu'il a été rédigé principalement en vue des instituteurs primaires, vous jetez dans l'autre plateau non toute la partie pratique, mais la première moitié seulement, — et en quel état, grand Dieu ! — la première ligne de chaque leçon s'y trouve seule rapportée, et toutes, absolument toutes les observations dont le texte est accompagné, ont été impitoyablement supprimées !

En d'autres termes, après avoir donné en entier le programme de l'édifice élevé par vos mains, tracé le dessin du fronton et du péristyle, vous exhibez brisés, épars, quelques matériaux du mien, et vous vous écriez : Voyez et jugez !

Oh ! qu'il eût été bien plus sage et plus profitable à la

---

* Bien plus, par distraction, je pense, mais contre toute vérité, vous dites qu'à mon Mémoire coté au concours sous le n° 18, et qui a été imprimé depuis, manquaient toute la partie théorique et une grande partie des exercices pratiques. (*Philosophie de l'enseignement maternel*, p. VIII, l. 13, 14, 15.)

cause que nous défendons depuis si longtemps, de constater et de faire ressortir d'abord la conformité de nos
principes :

Vous et moi, nous prénons pour modèle l'enseignement de la mère. Nous répudions également les signes
méthodiques.

Les signes naturels sont à nos yeux d'humbles auxiliaires de l'écriture.

Loin de faire de la grammaire la base de l'édifice,
nous en faisons le couronnement.

Nous voulons instruire, sans doute ; mais nous voulons encore plus moraliser.

Comme vous, je suis persuadé que *l'enfant est la source
de sa langue, que c'est au moyen de ce qu'il connaît par
l'intuition qu'il doit s'assimiler ce qu'il ne connaît pas,
c'est-à-dire tout ce qui est hors de lui et au-dessus de lui.*
(*Philosophie de l'enseignement*, p. 129.

Comme moi vous êtes convaincu que pour se servir
utilement des langues syllabiques, le sourd-muet doit
penser directement avec les mots de ces langues.

Après avoir ainsi mis en évidence les points de théorie
sur lesquels nous sommes d'accord, il eût été profitable
pour tous de signaler ceux qui nous divisent et de
mettre en relief les nombreux contrastes de votre
pratique et de la mienne ; puis, pour opposer une in-
franchissable barrière à l'invasion de la méthode qui
produit à Bordeaux des résultats si remarquables, vous
n'auriez eu qu'à porter à la connaissance du public celle
que vous tenez de l'honorable M. Rodenbach*, et à l'aide
de laquelle vous pouvez sans peine, dites-vous, faire
l'éducation d'un sourd-muet *en un an et demi !* Partout
on aurait accueilli avec empressement cette méthode

* *Lettres de M. l'abbé Carton*, publiées par M. Rodenbach, Bruxelles, mars 1858.

merveilleuse, et mon livre serait tombé dans un oubli mérité.

Je sollicite de votre zèle cette intéressante publication et vous prie de faire savoir en même temps si le sourd-muet que vous vous chargez d'instruire en dix-huit mois est celui que vous avez peint dans l'*Instruction des sourds-muets mise à la portée des instituteurs primaires*, ou celui dont vous avez fait le portrait dans votre *Philosophie de l'enseignement maternel*.

PREMIER TABLEAU

Avant d'instruire un sourd-muet, on doit combattre les vues absurdes de son esprit, réfuter ses idées erronées, redresser la direction de sa volonté, changer les habitudes déjà invétérées de penser et d'apprécier les choses ; il faut renverser des convictions basées sur l'amour-propre et l'orgueil : c'est presque une âme à refaire. — Une telle charge, on le comprend, triple les difficultés de l'éducation ; ce n'est plus une marche régulière ; c'est une lutte, un combat continuel. (*L'instruction d'un sourd-muet mise à la portée des instituteurs primaires et des parents*, p. 13.)

DEUXIÈME TABLEAU

L'enfant sourd-muet confié à l'instituteur est ordinairement arrivé à l'âge de six, sept ou huit ans ; il se présente donc avec des avantages que n'a pas l'élève de la mère ; ses facultés intellectuelles sont plus développées parce qu'elles sont depuis plus longtemps en activité ; son intelligence est plus formée, à cause de l'expérience de la vie, et de l'instruction qu'il a dû nécessairement puiser dans le contrôle exercé par ses parents sur ses actions, en encourageant, en récompensant les unes, en punissant et en réprouvant les autres ; sa mémoire est devenue plus tenace par l'exercice, et sa volonté plus éclairée par la direction que la sagesse de la mère lui a imprimée. (*Philosophie de l'enseignement*, p. 17.)

Lors même qu'à cinq ou six années de distance, le sourd-muet aurait été aussi prodigieusement transformé que votre peinture, il serait fort à craindre que la méthode préconisée par vous avec une si généreuse abnégation ne demeurât le rêve d'un homme de bien.

Vous et moi, tout en nous servant des mêmes mots, nous ne parlons pas toujours la même langue : telle est, si je ne me trompe, la cause initiale de notre dissentiment.

Tâchons donc, avant d'aller plus loin, de nous entendre sur le véritable sens qu'il faut accorder au mot *signe*.

Dans son acception pédagogique, ce mot désigne *un objet sensible et présent, qui rappelle un objet absent*[*], *auquel l'esprit l'associe.*

Partant de là, une *pomme* ne saurait être le signe de *pomme*, la couleur bleue, le signe de *bleu*; l'action de marcher, le signe de cette même action. Une pomme, la couleur bleue, l'action de marcher, sont trois réalités et non point trois signes[**].

L'expression physionomique, incarnation du sentiment ou de la pensée, ne devient *signe* dans l'acception philosophique du mot, que quand elle est simulée : — je souffre, ma figure se contracte, la nature parle en moi et malgré moi ; c'est une *réalité*. — Je ne souffre point, je contracte volontairement ma figure pour exprimer l'idée de souffrance : dans ce dernier cas, la contraction de ma figure est un *signe*.

Langage *des signes*, langage *des gestes*, langage *mimique*, langage *d'action*, bien que ne désignant pas toujours des choses identiques, sont autant d'expressions souvent employées les unes pour les autres, quand il s'agit du langage des sourds-muets, sans qu'il en résulte une confusion essentiellement dommageable ; — mais aucune de ces expressions ne peut logiquement être appliquée à la désignation des faits, des réalités, exprimés par le langage. Un signe est comme l'ombre d'une idée, d'une chose : il n'est pas plus permis de prendre la réalité

---

[*] L'objet absent peut indifféremment appartenir au monde matériel extérieur ou au monde intérieur ; être un corps, une modification passive ou active, une sensation, un sentiment déjà éprouvé, une abstraction de n'importe quel degré, dont nous avons eu conscience.

[**] Le signe de *pomme* consiste dans l'indication du volume, de la forme de ce fruit, de la manière dont les enfants le tiennent et le portent à la bouche ; — celui de *bleu* se fait généralement en disposant la main pour représenter la lettre B, et en l'agitant comme si l'on étendait une couleur ; — celui de *marcher* s'exécute en simulant avec les mains le mouvement *ambulatoire* : — Voilà bien trois signes, mais non trois réalités.

pour l'ombre que de confondre l'ombre avec la réalité*.

Les faits et les réalités constituent donc le langage antérieur sans lequel les entendants n'entreraient jamais en possession de la langue maternelle, et *sans lequel les sourds-muets n'inventeraient jamais leurs signes*.

Cependant vous vous obstinez à voir ce langage antérieur dans je ne sais quelle mimique, et vous vous écriez :

« Renfermez une mère avec son enfant qui entend,
« dans une chambre, mais séparez-les, ne fût-ce que par
« une cloison de papier opaque. La mère aura beau
« répéter, pendant des années, tous les mots de la
« langue, placer ces mots dans toutes les positions qu'ils
« peuvent occuper dans la phraséologie, l'enfant finira
« probablement par répéter les sons qu'il entend, mais
« ces sons n'auront pour lui aucune valeur intellec-
« tuelle ; ils ne lui rappelleront aucun fait, aucune idée ;
« il ne saura même pas si sa mère a voulu dire quelque
« chose ; il apprendra peut-être à *bruire*, à faire réson-
« ner l'organe de la voix, mais ne parlera pas, car il ne
« suffit pas de parler ou d'écrire pour faire comprendre
« une langue à celui qui l'ignore. »

(Philosophie, etc., p. 5 et 6.)

Hélas ! Monsieur, vous dont l'active charité s'étend aux sourds-muets et aux jeunes aveugles, vous qui vivez au milieu de ces pauvres déshérités comment n'avez-vous pas remarqué que *les aveugles de naissance, séparés de leurs mères par une cloison malheureusement trop opaque, entrent néanmoins en possession de la langue*

---

* L'enfant en bas âge acquiert fort rarement une idée exacte des choses, si on ne soumet pas ces choses à l'action des sens ; et quand il les voit, les entend ou les palpe, besoin n'est de lui en faire le signe mimique pour qu'il en apprenne le nom ; il suffit pour cela de lui faire entendre ce nom, s'il a de bonnes oreilles, et de le lui montrer écrit, s'il est privé de l'ouïe.

maternelle presque aussitôt que si cette fatale cloison n'existait pas.*

Étrange préoccupation d'un homme qui souvent fit preuve de sagacité ? Vous prenez les réalités, les faits pour des signes, et vous attribuez, par suite, à ceux-ci les vertus et les propriétés des faits et des réalités.**

C'est pour n'avoir pas accordé au mot *signe* un sens net et précis que vous supposez gratuitement l'existence d'un langage mimique antérieur à toutes les langues parlées. C'est encore pour n'avoir pas distingué les signes d'avec les faits que vous flottez entre des assertions contradictoires et que vous protestez contre les opinions du savant rapporteur de l'Institut.

LE POUR.

Pourquoi ne pas attacher directement l'idée au mot en présence des objets et des faits, au milieu des circonstances qui leur servent d'interprètes, et sous le contrôle de l'application journalière ?... *Mémoire couronné*, p. 35.)

Il est donc plus utile d'attacher immédiatement les idées aux mots de nos langues, que de mettre les signes en première ligne. (*Mémoire couronné*, p. 92.)

Nous devons prendre les soins les plus constants pour que les signes ne s'interposent pas entre l'idée et son expression syllabique. (*Philosophie de l'enseignement maternel*, p. 73.)

LE CONTRE.

Tous les établissements se servent de signes. La raison en est fort simple : c'est qu'il n'existe pas d'autre moyen pour la première période de l'instruction du sourd-muet. (*Mémoire couronné*, p. 62.)

Les signes, comme je l'ai dit ailleurs, sont indispensables pour le premier enseignement de la langue. (*Mémoire couronné*, p. 92.)

Je condamne donc absolument le principe « qu'il faut apprendre au sourd-muet la langue de son pays par l'écriture, sans l'intermédiaire ni des signes naturels, ni des signes méthodiques. » Car sans les signes, sans le langage des signes, sans le langage d'action, — termes qui reviennent tous au même, — il est impossible d'instruire un enfant. (*Philosoph.*, p. 138.)

* Prétendrez-vous que la mère fait à son enfant aveugle des signes que celui-ci reconnaît par le toucher ; je le nie formellement. Elle agit avec lui et le fait agir avec elle ; il n'intervient entre eux aucune autre espèce de signes.

** Certes, j'ai garde de nier que les gestes de la mère, l'expression de ses yeux, le son de sa voix, ne contribuent à faire comprendre à l'enfant la signification des mots, quand il s'agit du

Cette fois l'arrêt est péremptoire : après mille fluc-
tuations vous vous prononcez contre la possibilité de la
liaison immédiate de l'idée avec le mot.

Et pourtant l'histoire de l'aveugle-né, d'accord avec le
raisonnement, démontre jusqu'à l'évidence qu'il n'existe
point de langage antérieur autre que celui des faits et
des réalités. Donc les signes mimiques auxquels vous
avez recours sont des parasites qui vous éloignent des
voies de la mère. Veuillez vous souvenir, Monsieur,
que dans la deuxième conclusion de vos prémisses,
page 17, vous constatez avec raison que « la mère et
« l'instituteur de sourds-muets ont à leur usage le même
« instrument pour entrer en rapport avec l'intelligence
« de leurs élèves; » et page 105 du même ouvrage « que
« la mère ne procède jamais par nomenclatures déta-
« chées. »

Qui de nous deux se montre infidèle à son modèle ? Je
commence par le nom au vocatif et le verbe à l'impératif. Comme la mère, j'aborde la pensée dans son
unité, la proposition simple contenue dans un seul
mot; j'évite de tomber dans les nomenclatures ; je place
le sourd-muet en présence du fait et du mot ; il a
conscience de l'acte qu'il exécute au moment où il
perçoit le mot écrit ; aucun signe mimique n'intervient ;
il y a donc dans le cerveau du sourd-muet liaison
immédiate et concomitante du mot à l'idée comme elle
a lieu chez le parlant.

Plein de confiance dans le guide dont nous avons fait
choix, je continue toujours à marcher sur ses traces. Je
ne demande au sourd-muet rien que ce dont il est

monde intérieur : mais c'est à la condition expresse que l'enfant
éprouve les sentiments de besoin ou de satisfaction, de plaisir ou
de douleur, de crainte ou d'espérance qui correspondent aux expressions de la mère. Celles-ci deviennent alors comme le reflet
des sentiments de l'enfant. Sourd, il perçoit ces expressions par la
vue ; aveugle, par les sensations auditives.

capable (ici je me transcris) : « Aux leçons du premier
degré, il n'a qu'à imiter ses camarades, à remarquer la
forme des mots, ensuite à se les graver dans la mémoire ;
au second degré, il ne peut être embarrassé pour
transmettre les ordres qu'il a exécutés et dont il a
retenu l'énonciation ; au troisième, l'intuition, l'imitation et l'analogie le mettent en état de répondre aux
questions qui lui sont adressées sur des faits qu'il a
présents à l'esprit ; au quatrième, il transmet à un
tiers le sens d'une réponse qu'il a faite ; enfin, au
cinquième, il obéit encore en questionnant à son tour.
A mesure qu'il pénètre nos conceptions, il se les approprie et les exprime comme siennes. Constamment éclairée par les réalités, sa pensée s'assouplit, se façonne et
s'identifie avec les formes variées de la langue française ;
combinées à l'aide du même mécanisme, ses idées
affectent les mêmes allures ; cultivées comme les nôtres,
ses facultés acquièrent par la suite les mêmes développements*. »

Et vous, Monsieur, comment vous conformez-vous aux
sublimes inspirations de la mère ? Votre première leçon
a pour but de faire comprendre (si vous le pouvez) que
le substantif est l'expression d'une substance ; c'est là
de la philosophie creuse et non de l'instinct maternel.
Vous voulez d'abord apprendre au sourd-muet à écrire

---

* Si, pour justifier cette marche, il est besoin d'un témoignage
que vous ne sauriez récuser, donnez-vous la peine d'ouvrir votre
Mémoire couronné par l'Académie de Bruxelles, et vous y lirez :
« Les règles doivent découler de l'usage ; et l'usage peut être
« dirigé de manière à ce que la connaissance de la syntaxe soit un
« fait acquis avant même que l'élève s'en soit aperçu... »
.... « Cette étude ne peut pas être abandonnée au hasard ; cette
« marche ne nous permettrait pas d'achever le cours d'instruction
« dans le court espace de temps affecté à l'éducation des sourds-
« muets. Nous devons regagner le temps perdu en coordonnant
« bien nos leçons et en imprimant une bonne direction à l'intelli-
« gence de nos élèves. » (P. 104 et 105.)

et montrer que le mot est la traduction du signe ; le signe est le connu, le mot écrit est l'inconnu. C'est l'alphabet de notre art, selon vous.... Oui, d'après les vieilles méthodes ; non, d'après celles qui s'inspirent des procédés de la mère.

Vous-même vous reconnaissez. quelques lignes plus bas, que c'est un travail presque mécanique, que « ce « n'est pas de l'instruction intellectuelle, et que l'enfant « se dégoûterait d'un travail où l'âme ne rencontre pas « un aliment conforme aux différents degrés de son « développement. »   (*Philosophie*, etc., p. 44).

« Durant toute la première partie du cours *anté-* « *primaire,* dites-vous, page 69, nous avons développé « l'intelligence de l'enfant sans nous soucier de lui « enseigner la langue ; nous avons pris au contraire un « soin constant de dégager son attention de tout ce qui « aurait pu le détourner de l'idée. »

A l'aide de quel moyen avez-vous donc pu cultiver, diriger, fortifier ses facultés intellectuelles ? Serait-ce avec le langage des signes que vous déclarez *incapable d'exprimer les vues les plus essentielles de l'esprit ?*

(*Philosophie,* etc., p. 27, lig. 19.)

Quant à moi, persuadé que c'est seulement à l'aide d'une langue régulière que l'esprit peut apercevoir nettement des rapports, les facultés s'exercer, la raison s'éclairer et se fortifier, je m'applique d'abord à créer pour le sourd-muet cet admirable instrument et je remets à une époque ultérieure tout ce qui, de près ou de loin, peut ressembler à de la philosophie, de la grammaire, de la haute morale et de la religion révélée.

Je n'ai ni le loisir ni la volonté d'écrire un gros volume, et pourtant un gros volume serait nécessaire pour suivre les méandres de votre dialectique et réfuter une à une, toutes celles de vos assertions qui manquent d'exactitude. Les vérités utiles au progrès moral de l'humanité tiennent toutes, plus ou moins, de la nature de l'Evangile ; elles se répandent par l'effort même que l'erreur fait pour en empêcher la propagation. Je me contenterai donc de relever quelques-unes des principales et bien regrettables méprises qui déparent votre dernière publication.

Si vous aviez signalé dans mon livre une lacune à l'endroit du langage des signes, vous auriez été dans le vrai. J'ai passé sous silence les exercices auxquels ce langage se prête dans les écoles spéciales, parce qu'ils ne sauraient sans inconvénients avoir lieu dans les écoles primaires. Mais vous affirmez hardiment que *les explications et le langage des signes sont positivement exclus des exercices de mon cours.* A cette allégation, je me borne à opposer dix lignes de mon introduction :

« Il n'en faudrait pas induire que tout geste indicateur, toute simulation d'action, toute mimique naturelle soient absolument interdits aux autres instituteurs ; quiconque sent vivement ne saurait s'exprimer sans faire des gestes ; quiconque a vécu quelques jours avec un sourd-muet a déjà saisi la valeur de plusieurs de ses signes ; mais de ces rudiments à la *systématisation* du langage mimique, il y a une distance énorme, et c'est de la mimique élevée à la dignité de langue que les instituteurs primaires et les pères de famille doivent pouvoir se passer*. »

---

* Il y a une profonde distinction à établir entre les quelques signes proprement dits dont une mère fait usage, et les signes tels qu'ils sont étendus et perfectionnés dans les institutions par les sourds-muets que l'on instruit. Ces signes constituent un véritable langage qui, quoi qu'on en ait pu dire, et que bien des gens le méconnaissent, a sa nomenclature et sa syntaxe, et qui, par des moyens moins commodes que ceux en usage dans les langues syllabiques, parvient à exprimer toutes les vues essentielles de l'esprit. — M. l'abbé Carton et le Dr Fournié professent, sans s'en apercevoir peut-être, le principe fondamental de l'Ecole sensualiste ;

Veuillez, Monsieur, faire usage de votre sagacité, et dans les nombreuses leçons données à l'aide des formules :

Fais semblant de pleurer,
d'être content,
d'avoir peur, etc.
Imite le laboureur,
le cordonnier, etc.
Contrefais le boiteux,
le paresseux, etc.,

vous verrez les signes à la portée des instituteurs primaires intervenir tout naturellement et sans embarras dans la pratique.

Autre chose est d'enseigner la langue française sans l'intermédiaire du langage des signes, autre chose est d'élever le sourd-muet sans avoir jamais recours à ce langage.

Nouvelle objection d'un ordre tout à fait inattendu :— « La proposition impérative, dites-vous, ne peut s'adresser qu'à un être raisonnable. On ne peut pas dire : objet, tombe ! poisson, nage ! oiseau vole ! »

Ici, Monsieur, permettez que je le dise, vous vous laissez entraîner à un genre d'arguments indignes d'un esprit aussi distingué que le vôtre. De ce que j'introduis par l'impératif le jeune sourd-muet à la connaissance des formes si variées de la *phraséologie*, vous induisez plaisamment que je prétends enseigner d'abord sous cette forme le sens de tous les verbes. — Vous pouvez amuser vos lecteurs, mais assurément vous ne les

seulement ils attribuent aux signes mimiques, langage disent-ils antérieur et supérieur à la parole, ce que l'Ecole sensualiste attribuait à l'appareil des sens : *Nihil est in intellectu quid prius fuerit in signo.*

convaincrez pas à l'aide de ces spirituelles plaisanteries*.

Je passe par-dessus mainte et mainte objection de
cette force.

Dans les leçons des deux premières années, dites-vous
ailleurs, *il n'y a pas l'ombre d'un enseignement intellectuel,
moral et religieux.*

Donc l'élève de la méthode intuitive n'apprend pas à
attacher une idée aux mots. En lui, l'attention n'est ni
provoquée ni soutenue. Le jugement n'est point exercé.
La réflexion reste inactive. La mémoire ne reçoit aucune
culture.

De telles assertions feraient sourire, si elles ne décé-
laient une animosité qui afflige... le rapport de l'Institut
va nous apprendre si mon enseignement est nul :

« Deux ans suffisent à un sourd-muet d'une intelli-
« gence ordinaire pour franchir tous ces degrés, pour
« être en état de composer de courtes narrations et de
« répondre avec facilité, sans blesser la syntaxe, aux
« questions qu'on peut lui faire sur les objets devenus
« accessibles à son intelligence (p. 44 et 45). »

Pas l'ombre d'un enseignement moral ! — Dès la première leçon, on façonne l'élève à l'obéissance ; dès la
treizième, on juge et on lui fait juger ce qui est bien et
ce qui est mal**. Bientôt on revêt des mots *sage* et
méchant, *laborieux* et *paresseux*, *attentif* et *étourdi* les
idées enfantines qu'il acquiert par intuition de la sagesse

---

* Pourquoi n'avez-vous pas jeté les yeux sur la première série
du second cours, vous y auriez vu, enseignés méthodiquement et
par la phrase expositive combinée avec l'impérative, presque tous
les verbes dont vous m'accusez de négliger l'enseignement : *pouvoir, vouloir, savoir*, etc.

** Vous objecterez, je le sais, que les locutions *c'est bien, c'est
mal*, sont deux locutions expositives, je n'en disconviens pas ; mais
avouez aussi que ces locutions ne sont d'abord pour l'élève que
deux interjections.

10

et de la méchanceté, de l'amour du travail et de la paresse, etc.

Pas l'ombre d'un enseignement religieux !

J'avais la simplicité de croire que pour critiquer une méthode il fallait l'avoir lue : vous n'avez lu, vous, je dois l'affirmer pour votre honneur, aucun des paragraphes 102, 103, 104. Vous vous seriez épargné une accusation qui peut faire supposer en vous des préoccupations peu dignes d'un philosophe chrétien. Votre attention ne s'est pas portée non plus sur la 365e page de mon livre :

« Les leçons de religion et de morale, y est-il dit, trouvent le sourd-muet admirablement disposé à les recevoir. Vous avez dû enseigner déjà quelques notions de ce genre. . . . .

. . . .

« Si le jeune sourd-muet connaît le nom de la Divinité, donnez-lui quelques-unes des leçons de cette série (6e série du 2e cours), aussitôt qu'il se sera bien approprié la valeur de la phrase indicative » (4e degré du 1er cours).

Il n'est pire aveugle que celui qui ne veut point voir. Mon livre est terminé par de nombreuses applications de la langue française à l'enseignement des premiers éléments d'instruction religieuse.

Enfin, je vous le demande, monsieur l'abbé, répondez en toute loyauté, croyez-vous que les Dames de Nevers et je ne sais combien d'autres congrégations qui ont adopté la méthode intuitive, eussent consenti à se faire les apôtres du matérialisme et du scepticisme, et qu'après de longues années d'expérience elles voulussent rester mes complices ? On reconnaît l'arbre au fruit qu'il produit : c'est parce que la méthode intuitive a formé d'excellents sujets sous tous les rapports, que ces Dames l'appliquent avec une confiance chaque jour plus entière.

Mais j'ai hâte d'en finir et d'aborder la question qui touche à ma probité scientifique et à mon honorabilité.

Et d'abord précisons le débat : quel est au juste le genre de plagiat que vous reprochez à l'homme dont vous avez *toujours apprécié très-haut*, dites-vous, *le talent et le caractère ?*

Vous aurais-je dérobé les principes qui sont la base de la méthode intuitive et sur lesquels s'appuierait aussi, paraît-il, toute votre méthode d'enseignement ? Le savant rapporteur de l'Institut s'est chargé à l'avance du soin de vous répondre quand il a écrit :

« Ce n'est point dans le livre de M. Valade-Gabel qu'on « les rencontre (ces principes) pour la première fois. « Sous une forme ou sous une autre, tantôt réunis et « tantôt séparés, on les trouve chez un grand nombre « d'écrivains qui se sont occupés de l'éducation des « sourds-muets. »

Et plus loin :

« Ils ont pour eux (ces principes) la consécration du « temps et l'autorité des plus grands maîtres ; mais à « M. Valade-Gabel appartient le mérite de les avoir fait « passer sans exagération et sans fausse timidité de la « théorie dans l'application, d'en avoir tiré une méthode « aussi simple que féconde, etc., etc. *Rapport de l'Institut*, p. 38 et 41.)

Si ce ne sont les principes, c'est donc alors l'ensemble de mes leçons journalières, l'application de la théorie à la pratique que j'aurais empruntée à votre enseignement. Le soin que vous avez pris de critiquer, de condamner, de bafouer même l'esprit et le développement de la partie pratique de mon ouvrage me dispense de répondre sur ce point, ou plutôt c'est vous-même, Monsieur, qui répondez pour moi. — D'ailleurs, une lecture même superficielle de nos deux méthodes publiées au même moment, vers la fin de 1856, suffirait à démontrer la distance qui nous sépare. Mais la passion vous aveugle et tout en les *condamnant absolument*, vous allez jusqu'à revendiquer la propriété d'une partie au moins de mes exercices pratiques ; et à cet effet vous vous appuyez sur un Mémoire lu par vous à la Conférence de l'école de Paris, en 1837, et sur une lettre que je vous écrivis vers la fin de la même année et dans laquelle je disais que je *m'efforcerais* de rendre vos découvertes utiles aux sourds-muets. Or, que prouve votre Mémoire de 1837, sinon qu'il n'existe pas la moindre analogie entre le cadre tout à fait restreint de leçons élémentaires que vous y présentez et les séries d'exercices de mon cours pratique ? Le procès-verbal que vous avez, je le reconnais, la loyauté de citer dans son entier, ne constate-t-il point d'ailleurs « que la Conférence a « entendu le développement des principes de M. Carton « avec un sentiment de plaisir d'autant plus vif, qu'elle « a reconnu presque toujours des rapports frappants « avec la marche qu'elle-même *a été amenée à imprimer* « *à l'enseignement dans l'institution de Paris.* »

En ce qui concerne ma lettre du 28 septembre 1837, dont vous ne donnez que des parties détachées, permettez-moi d'abord, puisque vous semblez tenir à honneur que votre nom soit cité dans mes ouvrages, permettez-moi de vous rappeler que cette lettre est reproduite *in extenso* à la page LXVI de l'ouvrage que vous attaquez, et je me félicite grandement de l'y avoir insérée. Cette lettre établit d'une manière nette et précise les phases, les développements et les progrès successifs de mon enseignement à l'Institution de Paris ; elle prouve en outre la satisfaction profonde avec laquelle j'avais reconnu en vous un auxiliaire précieux, pour faire prévaloir au sein de la Conférence mes vues sur l'enseignement.

Si j'en crois le souvenir de nos longs entretiens

pédagogiques, nous étions alors, vous et moi, en parfaite communauté d'idées. Je n'ai jamais songé, pas plus à cette époque qu'aujourd'hui, à me donner comme votre initiateur à l'enseignement des sourds-muets : — et cependant, si l'un de nous avait dû profiter davantage du commerce de l'autre, je laisse à chacun le soin de décider, Monsieur, si c'eût été le fondateur d'une institution créée depuis quelques mois à peine, ou le professeur déjà mûri par une expérience de douze années, éclairé par les discussions de la Conférence, et plus encore, au sein du foyer domestique, par l'étude du développement de l'intelligence et du langage chez ses trois jeunes enfants ?

La chose est donc évidente : je n'ai pu vous prendre ni votre théorie, ni tout ou partie de votre pratique. — Vous aurais-je au moins dérobé quelque procédé, celui par exemple qui consiste à prendre pour point de départ dans l'enseignement de la langue la forme impérative ? — Quoique vous l'ayez condamné et conspué, vous semblez revendiquer ce procédé.

A tous vos arguments, je n'opposerai qu'un témoignage, et ce sera encore le vôtre :

« Il y a, avez-vous dit, des instituteurs — donc vous ne vous mettiez pas de ce nombre — il y a des instituteurs qui donnent d'abord le verbe à leurs élèves, afin qu'il y ait emploi de la phrase dès le début de l'enseignement. Le verbe à l'impératif est une forme très-simple. La phrase existe dès qu'il y a emploi du verbe. — Mais cette manière de procéder nous paraît être l'exagération d'un bon principe. » *Mém. couronné,* p. 105.)

Et cette fois, conséquent avec vous-même, vous faisiez disparaître de vos leçons la forme impérative que *d'après mes conseils* vous aviez introduite parmi les modèles présentés à la Conférence ; à vingt-cinq ans de distance, la mémoire peut se trouver en défaut. J'avais mis en vos mains un excellent instrument : vous en avez méconnu le mérite ; tandis qu'après avoir fait de la forme impérative le lien immédiat de l'idée et du mot écrit, j'en ai étudié et suivi les transformations pour faire comprendre la trame du discours, vous en avez, vous, Monsieur, renié l'emploi, et vous osez à présent m'accuser de m'être approprié votre bien !

Si noblesse oblige, science oblige plus encore ; et ce à quoi elle oblige surtout, c'est à la circonspection et au respect de la vérité.

Mon livre, depuis l'an dernier, est en butte à des attaques qui, opposées, se neutralisent. Orléans approuve ce que Bruges condamne, et Bruges joint sa voix à la mienne pour condamner les hérésies d'Orléans ! N'est-ce pas une sorte d'hommage involontairement rendu au corps savant, aux hommes illustres qui ont honoré de leur approbation la théorie et la pratique de mon enseignement ?

Adieu, Monsieur et cher confrère, je ne saurais mieux terminer cette trop longue lettre qu'en reproduisant ici les dernières paroles que vous adressait l'illustre aveugle de la Belgique, en réponse à des attaques irréfléchies :

« Entre les hommes de cœur et de dévouement qui continuent la haute mission des abbés de l'Épée et Sicard, des de Gérando, des Triest et des Decker, il ne doit y avoir qu'une sainte et généreuse émulation, celle de conquérir à la religion, à la société le plus grand nombre possible de sourds-muets.

« La meilleure méthode, quelle que soit son origine, est pour moi, comme pour la société entière, celle qui fait les meilleurs élèves. »

C'est dans cette conviction que je vous prie d'agréer...

Paris, décembre 1862.

XLIX

A M. Rapet, Inspecteur général de l'Instruction publique.

Voici quelques notes qui tendent simplement à expliquer pourquoi et comment le *Guide des instituteurs
primaires* a pris la forme et les dimensions que vous
savez.

Les bureaux du Ministère de l'Intérieur, soit dit entre
nous, ne font guère autorité en matière d'enseignement ;
mais M. Franck se trouvant d'accord avec eux pour
adopter la forme catéchistique comme la mieux à la
portée du commun des hommes, je ne pus m'empêcher
de déférer à un avis qui m'a imposé un assez long
travail.

Vous voudriez dans l'ouvrage des détails plus nombreux, des indications pratiques plus circonstanciées ;
vous croyez que, sous ce rapport, le *Guide* est inférieur
à l'ouvrage publié en 1857. S'il en est ainsi, il est facile
d'y remédier, veuillez m'indiquer les points qui nécessitent des développements, je m'empresserai de les
ajouter. Toute facilité me reste ; mais permettez-moi de
faire observer qu'après avoir écarté du nouvel ouvrage
tout ce qui, en fait de théorie, ne m'a point paru indispensable, au lieu d'exposer les moyens pratiques destinés à introduire l'élève à la connaissance de l'ensemble
de la langue française écrite, je ne me suis attaché
qu'aux moyens de lui enseigner à comprendre la forme
impérative, à en faire l'application et à étendre les
connaissances en nomenclature.

Je serais bien trompé si, sur ces deux premiers points,
je n'avais donné des développements au moins égaux à
ceux qui sont contenus dans l'ouvrage plus complet.

Pourquoi me suis-je arrêté si tôt ? — C'est parce qu'on ne peut pas s'attendre à ce que la généralité des instituteurs primaires puisse et veuille faire autre chose qu'ébaucher l'instruction des sourds-muets, parce que si l'on demandait davantage on s'exposerait à éprouver un refus de concours au Ministère de l'Instruction publique. M. Franck et vous, cher ami, vous avez signalé cet écueil et donné, sous des formes différentes, des conseils dont j'ai goûté la sagesse. Il y a quelques mois à peine, après nous être assez longuement et peut-être même un peu trop vivement entretenus des intérêts des sourds-muets, vous résumâtes vos observations par ces paroles : « Surtout soyez modeste ; vous ne sauriez être trop modeste. » Le conseil tombait d'aplomb, je le crus du moins, non sur mon caractère personnel, mais sur la portée qu'il convenait de donner à mon travail.

Depuis, M. Franck ayant eu la bonté de lire le manuscrit m'a engagé à rester dans ces limites ; mon livre lui a paru la réalisation du vœu qu'il avait exprimé dans son rapport à l'Institut. Certes cela ne m'empêchera pas, je le répète, de donner, soit aux matières de l'enseignement, soit aux explications nécessaires à l'intelligence des procédés, telle extension que vous jugerez nécessaire ; en moi tout amour-propre se tait quand il y va de l'intérêt des malheureux à l'instruction desquels j'ai consacré ma vie entière. Pour obtenir le concours du Ministère de l'Instruction publique à l'œuvre de régénération des sourds-muets, il n'est pas de sacrifice personnel auquel je ne sois résigné.

J'ai dit ailleurs, et je répète ici, que la coopération des instituteurs primaires à l'éducation des sourds de naissance est dans les tendances de l'époque. En effet des documents que j'ai entre les mains résulte la preuve que des instituteurs primaires s'efforcent d'être utiles aux sourds-muets, non seulement dans toute l'ancienne

Lorraine, mais encore dans l'Indre, le Tarn-et-Garonne, l'Hérault, le Finistère, le Loir-et-Cher, la Manche, la Saône-et-Loire, la Lozère, le Cantal, le Rhône, la Saône, l'Indre-et-Loire, enfin dans le Loir-et-Cher, la Seine-et-Marne et la Seine-et-Oise............

Paris, juin 1863.

L

A M. L'ABBÉ BOUCHET, INSTITUTEUR DE SOURDS-MUETS, MISSIONNAIRE ETC.

Est-il vrai, comme l'assurance m'en a été donnée durant mes pérégrinations dans le Midi, est-il vrai, dis-je, que la publication du Cours d'instruction de feu M. l'abbé Chazottes soit en partie réalisé ? — Je ne saurais mieux m'adresser qu'à vous pour être fixé sur la réalité du fait et pour obtenir l'adresse de l'éditeur. Au cas où l'ouvrage ne devrait être mis en vente que lorsque l'impression en sera achevée, y aurait-il indiscrétion à vous prier de me procurer les parties qui ont vu le jour ; et cela à prix d'argent ou par la voie d'échange contre quelques-uns de mes livres ?.... Votre qualité de président du conseil de révision semble vous autoriser à me rendre le service que j'attends de votre bonne confraternité.

Toutes les institutions ouvertes en France au profit des sourds-muets sont actuellement connues du Ministère de l'Intérieur. J'ai passé partout et je puis dire que, si l'enseignement laisse beaucoup à désirer dans quelques écoles, dans le plus grand nombre il est sorti de la vieille routine pour entrer dans les voies de la réalité et du progrès.

Adieu, cher et bouillant confrère en *philomutisme*, je vous serre la main.... etc.

Paris, le 24 décembre 1864.

LI

A M. L'ABBÉ CATALA, DIRECTEUR DE L'INSTITUTION
DES SOURDS-MUETS DE TOULOUSE.

Arrêté pour quelques heures encore aux bords gracieux et pittoresques du lac de Neuchâtel, j'ai relu, pour
la troisième ou quatrième fois, la lettre dont vous
m'avez honoré le 25 juin et je vais vous dire quelques-
unes des réflexions qu'elle me suggère.

De toutes les langues idéographiques la peinture, le
dessin, la mimique sont, si je ne me trompe, celles qui
représentent par elles-mêmes le plus immédiatement
les idées : hé bien ! plus difficile que vous, je ne les
considère pas comme intuitives. A fortiori, comme
vous, je n'admets pas que les mots écrits ou parlés
puissent constituer une langue intuitive proprement
dite ; c'est un privilége exclusivement réservé aux faits
extérieurs, visibles, tangibles et aux faits intérieurs
que la seule conscience perçoit. — C'est par l'association immédiate des idées acquises par cette voie avec
les impressions soit de la parole, soit de l'écriture que
les langues conventionnelles deviennent, s'il est permis
de parler ainsi, intuitives au deuxième degré ; non, je
le répète, par leur ressemblance avec les faits, mais par
le mode de leur association.— Et comme, de leur nature,
les mots écrits ou parlés sont essentiellement arbitraires, ils offrent d'inappréciables facilités aux combinaisons de la pensée.

Si j'ai réussi à exprimer assez nettement ma manière
de voir, je suis assuré qu'il n'y aura pas sur ce point
divergence entre votre opinion et la mienne. Vous constatez avec raison la supériorité qu'ont les signes sur
l'écriture pour le développement des idées morales ;

mais, par une déduction trop prompte, vous admettez
qu'il faut leur donner la préférence pour toutes sortes
d'idées. L'écriture peut aussi, dans une mesure assez
restreinte, servir à l'acquisition d'idées morales, et elle
a sur les signes d'immenses avantages pour l'acquisition
des idées de rapport de perception intellectuelle. —
Cette seule considération suffit pour que la langue écrite
ne doive pas être enseignée principalement par voie de
traduction. Puis si je considère d'une part l'influence
des habitudes, d'autre part, les inextricables difficultés
que rencontre la traduction réciproque de deux langues
qui diffèrent par leur nomenclature et leur construction, autant que par la nature même des signes dont elles
sont formées, je repousse de toutes mes forces la conclusion finale de votre lettre : *Pour enseigner la langue
française faire beaucoup de signes au début et les supprimer ensuite.*

A la lecture de ces lignes vous allez me croire fort
exclusif ; et pourtant je ne le suis point : — Que par ses
relations avec ses compagnons d'infortune et avec ses
professeurs le sourd-muet nouvellement admis donne
l'essor à la langue dont il apporte les rudiments, j'y
vois de nombreux avantages et je n'entends certainement pas que le développement de la mimique ne doive
venir qu'à la suite des acquisitions de la langue écrite.—
Je n'entends pas davantage que les leçons de langue
écrite aient leur premier point d'appui dans la mimique ;
les deux langues doivent, suivant moi, rester, dès le
début, indépendantes l'une de l'autre, prendre vie l'une
et l'autre à la même source : l'intuition des faits. —
Bientôt des rapprochements seront opérés entre les
deux moyens de communication, des emprunts viendront ensuite ; mais chacune conservera son caractère.
Au contact de la langue française la mimique deviendra
plus analytique, moins implicite ; la langue française à

son tour sera sans peine enrichie de toutes les idées acquises par sa concurrente.

Les élèves parviennent ainsi à penser directement avec la langue écrite ; s'il fallait, en dehors du raisonnement, établir la supériorité des langues écrites en général et de la langue française en particulier, j'en aurais la preuve dans ce fait qu'initiés à la connaissance de celle-ci par intuition, les sourds-muets ne tarderont pas à lui donner fréquemment la préférence sur l'idiome qui leur est naturel.

La langue écrite, ai-je dit, peut s'associer directement aux idées morales ; remarquez-le bien, je dis s'associer aux idées morales et non point donner ces idées : le langage ne donne pas plus des idées que la charrue ne crée les germes. L'un et l'autre favorisent le développement des germes et voilà tout ; ils sont également impuissants à rien créer. L'expression physionomique exagérée est à l'écriture ce que les accents de la voix sont à la parole : elle l'anime, la vivifie ; surtout lorsque la langue écrite revêt les formes de la dactylologie.

Je saute à pieds joints sur tout ce qui a trait à la publication des œuvres de M. Chazottes pour vous dire mes vœux pour le rétablissement de votre santé.... etc.

Juillet 1865.

LII

A M. RENZ, DIRECTEUR DE L'INSTITUTION DES SOURDS-MUETS DE GENÈVE.

L'homme qui serait capable de s'exprimer de façon à se faire comprendre de tout le monde et dans tous les pays posséderait la langue universelle rêvée par Leibnitz. Les sourds-muets en sont-ils dotés ?

— Ceux qui s'expriment bien dans le langage qui leur est propre parviennent, il est vrai, à se faire comprendre à peu près de tout le monde pour ce qui est relatif aux sentiments et aux nécessités de la vie animale, à se faire réellement bien comprendre partout et toujours de leurs compagnons d'infortune ; mais encore seulement dans la sphère des idées qui leur sont communes. Si donc tous les sourds-muets du globe étaient réunis et constitués en un seul peuple, qu'ils fussent peu jaloux d'entretenir des relations habituelles avec les nations parlantes, ils auraient raison d'adopter exclusivement pour communiquer entre eux, le langage naturel des signes. Il ne leur resterait plus qu'à trouver le moyen d'écrire la langue de leur choix ; car point de langue écrite : point de tradition ni de perfectionnement possible ; point de littérature, point de communication à grande distance. Jusqu'à ce jour on n'est parvenu à rien inventer d'utile en ce genre d'écriture.

L'honorable personne dont vous m'avez transmis l'opinion* n'a certainement pas fait une étude sérieuse du sujet. C'est probablement un adversaire du système qui consiste à prétendre doter de la parole tous les sourds-muets, système qui, après des efforts héroïques de la part du maître aussi bien que de la part des élèves, n'amène aucun résultat utile et durable pour ceux qui n'ont pas l'avantage, soit d'avoir parlé jusqu'à un certain âge, soit de n'être qu'incomplètement sourds, soit enfin d'être à la fois favorisés des dons de la fortune et de l'intelligence.

La meilleure méthode selon moi n'est ni la méthode

---

* Un des administrateurs de l'Ecole prétendait que *la méthode de l'abbé Sicard est la meilleure, parce qu'elle donne aux sourds-muets la possibilité de se faire comprendre par tout le monde, dans tous les pays,* et il demandait l'introduction de cette méthode dans les classes de l'Institution

grammatico-philosophique de l'abbé Sicard ni la méthode systématique de telle ou telle autre célébrité,
mais celle qui se préoccupe par dessus tout du développement harmonique des facultés intellectuelles et
morales par l'étude des rapports appuyés sur l'intuition
des faits et qui s'attache à donner aux élèves les moyens
de communication qui répondent le mieux à la constitution et aux aptitudes de chacun : — aux demi-sourds,
l'ouïe et la parole, — aux enfants qui ont entendu et
parlé jusqu'à un certain âge, la parole et la lecture sur
les lèvres, — à ceux qui doués d'une intelligence ordinaire sont complètement sourds et sourds de naissance,
la langue écrite, — enfin aux intelligences inférieures,
—le langage des signes et les bribes de langue écrite qu'il
est possible de leur inculquer ; car la langue écrite est
un terrain où tous doivent être exercés, tandis que le
langage des signes n'est qu'un auxiliaire dont les sujets
des deux premières catégories sus-énoncées peuvent
seuls se passer quand ils ne sont pas mis en contact avec
les sujets plus nombreux des deux autres catégories.

La haute idée que je conçus de votre talent pratique
à Saint-Hippolyte-du-Fort me fait vivement regretter,
Monsieur, que mes nombreuses occupations ne me permettent pas de développer ici plus complètement mon
opinion.

Veuillez agréer, etc.

Corinthe, près Chambéry, mars 1867.

LIII

Au frère Bernard, ancien Directeur de l'Ecole de Poitiers, Chef de l'enseignement à l'Ecole de Toulouse.

Dans tous les établissements d'instruction publique
et particulièrement dans ceux qui sont ouverts aux
sourds-muets de naissance, la direction des études doit

nécessairement être confiée à des hommes qui réunissent en eux le savoir et l'expérience. M. le Supérieur général de votre Congrégation l'a fort bien compris, quand, après le décès inopiné du charitable et digne abbé Catala, il vous a placé à la tête des professeurs qui dispensent l'enseignement aux sourds-muets de Toulouse. Votre supérieur n'a pas oublié la bonne impulsion que vous avez donnée à l'enseignement lorsque vous dirigiez l'école de Poitiers et il n'ignore pas que, peu de temps après votre rappel à Lille en 1865, il se produisit dans l'école de cette ville d'appréciables améliorations.

Toujours modeste, vous désirez connaître, cher frère Bernard, mon opinion sur les mérites respectifs de la *phonodactylologie* et de l'enseignement de la parole artificielle, telle que la pratique M. Fourcade.... il y aurait là matière à de longues et délicates dissertations et j'ai à peine le temps de satisfaire à votre désir par quelques pages tracées à la hâte.

— Voici comment j'appréciais la *phonodactylologie* et son auteur dans le rapport qui fut adressé au Ministre de l'Intérieur en 1863 : « Le directeur frère Bernard est doué d'un grand sens et de beaucoup de pénétration ; l'école de Poitiers vaut mieux que la plupart des écoles confiées aux religieux du même ordre ; la moyenne des résultats y est assez satisfaisante; elle y serait bonne si, durant les premières années, l'enseignement n'y manquait d'intérêt et d'animation.

Frère Bernard est auteur d'une tachygraphie mimique appelé *phonodactylologie* parce que la bouche et les doigts concourent à sa formation, la première pour exprimer les voyelles, les autres pour exprimer les consonnes. Le système me paraît un peu trop compliqué, mais il serait aisé d'en rendre l'intelligence plus facile et la pratique plus commode. Quoi qu'il en soit, si la supériorité relative des résultats obtenus à Poitiers doit évidemment être attribuée au mérite du chef, on ne saurait méconnaître que l'honneur en revient aussi à *l'application soutenue* de la phonodactylologie ; puisque, à l'exception de ce moyen de communication, les procédés et les méthodes d'enseignement sont à peu près les mêmes dans toutes les autres écoles des frères de Saint-Gabriel. — La *phonodactylologie* mérite donc d'être sérieusement étudiée, tant au point de vue de son économie même qu'au point de vue des effets qu'elle peut produire. J'ai regret de n'avoir pu me livrer à cette étude, faute de temps, et surtout parce que depuis 1863 je n'ai trouvé aucune école où elle soit appliquée avec suite et dans de bonnes conditions...... »

La *phonodactylologie* n'est point une méthode d'enseignement ; vous l'avez reconnu vous-même, cher frère, puisqu'à Poitiers vous n'y appliquiez les élèves qu'après leur avoir fait comprendre le mot écrit et sa signification. Elle rend artificiellement la parole plus saisissable à la vue et en facilite la pratique ; dispose-t-elle le sourd-muet à lire sur les lèvres du premier venu ? — Je ne le pense pas ; il est même à craindre que la divination de la parole en soit rendue plus difficile. Enfin la *phonodactylologie* sert-elle à enseigner aux sourds-muets la production de la parole ? Rien de ce que j'ai vu ne m'autorise à le penser.

— Passons à la prétendue *démutisation complète* de M. Fourcade. *Démutiser*, pour parler la langue de cet enthousiaste, consiste avant tout, suivant moi, à faire acquérir au sourd-muet des idées comme nous les avons acquises nous-mêmes, à le mettre en état de les exprimer à haute voix comme nous les exprimons, puis à le *désassourdir*, c'est-à-dire à lui faire entendre la parole, sinon par les oreilles au moins par les yeux. Or, dans tout ce qu'a fait et publié M. Fourcade, je n'ai rien vu qui ait trait au premier et au dernier de ces trois points.

Il fait parler, mais il ne donne pas l'intelligence de la parole ; il fait parler, mais il n'y a dans son enseignement rien qui soit particulièrement destiné à mettre l'élève en état de lire la parole aux mouvements des lèvres. Il porte constamment aux nues sa méthode d'enseignement, et il n'a que des procédés pour faire reproduire le mécanisme de la parole. M. l'abbé Catala le savait si bien qu'il n'admit M. Fourcade à donner des leçons d'articulation dans son école que sous la condition expresse et formelle que celui-ci n'aurait pas la prétention de changer la méthode d'enseignement.

Je viens de signaler ce qu'il y a d'excessif dans les prétentions de M. Fourcade ; j'ai hâte de reconnaître qu'il possède et qu'il enseigne bien le mécanisme des sons et des articulations ; que par suite des soins intelligents qu'il donne à l'action de l'appareil respiratoire, la voix de presque tous ses élèves est forte et sonore ; ce qui rend en eux la parole plus saisissable. Ajoutons que M. Fourcade a le bon esprit d'exercer les élèves en commun, comme d'autres l'ont fait avant lui, et qu'il a créé pour leur usage une sorte de prosodie qui ôte à la voix une partie de son étrangeté et de sa rudesse. A ces différents points de vue, les résultats qu'il obtint à l'Ecole de Toulouse en quatre mois de l'année 1867 sont fort remarquables ; je me plus à le constater dans un rapport adressé à S. E. le Ministre de l'Intérieur.

Malheureusement, si les élèves de M. Fourcade offensent moins l'oreille que d'autres sourds-muets parleurs, ils choquent beaucoup plus la vue par les grimaces grotesques dont ils accompagnent l'émission de la parole ; ce qui me porte à croire que le professeur lui-même exagère par trop les mouvements buccaux pour les rendre plus saisissables. — Ce nonobstant ses élèves lisent-ils bien la parole sur les lèvres d'autrui ? Je n'ai pu en obtenir la preuve, la généralité de ceux que j'ai vus ne

11

possédant que trop imparfaitement l'intelligence de la langue.

L'enseignement de la parole articulée nuit-il à l'acquisition de la langue française ou bien facilite-t-il l'intelligence de cette langue ? — Il lui vient directement en aide ou lui fait obstacle : d'une part suivant le temps qu'on y consacre, de l'autre, suivant qu'on s'occupe de sujets plus ou moins intelligents, plus ou moins sourds, et suivant aussi qu'il s'agit d'enfants atteints de surdité de naissance ou de surdité acquise. Sachons utiliser toutes les aptitudes et ne demandons aux instruments mis à notre disposition que ce que nous pouvons raisonnablement en obtenir.

— Les procédés employés par M. Fourcade ne sont pas incompatibles avec la *phonodactylologie*. Les premiers mettent l'élève en mesure de se faire mieux entendre, la seconde lui permet de mieux saisir matériellement le discours. Associez-les donc, vous ne sauriez mal faire ; mais ne perdez jamais de vue que ni l'un ni l'autre de ces moyens de communication ne fait acquérir l'intelligence du discours : ils ne sont propres qu'à mettre en circulation les idées acquises par l'intuition, le langage des signes et l'écriture.

A l'occasion, cher frère..........

Paris, le 25 novembre 1869.

LIV

A Mme ANGÉLIQUE CAMAN, SUPÉRIEURE A L'INSTITUTION NATIONALE DES SOURDES-MUETTES DE BORDEAUX.

Aujourd'hui moins que jamais je ne saurais oublier l'établissement où se sont écoulées les plus belles et les plus utiles années de mon existence, où, trente ans après que j'en fus brutalement éloigné sans cause avouable, mon œuvre grandit encore et mon souvenir vit dans des cœurs reconnaissants.

De toutes les satisfactions intimes que mon dévouement à la cause des sourds-muets a pu me valoir, la plus vive, la plus flatteuse est celle que m'a procurée la lettre dont vous m'avez honoré, tant en votre nom qu'au nom de mère Nathalie et du personnel de l'enseignement. Avec une modestie pleine de dignité, vous attribuez à l'auteur de la méthode intuitive les remarquables succès que l'Institution de Bordeaux a obtenus à l'Exposition universelle. Moi, qui ne puis ignorer combien le mérite des maîtres fait valoir l'instrument dont ils font usage, je décline tant d'honneur et je bénis les Supérieures de votre congrégation qui continuent à donner, pour auxiliaires à la directrice de l'enseignement, des personnes d'une intelligence et d'un dévouement hors ligne.

Veuillez, s'il vous plaît, Madame, partager avec vos vénérables supérieures et vos pieuses compagnes l'hommage de ma vive et profonde gratitude.

En France et à l'étranger la méthode intuitive a été l'objet d'injustes critiques et d'amères satires. Tel contempteur affirme que c'est un plagiat fait à l'abbé de l'Épée ; tel autre traite la méthode d'œuvre immorale et impie ; un allemand n'y voit qu'un long contre-bon sens ; enfin un savant docteur-médecin m'accuse d'avoir commis là un crime de lèse-humanité.

Loin de nuire à la propagation de la méthode, les ridicules assertions de l'ignorance et de la mauvaise foi ont contribué plutôt à la répandre, même à l'étranger, si j'en juge par la traduction qui a été faite de plusieurs de mes travaux en anglais, en italien, en espagnol et en portugais.

En France, le plus grand nombre des maîtres, ainsi que vous pouvez vous en convaincre en lisant la brochure

où est exposée la situation des écoles de sourds-muets
non subventionnées par l'Etat, en France, dis-je, le plus
grand nombre des maîtres fait à la méthode que vous
pratiquez si bien de larges emprunts ; malheureusement
il en est peu qui soient suffisamment pénétrés de son
esprit, qui en comprennent bien les procédés, les exercices et surtout qui n'accordent pas au langage des
signes plus de place que de raison.

Lors de mes tournées d'inspection, je ne pouvais
m'arrêter qu'un ou deux jours là où il m'eût fallu
séjourner plusieurs semaines. C'est un vrai malheur que,
pour des motifs respectables sans doute mais qu'on ne
saurait assez déplorer, l'Institution de Bordeaux se soit
refusée à devenir école normale.

La tendance qu'ont de sérieux partisans de la méthode
intuitive à s'engager dans de fausses voies, tient à ce que
leur guide, c'est-à-dire l'ouvrage publié en 1857 en vue
des instituteurs primaires, se tait sur le mode de construction du langage des signes et ne décrit pas les
exercices auxquels ce langage étendu et développé donne
lieu dans les institutions spéciales. — Pour remédier à
cet état de choses le mieux eut été de rééditer l'ouvrage
après en avoir comblé les lacunes qui avaient été d'abord
laissées à dessein. J'ai dû reculer devant une dépense de
cinq à six mille francs au moins ; mais grâce à l'activité
et à la compétence de mon fils aîné, le *Plan d'études,
programme de l'enseignement* qu'il a fait paraître et dont
je m'empressai de vous envoyer un exemplaire pourra
tenir lieu d'une réédition trop onéreuse.

N'y a-t-il pas une distinction essentielle à établir entre
les méthodes et le cours d'instruction ? — Les méthodes
peuvent être considérées comme autant de béquilles
qui, d'abord indispensables au malade, doivent être
mises de côté à mesure qu'il retrouve l'usage de ses
membres, tandis qu'à mes yeux le cours d'instruction

est un champ où sont cultivées les notions de tout genre que les sourds-muets doivent s'approprier pour se former le cœur et l'esprit. Or l'étendue de ce champ est nécessairement proportionnée au degré d'intelligence et aux besoins moraux de chaque groupe d'élèves. De là, ce me semble, l'impossibilité de donner au cours d'instruction un cadre définitif et une forme absolue : en éducation ce qui est accordé en trop à l'étendue est perdu pour la profondeur et compromet souvent la solidité des résultats.

Quoiqu'il en soit, les livres dont vous avez courageusement entrepris la rédaction, vos dignes compagnes et vous, combleront de bien regrettables lacunes dans les écoles où les malheureux sourds-muets sont initiés sérieusement à l'intelligence de la langue écrite.

Vous réussirez dans cette entreprise, car en votre personne sont réunies toutes les conditions essentielles du succès ; vous n'avez certes pas le désir de faire œuvre de littérature ; vous sacrifieriez plutôt la rigueur de la correction à la clarté que la clarté à l'élégance du style ; et d'ailleurs vous connaissez parfaitement le caractère et l'esprit, j'entends la constitution intellectuelle et morale des enfants au profit desquels vous avez pris la plume. Je suis donc bien convaincu que mes appréciations ne vous sont pas nécessaires ; néanmoins j'accepte, dans la mesure des forces que me laissent mes soixante-dix-huit ans, la délicate mission qui m'est offerte ; si vous persistez à demander mes conseils, vous voudrez bien m'envoyer vos cahiers comme papiers d'affaires, vers le milieu d'avril, à Tabernac près Sarlat (Dordogne).

Agéez de nouveau, Madame, pour vous et pour la famille religieuse qui vous entoure, l'hommage de mon profond respect et de mon affectueux dévouement.

Paris, le 15 février 1879.

LV

A LA MÊME.

Je viens de lire en entier, avec une attention soutenue, l'abrégé d'histoire sainte sur lequel une trop grande défiance de vous même réclame les appréciations de ma vieille expérience. Il serait à mon sens bien difficile, sinon impossible, de présenter aux jeunes sourdes-muettes un meilleur résumé des faits de l'Ancien Testament depuis la création jusqu'à l'avénement du Christ.

Les personnes étrangères à l'enseignement spécial que vous pratiquez si bien pourront critiquer le style de votre travail ; elles objecteront qu'il laisse parfois à désirer sous le rapport de la souplesse et de l'élégance, des liaisons et de la variété : qualités précieuses sans doute, mais auxquelles vous avez sagement renoncé pour rester accessible aux intelligences novices que vous avez mission d'éclairer. Tout, dans votre ouvrage, doit tendre et tend en effet à former l'esprit et le cœur. Vous avez soin de prémunir vos élèves contre les erreurs pernicieuses où pourraient les entraîner quelques-uns des faits de la tradition biblique trop humainement interprétés.

Quoique parvenues à la quatrième année de leurs études, les sourdes-muettes de peu d'intelligence auront besoin d'être aidées pour vous lire avec fruit ; mais leurs émules mieux douées vous liront sans aide ; elles n'auraient qu'à demander la valeur de certaines expressions n'appartenant pas à la langue usuelle, si vous n'aviez eu le soin d'en noter la signification dans des renvois au bas de la page.

J'ai l'honneur d'être, Madame, votre dévoué confrère en pédagogie et votre respectueux serviteur.

Tabernac, 5 juillet 1879.

ENSEIGNEMENT DE LA PAROLE.
SOURDS INCOMPLETS.

I

Au Comte Alexis de Noailles.[*]

En m'associant aux travaux de l'Institution royale des sourds - muets, vous m'avez imposé l'obligation de rechercher tous les moyens de m'y rendre utile. Ce fut, pour remplir cette tâche, que vers la fin de janvier je commençai les expériences sur l'articulation mécanique; ces expériences m'ont conduit à découvrir plusieurs moyens qui m'ont paru propres à perfectionner un art qui, pour être imparfait, n'en est pas moins l'unique moyen de rendre entièrement le sourd-muet à la société. M. l'abbé Sicard fit son apologie en disant à la multitude étonnée de voir discourir un sourd-muet : « *Qu'on me donne des manœuvres et, bientôt, tous les sourds-muets de mon institution articuleront comme celui-ci !* » Ainsi la divine providence a mis à la portée du plus grand nombre les moyens les plus efficaces pour faire le bien.

Je n'exposerai point aujourd'hui le plan d'un cours de lecture approprié à cet objet; mais je me permettrai d'attirer un instant votre attention sur quelques observations qui me paraissent de la plus haute importance et qui s'y lient fort étroitement.

[*] Ce rapport fut en même temps adressé à la Commission administrative.

Le 22 mai dernier, Filloux Gilbert, de Guéret, âgé de douze ans, fut admis dans l'Institution. M. Itard ayant cru remarquer en lui un reste d'audition, fit quelques expériences en présence de l'Agent général et de l'Econome ; ils restèrent tous convaincus que cet enfant avait assez d'ouïe pour entendre et concevoir des phrases plus ou moins compliquées. J'appris de sa mère qu'il avait commencé de parler à l'âge de cinq ans ; les vices de prononciation et l'impossibilité de lui apprendre à lire l'avaient seuls décidée à solliciter son admission. Cette impossibilité était établie par le témoignage d'un excellent maître, qui a perdu quatre ans à lui enseigner cet art par la méthode qui donne aux caractères graphiques une prononciation si différente de leur valeur réelle.

Durant les huit premiers jours, cet étrange sourd-muet qui était venu grossir ma division ne faisait aucun signe. Avait-il quelque intérêt à démêler avec ses condisciples, il leur adressait la parole et je lui servais d'interprète ; c'était aussi par la parole qu'il me faisait connaître ses besoins ; il nous est même arrivé plusieurs fois d'avoir une conversation suivie ; sa prononciation était extrêmement vicieuse ; mais enfin je le comprenais. Je voulus commencer son instruction à la manière des sourds-muets ; il ne me prêta aucune attention et témoigna de vives impatiences quand je voulus par trop l'y appliquer.

Ces circonstances me décidèrent à renoncer momentanément à l'instruire par les signes ; je lui mis entre les mains un assez bon syllabaire, après en avoir obtenu la permission de M. le directeur. Ses progrès furent d'abord insensibles, parceque j'avais la maladresse de partager son attention sur la forme des caractères et le mouvement de l'instrument vocal dont ils sont les signes conventionnels ; il en a fait de satisfaisants, dès que j'ai commencé à rompre ses organes à la prononciation des sons et des touches vocales avant de lui en faire connaître les signes écrits.

Voici, Monsieur le Comte, deux faits également remarquables : le premier est l'extrême facilité avec laquelle le jeune Filloux a appris la langue mimique, le second est la diminution apparente de ses facultés auditives à mesure qu'il s'est habitué à gesticuler. Je ne me fais presque plus comprendre de lui par la parole ; ce dernier point vous sera confirmé par le témoignage de tous ceux qui ont eu quelques relations avec lui, notamment par M. Loriol, maître de pension et correspondant de Mme Gilbert*.

Au résumé, à son entrée dans l'Institution cet enfant entendait assez bien, — parlait fréquemment, — prononçait fort mal, — ne faisait aucun signe mimique. Il n'est pas dans l'Institution depuis deux mois et déjà, — il paraît entendre beaucoup moins, — ne parle presque plus, — prononce bien tous les sons et la majeure partie des touches vocales, — se fait aisément comprendre des sourds-muets de son âge.

Les conséquences à déduire de tels faits se présentent facilement à l'esprit : le jeune Filloux conserve assez de facultés auditives pour être élevé à la manière des enfants ordinaires** ; les vices de sa prononciation peu-

* En 1860 M. Loriol prit, dans la commission consultative, la place d'un chef d'institution non moins distingué. Les conseils de cet homme de bien déterminèrent plus tard un de ses neveux, M. Augustin Dubranle, à s'occuper de l'instruction des sourds-muets.

** En marge du rapport — « M. Valade est dans l'erreur : cet enfant est sourd au deuxième degré et ne peut être élevé à la manière des enfants ordinaires. L'oreille confond un grand nombre de consonnes ; et, dès lors, elle ne peut saisir le langage parlé.

ITARD.

vent être facilement corrigés par une bonne méthode
de lecture et son ouïe y gagnera beaucoup ; l'école qui
lui convient le mieux est celle où l'on parle le plus.
S'il reste parmi des muets, la nécessité ne le contrai-
gnant pas de tirer tout le parti possible du sens qu'il a
légèrement oblitéré, son attention se partageant entre
deux moyens de communication tout à fait différents, le
défaut d'usage surtout rendra infructueux les soins qui
lui seront donnés.

Ce ne sera pas le premier, Monsieur le Comte, qu'une
sollicitude peu éclairée ait jeté parmi les sourds-muets,
sans que la nature l'y ait condamné. Chevalier et
Drouard appartiennent encore à la catégorie des demi-
entendants. — Le premier, auquel j'ai donné des soins
pendant deux mois, distinguait et répétait nettement
toutes les syllabes que je prononçais derrière lui et,
chose difficile à croire, il appréciait, non seulement la
différence des sons, mais encore dans le même son les
différences de ton, de timbre et de durée. C'est avec
regret que je me suis vu contraint de suspendre les
soins que je lui donnais. — Drouard, moins âgé que
le précédent, prononce spontanément tous les sons
voyelles ; il passe une grande partie de la leçon, la tête
appuyée sur le coude, à pousser de petits cris, parais-
sant y trouver une grande jouissance. Continuellement
distraits par des sensations dont leur intelligence ne
tire aucun parti, toute leur âme ne se porte pas dans
leurs yeux ; ces demi-entendants ne font que de mauvais
sourds-muets.

J'ai vu plusieurs enfants dans l'établissement dirigé
par ma famille n'avoir pas plus d'ouïe que les prétendus
sourds-muets dont il est question, parvenir en peu de
temps à une prononciation fort nette et l'oblitération de
leur organe disparaître, en quelque sorte, à mesure que
l'intelligence se développait. Parmi ces enfants je puis

vous citer le fils aîné de M. Marmier, votre respectable ami.

Tels sont les faits sur lesquels j'ai cru devoir attirer votre attention..... Daignez, Monsieur le Comte, agréer de nouveau les expressions de respect et de dévouement d'un cœur plein de reconnaissance.

Votre très humble et très obéissant serviteur,

VALADE-GABEL, aspirant.

Paris, le 6 juillet 1826.

Le directeur de l'Institut Royal des sourds-muets de Paris, consulté sur la manière dont il convient que l'éducation du jeune Filloux Gilbert soit continuée, a soumis la question à plusieurs professeurs. Ces Messieurs sont unanimement d'avis que, si le séjour du jeune Filloux dans cette institution a pu favoriser d'abord le développement de son intelligence, il serait très préjudiciable de s'obstiner à le laisser parmi des sourds-muets, lui qui jouit de l'ouïe et de la parole. Plus les facultés intellectuelles d'un individu sont étroitement circonscrites, plus il importe de donner à son éducation un caractère essentiellement pratique. On doit donc considérer comme très heureuse la circonstance qui permet de faire donner à cet enfant des leçons appropriées à sa situation morale, sans l'enlever aux habitudes de la famille, sans le placer au milieu d'enfants dont le langage gesticulé s'oppose à ce qu'il puisse s'accoutumer à écouter et à répondre à propos.

En foi de quoi....

Paris, le 13 janvier 1832.

II

AU PRÉSIDENT ET AUX MEMBRES DU CONSEIL D'ADMINISTRATION DE L'INSTITUTION ROYALE DES SOURDS-MUETS DE PARIS.

Je vais m'efforcer de remplir l'objet de votre arrêté du 19 de ce mois, en exposant succintement les principes qui m'ont dirigé dans mes essais sur l'enseignement de la parole artificielle.

Le sourd-muet qui s'exprime à haute voix possède un alphabet *tactile-oral*. Lorsqu'il comprend, à l'inspection

des diverses positions des organes de la voix les propos
qui lui sont adressées, il en possède un autre qui est
dans une relation intime avec le premier, bien qu'il soit
du domaine d'un autre sens ; ce deuxième alphabet
étant ignoré de la plupart des hommes, son alphabet
tactile-oral doit être, pour eux, l'expression ordinaire
des sons de la voix humaine et des touches qui la modifient. Cette manière de considérer la parole nous conduit
naturellement à reconnaître les moyens à employer
pour la restituer aux infortunés qui sont l'objet de
votre sollicitude.

Ces moyens sont : — 1º L'examen de la position des
organes de la voix, nécessaire pour la production de
chaque son et de chaque articulation. L'élève doit s'aider de ses doigts pour faire cet examen sur les autres
et sur lui-même. Pour lui en faciliter l'étude, le maître
doit se servir du dessin et lui présenter un miroir afin
que le sourd-muet puisse juger s'il dispose ses organes
comme le modèle qui lui est offert. — 2º L'observation
des phénomènes que produit l'émission de certains sons,
soit dans le larynx, soit dans la poitrine, soit dans les
flancs, etc. — 3º L'appréciation de l'intensité du souffle
sonore et de la direction qu'on lui imprime. — 4º La
comparaison de l'impression tactile exercée dans l'intérieur de la bouche avec des sensations analogues. —
5º Enfin l'observation des modifications fugitives que la
prononciation fait éprouver à l'ensemble des traits de la
face.

Tels sont en effet, Messieurs, les moyens qu'ont
employés avec succès Wallis, Amman, l'abbé de l'Epée et
l'abbé Deschamps. Leur sagacité n'a laissé échapper
aucun détail relatif aux deux premiers moyens indiqués.
Ils ne me paraissent pas avoir tiré tout le parti possible
de la direction donnée au souffle sonore. Parmi les
développements que j'ai donnés à ce troisième moyen

je n'en citerai qu'un ; c'est celui de rendre le souffle visible par l'expiration de la fumée de papier ; je fais prononcer par ce simple procédé d'une manière nette et pure an, in, on au lieu de a-ne, i-ne, etc. Le quatrième moyen n'a guère été employé jusqu'à ce jour qu'afin de faire apprécier la différence des articulations douces de leurs jumelles fortes. Il est susceptible d'un grand nombre d'applications nouvelles ; et, au lieu de dire avec Amman « *solà littera R potestate meæ non subjacet* » je pense qu'il n'est guère d'articulation plus facile à faire prononcer par les sourds-muets.

Je voudrais pouvoir indiquer ici la marche que je crois la plus sûre pour parvenir à la connaissance de l'alphabet labial ; mais je crains de vous offrir le fruit prématuré d'observations que ne n'ai pas eu l'occasion de contrôler. Jules Imbert, de Clermont, est parvenu par mes soins à comprendre toute espèce de phrases familières *dès qu'il connaît le sujet de la conversation.*

Afin de perfectionner la prononciation des élèves, les auteurs précités semblent s'en rapporter entièrement à l'usage : toutefois l'acquisition de cet usage peut être singulièrement facilité : — 1° en commençant à faire articuler les voyelles par les consonnes explosives ; — 2° en observant de joindre aux articulations, d'abord, un son produit sur le point de la ligne palatale où l'articulation est formée elle-même, ensuite de faire parcourir graduellement tous les sons de cette ligne jusqu'à celui qui se forme dans la partie de la bouche la plus éloignée ; — 3° en joignant une des articulations que l'élève prononce avec le plus de facilité aux sons que l'on veut lui faire émettre en un seul temps, on obtient les diphtongues d'une manière à la fois et plus sûre et plus prompte ; — 4° enfin la combinaison des articulations entre elles est encore un moyen de les rectifier les unes par les autres.

Celui qui est privé de l'ouïe ne saurait parvenir à la connaissance des intonations qui font le charme de la parole ; il n'est cependant pas exclu, comme on paraît l'avoir pensé, de toute connaissance prosodique ; car il peut apprécier, dans les mouvements de nos organes, la durée de chaque syllabe et les repos périodiques observés après un certain nombre d'entre elles, comme nous les apprécions dans les sensations de l'oreille. Ainsi nous pourrons régler par le mouvement rythmique une sorte de gymnastique vocale dont nous avons besoin pour nous habituer à joindre et à lier facilement les syllabes entre elles, à les combiner de mille et mille manières pour en former des mots et des phrases. Nous trouverons cette gymnastique dans l'usage du cours de lecture en tableaux que j'ai confectionné pendant mes vacances. Le mouvement rythmique nous apprendra à modérer ou à accélérer la rapidité de la voix, il nous permettra des exercices simultanés et, en nous enseignant une partie essentielle de la prosodie, il prêtera un point d'appui très précieux à la mémoire.

L'enseignement de la lecture ne saurait être séparé, pour le sourd-muet, de celui de l'articulation. La méthode que j'emploierai différera essentiellement de toute autre, par l'usage des tableaux précités ; par l'emploi de lettres de diverses couleurs pour faire distinguer à l'élève, sans altérer l'orthographe des mots, les voyelles, les consonnes et les lettres nulles ; enfin par une gradation bien faite de toutes les difficultés que la lecture peut offrir.

Je considère l'enseignement de la parole artificielle comme le complément de l'éducation du sourd-muet par la voie des signes. Son intelligence resterait trop longtemps inactive si l'on attendait, pour la cultiver, qu'il se fût rendu maître de cet instrument. Ses relations avec les autres hommes ne seront jamais assez faciles ni assez fréquentes ; son éducation ne se complètera presque jamais dans le monde, si l'instrument universel de communication ne peut lui être restitué.

L'éducation du sourd-muet qui conserve un certain degré d'audition doit-elle suivre la marche que je viens d'indiquer d'une manière générale pour l'enfant complètement privé de l'ouïe dès sa naissance ? Je ne le pense pas. Et d'abord, s'il est un moyen d'obtenir un développement réel ou apparent du sens oblitéré, c'est en l'habituant à porter toute son attention sur ce sens ; on manquerait évidemment ce but en lui enseignant à la fois la lecture et la prononciation. D'après l'idée de l'un de vous, Messieurs, j'ai essayé de me placer avec l'élève, pour lui donner sa leçon, dans un lieu totalement privé de la clarté du jour ; mais soit par crainte involontaire des ténèbres, soit que plus elle est contrainte moins l'attention est puissante, l'élève ne faisait aucun progrès et j'avais le chagrin de lui voir prendre ces exercices en aversion.

Voyez comme ce jeune enfant écoute sa mère, il essaie de répéter ce qu'elle vient de dire, il se trompe, elle se répète ; comment se fait-il qu'un être encore si faible ne se rebute pas de ces essais intructueux ? C'est qu'il y trouve du plaisir ; sa mère le balance dans ses bras, ses paroles accompagnent ce mouvement cadencé, elles forment une espèce de chant. Laissons-nous guider par l'instinct maternel, sachons aussi captiver l'oreille de notre élève par le plaisir attaché aux modulations les plus simples ; et comme le demi-sourd a plus de difficultés à surmonter que n'en a l'enfant ordinaire, mettons plus de régularité dans nos exercices, faisons-lui bien apprécier par des comparaisons réitérées toutes les différences qui caractérisent les éléments de la parole.

Les résultats obtenus sur les élèves Drouard et Filloux

vous prouveront, Messieurs, l'efficacité d'une marche aussi naturelle.............

Daignez agréer le nouvel hommage du profond respect avec lequel etc.

VALADE, aspirant remplissant les fonctions de professeur.

Paris, le 31 octobre 1827.

III

Visite à Mlle Marois d'Orléans.

Aujourd'hui 14 novembre, je me suis présenté chez Mademoiselle Marois, sourde-muette que je savais avoir été élevée par Péreire. Cette personne, qui aura quatre-vingts ans au mois de mars prochain, jouit d'une santé parfaite ; elle est loin d'indiquer son grand âge ; elle répond très bien et de vive voix au bonjour qu'on lui adresse et, sur la demande que je lui ai faite de Mlle Marois, elle a répondu que c'était bien elle.

Elle m'a dit avoir été commencée par Péreire à l'âge de six à sept ans et que son éducation a duré cinq ans ; ensuite elle s'est perfectionnée elle-même par la lecture en s'aidant du secours du dictionnaire et des explications des personnes qui l'entouraient.

Voici quelques-unes des réponses qu'elle a faites à mes diverses questions :

D. La prononciation, les gestes, l'alphabet manuel et l'écriture, voilà quatre moyens d'instruction. Péreire donnait-il la préférence à l'un d'eux et auquel ?

R. D'abord la prononciation, ensuite l'écriture ; puis il s'aidait des deux autres moyens.

D. Comment enseignait-il la prononciation ?

R. Il faisait d'abord prononcer les cinq voyelles, puis les syllabes, des plus faciles aux plus difficiles. Il y mettait infiniment de patience, de douceur et de persévérance. — Il employait, pour apprendre à ses élèves à articuler, un cornet de ferblanc en trois pièces qui se tournait, selon qu'on voulait parler à l'élève ou que l'élève voulait se parler à soi-même. Ainsi l'élève, en répétant dans sa propre oreille le son que proférait son maître et dont il sentait la vibration, apprenait à en mesurer la force.

D. Péreire faisait-il promettre à ses élèves de ne point faire connaître sa manière d'enseigner ?

R. Non, je n'ai jamais fait de pareille promesse.

D. Pour vous apprendre ce que voulaient dire les mots *pain, chaise*, etc., il vous montrait les objets ; mais pour vous faire connaître la valeur et la signification des mots abstraits comme *courage, vérité, espérance*, comment faisait-il ?

R. Il s'y prenait de diverses manières : ainsi il pleuvait par exemple ; eh bien ! il nous montrait que peut-être le lendemain il ferait beau, qu'il s'y attendait, qu'il l'espérait. De là le mot *espérance*, et ainsi pour les autres.

D. Votre éducation a duré cinq ans ; combien d'heures par jour Péreire vous faisait-il travailler ?

R. Très fréquemment, mais pas longtemps ; c'était comme un jeu.

D. A quoi vous êtes-vous le plus appliquée à l'histoire ou à la géographie ?

R. A l'histoire, — la géographie est bonne pour les jeunes gens qui veulent courir le monde.

Mademoiselle Marois a, dit-elle, toujours eu beaucoup de goût pour le travail. Etant jeune, elle inventait et écrivait des dialogues, des contes, et son maître les corrigeait.

Dans la dactylologie dont se servait Péreire il y avait, non seulement des signes pour chaque lettre de l'alphabet, mais d'autres encore pour les syllabes, ce qui abrégeait beaucoup le langage manuel.

À mesure que ses élèves devenaient plus forts sur la prononciation, il leur interdisait le langage des gestes dont il se servait comme d'un moyen d'explication auquel il renonçait, dès qu'il pouvait s'en passer.

Il forçait ses élèves à parler, à écrire et à lire sur les lèvres les mots qu'on leur adressait, même à voix basse. Aussi Mademoiselle Marois comprend fort bien ce qu'on lui dit, pourvu que la personne qui lui parle soit placée devant le jour et qu'elle forme les mots avec les lèvres, posément et distinctement.

J'atteste la vérité de ce qui est écrit cy dessus.

A Orléans ce 14 novembre 1828.

MARIE MADELAINE MAROIS cy devant muette.

IV

Essai sur l'enseignement méthodique de l'articulation de la voix.

M. Alph. Laurent, de Blois, père d'un sourd-muet a donné aux parents affligés comme lui dans leurs enfants, un excellent exemple ; il a osé entreprendre à lui seul une éducation aussi difficile et ses efforts ont été couronnés de succès ; il fait plus : il leur offre aujourd'hui un ouvrage où se trouvent en résumé les méthodes employées par Wallis, Deschamps et l'abbé de l'Epée pour restituer la parole à ceux que la nature a privés de l'ouïe, et les observations qu'il a faites sur le mécanisme de la voix.

Il serait curieux de rechercher les causes qui ont trop longtemps fait négliger, dans les écoles de notre pays, une branche si importante de l'enseignement des sourds-muets, tandis que les espagnols, les allemands et les anglais ont assis presque toujours leurs méthodes sur l'articulation artificielle de la parole. La délicatesse de notre oreille et quelques préjugés ne sont point étrangers à ce fait ; mais il faut en chercher ailleurs la principale cause : — Les nuances délicates qui caractérisent entre elles la plupart des articulations de la langue française, les nombreux *e* muets dont la prononciation nous fait clore presque entièrement la bouche et les anomalies nombreuses de notre système phonétique rendent, pour le sourd-muet, la prononciation de notre langue et son *entente visuelle* plus difficiles que celles des langues du Nord, dont les touches vocales sont plus rudes et plus distinctes, et que celles du Midi de l'Europe dont les voyelles multipliées, sonores et harmonieuses, exigeant une grande ouverture de l'instrument vocal, laissent ainsi apercevoir sans peine le jeu de toutes ses parties.

M. Laurent propose de substituer la dénomination *d'articulation méthodique* à la dénomination *d'articulation artificielle* en usage. Quoique nous ne partagions pas les raisons que M. Laurent allègue en faveur de ce changement, nous croyons utile de rectifier ce que l'expression *d'articulation* peut avoir d'impropre et nous proposons le mot *Phonomimie* qui, à l'avantage de l'unité, joint celui de rappeler le mode d'articulation et de perception de la parole chez le sourd-muet.

Selon qu'elle a été considérée comme simple instrument de communication ou comme moyen de développement intellectuel, la phonomimie a trouvé des partisans ou des détracteurs ; selon qu'ils en ont étudié les avantages et les inconvénients au commencement ou à la fin du cours d'instruction, les uns s'en sont exagéré la facilité, les autres y ont trouvé des difficultés presque insurmontables. C'est ainsi que M. Itard, en accordant qu'on puisse mettre un enfant complètement sourd en état de prononcer toutes les valeurs phonétiques, nie qu'il soit jamais capable de lire la parole sur les lèvres d'autrui, tandis qu'un homme dont les amis des sourds-muets regretteront longtemps la perte, M. Recoing, conseille d'abandonner l'articulation pour s'attacher spécialement à la lecture sur les lèvres. Afin de concilier deux opinions aussi respectables qu'elle sont en apparence contradictoires, nous dirons : — Monsieur Recoing, il faut semer longtemps avant de récolter ; n'attendez pas qu'une longue inaction ait fait perdre aux organes de la parole leur flexibilité native ; hâtez-vous de faire reproduire au jeune sourd, d'abord par imitation instinctive, les voyelles et les consonnes ; puis, à mesure que son intelligence prendra l'essor amenez-le à réfléchir sur la nature et le genre des mouvements imprimés aux divers organes dans la production de sa parole et sur les sensations tactiles qu'il y ressent; développez en lui le sentiment de la mesure qui n'est pas, comme on a pu le croire, exclusivement du domaine de l'ouïe ; une longue habitude fera perdre à la prononciation du sourd-muet une grande partie de sa rudesse ; le sentiment de la passion lui suggérera même quelques-unes des inflexions qui révèlent les mouvements les plus secrets de l'âme. — Et vous, Monsieur Itard, chez qui on afflue des quatre coins du monde, n'auriez-vous donc jamais reçu d'une bouche Germaine un de ces *ponchour Mozieu* que toute personne comprend sans peine ?... Le sourd-muet, qui ne distingue point au mouvement des lèvres le *p* du *b*, le *f* du *v*, etc., etc., ne sera pas plus embarrassé pour nous comprendre que vous ne l'êtes de comprendre cet allemand lorsque, comme vous, il saura toutes les tournures de notre phraséologie, que le nombre de ses idées égalera celui de la plupart des hommes et qu'il aura acquis une connaissance plus ou moins étendue des usages de la société et des idiotismes du langage.......

Annay-sur-Serain, 1832.

V

Consultation pour le jeune Albert S.., âgé de cinq ans, resté sourd jusque vers la fin de sa quatrième année.

Pour déterminer avec certitude la marche qu'il convient de tracer à l'éducation d'un enfant placé dans une position exceptionnelle, il faut avant tout rechercher avec soin en quoi le sujet peut différer des autres enfants, au triple point de vue de l'organisation physique, de l'organisation morale et de l'organisation intellectuelle.

Tâchons donc de découvrir en quoi le jeune Albert peut différer des enfants de son âge : A-t-il la même conformation extérieure ? — pas le moindre doute, — les mêmes facultés intellectuelles et morales ? — Certainement, — les mêmes sens ? — Oui ; mais son audition moins développée a été acquise postérieurement à l'époque où sont entrés en action l'ensemble des organes qui le mettent en rapport avec le monde extérieur.

Les facultés intellectuelles sont-elles aussi développées qu'elles le sont d'ordinaire chez des enfants de même âge ? — Non, et la raison principale en est dans l'imperfection même de son audition, comme aussi dans l'époque tardive où il est entré en possession de cette faculté.

Les facultés morales sont-elles en retard ? — Oui, par une conséquence nécessaire de ce qui précède.

A-t-il toutes les idées qu'on a ordinairement à son âge ? — Oui, à l'exception de celles qui découlent directement des impressions auditives les plus délicates, des idées traditionnelles et des idées abstraites et générales ; l'acquisition de ces idées ne lui ayant pas été facilitée par l'usage d'une langue régulière.

L'activité de l'âme a-t-elle en lui une direction normale ? Non, elle surabonde dans la vue et manque habituellement à l'ouïe.

Pourquoi n'est-il pas entré en possession de la parole ? Parcequ'il a été longtemps privé de l'ouïe, que depuis qu'il l'a recouvrée, son attention ne se porte pas suffisamment sur les impressions auditives, et que déjà la pantomime supplée en lui le moyen universellement usité pour les communications de la pensée.

Comment ramener chez lui l'activité de l'âme à l'état normal, c'est-à-dire faire qu'elle se partage également entre les impressions-idées (images) qui affluent par les yeux et les impressions-signes (paroles) qui pénètrent en lui moins facilement par l'oreille ? — Intéresser l'enfant à écouter ce qui se dit autour de lui, — procurer à son oreille le plus de jouissances possible, — feindre de ne comprendre aucun de ses signes gestuels, — s'empresser au contraire de satisfaire tous les désirs qu'il manifeste par la voix, etc.

Comment le faire entrer en possession de la parole ? — En le plaçant dans une position dépendante et subordonnée aussi rapprochée que possible de celle de l'enfant au berceau, — ramenant ses idées à l'intuition des faits pour en faciliter l'association aux mots par concomitance, — entretenant et fortifiant en lui l'instinct d'imitation intelligente, — lui montrant la voie de l'analogie et veillant à ce qu'il ne s'y laisse pas trop glisser, — surexcitant les sympathies que l'âge aurait déjà affaiblies et le dominant par une affection tendre et profonde.

Est-il nécessaire de faire avec lui usage de dessins, de figures, d'images ? — Non seulement il n'est pas nécessaire d'user de ces moyens, mais leur mise en pratique entraînerait de graves inconvénients. Par une étrange inconséquence, après avoir dit que *le jeune*

Albert devait mourir à la vue et au toucher, un instituteur spécial a conseillé l'usage habituel du dessin et du
langage mimique, comme si les deux moyens de communication n'étaient pas exclusivement du domaine de
l'œil et de la main ! — Le dessin, les images, les signes
mimiques sont indispensables pour exciter, soutenir
l'attention chez des sujets dont la faiblesse d'esprit est
telle qu'ils ne peuvent nier ni affirmer qu'en présence
de l'objet actuel de leur jugement ; mais certainement
le jeune Albert n'est pas dans ce cas. C'est seulement
quand il se sera approprié le fond de la langue usuelle
et qu'il saura lire, qu'on pourra se servir avec avantage
de représentations graphiques pour étendre les connaissances en nomenclature.

Le raisonnement et l'expérience concourent à démontrer également le danger qu'il y aurait à mettre, comme
on l'a conseillé, cet enfant habituellement en rapport
avec des sourds-muets, lui dont l'éducation peut et doit
être faite par le secours de l'oreille.

Tout ce qui pourra concourir à fortifier l'audition lui
facilitera les acquisitions de la pensée, et tout ce qui
développera en lui l'action de la parole et de la pensée
contribuera par réciprocité à étendre l'audition.

La voix est sensation avant d'être sentiment ; ce
n'est qu'à l'aide du développement des facultés intellectuelles que l'interjection devient, en s'articulant, expression analytique de la pensée : avant de pouvoir s'ex-
clamer, l'enfant fait entendre des vagissements, avant
d'exprimer ses pensées par la parole, il fait deviner ses
sentiments par des cris poussés avec intention ; ainsi se
justifient les dénominations de *parole physique, parole
morale et parole intellectuelle* dont s'est servi l'instituteur précité. Nous ne saurions admettre avec lui qu'il
y ait trois sortes de paroles distinctes et, moins encore,
qu'il convienne, comme il le propose, de développer la

parole physique pour la combattre, et la parole morale pour la mépriser. Ces trois sortes de paroles, pour parler comme l'honorable instituteur, sont des racines, une tige et des branches qui, par leur réunion et leur coexistence, forment une seule et même plante.

Quelques mots encore et nous finissons. Sans nous arrêter à combattre les théories et les aperçus systématiques à l'aide desquels on a prétendu justifier la marche déjà suivie, et sans que notre silence puisse être considéré comme une approbation de ces doctrines, nous déclarons qu'à part quelques exagérations les exercices présentés sont propres à faire acquérir le mécanisme de la parole ; mais qu'on a commis des erreurs fondamentales : — Premièrement, quand on a fait donner à l'enfant un langage de signes qui le détournait de l'audition et de la parole, — Deuxièmement, quand on a cru que les signes sont l'œuf d'où la parole doit sortir après une sorte d'incubation, comme si de l'œuf d'une tortue il pouvait jamais naître un volatile ! — Troisièmement, quand on n'a pas compris la nécessité de lier, de suite et sans intermédiaire, le fait, l'idée et le mot, — Quatrièmement, quand on a cru à l'obligation de comprimer par la violence l'activité de l'enfant, au lieu d'en faire l'un des principaux instruments de son instruction, — Cinquièmement enfin, quand on a méconnu que l'ensemble des habitudes constitue le fond même de l'éducation.

Paris, le 15 novembre 1851.

VI

Notes sur Albert S...

A son entrée il prononçait fort mal les demi-consonnes *s z ch j;* il transformait les premières en *th* et les deuxièmes en *k.* Plusieurs autres valeurs phonétiques qu'il prononçait bien, prises isolément, étaient ensuite confondues par lui quand il voulait les combiner entre elles *k* et *t* — *d* et *g* — Je suis parvenu, en très peu de temps, à lui faire prononcer les sifflantes et les chuintantes en les lui faisant émettre non sur le son mais après : *as, az, ach, aj*. L'obstacle qu'il éprouvait venait, non point de l'audition, mais de l'effort dispro-portionné qu'on l'avait habitué à faire dans la pronon-ciation de ces lettres ; c'est à tort que j'avais d'abord attribué à l'absence de deux incisives de la mâchoire inférieure le vice de prononciation.

*
* *

Albert rendait le petit nombre d'idées qu'il avait au-tant par des signes que par des mots, s'exprimait tou-jours à la troisième personne ; coordonnait les mots précisément comme les sourds-muets coordonnent leurs signes et accompagnait presque toutes ses paroles d'un signe plus ou moins en rapport avec l'idée qui le domi-nait : *Albert un joujou maman donné*. Les pronoms *moi* et *toi* lui avaient été enseignés ; mais il n'en faisait presque jamais l'application.

*
* *

Entre autres airs il avait appris *il pleut, il pleut ber-gère — J'ai du bon tabac — Malbrough — Au clair de la lune*. A chacun il attachait le souvenir de paroles qu'il défigurait entièrement : *i pleu i pleu berghère ravéghè-ghe nouton — allons dans ma comièr, berghère vitallons — aten sur le feugar l'eau qui tombe à gàn bui — voiki l'oraghe, boum ! boum ! boum ! boum ! voilà l'écair ti ui.*

*
* *

Pan béni signifiait dans son langage des billes avec lesquelles jouent les enfants et, par extension, tout ce qui est rond et qu'on peut faire rouler : un cerceau était un *pan béni*, etc,

Les noms des cinq premiers nombres lui étaient connus ; mais il n'est pas exact de dire qu'il savait compter, car il ne faisait l'application que des deux premiers. Encore si on levait seul le troisième doigt, il ne disait pas *un* mais *trois* confondant ainsi le nombre ordinal avec le nombre cardinal.

***

On lui avait appris les noms des couleurs ; mais il les appliquait à toute substance où il les remarquait et croyait avoir nommé une substance. Ainsi une chemise était *un blanc*, un bonnet de nuit était *un blanc*, de l'encre *un noir*, du charbon, *un noir*, etc.

De même il faisait de l'infinitif d'un verbe un substantif : *un lire, un boire, un frapper* équivalaient dans son langage à un livre, un verre, un marteau.

***

Les phrases et les tronçons de phrase qu'il avait retenus n'offraient à son esprit qu'un mot d'une excessive longueur ou ne réveillaient en lui que le souvenir d'un objet qui s'y trouvait compris : ainsi, quand je lui montrais du tabac en lui demandant « comment appelles-tu cela ? » *J'ai de bon tabac dans ma tabatière* répondait-il. Si on lui montrait la pluie, il disait aussitôt *il pleut, il pleut bergère* et reproduisait les mêmes paroles quand on lui montrait une figurine représentant une bergère.

***

Tandis que son père et sa mère tutoyaient leurs autres enfants et que ceux-ci se tutoyaient entre eux, ils avaient l'habitude de lui parler tantôt à la troisième personne du singulier, tantôt à la deuxième du pluriel, mais plus souvent à la troisième personne : ils modelaient généralement leur phrase sur la sienne.

***

Les mots monosyllabiques terminés par un *e muet*

comme *je, te, le, se, me,* qui font sur l'oreille une impression très faible, sont précisément ceux dont il a eu plus de mal à comprendre et à retenir le sens, tandis qu'il s'est promptement approprié leurs équivalents plus bruyants *moi, toi, lui,* etc. ; d'où l'on peut conclure que l'attention est proportionnée à la force de l'impression reçue et que l'intelligence du mot est d'autant plus prompte qu'il absorbe une plus forte somme d'attention. C'est en associant ces mots sonores avec leurs équivalents moins bruyants que je suis parvenu assez vite à lui faire employer ces derniers.

*
* *

Les articles *le, la, un, une,* mais surtout les premiers, sont pour lui comme des affixes inséparables ; aussi faut-il l'exercer à interposer l'adjectif entre l'article et le substantif qu'il détermine. Pour dire la grande table, il dira *la grande la table* — un gros livre, *un gros le livre* — *deux le cerf-volant,* etc.

Il en est de même des pronoms *je, te* élidés ; on en a la preuve quand on l'entend dire : *Théophile, Léon j'ai une corde* pour apprendre à Théophile que Léon a une corde.

*
* *

Six semaines environ après son entrée il commença de parler en rêvant.

*
* *

Il ne savait pas juger de la direction de la voix et ne croyait pas que la voix pût être entendue par delà les corps opaques.

*
* *

Confondant la consonnance agréable ou désagréable d'un mot avec le sens de ce mot, il ne veut pas ou veut être la chose que ce mot exprime : atteint par exemple d'un rhume assez intense, il reconnaissait tousser, avoir mal à la poitrine et à la gorge et s'obstinait à dire qu'il n'était pas enrhumé.

* *

L'audition est constamment proportionnelle à l'intelligence qu'il a du mot ou de la phrase qui lui est adressée ; ainsi tel mot qu'il ne pourra pas répéter se trouve cependant formé de syllabes faciles, tandis qu'il entend à distance plus grande un mot plus difficile, mais dont il connait parfaitement la valeur.

* *

Un rhume survenu vers le 5 janvier 1852 a singulièrement affaibli la sensibilité auditive et suspendu les progrès. Il faut toutefois constater que, dès cette époque, il a pris l'habitude d'approcher son oreille des personnes qui lui parlent et qu'il les invite assez souvent de lui-même à crier plus fort.

* *

Ses parents se plaignaient de ce qu'il confondait entre eux des noms d'une valeur entièrement distincte. Par exemple il appelait le front *ventre* et le ventre *front* une petite fille *petit garçon* et réciproquement. J'ai eu depuis le mot de l'énigme : l'enfant est espiègle, joueur, taquin. C'était d'abord pour jouer qu'il faisait une fausse application des mots qu'on venait de lui enseigner et il lui arrivait ensuite ce qui arrive aux menteurs de profession : il ne savait pas si ce qu'il avait dit plusieurs fois était ou non conforme à la vérité.

* *

Albert a appris la valeur des pronoms personnels et des pronoms possessifs avec une merveilleuse facilité. Ceci doit être attribué à la vivacité de son intelligence sans doute, mais plus encore à la direction conforme de la voix et du regard, à l'actualité vivante du rapport que les pronoms expriment.

10 février. — Je constate qu'après être resté quelque temps seul à regarder des images il semble ne plus entendre quand on l'appelle.

**

C'est sur les notions de temps que son intelligence était le plus arriérée et ceci en grande partie par la faute des parents qui donnaient en lui parlant au mot *demain* la signification de tous les adverbes exprimant une idée de futur et au mot *hier* celle de tous les adverbes se rapportant au passé. Quand il commença d'entrevoir diverses époques il les désigna par *demain, demain, demain,* etc.

**

La négation, comme on l'a déjà observé sur les jeunes idiots, est mieux comprise que l'affirmation. Les autres enfants arrivent aisément à l'affirmation par une double négation.

Quand on disait à Albert *tu n'es pas sage,* dans les commencements il répliquait : *je ne suis pas pas sage.*

**

Albert éprouve de la difficulté à transformer *es* en *suis* ; et, preuve qu'il en est ainsi parcequ'il ne sait pas suffisamment la valeur de cette abstraction, c'est qu'il la confond avec *sais* et quelquefois même avec *veux.* — J'espère rectifier ces erreurs en portant à sa connaissance des faits nombreux, c'est-à-dire en lui donnant l'expression exacte d'idées qu'il possède et en frappant fréquemment son oreille des mots dont il fait une si étrange confusion.

**

Ce qui me vient le plus en obstacle (15 février 1852) c'est la vivacité de son imagination et les nombreuses idées qu'il a acquises et pour l'expression desquelles il manque de mots convenables.

Albert éprouve des difficultés à prononcer ou plutôt à reproduire et bien appliquer les petites phrases où reviennent immédiatement les mêmes consonnances : *es-tu étourdi ? — ta table est belle — j'ai jeté la plume.* La cause selon moi en est, moins dans l'effort de l'organe, que dans le vague même du sens qu'il attache à chaque mot..........

Mme S., à Mr H.. à Paris.

Les bons conseils que M. Piroux m'a donnés à différentes reprises et notamment en 1849, lorsque je fis un séjour de six semaines chez lui, me furent toujours très utiles. Mais, malgré la vive reconnaissance que j'ai gardée de son dévouement pour mon fils, je dois à la vérité de dire qu'il est impossible d'appeler *cure* les améliorations survenues dans l'état de mutisme presque complet de cet enfant. Je ne sais ce que l'avenir m'aurait réservé si je l'avais abandonné complètement à M. Piroux. Je ne puis donc porter un jugement sur une chose aussi grave et influencer en rien votre détermination puisque ce n'est qu'accidentellement qu'il a été dans les mains de M. Piroux. La grande distance qui me séparait de Nancy et la difficulté de suivre de si loin les conseils de cet excellent professeur m'engagèrent à chercher à Paris un homme de talent qui put remédier à l'infirmité de mon fils âgé alors de cinq ans.

Parlant peu et fort mal, ayant à peine l'intelligence d'un certain nombre de mots quoiqu'ayant une très grande intelligence pour toutes choses, entendant un peu certains jours et pas du tout d'autres jours, voilà dans quel état était cet enfant lorsque je le mis dans les mains habiles de M. Valade-Gabel, ancien directeur des sourds-muets de Bordeaux et demeurant actuellement à Paris, 83, rue d'Enfer. Mon fils resta chez lui pendant trois ans, de 1851 à 1854 ; et je le repris à cette époque, rendu à la parole et réintégré dans la catégorie des enfants parlants, faisant la part toutefois des années de parole qu'il avait perdues. Aujourd'hui, mon enfant s'exprime sans presque de difficultés, et mon cœur et ma conscience sont d'accord pour dire que c'est à M. Valade-Gabel que je dois cet immense bonheur. Je n'en demeure pas moins très reconnaissante des bons conseils de M. Piroux ; mais vous voyez, Monsieur, que je ne puis laisser croire que c'est à cet habile professeur que je dois la cure de mon fils..........   Sophie S...

Lille, ce 20 février 1856.

Mᵐᵉ S.. à Mʳ Valade-Gabel.

Vous aviez bien raison de refuser, il y a quinze jours, l'attestation que je vous offrais de notre satisfaction pour les résultats que vous avez obtenus avec Albert.

Il faut avoir vécu intimement auprès de lui, comme nous l'avons fait depuis notre retour à Lille, pour bien apprécier l'immense changement qui s'est opéré pendant que notre fils a demeuré chez vous. — Les personnes qui ne verront que superficiellement notre Albert ne le jugeront point tel qu'il est ; car si l'on s'arrête à sa prononciation, elle laisse souvent à désirer à cause de la trop grande abondance d'idées qui lui arrivent ; et en parlant trop vite il se néglige et articule mal.

Mais en passant sur cet inconvénient qui, je l'espère bien comme vous, se corrigera avec l'âge, on est frappé du jugement de cet enfant, de la justesse de ses observations et bien plus encore, en se reportant au passé, c'est-à-dire à trois ans en arrière, on admire la parole que vous avez fait naître. Vous pouvez dire à tous, mon cher Monsieur Valade, que vous avez donné à cet enfant un langage régulier qui, s'il est moins étendu que celui d'un enfant de huit ans, est bien mieux compris par lui...........

Lille, le 1 décembre 1854.   Sophie S...

VII

Consultation pour Mˡˡᵉ Thérèse P.., demi-sourde.

De l'examen auquel a été soumise Mˡˡᵉ Thérèse il résulte qu'il lui est impossible de lire avec fruit, de comprendre la conversation indirecte, de s'approprier sans peine au delà de la moitié des propos qui lui sont personnellement adressés ; enfin que son langage n'a ni l'ampleur ni la précision nécessaires pour servir à étendre et compléter ses connaissances : des soins spéciaux et bien dirigés peuvent seuls élever en elle l'instrument de la pensée au niveau de celui que possèdent les enfants de cinq à six ans.

Un enfant de cet âge, dont l'instruction n'a nullement été soignée, possède néanmoins une nomenclature étendue ; — quoiqu'il n'ait point été appliqué à la conjugaison des verbes, il en distingue les temps et les modes,

puisqu'il en fait un emploi judicieux. — Il suit sans
peine les diverses transformations des pronoms dans le
style direct et dans le style indirect ; quoique hors
d'état de raisonner sur leur essence et sur le rôle que
ces mots jouent dans le discours, l'enfant de cinq à six
ans les applique toujours à propos. — Non seulement il
attache un sens exact aux rapports exprimés par les
prépositions, mais les rapports, non exprimés dans la
construction de la phrase et rendus saisissables par la
coordination des mots, ne lui échappent presque
jamais. — Bien qu'il soit hors d'état de raisonner les
abstractions, il fait usage des substantifs abstraits dérivant des adjectifs et des verbes; il en a deviné le sens
au rôle qu'ils jouent dans la proposition, à l'analogie de
leurs formes avec les mots dont ils dérivent. — Enfin il
a le sentiment des transformations que le détail de la
phrase comporte, pour que le sens en soit approprié à
ce qui précède et à ce qui suit, comme aussi aux différents points de vue où se place celui qui en fait usage.

Mlle Thérèse n'est pas à cette hauteur ; elle ne sait
pas même construire les temps composés avec l'auxiliaire voulu, ne sent pas ce qui caractérise la voie active
et la voie passive et n'attache qu'une valeur très incertaine aux mots exprimant soit des idées génériques, soit
des idées collectives.

Cette double imperfection dans les idées et dans le
langage tient à la fois à l'état de son ouïe, à ses études
que l'on a rapprochées beaucoup trop tôt de celles
qu'on fait suivre aux jeunes personnes de son âge, enfin à l'habitude qu'on lui a laissé contracter de confier à
sa mémoire des choses qu'elle ne comprend pas et dont
l'effet nécessaire est d'ajouter à la confusion déjà si
grande qui règne dans ses idées.

La fausse direction donnée aux études aurait eu des

conséquences d'une toute autre gravité, si la Providence n'avait doué cette jeune personne d'une intelligence très remarquable : jugement droit, mémoire facile, imagination vive, volonté forte, pénétration etc. Aussi sommes-nous loin de désespérer du succès de son instruction si les parents ont le courage de reprendre l'édifice par la base et de suivre avec persévérance la voie que la nature et l'art fondé sur l'observation des faits indiquent comme étant à la fois la moins pénible, la plus courte et la plus féconde.

La méthode que nous proposons se résume en quatre mots : *intuition, imitation, analogie, habitude.*

Par *intuition* il faut entendre l'action des sens, non-seulement sur les choses matérielles, mais sur les qualités physiques, sur les qualités morales et sur les mots qui les expriment, de plus sur les rapports qui s'établissent entre les choses, entre les personnes, entre les personnes et les choses ; l'action des sens doit s'étendre en outre aux rapports qui existent entre les différentes formules phraséologiques dont l'usage est le plus fréquent.

Quand nous disons qu'il convient de s'appuyer sur *l'imitation,* nous entendons qu'au lieu d'explications longues, difficiles à saisir et conséquemment équivoques et fatigantes, il faut, autant que possible, faire reproduire exactement par l'enfant l'action et les paroles dont on l'a rendu témoin, en ayant soin de le placer dans des conditions identiques à celles dans lesquelles s'est trouvée la personne qui vient d'agir et de parler en sa présence.

L'analogie, cette pente si douce sur laquelle la paresse d'esprit aime à se laisser aller, doit être mise à profit mais avec circonspection. Par analogie dans les formes nous entendons la manière dont une idée fondamentale se modifie, soit avec le changement de la finale des

13

mots, soit avec leurs augments initiaux, et de plus les
ressemblances qu'affectent dans leur construction les
verbes selon leur nature, enfin les conséquences qu'on
peut déduire de certaines formes verbales pour arriver
à la construction de ces mêmes verbes dans des circonstances différentes.

Le quatrième principe de la méthode à été résumé
dans le mot *habitude*. Nous entendons par là qu'il faut
s'appliquer à former l'élève aux habitudes actives, c'est-
à-dire à celles qui résultent de l'action simultanée du
corps et de l'esprit et se tenir en garde contre les habitudes passives, c'est-à-dire contre celles qui résultent de
répétitions automatiques auxquelles l'intelligence reste
étrangère.

La cause première de l'état moral de Mlle Thérèse,
avons-nous dit, tient à l'imperfection de l'ouïe. L'instituteur ne pouvant y remédier d'une manière directe
doit en pallier les effets. Il y réussira s'il s'adresse à
la fois aux yeux et aux oreilles de l'élève, s'il présente
écrite d'une manière claire et nette la partie essentielle
de toutes les leçons orales.

Il devra suspendre provisoirement tous les travaux
qui n'auraient pas directement pour objet : 1° de remplir les lacunes de la phraséologie ou de rectifier les
idées fausses que le sujet s'est faites de certaines tournures de phrases, — 2° de le rompre à toutes les évolutions et transformations des pronoms, — 3° d'étendre
ses connaissances en nomenclature de façon à lui rendre
familières toutes les expressions élémentaires et rudimentaires du langage, — 4° de l'initier à la valeur des
finales et des augments initiaux, — 5° de préciser et de
rectifier la valeur qu'ont dans son esprit les expressions
génériques et les expressions collectives, — 6° de favoriser en lui le développement des idées abstraites
et l'acquisition des expressions qui doivent y être

attachées, — 7º de l'initier à la valeur réelle des temps et des modes, à leur emploi et à la concordance des temps avec les adverbes et des modes avec les conjonctions.

Au lieu de faire de la théorie et d'expliquer les mots par d'autres mots, il faudra faire habituellement de la pratique expliquer les mots par les idées qu'on aura soin de faire éclore ou de réveiller à l'aide de faits convenablement mis en scène.

Au lieu d'analyser les mots au point de vue grammatical, travail entièrement stérile, il faudra analyser les faits par les mots, et la valeur des propositions et des phrases par des questions multipliées, portant d'abord sur les idées formellement exprimées, puis sur les idées qui sont sous-entendues, enfin sur celles qui découlent nécessairement des faits énoncés. De ces exercices naîtront la narration écrite et parlée, ainsi que la connaissance pratique des lois de la grammaire et de l'orthographe.

Au bout de deux années au plus, Mlle Thérèse possédera l'instrument de la pensée, mieux que ne le font les enfants de neuf à dix ans ; alors, et seulement alors, elle pourra suivre avec tout l'avantage que lui donne la supériorité de son intelligence les études auxquelles on applique d'ordinaire les jeunes personnes de son sexe.

Paris, le 19 avril 1852.

Les services que M. Valade-Gabel et son fils Théophile ont rendus à mes enfants me font un devoir de certifier que René P.. mon fils, en qui toutes les ressources de la médecine n'avaient pu susciter aucune apparence sérieuse de sensibilité auditive, a, sous leur direction, par leurs soins et à l'aide de leur méthode, appris à comprendre, à écrire et à parler la langue française, de telle sorte qu'il n'est guère plus embarrassé dans le monde que s'il n'avait jamais été affligé de surdité.

Quoique la pratique de la parole et les développements de l'intelligence l'aient même mis en état de percevoir des phrases

entières prononcées près de son oreille, il s'approprie habituellement la pensée d'autrui par le mouvement des lèvres. René se fait
remarquer pour la spontanéité de ses pensées, la justesse de ses
expressions et la netteté de son jugement.

Son instruction n'est pas complète, mais il est aujourd'hui dans
des conditions telles qu'elle pourrait être continuée par des professeurs non spéciaux.

Quant à ma fille Thérèse, quoiqu'elle ait toujours joui d'une
demi-audition, elle n'avait pu, malgré les soins les plus assidus,
entrer en possession que d'un langage imparfait, restreint, souvent
inintelligible à tout autre qu'à son père et à sa mère. Consulté en
1852, M. Valade-Gabel constata dans une notice l'état du développement intellectuel et moral de notre fille, indiqua la marche à
suivre pour harmoniser les facultés, rectifier et compléter les
idées tout en donnant au langage l'extension et le perfectionnement nécessaires. L'exactitude et la vérité du tableau nous inspirèrent une confiance d'autant plus légitime que le professeur
reconnaissait dans le sujet une capacité hors ligne. Dès lors il fut
prié de prendre la direction de notre fille. Les résultats ont
répondu à notre attente ; aujourd'hui Thérèse comprend, écrit et
parle le français comme toutes les jeunes personnes de son âge.

Libourne, le 24 juin 1857.   PAUL P...

VIII

Consultation pour Roger S.., demi-sourd âgé de douze ans.

Madame, Sur la demande que vous en avez faite, je me
suis, en votre présence, livré à de longues investigations
pour apprécier aussi exactement que possible les facultés intellectuelles de Monsieur votre fils, le développement qu'elles ont acquis et la manière dont elles s'exercent par le langage. Vous avez bien voulu porter à ma
connaissance les observations dont il a été l'objet dès
son plus bas âge et me communiquer quelques-uns de
ses travaux quotidiens. De ces données sont résultées
les convictions que je vais avoir l'honneur de vous soumettre sans déguisement, ni réserve.

Les facultés de l'âme se jugent par nos actes et l'expression de la physionomie ; leur développement, à la
manière dont nous exprimons nos idées, comme aussi à

la facilité que nous avons à nous approprier les idées d'autrui. Rien dans les actes ni dans la physionomie de M. Roger ne décèle la moindre altération des facultés intellectuelles. Et, cependant, les jugements qu'il porte sont toujours vagues et indéterminés ; toute attention soutenue lui est pénible ; il est d'une distraction remarquable ; sa mémoire fugace fait qu'il oublie du jour au lendemain, même les leçons qu'il avait apprises avec une assez grande facilité. — Il s'obstine dans ses propres conceptions et ne cherche pas à pénétrer la pensée d'autrui. — Ses idées manquent de suite, de liaison ; il a l'imagination paresseuse. — Tout en lui décèle absence d'initiative, de spontanéité, d'assurance dans les opérations de l'entendement. En d'autres termes il est doué comme le commun des hommes, mais il y a manque de développement régulier dans les facultés intellectuelles, gêne et embarras dans leur exercice.

Les preuves de ces assertions se trouvent surabondamment dans le langage du sujet : on y rencontre un grand nombre de lacunes, presque tous les vices, toutes les incorrections particulières au style des sourds-muets dont l'instruction a été mal faite. — En effet, la nomenclature dont il dispose est insuffisante, il est hors d'état de faire la moindre narration écrite, et ce n'est pas sans peine qu'il raconte verbalement les plus simples faits ; il ne donne point à ses réponses le développement nécessaire pour qu'il soit possible de reconnaître si elles sont justes ou non. — Chaque mot n'a guère pour lui qu'une acception ; s'il en conçoit bien le sens propre, il en soupçonne rarement le sens figuré. — Il saisit très imparfaitement ce qui caractérise les différents membres d'une même famille de mots : *grand, grandeur, grandir, grandement* et se trouve ainsi exposé à confondre l'adjectif, le substantif abstrait, le verbe et les autres dérivés d'un même radical. — S'il comprend un assez bon nombre d'expressions abstraites, il ne se les est pas assez appropriées pour en faire usage. Il en est de même de certains pronoms. — Quand il parvient à énumérer plusieurs faits, il ne déroge jamais à l'ordre de leur succession matérielle ; et cela pour éviter l'emploi des formes verbales les moins familières. — Les rapports si délicats exprimés par les conjonctions et par certaines prépositions lui échappent presque toujours. — Enfin il fait rarement usage des propositions incidentes et n'emploie pas avec connaissance de cause les articles et les adjectifs déterminatifs dont le rôle est de délimiter exactement l'objet actuel de nos jugements etc. etc.

On aurait tort de supposer que M. R... comprend beaucoup mieux qu'il ne parle ; mal s'exprimer équivaut à mal se comprendre et celui qui se comprend mal ne saurait pénétrer bien avant dans la pensée d'autrui. Me serais-je donc fait illusion ? Aurais-je porté sur la capacité de ce jeune homme un jugement trop favorable ? Lors même que je ne connaîtrais pas plusieurs sujets d'une intelligence remarquable dont les forces mentales ont été relevées d'un état de prostration non moins fâcheux, deux ordres de faits seraient là pour me confirmer dans mon jugement : — M. R.. est capable d'attention et de volonté, il en a donné des preuves en ma présence. Il ne manque ni de pénétration ni de sagacité quand on se met à sa portée. Il trouve du plaisir à bien faire ; l'émulation exercerait sur lui un grand empire, car il a une assez bonne dose d'amour-propre. — Ce qui me fait espérer encore plus de son avenir, c'est l'appréciation des circonstances qui ont contribué à rendre d'abord son instruction lente et difficile, ensuite à fausser le développement de ses facultés, puis enfin à affaisser en lui la volonté, à accroître la paresse physique par la paresse morale et réciproquement.

La cause première de tout le mal est évidemment la dureté d'oreille qui date de la naissance et qui s'est aggravée dans ces derniers temps. Toutefois ce serait se tromper étrangement que d'attribuer, à cette aggravation seule, l'espèce de mouvement rétrograde qui se fait remarquer, sinon dans les connaissances qu'il avait acquises, du moins dans le goût qu'il portait au travail. Tout imparfait que soit son langage, il ne fût jamais parvenu à se l'approprier, s'il n'eût été dès la première enfance dirigé avec une grande intelligence, une rare patience et une constante fermeté. Malheureusement on s'est écarté beaucoup trop tôt des voies de la nature ; au lieu d'étendre et de perfectionner pour son usage l'instrument de la pensée, on s'est hâté de faire servir cet instrument à l'acquisition des sciences naturelles. Ces connaissances se fondant sur des faits percevables principalement par les yeux. M. Roger dont la curiosité était excitée et qui chaque jour y faisait quelque acquisition nouvelle, se prêtait volontiers à l'étude de ces connaissances. *Mais aujourd'hui qu'on s'obstine à appliquer son esprit à des études sèches, abstraites, grammaticales, à l'acquisition d'une langue morte, quoique la langue maternelle soit restée pour lui un instrument informe dont le maniement dépasse ses forces*, il se laisse aller à un profond découragement ; tout concourt à lui donner le sentiment de son impuissance.

Les hommes de génie ne sont pas toujours exempts d'erreurs : l'illustre abbé de l'Epée, lui aussi, crut à la nécessité d'enseigner le latin à ses élèves, afin, disait-il, qu'ils parvinssent à mieux posséder la langue française. Or, d'après des témoignages irrécusables et de son propre aveu, aucun de ses élèves ne sut jamais exprimer de lui-même en latin ni en français la pensée la plus ordinaire. Pour mettre un jeune artiste en état d'exécuter une statue avec plus de vérité s'est-on jamais

avisé de la lui faire produire successivement en bois et
en marbre ? S'il s'écarte de son modèle, c'est qu'il voit
mal ou qu'il manque d'adresse pour exécuter ce qu'il
voit : dans l'un et l'autre cas ce ne serait certainement
pas en lui créant des difficultés nouvelles qu'on le ren-
drait plus habile. — Le plan d'éducation suivi pour M.
Roger est donc, à mon avis, faux de tout point ; persister dans cette voie serait renoncer à faire de lui un
homme complet, un homme digne de sa famille. Je vais
plus loin et je soutiens que ce serait en outre risquer de
le jeter dans un état qui simulerait la démence et le
laisserait désarmé contre les passions qui, tôt ou tard,
ne manqueront pas de l'assaillir.

Si vous me demandez actuellement, Madame, quel est
le plan d'études, quelles sont les méthodes qu'il convient d'adopter pour M. votre fils, j'aurai l'honneur de
vous répondre qu'avant tout il s'agit de faire ce qui n'a
pas été fait : étendre et perfectionner en lui l'admirable
instrument d'analyse de la pensée si bien nommé langue maternelle, tâche à la fois pénible, délicate et difficile. — La méthode à suivre *complètement étrangère
aux moyens dont les grammairiens font usage*, doit tenir
le milieu entre les voies tracées pour l'instruction des
sourds-muets et les voies que la Providence inspire à
toutes les mères pour l'éducation des enfants doués de
l'intégrité de leurs sens.

L'étude de la langue maternelle, si elle est bien comprise, empruntera ses matériaux à toutes les notions
élémentaires enseignées dans les écoles primaires supérieures ; elle devra, par la variété des exercices,
leurs rapports intimes avec les besoins du sujet et l'attrait du plaisir, tenir l'attention en éveil, la diriger et
en accroître les forces. S'il est à la hauteur de sa mission, le maître aura soin de graver profondément dans
la mémoire de l'élève tout ce que celui-ci aura bien

compris et rien que ce dont il se sera approprié le sens ;
il donnera en réalité de la vérité aux jugements s'il sait
en faire déterminer le sujet avec exactitude. C'est encore
par la manière d'enseigner la langue usuelle qu'il fera
contracter à l'élève l'habitude de se replier sur lui-
même, de sonder sa propre pensée et d'en faire disparaître le décousu.

Enfin, Madame, pour ne pas m'étendre indéfiniment, je
termine en disant que la tête d'un enfant étant plutôt un
germe à développer qu'un vase à remplir, ce sera
moins par des explications habiles que par l'exercice
même des facultés intellectuelles que le maître devra
s'efforcer d'augmenter les connaissances de l'élève.

Tel est, selon moi, l'unique moyen de faire grandir en
Monsieur votre fils l'esprit d'initiative, le jugement droit,
l'imagination, l'énergie de volonté dont il semble aujour-
d'hui presque entièrement dépourvu.

Paris, le 6 mai 1852.

Lorsque j'ai consulté pour la première fois M. Valade-Gabel au
sujet de mon fils, celui-ci avait à peu près douze ans. — Malgré tous
les soins que j'avais donnés à son éducation, mon fils parlait très
imparfaitement et ne comprenait qu'à la condition qu'on se renfer-
mât dans des constructions de phrases très simples, courtes et à
sa portée. A tel point qu'à l'exception de moi et d'un ou deux
individus très accoutumés à lui, toute personne qui voulait lui
faire une explication, dans les termes ordinairement usités, était
sûre de l'embrouiller et de jeter son esprit dans un état de perturbation complet, bien que la chose expliquée ne fût pas du tout
au-dessus de son intelligence.

M. Valade eut bonne opinion de mon fils dès le début, et le
jugea capable de bien profiter de ses leçons. Il prit envers moi
l'engagement de lui faire bien connaître la langue française en
deux ans et de le mettre au niveau d'un bon élève d'école primaire
de onze à douze ans. En effet, au bout de deux ans, l'engagement
était fidèlement rempli ; mon fils parlait, lisait, écrivait le français
comme s'il n'eût jamais été sourd ; de plus il connaissait bien la
grammaire et avait pu s'instruire par les procédés ordinaires,
suffisamment pour faire très bien sa première communion.

A compter de ce temps il eût pu facilement rentrer sous la gou-
verne d'instituteurs ordinaires ; et si je l'ai laissé aux soins de

Messieurs Valade, c'est que j'ai apprécié la bonté de leurs soins et que je tenais à ne pas retirer mon fils des mains de professeurs qui s'intéressaient à lui et qui avaient acquis sur lui un ascendant moral très précieux dans une éducation forcément retardée et à laquelle j'attache une si haute importance.   BARONNE S...

Paris, le 5 juin 1857.

IX

Note sur le jeune Charles O.., demi-sourd âgé de douze ans et demi.*

Quel est l'état actuel du jeune Charles sous le rapport de l'audition, du langage et du développement intellectuel ?

— Quelles causes ont amené cet état anormal ?

Quels moyens doivent être employés pour atteindre le but que se proposent et la famille et le professeur ?

Autant de questions qui, pour être examinées dans tous leurs détails demanderaient un long écrit et que nous allons nous borner à traiter sommairement.

— Charles était encore complètement sourd à six ans. A partir de cet âge, la sensibilité auditive s'est développée en lui naturellement et par degré ; et récemment, sous l'influence d'un traitement médical, elle s'est élevée au point où elle se trouve aujourd'hui.

D'après l'opinion exprimée par M. O... en décembre 1853, Charles à l'âge de neuf ans entendait d'une oreille presque aussi bien qu'il le fait des deux aujourd'hui. Si donc il n'a pas acquis dès cette époque un langage moins imparfait, une prononciation moins défectueuse, c'est que la sensibilité auditive, tardivement

---

* Rédigée sous les yeux de J. J. Valade-Gabel par son fils Théophile, chez lequel il avait reconnu les qualités d'un instituteur et qu'il avait associé à ses travaux.

acquise, n'était pas de la part du sujet l'objet d'une attention suffisante et que les facultés intellectuelles avaient été arrêtées dans leur développement.

Il est fort difficile de déterminer avec exactitude le degré actuel de cette sensibilité ; nous essaierons cependant d'en donner une idée générale : — Charles reconnaît à la voix les personnes avec lesquelles il vit habituellement ; — il ne se trompe guère sur la direction du son, c'est-à-dire sur le lieu d'où il provient ; — il perçoit la parole ordinaire à une distance de deux et trois mètres ; — il répond quand on l'appelle d'une chambre voisine ; — à la promenade il lui arrive d'entendre, d'une manière vague il est vrai, la musique d'un régiment à une distance de plus de deux cents pas ; — enfin, et cette observation peut, à notre sens, résumer toutes les autres, le timbre de sa voix est tout à fait naturel : il n'a pas ce quelque chose de rude, de guttural qui caractérise d'ordinaire la voix des demi-sourds.

La parole est malheureusement loin d'être en rapport avec l'étendue de l'audition. Charles est plus arriéré qu'il ne le paraît. Sans doute il parle volontiers et à propos, interroge fréquemment les personnes qui l'entourent et répond à des questions à la portée d'un tout jeune enfant. Mais, si on le soumet à un examen quelque peu sérieux, on ne tarde pas à reconneître dans son langage de nombreuses lacunes, d'étranges imperfections : — Charles ne s'exprime point par phrases complètes et régulièrement construites ; il groupe les mots d'une façon qui en rend l'ensemble à peu près inintelligible ; très souvent un mot lui suffit pour faire une demande, pour donner un ordre ; et, comme il ne répond jamais que par monosyllabes, il laisse ignorer s'il a ou non répondu juste. — A l'exception de *moi*, *vous*, *lui*, dont il saisit assez souvent le sens, il ne comprend pas les pronoms personnels et ne sait en faire évoluer aucun ; il en est de même pour les pronoms et les adjectifs possessifs : lacune immense, si l'on songe que, à elle seule, elle suffit à rendre impossible toute lecture et *toute intelligence suivie* de la parole indirecte. — Il emploie mal ou n'emploie pas du tout les articles et en général les déterminatifs. — Il n'applique ni le genre ni le nombre. — Il ne fait pas la distinction des temps et à plus forte raison des modes. — Il confond la voix active avec la voix passive. — Les conjonctions, les adverbes et les interjections figurent à peine dans son vocabulaire ; les rapports de temps et de lieu lui échappent ou sont mal exprimés ; il ne comprend et n'emploie qu'un très petit nombre d'expressions abstraites.

En résumé la syntaxe fait entièrement défaut au langage du jeune Charles ; ce langage n'est en réalité qu'une nomenclature à la vérité très étendue eu égard à l'état passé de l'audition, nomenclature qui témoigne des soins assidus dont l'enfant a été entouré dans sa famille, mais qui ne constitue pas un langage régulier et conséquemment reste hors d'état de prêter un point d'appui suffisant aux opérations de la pensée.

Ce n'est pas seulement le langage considéré en lui-même qui met Charles au dessous des enfants de son âge ; c'est encore la prononciation. Bien que toutes les valeurs phonétiques suivies d'une voyelle et prises isolément puissent être par lui assez exactement rendues, dans la conversation il les transforme et les dénature. Nous en donnons ici quelques exemples :

T	pour	C	*ti, tri, étri* .... au lieu de	qui, crie, écrit.
T, P	»	F	*trappe, prappe* ...... »	frappe.
T, CH	»	F	*Joset, canich, attentich* »	Joseph, canif, attentif.
D	»	G	*dros, drimace* .... »	gros, grimace.
CH, S	»	S, CH	*touche, tousse* .... »	toussé, touche.
P	»	S	*brope-toi* .... »	brosse-toi.
T	»	S	*ti* .... »	si.
L	»	N	*Jelly, lon* .... »	Jenny, non.
L	»	M	*plule, arloire, mêle* ... »	plume, armoire, même.
M	»	N	*chimois* .... »	chinois.
L	»	V	*trouler* .... »	trouver.
				etc. etc.

En outre, il parle habituellement trop bas, avec mollesse, la bouche presque fermée ; il ne donne pas à la lèvre inférieure le degré d'action voulu ; il mange fréquemment les syllabes initiales et finales : *min de fer* pour chemin de fer, — *dan, sau* pour *danse, saute* etc. ; il fait presque toujours de fausses liaisons ; enfin, quoique sachant lire et écrire, il ne peut reproduire, la plume à la main, des mots qu'il prononce d'une manière convenable : dans une lettre à sa bonne maman il voulait mettre *t'appelle* et écrivait *taparler*, — *connais pas* et écrivait *compas*, etc.

Ces vices de prononciation, ces erreurs sont cause qu'il est assez difficile de reconnaître que l'enfant possède le mécanisme de la lecture et quelques petites connaissances ; il fait, de tête et sans peine, de petits calculs ; il connaît à peu près la numération écrite ainsi qu'un peu de géographie ; il récite *Notre père* et *Je vous salue ;* mais n'y attache que les idées, pour lui vagues et confuses, de Dieu et de prière.

Le développement intellectuel a nécessairement souffert de l'absence d'un moyen complet et régulier de communication ; toutefois il n'est en aucune façon compromis ; l'acquisition de la langue lui donnera un nouvel essor, car Charles paraît très heureusement doué sous le rapport de l'intelligence : mémoire jugement, imagination, aucune faculté ne lui fait défaut si ce n'est celles qui trouvent leur puissance dans l'usage d'une langue régulière, c'est-à-dire la réflexion et le raisonnement. Il n'est pas, selon nous, moins heureusement doué sous le rapport du caractère : doux, obéissant, affectueux, c'est à peine si l'on peut lui reprocher quelques rares et courts moments d'obstination qui laissent entrevoir une grande énergie de volonté.

— La surdité complète, dont le jeune Charles a été affecté durant ses six premières années, n'a pas eu seulement pour résultat immédiat de l'empêcher d'apprendre à parler, elle lui a fait en outre contracter des habitudes qui ont mis obstacle à l'acquisition du langage quand le réveil de la sensibilité auditive est venu rendre possible cette acquisition.

En effet, lorsque Charles commença d'entendre et de se servir de la parole, il avait déjà contracté l'habitude de s'exprimer en signes et par suite de penser dans un ordre autre que celui dans lequel pensent les personnes douées de l'intégrité de leurs sens. La syntaxe du langage des signes ne ressemblant en aucune manière à la syntaxe de la langue française, il fallait alors qu'il soumît ses pensées à des modes de combinaisons tout différents ; et, remarquons-le bien, il ne s'agissait pas seulement pour lui de contracter des habitudes nouvelles, il fallait encore qu'il renonçât à des habitudes déjà anciennes : travail toujours délicat, pénible et long. La fréquentation journalière de la petite Jenny* a pu contribuer, dans une certaine mesure, à raviver et à entretenir l'influence dont nous venons de parler.

Aujourd'hui encore on retrouve dans le langage du jeune Charles des traces nombreuses de la lutte des deux constructions, s'il nous est permis d'ainsi parler. En voici quelques exemples pris dans une lettre à M. Louis :

René bien bon René — connais pas graçon s'appelle René — Louis bien bon — content de toi bien content m'as donné beaucoup choses, m'as donné un encrier — m'a donné Pauline une plume.......... frappe la règle avec la table, etc.

L'audition n'étant arrivée que graduellement et beaucoup trop tard, la prononciation d'abord défectueuse a créé de nouveaux obstacles à l'acquisition de la langue

* Sœur cadette de Charles, sourde de naissance.

maternelle. Si l'on jette les yeux sur les notes que nous
avons transcrites plus haut, on pourra se faire une idée
des méprises sans nombre auxquelles ce pauvre enfant
a dû être exposé et de la confusion, de l'incertitude
dans les idées qui en ont été la conséquence. — Comment aurait-il pu, par exemple, comprendre et appliquer les pronoms, mots pour la plupart monosyllabiques et peu sonores *(je, me, te, se, le, que, etc.)* alors qu'il
confondait T, C et S — M, L et N etc. ? — Comment aurait-il pu distinguer et appliquer les temps et les modes,
alors que les divers temps et les divers modes sont en
grande partie déterminés par le changement de ces
finales qu'il lui arrive si souvent de supprimer, sans
préjudice des syllabes qu'il dénature ?..... Ainsi c'est à
trois causes principales : habitudes contractées durant
la surdité complète, insuffisance de sensibilité auditive,
vices de prononciation que doivent être attribuées les
difficultés qui ont si longtemps arrêté Charles. Nous
allons maintenant jeter un coup d'œil rapide sur la marche à suivre pour changer les habitudes du sujet, étendre ses connaissances, fortifier et rectifier en lui l'action de l'appareil vocal, suppléer enfin, dans une certaine mesure, à la sensibilité auditive qui lui manque.

— Pour combattre avec succès l'influence que les signes
exercent encore sur l'esprit de cet enfant, l'instituteur
devra se préoccuper par dessus tout : — 1º de l'amener
promptement à la connaissance des formules phraséologiques les plus usuelles et les plus importantes ; —
2º de l'initier à l'intelligence et à la transformation des
pronoms ; — 3º de lui faire comprendre et appliquer les
déterminatifs, — 4º de lui donner la valeur des temps et
des modes et de les lui faire appliquer ; — 5º de l'amener
à une appréciation exacte des rapports et à la connaissance des mots qui servent à les exprimer, — 6º d'étendre la nomenclature des expressions abstraites ; —

7° d'exciter et de développer en lui la spontanéité de la parole ; — 8° de l'habituer progressivement à *l'intelligence suivie* de la parole in irecte.

Nous écarterons avec soin toute étude prématurée, telle que celle du catéchisme, de la géographie, de l'arithmétique, etc. Avant de charger la mémoire de mots nouveaux et de notions encore ignorées, il faut que nous ayons donné un sens exact aux expres-ions dont il se sert sans les comprendre, et que nous lui ayons appris à exprimer des notions qu'il possède et ne peut communiquer.

La méthode à suivre se rapprochera le plus possible des moyens que toutes les mères emploient pour apprendre à parler à leurs petits enfants ; l'instituteur doit faire rationnellement ce que la mère fait pour ainsi dire d'instinct. En effet, il ne peut s'agir avec le jeune Charles d'explications grammaticales, d'explications des mots par des mots ; elles seraient complètement impuissantes. Il faut faire parler les faits, amener l'enfant, par de petites scènes convenablement préparées, à l'intelligence des principales formes phraséologiques et des mots qu'il ignore ; faire donner par un enfant instruit les expressions verbales correspondant aux idées nettement établies et provoquer une imitation intelligente. Intuition, imitation, analogie, habitude, telles sont en résumé les bases essentielles de cette méthode.

La sympathie dispose à l'imitation : il faudra se faire aimer de l'enfant, le dominer à la fois par une affection profonde et par une sage et salutaire fermeté. Une soumission complète est une condition non moins essentielle ; maîtrisée par le professeur l'énergie de volonté qui caractérise Charles, loin de faire obstacle aux progrès, tournera à son avantage ; elle soutiendra le désir qu'il a de s'instruire.

Nous avons établi que la mauvaise prononciation avait

été une des sources du mal ; le maître s'attachera à la rectifier, à en faire disparaître les habitudes défectueuses que l'insuffisance de l'audition y a laissé pénétrer. Des exercices spéciaux bien dirigés et secondés par la vue de l'écriture l'y conduiront graduellement. Une extrême patience est indispensable ; nous savons que Charles prononce bien presque toutes les valeurs phonétiques prises isolément : gardons-nous donc d'exiger de lui des efforts multipliés ; ils auraient inévitablement pour effet de fausser l'organe et de faire contracter les défauts opposés à ceux qu'il s'agit d'extirper. — Charles parle ordinairement trop bas, il faudra développer sa poitrine, le faire parler en marchant, à haute voix, en criant, le soumettre en un mot à une espèce de gymnastique vocale. — Il mange souvent les premières et les dernières syllabes des mots : c'est qu'il ne possède pas à un degré suffisant le sentiment du nombre ; on y remédiera en le faisant *syllaber* en cadence.

Quant à la sensibilité auditive, l'instituteur ne peut en aucune façon en accroître le principe, c'est au médecin que cette tâche est réservée ; mais il a le moyen d'y suppléer dans une certaine mesure, en faisant agir parallèlement l'écriture et la parole, les sensations visuelles et les sensations auditives ; il lui est facile d'amener l'enfant à user, d'une manière plus complète, de la sensibilité que le traitement médical a obtenue et que le défaut de développement des facultés empêche parfois d'apprécier avec exactitude. — La facilité d'audition étant à la fois proportionnelle à l'intelligence du langage et à la sensibilité de l'ouïe, lorsque le jeune Charles sera entré en possession de la langue usuelle, il paraîtra mieux entendre, par cela même qu'il aura besoin de moins d'efforts d'attention pour écouter.

Paris, le 12 mai 1855.　　　　Th. VALADE-GABEL.

« J'ai lu avec un vif plaisir le livre que vous m'avez adressé. (C'est de la méthode soumise au jugement de l'Institut qu'il est question dans cette lettre.)

J'y ai trouvé exposé d'une manière claire et intelligible pour un profane comme moi, les théories que, depuis deux ans, je vous vois appliquer avec succès sur mes deux enfants, soit par vous-même, soit avec le concours de Mme H..

J'ai peu ou point de compétence pour juger les choses au point de vue scientifique, mais j'apprécie les résultats. La simplicité de votre méthode m'explique la rapidité et la facilité avec lesquelles mes enfants vous ont compris presque en jouant, leurs progrès accomplis sans fatigue, sans dégoût, et d'autre part enfin comment il a été possible à Mme H.., jusque-là étrangère à l'enseignement spécial des sourds-muets, de vous remplacer aussi vite et aussi bien auprès de ma petite Jenny.

Je suis persuadé, mon cher Monsieur Valade, que mon jugement basé sur les faits seuls sera ratifié bientôt par ceux qui ont droit de juger au nom de la science............ »   AUGUSTE O...

Bruxelles, le 20 février 1857.

X

A M. LE PRÉSIDENT DE L'ACADÉMIE DES SCIENCES.

Monsieur le Président, j'ai l'honneur de vous adresser la constatation d'une découverte appelée à rendre des services réels à l'art d'instruire et à celui de guérir. Veuillez en ordonner le dépôt aux archives de l'Académie, afin que le mérite de l'initiative ne puisse dans la suite être contesté à ses auteurs.

Agréez les respectueuses salutations avec lesquelles je suis etc.   VALADE-GABEL.

Dépourvus d'un certain degré de force et de netteté les signes ne secondent plus efficacement les opérations de l'intelligence ; ajouter à la sensibilité des organes, c'est dans plusieurs cas restituer aux signes les propriétés qui leur manquent.   V.-G.

Les personnes atteintes de surdité éprouvent du soulagement chaque fois que le baromètre s'élève et leur infirmité s'aggrave à chaque mouvement contraire. Les sons se propagent à une plus grande distance dans la plaine que sur la montagne. La voix se fait mieux entendre de bas en haut que de haut en bas.

De ces observations toutes vulgaires et de quelques autres considérations physiques nous avons induit qu'en plaçant les sourds dans un air plus dense on ajouterait à la faculté de perception qu'ils ont conservée. Chargés de former à l'audition quatre jeunes sujets affligés de surdité incomplète, nous avons senti le parti qu'on pourrait tirer d'une amélioration, même temporaire, de la sensibilité auditive et n'ayant pu nous procurer à Paris aucun des appareils dus à la profonde sagacité et aux travaux persévérants de M. Tabarié, le 27 mai dernier l'un de nous se rendit à Lyon chez Mme Ve Pravas. Là, avec l'assistance du docteur Gillibert, médecin de l'établissement, et du docteur Hubert-Valleroux venu pour étudier lui-même les effets thérapeutiques de l'air comprimé, il fut procédé à diverses expériences sur le jeune Roger S. qui y avait été conduit à cet effet.

Nous ne rapporterons point en détail ces expériences, nous nous bornerons à affirmer que, sous une pression de 22 à 24 degrés au manomètre lorsque l'équilibre de densité entre l'air de l'oreille externe et celui de l'oreille moyenne avait été dûment établi, le jeune Roger S. percevait distinctement de l'oreille droite la parole articulée, non plus à quelques centimètres, comme il le faisait précédemment, mais à 1 mètre et à 1 mètre 50. Or cette amélioration n'était due, ni à la réflexion du son opérée par la cloche, ni essentiellement à la pénétration de l'air dans l'oreille moyenne : l'audition à l'intérieur de la cloche restait la même tant que la condensation n'était pas opérée, et les premiers jours le surcroît d'audition disparaissait entièrement aussitôt que la pression atmosphérique avait été ramenée à l'état normal. Au bout de quelques séances l'oreille gauche acquit de la sensibilité et plusieurs heures après la sortie de la cloche, la droite conservait une notable partie de l'amélioration obtenue.

Convaincus dès lors que l'air comprimé doit être d'une haute utilité pour ramener l'attention des demi sourds sur les impressions auditives, les habituer à reproduire la parole et associer directement le mot à l'idée ; en d'autres termes pour rendre les organes producteurs et percepteurs de la parole à leurs fonctions naturelles, nous n'avons pas cessé de poursuivre l'établissement d'un appareil Tabarié ; mais le chiffre de la dépense et les difficultés d'exécution paralysent nos efforts et les paralyseront peut-être encore quelque temps.

Plusieurs personnes à Paris, à Lyon et ailleurs ont eu connaissance de notre découverte et de nos projets, qu'elles en usent pour le bien de l'humanité nous le verrons avec plaisir ; mais, comme depuis trente ans, nous avons consacré nos veilles à la solution des questions qui se rattachent au mutisme et à la surdité, nous ne voudrions pas être dépouillés du mérite qui peut s'attacher à l'initiative.

On vient de nous communiquer un rapport fait en 1845 à la société industrielle d'Angers par M. Trouessart au nom d'une commission spéciale chargée de suivre les travaux du puits à air comprimé imaginé par M. Triger, nous trouvons dans cette brochure la sanction de nos propres observations : — « Les personnes sourdes, y est-il dit page 14, entendent non seulement dans l'air comprimé mieux qu'à l'air libre, mais encore elles entendent mieux que les personnes dont l'organe est sain. » etc. — Ce phénomène s'est produit, il est vrai, sous la pression, non de quelques degrés mais d'un ou deux atmosphères, non sur des demi-sourds de naissance mais sur des adultes atteints de surdité accidentelle. Ce n'en est pas moins un fait d'une haute gravité qui est de nature à confirmer nos observations et à agrandir nos espérances.

Signé : VALADE-GABEL et RÉMI VALADE.

Paris, le 2 décembre 1854.

XI

Effets de l'air comprimé sur l'audition.
Expériences tentées à Montpellier.

Le premier bain d'air comprimé a été pris à Montpellier le 3 juillet 1854, de 3ʰ15 à 5ʰ15. Au premier coup de piston, Mᶫᶫᵉ Thérèse, René et moi, nous avons tous éprouvé sur le tympan une pression désagréable qui n'a pas tardé à se dissiper à la suite de mouvements fréquents de déglutition.

Je n'ai plus rien ressenti de pénible dans les oreilles; seulement j'entendais moins bien quand il y avait défaut d'équilibre entre l'air de l'oreille interne et celui de l'oreille externe. Mᶫᶫᵉ Thérèse, qui avait soin comme moi d'avaler fréquemment la salive, n'a plus éprouvé aucune douleur. — A 7 centimètres de pression, René a dit spontanément : *M. Valade, tu parles trop fort,* et cependant je n'élevai nullement la voix et je m'adressai à sa sœur.

A 15 centimètres il a dit entendre le bruit de la machine.

A 25, il se plaint que je fais du bruit sans articuler; j'expérimente et je trouve qu'il entend moins facilement qu'il le faisait de 7 à 15 ; il se plaint de nouveau que je parle trop fort, quoique je parle tout bas.

Il s'entend quand il lit et déclare qu'il ne s'entendait jamais à Paris. Lorsque je l'appelle il interrompt sa lecture et porte les yeux sur moi.

René s'est plaint de douleurs assez vives sous une

pression de 27 centimètres ; la déglutition les a atté-
nuées.

En soufflant il fait pénétrer l'air dans les deux oreilles;
moins bien dans l'oreille gauche.

— A 12 centimètres de pression Mademoiselle Thérèse
dit d'elle-même qu'en lisant elle s'entend mieux. A 15,
elle observe qu'elle nasille et réussit à l'éviter.

Une autre preuve qu'elle s'entend mieux, c'est qu'elle
prononce mieux toutes les syllabes. Je constate d'ailleurs que sa voix est plus soutenue ; il n'y a pas de ces
défaillances de souffle, de ces chûtes insolites pour lesquelles j'ai si souvent à la reprendre.

— Chez René, comme chez sa sœur, les sons, je le
remarque, sont émis avec plus de plénitude, d'énergie et
de facilité.

— La répercussion de la voix contre les parois de
l'appareil circulaire et la courbe irrégulière du plafond
nuisent à la netteté de la parole : nous éprouvons quelques-uns des mauvais effets du porte-voix qui ôte à la
netteté au moins autant qu'il ajoute à l'énergie des
impressions.

— Nous respirons sans peine et néanmoins la chaleur
que nous éprouvons est telle que nous sommes littéralement trempés de sueur ; aux modifications qui sur-
viennent dans la température on reconnaît les changements opérés dans la pression.

2e SÉANCE, LE 4 JUILLET, DE 7 A 9 HEURES DU MATIN.

La chaleur est plus supportable.

Placés dans l'appareil voisin de la machine à vapeur
nous y entendions plus de bruit.

10 degrés — René se montre importuné d'une sorte de
bruissement qui l'empêche d'entendre.

20 degrés — Il se plaint de mal aux oreilles ; plus particulièrement à la droite ; la douleur, dit-il, est plus
forte qu'hier. Le souffle ne pénètre pas du côté droit.

25 degrés — Le bruit de la machine s'entend mieux et le bruissement intérieur s'affaiblit. A cet instant, René dit entendre le bruit de la machine et il en imite le mouvement. Il perçoit assez mal la parole et je l'attribue à ce que, comptant un peu trop sur le secours du milieu où nous sommes placés, il ne prête à ce que je lui dis qu'une attention médiocre. Ce qui se passe au dehors le préoccupe à l'excès et je me vois contraint de le gronder.

20 degrés — Il n'accuse plus aucune douleur aux oreilles. Tout à coup il s'écrie que je parle trop fort et que je l'empêche ainsi d'étudier. Je m'assure qu'il entend mieux ; mais de près seulement quand, par l'abaissement de la voix, le retentissement contre les parois se trouve évité.

10 degrés — René entend des sifflements dans l'oreille droite. On élève et l'on abaisse tour à tour la pression. Il entend de nouveau le bruit de la machine.

7 degrés — René entend sensiblement mieux.

— Mlle Thérèse ni moi nous n'avons éprouvé aucune douleur dans les oreilles. A la fin de la séance l'abaissement de pression étant venu un peu brusquement, Mlle Thérèse a instantanément ressenti une douleur assez vive.

10 degrés — Mlle Thérèse dit mieux entendre et entend mieux en effet.

20 degrés — Je l'exerce à répéter des mots sans suite dont plusieurs non connus d'elle. Mlle Thérèse parvient sans peine à les répéter très exactement.

25 degrés — Tout à coup l'audition baisse sans cause appréciable.

14 degrés — Mlle Thérèse me dit que ma voix qu'elle écoutait lui a subitement semblé beaucoup plus forte, elle croyait que j'avais changé de ton. Ainsi l'audition est revenue avec l'abaissement de pression. J'attribue

le fait à ce que celui-ci avait rompu l'équilibre des deux pressions et à ce qu'il aura été rétabli par un mouvement de déglutition.

— La parole des deux sujets est encore plus nette et plus pure qu'hier.

3ᵉ SÉANCE, LE 5 JUILLET, DE 8 h. 15 A 10 h. 15.

Mᵐᵉ P. s'est mise dans un appareil avec René, et moi dans l'autre avec Mˡˡᵉ Thérèse. Nous sommes convenus avec M. Bertin qu'il serait opéré des oscillations.

6 1|2 — Mˡˡᵉ Thérèse éprouve des piqûres à l'oreille droite.

7 degrés — Ces piqûres se renouvellent. et cependant Mˡˡᵉ Thérèse entend de cette oreille, ce qu'elle ne faisait point. L'oreille gauche bouchée, elle entend et répète : « *Voulez-vous aller jouer ?* »

La pression s'élève ; des bourdonnements se produisent des deux côtés ; on est monté à 14 degrés, je fais redescendre à 12, la surdité s'est aggravée ; les piqûres s'étendent aux deux oreilles ; à 8, les piqûres à l'oreille droite deviennent plus vives.

Il n'y a point d'ailleurs le plus léger mal de tête. Je fais élever la pression, l'audition revient ; Mˡˡᵉ Thérèse répète sans hésiter et sans les confondre *poisson, boisson, boison, poison* ; mais la voix aphone n'est que très difficilement perçue.

On dirait que mes oreilles travaillent toujours s'écrie Mˡˡᵉ Thérèse. Il est neuf heures un quart, la pression est de 20 centimètres ; les bourdonnements continuent ; Mˡˡᵉ Thérèse compare la douleur des piqûres à celle qu'occasionnerait une aiguille pénétrant sous la mâchoire près du cou et venant sortir par le conduit auditif. Ces douleurs se renouvellent à chaque mouvement de déglutition.

Il est neuf heures et demie, nous avons une pression

de 23 degrés, Mlle Thérèse vient de déjeuner et ne souffre plus. L'audition s'améliore du côté droit.

Neuf heures trois quarts — Mlle Thérèse s'entend parler fort, la prononciation est bonne, le jeu des poumons s'effectue sans fatigue ; à mesure que la pression diminue, Mlle Thérèse s'entend mieux ; elle a lu vingt-quatre pages.

Les observations que Mme P. a recueillies sur René se résument comme il suit :

Nul mal aux oreilles, léger étourdissement de courte durée à 8 degrés de pression.

Il a entendu le bruit de l'air qui commençait à pénétrer dans la cloche, il a trouvé que sa mère parlait fort, et s'est entendu lire.

Il n'a pas mieux répondu aux questions de sa mère qu'il le fait d'habitude.

Sa prononciation, durant toute la séance, a toujours paru plus nette et mieux soutenue.

Mme P. trouve qu'elle aussi parle sous la cloche plus facilement et avec moins de fatigue qu'en plein air.

4e SÉANCE, LE 6 JUILLET.

Le temps est orageux, une indisposition ne me permet pas de me soumettre à la pression ; voici les observations sommaires que je dois à l'obligeance de Mme P.

8 degrés — Thérèse éprouve des bourdonnements et des picotements dans les oreilles et dans la gorge, elle entend avec peine.

11 degrés — Elle est mieux.

12 degrés — Même phénomène, la surdité croît.

14 degrés — Elle entend un peu mieux, quoiqu'elle souffre toujours.

12 degrés — L'audition continue à s'améliorer.

15 degrés — L'audition est à demi bonne.

8 degrés — René n'éprouve aucune douleur.

12 degrés — Il continue à entendre assez bien.

5ᵉ SÉANCE, LE 7 JUILLET, DE 8 h. 15 A 10 h. 15 DU MATIN.

La pression ne devait être portée qu'à 12 degrés, accidentellement elle est montée à 13.

Avant d'entrer dans l'appareil, René entendait à 6 pouces.

7 degrés — René essaie de s'entendre et s'entend en effet.

11 degrés — René souffre des deux oreilles et plus particulièrement de la gauche.

A huit heures et demie je l'engage à manger et la douleur ressentie du côté gauche se dissipe. Il entend sensiblement mieux, bien qu'il éprouve une sensation étrange dans le haut de la gorge et dans tout le larynx.

A neuf heures et demie, René dit spontanément qu'il entend bien et qu'il s'entend lire. — Les syllabes suivantes sont distinguées par l'ouïe et reproduites sans peine : *pso, ops, pos, sop, stra, tras, sort, srto, trsa, astr.*

Pendant sa lecture, j'appelle René et il se retourne.

La pression baisse, René m'entend à un pied et demi de distance.

A 1 heure le soir, après qu'il eut joué au soleil, l'ouïe se trouva presque nulle. Au bout d'une heure de repos il entendit de nouveau à six pouces de l'oreille.

— Tandis que nous nous rendions à l'établissement des bains d'air comprimé, Mˡˡᵉ Thérèse a entendu le chant de quelques oiseaux. A cette occasion sa mère m'a dit que, depuis plusieurs jours, elle trouve l'ouïe améliorée.

Un quart d'heure après l'entrée dans l'appareil, et par 11 centimètres de pression, Mˡˡᵉ Thérèse éprouve des douleurs dans les deux oreilles.

A 12 centimètres les douleurs diminuent, mais des bourdonnements l'empêchent d'entendre. — Peu à peu l'ouïe s'affaiblit. On lui laisse quelque temps de repos

puis on l'a fait lire ; elle lit fort mal, sa voix est excessivement monotone. — « *Je remue,* dit-elle sans y être
provoquée, *la mâchoire comme je remuerais les doigts* »
— Légers picotements à l'oreille droite.

A dix heures moins cinq, et par 13 centimètres de
pression, l'ouïe commence à se réveiller; Mlle Thérèse
s'entend parler en lisant. A la sortie de la cloche, elle est
dans un de ses moments d'audition les plus favorables.

6e séance de 8 h. 15 a 10 h. 15, le lundi 9 juillet.

Temps orageux et lourd.

René se plaint d'avoir mal dormi et d'être encore fatigué de la journée d'hier qu'il a passée à Cette et où il a
pris un bain de mer.

Presque aussitôt entré il déjeune. Quelques douleurs
légères et sans persistance à 14 degrés de pression.

Avant de faire travailler l'enfant, j'ai voulu laisser le
sens malade s'habituer à la pression atmosphérique. Je
l'appelle pendant qu'il repose et il m'entend ; à 33 centimètres de distance il m'a entendu tousser et m'a contre-
fait.

A neuf heures trois quarts, et par 17 degrés, il distingue des syllabes difficiles telles que *par, rap, pra, apr,
tsa, sta, sat, tas,* etc ; et pourtant il est fort mal disposé
au travail.

— Les appareils Tabarié peuvent, je crois, être facilement transformés en acoumètres; il faut que j'en entre-
tienne M. Marly ; ce serait la réalisation de l'idée con-
signée dans mon journal de 1828.

— L'impatience où nous sommes des résultats fausse, je le crains, notre marche. L'action médicatrice de
l'air ne nécessite-t-elle pas le repos de l'oreille ? Quand
on applique un remède sur les yeux, on a soin de les
soustraire à l'action de la lumière.

— Les phénomènes qui se manifestèrent dans la

séance précédente se sont reproduits moins intenses et avec cette différence que la bonne audition est arrivée un quart d'heure plus tôt. Ajoutons que l'oreille redoutant les sons éclatants, Thérèse a prié sa mère de parler bas. Quand l'ouïe s'est réveillée, la jeune fille se mouchait et elle a éprouvé une douleur assez vive. (Relation de la mère.)

— M. Bertin est venu, il a constaté une amélioration à la gorge du frère et de la sœur. Il a été décidé d'un commun accord que, pour quelques jours, toute leçon serait suspendue durant le bain.

7me SÉANCE, LE 10 JUILLET A L'HEURE ACCOUTUMÉE ET PAR UN TEMPS ORAGEUX.

Mme P. et ses enfants se sont mis sous le même appareil; la pression a été graduellement portée à 23 degrés. Aucune leçon, aucun exercice n'ont eu lieu.

Mlle Thérèse a éprouvé des douleurs supportables et des bourdonnements principalement à la mauvaise oreille ; elle a eu la conscience d'une aggravation de surdité.

Après le déjeuner à l'hôtel, j'essaie la bonne oreille, audition médiocre..... la mauvaise, audition nulle.

La douleur s'y fait encore sentir et Mlle Thérèse nous a dit qu'elle éprouve en ce moment dans le larynx ce qu'elle y ressent après des cautérisations.

J'expérimente aussi à l'hôtel l'oreille gauche de René ; il entend facilement à 6 ou 8 pouces ; jamais il n'avait si bien entendu.

8e SÉANCE, LE 11 JUILLET, DE 8 h. 30 A 10 h. 30, TEMPS FRAIS.

La pression a été portée à 22 degrés.

Mlle Thérèse était seule dans une cloche ; elle n'a éprouvé ni douleur ni bourdonnement ; elle a reposé quelque peu ; l'aggravation de surdité n'a duré que trois quarts d'heure.

René, placé avec sa mère, n'a pu dormir ; il n'y a pas eu dans son ouïe de variation notable ; de même que sa sœur, il n'a aucunement souffert.

Dans l'après-midi son audition est aussi bonne que la veille.

9me SÉANCE, LE 12 JUILLET.

Pression portée à 25 centimètres. Ni douleur ni bourdonnements. Tout s'est passé comme la veille.

La surdité chez Mlle Thérèse a été moins intense et a duré toute la séance.

L'audition de René n'a pas éprouvé de variation.

Vers 11 heures j'ai essayé son oreille droite en présence du docteur Fuster et n'ai pas eu lieu d'en être satisfait.

10me SÉANCE, LE 13 JUILLET.

Même pression, même phénomène que la veille. Vers la fin de la séance l'ouïe de Mlle Thérèse s'est améliorée.

Pour la première fois René est demeuré seul sous un appareil. Il y a écrit ses impressions comme il suit : « *Je n'entends pas la porte remuer. J'entends en parlant Je n'ai pas mal aux oreilles.* »

Toute la journée son oreille a joui de l'amélioration qui, la veille, avait disparu quand je lui parlai devant M. Fuster.

11me SÉANCE, LE 14 JUILLET.

René s'est plaint, dès son réveil, d'un grand mal à la tête. Le bain n'a été porté qu'à 18 degrés. Il n'y a eu ni douleur ni bourdonnement, mais fatigue générale une grande partie de la journée.

L'audition s'est maintenue.

— Rien de particulier en ce qui concerne Mlle Thérèse.

Le soir le temps s'est mis à l'orage.......

..... Les appareils à air comprimé, n'ayant point été construits en vue des demi-sourds, ne réunissent pas les conditions d'acoustique indispensables au succès des expériences entreprises : — On y entend un bruit incessant ; — la parole y résonne en écho, elle retombe sur l'ouïe indéfiniment multipliée ; — la voûte à courbe irrégulière ajoute à la confusion des sons. Et, ce nonobstant, la voix est mieux perçue quand on parle de près, quoique assez bas pour éviter la résonnance. Différemment construites ces machines pourraient, je crois, faciliter la perception de la parole par un effet autre qu'une plus grande densité de l'air et, avec le concours de celle-ci, servir d'acoumètres.

VALADE-GABEL.

Montpellier, juillet 1854.

XII

Résultats de l'éducation, chez M. L. demi-sourd âgé aujourd'hui de 38 ans.

M. L. demi-sourd vient de me dire que ses parents ayant consulté M. Itard sur l'état de son audition, celui-ci, après mûr examen, déclara que la médecine n'avait rien à faire pour lui et qu'il suffisait, pour qu'il apprît à parler, de le placer au sein d'une famille avec d'autres enfants.

On le fit, et le jeune L. n'apprit à prononcer que des mots décousus. On lui donna un professeur ordinaire qui l'assourdissait de ses cris et il n'en resta pas moins muet ; enfin on le confia aux soins de M. Piroux qui, par les signes, l'initia à la connaissance de la langue française en même temps qu'il s'efforça de rectifier en lui l'articulation et de lui rendre familière la lecture sur les lèvres.

Dès lors il y eut progrès marqué ; mais l'audition était lente et pénible ; il fallait traduire les signes en français pour se faire entendre et pour comprendre agir en sens inverse, c'est-à-dire mimer les mots entendus.*

A mesure que forcé par les circonstances M. L. s'est de plus en plus rompu à la parole, ces opérations se sont faites en lui avec plus de rapidité. Aujourd'hui, quand il reste longtemps éloigné de Paris et des sourds-muets ses intimes, il en vient à penser habituellement avec les mots parlés, tandis qu'au contraire il pense à l'aide des signes lorsqu'il vit à peu près constamment avec ces derniers.

La parole de M. L. a quelque chose de guttural et de gêné, et cependant l'audition est telle qu'il comprend sans peine tout ce qu'on lui dit, d'une voix ordinaire, à 8 ou 10 pouces de l'oreille.

Il est à remarquer qu'il s'aide le plus souvent des yeux et lit bien sur les lèvres — fait qui me porte à croire que cette habitude le distrait de la perception de la

---

* Dans une lettre en date du 27 avril 1838 l'instituteur de Nancy renseigne sur cette éducation son confrère Valade-Gabel : « Vous avez sans doute entendu parler du jeune L. un de mes anciens élèves. Cet intéressant jeune homme éprouvait de la peine à entendre, à parler et par suite à penser. Je lui ai rendu jusqu'à un certain point ce qui lui manquait ; et, depuis environ 18 mois, il est à Paris avec un frère qui continue l'œuvre que je n'ai pas eu le temps d'achever. Pour la compléter cette œuvre, auriez-vous la bonté de le recevoir, soit dans votre classe, soit chez vous et de prendre la peine de sonder le mal..... Le jeune L. sait beaucoup de choses et a d'excellents sentiments ; mais le tout a encore besoin d'être au moins consolidé pour s'étendre au lieu de s'affaiblir, ce qu'on peut encore craindre. La parole soutenue par le *geste naturel* affirmatif et légèrement pittoresque, la lecture des dialogues animés, l'étude des premiers éléments de la géométrie pour faire raisonner et de l'histoire dans ce qu'elle a de plus remarquable, telles sont les choses sur lesquelles j'ose appeler votre attention..... »

parole par l'oreille, contribue puissamment à le mettre hors d'état de profiter de la conversation indirecte et l'entraîne à préférer la société des muets à celle des parlants.

Paris, 5 décembre 1853.

Part du médecin dans l'éducation des demi-sourds.

..... Un enfant est atteint de surdité vers l'âge de cinq à six ans ; sa famille suit les sages conseils que lui donnent des personnes expérimentées et maintient en lui l'habitude de parler sa pensée et de penser sa parole. Le médecin à qui les parents s'adressent pour le faire guérir de sa surdité échoue complètement et lui apprend le mécanisme de la lecture, c'est-à-dire à retrouver le mot parlé à la vue du mot écrit sans lui enseigner aucunement le fond du langage ; un an est employé à cet exercice. Après quoi l'enfant est admis à l'institution des sourds-muets de Paris, où il s'approprie en cinq années, sous un seul et même professeur, les connaissances qui sont la base de toute bonne éducation. Cet enfant est aujourd'hui M. Dubois, chef d'institution.

De bonne foi la médecine peut-elle voir en lui un sujet qu'elle ait guéri ou même qui ait été instruit par un médecin ?...

Part de l'instituteur.

..... L'oreille du demi-sourd perçoit plus facilement les différents tons d'un même son qu'elle ne distingue les voyelles entre elles ; les illusions que certaines personnes se sont faites sur l'importance des services que l'éducation de l'ouïe peut attendre de la musique s'explique ainsi.

Il ne suffit pas d'exciter chez le demi-sourd la sensibilité auditive, de faire mouvoir avec facilité ses organes restés trop longtemps inactifs, de lui enseigner le mécanisme de la lecture, d'allécher son oreille par des sensations agréables ; comme l'audition n'est point un fait simple mais l'alliance intime de la sensibilité auditive et de l'activité de l'âme, l'instituteur doit, avant tout, provoquer et favoriser le développement des facultés intellectuelles et morales, non par le langage des signes, mais par tous les moyens que l'instinct suggère à la mère. Il doit s'efforcer de fortifier la volonté, de diriger sur les impressions auditives la part d'attention que la vue avait indûment absorbée : il doit combattre les habitudes mimiques, faire acquérir et non prétendre enseigner toutes les idées que possèdent les enfants doués de la plénitude de l'ouïe, enfin amener le sujet à associer directement le mot à l'idée et à penser dans l'ordre même où ses interlocuteurs émettent la parole. C'est pour avoir méconnu ces principes fondamentaux que tant d'éducations ont été manquées......

Paris, 185....

XIII

Expériences et rapport du docteur Ménière sur le traitement par l'éther imaginé par Mlle Cléret.

Les expériences et le rapport du docteur Ménière ont une grande signification par les aveux qui échappent à l'auteur et plus encore par le silence calculé qu'il garde sur des points de la plus haute importance.

— Les sujets soumis au traitement par l'éther sont, dit-il, des sujets intelligents et instruits ; il pouvait en administrer la preuve en produisant le narré qu'ils ont fait par écrit de leurs impressions. Pourquoi s'en est-il abstenu ? Nous avons lieu de croire que, parmi eux, il y avait nombre d'incapacités radicales. L'homme qui révoque tout en doute, même la sincérité de certificats

émanés des personnes les plus honorables, nous inter-
dirait-il de suspecter l'exactitude de ses assertions sur
un objet qui n'est pas de sa compétence. L'état initial
des sujets dont il s'agit était parfaitement connu de
M. Ménière ; il avait leurs dossiers sous les yeux : d'où
vient donc qu'il se tait sur l'âge de chacun d'eux,
le temps qu'ils ont séjourné à l'école, celui qu'ils
avaient encore à y rester ? Là se trouve le secret de la
lassitude et de l'impatience où ils étaient d'un traitement ennuyeux et sans résultat possible pour eux. Ce
sont des jeunes gens de 17 à 20 ans ayant fini ou étant
près de finir leurs études. L'auriste sans égal savait au
juste le degré d'audition de chacun d'eux et il s'est
borné à dire qu'ils entendent, les uns la cloche, les
autres le tambour. Ne confond-il pas ici volontairement
la perception des vibrations de l'air par le diaphragme
avec la perception par l'oreille des ondes sonores ?

Aucun de ces sourds, ajoute-t-il, n'est en état de
parler. Que ne nous apprend-il s'ils ont reçu ou non des
leçons d'articulation artificielle et s'ils s'y sont montrés
plus ou moins inaptes ! Ce renseignement serait précieux à plus d'un titre. — Pour qu'il n'ait pris que des
sujets entièrement muets, il faut qu'il n'existe plus dans
l'Institution de sujets devenus sourds à un certain âge
et ayant conservé l'usage de la parole ! nous savons au
contraire, de source certaine, qu'il y en a un nombre
considérable. L'établissement n'est pas non plus dépourvu
d'élèves dont l'ouïe est susceptible d'amélioration et
qu'il importe de soumettre à un traitement spécial, ainsi
que l'a déclaré l'Académie de médecine en 1853. Quoique
nous n'ayons pas, comme M. Ménière, leurs dossiers sous
les yeux, nous pourrions en citer plusieurs. L'ensemble
et la nature de ces réticences, le choix des sujets soumis au traitement donne la mesure exacte de la confiance que méritent des expériences ainsi faites.

— Passons aux aveux : « *La plupart ont mieux entendu;* *l'amélioration a été en proportion de la sensibilité audi-* *tive qu'ils possédaient ; mais ces résultats ont eu peu de* *durée, ils étaient dus au surcroît d'attention.* » Quelle naïveté ! n'est-ce pas l'attention qui transforme toujours en audition la sensibilité auditive ! Quels moyens avez-vous employés pour obliger ces jeunes gens à écouter ? — aucun..... pour les mettre à même de comprendre ? — aucun. Les avez-vous exercés seulement à reproduire la parole ? — Non, non, toujours non ; et vous vous permettez de nous taxer de légèreté, d'inconséquence ! Ah ! que vous représentez mal l'illustre docteur Itard dont vous occupez la place ! Lui, consacrait de longues années à instruire les sujets qu'il essayait de guérir ; il acquérait, de ses propres deniers, les remèdes des empi-riques heureux pour lesquels, vous, vous n'avez pas assez de mépris. Deux mois pour attaquer et détruire des surdi-mutités qui remontent à quinze et vingt ans ; et cela à l'aide d'un agent qui opère sur le physique seulement, tandis que des causes de tout autre nature : la déviation des forces de l'attention, l'ignorance du langage, l'engourdissement des organes de la voix, les habitudes acquises sont, chez plusieurs, la source prin-cipale de cette infirmité !

Vous devez avoir, dans l'Institution impériale, un quartier pour les enfants susceptibles de guérison ou tout au moins en qui l'usage de la parole peut être con-servé ou rétabli. L'Académie de médecine en a réclamé la fondation ; et, le 16 septembre 1859, M. le Ministre de l'Intérieur, dans le rapport qui précéda le décret d'affectation exclusive de l'Institution de Paris aux jeu-nes garçons sourds-muets, en signale la nécessité. C'est dans cette catégorie que vous deviez, Monsieur, choisir d'abord les sujets à soumettre à vos expérimentations, puis parmi les sujets signalés comme sourds de naissance,

et accorder la préférence à ceux en qui le développement de l'âge et une nourriture mieux appropriée à
leur constitution ont amené naturellement une amélioration de l'ouïe : tels que Goulier, Savouré-Bonville, Jean
Noël, etc. Mais non, en procédant ainsi vous risquiez
de vous montrer une fois de plus inconséquent à vous-
même ; vous avez prononcé cet arrêt fatal : « *L'enfant
qui est né avec une certaine faiblese d'ouïe et qui devient
sourd peu de temps après sa naissance est irrévocablement condamné à rester dans une classe exceptionnelle...
il est sourd-muet ; il restera sourd-muet.* » Ce sera toujours avec dépit que vous verrez, soit vos collègues les
auristes, soit les instituteurs, soit toute autre personne
contredire votre cruelle assertion.

Les démentis cependant deviennent de moins en
moins rares ; nous en avons sous les yeux les preuves
écrites et vivantes émanées non pas d'un, mais de quatre
pères de famille qui occupent dans la société un rang
élevé. Pour vous consoler, nous nous empressons d'ajouter que ces sourds de naissance ne sont pas guéris absolument parlant. — Ils s'expriment comme tout le monde ;
ils entendent, prennent part à la conversation comme le
font les personnes dont l'ouïe s'est affaiblie avec l'âge...
Je vous entends vous écrier aussitôt : tout ou rien ; je
n'admets que les cures radicales. — Libre à vous, Monsieur ; mais je sais bien qu'il n'est pas un père de
famille, pas une personne de sens qui partage votre
opinion.

Paris, 1860.

XIV

De la première éducation du sourd-muet au sein de la famille

Il est deux cas de surdité et de mutisme sur lesquels
nous appelons très-particulièrement l'attention des
parents, à cause qu'il est moins difficile soit de guérir

les sujets qui en sont atteints, soit d'en neutraliser les conséquences par l'éducation. Nous voulons parler de la surdité incomplète qui se manifeste dès le berceau, et de la surdité complète survenue après le développement de la parole.

— Il suffit que le petit enfant n'entende pas avec une grande facilité, pour qu'il cesse d'écouter, et que dès lors il reste muet comme s'il fût né complètement sourd.

C'est pourquoi si votre enfant ne parle pas à l'âge ordinaire, et qu'il cherche à se faire comprendre par signes, ne vous endormez pas dans une dangereuse sécurité, pères et mères, parce que souvent il vous sera arrivé de surprendre en lui des marques non équivoques de sensibilité auditive.

Nombre de muets dans les écoles publiques ont un degré d'audition supérieur à celui de personnes qui parlent, entendent, et passent seulement pour avoir, comme on dit, l'oreille dure ; la cause en est que l'ouïe de ces personnes ne s'est affaiblie que longtemps après qu'elles ont su penser, parler et lire, tandis que l'ouïe des muets dont nous nous occupons a été simplement troublée avant qu'ils aient pu acquérir ces précieuses habitudes.

Si donc votre enfant ne parle pas à l'âge voulu et ne comprend pas les petits propos que comprennent d'ordinaire les enfants de son âge, il n'évitera le malheur de rester muet que s'il est l'objet des soins dont nous allons indiquer l'ensemble.

C'est par l'attrait du plaisir qu'on amène les demi-sourds à prêter aux impressions auditives une attention suffisante ; faites donc résonner à l'oreille de votre enfant des instruments aux sons doux, liés et peu éclatants ; chantez en lui parlant ou, tout au moins, parlez-lui d'une voix harmonieuse et cadencée. De toutes nos recommandations celle-là est la plus importante.

Par surdité on comprend toujours, mais à tort, une audition faible et débile.

Tel sujet détourne son attention de toute espèce de bruit, parce que son ouïe en est douloureusement impressionnée, tandis que tel autre qui n'entend rien de ce qui est dit à haute voix, répète sans difficulté des phrases entières prononcées à voix basse près de son oreille...

Ne mettez donc pas vos espérances dans l'usage du cornet acoustique ; ce moyen n'est profitable qu'à ceux dont l'audition s'est affaiblie par le long âge. Le cornet ne donne au son plus d'intensité qu'en lui ôtant de sa netteté, et c'est principalement à l'absence de netteté dans les impressions auditives qu'il faut attribuer la difficulté que les demi-sourds ont à percevoir ces impressions.

C'est par des essais souvent répétés que vous reconnaîtrez et le ton et la voix qui sont le mieux appropriés à l'oreille de votre enfant. Quand vous serez fixés sur ce point, appelez-le en vous plaçant d'abord tout près de lui, puis en vous éloignant graduellement, et exigez qu'il réponde par votre nom ; faites-lui comparer votre voix et celle des autres membres de la famille ; les différences de timbre, de ton, de durée, de cadence, sont plus faciles à apprécier que les différences des sons entre eux, et des articulations entre elles.

Ne manquez pas de lui faire remarquer que dans la maison la voix s'étend au-delà du rayon visuel, et qu'il peut ainsi se faire entendre des personnes dont la vue lui est dérobée par des obstacles.

Au moyen d'expériences qui se prêtent à mille jeux, faites-lui comprendre également que l'oreille peut juger de la direction de la voix ; à cet effet, assis sur une chaise, les yeux bandés, indiquez du doigt le point où se trouve une personne qui à plusieurs reprises prononce votre nom en tournant autour de vous. Le demi-sourd voudra vous imiter, et y réussira au bout de quelques jours. On ne saurait lui révéler de trop de manières la puissance de l'ouïe et les effets de la parole.

Veillez à ce qu'il ne s'établisse aucune relation entre lui et des sourds-muets, s'il en est dans le voisinage. Faites en parlant les signes indicateurs qui sont de nature à l'initier à la pensée que vous exprimez, mais feignez de ne comprendre aucun de ceux qu'il ne manquera pas d'inventer, et, par tous les moyens en votre pouvoir, opposez-vous à ce qu'il ait habituellement recours à ce mode de communication.

N'exigez point de lui, dans les commencements, une répétition rigoureusement exacte des mots et des phrases, encore moins des éléments alphabétiques pris isolément ; il faut par-dessus tout éviter de le décourager, et vous le décourageriez si vous l'appliquiez à des exercices qui, pour lui, n'auraient pas de sens. L'intelligence de la pensée contribue beaucoup plus qu'on ne croit à l'audition de la parole.

Longtemps avant de rendre leurs propres pensées, les enfants ont acquis l'intelligence de ce qu'on leur a dit ; les premières expressions dont ils font usage sont des exclamations, des mots simples auxquels ils donnent le sens d'une proposition complète. Ne demandez pas d'abord autre chose au demi-sourd ; si vous êtes parvenus à lui faire donner aux sensations de l'ouïe toute l'attention qu'elles méritent, si vous restez avec lui dans les voies de la nature, lui montrant constamment les choses, les actions, les qualités auxquelles vous imposez des noms, le mettant à même d'appliquer, dans des circonstances identiques, les petites phrases dont il s'est approprié le sens, laissant à sa sagacité le soin de deviner tout ce qu'elle peut découvrir d'elle-même, le poussant et le retenant tour à tour sur la pente des analogies ; en un mot, si vous faites pour lui avec réflexion tout ce que l'instinct fait faire aux mères pour les enfants dont l'audition est à l'état normal, comptez sur un succès complet ; mais ne vous y trompez pas, les voies de la nature sont fort difficiles à suivre à cause de leur simplicité même.

La médecine pourra vous venir en aide et détruire la cause de la surdité ; ayez donc recours aux médecins si votre fortune vous le permet. Cette branche de la science est en progrès ; l'ouïe de plusieurs enfants a été notablement améliorée dans ces derniers temps, sous l'influence de traitements sans péril ; mais tenez-vous en garde contre les empiriques, ne vous obstinez pas à faire suivre des traitements énergiques sur les organes intéressés, ou sur les parties voisines ; vous y exposeriez bien plus que votre argent, vous y risqueriez la santé, la vie même de votre enfant : mieux vaudrait mettre tout votre espoir dans le développement général de la constitution, dans l'effet du temps, des soins et de l'épanouissement de la raison.

Les institutions de sourds-muets, telles qu'elles sont généralement constituées en France, ne sauraient être utiles aux demi-sourds ; au lieu d'achever de s'y délier la langue, ils y cessent de parler, et, sinon d'entendre, du moins d'écouter, ce qui est tout un. Il n'y a que les demi-sourds plus ou moins entachés d'idiotisme qui aient à gagner à se trouver en relation habituelle avec des enfants qui ne commercent entre eux que par le langage des signes.

— Le deuxième cas sur lequel nous appelons particulièrement l'attention des parents, est le mutisme dont peuvent être atteints des sujets en pleine possession de la parole.

On aura de la peine à croire qu'une personne puisse, à moins de paralysie de la langue, devenir muette après avoir joui de la faculté de parler ; rien de plus certain toutefois, les exemples en sont malheureusement trop fréquents, et ce phénomène ne se produit pas seulement chez de jeunes enfants, mais chez des adultes de 16 à 18 ans. Desloges, ce singulier défenseur de l'abbé de l'Épée, cet écrivain si original et dont la logique est si serrée, devint sourd-muet à la suite d'une petite vérole confluente qu'il avait eue vers l'âge de sept ans. Ce fait prouve que si la surdité acquise avant l'époque du développement du langage, assimile celui qui en est atteint aux sujets qui n'ont jamais entendu, il en est tout autrement de l'enfant qui a parlé. L'intelligence de celui-ci a contracté des habitudes précieuses qui ne sont jamais entièrement perdues et qui, surexcitées et convenablement dirigées, rendent l'instruction du sujet infiniment plus prompte et plus complète que celle du véritable sourd-muet de naissance.

Nombre de sourds-muets instruits que nous pourrions citer se trouvent dans le cas de Desloges ; ils font, sans le vouloir, à leurs instituteurs une réputation d'habileté qui serait fort contestable si d'ailleurs elle n'avait à s'appuyer sur d'autres titres.

Autant la médecine semble désarmée contre la surdité congéniale, autant elle a de ressources contre la surdité qui survient dans la première jeunesse ; qu'on n'hésite donc point à avoir recours aux médecins si l'audition d'un enfant éprouve quelque grave perturbation subite, ou si l'on s'aperçoit qu'elle s'affaiblisse graduellement.

Sans attendre le résultat du traitement médical qui sera prescrit, on mettra en pratique les moyens qui peuvent en faciliter l'action ou, jusqu'à un certain point, suppléer à son impuissance. Ainsi, si le sujet ne sait pas lire, on se hâtera de lui enseigner le mécanisme de cet art si simple en lui-même, et si puissant quant à la culture de l'esprit ; s'il sait lire, on aura soin de lui fournir des livres à la fois amusants et instructifs ; en même temps qu'on entretiendra par ce moyen l'action de la pensée, on devra lui procurer de nombreuses distractions, exciter en lui la sensibilité générale, les forces de la volonté, veiller à ce qu'il ne s'isole point de la société, car l'isolement serait une nouvelle cause d'affaiblissement moral.

Il faudra, de plus, lui adresser la parole directement en se plaçant de façon qu'il puisse bien saisir le jeu des organes vocaux de l'interlocuteur ; on s'abstiendra de crier de manière à se fatiguer la poitrine, de séparer avec affectation, soit les mots qui forment une même phrase, soit les syllabes d'un même mot ; il convient seulement de parler avec lenteur, de forcer un peu le jeu de la physionomie et de faire les signes indicateurs qui peuvent faciliter l'intelligence du discours.

Il sera sage de donner à la conversation, pour point de départ, quelque fait actuellement présent à l'esprit du jeune malade, et de s'exprimer en phrases courtes et nettes : par là, on l'encouragera à lire la parole sur les lèvres, voie de salut dont les personnes atteintes de surdité ne soupçonnent que rarement toute l'importance.

La ligne de conduite que nous venons de tracer a le double avantage d'adoucir les peines morales du malade, de favoriser ainsi dans une certaine mesure, comme nous l'avons déjà fait observer, l'action du traitement médical ; et si, par malheur, la surdité reste incurable, on a maintenu le sujet en pleine possession de la pensée et de la parole : en d'autres termes, on lui a donné à peu de frais un genre d'instruction plus positif et mieux approprié à ses besoins réels que celui qu'il aurait ensuite pu acquérir, mais péniblement et à grands frais, dans les écoles spéciales.

L'Education journal d'enseignement élémentaire. Tome II. — Imprimerie Beau, Paris 1852.

XV

Guérison de la surdité et du mutisme.

Tous les enfants atteints de surdité et de mutisme ne sont pas curables, et, le fussent-ils, comme la surdité est souvent le résultat de causes très-différentes, un seul et même remède ne saurait être applicable à tous les cas. Cette réflexion si simple ne s'est pourtant pas offerte à l'esprit de bien des familles dans l'intérêt desquelles Son Exc. le Ministre de l'instruction publique a fait publier le remède de Mlle Cléret. Plusieurs ont conçu des espérances qui seront nécessairemment déçues ; celles qui, plus heureuses, verront, à la suite du traitement par l'éther, la sensibilité auditive se rétablir, sont également exposées à de pénibles mécomptes, si elles s'attendent à ce que le réveil de l'ouïe, tardif et plus ou moins incomplet, suffise pour que le sujet apprenne à parler, de lui même, tout comme le font d'ordinaire, dès le berceau, les enfants doués de l'intégrité des sens.

Un tiers des élèves muets admis dans les institutions spéciales ont cependant conservé une sensibilité auditive au moins égale à celle dont jouissent dans le monde une foule de personnes qui passent seulement pour avoir l'oreille dure. D'où vient que ces enfants, désignés communément sous le nom de demi-sourds, sont restés complètement muets ?

C'est que, au début de notre existence, l'instinct est presque notre seul guide ; nous ne faisons attention qu'à ce qui nous flatte, nous intéresse et nous amuse. Le petit enfant, qui n'entend qu'avec peine et ne comprend pas encore, cesse donc d'écouter et porte son attention sur ce qu'il voit. Parvenu à l'âge de cinq à six ans, il s'est conséquemment accoutumé à penser avec des signes, à s'exprimer par signes, à concentrer toute son attention sur les signes. Un vice, une légère imperfection de l'organisme a suffi pour le forcer à combiner ses idées dans un ordre autre que celui dans lequel nous les combinons nous-mêmes, ce qui lui rend plus difficile encore la compréhension de la parole.

Le développement auquel il est alors arrivé le soustrait d'ailleurs à la dépendance absolue qui l'obligeait à vivre de la vie physique et morale de sa mère ; enfin, quand une longue inaction a laissé engourdir les organes de la voix, la volonté n'exerce plus sur eux que péniblement son empire.

D'autres circonstances viennent encore aggraver les difficultés, multiplier les obstacles autour de l'enfant qui recouvre la sensibilité de l'oreille ; au lieu de revenir tout d'un coup, l'ouïe s'améliore graduellement, et, comme les impressions en ont été jusque-là négligées, elles deviennent difficilement l'objet d'une attention suffisante.

Fort souvent, l'oreille n'a pas toute la sensibilité désirable ; pour un esprit distrait, ses impressions manquent de force et de netteté. Quelquefois l'oreille est par trop sensible ; les impressions en sont douloureuses. Fréquemment, elle reste atteinte d'une sorte de *myopie*, qu'on me pardonne cette expression, l'enfant n'entend bien que quand on lui parle de près ; dans cette condition, il perçoit même la voix basse et reste pourtant hors d'état de percevoir des cris violents poussés d'une certaine distance.

Dans quelques cas assez rares, l'oreille, au contraire, semble atteinte de *presbytisme* ; l'enfant entend mieux de loin que de près.

Telles sont les principales difficultés contre lesquelles les demi-sourds ont à lutter pour entrer en possession de la parole. Faut-il s'étonner qu'entièrement abandonnés à leurs propres forces ils ne puissent y parvenir.

Personne n'ignore que, lorsque dès la naissance, l'ouïe est à l'état normal, c'est elle qui provoque, facilite et dirige le développement de l'intelligence ; mais, phénomène beaucoup moins connu, si, dès le bas âge, il existe le moindre trouble dans les facultés auditives, les rôles sont intervertis : c'est l'intelligence qui désormais doit présider au développement de l'ouïe.

Médecins et instituteurs, presque tous ceux qui se sont appliqués à l'éducation des demi-sourds ont méconnu ce principe fondamental. Les uns ont mis leur espoir dans des exercices physiologiques ayant pour objet la comparaison des sons entre eux et des articulations entre elles, les autres ont cherché leur principal point d'appui dans le langage des signes, sans s'apercevoir que, loin de reporter comme il le faudrait l'attention sur les impressions de l'oreille, ils la concentrent de plus en plus sur la vue et impriment de plus en plus aux évolutions de la pensée une allure contraire à la marche de la parole.

Tous ont espéré se faire d'autant mieux entendre qu'ils criaient plus fort ; ils ont voulu faire parler le demi-sourd avant qu'il fût en état de comprendre la moindre proposition.

Aussi médecins et instituteurs n'ont-ils généralement obtenu que des résultats incomplets et en disproportion avec leurs propres efforts, les fatigues qu'ils ont imposées aux élèves et les dépenses dans lesquelles ils ont entraîné les familles.

Ces considérations, loin de décourager les personnes qui s'intéressent aux demi-sourds, doivent leur faire comprendre qu'il est possible, facile même d'obtenir aujourd'hui dans l'éducation de ces pauvres enfants des résultats supérieurs.

Associée à l'art de guérir, une saine pédagogie parviendra bientôt, je l'espère, à doter de l'audition et de

la parole un sixième au moins des sujets qui semblaient
jusqu'à présent condamnés pour toujours à la surdité
et au mutisme.

Que faut-il pour cela ? Il faut d'abord faire une guerre
incessante aux habitudes de mimique, rendre impossibles toutes relations du sujet en traitement avec des
sourds-muets ; s'interdire à soi-même de parler en
signes et, dans tous les cas, n'exprimer par ce moyen
que des idées isolées.

La docilité, la dépendance de l'enfant au berceau est
une des principales causes qui facilitent en lui le développement des idées et de la parole. Sachez donc, par
tous les moyens, capter l'affection, la confiance et le
respect qui, seuls, peuvent rendre le demi-sourd obéissant et docile ; cette condition est absolument indispensable au succès de votre entreprise.

Il en est de la voix comme de la lumière : s'il faut la
prodiguer dans certains cas, il convient de la ménager
dans d'autres ; en conséquence, étudiez la sensibilité
auditive de votre élève la distance à laquelle elle
s'exerce, le degré de force qu'il convient de donner à
votre voix ; ne craignez pas d'abord de laisser apercevoir
les mouvements de la bouche, mais ne tardez pas à obliger l'élève à ne vous écouter qu'avec l'oreille ; exercez-
le à le faire graduellement, de plus loin, s'il a l'ouïe
courte, de plus près, s'il a l'ouïe *longue*.

Modulez votre voix ; variez-en les intonations, afin
qu'il trouve du plaisir à vous écouter ; appuyez sur les
voyelles, scandez légèrement les mots, mais gardez-vous
d'en trop séparer les parties. La parole consiste en une
ou plusieurs syllabes réunies auxquelles s'attache un
sens déterminé : séparer entièrement les syllabes d'un
même mot, c'est rendre ce mot méconnaissable ; bien
plus, c'est le détruire, car ses membres épars n'offrent
plus aucune signification à l'esprit. Des syllabes isolées

n'intéressent en rien ni les besoins, ni l'intelligence, ni la curiosité de l'élève, et c'est l'action de ces trois forces qui seule peut lui faire reporter sur l'ouïe l'attention qui rend à l'ouïe sa puissance. D'ailleurs, quand il s'agit d'enseigner à distinguer des impressions, il ne faut pas, comme on le croit généralement, *aller du simple au composé*, mais *du composé au simple, du plus facile au moins facile* : *a* et *o*, *p* et *t*, par exemple, ne se distinguent à l'oreille chacun que par de simples nuances ; *cha* et *fo, ta* et *lon* se caractérisent seulement par le son et l'articulation, tandis que *viens et marche, pantalon* et *balustrade* se font reconnaître à la fois par le son, l'articulation et le nombre des syllabes ; ils se fixent, en outre, dans la mémoire par l'idée même qu'ils réveillent ; les syllabes et les sons, dépourvus de signification, n'y laissent au contraire pour ainsi dire aucune trace.

Quand un objet inconnu se présente à nos regards dans l'éloignement, l'œil n'en remarque-t-il pas successivement la masse, les proportions, la forme générale, la couleur, puis les autres manières d'être ? Nous ne saurions trop le répéter, l'oreille procède comme l'œil, de l'ensemble aux détails. Le rapprochement et le contraste des éléments de la parole, comme le rapprochement, soit des formes, soit des couleurs, les rendent chacun plus faciles à distinguer.

L'enfant guéri de la surdité remarque donc progressivement les tons de la voix, le nombre de ses émissions, puis la différence des syllabes, et ne parvient qu'en dernier lieu à distinguer les sons entre eux et les articulations entre elles ; nous avons constaté le fait et laissons à d'autres le soin d'en rechercher les causes.

N'exigez pas, dès les premières leçons, que l'élève reproduise les mots que vous prononcez ; attendez pour cela qu'il ait l'oreille assez exercée. Le nourrisson doué de tous ses sens comprend les mots longtemps avant d'être en état de les prononcer.

Mais, dira-t-on, si le demi-sourd ne répète pas les mots, comment saurons-nous qu'il les perçoit et les distingue ? J'aurais dû signaler plus tôt le rôle que l'écriture doit jouer dans l'instruction des demi-sourds ; s'adressant à la vue, elle supplée d'abord à l'imperfection des sensations de l'oreille, puis aide à rectifier en eux la prononciation, après avoir servi à cultiver leurs facultés intellectuelles et à leur donner l'intelligence des formules de la langue maternelle. Si, par exemple, vous écrivez sur le tableau : *Pierre ! cours, marche ; Jean ! mouche-toi*, et que Pierre et Jean exécutent ces ordres une couple de fois en présence du jeune muet, celui-ci ne tardera pas à savoir les exécuter à son tour. Ce point obtenu, vous engagez successivement Pierre et Jean, puis le jeune demi-sourd, à indiquer sur le tableau les mots que vous prononcez d'abord dans l'ordre où ils sont écrits, et puis dans un ordre interverti.

En procédant ainsi, vous initiez cet enfant à la connaissance de la langue qu'il doit comprendre afin d'en retenir sans trop de peine les consonnances ; vous l'amenez à penser dans l'ordre où nous pensons, et vous avez la facilité de vérifier s'il comprend et distingue les mots, même avant qu'il soit en état de les prononcer.[*]

Attendez que le demi-sourd sache bien reconnaître à l'oreille un certain nombre de mots avant de lui en montrer les syllabes entièrement séparées. Quand il distinguera les syllabes, vous lui ferez entendre séparément et lui montrerez écrits les sons et les articulations dont les syllabes sont formées.

---

[*] Voir l'ouvrage intitulé : *Méthode à la portée des instituteurs primaires*, pour enseigner aux sourds-muets la langue française sans l'intermédiaire du langage des signes. — Librairies Dezobry et Roret.

Vous pourrez dès lors en toute assurance lui enseigner à prononcer les syllabes et les mots les plus faciles, et vous remarquerez avec joie que, à mesure qu'il parviendra à les reproduire, il les entendra avec plus de facilité. En rétablissant l'oreille dans des fonctions qui doivent être les siennes, vous contribuez puissamment au rétablissement de la faculté d'audition.

Remarquez bien ceci : tant qu'il s'est agi d'enseigner, non à mouvoir des organes et à s'exprimer, mais seulement à percevoir les sons, à comprendre le discours, nous sommes descendus de l'intelligence de la proposition écrite à l'intelligence des mots qui la composent, puis successivement de la perception auditive du mot à la perception des éléments syllabiques, puis enfin de la syllabe aux sons et aux articulations. Mais, dès qu'il s'est agi de faire parler l'élève, nous avons remonté l'échelle, en partant du deuxième échelon, et nous avons passé de la syllabe au mot et du mot à la proposition, nous réservant de faire prononcer plus tard séparément le son et l'articulation, ce qui offre parfois d'assez grosses difficultés.

L'infortunée demoiselle Cléret avait instinctivement entrevu la marche que la nature suit dans le développement de l'ouïe et la méthode à employer pour doter de la parole les demi-sourds de naissance ; le zèle dont elle était animée, le dévouement qu'elle poussa jusqu'à l'épuisement de ses forces remplissaient les nombreuses lacunes qu'elle avait laissées dans son enseignement, et elle obtenait des succès réels.

La charité, l'amour peut donc tenir lieu de science. Pères et mères ! vous voilà prémunis contre les déceptions qui vous attendent, si vous pensez qu'une amélioration ou même la guérison complète de l'appareil auditif doive nécessairement permettre à votre enfant de s'initier de lui-même à la connaissance de la langue

16

parlée. S'il recouvre quelque sensibilité auditive, parlez-lui beaucoup, parlez-lui avec tendresse, à la distance et sur le ton qui lui conviennent le mieux. Encouragez ses efforts, ne lui faites que peu ou point de signes ; applaudissez-le quand il essaye de parler, affectez au contraire de ne le point comprendre quand il exprime, à l'aide des gestes, ce qu'il pourrait dire autrement ; et, j'ose vous le promettre, capables ou non de suivre en tout point nos procédés, vous obtiendrez des résultats qui réjouiront votre cœur.

Quoi que puissent dire certaines personnes intéressées à nier le progrès parce qu'elles y sont restées étrangères, la science médicale qui s'applique spécialement à la cure des maladies de l'oreille n'est pas stationnaire ; nous en avons la preuve dans A. S. de Lille, C. O. de Bruxelles, traités par le docteur Hubert-Valleroux, Mlle T. P. de Libourne, MM. R. S. et L. H. de Paris par les docteurs Hubert-Valleroux et Duchenne de Boulogne, sujets qui, tous, quoique demi-sourds, sont rentrés en possession de la parole et de l'audition ; nous pourrions en citer plusieurs autres.

A ceux qui s'obstinent à soutenir qu'il n'y a guérison de l'ouïe que lorsque le sujet entre de lui-même en possession de la parole, nous adresserons une simple question : L'oculiste qui rend la vue à un aveugle a-t-il manqué à sa mission parce que celui-ci sera resté myope ou presbyte, ou que, par le seul fait de sa guérison, le sujet n'apprendra pas de lui-même à dessiner ou à peindre ? Certainement non, et cependant la main est plus facilement dirigée par la vue que, dans les conditions où se trouve le demi-sourd, l'appareil vocal ne peut l'être par le sens de l'ouïe.

VALADE-GABEL,
Direct. hon. de l'inst. imp. des sourds-muets
de Bordeaux.

Journal des instituteurs. 1er juillet 1860. Paris. Librairie Paul Dupont.

ÉTUDES SUR LE LANGAGE DES SIGNES

I

Description des signes.

... M. Valade demande si le signe *d'ancre* ne pourrait pas être réduit à la représentation mimique de la forme de cet instrument. On lui fait observer qu'ainsi réduit ce signe serait beaucoup trop vague, qu'il est indispensable d'y joindre les signes de *vaisseau* et *d'arrêter,* pour lui donner toute la clarté désirable. Tout en partageant sur ce point l'opinion de ses collègues, M. Valade fait observer que cette pantomime n'équivaut plus à un seul mot mais à une phrase entière ; il prie M. Berthier de traduire en langue mimique cette phrase : *un vaisseau s'arrête et jette l'ancre....* Cette pantomime n'est autre chose que le signe adopté pour l'instrument dont il s'agit ; et M. Valade en conclut que, dans la phrase, le signe *d'ancre* se réduit effectivement à la représentation mimique de la forme.

Plusieurs membres de la Conférence disent alors que le signe isolé d'un grand nombre d'objets est beaucoup plus complexe que lorsque ce même signe entre dans la composition d'une phrase dont les diverses parties s'éclairent mutuellement.

Ce fait méritait d'être constaté, ajoute M. Valade ; il sert à expliquer comment les élèves, à qui la nomenclature a été enseignée en dehors de la langue écrite, s'expriment d'une manière en apparence si incomplète : c'est

qu'ils donnent à la valeur du mot employé par eux dans
la phrase écrite une étendue de signification équiva-
lente à la phrase mimique dont le maître s'est servi pour
expliquer le mot pris isolément, nouvelle considération
pour renoncer à l'enseignement des mots pris hors de
la phrase.

Sur la demande de M. Valade, la Conférence ordonne
l'insertion au procès-verbal des observations sus-rap-
portées.

(Conférences des professeurs de l'Institution Royale dé Paris, —
18 janvier 1830.)

II

La mimographie de Bébian ne saurait être un auxiliaire pour la description des signes.

Trouver moyen d'écrire la pantomime aussi vite que
l'on écrit la parole, tel fut l'objet des recherches de
Bébian. S'il eût résolu le problème, l'art d'instruire les
sourds-muets aurait fait un grand pas, et nous ne serions
pas réduits à discuter la possibilité d'appliquer le dessin
à la représentation des signes. Un examen approfondi
du système qu'il imagina sortirait entièrement des
limites que notre sujet nous impose, aussi nous borne-
rons-nous à de courtes réflexions.

Doué d'un jugement sûr, d'une sagacité peu commune,
de cet esprit d'analyse qui permet d'aborder sans fatigue et de traiter avec clarté les matières les plus abstraites, connaissant à fond le langage mimique et le
parlant avec une merveilleuse facilité, Bébian eût
atteint le but s'il ne s'était, dès le principe, engagé dans
une voie fausse. Son erreur fut de croire à plus d'analogie qu'il n'en existe en réalité entre les signes et la
parole. Or cette erreur était capitale; elle lui fit asseoir
son système sur une base irrationnelle.

Deux choses sont à distinguer dans l'acte de la parole ou si l'on veut de la phonation : l'impression faite sur la vue par le jeu des organes producteurs ou modificateurs du son et l'impression faite sur l'ouïe par le son lui-même ; — la première très faible, très complexe, attire très peu l'attention et lui échappe même complètement dans certaines circonstances ; — la seconde, incomparablement plus forte, affectant un organe toujours prêt à la recevoir, puissamment sympathique, susceptible de varier beaucoup mais simple dans chacune de ses variétés, répondant constamment à la même combinaison des pièces de l'instrument vocal, est naturellement devenue le signe de rappel de cette combinaison.

De là deux sortes d'écriture : — l'une ayant pour objet l'indication des organes de la parole et des mouvements qu'ils exécutent ; — l'autre représentant directement l'élément sonore à l'aide de caractères convenus. La première, véritable mimographie, ne saurait sortir de l'état spéculatif ; on sait quels progrès l'invention de la seconde a fait faire à l'esprit humain.

Dans les signes rien de semblable : une impression très affective il est vrai, quelquefois même très sympathique, est produite sur la vue par les organes en mouvement ; mais aucune impression de nature différente, résultat de leur action, ne vient les résumer, comme le son résume les combinaisons et le jeu des organes phonateurs.

Pour que l'analogie fût aussi complète que Bébian paraît l'avoir cru, il faudrait que chaque geste ou chaque série de gestes affectât d'une manière différente un autre sens que la vue, celui du goût par exemple ou celui de l'odorat. Rien de plus facile alors que d'écrire les signes. De même qu'on a attribué un caractère particulier à la représentation de chaque variété, de chaque modification du son, on en attribuerait un à la représentation de chaque saveur ; et les deux langages, quoique différant essentiellement en un grand nombre de points, se trouveraient néanmoins traduits et fixés dans des systèmes d'écriture semblables. Mais, en l'absence de cette analogie, vouloir, comme l'a fait Bébian, fixer sur le papier le langage mimique par des moyens analogues à ceux qu'a suggérés l'analyse du langage parlé, nous ne craignons pas de l'affirmer, c'est tenter l'impossible.

Entré dans cette voie, Bébian dut chercher à décomposer le signe ; c'était une tâche difficile : les signes, en effet, sont tout autrement que la parole rebelles à l'analyse. Au rebours des mots qui, monosyllabes dans l'origine, n'ont passé que par degrés à l'état polysyllabique, les signes pris dans la nature ont commencé par peindre avec fidélité l'objet de la pensée ; aucun trait, aucune circonstance propre à compléter l'image ne fut d'abord omise ; mais bientôt le besoin de donner au discours plus de rapidité fit supprimer dans le tableau les traits les moins essentiels ; et, par une sorte de convention tacite, se dépouillant peu à peu d'accessoires devenus inutiles ou seulement jugés tels, les signes s'abrégèrent successivement et se réduisirent même quelquefois à un trait unique. — Composés de parties distinctes s'articulant entre elles comme les anneaux d'une chaîne, les uns laissent apercevoir leurs éléments ; il sont doués d'une flexibilité qui leur permet de revêtir une forme différente pour chaque rapport différent, de se plier à tous les caprices du goût, à toutes les nécessités de la grammaire, à toutes les exigences de la logique. — Les autres, tout d'une pièce en quelque sorte,* se prêtent

---

* Bébian paraît avoir été d'avis que les signes sont de leur nature à peu près complètement inflexibles. Cette opinion se trouve implicitement, mais très clairement exprimée dans les lignes suivantes extraites de son essai sur une écriture mimique : « Je crois,

peu à l'analyse et n'admettent qu'un très petit nombre d'inflexions.

L'impossibilité de soumettre le signe à une analyse rigoureuse s'est traduite dans le système mimographique de Bébian par un caractère d'indétermination qu'il s'efforça d'atténuer en précisant, autant qu'il fut en lui, les circonstances qui accompagnent le signe et en sont inséparables. Or, si l'on considère d'une part le nombre considérable de ces circonstances, d'autre part la diversité des organes qui concourent au geste, la prodigieuse variété des positions qu'ils prennent et des lignes qu'ils décrivent, on ne sera pas étonné que Bébian ait été graduellement et forcément conduit à compliquer son système, au point de le rendre inextricable, même pour une intelligence exercée.

Et cependant, malgré les 187 caractères qu'il comprend*, le système de Bébian fournit tout au plus le moyen de fixer le sens de chaque signe pris isolément. *Si on voulait mettre sur le papier un discours mimique*

dit-il, que l'on obtiendrait cette amélioration (il s'agit de donner au signe écrit plus de précision et de clarté qu'au signe vivant) au moyen de quelques signes idéographiques qui pourraient s'ajouter au signe mimographique sans l'altérer et seraient destinés, soit à donner *plus de précision à chaque idée par l'indication du genre et de l'espèce, soit à éclairer l'expression collective de la pensée en établissant la nature de chaque expression considérée dans ses rapports avec les autres termes de la proposition.*

* Ces 187 caractères se décomposent ainsi : — Caractères indicatifs du mouvement 59 — Accents modificatifs 8 — Caractères indicatifs des parties du corps 80 — Accents indicatifs des parties de l'organe 6 — Signes de position 14 — Points physionomiques 20, sans compter les points, les doubles points, les traits d'union, les chiffres dont le système ne saurait se passer.

Comment un esprit aussi judicieux que Bébian put-il se faire illusion au point d'affirmer que les combinaisons d'un petit nombre de caractères suffisent pour représenter tous les signes imaginables et que cette écriture peut être portée à un tel degré de simplicité qu'après huit ou dix jours d'étude un sourd-muet pourrait en faire usage !

de quelque étendue, il serait indispensable (c'est Bébian lui-même qui le déclare) *de revenir à des signes idéographiques.*

L'indétermination et la multiplicité des signes : tels sont les insurmontables obstacles que Bébian ne put éviter et contre lesquels viendra fatalement échouer quiconque s'engagera après lui dans la même voie.

Si ces observations ne suffisaient pas à convaincre la Conférence qu'elle ne pourra tirer aucun secours de la mimographie pour la description des signes, nous lui soumettrions le raisonnement suivant : — Les caractères de la mimographie étant (hormis ceux qui indiquent les parties du corps) entièrement arbitraires, ont dans la composition précisément la valeur qui leur a été assignée et n'en sauraient avoir d'autre, à moins de convention nouvelle. Donc, si le tableau mimographique d'un signe est exact et complet, il ne cessera pas de l'être parce qu'on substituera à chaque caractère conventionnel sa valeur exprimée en langage ordinaire, telle que l'auteur de la mimographie l'a donnée.

Faisons cette substitution dans quelques-uns des mots choisis par Bébian et où son système se trouve appliqué :

Pour le onzième mot LOUCHER (planche III colonne A) nous avons : œil gauche — mouvement de gauche à droite — œil droit mouvement de droite à gauche.

Pour le douzième mot REGARDER EN HAUT AVEC ATTENTION (même planche et même colonne), la substitution donne : œil — mouvement de bas en haut — attention.[*]

Pour le troisième mot DIEU (planche III colonne B) nous avons : main ouverte la paume tournée en dedans[**] — mouvement lent de bas en haut — respect.

[*] Observons en passant que ce tableau, si tableau il y a, n'est pas celui du signe mais celui de l'action.

[**] Les mots soulignés remplacent les dessins auxquels Bébian renvoie pour l'intelligence des signes qui représentent, dans son système, les différentes positions de la main.

Pour le vingt et unième mot PRENDRE (même planche et même colonne), nous avons enfin : main ouverte la paume en bas — mouvement de haut en bas — mouvement de contraction — mouvement de bas en haut.

A côté des tableaux des deux derniers signes, tableaux dont la substitution effectuée n'a pu altérer la fidélité, plaçons maintenant les descriptions de ces mêmes signes, telles que nous les trouvons dans les développements explicatifs dont Bébian a accompagné les planches de la mimographie (pages 23 et 25).

DIEU. La main ouverte, la paume tournée en dedans, s'élève lentement vers le ciel. La physionomie exprime le respect.

PRENDRE. La main placée horizontalement, la paume vers la terre, se porte en bas, se ferme et se relève.

Ce simple rapprochement ne prouve-t-il pas, jusqu'à l'évidence, que le prétendu tableau mimographique n'est autre chose que la description en langage ordinaire, avec la correction en moins, et la concision mais aussi l'obscurité en plus, résultat inévitable du défaut de liaison entre les parties ?

Bordeaux, 184...

III

Inconvénients des dictées mimiques.

Un des effets les plus remarquables de l'usage d'une langue bien faite, avantage dont le sourd-muet est presque entièrement privé, c'est d'étendre le nombre des rapports perçus, de les préciser et d'en rendre la perception habituelle. Ce n'est pas tout : à mesure que la langue fait pénétrer dans la pensée d'autrui, on découvre que le même rapport y change d'expression et quelquefois de nature. De ce rapprochement il résulte une appréciation assez exacte de l'importance réelle des rapports des choses et des personnes entre elles, appréciation qui jette aussi une lumière plus vive sur la valeur des termes destinés à l'expression de ces mêmes rapports.

Dans l'énoncé de ceux-ci il y a trois degrés qu'il importe d'observer ; sans quoi on ajoute à la confusion déjà bien grande qui règne dans l'esprit du sourd-muet non instruit ou mal instruit : — le premier degré consiste à lui faire exprimer les rapports qu'il perçoit et tels qu'il les perçoit ; — le second, à lui faire rendre les rapports qu'il conçoit, mais tels que les perçoit une autre personne ; — le troisième, à lui faire rendre les rapports, mais au point de vue qu'autrui les conçoit.

Les dictées par signes au début du cours d'instruction mettent l'élève hors d'état de s'approprier le mécanisme du langage, par cela seul qu'elles abordent la difficulté au troisième degré : on veut lui faire analyser la pensée d'autrui avant qu'il sache analyser la pensée en lui-même ; on veut qu'il voie clair chez les autres, quand tout lui paraît en lui-même vague et indécis.

Paris, 1851.

IV

Signes méthodiques présentés comme une innovation.

Le système des signes méthodiques inventés par l'abbé de l'Épée a quelque chose de si spécieux, de si séduisant, de si favorable à la paresse d'esprit que des hommes de mérite, des savants qui n'avaient suffisamment médité ni les faits, ni l'histoire de la méthode, ont reconstitué les signes méthodiques et donné de bonne foi comme une innovation profitable et hardie ce qui, en réalité, n'est qu'un retour aux premiers errements de l'abbé de l'Épée.

A l'effet d'établir entre la pantomime et la langue française un parallélisme contre nature, ils en ont défiguré
les signes ; et, sans réussir ainsi à leur faire exprimer
les rapports matériels des mots entre eux, ils les ont
positivement mis hors d'état d'exprimer les rapports des
idées entre elles.

C'est en vain qu'on s'efforce de réunir, de fondre dans
un même signe des qualités qui s'excluent, on méconnaît les conditions en dehors desquelles un signe ne
saurait se prêter utilement aux combinaisons de la
pensée ; on agit comme si, pour traduire un idiome dans
un autre idiome, il était indispensable que les deux
eussent la même nomenclature, la même syntaxe. Quand
on a fait les signes de la grammaire on s'imagine avoir
fait la grammaire des signes et l'on se livre à la critique
de la pantomime abrupte que le sourd-muet à demi-
sauvage apporte à l'école, comme si cette pantomime
avait déjà reçu les perfectionnements qui sont dans la
nature et dans le génie de ce langage.

On croit avoir porté le dernier coup aux signes non
méthodiques en citant l'embarras où se vit un jour
l'abbé Sicard pour faire rendre par écrit l'idée d'une
pomme amère, comme s'il était prouvé que les élèves
du célèbre instituteur possédaient également bien
l'usage des deux idiomes, comme s'il suffisait qu'un lin_
guiste se trouve hors d'état de traduire en français une
phrase latine pour déclarer que les deux idiomes sont
réciproquement intraduisibles !

Ce qui séduit les partisans des signes méthodiques
c'est la facilité que ces signes leur donnent pour faire
écrire les élèves sous la dictée ; eh ! Messieurs, au lieu
de dicter mot pour mot et à grand peine comme vous
le faites, que ne dictez-vous avec le syllabaire de M.
Recoing, syllabe par syllabe, ou avec la dactylologie de
Bonet, lettre par lettre ! — Vous craindriez, dites-vous,

de faire ainsi reproduire des formes sans réveiller des idées ; quelle autre certitude avez-vous en procédant par vos dictées mécaniques ? Permettez que je le dise pour vous : vous avez la certitude de suggérer des idées indigestes, incomplètes sans coordination possible, vous cultivez la mémoire pour la surcharger de signes inféconds, et non seulement vous laissez le jugement exposé aux erreurs qui résultent de l'absence de tout contrôle extérieur, mais vous le faussez à plaisir. Nous avons vu plusieurs sujets tomber dans un état tenant à la fois de l'imbécillité et de la folie et qui le devaient principalement à l'influence des signes *méthodisés, grammaticalisés,* c'est-à-dire dénaturés et obscurcis.
Paris, 1852.

V

Appréciation de la mimographie.

Bébian n'a pas atteint le but qu'il s'était proposé ; l'eût-il atteint, la *mimographie* n'aurait pas été un instrument d'étude, à cause de la difficulté extrême qu'en eût présenté la lecture au jeune sourd-muet, à cause de la pauvreté de ses idées, du peu de développement intellectuel auquel il est parvenu quand il entre dans une école, à cause enfin des différences énormes que présente la construction de la langue française et celle du langage mimique.

* *

— D'après Court de Gébelin, l'abbé Mousseaux et d'autres auteurs, l'écriture phonétique n'est autre chose que la *mimographie de la bouche,* à l'instant de la formation de chaque élément de la parole.

* *

— Toute écriture participe nécessairement aux qualités et aux défauts du langage qu'elle est destinée à

fixer. Comme le langage des signes est de nature pittoresque, imagée, qu'il manque de précision, qu'il est tantôt symbolique, tantôt arbitraire, l'écriture en sera
également pittoresque, vague, allégorique, arbitraire, etc.

* *

— Selon moi, la mimographie ne constituera jamais
qu'un instrument propre à faciliter aux jeunes professeurs le moyen de se perfectionner dans le langage des
signes, aux diverses écoles celui de se rapprocher
mutuellement pour la mimique, aux philosophes un
instrument de plus pour étendre la marche de l'esprit
humain.

* *

— Sur quoi en dehors des éléments constitutifs des
signes mimiques serait-il possible de s'appuyer pour
écrire ces mêmes signes ? Bébian en a fait l'analyse,
mais une analyse incomplète. Je ne lui reproche pas
d'avoir admis dans son écriture 187 éléments divers,
mais de n'avoir pas songé à noter certaines circonstances en dehors desquelles le signe n'est pas recon-
naissable, de ne s'être pas suffisamment attaché à distinguer l'essentiel de l'accidentel, et surtout d'avoir
cherché à faire accroire que la mimographie serait
pour le sourd-muet un excellent instrument d'étude.

Tant s'en faut que la *phonographie* reproduise toutes
les circonstances du son ; la musique notée, combinée
avec elle, y réussit à peine. Les inventeurs se bornèrent
à faire ce à quoi Bébian semble n'avoir pas songé :
ils notèrent l'essentiel et laissèrent à l'imagination, à la
pensée, au sentiment, à la passion, le soin de reconsti-
tuer le reste.

Sarlat 1854.

VI

Cartes mimo-mnémoniques de **MM**. Grosselin et Pélissier.
Rapport fait à la Société d'éducation et d'assistance pour les
sourds-muets en France.

Les cartes mimo-mnémoniques soumises à votre
appréciation, Messieurs, ne sont autre chose, au dire
de MM. Grosselin et Pélissier, leurs auteurs, « qu'un
vocabulaire découpé en petites cartes qui présentent,
d'un côté, l'expression d'une idée en grec, en latin, en
italien, en espagnol, en français, en anglais et en allemand, avec la prononciation indiquée au moyen de
caractères sténographiques ; de l'autre le signe mimique
ou le geste dont se servent les sourds-muets pour
figurer la même idée.... *Ce signe est représenté par le
dessin*. — La direction et l'étendue des mouvements à
exécuter par les mains, les bras, la tête sont indiqués
par une flèche ; plusieurs flèches parallèles marquent
des mouvements répétés ou de va et vient. Les positions
successives sont indiquées, soit par les n°ˢ 1, 2, 3, 4, soit
par des lignes ponctuées pour les premières positions
et par des lignes pleines pour la dernière. » Il n'a été
encore édité que cinq cents mots sur les cinq ou six
mille au moins qui doivent former l'ensemble de ce
vocabulaire.

Une société d'assistance et d'éducation pour les
sourds-muets doit étudier ce travail, principalement
au point de vue des services qu'il peut rendre à ces
pauvres déshérités. Leurs auteurs l'ont destiné : 1° à
vulgariser le langage des signes et à le transformer, s'il
se peut, en langue universelle ; — 2° à faciliter aux
jeunes sourds-muets l'étude d'une ou de plusieurs langues écrites ; — 3° à faciliter également aux personnes
douées de tous leurs sens l'étude, soit d'une langue

ancienne, soit d'une langue vivante à l'aide de la langue maternelle.

Nous nous associerons tous de cœur aux intentions généreuses de MM. Grosselin et Pélissier. L'application du dessin à la description des signes mimiques constitue un progrès réel et doit amener des progrès nouveaux ; car, quel que soit le rôle qu'on assigne au langage mimique dans l'instruction du sourd-muet, l'étude n'en est pas moins remplie d'intérêt au point de vue de la science comme à celui de l'art pratique.

Toutes les langues sont restées à l'état d'enfance tant qu'elles n'ont pas été parlées par des sociétés nombreuses, éclairées et qu'une écriture n'est pas venue, en fortifiant et régularisant la tradition, offrir une base solide à des perfectionnements successifs. Le langage mimique ferait-il exception ? Sortirait-il, ainsi que quelques enthousiastes le prétendent, à l'état parfait du cerveau de chaque sourd-muet comme Minerve de la tête de Jupiter ? Les cartes mimo-mnémoniques déjà éditées suffisent à prouver qu'il n'en est rien ; car ce langage, hélas ! est encore bien loin de la perfection. En effet, après les avoir attentivement examinées, on reste convaincu que :

— S'il est un grand nombre de signes mimiques* pouvant être compris sans convention préalable et dont le sens n'a rien d'équivoque, il en est qui manquent de précision** d'autres qui, pour acquérir la précision nécessaire, empruntent l'initiale du mot écrit et perdent leur caractère naturel*** ; il en est aussi qui n'ont

---

* Cacher, nager, souffrir, oublier, souffler, etc. ; froid, chaud, vieux, mou, gourmand, etc. ; arbre, banc, fenêtre, bœuf, etc. ; dans, sur, sous, devant, derrière, etc.

** Chaise ou s'asseoir, pluie ou pleuvoir, être content ou se réjouir, capitaine ou général, bile ou vomir, traire ou lait, miroir ou se mirer, sang ou saigner, etc.

*** Jouer, être, vivre, etc. — jaune vert, bleu, etc. — terre, vin, temps, tous, etc. — pendant, jusque, contre, etc.

aucun rapport de nature avec l'objet de la pensée et supposent une convention antérieure* ; d'autres encore qui, naturels d'origine, deviennent arbitraires par les circonstances où on les emploie** ; d'autres enfin qui, trop longs, se prêtent mal aux combinaisons de l'esprit, etc, etc.

Sans doute les signes mimiques peuvent parvenir à tout exprimer comme la parole ; mais à condition que, comme la parole, les signes aient leur écriture, et que l'action commune des générations les épure, les perfectionne, les étende, les multiplie sans les embarrasser de fausses richesses, sans laisser perdre les expressions correctes pour y substituer des néologismes ingénieux mais abusifs. — Un dixième environ des signes décrits par M. Pélissier ne sont plus ceux qui étaient, il y a vingt ans, usités dans l'école de Paris ; et, si quelques-uns de ces nouveaux signes valent mieux, il en est un grand nombre qui sont inférieurs aux anciens. *** Les variations seraient bien autrement graves, si l'on comparait entre eux les signes en usage dans les institutions de l'Europe ou seulement de la France. — Donc, soit que l'on vise à universaliser le langage des sourds-muets, soit que, plus modeste dans ses vues, on se propose seulement de perfectionner, d'étendre et de ramener à l'unité la langue des signes usitée dans les écoles créées par l'abbé de l'Epée, il est de la plus haute importance de pouvoir écrire chaque signe mimique, ou d'en faire tout au moins une description courte, sommaire, accessible à toutes les intelligences cultivées.

Pour ces divers motifs mon approbation entière est

---

* Noir, blanc, etc.

** Farine, chambre, etc.

*** Cheval, quadrupède, acheter, derrière, œuf, rivière, récompenser, croître, naître, vouloir, café, animal, toucher, lapin, aujourd'hui, sans, vinaigre, plat, étoile, fruit, mer, etc.

acquise à MM. Grosselin et Pélissier ; non que j'attribue à ces messieurs le mérite d'avoir été les premiers à concevoir la possibilité d'employer le dessin à cet usage, non que l'on puisse trouver dans le dessin appliqué à la description des signes mimiques l'équivalent d'une mimographie facile, rationnelle et pratique ; mais parce que, en ajoutant quelques artifices aux artifices dont ils ont accompagné le dessin on parviendra, je pense, à décrire suffisamment les signes. L'exécution du travail mérite néanmoins de grands éloges ; il y a dans presque toutes les figures du mouvement, du caractère, de la vie. Aussi n'est-ce que pour répondre à l'appel adressé, par les auteurs, à une critique bienveillante, que je leur signalerai un petit nombre de dessins entachés de fautes ou de lacunes * et d'autres dont la traduction mimique nécessitera toujours, je crois, quelques explications écrites.**

Jusqu'à quel point les cartes mimo-mnémoniques pourront-elles atteindre le but multiple que se sont proposé leurs auteurs ? — En dehors des institutions spéciales, ces cartes faciliteront l'étude de ce langage aux personnes qui, pour instruire quelques sourds-muets, veulent se servir des signes mimiques ; — elles mettront également les artistes, les linguistes et les philosophes à même d'apprécier la nature, les ressources et la portée de ce moyen de communication. S'ensuit-il que jamais les signes mimiques puissent devenir une langue universelle sous le double rapport de l'universalité des idées et de l'universalité des hommes ? Je le désire, mais je ne le pense pas ; et cela en me fondant sur des considérations qui ne sauraient trouver ici leur

* Bien (répété deux fois) Dieu, tirer, chanter, finir, battre, gronder, prendre, dans le passé, eau, étranger, feuille, quadrupède, poule, maître, personne, oui, mauvais, etc.
** Punir, détruire, broyer, voler, tomber, pigeon, excepté, bouteille, jour, curieux, soleil, lime, pot, etc.

place. Quoi qu'il en soit, est-il permis d'espérer, serait-il même désirable que des millions d'hommes en possession d'une langue régulière s'imposassent l'obligation d'apprendre une langue encore informe, pour épargner à quelques centaines d'individus la peine attachée à des études reconnues indispensables au complet développement de leurs facultés intellectuelles ? MM. Grosselin et et Pélissier ne le croient pas plus que nous.

Dans les institutions spéciales les cartes mimo-mnémoniques sont appelées à rendre des services de plus d'un genre : — Elles faciliteront l'étude de la nomenclature et lui prêteront de l'attrait, pourvu que le professeur ait soin d'aplanir les difficultés qu'offrent parfois la lecture du dessin et l'intelligence des signes.* — Pour épargner aux jeunes sourds-muets des distractions et des méprises, il serait nécessaire de supprimer, au revers de la carte, tous les mots autres que celui de la langue maternelle qu'il doit apprendre. Je crois aussi qu'il serait bon, chaque fois que le signe représente un objet matériel susceptible d'être dessiné, il serait bon, dis-je, en ce cas sinon de supprimer la description du signe et d'y substituer le dessin de l'objet, du moins d'ajouter le dessin de l'objet à la description du signe. — Enfin, l'association des idées et l'acquisition de la mémoire n'auraient-elles rien à gagner à ce qu'au lieu d'être l'un

---

* Personne n'ignore que le signe naturel est l'expression de la pensée plutôt que la traduction du mot. Quand celui-ci a des significations différentes ou même des acceptions bien tranchées, la valeur ne saurait en être exprimée par le même signe. C'est ainsi que les mots *faire* et *si*, par exemple, se traduisent, le premier, par les signes de fabriquer, ordonner, causer, composer, construire, etc., et le deuxième, par le *si*, conditionnel ou suppositif, par *tant*, par *combien*, par *aussi*, etc. Plus un signe est naturel plus il répugne à se charger d'acceptions diverses. D'autres signes ne peuvent rester les mêmes quand du sens propre ils passent au sens figuré : *doux* en est un exemple ; ce fruit est doux, cet homme est doux ne sauraient se traduire par les mêmes signes.

au recto l'autre au verso, le mot et le signe décrits se
trouvassent du même côté de la carte de manière à frapper simultanément la vue ? Ecoutons M. Grosselin :
« Appliquée à l'étude du vocabulaire, dit-il, cette
méthode (les cartes mimo-mnémoniques) produit un
effet analogue à ce qui a eu lieu pour nous lorsque, enfants, nous apprenons notre langue maternelle ou lorsque, adultes, nous allons apprendre une langue étrangère dans les pays où elle se parle. Pourquoi dans ces
deux cas la mémoire retient-elle les mots avec tant de
facilité ? C'est qu'ils viennent frapper l'oreille au moment même où l'œil observe la chose ou l'action qu'ils
expriment, » M. Grosselin a parfaitement raison quand
il s'agit du parlant ; mais comme le mot et l'idée entrent
chez le sourd-muet par la même porte il faut que son
œil puisse les saisir au même instant ; ce qui ne peut
avoir lieu avec la disposition actuelle des cartes. — Le
travail soumis à votre examen n'aura pas seulement
pour résultat de faciliter dans les institutions spéciales,
comme je l'a déjà fait observer, l'étude de la nomenclature, il aidera puissamment à ramener à l'unité, à
étendre et à perfectionner les signes mimiques, point
qui est d'une haute importance ; puisque, quel que soit
le rôle que les instituteurs de sourds muets assignent à
la mimique pour l'enseignement de la langue écrite,
tous lui accordent la prééminence pour l'éducation,
c'est-à-dire pour développer le sens moral et religieux
en même temps que l'intelligence et élever ainsi, de
plusieurs degrés dans l'échelle de l'humanité, même les
organisations les plus débiles.

Il me reste à appeler votre attention, Messieurs, sur
l'utilité dont peuvent être les cartes mimo-mnémoniques
pour les personnes qui, douées de tous leurs sens, veulent apprendre une des sept langues dont on a inscrit
les mots sur ces cartes. Je me bornerai à affirmer que

M. Grosselin a su tirer de la sténographie un excellent parti pour enseigner la prononciation des langues vivantes aux gens placés en dehors des milieux dans lesquels elles se parlent, et que l'enfance semble lui avoir révélé elle-même les moyens les plus propres à stimuler et à seconder le goût qu'elle apporte à l'étude des langues

Je conclus, Messieurs, en vous proposant d'encourager MM. Grosselin et Pélissier à continuer leur publication comme étant de nature à rendre à l'instruction des sourds-muets des services directs qui ne sont pas à dédaigner et des services indirects d'une importance majeure.

Paris, 14 avril 1859.

VII

Parties du discours mimique.

DU NOM

D. De même qu'il y a plusieurs espèces de mots y a-t-il aussi plusieurs espèces de signes ?

R. Oui, Monsieur, un esprit attentif retrouve dans le discours mimique à peu près autant d'espèces de signes qu'il y a en français d'espèces de mots.

D. Les signes-substantifs sont-ils les uns masculins, les autres féminins ?

R. Non, tous sont neutres.

D. Quoi ! même les noms de mâles et ceux de femelles ?

R. Oui — Mais quand il y a nécessité on indique le sexe de l'animal dont on veut parler.

D. Cela n'a lieu dans aucune autre langue !

R. Pardonnez-moi ; cela a lieu même en français pour un assez grand nombre de noms: *tourterelle, girafe, éléphant* par exemple. On dit *une tourterelle mâle, une*

*tourterelle femelle, un éléphant mâle, un éléphant fe-
melle.*

D. Comment se fait le signe de *femelle* ?

R. Le signe de femelle se fait en ajoutant le signe
d'œuf pour les oiseaux et le signe de lait pour les quadrupèdes.

D. Et celui de *mâle* ?

R. Le signe consiste dans la négation dont on accompagne le signe *femelle* ; quelquefois dans l'indication de
la force supérieure qui rend l'animal redoutable ; quelquefois encore par le signe de *masculin* qui se fait en
portant la main au chapeau.

D. Les noms mimiques admettent-ils le singulier et le
pluriel ?

R. Tout nom mimique est au singulier, si on ne le
répète plusieurs fois, ou si on ne l'accompagne immédiatement du signe *plusieurs* qui se fait en ouvrant successivement mais assez vite les doigts de la main droite.

D. Y a-t-il parmi les signes-noms des signes noms
propres et des signes noms communs ?

R. Oui, Monsieur.

D. Comment les sourds-muets désignent-ils les personnes ?

R. Les signes par lesquels ils désignent les personnes
correspondent aux expressions : *le grand, le petit, le
gros, le fluet, le bossu, le boiteux, le borgne, le laid* et
autres qualités ou défauts physiques, — d'autres fois à
celles-ci : *le fier, l'orgueilleux, le doux, le colère* et
autres qualités ou défauts du cœur. — Les signes qui
servent à désigner les personnes peuvent aussi être
empruntés à quelque particularité des vêtements : *le
porte jabot, — panache, — ceinture, — boucle d'oreille,*
etc. — aux occupations : *l'écrivain, le forgeron, le bé-
cheur, le laboureur,* etc. Ces sortes de dénominations

mimiques sont comme la traduction des sobriquets, si usités dans les classes inférieures de la société.

D. Ces noms mimiques n'ont-ils pas une signification un peu vague?

R. Oui, Monsieur, en dehors de la société restreinte du sourd-muet la signification en est insuffisante.

D. Que fait-on pour y remédier ?

R. On reproduit les noms français par la dactylologie.

D. Comment se font en général les signes des choses?

R. Pour exprimer les choses on en dessine en l'air les contours, puis on y ajoute l'indication soit de leurs qualités les plus saillantes, soit de la matière dont elles sont formées, soit de leur emploi habituel, soit enfin de l'impression qu'elles font le plus ordinairement sur nous.

D. Mais le signe de chaque chose ne devient-il pas trop long?

R. C'est un vice commun à presque tous les signes *porte-idées*. Les sourds-muets en ont conscience : aussi les abrègent-ils, tant et si bien que ces signes, d'abord naturels, prennent par la suite un caractère purement arbitraire.

D. Y a-t-il des signes pour les idées génériques d'arbre, d'oiseau, d'animal, de vêtement, d'arme, etc. ?

R. Le sourd-muet sans instruction confond entre elles les diverses espèces d'arbres, d'oiseaux, de poissons, etc. et leur applique le même signe-image ; mais, pour dire *animal* en général il fait les signes de plusieurs animaux en particulier ; pour dire *vêtement*, il montre les vêtements dont il est couvert.

D. Ces signes doivent-ils être maintenus ?

R. Non, — *animal* doit être rendu par les signes de vie et de locomotion — *vêtement*, par les signes de froid et de garantir.

DE L'ARTICLE

D. Les signes de masculin et de féminin sont-ils des articles ?

R. Non, Monsieur, ces signes indiquent le sexe des êtres et voilà tout.

D. Quels sont les signes qu'on doit considérer comme des articles ?

R. Ce sont les signes : *un, tous, même, autre,* etc.

D. Comment se font les signes de *un* et de *tous* ?

R. *Un* se fait en avançant la main le pouce levé — *tous*, en feignant de parcourir, de haut en bas avec les deux mains, les contours d'une sphère.

D. Et les signes de *même* et *autre* ?

R. Pour le signe *même,* les deux mains rapprochées, le dos en dessus, se portent en avant et font ensemble deux ou trois petits mouvements d'affirmation ; — pour le signe *autre,* la main montre un point vers la gauche, puis par un mouvement de rotation du poignet elle se porte vers la droite.

D. Pourquoi considérez-vous les signes *un, tous, même, autre* comme des articles ?

R. Parce qu'ils indiquent : — *un,* que le nom est pris dans un sens individuel ; — *tous,* qu'il est pris dans le sens de l'espèce ; — *même* montre l'identité entre l'objet dont on parle et celui dont il vient d'être parlé. — *autre* au contraire exprime qu'il s'agit d'une individualité différente.

D. Le signe *un* n'a-t-il pas une autre fonction ?

R. Pardonnez-moi ; placé devant un verbe ou un adjectif il les transforme en substantifs exactement comme l'article français *(le boire, le manger, le penser, le rouge, le bleu, le blanc)* avec cette différence que ce qui, dans notre langue, n'a lieu qu'exceptionnellement est d'application générale dans le langage des sourds-muets.

DE L'ADJECTIF

D. Qu'est-ce que l'adjectif mimique ?

R. L'adjectif mimique est un signe que l'on ajoute au nom pour exprimer la qualité de la personne ou de la chose dont on parle.

D. Entre le nom et l'adjectif mimiques il y a donc la même différence qu'entre le nom et l'adjectif parlés ?

R. Oui, cependant il faut observer que l'adjectif mimique n'e.t pas susceptible de genre et de nombre.

D. Comment reconnaître qu'un signe est un nom adjectif ?

R. Quand on peut le joindre au signe personne ou chose.

D. Où se place l'adjectif mimique ?

R. Il se place après le nom qu'il qualifie.

D. Comment le langage des signes exprime-t-il ce qu'on appelle les degrés de signification dans les adjectifs ?

R. Le langage mimique exprime les degrés de signification, tantôt par l'expression de physionomie qui accompagne le signe adjectif, tantôt en répétant ce même signe avec plus ou moins d'affectation, tantôt enfin en y ajoutant des signes équivalents aux adverbes *peu, assez, grandement, extrêmement*.

D. L'emploi de ce dernier moyen n'est-il jamais sans inconvénient?

R. Pardonnez-moi; il forme parfois contre-sens : par exemple pour exprimer l'idée de *très-petit* on est sûr d'être compris en disant par signes *petit, petit, petit* ; — et on ne le sera jamais si l'on dit *petit grandement, petit très* ou *petit beaucoup*. Ces signes adverbiaux se trouvent incompatibles avec l'idée de petitesse.

D. Comment exprimez-vous les comparatifs d'égalité, de supériorité et d'infériorité ?

R. Par les signes équivalents à *également, plus* et *moins.*

D. Donnez un exemple.

R. *Paul sage. Luc sage également.*

Jean savant. Marc savant plus.

Guy pauvre. Jules pauvre moins.

D. Comment exécuter ces trois signes adverbiaux ?

R. *Également* s'exécute en rapprochant tout d'un coup et mettant en parallèle les deux index, — *plus* comme le précédent, mais en élevant vivement l'index de la main droite au moment où il arrive au niveau de l'autre doigt, — *moins* comme il vient d'être dit, mais en abaissant l'index de la main droite au lieu de l'élever.

D. Comment peut-on rendre le superlatif relatif ; par exemple : *la baleine est le plus gros des animaux ?*

R. Il faut traduire ainsi : *animaux tous gros — baleine grosse plus.*

DU PRONOM

D. Dans le langage des signes y a-t-il des pronoms pour les trois personnes ?

R. Quoique ce langage soit très pauvre de pronoms, il y en a pour les trois personnes.

D. Comment traduire ces trois personnes au singulier ?

R. En portant l'index sur soi-même pour la première personne *je,* — pour la deuxième en dirigeant l'index vers la personne à qui l'on parle *tu* — et pour la troisième en montrant la personne de qui l'on parle, quand elle est présente *il, elle.*

D. Que fait-on quand la personne ou la chose de qui l'on parle ne sont pas présentes ?

R. On en répète le nom ou bien ce nom reste sous-entendu.

D. En procédant ainsi ne laisse-t-on pas de l'indécision dans l'esprit ?

R. Pardonnez-moi ; mais on y remédie en accompagnant du signe *même* le nom qu'on a été forcé de répéter.

D. Comment fait-on, au pluriel, les signes des pronoms *je, tu, il* ?

R. En traçant devant soi un demi-cercle dont on est soi-même le centre, pour la première personne ; — en traçant ce demi-cercle, la courbe du côté des personnes à qui l'on parle — et en montrant successivement du doigt les personnes ou les choses dont on parle.

D. En français il y a un pronom sujet *je, tu, il* et des pronoms tantôt régime direct, tantôt régime indirect *me, moi, te, toi, lui*. En est-il de même dans le langage des signes ?

R. Ce langage a un signe correspondant à *me, moi*, un autre à *te, toi* et un troisième à *se, soi*.

D. Comment ces signes s'exécutent-ils ?

R. *Moi, me* en se montrant avec la main tout entière ; — *toi, te* en montrant de la même manière la deuxième personne, — *soi, se* en reportant sur soi la main, laquelle en ce moment a les doigts fermés à l'exception du pouce qui reste ouvert et tourné en haut.

D. Le langage des signes admet-il des pronoms possessifs ?

R. Non, Monsieur ; si sous cette dénomination on n'entend que les mots *le mien, la mienne,* etc.

D. Il admet donc des signes qui correspondent à *mon, ma, mes, ton, ta, tes, son, sa, ses* ?

R. Oui, Monsieur.

D. Comment s'exécutent-ils ?

R. *Mon, ma, mes* se font comme le signe *moi ; — ton, ta, tes* comme le signe *toi ; son, sa, ses* comme le signe *il*, avec cette différence que ces signes sont précédés d'un mouvement de la main qui semble montrer une chose pour l'appliquer ensuite à la personne.

D, Est-ce le même signe pour le singulier et le pluriel, le masculin et le féminin ?

R. Oui, Monsieur.

D. En français on reconnait des pronoms démonstratifs, des pronoms interrogatifs, des pronoms absolus, des pronoms indéfinis ; en est-il de même dans le langage des signes ?

R. Les pronoms personnels mimiques dont nous venons de parler ne sont guère que des pronoms démonstratifs puisqu'ils dirigent matériellement le regard d'autrui sur les personnes et les choses : ce, ceci, cela, cette personne, cette chose...... Les pronoms démonstratifs existent donc naturellement dans le langage mimique.

D. Y a-t-il aussi des pronoms interrogatifs ?

R. Oui, Monsieur. Cependant, en décomposant ces signes, on reconnaît qu'ils signifient *montre la personne, montre la chose.*

D. Faites-moi connaître les pronoms relatifs dont se servent les sourds-muets ?

R. Il n'en existe pas à leur usage.

D. En est-il de même des pronoms indéfinis ?

R. Les sourds-muets, qui n'ont pas eu de relations fréquentes avec d'autres sourds-muets plus ou moins instruits, n'ont point de signes qui ressemblent à nos pronoms indéfinis ; mais ceux qui ont vécu en société ont des signes correspondants à *on, tout, chacun, aucun,* etc.

DU VERBE

D. En quoi consistent les verbes mimiques ?

R. Ils consistent généralement dans la simulation de l'action ou de l'état exprimé par le verbe.

D. Donnez-en quelques exemples.

R. Pour *marcher, sauter, courir* on simule avec la main les mouvements que font les pieds quand on marche, quand on saute, quand on court réellement, — pour *mordre* on fait semblant de porter à la bouche et de couper avec les dents, — pour *manger* on fait semblant de mâcher, broyer et avaler, — pour *boire*, de verser dans la bouche et d'ingurgiter.

D. N'y a-t-il pas des signes pour les verbes exprimant les actes de l'esprit et du cœur ?

R. Pardonnez-moi, et ces signes sont fort intelligibles. *Aimer* se fait en pressant doucement les mains sur le cœur, tandis que le regard exprime la tendresse, — *haïr*, en feignant d'éloigner avec violence de notre cœur un objet qui tend à s'en rapprocher et dont nos yeux se détournent avec colère ; — *penser* se rend par l'air méditatif et le doigt appliqué au milieu du front ; — *oublier*, les yeux étant fixés au plafond, la main feint de saisir un objet sur le front, s'ouvre et puis s'élève, comme pour saisir l'objet qui vient de lui échapper.

D. Comment fait-on le signe du verbe *être* ?

R. Il n'y a pas de signe-verbe correspondant à ce mot. L'affirmation est presque toujours sous-entendue, le sourd-muet dit : *je sage, je malade* comme nous disons : *je marche, je souffre*, — et quand il y a négation : *je sage non, je malade non*. S'il est intéressé à appeler fortement l'attention sur l'affirmative ou la négative, le sourd-muet dit : *je sage oui ! — je souffre non !* Le *oui* et le *non* se rendent, soit par les deux mouvements de la tête que personne n'ignore, soit en opérant de la main un simple mouvement de haut en bas, les doigts disposés en *o* pour *oui* et en *n* pour *non*.

D. La forme du signe verbe exprime-t-elle les personnes du discours ?

R. Non, Monsieur, le sourd-muet dit par signes : *je marche, nous marche ; tu marche, vous marche*, etc.

D. Les signes-verbes expriment-ils au moins par leurs formes les circonstances de temps ?

R. Non, tandis que nous exprimons les idées de temps par les finales des verbes *(je courus, je cours, je courrai)*, le sourd-muet dit : *je courir hier* ou *je je courir fini* — *je courir maintenant* — *je courir demain* ou *futur*.

D. De quelle manière fait-on les signes de *présent,* de *futur* et de *passé* ?

R. Le signe de *présent* ou de *maintenant* se fait en portant en avant, puis en abaissant un peu vivement les deux mains ouvertes, la paume en dessus ; les yeux s'ouvrent avec affectation et se fixent sur elles, comme pour dire : *je les vois!* — Le signe de *futur* s'effectue en portant le bras en avant dans la position horizontale — celui de *passé* se fait en jetant la main droite par dessus l'épaule du même côté.

D. Y a-t-il des signes pour exprimer les autres temps de nos verbes ?

R. Non, Monsieur ; le langage des signes n'exprime que les trois temps principaux.

D. Comment traduit-on *avoir* et *être* employés comme auxiliaires ?

R. Ainsi employés *avoir* et *être* ne doivent jamais être traduits séparément des autres verbes auxquels ils sont associés pour le sens.

D. Les verbes mimiques sont-ils dépourvus de modes ?

R. Pardonnez-moi, tous les modes s'y retrouvent.

D. Quels sont les signes particuliers de chacun d'eux ?

R. Ces signes ne sont pas distincts et séparés du verbe ; ils consistent dans l'expression de physionomie qui accompagne l'énonciation du verbe.

D. Mais ne vaudrait-il pas mieux exprimer par un signe distinct la personne, le nombre, chacun de nos temps et chacun de nos modes ?

R. La chose est facile ; elle a été faite : les signes *méthodiques* en sont un exemple ; ils ont été plusieurs fois remis en usage et réformés ; mais comme les signes indiquant la personne, le temps et le nombre obscurcissent la phrase et fixent l'attention sur la forme du mot, bien plus que sur les idées qui y sont renfermées, les sourds-muets n'en deviennent que moins capables, quand ils sont livrés à eux-mêmes, d'employer à propos les temps et les modes.

DES ADVERBES

D. A quoi peuvent servir les adverbes mimiques ?

R. Ils servent, comme les adverbes français, à modifier la signification du verbe, de l'adjectif et quelquefois celle d'autres adverbes.

D. Citez-nous, s'il vous plaît, quelques adverbes de manière ?

R. Il n'y en a pas.

D. Comment donc ?

R. L'idée qu'ils expriment se rend quelquefois par l'adjectif correspondant, d'autres fois par la forme particulière que prend le verbe, — ne disons-nous pas en français : *frapper fort* pour *frapper fortement* — *Pierre court* pour *Pierre marche très vite.*

D. Les sourds-muets peuvent-ils également se passer d'adverbes de temps et d'adverbes de quantité ?

R. Non, Monsieur.

D. Comment expriment-ils l'idée de *jour présent* ?

R. Cette idée que nous rendons par le mot *aujourd'hui*, ils l'expriment en montrant du doigt le point où le soleil se lève en feignant de le suivre, dans sa course, jusqu'au point où il disparaît au dessous de l'horizon.

D. Et l'idée de *jours passés* ?

R. En jetant la main par derrière l'épaule avec le pouce ouvert pour rendre le mot *hier*, deux doigts ouverts pour *avant-hier* — trois, pour *il y a trois jours* etc.

D. Et pour rendre *demain, après-demain, dans trois jours* ?

R. C'est par un moyen tout semblable ; mais, au lieu de se porter en arrière, le bras se déploie en se portant en avant.

D. Ces signes ne sont-ils pas arbitraires ?

R. Non ; car nous portons actuellement nos regards au loin devant nous quand nous pensons à l'avenir, nous les fixons à nos pieds quand nous songeons au présent et, ne pouvant regarder derrière nous, nous fermons les yeux quand nous voulons scruter le passé.

D. Décompose-t-on, pour les traduire, les expressions *il y a un moment — dans un moment* ?

R. Non. *Il y a un moment* se traduit par *un tantinet passé*, expression rendue par un mouvement de l'extrémité du pouce contre l'index à l'instant où la main se jette par dessus l'épaule.

D. Et *dans un moment, bientôt* ?

R. Ces deux adverbes se traduisent par *un petit futur* qui s'exprime par le mouvement du pouce et de l'index précédemment indiqué et le signe de futur.

DES PRÉPOSITIONS

D. Y a-t-il autant de sortes de prépositions mimiques qu'il y en a dans la langue française ?

R. Oui, Monsieur.

D. Mais y a-t-il naturellement un signe pour chaque préposition ?

R. Non ; car les prépositions indiquent entre les choses des rapports qu'il n'est pas toujours nécessaire d'exprimer dans le langage mimique.

D. En français la préposition se place toujours entre les mots où gît le rapport sur lequel l'attention doit se porter : *le livre de Pierre ; je suis dans la chambre,* en est il de même dans le langage mimique ?

R. Non ; au lieu de se placer entre les deux termes du rapport, la préposition mimique ne vient qu'après. On dit ; *Pierre livre de — chambre je dans suis.*

D. Donnez-nous une idée de la manière dont on forme les prépositions mimiques.

R. Toutes les prépositions mimiques sont figuratives. Ainsi la main droite retombant avec intention sur la gauche signifie *sur,* se glissant au dessous signifie *sous,* plongeant dans la gauche les doigts de celle-ci courbés en demi-cercle, *dans* ; tournant autour exprime notre *autour de,* etc.

DE LA CONJONCTION

D. Le langage mimique est-il riche en conjonctions ?

R. Les sourds-muets instruits n'usent que d'un petit nombre de conjonctions ; et les autres ne se servent, pour ainsi dire point, de cette espèce de signes.

D. D'où vient que les sourds-muets instruits n'usent que d'un petit nombre de conjonctions ?

R. C'est que le langage des signes peint la pensée de façon à rendre souvent inutile l'expression des rapports entre deux propositions.

D. Est-ce pour ce motif seulement que les sourds-muets sans instruction n'ont pas de signes correspondants à nos conjonctions ?

R. Pardonnez-moi, Monsieur : c'est parce que ces mots expriment des vues de l'esprit que la plupart d'entre eux ne soupçonnent même pas.

DE L'INTERJECTION

D. Quelle remarque y a-t-il à faire sur les interjections mimiques ?

R. C'est qu'elles ne sont ni moins nombreuses, ni moins

significatives que les interjections françaises. La joie,
la douleur, la surprise, le mépris, etc. et tous les grands
mouvements de l'âme se révèlent par les attitudes du
corps et la physionomie, aussi bien, si ce n'est mieux,
que dans les sons de la voix.

VIII

De la Construction Mimique.

D. Vous avez dit précédemment que les signes mimiques ne peuvent suivre l'ordre de la phrase française.
A quoi cela tient-il ?

R. Cela tient : 1° à ce que ce langage se rapproche
de l'art du dessin, et doit, comme lui, faire image, —
2° à ce que les signes ne s'infléchissent pas pour exprimer le nombre, le genre, la personne, les temps, —
3° à ce que le souvenir de chaque signe ne se conserve
pas aussi bien que le souvenir de chaque mot, — 4° à ce
que ce langage, très pauvre de conjonctions, supprime
fort souvent les prépositions.

D. Par quel ensemble de moyens le langage mimique
parvient-il à exprimer les rapports des signes entre eux
et des idées entre elles ?

R. Par la succession des signes, — par leur disposition dans l'espace, — par le changement de place de
celui qui fait les signes, — et par la direction des mouvements qui constituent le signe-verbe.

D. Veuillez, par un exemple, faire sentir l'importance
de la succession ou de l'ordre dans lequel les signes
doivent s'effectuer.

R. Si, pour rendre la pensée exprimée par ces mots :
le chasseur poursuit un cerf, je fais d'abord le signe de
chasseur et puis celui de cerf, le cerf semble poursuivre et non point être poursuivi ; j'ai dit tout le

contraire de ce que j'ai voulu faire entendre. De même si pour dire : *l'armoire est dans la chambre*, je fais d'abord le signe *d'armoire*, j'ai dit *la chambre est dans l'armoire* et non point *l'armoire est dans la chambre*.

D. Quelle preuve donnez-vous à l'appui de votre assertion ?

R. Celle-ci : invitez par signes un sourd-muet intelligent à placer un livre sur une boîte, si vous avez fait les signes dans l'ordre de la phrase française, vous verrez qu'il placera la boîte sur le livre. De même si vous dites, en produisant les signes dans l'ordre suivant : *Michel a poignardé un gendarme*, le sourd-muet manifestera une grande horreur contre le gendarme, preuve certaine qu'il voit en celui-ci, non la victime, mais l'assassin.

D. Dans quel ordre rangerez-vous les signes exprimant les pensées suivantes : *Je suis souffrant. — Je soupire. — Tu n'es pas sage. — Tu ne travailles pas ?*

R. Dans toutes ces propositions qui n'ont ni régime ni complément, on doit exprimer d'abord le sujet, puis l'attribut ou le verbe attributif ; — l'affirmation reste sous-entendue ; — la négation se met en dernier lieu : *Je souffrant. — Je soupire. — Tu sage non. — Tu travailles non.*

D. Où placeriez-vous les adverbes *très, souvent, jamais, beaucoup,* s'ils étaient joints à ces quatre propositions ?

R. Je les placerais immédiatement après l'adjectif ou après le verbe attributif.

D. Et les adverbes de temps *hier, avant-hier, aujourd'hui, demain,* etc.

R. Je les placerais en tête de la phrase.

D. Construisez, s'il vous plaît, comme elles doivent l'être, les phrases suivantes : *J'ai un jardin. — Tu regardes le ciel.*

R. Dans les phrases qui ont, comme celle-ci, un régime direct, le régime s'énonce le premier, puis vient le sujet, puis le verbe :

Un jardin j'ai — *Le ciel tu regardes.*

D. En est-il de même quand la phrase combine un régime direct et un régime indirect ou complément : *J'ai une tabatière dans la poche.* — *Tu offres une fleur à Louise?*

R. Non : le complément vient le premier, puis le régime direct, puis le sujet, puis enfin le verbe.

D. Où mettez-vous les prépositions *dans* et *à* ?

R. La préposition *dans* s'exprime séparément et suit immédiatement son antécédent : *poche tabatière dans je avoir.* La préposition *à* se trouve implicitement exprimée par le signe *offre* qui se fait dans la direction du signe où l'on a placé Louise : *Louise une fleur tu offres.*

Faites-nous mieux comprendre l'importance de la *localisation des signes.*

R. Si, dans l'exemple qui précède, je n'avais pas d'abord assigné une place à Louise, je n'aurais su quelle direction donner au signe *offrir* pour lui faire exprimer le sens de la préposition *à* ; et si, après avoir assigné la place de la jeune fille, je n'avais pas fait le signe dans la direction de cette place, j'aurais dit : j'offre une fleur *en présence de* Louise et non j'offre une fleur *à* Louise.

D. Voilà un rapport de but, de tendance, bien exprimé ; pourriez-vous par des moyens analogues exprimer également le rapport opposé, c'est-à-dire le rapport d'extraction ?

R. Certainement. Ainsi, pour dire : *je viens du jardin,* je figurerais le jardin sur un point déterminé, puis je ferais le signe de *venir*, en partant du point même où j'aurais d'abord placé le jardin : *Jardin du moi venir.*

D. La direction dans laquelle s'opère le signe-verbe

n'a-t-elle pas quelquefois une influence marquée sur sa signification même ?

R. Pardonnez-moi. En voici quelques exemples : l'idée *d'aller* se rend par le roulement des index l'un au dessus de l'autre et qui, se portant en avant, imitent un mouvement ambulatoire. Fait-on le signe en sens inverse (c'est-à-dire en rapprochant du corps les doigts en mouvement) on rend l'idée de *venir* ; le fait-on de bas en haut, on rend l'idée de *monter*, de haut en bas, *descendre*.

D. N'est-ce pas également par la direction du signe-verbe que s'expriment la voix active et la voix passive ?

R. La direction du signe imprime en effet au verbe mimique tantôt la signification active et tantôt la signification passive : pour *je pousse* les deux mains ouvertes et rapprochées l'une de l'autre feignent d'éloigner vivement quelqu'un ou quelque chose, — pour *je suis poussé* on opère le mouvement sur soi-même ; et, détournant la tête, on fait comprendre qu'on n'est pas soi même l'auteur de l'action.

D. Je conçois actuellement l'importance de la direction du signe-verbe et celle de la disposition des signes qui entrent dans la phrase mimique, mais je ne comprends pas pourquoi vous voulez que le narrateur change de place.

R. Quand le narrateur prend la place des personnages qu'il a mis en scène, il dramatise son débit, il rend la pensée plus saisissable, et il a encore le moyen d'éviter la substitution des verbes corrélatifs à signification inverse.

D. Qu'entendez-vous par verbes corrélatifs ?

R. Par verbes corrélatifs j'entends : — des verbes exprimant la même idée l'un sous la forme active et l'autre sous la forme passive, tels que *battre* et *être battu*, *regarder* et *être regardé*, — ou bien des verbes qui,

comme *donner* et *recevoir, prêter* et *emprunter*, expriment des idées dont la première implique nécessairement la deuxième.

D. Comment et pourquoi les verbes corrélatifs se
substituent-ils l'un à l'autre dans la conjugaison mimique ?

R. *Donner* s'exprime par un mouvement de la main
qui, partant de soi, se dirige vers la personne à qui la
chose est destinée ; — *recevoir* s'exprime par le mouvement inverse. Or si je puis, sans substituer un signe à
un autre et sans changer de place, dire par signes *je
donne, tu donnes, il donne,* il n'en est pas de même
quand je veux dire *tu me donnes, il me donne :* — en ce
cas je suis contraint de changer de place pour maintenir le signe de *donner* ; ou, si je ne veux pas changer
de place, je suis forcé d'employer le signe de *recevoir*
et de dire *je reçois de toi* au lieu de *tu me donnes,* —
je reçois de lui au lieu de *il me donne.*

D. Y a-t-il quelque inconvénient à substituer un cor-
rélatif à un autre dans la traduction du français en
langage mimique ?

R. Oui, il en résulte que l'élève s'habitue à considérer les verbes corrélatifs français comme équivalents
et qu'ensuite il emploie indifféremment et toujours
donner pour *recevoir* ou *recevoir* au lieu de *donner,* —
emprunter pour *prêter,* — *prêter* au lieu d'*emprunter.*

D. Vous avez dit que les signes restent moins longtemps dans la mémoire que ne le font les mots parlés,
qu'en résulte-t-il ?

R. La nécessité de réserver, pour la fin de la phrase
mimique, le signe de l'idée sur laquelle on veut appeler
particulièrement l'attention. Ainsi quand on interroge
par signes pour dire *où est ton père ?* on dit *père tien où ?*
— *Combien as-tu de sœurs ?... Sœurs tu as combien ?* —
Comment allez-vous ?... Vous allez comment ?

D. Est-il vrai qu'on doive toujours faire les signes dans l'ordre où les idées se sont produites dans notre esprit ?

R. Non, car si je veux donner par signes l'ordre suivant : *apportez la clé de la porte du jardin,* je suis forcé de dire : *Jardin porte de, clé de apportez.* — *J'ai besoin du livre qui est sur la table,* s'interprète *table livre sur, livrece besoin j'ai;* dans ce dernier exemple ce n'est pas l'idée de table qui a fait surgir en moi celle de livre.

D. Tout à l'heure, dans une de vos citations, vous avez inséré une proposition déterminative ; et dans la traduction mimique vous l'avez fait passer avant la proposition principale, en est-il toujours ainsi ?

R. Oui, Monsieur ; au lieu de dire en insérant la déterminative dans la principale : *Le soleil que je vois, éclaire le monde,* la mimique dit : *Je vois un soleil ;* — *ce soleil éclaire le monde.* Au lieu de dire : *Admirez la fleur qui est dans le vase que vous avez apporté,* on tourne : *Vase vous apporté avez — vase fleur dans — fleur cette admirez !*

Et si au lieu d'être déterminative la deuxième proposition forme un régime comme dans *je veux que vous soyez heureux,* on tourne ainsi qu'on l'a fait précédemment : *heureux soyez, je le veux,* ou *vous heureux moi vouloir.*

Paris, 1863.

EBAUCHES — ARTICLES DIVERS

I

Caractère du Sourd-Muet

Le sourd-muet se laisse prendre à la flatterie ; quoique défiant, il aperçoit moins facilement qu'un autre le but éloigné que peuvent se proposer ceux qui le flattent.

Présomptueux, il se confie légèrement et sans précaution ; l'âge fait rarement disparaître en lui ce défaut si commun à la jeunesse... *

Bordeaux, 1846.

* On avait demandé au directeur de l'école s'il serait possible d'employer des sourds de naissance comme télégraphistes. Le passage ci-dessus figurait dans la réponse.

— Les discours prononcés à Bordeaux à l'occasion des distributions des prix renferment, sur l'histoire naturelle du sourd-muet, des détails que j'ai largement utilisés quand il a fallu, en 1883, tracer des instructions générales aux répétiteurs de l'école de Paris. Quelques unes des remarques contenues dans ce travail m'appartiennent ; les consigner dans ce recueil, c'est les sauver de l'oubli :

... Le maître prévenu n'attachera pas trop d'importance à telles particularités qui proviennent du surdi-mutisme et qui vont lui être signalées.

— Au lieu de se manifester par des cris, par des paroles plus ou moins vives, la surexcitation se traduit parfois chez le jeune sourd-muet par des mouvements brusques, par des gestes de menace, sans qu'il ait néanmoins l'intention de frapper.

Dans un échange de plaisanteries, au cours d'une conversation, il arrive au sourd-muet de tout âge de reculer vivement le bras droit en arrière et à la hauteur de l'épaule gauche. Il se voit

II

Coup d'œil sur l'éducation des Sourds-Muets

Le moyen de mettre à la portée de tous les sourds de naissance l'éducation, qui seule peut leur ouvrir le monde religieux et moral, est aujourd'hui l'objet de l'attention générale ; entre les misères qui réclament

accusé bien à tort d'avoir fait le geste de donner un soufflet, alors qu'il opposait seulement une dénégation énergique et témoignait, d'une façon peu gracieuse il est vrai, sa surprise et son incrédulité.

Dans d'autres circonstances le sourd-muet est injustement taxé d'effronterie, d'insolence ; adresse-t-on des reproches à un élève doué de tous ses sens, la confusion et le repentir lui font baisser les yeux ; tel maître qui gronde un sourd-muet et voit le regard du coupable invariablement fixé sur son visage, le taxe d'effronté, sans songer que si l'enfant baissait les yeux, il agirait précisément comme l'entendant parlant qui, au cours d'une scène de reproches méritées, se boucherait les oreilles ?

— Un sourd-muet, qui ne se trouve pas dans le champ de la vision d'un supérieur et veut attirer son attention, lui frappe sans façon, sur le bras ou sur l'épaule.

Il y a lieu de supporter cette familiarité, jusqu'à ce qu'on ait appris à cet enfant que le procédé est considéré comme peu respectueux dans la société des entendants parlants et qu'on lui ait enseigné le moyen d'appeler l'attention de ceux-ci à l'aide d'un nom au vocatif ou d'une formule de politesse prononcés à haute voix.

— Tel de nos sourds-parlants s'est tout à fait brouillé avec un cousin plus âgé, pour lui avoir dit à table et dans une réunion de famille « Tu es âne. »

Moins susceptibles, moins prompts à s'émouvoir, nos maîtres apprécieront plus exactement l'étendue d'une offense de ce genre. Si des élèves appartenant aux premières années d'études emploient à leur égard certaines paroles malsonnantes, certains signes malencontreux, loin de les interpréter au pis et de se croire qualifiés réellement d'idiot, de voleur, de menteur, ils y verront plutôt, de la part d'enfants étrangers à toute notion de politesse, incapables encore de calculer la portée des mots et aussi pauvres d'idées que de signes, l'expression des jugements suivants :

« Vous ne savez pas — Vous avez pris — Vous êtes dans l'erreur — Vous faites confusion, etc.

A. V

encore des soulagements mérités, il n'en est point qui
soit l'objet de plus universelles sympathies.

Deux sociétés récemment constituées à Paris pour
assister et secourir les sourds-muets ont aussitôt fait
surgir sur plusieurs points des associations de même
genre qu'elles se sont affiliées, les conciles provinciaux
réunis dans le cours de cette année, ont fait de l'instruction des sourds-muets l'objet de plusieurs canons,
enfin l'Assemblée Nationale, elle-même, a chargé une
commission de rechercher les mesures les plus propres
à améliorer la condition sociale que l'absence d'éducation fait encore au plus grand nombre des malheureux
privés de l'ouïe et de la parole. Il semble donc plus
nécessaire que jamais de préciser le but auquel doivent
tendre leurs instituteurs officiels et officieux, de juger
les doctrines par les résultats qu'elles produisent et de
porter, s'il se peut, quelque lumière sur l'organisation
de leurs écoles.

Inspirée par une pensée chrétienne, l'instruction des
sourds-muets fut d'abord, et avant tout, religieuse ; le
pieux fondateur de l'Institution de Paris prétendait
n'emprunter aux études profanes que ce qui est indispensable au développement du langage et à l'enseignement de la religion ; aussi n'est-ce pas sans étonnement
qu'on lui voit aborder les éléments de la langue latine
dont il croit ne pas pouvoir se passer pour faire comprendre à ses élèves le mécanisme de la langue française.

La Convention, qui éleva l'école de l'abbé de l'Epée
au rang d'institution nationale, décréta la création de
divers ateliers et donna à l'instruction des sourds-muets
pauvres un caractère industriel et positif.

Trop préoccupé peut-être du soin de perfectionner les
procédés de l'inventeur, trop désireux surtout d'ajouter
à l'intérêt mêlé de surprise qu'inspiraient les élèves de

l'abbé de l'Epée, l'abbé Sicard n'accorda qu'une attention très secondaire à la partie professionnelle, exagéra
le caractère scientifique des méthodes et, adoptant les
doctrines de Rousseau sur le développement des idées
religieuses, il fit sans le vouloir dévier l'enseignement
de la double impulsion qui lui avait été si sagement
imprimée.

Soit entraînement, soit faiblesse, presque tous les
instituteurs contemporains ont comme, à l'envi, renchéri
sur les tendances philosophiques et littéraires du docte
abbé ; aussi presque partout en France les sourds-muets
reçoivent aujourd'hui une instruction aveugle et fausse,
prétentieuse et impuissante.

— Aveugle et fausse ; car au lieu de s'attacher d'abord
à faciliter le jeu des facultés intellectuelles, à circons-
crire, à mettre en relief, à vivifier les notions premières
que le sourd-muet a acquises de lui-même et qui se
révèlent dans les signes abrupts qu'il s'est créés, on se
hâte de surcharger sa mémoire de mots mal associés
à des idées vagues et pour lui dénuées d'intérêt, étrangères qu'elles sont, la plupart du temps, à ses besoins
physiques et aux aspirations de son cœur ; c'est ainsi
qu'on laisse les sourds-muets dépourvus des connaissances les plus indispensables, tandis qu'on s'efforce en vain
de les initier aux subtilités de la grammaire, aux spéculations de la philosophie, à l'étude des faits historiques de l'antiquité, comme s'il était permis de
parfumer, de décorer de rubans et de dentelles des
malheureux dont on n'aurait pas su couvrir la nu-
dité !

— L'instruction que reçoivent les sourds-muets, ai-je
dit encore, est prétentieuse et impuissante ; pour ne
rien taire, il nous faut ajouter qu'elle devient quelquefois pernicieuse : les faux systèmes de signes altèrent
la raison ou tout au moins en gênent l'exercice ; aussi

au sortir des écoles les élèves incapables, et ils sont nombreux, les incapables, dis-je, s'exagérant l'importance des connaissances qu'ils croient posséder, divorcent avec leurs familles, trop portées elles-mêmes à s'exagérer l'utilité des études auxquelles leurs enfants ont été appliqués. Sans être en état de pourvoir par le travail à leur existence personnelle, sans savoir exprimer leurs pensées d'une manière intelligible, nombre d'entre eux sont jetés dans les grands centres de population où ils ne tardent pas à se trouver aux prises avec les séductions du vice et les étreintes de la misère. Ceux qui, réellement instruits, occupent dans le monde un rang honorable semblent, il est vrai, démentir nos assertions ; pourtant les seules inductions exactes qu'il soit permis de tirer de ce fait c'est qu'il est, parmi les sourds-muets comme parmi les parlants, des natures privilégiées, qu'un petit nombre d'établissements ont plus sainement compris leur destination, et qu'enfin quelques pères de famille, à force de soins et de sacrifices, sont parvenus à faire donner à leurs enfants une éducation convenable.

Nous persisterons donc à affirmer que, jugée par les fruits qu'elle produit généralement, l'éducation des sourds-muets nécessite une large réforme à laquelle doivent coopérer les instituteurs pour les doctrines, le gouvernement pour la direction, l'organisation et la surveillance des écoles.   *Paris, 1851.*

III

De la liberté dont il convient que jouisse l'enseignement des Sourds-Muets.

L'abbé de l'Epée supposait exister en France environ quatre mille sourds-muets de tout âge ; nous pouvons affirmer aujourd'hui qu'il y en a six fois plus, c'est-à-dire

24,000. Le nombre des élèves réunis dans les quarante-huit institutions publiques ou privées dépasse 1,700. Dans certaines régions le rapport des sourds-muets à la population totale atteint l'effrayante proportion de 1 à 443. Ces chiffres ont leur éloquence ; ils motivent les démarches faites en ce moment auprès de l'Assemblée législative pour en obtenir des secours proportionnés aux besoins de cette classe si déshéritée, comme aussi pour la déterminer à donner aux écoles des sourds-muets et à celles des jeunes aveugles une organisation d'ensemble qui, sans les priver d'une sage liberté, soumette ces établissements à une surveillance nécessaire.

Une objection, une seule et qui n'est que spécieuse, sera faite à ces légitimes réclamations : — Les instituteurs ne seront pas d'accord, dira-t-on, sur le mérite respectif des méthodes d'enseignement en usage et le nombre de ces méthodes est considérable ; or l'Etat ne peut intervenir et résoudre une question de science ; il faut attendre que les instituteurs se soient accordés ; alors seulement l'action du gouvernement sera opportune. — Une question, toute d'humanité et de saine économie sociale, se trouverait ainsi transformée en question scientifique pour la décision de laquelle nous reconnaissons sincèrement l'incompétence de nos gouvernants. Mais levons toute équivoque : — les méthodes d'éducation, sur lesquelles au sein de l'Université on est encore si peu d'accord, avaient-elles atteint le dernier degré de perfectionnement quand les académies furent établies ? Est-ce que, pour l'ouverture des hôpitaux, on crut devoir attendre qu'il n'y eût plus aucune divergence d'opinions entre les médecins ou que, tout au moins, Hippocrate et Galien eussent cessé de se combattre ?

L'art d'instruire les sourds-muets de naissance repose tout entier sur l'observation de faits psychologiques et sur la puissance des signes appliqués à la formation de la pensée. Cet art, essentiellement perfectible, peut atteindre au même but par des chemins divers : l'abbé Sicard, qui eut la gloire d'appeler sur la création de l'abbé de l'Epée l'attention de l'Europe, loin d'amener un progrès dans l'art d'instruire les sourds-muets, le détourna de ses voies. Bébian fut à la fois et plus heureux et plus habile. Quelques instituteurs contemporains l'emportent sur Bébian pour la simplicité des moyens et la solidité des résultats. A quoi servirait de le dissimuler : — les fausses tendances d'une philosophie prétentieuse égarent malheureusement encore bien des instituteurs ; — le désir d'innover empêche quelques autres de tenir compte des principes que l'expérience a sanctionnés ; — enfin les inspirations de la charité la plus pure ne sont pas toujours éclairées par la raison. Et cependant, tout délaissé qu'il est de nos philosophes et de nos linguistes, tout abandonné qu'il ait été de l'administration qui laisse s'éteindre le foyer de progrès d'où la lumière pouvait rayonner et s'étendre, nous ne craignons pas de l'affirmer : l'art d'instruire les sourds-muets a, dans une période d'un demi-siècle, fait plus de progrès que n'en avaient fait depuis le moyen âge toutes les branches de la pédagogie générale.

Ces rapides progrès sont dûs principalement à la liberté complète dont il a joui ; aujourd'hui cette liberté dégénère en licence ; et, comme toujours, la licence détruit le bien qu'avait fait une sage liberté. S'ensuit-il qu'il faille demander à ceux qui veulent établir des écoles de sourds-muets : — Comment procèderez-vous à l'instruction de ces natures exceptionnelles ?... Telle n'est pas notre pensée. Il faudrait exiger des postulants instituteurs la preuve qu'ils ont de bonnes mœurs, qu'ils possèdent une instruction suffisante et qu'ils sont familiarisés avec les théories et la pratique usitées dans les écoles existantes. Après cela il serait loisible à chacun d'adopter telle méthode qu'il lui plairait, de faire de l'éclectisme, de se livrer aux inspirations de son génie. On ne le jugerait que par ses œuvres, c'est-à-dire par les résultats qu'il aurait obtenus. Il serait seulement interdit de prétendre enseigner une langue qu'on ne saurait pas, de poursuivre un but dont on n'aurait pas cherché à apprécier la distance et l'élévation, enfin de renouveler, aux dépens d'un grand nombre de sourds-muets, l'expérience de théories dont la fausseté a été déjà maintes fois prouvée jusqu'à l'évidence. Tel est le champ que l'administration devrait laisser à la liberté de l'enseignement des sourds-muets et les conditions qu'il conviendrait d'imposer à ceux qui veulent les instruire.

Les méthodes en usage peuvent être classées de la manière suivante en groupes et en familles :

Premier groupe. — L'enseignement s'y appuie principalement sur les signes méthodiques de l'abbé de l'Epée, signes dont il avait lui-même reconnu l'impuissance, et qui donnent des résultats factices très propres à induire en erreur et le public et les instituteurs eux-mêmes.

1re famille. — Cette première subdivision conserve intégralement les traditions du célèbre instituteur. Les écoles d'Angers, de St.-Etienne (hommes) de Besançon, de Vitré en font partie.

2e famille. — Elle est formée de l'école de Caen et des succursales de cette école, successivement établies à Albi, à Pont-l'Abbé, Ville-Dieu et Rillé. L'abbé Jamet, fondateur de l'école de Caen, voulant réformer les signes décrits par l'abbé Sicard qu'il croyait être ceux de l'école de Paris, reconstitua le système de l'abbé de l'Epée ; ses adeptes, les religieuses du Bon Sauveur, l'appliquent avec un respect si grand qu'elles ne comprennent pas l'enseignement en dehors de ce mécanisme.

3e famille. — Elle comprend l'école des garçons d'Orléans et toutes celles qui, après les avoir adoptées, n'ont pas rejeté les théories de M. l'abbé Laveau son fondateur. M. Laveau, lui aussi, a systématisé le langage des signes comme l'avaient fait ses prédécesseurs de l'Epée et l'abbé Jamet, mais il a su améliorer sa pratique par d'heureux emprunts aux instituteurs contemporains les plus distingués.

DEUXIÈME GROUPE. — Dans ce groupe se trouvent comprises toutes les institutions qui ont substitué le langage naturel des signes aux signes méthodiques.

1re famille. — Les procédés abstraits et grammaticaux préconisés dans le cours d'instruction de l'abbé Sicard servent encore de guide aux écoles réunies dans cette subdivision, parmi lesquelles nous croyons pouvoir citer l'école de Marseille.

2e famille. — Celles qui se sont bornées à simplifier la marche grammaticale de l'abbé Sicard par l'adoption des idées infiniment plus saines de Bébian forment cette subdivision ; nous citerons comme appartenant à cette famille les écoles d'Arras et de Lyon.

3e famille. — Cette troisième subdivision du second groupe est formée des écoles qui sont allées plus loin dans leurs réformes ; les unes en donnant à l'écriture la prédominance sur les signes ; les autres en ramenant l'enseignement à l'intuition des faits ; celles-ci en substituant l'étude de la phrase à l'étude des mots isolés ; celles-là enfin en accordant à la parole artificielle une certaine place dans leur enseignement.

Ici viennent se placer les écoles de Bordeaux, Toulouse, Nancy, etc. — Aujourd'hui que l'institution de

Paris a ouvert la porte à toutes les doctrines et que chaque professeur, maître absolu de ses moyens, y fait un cours complet, on peut dire quelle doit être comprise dans le deuxième groupe : mais on ne saurait déterminer la famille particulière à laquelle elle appartient.

TROISIÈME GROUPE. — Le troisième et dernier groupe est formé des écoles qui accordent à la parole la prédominance sur l'écriture et sur les signes, qu'elles emploient néanmoins dans une certaine mesure ; elles rejettent toute méthode, c'est-à-dire tout ensemble de moyens systématisés ; ce sont les écoles de MM. Dubois à Paris, Castagnier à Sisteron et Rhau à Grenoble.

Je ne reconnais à personne le pouvoir, non d'apprécier avec justesse et impartialité le mérite respectif des théories sur lesquelles reposent les méthodes, mais de faire accepter son jugement. Un congrès de tous les instituteurs réunis pour juger les théories n'aurait d'autre résultat que d'ajouter à la force des dissentiments. Le but ne serait pas mieux atteint par une réunion de représentants de chaque groupe ou famille de méthodes. Comment donc arriver à discréditer les méthodes imparfaites et à mettre en relief le mérite de celles qui sont fondées en raison et en vérité ? Ce qui ne peut-être accompli par aucune force individuelle doit l'être par l'action de tous ou par l'accord volontaire des personnes compétentes : le public à l'opinion duquel on peut bien essayer de résister, mais dont les arrêts sont forcément ramenés à exécution, le public peut être mis à même d'apprécier les résultats obtenus dans chaque établissement, de reconnaître tout ce que ces résultats ont parfois de faux et d'illusoire ; or quand l'opinion publique aura prononcé, les instituteurs qui se trompent de bonne foi s'empresseront de renoncer à des errements vicieux ; les incapables, s'il en est, abandonneront la partie et, plus confiants en eux-mêmes, ceux qui sont à la hauteur de leur mission serviront la cause de l'humanité avec un courage nouveau.

N'est-ce pas par le nombre et la réalité des cures obtenues que sont jugées avec une grande justesse les théories médicales les plus savantes et que les médecins voient leur clientèle se former et s'étendre ou s'affaiblir et se perdre ? Les instituteurs de sourds-muets n'ont pas été, eux, jugés par le résultat de leurs œuvres : — parce qu'on n'est pas assez universellement fixé sur le but essentiel de l'instruction des sourds-muets, sur la portée réelle de leurs facultés intellectuelles et morales ; — parce que, d'autre part, les plus légères connaissances semblent phénoménales chez des êtres qu'on croit destitués de toute intelligence ; — d'autres fois parce que tantôt la haute science, tantôt l'immense charité de l'instituteur inspirent aux parents des sourds-muets et à ceux qui les représentent une excessive circonspection ; — et, pour ne rien taire, parce qu'enfin, à l'exemple d'un instituteur célèbre, quelques chefs d'établissement pensent que tout leur est permis quand il s'agit d'ajouter à l'intérêt légitime qu'inspirent d'ailleurs leurs infortunés élèves.

Nous nous proposons de passer successivement en revue toutes les causes d'erreur ou de mécompte inhérentes à la nature même de cet enseignement.....

Paris, 1851.

IV

Causes de décadence pour les écoles de Sourds-Muets.

La charité, le zèle, le désintéressement, la haute capacité ne sauraient préserver les instituteurs du danger des théories préconçues ou leur tenir lieu

19

d'expérience : on en voit la preuve dans quelques établissements confiés à des congrégations religieuses et dirigés par des ecclésiastiques d'un mérite réel.

Lorsqu'en dehors de l'observation attentive des faits on crée des systèmes, il est impossible d'entrevoir les conséquences que peut entraîner l'application de ceux-ci ; et, à mesure que l'expérience les fait découvrir, on s'efforce d'en déguiser les côtés faibles. Lorsque, cédant à l'entraînement de la charité, on s'est chargé d'instruire un certain nombre d'enfants et d'assurer leur avenir sans être pourvu de ressources suffisantes, on se laisse facilement aller à des fraudes pieuses, pour intéresser le public et obtenir les moyens de continuer l'œuvre entreprise : — Dans une école à existence précaire nous acquîmes, il y a quelques années, la preuve matérielle et la certitude morale que, victime de ses illusions, le directeur attribuait à un système de signes que ses collaborateurs n'appliquaient pas des succès dont il s'exagérait l'importance et que, pour soutenir la réputation de son établissement, il préparait et faisait apprendre péniblement par cœur à ses élèves les petites compositions qu'ils devaient *improviser* en séance publique, compositions où des fautes étaient glissées à dessein et que, par des raisonnements plus ou moins subtils, on faisait corriger par les élèves eux-mêmes devant le public comme on l'avait déjà fait derrière le rideau. — Dans un autre établissement du même genre, où nous nous livrions à quelques expériences pour apprécier le sérieux des résultats qu'on vantait, nous saisîmes et arrêtâmes la main d'une personne qui dictait mot pour mot les réponses aux questions bien simples que nous venions de poser et devant lesquelles les meilleurs élèves restaient interdits, après cependant avoir écrit, sous la dictée des signes méthodiques, d'ambitieuses périodes dont ils ne soupçonnaient pas même le sens. Ces exemples doivent suffire ; nous pourrions les multiplier.

Nous ne nous arrêterons pas à faire comprendre la funeste influence que de telles supercheries doivent exercer sur le caractère des sourds-muets....

Quelques instituteurs de bonne foi se font illusion sur l'efficacité des méthodes dont ils font l'application aux véritables sourds-muets de naissance, par les résultats que ces méthodes obtiennent sur des sujets qui, devenus sourds à l'âge de cinq à dix ans, ont par suite perdu, d'une manière plus ou moins complète, l'usage de la parole. Les facultés intellectuelles des élèves de cette dernière catégorie avaient pris l'essor sous l'influence d'une langue régulière, leur esprit s'était déjà enrichi d'idées et de mots parfaitement associés. On n'avait donc pas à leur enseigner une langue, mais à leur faire se souvenir de celle qu'ils avaient antérieurement apprise et partiellement oubliée, tâche délicate sans doute, mais infiniment moins difficile et laborieuse que celle qui consiste à diriger les premiers développements des facultés intellectuelles, l'acquisition des idées et leur association aux mots écrits chez des sujets qui n'ont jamais ni entendu ni parlé.

Enfin les médecins qui consacrent leur talent et leurs veilles à la guérison des maladies de l'audition se laissent, eux aussi, induire en erreur et attribuent aux moyens curatifs dont ils font usage les améliorations que l'instruction et l'exercice font acquérir à l'ouïe des sujets atteints de surdité congéniale incomplète.

Ce n'est pas sans un pénible effort que nous déchirons le voile pour montrer à nu les plaies de notre enseignement....

Paris, 1851.

V

Soins dont le sourd de naissance doit être l'objet dans la famille.

Pour le sourd-muet comme pour l'enfant ordinaire, le succès de l'éducation dans les écoles dépend presque toujours des soins et des premières directions dont il a été l'objet dans la famille.

Cette vérité est même plus particulièrement applicable au sourd-muet de naissance. Les scènes de la vie intime auxquelles il a pris part, ou seulement dont il a été le témoin, ont fait surgir en lui une foule d'idées et de sentiments que l'école serait impuissante à éveiller; aussi est-il fort rare de voir réussir dans leurs études les sujets sortis trop jeunes de la famille. D'ailleurs, si on la réduit à ce qui la constitue essentiellement, c'est-à-dire, à suppléer au défaut du sens qui contribue le plus à l'essor des facultés intellectuelles, à remplir les lacunes qui existent dans les idées, à provoquer et à diriger le développement inachevé de l'intelligence, à mettre enfin le sujet en possession d'une langue régulière, l'instruction du sourd-muet est encore une tâche immense, hérissée de difficultés. Si donc il faut de plus, ici, réparer les funestes effets d'un inqualifiable abandon; là, combattre le découragement qui suit les privations et les sévices; ailleurs, retremper le cœur amolli, redresser le jugement qu'une aveugle tendresse a le privilége de fausser plus sûrement encore qu'une sévérité outrée: quels que soient l'efficacité des méthodes et le dévouement du maître, dans ces conditions, le succès de l'éducation du sourd-muet sera toujours fort douteux. Que faut-il donc faire pour élever convenablement dans la famille un sourd de naissance? —

Tout ce qu'on fait pour bien élever un enfant ordinaire, car le sourd-muet ressemble aux autres enfants pour les facultés de l'esprit et du cœur comme pour l'ensemble de l'organisation.

Mères, qui avez la douleur de voir un de vos enfants insensible à votre voix caressante, loin de murmurer contre la Providence, redoublez de confiance en elle et mettez en pratique les conseils que se permet de vous adresser un humble et fervent disciple de l'abbé de l'Epée :

Ne dérobez point à votre enfant les pleurs qu'il fait verser, mais donnez-lui le plus souvent le spectacle de votre sourire ; il lira sur votre visage ce qui se passe dans votre âme et vous éveillerez ainsi dans son cœur la sympathie qui sert de base à l'autorité maternelle.

Lors même que vous auriez la conviction qu'il est entièrement privé de l'ouïe, ne laissez pas de parler à votre enfant, mais parlez-lui posément et toujours en vous plaçant de manière que votre face soit bien éclairée ; il contractera, si vous le faites, l'habitude de porter une grande attention aux mouvements des lèvres, et à considérer ces mouvements comme servant de commentaire au jeu de la physionomie ; probablement il apprendra de lui-même la valeur d'un certain nombre d'expressions éparses et, si vous avez beaucoup de loisir, de patience, si le sujet est doué d'un instinct d'imitation remarquable et d'une grande intelligence, peut-être parviendrez-vous à lui délier la langue, à placer cet organe sous l'empire de la volonté et à rendre ainsi son instruction moins pénible pour ses professeurs et plus fructueuse pour lui-même.

La surdité provient souvent d'une faiblesse générale de la constitution ; le mutisme à son tour rend la respiration moins fréquente, nouvelle cause d'affaiblissement. Procurez au jeune sourd-muet une nourriture substantielle ; qu'un exercice fréquent et une extrême propreté contribuent à le fortifier. Veillez à ce qu'il ne traîne pas les pieds en marchant et à ce qu'il conserve une attitude et une tenue convenables ; exigez même qu'il marche d'un pas cadencé, il suffira que vous marchiez ainsi une couple de fois en sa présence, car il est essentiellement imitateur.

Mieux vaudrait, en fait de toilette, un peu trop de recherche qu'une négligence marquée ; l'amour-propre excité sert de contre-poids à l'apathie. Faites aussi qu'il prenne part aux jeux des enfants de son âge, mais prohibez les exercices violents ; l'ardeur fougueuse ajoute au désordre de la pensée et rend toute application difficile.

Il n'est pas rare de voir dans les villes les pauvres sourds-muets en butte à la malveillance des petits mauvais sujets que l'incurie laisse vaguer sur la voie publique ; veillez à ce que votre enfant ne se trouve jamais exposé à leurs cruelles railleries : la raillerie irrite et porte à la violence les caractères forts ; elle jette le découragement et le trouble dans les âmes faibles et timides.

Permettez au jeune muet de satisfaire la curiosité naturelle à son âge ; faites mieux, provoquez cette curiosité quand vous pourrez la satisfaire ; portez son attention sur l'utilité de chaque chose ; efforcez-vous de pénétrer dans sa pensée et retenez avec soin les signes qu'il invente pour désigner les choses et les personnes qui l'entourent.

Si la surdité est telle que l'oreille ne distingue pas les principales articulations, c'est en vain que vous vous opposeriez à ce que le sujet s'exprimât par signes, le naturel l'emporterait inévitablement sur vos défenses ; vous le tourmenteriez en pure perte et vous le priveriez d'un instrument précieux qui lui servira, tantôt à vous révéler les idées qu'il a acquises de lui-même, tantôt à apprendre de vous ses devoirs et une foule d'autres notions importantes.

Deux éléments distincts entrent dans la formation des signes mimiques : le jeu de la physionomie et certains mouvements des bras, de la tête et du corps. L'expression physionomique doit toujours s'accorder avec les sentiments du cœur et la nature de la pensée qu'on exprime ; les mouvements destinés à articuler le jeu de la physionomie, c'est-à-dire à lui donner une signification nette et précise, doivent être peu nombreux et toujours formés avec une sage lenteur.

Voulez-vous réveiller l'idée d'un objet matériel ? dessinez-en la forme dans l'espace, et montrez l'usage qu'on en fait ; — d'une action de nature à tomber sous les sens ? simulez-la de votre mieux ; — d'une qualité ? indiquez l'effet qu'elle produit ; — d'un sentiment ? la réaction qu'il occasionne à l'extérieur. Au surplus prenez le sourd-muet pour guide ; la nature lui inspire souvent des signes d'une grande énergie ; comme lui ayez soin de faire le même signe pour la même idée et de ne rendre jamais des idées différentes par des signes qu'on pourrait confondre.

Peut-être remarquerez-vous avec surprise que les signes de votre enfant ne se succèdent pas, comme le font les mots dans la phrase française ; gardez-vous de faire violence à cet arrangement : c'est seulement par la manière dont les signes se succèdent dans le temps et se coordonnent dans l'espace, que peut être rendu le sens d'un grand nombre de prépositions et de conjonctions.

Les gestes oratoires dont on accompagne le discours révèlent les grands mouvements de l'âme, frappent, soutiennent l'attention de l'auditoire, donnent plus de relief à la pensée ; mais, détachés de la parole, ils sont entièrement dépourvus de signification. Il n'en est pas

ainsi du signe mimique ; la valeur en est indépendante
de la parole, la construction, comme nous l'avons dit,
tout autre que la construction des langues parlées ; en
sorte qu'on ne peut simultanément exprimer sa pensée
par la parole et par les signes, sous peine d'être inintelligible dans l'un de ces deux modes de communication :
la voix ne peut jouer dans le langage des signes qu'un
rôle secondaire analogue à celui des gestes oratoires.

La pantomime du sourd-muet sans instruction, qu'on
ne s'y trompe pas, est loin d'offrir toujours un modèle
de perfection : tantôt l'ignorance des choses, tantôt la
paresse d'esprit, tantôt les mouvements de la passion
l'entraînent à des répétitions qui obscurcissent la pensée
et plus souvent à des abréviations forcées, à des suppressions d'idées qui la rendent méconnaissable.

Dessinateur maladroit, il trace à plusieurs reprises
des traits qu'il sent manquer de netteté, ou, composi-
teur distrait, il croit avoir fait un tableau par cela seul
qu'il en a conçu l'ordonnance. Pour l'habituer à plus de
rectitude, lors même que votre sagacité réparerait
l'effet de sa maladresse ou de sa légèreté, feignez de ne
pas le comprendre ; s'il a voulu exprimer un désir, une
volonté, faites, non ce qu'il a voulu dire, mais exactement ce qu'il a dit ; il comprendra dès-lors l'étourderie
qu'il a commise et la nécessité de réfléchir avant d'exprimer sa pensée.

Répondez avec complaisance à toutes les questions
qu'il fera de lui-même ; et comme, dans le premier âge,
la conversation est ce qui contribue le plus au développement de l'esprit, questionnez-le à votre tour.

Nos observations sur le langage des signes, toutes
simples qu'elles sont, ont un caractère abstrait dont
bien des mères seront effrayées ; heureusement que
chacun de nous apporte en venant au monde la connaissance rudimentaire de ce langage. C'est merveille comme

les enfants en bas âge se l'approprient. Dès qu'il s'est établi entre eux une communauté d'idées et de sentiments, le parlant et le muet ont trouvé moyen de faire échange de pensées. Si vous avez peu de dispositions pour les signes ou si vos occupations vous tiennent éloigné du pauvre muet, mettez une grande importance à lui procurer des compagnons de son âge ; c'est le plus sûr moyen d'adoucir sa sauvagerie, et de donner l'essor à toutes ses facultés morales.

Le travail des mains décèle presque toujours l'idée qui y préside et devient pour l'œil une sorte de traduction de cette idée. Aussi voyons-nous le muet rechercher la société des personnes auprès desquelles il peut acquérir la connaissance des choses, source d'idées bien autrement féconde que les mots dont la connaissance est pour lui forcément remise à une époque ultérieure.

Les fils d'artisans, associés de très-bonne heure aux travaux de leur père, sont les sujets qui généralement apportent à l'école l'esprit le plus développé et les meilleures dispositions pour l'étude. Facilitez donc à votre enfant l'accès de la cuisine, de l'ouvroir, de l'atelier, de tous les lieux où s'opère la transformation de la matière.

Presque toujours les jeunes sourds-muets sont fiers de se rendre utiles ; montrez-vous heureuses des petits services que votre enfant vous a rendus ; quelque léger qu'il soit, le travail fixe l'attention, donne un but à la pensée, un aliment à l'activité de l'âme.

Le sens moral, cette essence divine que la main de Dieu a placée dans le cœur de l'homme, le sentiment du bien et du mal, du vrai et du faux, du juste et de l'injuste, se développe chez le sourd-muet exactement comme chez l'enfant ordinaire, mais à deux conditions : — la première, c'est qu'on ne perdra jamais de vue que les mauvais exemples sont pour l'enfant privé de l'ouïe plus pernicieux encore que pour celui qui est doué de tous ses sens, — la seconde, que la volonté dans le bien, l'instinct du devoir, seront fortifiés par des encouragements et des caresses, les écarts, la volonté mauvaise, réprimés par des punitions opportunes ; gronder sans raison ou récompenser à contre-temps suffit à obscurcir la conscience de ces enfants.

Qu'une commisération mal entendue ne vous fasse pas imiter les bonnes gens qui, en dédommagement des jouissances morales dont il est privé, offrent au sourd-muet toutes les facilités imaginables pour satisfaire une grossière sensualité : ce serait abrutir votre enfant, le rendre incapable de recevoir l'instruction qui seule peut l'élever à toute la dignité de sa nature.

Songez à lui faire contracter de bonne heure des habitudes d'ordre et de soumission ; l'ordre établi dans les choses fait naître à la longue l'ordre dans les idées.

La dépendance à laquelle est soumis l'enfant au berceau est une des principales causes de la rapidité de ses progrès ; le sourd-muet ne peut apprendre sa langue maternelle que beaucoup plus tard : nouveau motif de le maintenir dans une dépendance salutaire. — Mais ce sont des chaînes d'amour, de confiance qui doivent l'y retenir ; la rigueur affaisserait toutes ses facultés ou le prédisposerait à la violence. Il n'est rien qu'on ne ne puisse obtenir de ces enfants par la douceur et la persuasion unies à une sage fermeté ; on en trouve qui se porteraient à tous les excès, plutôt que de se soumettre à ce qu'ils croient une injustice.

Vous pouvez, vous devez appeler à votre aide, pour remplir votre mission sainte, le secours de la religion ; dirigez l'attention du sourd-muet sur les grandes scènes de la nature et, lui montrant le ciel, exprimez tour à tour, par le jeu de la physionomie, la crainte, la vénération, l'amour et la reconnaissance.

Associez-le aux prières de la famille, comme vous l'avez associé à ses joies et à ses douleurs ; rendez-le témoin des solennités du culte public ; faites-lui faire, le soir et le matin, le signe de la rédemption, mais gardez-vous de chercher à l'initier aux saints mystères, aux dogmes chrétiens, par des images d'aucune sorte : vous ne sauriez être compris, et favoriseriez une tendance bien funeste, celle qu'il a de tout matérialiser ; bornez-vous à cultiver en lui le sentiment religieux par l'influence de l'exemple et les autres moyens que nous avons indiqués d'une manière sommaire.

Pères et mères, il dépend de vous d'avoir dans votre famille des espèces de sauvages, d'idiots, violents, ombrageux, sensuels, vindicatifs, hors d'état de recevoir jamais une éducation convenable ou des enfants soumis, confiants, affectueux, riches d'idées, pauvres de signes peut-être, mais fort ingénieux pour faire deviner leurs pensées, et destinés à devenir votre consolation après avoir été l'orgueil et la joie de leurs professeurs.

L'éducation, journal d'enseignement élémentaire. Tome II — Paris, 1852.

VI

Le sourd-muet à l'école primaire — Avantages et inconvénients de l'externat.

Sicard, Bébian, Dégérando prédirent que l'art d'instruire les sourds-muets recevrait un jour des simplifications telles que toute personne lettrée serait capable d'en faire l'application.

Persuadés sans doute que cette prédiction s'est partiellement accomplie, quelques instituteurs spéciaux des plus recommandables et des sociétés de bienfaisance se sont noblement efforcés d'intéresser tous les instituteurs primaires à l'instruction des enfants privés de l'ouïe.

La Société centrale d'éducation et d'assistance a provoqué la publication d'ouvrages élémentaires destinés à vulgariser l'enseignement de ces êtres disgraciés ; elle a placé, elle place chaque jour dans les écoles primaires ceux de ses jeunes patronés qui ne peuvent encore être reçus dans les institutions spéciales.

En mars 1853 elle adressa à M. le Ministre de l'Intérieur une pétition, pour obtenir qu'il soit organisé dans les écoles communales, au profit des jeunes sourds-muets, un enseignement préparatoire.

Jamais sur les questions qui intéressent à la fois la science et l'humanité, il n'y eut unanimité si grande, quand tout à coup un journal voué à la propagation de l'œuvre de l'Abbé de l'Epée, *l'Impartial,* fulmina une série d'articles contre les externats de sourds-muets et la coopération des instituteurs primaires à cette œuvre de bienfaisance.

D'où pouvait venir ce regrettable changement de front ? Je l'ignore. — Il datait du jour où le docteur Blanchet lut à l'Académie des inscriptions et belles lettres un mémoire où il s'efforça d'établir la supériorité absolue de l'externat sur l'internat pour l'instruction des sourds-muets. L'auteur y dénigre systématiquement ce qui existe au profit de ce qu'il a rêvé. Les exagérations en un sens ne sauraient justifier les exagérations en sens contraire, accompagnées d'insinuations outrageantes : — Avant de provoquer la destruction de ce qui existe, le docteur Blanchet aurait dû se rendre compte des difficultés et des inconvénients inhérents au système qu'il veut faire prévaloir. — Avant de condamner ces nouveaux systèmes, sans égard pour ses publications antérieures, M. Puybonnieux aurait dû se donner la peine d'étudier les diverses manières de constituer l'externat, de le rapprocher de l'enseignement des parlants ou de le fondre avec cet enseignement.

Ce que ces messieurs, aveuglés par des idées préconçues ou des intérêts qu'il ne nous convient pas de scruter, n'ont pas voulu faire nous allons l'essayer ici :

— L'internat est fatal aux sujets qui ont parlé jusqu'à un certain âge aussi bien qu'aux sujets ayant conservé ou récupéré un certain degré d'audition.

— L'externat sera toujours peu profitable aux sourds-muets complets, d'une intelligence débile. Le nombre en est considérable.

— L'internat convient mieux à cette dernière catégorie de sujets, parce qu'il favorise le développement et la pratique du langage naturel des signes et que, sous sa puissante influence, toutes les facultés intellectuelles et morales prennent un vigoureux essor. En outre l'internat utilise, pour un plus grand nombre, le savoir des hommes de mérite qui consacrent leur vie à ce difficile enseignement.

— Mais l'externat est moins dispendieux, n'interrompt pas la vie de famille, ne crée point une société factice, et force, jusqu'à un certain point, le sourd-muet à s'approprier les moyens de communication usités par ceux qui l'entourent.

Il y a plusieurs modes d'externat savoir :

1° L'externat spécial indépendant,

2° L'externat spécial placé sous la dépendance de l'école primaire,

3° L'externat ajouté à l'internat spécial,

4° Enfin l'externat en commun ou par fusion dans les écoles primaires.

Quels sont les avantages et les inconvénients attachés à ces quatre manières de procurer l'instruction aux enfants privés de l'ouïe ? Dans quelle mesure chaque mode d'externat est-il praticable ?

— Un externat spécial indépendant, ne peut être établi,

avec quelque chance de succès, qu'au sein des populations largement agglomérées. En effet, en admettant
qu'il y eût uniformément en France 1 sourd-muet par
1000 habitants, une ville de 100,000 âmes n'offrirait pas
à l'instituteur chargé d'y donner l'enseignement plus de
ressources, j'entends plus d'élèves que n'en réunit un
instituteur de *parlants* dans un hameau de cent habitants, c'est-à-dire une dizaine. Ce nombre pourrait être
augmenté de moitié peut-être, si les localités voisines
étaient autorisées à placer leurs sourds-muets chez des
personnes de cette même ville qui en prendraient soin
et les enverraient à l'école.

Quelle tâche pour une seule personne ! Instruire chaque jour une quinzaine de muets, moitié filles, moitié
garçons, petits enfants ou adultes, intelligents ou bornés,
surveillés chez leurs parents ou abandonnés à eux-
mêmes : assemblage disparate au sein duquel il est
impossible de grouper des élèves de même force pour
leur donner mêmes leçons ! Plusieurs professeurs seraient nécessaires pour que l'instruction fut bien donnée
dans un semblable externat ; et, dès lors, elle y deviendrait au moins aussi coûteuse que dans les pensionnats.
Une partie des inconvénients qu'on reproche à ces derniers établissements s'y reproduiraient et les intelligences inférieures n'y trouveraient pas, pour leur développement par le langage des signes, les avantages que
leur assurent les établissements existants.

L'expérience a déjà constaté l'exactitude de ces assertions : la ville de Paris eut, pour les garçons seulement,
une école de ce genre de 1826 à 1829. Bien qu'elle fût
annexée à l'établissement de la rue St-Jacques, cette
école était un externat spécial indépendant ; tout point
de contact ayant été rendu impossible entre les internes
et les externes.

Un assez grand nombre d'élèves se présentèrent et

furent admis ; le professeur * était capable, consciencieux et dévoué ; et cependant l'essai dût être abandonné. Pourquoi ? — parce que le groupement en divisions d'élèves de force à peu près égale n'était pas
possible, et que l'enseignement individuel épuise le
professeur, sans assurer à chaque élève la somme de
soins que réclame son instruction ; — parce que, d'autre
part, obligés de parcourir pour se rendre à l'école et
pour prendre leurs repas des distances trop considérables, les élèves se fatiguaient outre-mesure, se dissi-
paient trop en chemin et manquaient fréquemment les
classes.

L'expérience fut concluante : l'externat spécial indépendant, qui manque d'élèves dans les villes de petite
et de moyenne grandeur, est difficilement praticable
dans les grands centres de population. La Commission
Municipale de Paris renouvelle aujourd'hui cette ten-
tative en la modifiant : un certain nombre d'instituteurs
communaux sont salariés pour recevoir des sourds-
muets ; ceux-ci ont à l'école primaire des tables, une
place à part ; un maître particulier les instruit par l'une
des méthodes usitées dans l'institution impériale.

Mieux à la portée des familles ces externats seront
plus assidûment suivis ; les leçons d'écriture, de dessin
et les récréations pourront y être prises en commun
avec des élèves parlants. Quoique faibles ces avantages
ne doivent pas être dédaignés, mais ne sont-ils pas négativement compensés et au delà par l'inexpérience du
maître et par l'obligation où il est de faire de l'enseignement individuel ?

— L'externat spécial, annexé à l'école primaire, est
préférable à l'externat spécial indépendant ; mais il se
heurte contre les mêmes obstacles ; l'avenir n'appartient ni à l'un ni à l'autre.

* M. Richard.

— L'externat spécial peut être combiné avec le pensionnat spécial. En ce cas, même instruction, même méthode, mêmes professeurs, même surveillance, augmentation de frais presque nulle. Depuis 1843 l'institution impériale de Bordeaux reçoit des externes, soit à titre gratuit, soit avec rémunération ; et, grâce à quelques précautions qu'il est facile de prendre partout et toujours, il n'en est résulté que des avantages. Il y a donc moyen de rendre les internats profitables aux sourds-muets des localités où ils sont situés sans interrompre pour eux la vie de famille. Ce troisième mode ne mérite qu'un seul reproche, c'est d'être applicable à un nombre trop restreint de localités.

— Jusqu'à ce jour on s'est efforcé de réunir le sourd-muet au sourd-muet et de créer pour eux des méthodes particulières, des instituteurs spéciaux. Si les prédictions de Sicard, Bébian, Dégérando se sont accomplies, les instituteurs spéciaux sont devenus moins nécessaires, les méthodes à l'usage des sourds-muets se sont rapprochées des méthodes à l'usage des parlants, pourquoi s'efforcerait-on encore de réunir le sourd-muet au sourd-muet pour les instruire en commun ? La dissémination, qui a opposé et qui oppose encore tant d'obstacles à l'instruction des sourds-muets, peut dès lors devenir un précieux auxiliaire.

Le sourd plaît au muet et l'éloigne de la société des parlants ; nous éviterons de le mettre en rapport avec des compagnons d'infortune. — L'isolement lui est fatal, plus que son infirmité même ; nous lui donnerons de bonne heure des compagnons de jeux. — Les sympathies lui font défaut quand il rentre dans son village après de longues années d'absence, instruisons-le près du toit paternel ; nous lui ménagerons les sympathies des populations au sein desquelles il est appelé à vivre.

Ce n'est point une utopie ; s'il existe partout des

sourds-muets à élever, il n'est, pour ainsi dire, plus de commune qui n'ait son instituteur primaire ; et ce n'est pas en vain qu'ont été publiés plusieurs ouvrages pour enseigner les premiers linéaments du langage par les signes mimiques, par la parole articulée ou directement par l'écriture.

Sans doute, de longtemps encore, le sourd-muet n'acquerra pas dans son village toute l'instruction que réclame son état exceptionnel ; mais il s'y formera à la discipline, acquerra des notions de tous genres, et l'on pourra abréger ainsi le séjour qu'il doit faire dans les écoles spéciales et, conséquemment, alléger la dépense qu'occasionne son éducation.

C'est donc en l'externat en commun, ou par fusion dans les écoles primaires, que nous plaçons nos espérances ; il est à la fois le plus simple, le plus utile, le plus généralement praticable, le moins onéreux, le mieux à la portée des familles.

M. Puybonnieux reconnaît et proclame qu'un jour « *l'éducation des sourds-muets sera facile pour tous ; mais ce moment, dit-il, n'est pas encore venu, parce que les moyens de les instruire, comme toutes les sciences nouvelles, ne sont pas assez connus et que ces moyens sont d'ailleurs loin d'être aussi parfaits ou plutôt aussi simples qu'ils le deviendront* ». (*L'Impartial* 1857, page 120).

Pour créer, à grands frais, des pensionnats, des institutions spéciales est-ce qu'on attendit que la méthode eût atteint la perfection ? pourquoi, sous prétexte des améliorations dont elle est encore susceptible, ajournerait-on indéfiniment la civilisation de tous les sourds-muets par des moyens plus économiques ?

A entendre le Dr Blanchet on croirait que l'instruction des sourds de naissance n'offre aucune difficulté, qu'elle tient uniquement à leur admission dans la première école venue ; à entendre M. Puybonnieux, seuls les siècles futurs auraient l'honneur de vulgariser les moyens d'instruire ces pauvres enfants. La vérité réside entre ces deux extrêmes : — l'externat et l'internat offrent chacun des avantages distincts ; ni l'un ni l'autre ne sont exempts d'inconvénients ; la sagesse consiste à les faire coopérer, dans une juste mesure, à l'œuvre de régénération morale qui nous occupe.

Paris, 1859.

VII

Instruction religieuse des sourds-muets illettrés.

M. Valade-Gabel développe à ce sujet les considérations suivantes : « Après l'intéressante dissertation de notre estimable collègue M. Berthier sur l'ouvrage intitulé : *la religion et les devoirs de la vie enseignés aux sourds-muets illettrés,* il ne vous reste, je crois, pour juger cet ouvrage en toute sûreté de conscience, qu'à le rapprocher du catéchisme publié par Mgr d'Astros, à l'usage des sourds-muets qui ne savent par lire.

L'historique que voici contient d'utiles enseignements : lorsque, inspiré par une ardente charité, le digne prélat eut conçu l'idée d'initier, à l'aide du dessin, les sourds-muets à la connaissance de la doctrine chrétienne, il était complètement étranger à l'art d'instruire ces malheureux ; aussi se hâta-t-il d'avoir recours aux lumières et à la savante expérience de M. l'abbé Goudelin qui fut, vous le savez, le successeur immédiat de l'abbé Sicard. Les annotations nombreuses que l'éminent instituteur écrivit en marge du manuscrit prouvent, à la fois, et le soin scrupuleux qu'il avait apporté à l'étude de l'ouvrage et la manière dont Mgr d'Astros sut mettre à profit ses sages conseils.

En 1827, le catéchisme fut communiqué au ministre de l'Intérieur accompagné d'une demande de subvention. Refus du ministre fondé sur ce que le conseil de perfectionnement, alors attaché à l'institution royale, avait exprimé dans les termes suivants son opinion sur cet ouvrage : « Il est à craindre que les enfants ne s'arrêtent au sens matériel et physique et ne conçoivent des idées fausses ; l'expérience seule peut autoriser la confiance ; et la nôtre jusqu'ici nous prouve que, loin d'être utile, ce moyen des tableaux est très dangereux pour l'enseignement religieux. »

Cet échec ne devait point décourager l'énergique prélat. Quoique sage en elle-même, l'opinion exprimée par le conseil de perfectionnement lui semblait porter à faux, attendu qu'il n'y est pas tenu compte du langage des signes et du rôle important que lui, Mgr d'Astros, entendait faire jouer à ce langage pour l'explication des vérités religieuses.

Itérativement consulté, le pieux et savant abbé Goudelin répondit, entre autres choses, « que les tableaux pourraient être d'un vrai secours pour l'instruction des sourds-muets si les maîtres s'étaient préalablement établis dans une communication facile avec les élèves, que l'utilité du catéchisme en tableaux valait, à son avis, les sacrifices que sa publication exigeait. » Puis, insistant de nouveau sur les services que les catéchistes doivent attendre du langage des signes, le judicieux abbé propose à sa grandeur d'introduire dans le séminaire diocésain quelques jeunes sourds-muets, afin que les jeunes lévites aient occasion de s'initier à la connaissance de ce langage. « Quand ils n'apprendraient dans ces communications que la syntaxe des sourds-muets non instruits, ce serait un grand pas pour abréger et simplifier, dit-il, l'instruction religieuse de ces pauvres enfants. »

Non content de l'approbation d'un homme aussi compétent, Mgr d'Astros, en sage et discrète personne, ne

livra son manuscrit à l'impression qu'après avoir réclamé les conseils des évèques ses collègues et des
ecclésiastiques qui sont dans le ministère des paroisses.

L'ouvrage, in-4°, ne parut qu'en 1830, sans figures, et
en 1839 avec la série de tableaux destinée à l'enseignement de la partie la plus essentielle du dogme chrétien.
Une savante préface indique, en quelques mots, le but
de l'ouvrage et son utilité, puis l'auteur réfute avec une
grande force de logique et une extrême lucidité tous
les arguments à l'aide desquels M. l'abbé Montaigne,
ancien aumônier de l'institution de Paris, avait prétendu
établir que nul sourd-muet illettré ne peut acquérir une
connaissance suffisante de la doctrine chrétienne pour
être admis à la pratique des sacrements.

De l'examen attentif de l'ouvrage de Mgr d'Astros et
de celui de M. l'abbé Lambert, il ressort que les deux
auteurs ne diffèrent en rien d'opinion touchant la
capacité intellectuelle, morale et religieuse des sourds-
muets sans instruction, et que leurs jugements sur ce
point sont ceux qui, depuis longtemps, ont été portés
par l'universalité des instituteurs spéciaux.

L'un et l'autre estiment que l'instruction religieuse
peut être donnée aux sourds-muets illettrés par des
images appropriées à cette destination, concurremment
avec le langage naturel des signes.

En quoi diffèrent les deux ouvrages ?

Mgr d'Astros veut que le caté-chiste apprenne le langage des signes par des relations fré-quentes avec des sourds-muets ; il publie néanmoins le diction-naire des signes qui expriment les idées les plus importantes de la doctrine chrétienne, signes qu'il est bon de faire toujours de la même manière.	M. l'abbé Lambert veut que le catéchiste apprenne le lan-gage des signes à l'aide d'une théorie et d'un dictionnaire des signes, voie plus longue et plus difficile, lors même que le dic-tionnaire aurait été écrit avec la clarté et toute la correction désirables.

L'ouvrage de M⸰ᵍ d'Astros est bien écrit, fortement pensé et remarquable par son unité.

Le livre de M. l'abbé Lambert manque d'unité, le style en est négligé ; on y remarque des contradictions, preuve que toutes les parties n'en ont pas été suffisamment méditées. Il a emprunté à MM. Marchal (de Lunéville), Lecourtier, Vaïsse et Rémi Valade la théorie du langage des signes, et ne s'est pas donné la peine de fondre le tout en un corps de doctrine.

M⸰ᵍ d'Astros a écrit en bon français toutes les parties de son livre, et par là l'ouvrage peut être mis avantageusement entre les mains des sourds-muets instruits et des enfants ordinaires.

M. l'abbé Lambert a systématiquement écrit la plus grande partie de son livre avec des mots français, mais en langage mimique ; ce qui ne permet de le mettre ni entre les mains des enfants parlants, ni entre celles des sourds-muets qui ont reçu quelque instruction.

Cette manière d'écrire pour les sourds-muets est empruntée d'un vieil ouvrage de M. l'abbé Gosse, ancien vicaire général de Tournay, qui n'avait jamais et pour cause, trouvé d'imitateur.

M⸰ᵍ d'Astros n'a voulu enseigner aux sourds-muets que la partie la plus indispensable de la doctrine chrétienne: Baptême, Pénitence et Eucharistie. Chaque tableau est accompagné d'un texte explicatif et d'une instruction sur la manière de donner la leçon par signes.

M. l'abbé Lambert a traité de toute la doctrine chrétienne, y compris les indulgences; ce qui pour les sourds-muets peut être considéré, ce semble, comme superflu.

L'ouvrage de M⸰ᵍ d'Astros ne contient que 35 tableaux in-4°, bien nets, où tout est distinct, fort discrètement composés, et offrant environ chacun un carré de 18 centimètres de côté.

L'ouvrage de M. l'abbé Lamber a l'avantage du nombre : il contient 47 lithographies in-8° divisées en plus de 200 tableaux, mais dont la composition et l'exécution sont souvent fautives. Les figures manquent en général de netteté, faute d'espace ; chaque tableau forme, en moyenne, un carré de 4 centimètres de côté, présentant environ vingt fois moins de surface que ceux de M⸰ᵍ d'Astros.

M. l'abbé Lambert ignorait-il l'existence du catéchisme dont il s'agit ? Non. La preuve en est dans la note suivante extraite de la quatrième page de son livre : « Il y a environ vingt ans Mgr d'Astros, ancien archevêque de Toulouse, a édité un ouvrage à peu près de même nature. Mais tout à fait étranger à l'instruction des sourds-muets et au langage des signes, Mgr d'Astros n'a pu faire qu'un acte de bonne volonté. Je dirai même plus ; car sans crainte de manquer à sa mémoire si justement et si universellement vénérée, on peut dire *avec assurance que, par l'absence de toute méthode*, cet ouvrage qui peut être fort utile aux enfants ordinaires et même, comme l'assure M. l'abbé Chazottes, aux sourds-muets instruits, devient au contraire un danger et un obstacle à l'instruction des sourds-muets qui ne savent pas lire. L'expérience a démontré en effet que *ce livre ne peut donner que quelques idées matérielles, incohérentes et tout à fait insuffisantes* pour admettre aux sacrements les sourds-muets qui ne savent pas lire. Sous ce rapport le témoignage des hommes compétents est unanime. »

Tout sévère qu'il est, j'accepte, mais non sans réserve, le jugement prononcé par M. l'abbé Lambert, et je me demande : En quoi consiste la méthode qui assurerait à celui-ci la supériorité sur Mgr d'Astros ? Procède-t-il d'une autre manière? — Non. Fait-il usage d'autres procédés ? — Pas davantage. De part et d'autre emploi des signes naturels, usage de tableaux, rien de plus. Le catéchiste, il est vrai, n'apprend pas pour son propre compte le langage des signes par les mêmes moyens, mais il enseigne aux sourds-muets la doctrine chrétienne de la même manière.

En affirmant que *l'ouvrage de Mgr d'Astros devient un danger et un obstacle à l'instruction des sourds-muets qui ne savent pas lire*, M. l'abbé Lambert adopte virtuel-

lement l'opinion émise par l'ancien conseil de perfectionnement, qui proscrit l'emploi des images pour
l'enseignement de la religion. Mais si des gravures bien
faites entraînent d'aussi déplorables conséquences,
comment des lithographies, dont l'exécution laisse infiniment à désirer, pourraient elles contribuer à donner
des idées plus justes des choses abstraites ?

Si, comme le dit l'estimable aumônier, d'après le
témoignage unanime d'hommes compétents dont il
laisse ignorer les noms, l'expérience a démontré que *le
livre de Mgr d'Astros ne peut donner que quelques idées
matérielles, incohérentes et tout à fait insuffisantes*, on
peut affirmer que le sien ne rendra pas des services
meilleurs. En condamnant le travail de Mgr d'Astros,
M. l'abbé Lambert, on le voit, a prononcé la condamna-
tion de son propre livre.

L'examen de ces deux ouvrages soulève quelques
autres questions assez délicates, sur lesquelles je propose à la Commission de s'expliquer nettement :

— En déclarant qu'elle accorde une approbation
pleine et entière à la doctrine soutenue par MM. d'Astros
et Lambert, touchant les facultés intellectuelles, morales
et religieuses des sourds-muets illettrés ;

— Que d'accord avec M. l'abbé Montaigne, elle croit
l'usage d'une langue indispensable pour enseigner la
doctrine chrétienne, et contrairement à cet auteur, que
les signes mimiques, bien qu'inférieurs à la parole au
moins en ce qu'ils n'ont pas d'écriture, peuvent en tenir
lieu pour les sourds-muets illettrés ;

— Qu'elle pense avec MM. d'Astros et Lambert que le
dessin peut être utilement employé pour enseigner l'histoire de la religion et quelques points de morale, et
avec l'ancien conseil de perfectionnement que, quand
il s'agit d'idées abstraites et de vérités dogmatiques,
toute espèce de représentations graphiques tend fatalement à fausser l'esprit des sourds-muets.

Pour expliquer les déceptions éprouvées par des personnes charitables qui ont tenté de catéchiser des sourds-muets illettrés et pour faire éviter de nouveaux mécomptes, je propose à la Commission d'ajouter : — que les sourds-muets ne peuvent entrer sérieusement en possession de la doctrine chrétienne qu'à condition d'avoir reçu un certain degré de culture intellectuelle, au moyen de relations fréquentes avec des personnes qui savent bien s'exprimer par signes, — et qu'avant de commencer son œuvre, tout catéchiste doit s'attacher à reconnaître les notions de morale et les sentiments religieux spontanément éclos dans l'âme du sourd-muet, notions et sentiments qui, seuls, offrent une base solide à l'instruction religieuse proprement dite. »

Comité d'éducation de la Société centrale d'assistance pour les sourds-muets. — Procès-verbal de la séance du 17 juin 1859.

VIII

Pourquoi tant de Sourds-Muets.

— Thérèse, Thérèse... venez donc voir ce petit blondin ; il pleure à chaudes larmes, me regarde fixément et ne répond à aucune de mes questions.

C'était un garçon de 8 à 9 ans ; à son air fatigué, à ses vêtements couverts de poussière, on reconnaissait qu'il venait de faire une longue route. Accourue à l'appel de Suzanne, Thérèse caressa l'enfant, lui offrit des cerises, le questionna à son tour, et ne put obtenir de lui la moindre réponse.

— Petit entêté, lui dit-elle, tu ne mérites pas qu'on s'occupe de ta personne !

Là-dessus vint à passer le curé de la paroisse ; il aperçut le pauvre désolé, lui tapota doucement la joue, et lui prit la main ; mais le pauvret la retira prestement et se mit à fuir.

— Courez après lui, rattrapez-le, s'écria le bon prêtre; c'est un sourd-muet égaré.

— Comment le savez-vous, Monsieur le curé ? exclama Suzanne, un peu honteuse d'avoir attribué à un entête-ment ce qui était le fait d'une infirmité : il n'est pire sourd que celui qui ne veut pas entendre.

— Ne remarquez-vous pas qu'il traîne les pieds en marchant ?

— Il est vrai, mais encore ?

— C'est ce que font tous ceux qui, comme lui, n'ont pas l'ouïe importunée par le bruit désagréable que le frottement de la chaussure produit sur le sol.

Dès qu'on lui eut ramené le fugitif, le charitable pasteur lui adressa par signes quelques questions ; aussitôt sa figure se rasséréna, ses yeux brillèrent : tout en lui exprima l'étonnement et la satisfaction. Le curé recommença ses demandes, et le sourd-muet, tout à fait revenu de sa surprise, y répondit dans le même langage. La curiosité des passants fut vivement excitée. Le bourgmestre, l'instituteur et les autres habitants du village qui se rendaient à l'office, entourèrent petit à petit les deux interlocuteurs ; et bientôt ce fut un feu croisé de questions :

— D'où est cet enfant ? — A-t-il fait connaître le le nom de son père ? — Pourquoi a-t-il quitté sa famille ?

— Doucement, mes amis, doucement, dit le pasteur; cet enfant n'est pas encore allé à l'école, il ne sait ni lire ni écrire, il n'a donc pu me dire ni le nom de son village ni celui de sa famille. Tout ce que j'ai pu comprendre, c'est que son père est charretier, qu'il a une sœur sourde-muette instruite, qu'il a quitté sa famille hier matin après le déjeuner, et n'a pris depuis aucune nourriture. Il ne sera pas facile de le rapatrier : les parents

qui ont un enfant dans l'état de celui-ci devraient inscrire, sur quelque partie de ses vêtements, leur nom et
l'indication de leur domicile.

Suzanne, qui s'était esquivée sans qu'on s'en aperçut,
rapporta quelques aliments que le sourd-muet, cette
fois, n'hésita pas à accepter.

— C'est le premier qui se rencontre sur mon passage,
dit un bon fermier ; je ne pense pas qu'il y en ait beaucoup en Belgique, et, sauf votre respect, Monsieur le
curé, vous vous serez trompé en disant que celui-ci a
une sœur sourde-muette, deux sourds-muets dans une
même famille ! ce n'est pas croyable.

— Hélas ! voisin, on voit bien que vous ne voyagez
guère et que vous ne lisez pas beaucoup. Il n'est pas
très rare de trouver 3, 4, 6 et jusqu'à 8 et 10 sourds-
muets nés d'un seul et même ménage. Il y a quelques
années, il existait en Angleterre 20 familles qui, prises
ensemble, réunissaient 159 enfants, parmi lesquels 90
privés de l'ouïe et de la parole.

— Ah ! mon Dieu ! mon Dieu ! c'est à faire trembler,
s'écria le fermier. Combien donc peut-il y avoir de
sourds-muets dans notre pays ?

— Un savant de Bruxelles, le docteur Sauveur, fit en
1835 un travail, où leur nombre est porté à 1,746. Je
crois fort qu'il avait fait erreur : à cette époque la Belgique devait en compter environ 2,500, car la population n'y est ni plus riche, ni plus éclairée, ni plus
morale qu'en France, où, sur une population égale en
nombre à la nôtre, on compte 2,300 sourds-muets.

— Mais, Monsieur le curé, si on permettait à ces
malheureux de se marier, il y aurait donc par la suite
comme un peuple de sourds-muets ?

— Les sourds-muets se marient : ni la loi civile ni la
loi religieuse n'y mettent obstacle. Mais rassurez-vous ;
la surdité n'est pas nécessairement héréditaire : de

l'union, soit entre muets et *parlants*, soit entre deux
personnes également privées de l'ouïe, il naît, grâce à
Dieu, moins de sourds que d'*entendants*. .

— Quel malheur ! murmurait-on tout bas autour du
bon curé, quel malheur que ce bel enfant soit sourd et
muet ! c'est pourtant, à ce qu'assurent les anciens, une
punition du ciel : l'enfant est châtié de quelque gros
péché commis dans sa famille !

— Ne blasphémez pas, mes amis, dit le curé, en se
tournant vers ceux qui tenaient ces propos : la colère
du ciel n'est pour rien dans l'infirmité du pauvre petit,
mais l'imprévoyance de ses parents pourrait bien n'y
être pas étrangère.

— Est-ce que l'on peut savoir pourquoi certains
enfants sont muets ? demanda timidement Thérèse.

— Presque tous les muets le sont par cela seulement
qu'ils n'entendent pas la parole.

— Et qu'est-ce qui les empêche de l'entendre ?

— Je ne saurais expliquer ce que les plus savants
docteurs ne comprennent qu'imparfaitement. J'ai laissé
tomber ma montre et elle s'est arrêtée : une maladresse
en est la cause, je le sais ; mais je n'en ignore pas
moins ce qu'il y a de faussé dans son mécanisme. Pour
le savoir il faudra que l'horloger ouvre le boîtier, et
qu'il examine avec soin toutes les parties de la montre.

— Les médecins ne peuvent-ils pas en faire autant
pour l'oreille des sourds ?

— Le mécanisme de l'oreille est bien autrement délicat que le mécanisme d'une montre ; et la science ne
peut en connaître qu'imparfaitement le jeu, parce que
ses parties les plus essentielles sont contenues dans une
boîte osseuse inaccessible, chez le vivant, aux recherches de la médecine.

— Si, comme vous le dites, Monsieur le curé, reprit
l'instituteur, la médecine ne connaît qu'imparfaitement

les causes de la surdité, comment l'imprévoyance des pères et des mères pourrait-elle être pour quelque chose, dans le malheur des enfants qui en sont affligés ?

— Quoique je sois hors d'état de raccommoder ma montre, ne sais-je pas que, s'il y pénètre de l'eau ou de la poussière, si je l'expose à un froid rigoureux ou à une trop forte chaleur, sa marche en sera dérangée ? Vous n'avez pas, à ce qu'il paraît, gardé le souvenir des conseils que donne *L'Ami de la Maison* pour le maintien de la santé, la conservation et le perfectionnement de l'ouïe ?

— Je vous demande pardon, Monsieur le curé ; mais moi, qui recommande si souvent aux enfants de réfléchir avant de parler, je me suis cette fois trop hâté d'ouvrir la bouche. Je n'ai pas oublié que, pour conserver la finesse de l'ouïe, une dame dévouée à l'amélioration des classes ouvrières recommande de veiller à la propreté de l'oreille chez les enfants, de ne pas les exposer à des bruits assourdissants, et d'éviter les gros rhumes.

— Les pauvres, fit doucement observer Thérèse, n'ont guère le temps de penser à toutes ces choses ; aussi, est-ce chez eux et non chez les riches que se trouvent les sourds-muets.

— Détrompez-vous, ma bonne Thérèse : il naît des sourds-muets chez les riches comme chez les pauvres. L'affaiblissement, la dégénérescence de la race en sont la cause principale. Chez les pauvres, la dégénérescence provient généralement des privations, des excès de travail, de l'insalubrité des logements ; chez les riches, de l'intempérance et de l'orgueil joints à la soif des richesses : chez les uns et les autres, des vices et de l'imprévoyance.

— Quelle que soit ma confiance en vos lumières, Monsieur le curé, interrompit le bourgmestre qui, jusque-là, avait gardé le silence, il ne m'est guère possible de croire que l'orgueil des pères puisse être une cause de surdité pour les enfants.

— Ne savez-vous pas, Monsieur le bourgmestre, repartit le curé, que par orgueil de race, par crainte de se mésallier, les grands d'Espagne et la haute noblesse d'autres pays ne contractent presque toujours mariage qu'avec des personnes de leur propre famille ? Un peu par fierté et plus encore pour accumuler des monceaux d'or sur la tête de leurs enfants, les gros financiers, les négociants enrichis, les chefs d'entreprises industrielles devenus opulents agissent de même.

— L'orgueil, l'amour de l'or, il est vrai, déterminent des mariages entre les proches parents ; mais de telles alliances ont également lieu dans des familles roturières ; reprit le bourgmestre, et je ne vois pas encore comment l'orgueil est une cause de dégénérescence et, par suite, de surdité.

— Si nous tenons des anges par l'esprit, monsieur le bourgmestre, nous tenons aussi des animaux par la matière. Il n'est pas un éleveur de chevaux qui l'ignore : les races ne se conservent belles qu'à condition d'être croisées. Reconnaissez avec moi que chez les conjoints issus du même sang, sortis des mêmes entrailles, la constitution présente ordinairement les mêmes parties faibles : ceux-ci ont les poumons, ceux-là le cerveau, les uns les yeux, les autres les oreilles, dans un état plus ou moins prononcé d'affaiblissement ; et, par une conséquence toute naturelle, leurs enfants naissent avec les mêmes organes doublement prédisposés à la maladie. Aussi faut-il s'attendre à ce que les pères et mères à poitrine faible aient des enfants poitrinaires ; de ceux qui ont le cerveau peu sain naissent des imbéciles ; des parents à mauvaise vue des enfants aveugles ; enfin, des parents durs d'oreilles des enfants sourds. Or tout enfant qui naît sourd reste fatalement muet, à moins que l'art ne vienne à son aide.

— Les mariages entre cousin et cousine, oncle et nièce, fit observer l'instituteur, sont prohibés par l'Eglise ; je pensais qu'en forçant en quelque sorte les familles à s'allier avec des familles étrangères, l'Eglise avait en vue de multiplier les liens du sang, d'éteindre les haines qui, dans certaines localités, en Corse par exemple, se transmettent indéfiniment de père en fils.

— Cette considération, toute d'ordre social, n'est pas exclusive de celle qui a pour intérêt le maintien de l'espèce dans toute l'intégrité de ses facultés. Dans une petite ville de France dont je crois devoir taire le nom, poursuivit le curé, existe une famille d'industriels fort riches, où l'on ne compte plus que des imbéciles, des poitrinaires qui meurent avant l'âge et des sourds-muets. En recherchant avec soin les causes qui ont pu amener un état de choses aussi déplorable, on n'a pu l'attribuer qu'à ce double fait : les chefs de la famille sont cousins germains et nés, l'un et l'autre, de mariages entre cousins au même degré. Les alliances consanguines ainsi répétées sont heureusement fort rares ; mais sans qu'elles soient répétées elles ont parfois d'effrayants résultats : aux environs d'Angers, deux frères qui avaient épousé leurs cousines germaines eurent chacun sept enfants ; chez l'un, tous sourds-muets, chez l'autre, tous aveugles.

— N'exagériez-vous pas quelque peu, monsieur le curé ? Je connais, moi, bien des cousins qui ont épousé leurs cousines et dont les enfants ne sont ni aveugles ni sourds.

— Certes, cher instituteur, je vous crois sur parole : de pareils faits sont à ma connaissance personnelle. Ce n'est point un démenti donné à mes assertions ; car je n'ai pas dit que des mariages entre parents il ne puisse provenir que des natures infirmes ; je soutiens et je le fais avec une entière conviction, que si 350 ménages, où il n'existe aucune parenté entre les conjoints, donnent 1 sourd-muet; il en naît 40 dans un nombre égal de ménages, dont les conjoints sont cousins germains, oncle et nièce etc. J'ajoute que, si l'on y regardait de bien près, on y trouverait, dans des proportions analogues des aveugles, des poitrinaires, des idiots, des scrofuleux, etc.

— Grand merci! monsieur le curé, s'écria Suzanne; celui de mes neveux qui voulait devenir mon gendre peut, pardi bien, chercher femme ailleurs! Un corps sans infirmité fait toute la richesse de l'ouvrier, et cette richesse en vaut bien d'autres. Nous l'avons chez nous; je ferai tout pour qu'elle y reste.

— C'est parler d'or, brave femme, reprit le pasteur; je m'applaudis d'avoir contribué à la sage détermination que vous venez de prendre : votre fille Jeannette ne manquera pas d'épouseurs. Son père n'est-il pas tisserand?

— Oui, pour vous servir, monsieur le curé; il passe le jour et souvent une partie de la nuit à travailler dur dans un atelier qui est excellent.

— Malheureusement la grande humidité qui y règne convient à la solidité du fil, et nullement à la santé de l'homme.

— Mon mari jouit pourtant d'une fière santé; seulement s'il s'arrête à causer avec des pratiques, il lui prend des douleurs tantôt dans le dos, tantôt dans les bras qui lui font faire la grimace, mais dont il se débarrasse lestement en bûchant encore plus fort pendant une couple d'heures.

— Le remède est excellent; mais dites-moi si, quand vous allez à la ville, vous laissiez un enfant au maillot dans l'atelier de votre mari, l'humidité qui donne des douleurs au père ne pourrait-elle pas aussi être nuisible à l'enfant?

— A travers ses couvertures? je ne le pense pas.

— Au berceau, l'enfant est forcément immobile, sa tête est peu couverte ; s'il reste exposé à l'humidité, ses yeux et ses petites oreilles peuvent en être endoloris et affectés, de telle façon que la perte de la vue ou de l'ouïe en soit la triste conséquence.

— Me voilà prévenue, monsieur le curé ; à l'avenir j'aurai soin de monter l'enfant au premier étage, quand j'aurai à le laisser quelques heures dans son berceau.

— C'est en général, reprit le curé, dans les localités humides, au bord des rivières, dans les gorges des montagnes, dans le voisinage des marais, qu'on rencontre le plus de sourds-muets. L'exemple que voici met hors de doute l'influence pernicieuse du froid et de l'humidité habituelle sur les nouveau-nés : un jeune ménage va s'établir dans un moulin à eau ; deux enfants lui arrivent successivement, l'un et l'autre sourds-muets ; leurs intérêts les appellent dans une localité plus salubre ; la famille s'y accroît de deux autres enfants dont cette fois l'oreille et la langue ne laissent rien à désirer. Le hasard dira-t-on peut-être ?... Oh ! oui, le hasard ! Ecoutez encore : un autre ménage composé du père, de la mère et de deux garçons qui entendaient et parlaient comme vous et moi, vint s'établir aux lieux que le premier ménage avait quittés : et tous les enfants qui lui survinrent furent privés de l'ouïe et de la parole.

Thérèse, laissant échapper un gros soupir, dit assez haut pour être entendue : il n'y a chez moi, grâce à Dieu, ni aveugle ni sourd ; mes six enfants ne sont plus en danger de perdre la parole.

— Quel est l'âge de votre aîné, Thérèse ?

— Le voilà dans ses treize ans.

— Eh bien, ni lui ni ses frères et sœurs ne sont encore à l'abri du mutisme ; on a vu des personnes de 15 à 18 ans perdre entièrement l'usage de la parole, peu de temps après avoir été frappées de surdité.

Tout à coup le sourd-muet qui restait forcément étranger à ce qui se disait autour de lui, poussa un cri de joie et courut se jeter dans les bras d'un homme qui entrait en ce moment dans le village, et que l'on sut bientôt être son père. Ce fut un spectacle touchant : il n'y avait ni crainte d'un côté ni colère de l'autre, mais seulement des caresses et des larmes de joie. Aussi, sans trop écouter les remerciements que le brave homme lui adressait, le curé de plus en plus désireux de savoir pourquoi Louis, — c'était le nom de l'enfant, — avait quitté sa famille, se hâta-t-il de provoquer des explications sur ce point.

— Hélas ! monsieur le curé, ma pauvreté en est cause: avec une fille infirme, comme celui-ci, j'ai un autre garçon qui, Dieu merci, a de bonnes oreilles et une bonne tête; c'est le plus savant de notre école. Louis voulait aller avec lui apprendre à lire et à écrire ; mais le maître refusa de le recevoir parce qu'il n'est pas, dit-il, capable de l'instruire. La sourde-muette, qui est à l'école de Bruxelles depuis trois ans, a pris cette année des vacances. Louis l'a vue lire et écrire ; et depuis ce moment il nous désole pour aller la rejoindre. « Je ne veux pas rester un âne, nous dit-il par signes; conduisez-moi où est ma sœur; je veux partir; je veux partir ! » La sœur est placée aux frais de la commune ; je suis hors d'état de payer une grosse pension. Je n'ai pu faire comprendre à Louis que, pour obtenir une bourse et entrer à l'école, il faut qu'il attende la sortie de sa sœur, et dans son impatience un beau matin il nous a quittés.

Les assistants étaient tout attendris. Après avoir essuyé les larmes qui venaient malgré lui perler sur ses paupières, le bon curé reprit : — Je sais depuis longtemps qu'on suppose, à tort, les jeunes sourds-muets plus intelligents que les autres enfants ; mais je ne sup-

21

posais pas qu'ils pussent comprendre aussi vivement le bienfait de l'éducation. Pauvre enfant ! c'est donc pour l'école que tu as quitté le toit paternel, que tu as fait en trois jours plus de quinze lieues sans pain, sans argent pour te procurer un asile ! Retourne avec ton père et sois tranquille ; j'enverrai prochainement à l'instituteur de ton frère des livres qui lui donneront le moyen de commencer ton instruction.

Le bon curé dit, ou crut dire tout cela par signes au jeune sourd-muet qu'il embrassa avec effusion ; puis pour savoir à quoi le père attribuait l'infirmité de son enfant, il s'informa auprès du charretier s'il avait épousé une parente, s'il n'y avait jamais eu dans la famille d'autres sourds que Louis et sa sœur, et si leur habitation était rendue insalubre par l'humidité ; enfin il lui demanda en quels mois les deux sourds étaient venus au monde.

— La fille au commencement de janvier et le garçon que voilà, en plein mois de juillet.

— Avez-vous tardé longtemps à les faire baptiser ?

— Oh ! que non, Monsieur le curé ! le lendemain si ce n'est le jour même, l'un et l'autre furent présentés à la mairie et reçurent les saintes eaux.

— Vous rappelez-vous le temps qu'il faisait le jour du baptême de la fille ?

— Oh ! que oui, Monsieur le curé ! il faisait terriblement froid : on fut obligé de faire dégeler l'eau dont se servit notre pasteur.

— Voilà, dit le curé en se tournant vers le bourgmestre, voilà très probablement la cause première de l'infirmité qui afflige cette jeune fille. Quand la saison est trop froide, on joue gros jeu en exposant au grand air de frêles créatures à peine sorties du milieu si chaud où la Providence les avait placées, pour les présenter à la mairie et aux fonts baptismaux : en toute saison il est prudent de baptiser avec de l'eau tiède.... On remarque dans les écoles de sourds-muets que plus du tiers d'entre eux sont nés en décembre et en janvier, et que les années à hiver rigoureux sont celles où il naît le plus d'enfants privés de l'ouïe et de la parole. Aussi, par les froids rigoureux, je me fais un devoir de me transporter à domicile pour y administrer le baptême. Vos confrères, Monsieur le bourgmestre, feraient bien dans ces circonstances ou d'agir ainsi, ou de tolérer quelque retard pour l'accomplissement des prescriptions de la loi.

— Je suis de votre avis, Monsieur le curé, et l'hiver prochain il sera tenu compte de l'observation. Ma curiosité est si bien éveillée que je suis impatient de vous entendre expliquer comment il se fait que l'enfant que voilà, né en plein été et qui n'a pas dû être refroidi quand on l'a transporté à l'église, est néanmoins sourd-muet comme sa sœur.

— La chose n'est pas facile : un tiers des sourds-muets sont nés capables d'entendre ; mais un grand nombre de maladies qui assiégent l'enfance entraînent fréquemment avec elles la perte de l'ouïe. Ce sont principalement : les convulsions dont la dentition et la présence des vers intestinaux sont souvent accompagnées, la scarlatine, la rougeole, la petite vérole, la coqueluche, les fièvres cérébrale et typhoïde. Les grandes frayeurs, les chutes et les coups sur la tête ont souvent cette terrible conséquence....

— Ah ! Ah ! Monsieur le curé, fit la voix joyeuse d'un monsieur qui s'était doucement approché du groupe, je vous y prends, vous parlez médecine préventive.

— Il est vrai, docteur ; et pourquoi m'abstiendrai-je d'empiéter quelquefois sur vos terres, quand il vous arrive tous le jours d'empiéter sur les miennes ? Ne soulagez-vous pas le corps par les consolations que vous prodiguez à l'âme ?

— Bien répondu, Monsieur le curé, bien répondu ! Les améliorations et les détériorations corporelles se traduisent souvent au moral, les unes en perfectionnement, les autres en dégradation. Donnons-nous, vous et moi, constamment la main : que la science et la religion fassent la guerre à l'ignorance qui engendre tant de misères. Les recherches de mon collègue, M. Sauveur, vous ont profité.

— Dans ma jeunesse, repartit le digne prêtre, je m'occupais des sourds-muets sous la direction du savant abbé Carton. Depuis lors, tout ce qui a trait à ces malheureux et aux moyens d'adoucir leur infortune n'a jamais cessé d'exciter en moi un vif intérêt. L'occasion s'est offerte d'en causer avec mes paroissiens et je me suis bien gardé de la laisser échapper.

— Gardez-vous aussi de laisser échapper l'occasion de satisfaire la curiosité de M. le bourgmestre, reprit plaisamment le docteur.

— Puisque vous me piquez au jeu, je ne désespère pas d'y réussir, avec l'aide de Dieu et les renseignements que pourra me fournir le brave homme que voilà. Dites moi, père Z., continua le pasteur, êtes-vous bien sûr que Louis entendait durant les premiers mois qui suivirent sa naissance ?

— Parbleu, oui Monsieur, je suis sûr qu'il entendait alors, puisqu'il se retournait dès qu'il était appelé et qu'à huit mois il disait déjà *papa* et *maman*. Ma femme en était toute fière ; mais elle tomba gravement malade, et comme ni elle ni moi nous ne pouvions nous occuper du petit, il fut envoyé à la campagne chez une excellente femme qui en eut le plus grand soin. Tant qu'il fut entre ses mains, aucune maladie ne l'atteignit, et pourtant il nous revint sourd et muet comme sa sœur.

— Etes-vous bien certain que, chez cette femme,

l'enfant fut toujours bien portant et qu'il ne fit aucune chute ?

— Oh! oui, bien certain, monsieur le curé ; la nourrice est une si brave femme et elle l'aimait tant ! Pour ne pas le perdre de vue, elle l'emportait avec elle dans les champs.

— Eh bien, monsieur le bourgmestre, voilà probablement ce qui a fait le malheur du pauvre Louis : La nourrice l'emportait avec elle, le déposait sur l'herbe et l'abritait du soleil ; mais elle ne pouvait prévoir les changements subits de température. Dans les gorges ouvertes au nord, le passage du chaud au froid se fait si brusquement que la transpiration en est arrêtée ; de là ce qu'on appelle des refroidissements qui, chez les jeunes enfants, entraînent la perte de l'ouïe et amènent d'autres maladies dont on ignore la cause.

— Bravo ! monsieur le curé, dit le docteur ; vous avez ma foi rencontré juste : en Auvergne et dans les Alpes où les mères emportent leurs nourrissons, quand elles vont au travail, les vallées orientées nord et sud sont peuplées d'enfants devenus sourds par suite de refroidissements.

— Naît-il aujourd'hui en Europe eu égard au chiffre de la population plus de sourds-muets qu'autrefois? qu'en pensez-vous docteur ? On est généralement porté pour l'affirmative ; je suis d'un autre avis, et voici pourquoi : on peut révoquer en doute ce qu'on a dit de l'usage où l'on était, chez certains peuples, de priver de la vie, comme des monstres, les sourds de naissance ; mais on ne peut nier que le mutisme était autrefois considéré comme un signe de malédiction céleste ; ces malheureux étaient séquestrés ou relégués à la campagne. Depuis que la science, unie à la charité chrétienne, a découvert les moyens de les instruire, cet injuste préjugé s'est évanoui ; des écoles spéciales ont été ouvertes et ces déshérités y affluent. Ceux qu'on dissimulait aux regards attirent aujourd'hui l'attention publique ; on les croit plus nombreux, ils sont seulement plus en vue.

— Quant à moi, monsieur le curé, repartit le docteur, je crois bien avec vous que le nombre des sourds-muets semble plus considérable, parce qu'au lieu de les dissimuler on les montre ; mais je crois aussi qu'ils sont en effet plus nombreux : La vaccine conserve la vie à beaucoup d'enfants chétifs qui autrefois n'eussent pas résisté à la petite vérole ; les progrès de l'hygiène publique, les améliorations qui, sur plusieurs points de l'Europe, ont été introduites dans la condition des classes nécessiteuses, ont également préservé de la mort un grand nombre de jeunes enfants à constitution plus ou moins vicieuse, parmi lesquels se trouvent beaucoup de sourds de naissance. Lorsque de nouveaux progrès auront été effectués, qu'il y aura dans les populations, avec plus de bien être, plus de lumière et de moralité, le nombre des sourds-muets au contraire tendra nécessairement à diminuer....

Le docteur n'avait pas fini de parler, quand un dernier tintement de la cloche appela les fidèles à l'église. Le bon curé se hâta d'adresser par signes quelques recommandations au sourd-muet ; et, suivi de tout le village, il alla continuer par la prière l'œuvre sainte qu'une circonstance inattendue lui avait fait commencer au sortir de sa demeure.   *Causeries populaires.*

IX

L'École du Village pour les Sourds-Muets.

L'instituteur — Bonsoir, monsieur le curé, ne vous attendiez-vous pas à ma visite ?

Le curé — Ma foi non, monsieur Antoine, mais soyez

le bienvenu. Qu'est-ce donc qui me vaut le plaisir de vous voir ?

L'instituteur — Le désir d'apprendre dans quel but vous voulez que mon collègue de Z** reçoive le jeune sourd-muet Louis dans son école ?

Le curé — Vous ne le devinez pas ? C'est pour le soustraire à l'isolement, le discipliner et commencer à l'instruire.

L'instituteur — Mais ne va-t-il pas être le jouet de tous les autres écoliers ?

Le curé — Point du tout : devenu le camarade de ceux-ci, placé sous la protection du maître, le sourd-muet ne sera plus le souffre-douleur de personne.

L'instituteur — Pour discipliner il faut des préceptes, et comment les donner à celui qui n'entend rien ?

Le curé — On se forme d'abord à la discipline par l'exemple, on s'y fortifie par l'habitude.

L'instituteur — Mais comment l'instruction de ce pauvre enfant pourra-t-elle se faire dans une école de parlants ?

Le curé — D'abord par ses camarades qui, au bout de peu de jours, seront parvenus pendant les récréations à comprendre ses signes et à se faire comprendre de lui.

L'instituteur — L'intelligence du langage des signes n'est pas plus difficile à acquérir ?

Le curé — Non, la curiosité et la sympathie du jeune âge opèrent ce prodige.

L'instituteur — Mais les gestes et les signes du sourd-muet seront une cause incessante de distractions durant la classe !

Le curé — Vous n'avez donc pas lu la fable du chameau et des bâtons flottants ?

L'instituteur — Pardonnez-moi.

Le curé — Persuadez-vous donc que l'accoutumance aura bientôt rendu familiers aux élèves des signes qui, d'abord, leur avaient causé de l'étonnement; croyez aussi que les difficultés que présente l'instruction du sourd-muet, comme les bâtons flottants, paraissent beaucoup moindres quand on les voit de près?

L'instituteur — Comment s'y prend-on pour amener un enfant privé de l'ouïe à acquérir toutes les notions que nous avons acquises de nous-mêmes et comme en jouant?

Le curé — On fait tout simplement entrer par la fenêtre, c'est-à-dire par les yeux, à l'aide de l'écriture ce qui est entré chez nous par la porte, autrement dit par les oreilles, à l'aide de la parole.

L'instituteur — Y a-t-il des livres qui tracent de point en point la marche à suivre dans un enseignement dont pas plus que moi, j'imagine, mes confrères ne se font une idée?

Le curé — On n'a que l'embarras du choix. Les uns appuient l'enseignement de la langue sur la grammaire et sur des notions métaphysiques...

L'instituteur — Nos écoliers ont tant de peine à apprendre la grammaire! Ils en retirent si peu de fruit!

Le curé — D'autres enseignent le français en le faisant traduire en langage des signes.

L'instituteur — Cette manière me semble préférable; mais autant que je puis en juger, il faut alors que l'élève sache bien s'exprimer par signes et que le maître lui-même possède également bien ce langage.

Le curé — Vous avez raison, cher monsieur; et comme c'est dans les écoles spéciales seulement que maîtres et élèves connaissent bien le langage des signes, la méthode traductive n'est pas applicable dans les écoles primaires. Il est enfin des livres, beaucoup moins nombreux, où l'on enseigne le français sans se préoccuper de la grammaire, et où le langage des signes n'intervient que peu ou point.

L'instituteur — Ces derniers sont-ils mieux à la portée des instituteurs ordinaires ? Je ne comprends pas comment, sans la grammaire et sans les signes....

Le curé — Patience ! Veuillez me répondre. Les mères se servent-elles de grammaire, créent-elles un langage des signes pour instruire leurs nourrissons ?

L'instituteur — La plus ignorante a trop de bon sens pour se donner ce ridicule.

Le curé — Eh bien ! le bon sens, les procédés instinctifs de toutes les mères, pris sur le fait, ont servi de guide à l'auteur de cette dernière méthode : Le maître donne à d'autres élèves, en présence du sourd-muet, des ordres très simples qui, exécutés sous les yeux de celui-ci, lui révèlent le sens des mots employés. Ces mêmes ordres aussitôt après sont adressés au sourd-muet qui, en les exécutant à son tour, prouve les avoir compris. Quand il a gravé ces formules dans la mémoire on l'amène à en faire usage, c'est-à-dire à donner à d'autres les ordres qu'il sait exécuter. Puis, toujours éclairé par l'intuition des faits, entraîné par l'imitation, inspiré par l'analogie, il arrive petit à petit à répondre à des questions élémentaires, puis à transmettre à ses camarades la pensée du maître, puis à poser des questions, puis enfin à raconter ce qui se passe autour de lui.

L'instituteur — De semblables leçons n'absorbent-elles pas un temps considérable ?

Le curé — Non. Quelques minutes seulement avant ou après la classe *peuvent* parfaitement suffire.

L'instituteur — A quoi le sourd-muet est-il occupé le reste du temps ?

Le curé — Aux leçons d'écriture et de dessin, tout comme les autres écoliers.

L'instituteur — Cela se conçoit ; de telles leçons étant principalement du ressort des yeux ; mais avec l'écriture et le dessin il y a l'histoire sainte, le catéchisme, la

grammaire.... Est-ce que le sourd-muet peut y participer aussi ?

Le curé — Non, cher monsieur Antoine ; il faut, à ces
heures, mettre entre ses mains un livre qui lui permette
d'étudier seul, ou lui donner un moniteur qui lui fasse
réciter par écrit les leçons qu'il a apprises.

L'instituteur — A parler franchement, monsieur le
curé, tout cela constitue pour le maître un tel surcroît
de travail et pour nos élèves des dérangements si nombreux, que mieux vaudrait laisser aux écoles spéciales
le soin d'instruire le sourd-muet.

Le curé — Changerez-vous d'opinion quand il sera démontré qu'à ce que vous considérez comme nuisible, il y
a d'amples compensations ?

L'instituteur — Certainement, monsieur le curé.

Le curé — Eh bien, les leçons de français données
aux sourds-muets sont éminemment profitables aux parlants ?

L'instituteur — Vous croyez, monsieur le curé ?

Le curé — J'en ai mille et mille preuves. Tenez, les
sourds-muets ne font, pour ainsi dire, jamais de fautes
d'orthographe.

L'instituteur — Je l'ai ouï dire, mais je n'y ai pas
ajouté foi.

Le curé — Vous avez eu tort. Les sourds-muets apprennent l'orthographe par la vue comme nous apprenons la prononciation par l'ouïe. Or comme nos yeux
ne sont pas moins bons que les leurs, il est évident que
nous pouvons, en cultivant la mémoire de la vue, apprendre l'orthographe sans peine comme le font les sourds-
muets.

L'instituteur — D'après cela, monsieur le curé, on
serait porté à conclure que, loin d'être nuisible à l'intérêt des élèves parlants, la présence d'un sourd-muet
tournerait à leur avantage.

Le curé — Oui, cher monsieur Antoine, et de plusieurs façons : Les élèves les plus avancés appelés à concourir à l'instruction du pauvre affligé y trouvent une occasion de développer leur intelligence et leur cœur ; enseigner dans de telles conditions est un sûr moyen d'apprendre soi-même et d'acquérir par la pratique la charité, vertu qui résume toutes les autres.

L'instituteur — Mes paroles ont été mêlées de tant de *mais*, de *cependant* et de *si* que je n'ose plus ouvrir la la bouche.

Le curé — Parlez, parlez encore, cher voisin ! les objections faites de bonne foi concourent à mettre la vérité dans tout son jour.

L'instituteur — J'admets sans peine toutes vos affirmations, monsieur le curé, et néanmoins je me demande ce que les sourds-muets ont à gagner à commencer leurs études à l'école primaire, s'ils ne peuvent pas les y compléter.

Le curé — Trouvez-vous également facile d'enseigner à lire à un enfant de 6 ans ou à un garçon de 14 ou 15 ans ?

L'instituteur — Oh ! non, monsieur, la facilité qu'ont les enfants à apprendre à lire diminue à mesure qu'ils prennent des années.

Le curé — S'il en est ainsi chez les enfants doués de tous leurs sens, que doit-il en être chez ceux dont les facultés ne sont pas à chaque instant exercées par des relations faciles avec la société ! Commencée trop tard l'instruction du sourd-muet est devenue presque impossible. Pourquoi des salles d'asile ont-elles été créées partout où la moralité et le bien-être des enfants sont prisés comme ils doivent l'être ?

L'instituteur — Pour les préserver des mauvais exemples, du vagabondage et de mille fâcheux accidents. Ah ! je vous comprends, monsieur le curé, les sourds-muets

ont plus que les autres besoin de protection et de surveillance. C'est pour cela que notre gouvernement,
plus charitable que la plupart des autres gouver-
nements européens, a mis à la charge de l'Etat, de la
province et de la commune l'instruction des sourds-
muets.

Le curé — La loi dont il s'agit fait honneur à notre
pays. Mais ne croyez pas que, par le fait de son existence, l'instruction de tous nos sourds-muets se trouve
assurée. Remarquez d'abord que cette loi n'a trait
qu'aux indigents. Les familles non indigentes, mais
gênées ou peu éclairées, reculent devant la grosse dépense qu'entraînent de longues années de pension.

L'instituteur — Certaines communes, jalouses de ne
pas aggraver les charges de leur budget, ajournent l'envoi d'un sourd-muet à l'école jusqu'à la sortie d'un élève
en cours d'instruction; et, quand ce moment arrive,
l'âge ou les habitudes de paresse et de vagabondage ont
fait de cet infortuné un être dangereux ou incapable.

Le curé — Il y a pis : d'autres communes, faute de
ressources et non de sentiments charitables, j'aime à le
croire, dissimulent l'existence des sourds-muets qui se
trouvent dans leur sein, afin de n'avoir pas à les faire
instruire.

L'instituteur — Les institutions de Bruxelles, Liége,
Bruges, Gand et autres villes ne réunissent donc pas,
comme je le pensais, tous les sourds-muets belges qui
sont en âge de participer aux bienfaits de l'éducation ?

Le curé — Assurément non, leurs ressources ne le
permettent pas, et ce qui vous étonnera peut être c'est
que, selon moi, de la réunion prolongée de sourds-muets
entre eux résulterait plus de mal que de bien.

L'instituteur — Et les motifs, monsieur le curé ?

Le curé — Les sourds-muets ne sont pas destinés à
former une petite société au milieu de la grande, mais

à se fondre dans celle-ci ; or l'école spéciale les tient séparés du monde. S'ils restent trop longtemps éloignés du foyer paternel, les liens, les affections de la famille en sont relâchés ; et c'est pour les sourds-muets encore plus fâcheux que pour les parlants.

L'instituteur — Vous avez réponse à tout, monsieur le curé ; à vos charitables théories il ne manque plus que la sanction de l'expérience.

Le curé — Cette sanction leur est acquise : je puis citer de mémoire, dans le département du Bas-Rhin seulement, les écoles de Bethviller, Salenthel, Huberac, Schaffaussen, Goirlingen, Saverne et Schillersdorf qui ont admis déjà des sourds-muets au nombre de leurs élèves et n'ont eu qu'à s'en applaudir. Adieu, la soirée s'avance ; nous n'avons qu'effleuré la matière. Si jamais, cher monsieur Antoine, un sourd-muet se présente dans votre école n'hésitez pas à le recevoir : les soins que vous lui donnerez vous grandiront dans l'estime du public et appelleront sur votre œuvre les bénédictions d'en haut.

Causeries populaires publiées par la baronne de Crombrugghe. Bruxelles — Claassen 1868.

X

Ébauche d'une préface pour une seconde édition de la Méthode d'enseignement de M. Valade-Gabel.

La méthode intuitive, conçue à Paris vers 1833, grandit et se développa, de 1838 à 1850, dans l'institution nationale des sourds-muets de Bordeaux. En 1862 elle fut imposée aux institutions appartenant à l'État. Aujourd'hui elle est généralement adoptée par les institutions religieuses et les institutions laïques dites départementales. La traduction qui en a été faite en espagnol et en portugais atteste qu'elle se propage à l'étranger.

A quoi attribuer de tels succès ? — A la facilité avec laquelle les procédés de cette méthode se combinent avec l'enseignement par la parole, et l'enseignement par le langage des signes ; — à la solidité et à la fécondité des principes sur lesquels elle repose ; — à la simplicité des moyens qu'elle met en œuvre ; — et surtout à la supériorité des résultats qu'elle obtient.

L'assertion n'a rien de hasardé : sur l'invitation des ministres de l'intérieur et de l'instruction publique, l'Institut de France élut dans son sein, en 1857, une Commission spécialement chargée d'étudier le mérite relatif des différentes méthodes en usage pour l'instruction des sourds-muets. A la suite de savantes recherches et de nombreuses discussions, la Commission reconnut que, pour asseoir son jugement, il lui était indispensable d'étudier la mise en pratique des théories. En conséquence M. Franck, l'éminent philosophe, se transporta dans les écoles les plus en renom, y soumit les élèves à de nombreuses épreuves, puis exposa ses appréciations dans un consciencieux rapport qui fut approuvé par l'Institut réuni en assemblée générale, le 3 juillet 1861.

Ne pouvant reproduire en entier ce remarquable travail nous nous bornons à en citer quelques passages :

« La méthode de M. Valade-Gabel, dans ce qu'elle a de plus essentiel et de plus général, se résume dans ces deux propositions : — 1° Il faut apprendre au sourd-muet la langue de son pays par l'écriture, comme on l'apprend à l'enfant doué de l'ouïe par la parole, sans l'intermédiaire, ni des signes naturels, ni des signes méthodiques ; — 2° au lieu de commencer par les mots en les expliquant un à un, au point de vue de leur signification et de leur rôle grammatical, pour former ensuite des propositions, il faut commencer par la proposition, qui, une fois entendue, apporte nécessairement avec elle le sens particulier de chaque mot, en même temps qu'elle fait comprendre son caractère grammatical ou sa fonction générale dans le discours....

Les deux principes que nous énoncions tout à l'heure ne sauraient donc être accueillis avec la défiance qui s'attache à juste titre, surtout en matière d'enseignement, aux réformes radicales, aux innovations téméraires. Ils ont pour eux la consécration du temps et l'autorité des plus grands maîtres. Mais à M. Valade-Gabel appartient le mérite de les avoir fait passer sans exagération et sans fausse timidité, de la théorie dans l'application ; d'en avoir tiré une méthode aussi simple que féconde, et dont toutes les règles, étroitement liées entre elles, font honneur à la justesse, à la sagacité, aux vues éminemment pratiques de l'esprit qui les a conçues...

Il ne peut pas entrer dans notre dessein de suivre M. Valade-Gabel dans tous les détails de sa méthode, malgré la fécondité d'esprit et le talent d'observation qu'ils révèlent pour la plupart. Qu'il nous suffise de dire que l'habile et consciencieux instituteur a trouvé l'art d'alléger singulièrement toutes les difficultés en les divisant et en les disposant avec précaution les unes à la suite des autres selon le degré de résistance qu'elles opposent, non pas à l'intelligence de tous les enfants, mais à l'intelligence particulière du sourd-muet. C'est ainsi qu'après avoir rattaché à la proposition impérative tous les mots, toutes les déterminations grammaticales qui lui laissent sa clarté, sa simplicité et le précieux avantage de se traduire aux yeux par l'action, il remplace cette première forme par une autre déjà plus abstraite et plus difficile à comprendre, par la proposition infinitive. A celle-ci vient succéder la forme de l'interrogation, qui amène naturellement celle de la réponse, de l'énonciation simple, de l'exposition ou du récit, c'est-à-dire la forme indicative....

La méthode de M. Valade-Gabel n'est pas un système plus ou moins ingénieux qui attend encore la consécration de l'expérience. Appliquée tout entière et sans interruption, depuis 183', dans l'institution impériale de Bordeaux, d'abord par l'auteur lui-même, placé à la tête de ce grand établissement, ensuite par ses disciples et ses continuateurs, il y a vingt-deux ans qu'elle fait ses preuves. Nous avons visité avec un soin particulier l'institution de Bordeaux, et nous y avons constaté des résultats supérieurs à ceux que nous avons rencontrés ailleurs. Ces résultats, il nous est impossible de les considérer comme d'heureuses exceptions ; car nous les avons obtenus de la grande majorité des élèves répondant simultanément, classe par classe, aux questions multipliées que nous leur adressions par écrit, et traitant devant nous, sans préparation, les sujets que nous jugions utile de leur proposer. C'était ou une action compliquée à raconter, au moment même où nous venions de l'exécuter sous leurs yeux, ou une gravure sans titre et apportée par nous-même dans ce dessein, à expliquer au gré de leur imagination, ou quelque lettre à improviser, ou des questions d'histoire et de grammaire à résoudre. »

Loin de mettre un terme aux attaques dont la méthode intuitive avait été l'objet dès son apparition, l'éclatante approbation de l'Institut ne fit que redoubler ces attaques.

En France, en Belgique et en Allemagne des esprits superficiels et prévenus, jugeant l'ouvrage sur son simple intitulé, prétendirent sans raison qu'il proscrit absolument la coopération de tout langage des signes ; ils dénièrent aux sourds-muets la possibilité de penser avec les mots écrits. A en croire ces critiques, sans l'intermédiaire du langage des signes les mots resteraient toujours vides de sens ; la méthode intuitive serait *une injure faite au sens commun* (sic) ; on est allé jusqu'à affirmer dans deux gros volumes que cette méthode constitue *un crime de lèse-humanité* (sic). En présence de tant d'accusations dénuées de fondement et d'assertions erronées, l'auteur aurait pu garder le silence ou répondre : Ouvrez les yeux et donnez-vous la peine de lire et de comprendre mon livre ; il préféra descendre dans la lice.

— Au docte instituteur de Bruges qui, prétendant prouver la nécessité d'un langage des signes pour initier tant les enfants doués de l'ouïe que les sourds-muets à l'intelligence des langues syllabiques, avait écrit :

« Renfermez une mère avec son enfant qui entend,
« dans une chambre, mais séparez-les, ne fût-ce que par
« une cloison de papier opaque. La mère aura beau
« répéter, pendant des années, tous les mots de la lan-
« gue, placer ces mots dans toutes les positions qu'ils
« peuvent occuper dans la phraséologie, l'enfant finira
« probablement par répéter les sons qu'il entend, mais
« ces sons n'auront pour lui aucune valeur intellectuelle ;
« ils ne lui rappelleront aucun fait, aucune idée ; il ne
« saura même pas si sa mère a voulu dire quelque
« chose ; il apprendra peut-être à *bruire*, à faire réson-
« ner l'organe de la voix, mais ne parlera pas, car il ne
« suffit pas de parler ou d'écrire pour faire comprendre
« une langue à celui qui l'ignore. » (*Carton - Philo-sophie*, etc., p. 5 et 6.)

M. Valade-Gabel se borne à répondre : « Hélas ! Monsieur, vous dont l'active charité s'étend aux sourds-muets et aux jeunes aveugles, vous qui vivez au milieu de ces deux classes de déshérités, comment n'avez-vous pas remarqué que *les aveugles de naissance, séparés de leur mère par une cloison malheureusement trop opaque, entrent néanmoins en possession de la langue maternelle sans qu'il ait été fait usage d'aucune espèce de signes mimiques, presque aussitôt que si cette fatale cloison n'existait pas ?*

Pourquoi vous obstiner à voir ce langage antérieur dans je ne sais quelle mimique ?

Les faits et les réalités constituent seuls le langage antérieur sans lequel les entendants n'entreraient jamais en possession de la langue maternelle, et *sans lequel les sourds-muets n'inventeraient jamais leurs signes.* »

— M. Hill, inspecteur des sourds-muets de la Prusse orientale, voit dans la méthode nouvelle une méthode au rebours. « Je m'incline devant cette assertion, lui est-il répondu ; oui monsieur, la méthode intuitive est une méthode au rebours. Tandis que les dessinateurs tracent maisons et chaumières en commençant par le faîte, les maçons construisent les leurs, en commençant par les fondements. Vous êtes le prestigieux artiste, je suis l'humble maçon ; vous vivez de fictions, je m'appuie constamment sur les réalités. Aussi qu'arrive-t-il ? Vous l'affirmez vous-même : *la langue que vous enseignez reste toujours trop obtuse pour pénétrer promptement dans l'âme du sourd-muet.* Et moi je soutiens, en me fondant sur une longue expérience et comme il a été constaté par l'Institut de France, qu'instruit par la méthode intuitive le sourd-muet associe directement l'idée au mot et qu'il acquiert en même temps la connaissance et le sentiment de la langue écrite. Ce moyen de communication serait pour lui l'équivalent de la langue parlée, s'il offrait pour les relations sociales autant de facilité que la parole.* »

— A s'en rapporter aux dires du docteur Fournié l'instituteur commettrait un crime de lèse-humanité quand il prétend faire penser le sourd-muet avec des mots ;

* L'organe des institutions de sourds-muets et de jeunes aveugles — année 1858, Friedberg.

attendu qu'en plaçant sous les yeux de celui-ci un objet et le nom de cet objet on fait entrer dans son cerveau deux images et pas une idée ; la signification ne peut être imposée aux mots que par des mouvements mimiques.

Voilà de la théorie pure : les mots parlés et les signes n'expriment pas l'idée par leur propre nature ; ce ne sont que des objets capables d'impressionner, les premiers, le sens de l'ouïe, les seconds, le sens de la vue. Quand ils contiennent l'idée c'est qu'on l'y a mise ; et ce qu'on a mis dans la parole ou dans les signes, on peut également le mettre dans l'écriture. Il est évident que si l'on présente à l'élève un objet qu'il n'avait pas encore vu, le nom dont on accompagne cet objet ne lui rappellera par la suite qu'une image. Mais si l'objet est connu de l'élève, un fruit dont il a mangé, une cerise par exemple, la vue du mot *cerise* réveillera nécessairement en lui le souvenir de la forme, du volume, de la couleur, du goût et de la consistance de ce fruit. C'est ainsi que, sans entraîner le lecteur dans les nuageuses régions de la métaphysique, M. Valade-Gabel démontre l'inanité des objections en apparence les plus graves.

Mais qu'une sage critique élève la voix, l'auteur s'empresse de l'écouter. — L'Institut ayant jugé l'ouvrage trop savant et trop étendu pour les instituteurs primaires, M. Valade-Gabel en a extrait et donné, sous forme catéchistique, un abrégé qui, avec le secours d'un livre d'images, met le plus modeste instituteur à même d'occuper utilement le sourd-muet dans son école durant deux ou trois ans. L'édition que nous donnons aujourd'hui est donc destinée exclusivement aux professeurs spéciaux ; aussi y a-t-on joint l'indication des exercices en signes gestuels dont les leçons peuvent être suivies dans leurs écoles, mais qui ne doivent jamais les précéder. Agir autrement ce serait rendre l'attention paresseuse et entretenir chez l'élève l'habitude de penser avec les signes.

Afin de répondre au désir de quelques instituteurs, il a été beaucoup ajouté à la liste des mots dont la signification peut être enseignée sur les leçons données comme modèles. L'auteur aurait voulu faire plus : étendre assez son ouvrage pour le transformer en une sorte de cours élémentaire de langue française ; mais, après plusieurs tournées d'inspection dans les écoles départementales, il a plus que jamais la conviction profonde que ce serait nuire au lieu de servir. L'expérience en a été faite : dans plusieurs établissements des plus recommandables, pour faciliter la tâche des professeurs, suppléer à l'inexpérience des répétiteurs, ou bien encore épargner aux élèves des transcriptions pénibles et fréquemment fautives, on n'a pas reculé devant la dépense qu'entraîne l'impression de plusieurs gros volumes. Partout et toujours, loin d'en être améliorés, les résultats des études en ont été amoindris *; à tel point que presque partout tableaux, cahiers lithographiés, volumes imprimés dans lesquels on avait immobilisé la forme et le détail des leçons, ont été forcément mis de côté. . . . . . .

* Ce qui semble inexplicable est pourtant de facile explication : pour graver dans l'esprit la valeur des mots, les faits et les réalités sont infiniment plus puissants que les signes. Si donc, au moment où les phrases suivantes ont été écrites, elles répondaient exactement à des faits actuels connus des élèves, nul doute qu'elles n'aient été comprises et que le sens des mots ne soit retenu : — *Notre jardinier est boiteux. — Un élève est décédé à l'infirmerie. — Les cerises commencent à rougir.* Mais immobilisées dans un livre, passant d'un lieu à un autre ou montrées dans un autre temps et à d'autres élèves, ces phrases ont cessé d'être en corrélation avec les faits, il peut en résulter de fausses associations entre les idées des élèves et les mots dont elles sont formées ; car, ainsi que l'a dit Bébian, les faits doivent longtemps expliquer les mots avant que les mots puissent réveiller les idées.

Les imprimés qu'on peut, sans inconvénient, mettre de bonne heure aux mains des élèves ne doivent contenir que l'expression de faits permanents et bien connus tels que : *Le matin je m'éveille, je m'habille et je prie,* etc.

A. V.

XI

Méthode d'enseignement. — Additions et corrections.

Voir la première édition de la Méthode. 1 vol. in-8. Paris Dézobry et Magdeleine 1857.

MÉTHODE INTUITIVE

DE LANGUE FRANÇAISE POUR LES SOURDS-MUETS.

———

Pages Lignes

1　6　leur voix, « quand ils en ont... » est « courte », rauque

2　4　atteinte « à l'existence » des facultés

9 ajoutez : 3 bis « Son infirmité l'expose à des préventions
« injustes : par exemple, de ce qu'il ne détourne pas ses
« regards de la personne qui le gronde, on conclut qu'il
« est dépourvu de sensibilité morale. Il ne saurait autre-
« ment apprendre ce qu'on lui reproche ; et s'il détour-
« nait les yeux, il agirait comme un enfant doué
« d'audition qui se boucherait les oreilles. »

16　d'une « langue, tout » se passe

22　qui reste « habituellement » étrangère...

25　« Au rebours de » ce qui a lieu

30　« Tandis que » l'isolement et le silence favorisent « en
« nous » l'exercice de la réflexion, « l'isolement et le
« silence joints à la privation d'une langue régulière
« mettent le sourd de naissance hors d'état de réfléchir.

3　10　raisonnement « formel et » suivi

11　secours « qu'offrent à la pensée les langues syllabiques »

4　2　distraction « pour nous » si fréquente

27　son isolement fatal

28　les « autres » enfants de son âge

5　12　équitable « et » affectueux, « on » ne tarde

20　sourds-muets entachés d'idiotisme « ou » que les mauvais

23　« faussé » le sens moral (1) Les autres... trouver « dans
« cette esquisse »

6　7　exposés « quel doit être le but principal »

15　« Mais » ce n'est pas..... civiliser, « c'est encore » un
ignorant

7　4　le « langage » qui rapproche « les hommes »

7　6　§ 21. Nos efforts devront donc avoir pour objet « d'enrichir
« et de régulariser le langage des signes qu'il s'est créé
« et de lui enseigner en même temps une langue syllabi-
« que, à l'effet de fortifier en les développant ses facultés
« intellectuelles et morales, d'accroître ses connaissances
« et de lui rendre faciles, les relations avec la société au
« sein de laquelle il est appelé à vivre. »

13　en usage « avec les sourds-muets »

16　« auxquels » de ces moyens, « suivant les cas, faut-il »
donner

10　2　« quand », il faut abstraire

11　« Le mérite de » chacun...

Pages Lignes

10 12 se mesure « d'abord »

15 affaiblies ? — « le langage des signes, l'écriture et la dactylologie viennent en première ligne. »

17 mutisme ? — « l'écriture et la phonomimie lui seront particulièrement profitables »

22 écouter ? — « C'est à la parole et à l'écriture qu'il faut
donner la préférence. »

24 § 30 « Le mérite absolu des instruments de communication est plus difficile à déterminer. » Quelles sont

28 passionnée de « la » poitrine pour pénétrer « dans » les

11 2 Supprimez depuis « La préférence » jusqu'à « d'instruire. »

9 reculeront « probablement les gens du monde. » Aussi...
appendice « les études que nous avons faites » sur cette
matière... principes qui y sont « établis. »

21 La « fugitivité, c'est-à-dire l'instantanéité de »

12 4 « Moins rapidement produite, elle est néanmoins plus
« difficilement perçue : celui qui s'exprime n'a conscience
« de ce qu'il dit que par une sorte de mâchement ; celui
« qui écoute ne distingue les mots que par des impres-
« sions visuelles incomplètes et vagues. Pour l'un comme
« pour l'autre, la parole morte manque de netteté et de
« précision ; elle absorbe trop l'attention et force celui qui
« écoute avec les yeux à rester étranger aux scènes qui se
« passent autour de lui. »
« Ainsi réduite, transformée, la parole conserve néan-
« moins des avantages qui ne sont pas à dédaigner pour
« la facilité des relations sociales et pour régulariser
« l'action de la pensée ; mais elle est impuissante à pro-
« voquer chez le sourd-muet enfant » l'essor etc.

16 « Produit... comme la parole : « vivant, imitatif » rapide
et sympathique.

13 2 « A lui encore le privilége de servir de premier instru-
« ment de communication entre le maître et l'élève
« sourd-muet, non pour initier celui-ci à l'intelligence
« de la langue écrite, mais pour le soustraire le plus tôt
« possible à l'isolement moral qui lui a été si funeste. »
« Les plus précieuses de ces propriétés font défaut aux
« signes méthodiques : Ils ont perdu la rapidité ; ils n'ont
« plus rien de sympathique. C'est en vain qu'on prétend
« leur conserver le naturel imitatif ; surchargés d'indica-
« tions grammaticales qui offusquent la pensée, ils ne
« constituent plus par eux-mêmes une langue, mais la
« prononciation gesticulée des mots d'une langue. » Par
eux le maître... de la vie « les signes méthodiques » sont...

22 De ne point provoquer « l'attention comme le font la
« parole et les signes mais de la rendre paresseuse par
« sa permanence ; »

Pages Lignes

« après avoir préalablement étudié les procédés dont elles
« font usage, procédés à la fois si simples et si puissants
« qu'on a pu les croire surnaturels. »

23 14 § 52. Aux yeux... mère « n'est pourtant que » sotte routine... précis, « suffisamment » enchaîné... ces moyens
« se résument dans les mots : *excitation, activité, imitation,*
« *acquisition des connaissances par intuition, association des*
« *idées aux mots par concomitance, culture, développement*
« *des facultés par le mécanisme et les propriétés du langage.* »

29 § 53 « Parvenu à l'âge de dix à douze ans le sourd-muet
« abandonné à lui-même tient, au point de vue intellectuel
« et moral, plus de l'enfant au berceau que de l'adulte
« illettré ; l'instruire uniquement par l'écriture serait d'une
« désespérante lenteur, on réussirait difficilement à
« combler les lacunes qui existent dans son esprit, à
« réparer le temps que la surdité lui a fait perdre. Aussi,
« pour hâter son instruction, doit-on accepter le concours
« des signes qu'il s'est créés, langage auquel d'ailleurs
« aucune puissance humaine ne saurait le contraindre
« à renoncer, tant qu'il vivra dans une société d'enfants
« privés comme lui de l'ouïe et de la parole. »

24 7 § 54 « En dehors de la classe et des leçons régulières qui
« y sont données, nous nous hâtons de le reconnaître, le
« langage naturel des signes, tel qu'il est en usage dans
« les institutions spéciales, donnera de plus en plus
« l'essor à l'intelligence et aux sentiments moraux du
« sourd-muet. Ce langage, qui s'étend et se perfectionne
« dans toute société de sourds-muets, contribue nécessai-
« rement à remplir en eux les immenses lacunes dont
« nous venons de constater l'existence, mais avec des
« mots écrits, pour les amener à penser comme nous
« pensons, avec des mots parlés. — Pour qu'ils puissent
« devenir les principaux auteurs de leur propre instruc-
« tion, le maître devra s'abstenir rigoureusement d'inter-
« poser, sous prétexte d'explications, aucune espèce de
« signes entre les propositions écrites et les faits dont elles
« sont l'expression, »

15 § 55 « Plus tard des rapprochements pourront être utile-
« ment opérés entre la phrase écrite et la phrase mimi-
« qué ; les signes deviendront un précieux instrument de
« contrôle et de vérification. Mais nous ne saurions trop
« insister sur ce point : l'enseignement de la langue fran-
« çaise, par intuition, proscrit rigoureusement toute
« espèce de langage des signes comme premier instru-
« ment d'initiation au sens de la phrase écrite. » Après
avoir substitué l'œil à l'oreille, l'écriture... mérite la dénomination « que nous lui avons donnée. » C'est en...

Pages Lignes

25 2 recherches... méthode « intuitive. »

     7 Supprimez les lignes 7 et 8.

26 1 dont « l'enfant » est l'objet

   21 « isolément les » diverses parties

   26 « fractionnement ; la » proposition... n'est « encore pour lui » qu'un mot...

   29 § 62 bis « Dès qu'elle a conscience d'être comprise, la « mère ne se borne plus à raconter à son enfant les « petites scènes qui s'offrent à leurs regards, elle se « complaît à relater brièvement les faits dont il a été le « témoin, puis à annoncer ceux qui vont se produire, et « sans songer à la grammaire, elle l'initie à la distinction « des trois temps principaux. — Cette traduction conti- « nuelle des faits par la parole et de la parole par les « faits, toujours en concordance avec la réalité, est une « des principales causes de la rapidité avec laquelle « l'enfant s'approprie l'intelligence du langage. »

27 2 les images « sous lesquelles se présentait en lui la « pensée. »

    4 § 64 « Parfois » il acquiert « en même temps » la con- naissance « de la chose et celle du mot, » parce que

  11 « presque » entièrement muet,

  23 devine et qu'il « se l'approprie. » L'instinct

  25 « d'acquérir » une foule incalculable

28 9 faire deviner « le sens de » fort

29 2 méthode « intuitive »

  10 « ces » impressions

  11 entre « les organes de la voix... » et « l'enfant » reproduit... « papa. En comprend-il bien la signification ? — Non, « parcequ'il se sert de ce mot pour appeler sur lui indis- « tinctement l'attention de tous ceux qui l'entourent. Il ne « tarde pas à prononcer d'autres mots qu'on défigure pour « les accommoder à l'inexpérience et à la faiblesse de ses « organes comme nanan, dada, bobo et autres mots dont « il lui est plus facile de saisir le sens (§ § 1, 2, I, II.) »

  17 § 71 « L'enfant va entrer graduellement en possession de « la parole, comment s'en servira-t-il ? — il s'en servira « comme il est parvenu à la comprendre : les premiers « mots qu'il a compris expriment des ordres qu'il a vu « exécuter et que plus tard, par imitation, il a exécutés « aussi ; les premières phrases qu'il prononcera seront « l'expression de sa volonté. Il a obéi, il prétend se faire « obéir ; et nous le voyons employer progressivement les « formes de la proposition impérative dans l'ordre où il « en a acquis l'intelligence ; puis, à mesure que l'expé- « rience lui révèle la puissance de la parole, il fait de « nouveaux efforts pour s'en approprier l'usage. »

Pages Lignes

30 3   § 72 « Avant de prononcer, plus ou moins bien, l'en-
« semble d'un mot, l'enfant ne s'est point exercé à en
« prononcer les éléments ; chaque mot lui semblait un
« tout indécomposable ; un peu plus tard il y distingue
« des syllabes et, dans la syllabe, des sons et des articu-
« lations. Il procède toujours ainsi par voie analytique :
« de même qu'il est descendu de l'intelligence de la
« proposition à l'intelligence de ses parties, il va de la
« prononciation des mots entiers à la prononciation de
« leurs éléments constitutifs. »

      12   § 73 Aussitôt qu'il... « l'enfant » dispose

      18   § 74 L'esprit n'a jamais chez « lui »

      24   § 75 « Il ne possède encore qu'un assez petit nombre de
« mots et il est en état d'exprimer un grand nombre de
« ses conceptions. Il doit en être ainsi, puisque les for-
« mules dont il s'est approprié le sens lui servent de
« modèles et que, selon nos observations, ses connaissan-
« ces en nomenclature résultent de la décomposition
« qu'il a faite de la phrase » (§ 63)

      32   § 76 « Nous craignons » de n'avoir pas

31 2   toute « la compréhension qu'ils comportent, c'est-à-dire
« qu'il n'y voit pas la somme des idées partielles que ces
« mots renferment ; » il s'écoulera... deviennent pour lui
« de véritables » noms...

      23   à « mieux comprendre les pronoms et à l'intelligence de
« la proposition indicative. »

36 31   § 91 « Résumons-nous, » l'enfant

37 1   les soins « qui lui sont donnés à cette intention. »

      8   « enfin » par les objets qui « l'entourent » et par les
temps...

38 1   « l'ont excité à jouer » un rôle

      3   aux cris « sont venus » s'associer... bientôt il « a com-
« mencé » à

      8   et parvient « en peu de temps » à s'approprier « entière-
« ment »...

39 2   « Pour s'instruire » le sourd-muet doit être placé...

40 3   § 93. 94. 95 Les conditions « qui rendent si faciles l'intel-
« ligence et la pratique de la langue maternelle » sont
de deux sortes : extérieures et matérielles... sous le
même toit.

      10   § 96 « Quand le sourd-muet arrive à l'école, il est pourvu
« non seulement d'une certaine somme d'idées, mais
« encore d'un langage de son invention. Pour l'assimiler
« à l'enfant au berceau faut-il le considérer comme
« dépourvu de toute espèce de notions et ne tenir aucun
« compte des signes dont il fait usage ? — »

« Distinguons : — dans la classe et pour lui donner les
« premières leçons de langue française écrite; oui, il faut
« considérer d'abord l'élève comme dépourvu d'idées et
« ne point se servir du langage des signes. — Mais, hors
« de là, proscrire le langage des signes serait une tenta-
« tive inintelligente et funeste. »

« Le langage des faits est compris des sourds comme
« des entendants. L'entendant lui doit la connaissance
« de la parole. Il éclaire l'intelligence du sourd-muet et
« l'induit à créer son langage des signes ; c'est sur ce
« même langage des faits que le maître doit s'appuyer
« pour amener l'élève à penser avec les mots écrits et à
« écrire sa pensée.

« La médecine et la pédagogie sont impuissantes à
« restituer au muet complétement sourd le sens dont
« il est privé, il faudra donc, selon la pittoresque expres-
« sion de l'abbé de l'Epée, que nous fassions entrer chez
« lui par la fenêtre ce qui chez nous est entré par la
« porte. »

« Sous l'inspiration du langage des faits et sous l'em-
« pire de la nécessité sa constitution lui a déjà ouvert la
« voie : il s'est créé un langage des signes. Dès qu'il est
« entouré de ses pareils, il comprend ses pareils, son
« maître et se fait comprendre d'eux. L'éducation com-
« mence : le maître peut directement contribuer au déve-
« loppement des facultés intellectuelles et morales du
« sourd-muet. Ce moyen de communication pourrait suffire
« pour le civiliser et l'instruire ; mais comme il le
« laisserait étranger au milieu de la société des parlants,
« nous devons lui enseigner notre langue sous la seule
« forme entièrement accessible à la vue, c'est-à-dire sous
« la forme écrite. »

§ 97 « Que la classe soit donc pourvue de tableaux sur
« lesquels on puisse avec de la craie parler toujours à ses
« yeux, qu'il y ait toujours près de vous d'autres en-
« fants qui participent à la leçon, des meubles, des ima-
« ges, des fruits, des fleurs, toute sorte d'objets qui puis-
« sent l'intéresser. »

« Les choses par leurs qualités, les personnes par leurs
« actions et les mobiles de ces actions vont parler à ses
« yeux et à son esprit, comme le fait aux sens et à l'intel-
« ligence de l'enfant au berceau le milieu où il est placé.»

« Les scènes dont il sera témoin, les expressions de la
« physionomie, la surprise, » l'admiration, la joie, l'atten-
drissement, l'indignation, la frayeur : « tout contribuera
à le faire » participer à la vie commune, « à remplir le
vide de son esprit et à en stimuler les facultés. »

§ 98 « Il est aussi impossible de le ramener à l'état » de faiblesse et de dépendance absolue des premiers mois de son existence que de lui restituer le sens dont il est privé ; mais comme la faiblesse et la dépendance « du petit enfant » n'ont de prix que par la soumission et la docilité qui en découlent, « nous devons nous efforcer » d'obtenir du sourd-muet par d'autres « voies, confiance », soumission et docilité.

« A cet effet montrons-nous constamment animés à son « égard de sentiments tout paternels ; rendons-lui, s'il le « faut, les services que rend une mère.

Laissez s'établir par tous les moyens que suggèrent les sympathies du jeune âge des relations entre « le nouveau « venu et ses camarades ; qu'il participe à leurs jeux, aux « travaux manuels auxquels ils sont appliqués. » (§ 81)

§ 99 A l'imitation de la mère « que vos leçons soient courtes, qu'elles naissent des circonstances où vous êtes placés. » Eveillez l'attention par le mouvement, soutenez-la par le plaisir ; excitez la curiosité, ne blessez jamais l'amour-propre ; « faites enfin, suivant l'heureuse expres-« sion du savant et modeste M. Naœf, que la classe soit « comme une répétition de la vie de famille (§ 58 et 61).

§ 100 Quand le besoin d'aimer et d'être aimé sera satis-fait, « à mesure que seront brisées les entraves » qui s'opposaient à l'essor de la pensée, vous verrez « s'adou-cir » la rudesse du caractère que le sourd-muet avait contractée dans l'isolement et l'abandon. « L'affection en-« gendre la confiance ; dès que vous aurez complétement « acquis celle de votre élève il deviendra obéissant et « docile. »

§ 101 « Qu'à » certains jours il vous accompagne dans vos promenades. « La classe »... et tout ce qui s'offre

Pages Lignes

113 12 tandis que « s'il » comprend... « il » ne parvient

22 Appliqués « au réveil » des

114 1 « sûr. Il en est autrement quand on prétend appliquer
« ces moyens de communication à faire naître des idées
« complexes, des idées générales, des idées abstraites ;
« ils deviennent alors essentiellement équivoques, incer-
« tains et même dangereux. »
XLVIII Le dessin... n'est « pas » à proprement

14 Il est « cependant » des instituteurs... trouver ; « ils ou-
« blient que » le dessin... au dedans : « ils espèrent »
faire concevoir... quand « ils créent » à l'abstraction...
« ils comptent » que le sens...

115 26 acquises. « Il ne faut pas en attendre d'autres services. »

30 un « utile auxiliaire » pour l'exercice

116 3 pour figurer probablement « à l'origine. »

5 l'écriture alphabétique « n'impressionne pas » la vue
... l'oreille. « Elle procède de l'art et non point de l'instinct
« comme le font la parole et les signes gestuels ; pour en
« reproduire les traits, un certain degré d'adresse et de
« culture est indispensable. Enfin, bien que ne s'adres-
« sant qu'à la vue, l'écriture réveille avec des idées chez
« l'homme dont l'appareil des sens est complet tout un
« ordre de sensations auditives. (§§ I, XVI XXV et XXVI)

117 13 elle « sert de lien entre les nations contemporaines et de
« moyen de transmission des idées d'une génération à
« une génération nouvelle. »
LVII « observons » en outre.

24 Nous « avons à lui adresser encore des » reproches ...
sur la vue du « sourd » qui... monotone ; « l'œil ne saisit »
l'ensemble du mot « que par » un effort d'attention et « à
« l'aide d'une » certaine habitude ; — « s'il » en recherche

118 4 constituent. « Maman, » par exemple...

119 3 comme « la parole » retentit... « l'étude, nous » demeure-
rons

121 8 mais, pour « ceux auxquels on s'efforce d'enseigner la
« langue française uniquement à l'aide du langage des
« signes la » représentation tout arbitraire et fautive « de
« ces signes » ; pour « ceux qu'on cherche à instruire à
« l'aide de l'articulation », le rappel...

124 2 Quelques signes « manuels » fournissent...

127 12 s'opère « presque toujours » la culture

129 13 qui s'appuie « habituellement » sur

130 4 c'est enfin « procurer satisfaction aux » sourd-muets

ÉCONOMIE DE LA PARTIE PRATIQUE

Pages Lignes

145   14   Vous direz à Louis, « que nous supposons entendant
          « parlant ou sourd-muet instruit, »

      22   Supprimez ce paragraphe depuis « le sourd-muet » jusqu'à
          « ensemble. »

146   2   « Autres modifications du verbe. »
          supprimez les lignes 12, 13, 14, 15 et 16.

      21   Les noms de nombre « de un à dix que l'enfant peut
          « apprendre seul dans **Le mot et l'image** prennent,
          « quand ils sont employés dans les expressions adver-
          « biales, quelque chose d'abstrait et c'est loin d'être un
          « inconvénient, (§ 155).
          « A droite, à gauche — (tourner, aller, frapper, prendre)
          « — attentivement, fièrement, insolemment, (regarder) —
          « bien, mal (dessiner, écrire) — brusquement (fermer) —
          « bruyamment (jouer, tousser piétiner, rire) etc. gros-
          « siront, lorsque vous reviendrez en arrière (§ 136) votre
          « vocabulaire d'adverbes. »
          Lignes 25, 26 et 27 à supprimer.

147   19   Si vous « les modifiez »
          Lignes 10, 11... 14 à supprimer.

      23   « Les adjectifs exprimant des qualités qui sont du ressort
          « des yeux (§ § 96, 143) et quelques-unes de celles qui appar-
          « tiennent au tact, au goût et à l'odorat peuvent s'ensei-
          « gner sur le modèle de la onzième leçon. »

148   16   ... d'étourderie, « de désobéissance,
          « de mensonge, de bavardage, de curiosité, de taquinerie,
          « d'impatience, de jalousie », etc.... Si la politesse, l'ardeur
          « au travail, le contentement, le mécontentement,
          « l'adresse, la maladresse, la confusion, la sincérité,
          « le repentir., etc. des personnes qui l'entourent ont
          « manifestement attiré son attention » enseignez les
          mots...

149   20   « Voici le moyen de vous assurer que Charles comprend
          « la recommandation : — sois attentif.... alors que la
          « baguette souligne celle-ci, un camarade préalablement
          « stylé engagera, par gestes, l'enfant à détourner les
          « regards de la leçon, pour les porter vers le plafond ou
          « vers la fenêtre. Charles s'y refuse-t-il obstinément et
          « continue-t-il à fixer le tableau, c'est qu'il a conscience
          « de ce que vous lui prescrivez. »

150   16   l'impératif, « suivi d'un nom de chose matérielle ».

151   11   « sous » la table

153   8   les signes « du pluriel et du singulier »

      12   on « devra » donner

154   10   « Le » maître doit

155   Supprimez la fin de la page, à partir de la ligne 12. La

cinquième leçon sera reportée à la page 165, pour y constituer la deuxième leçon de la IIIᵉ série.

158 16 « celle qui, » dans la série précédente, « porte le même
« numéro. »

26 ce ne sont pas « les » adverbes

159 10 au singulier « et l'enfant s'apercevra que »

163 Reportez à la suite du IIᵉ degré, c'est-à-dire à la page 192,
les leçons insérées de la page 164 à la page 171 ; — subs-
tituez-y une série de modèles sur les principaux déterminatifs et sur les compléments indirects.

165 Reportez ici la cinquième leçon de la page 155 (Noms
propres additionnés... Henri appelle Charles, Jules,
Louise) et faites-la suivre des observations ci-dessous :

« Le sourd-muet a recours à deux signes distincts pour
« exprimer l'idée générique *d'enfant* : — S'agit-il d'un
« nourrisson, il croise et rapproche les bras entre lesquels
« il balance un être imaginaire. — A-t-il en vue une
« période plus éloignée de la naissance, il promène les
« mains sur son corps ; puis, la paume d'une main
« dirigée vers la terre, il indique une taille au-dessous de
« celle de l'adolescent.

« La première partie de ce dernier signe (les mains
« promenées sur le corps de haut en bas) ou ce qui
« revient au même, le terme mimique d'homme ou de
« femme, débarrassé du signe affecté à la désignation
« du sexe, rend l'idée de *personne*.

« Pour exprimer en langage mimique une *plante* on
« abaisse une main vers la terre, les doigt serrés, l'un
« contre l'autre à leur extrémité, puis on l'élève lentement
« pour figurer le développement du végétal. L'on a soin
« d'accompagner le signe d'un article ou de tout autre
« déterminatif propre à lui créer une personnalité de
« substantif et à le distinguer du terme mimique : pousser,
« produire.

« Pas de signe générique pour *meuble*.

« Pour rendre l'idée de *choses*, après avoir tourné la
« paume de la main en haut, on déplace celle-ci lente-
« ment et à plusieurs reprises comme pour étaler dans
« l'espace plusieurs objets matériels.

« Quand il s'agit du nom *vêtement*, le sourd-muet in-
« telligent prend la posture d'une personne transie, fait
« les mouvements nécessaires pour passer un habit et
« donne à sa physionomie l'expression du bien-être. »

22 donner « plusieurs leçons » sur ce modèle, « afin que »
l'élève « qui étend » ses connaissances... « attache son
« esprit » moins à l'image qu'à l'objet représenté (§ L, LI).

« Il faut se contenter du dessin le plus élémentaire.
« Si l'élève sourd-muet est absolument hors d'état de
« reproduire l'objet avec la craie ou le fusain, on
« l'engagera seulement à montrer le dessin que des cama-
« rades plus habiles auront tracé devant lui. »

166 13 Les locutions composées n'offrent pas au sourd-muet
plus de difficultés que les expressions simples. Nous
pourrons d'ailleurs employer ici le mot *réellement*.

18 une foule d'idées (§ 159) « telles que : *acheter, admirer,*
aiguiser — bâiller, battre, bénir, boiter, se botter, bouder,
se brûler... tambouriner, tirer (un coup de fusil), *trébucher,*
trembler, trépigner, se tuer — vendre, voler (se mouvoir en
l'air), *vomir,* etc.
Entre la IIIe et la IVe leçon intercalez une leçon nouvelle,
disposée et annotée comme il suit :
Distinguer l'image et le signe. — « Paul ! montre
« l'image d'un arc, fais le signe d'arc. — Montre l'image
« d'un lit, fais le signe de lit. — Montre l'image d'une
« vache, etc.
« C'est à l'aide du livre **Le mot et l'image** que le
« maître est censé donner cette leçon. — Prévenez de
« regrettables confusions en exigeant que, dans la traduc-
« tion du mot *lit* par exemple, le sourd-muet figure avec
« l'index de l'une et l'autre main la forme du meuble,
« avant de passer au signe de l'action qui s'y fait le
« coucher ou le dormir. — Pour désigner la vache, qu'il
« joigne au signe de quadrupède pourvu de cornes le
« signe accessoire de traire ou de lait. — De même, si
« vous lui donnez à traduire le mot *mouchoir,* ne per-
« mettez pas qu'il simule uniquement l'action de le
« porter au nez, mais exigez qu'il fasse préalablement
« le signe d'étoffe ou celui des dimensions et de la forme
« du mouchoir. — Au signe usité de *femelle* (le doigt
« suivant sur la joue la bride d'un bonnet de femme)
« nous préférons, pour désigner le sexe féminin dans
« telle ou telle classe d'animaux, le signe de mamelle, de
« lait ou de petit ou bien le signe d'œuf précédé de la
« désignation mimique du mâle. Pour des raisons de
« convenance, nous caractérisons la femme, comme le
« font nombre de jeunes sourds-muets, par la séparation
« des cheveux sur la tête et leur gracieux arrangement,
« ou par la partie la plus caractéristique de son habil-
« lement, la jupe. »

167 2 sens de « façonner, » construire...

16 « Le signe de *fabriquer* consiste dans la simulation de
« quelques unes des actions qu'on est obligé de faire
« quand on construit une chose.

« Bande, barre, bouquet — carré, couronne, couverture,
« creux, etc. fourniront les matériaux de leçons cons-
« truites sur ce modèle »

17 pousser à, « inciter, » occasionner

33 « Ici le signe de *faire* se traduit par l'intention qu'il
« exprime : faire rire, exciter à rire — faire danser,
« entraîner à danser — faire sauter le chapeau, jeter en
« l'air le chapeau.

« Malgré la nature intransitive et le mode d'action de
« certains verbes nous pourrons, grâce à l'adjonction du
« mot *faire* envisagé comme cause prochaine ou éloignée
« d'une chose, les introduire dans le cadre de nos leçons
« du 1er degré : faire couler, écouler, jaillir, monter,
« déborder, chauffer, bouillir, vaporiser, refroidir, geler
« (de l'eau) — faire fondre (de la glace, de la neige, de la
« pommade) — faire nager, voler, envoler, noyer, mourir
« (un insecte) — faire briller, détoner, flamber, éclater,
« sécher, osciller, durer, saigner (une coupure, une
« écorchure) — faire paraître, disparaître, etc. »

168 26 « Familiariser de bonne heure l'élève avec l'adjectif ver-
« bal et ses différents rôles : c'est lui donner la clé d'une
« partie de la conjugaison, c'est le prémunir contre de
« fréquentes et singulières méprises. — Le langage
« d'action justifie son nom par la préférence qu'il
« accorde à la forme active. Si l'on n'a soin, au moyen
« de la localisation et de la direction du signe verbal, de
« bien déterminer, d'accentuer même les rôles actif
« ou passif, il règne dans l'expression mimique un
« vague, une incertitude qui se traduit plus tard dans
« le langage écrit par les plus surprenantes interversions.
« — *Salué, regardé, poursuivi, pincé, frappé* se rendent en
« figurant d'un côté le sujet qui exécute l'action, de
« l'autre celui qui la supporte, puis en attirant fortement
« l'attention sur ce dernier personnage, à l'instar du
« dessinateur qui place sur le premier plan et détache
« vigoureusement de l'esquisse les figures principales. —
« Quand ce n'est ni trop difficile ni trop disgracieux, on
« rend nettement l'idée de passivité en donnant au signe
« verbal une direction inverse, en projetant par exemple
« le signe de *saluer, regarder, pousser* de dehors en
« dedans vers son propre corps. S'il s'agissait des partici-
« pes *pincé, frappé*, on accompagnerait le signe d'un
« geste de résignation ou d'un air de souffrance. Le
« vieux signe méthodique usité en pareil cas (l'annulaire
« placé verticalement sur la bouche entrouverte) ne tire
« sa valeur que de l'attitude passive que prend alors le
« mime. »

Étranger à certaines nuances dans les idées, le langage des signes amène parfois de la confusion dans l'emploi des mots, la langue écrite intervient-elle à propos, l'acception véritable est vite comprise et retenue.

Avoir besoin de. — Mes amis! Louis désire que je corrige sa lettre, j'ai besoin d'une plume.

Jean! tu m'as donné une plume ; je te remercie.

— Cependant je ne puis pas écrire.;

— Donne-moi la chose dont j'ai encore besoin.

— Voici la lettre corrigée — De quoi ai-je besoin pour sécher l'écriture?

Pierre! Il fait nuit — J'ai besoin d'une lampe, etc.

277 18 Supprimez les 29 lignes qui suivent depuis « Le procédé le plus » jusqu'à « d'enseigner à nommer l'autre. »

279 6 « est un morceau de bois qui » sert à

281 14 on les « use, on les casse, on en achète de neufs ».

17 « ils se salissent, on les récure. »

282 NOUVEAUX MODÈLES — **Substantif suivi d'un complément. — Prépositions « de, en » exprimant la matière dont une chose est faite.** Henri! remplis l'encrier en porcelaine ; remplis l'encrier en verre ; bouche la bouteille avec un bouchon de papier. — Charles! bouche-la avec un bouchon de liége. Dénoue ta cravate de coton ; échange-la contre une cravate de soie, etc.

Noms composés — Préposition « à » exprimant la destination : Pierre! cherche dans ton livre le dessin d'un moulin à vent ; cherches-y le dessin d'un moulin à eau — d'un pot à confitures... à fleurs... à colle... à eau — Charles! va prier Mᵐᵉ N. de te prêter une aiguille à coudre, un dé à coudre, une aiguille à tricoter, etc.

Adjectif suivi d'un complément— Jules! apporte ici l'encrier plein d'encre, la boîte pleine de craie.— Emporte d'ici la bouteille vide d'encre, la boîte vide de craie.— Procure-moi un fruit bon à manger, de l'eau bonne à boire, etc.

Adjectif verbal suivi d'un complément— « Léon! délivre l'élève retenu par le bras, retenu par la blouse.— Ne parle pas à l'élève occupé à écrire ; parle à l'élève occupé à dessiner. — Emprunte une serviette tachée de vin, un mouchoir taché de sang, etc. »

Sens des mots modifié par les préfixes — Paul! enfle tes joues ; désenfle-les. Colle l'image au mur ; décolle-la. Roule cette feuille de papier ; déroule-la.; Charles! touche du doigt la pointe du crayon ; épointe-le. Touche du doigt les barbes de la plume ; ébarbe-la, etc.

Pages Lignes

322 10 allons-nous « en » promenade ?

20 « sont tes souliers ? Mes souliers sont neufs et solides »

21 est « joli et tranchant »

325 19 **Verbes abstraits (Empêcher — laisser — continuer — cesser)**

Louis ! sors. — Albert empêche Louis de sortir. — Maintenant laisse-le sortir. — Louis ! fait rouler la balle sur cette table — Charles ! empêche-la de tomber. Laisse-toi tomber. — Paul et Jean ! marchez. — Paul ! continue de marcher. — Jean ! cesse de marcher. — Marche encore. — Paul et Jean ! tournez lentement. — Paul ! continue de tourner. Jean ! cesse de tourner...

AUTRES MODÈLES : **Noms abstraits — « Forme »**

Roger ! emprunte à Louis des ciseaux. Demande six cartes à Paul. Etale-les sur mon bureau. Donne à la première la forme ronde, donne à la deuxième la forme carrée... à la cinquième la forme d'un toit... à la sixième, la forme d'un cornet, à la septième une autre forme.

Voici la lettre O ; — donne-lui la forme d'une autre lettre...

Noms abstraits — « Espèce — Sorte »

René ! feuillette ton livre d'images ; — pose le doigt sur la vache ; — cherche tous les quadrupèdes de cette espèce ; — cherche maintenant tous les quadrupèdes d'une autre espèce... Procure-moi des encriers de cette sorte... des plumes de plusieurs sortes. Ne porte à Louis que des livres de même sorte. — Voici des figues et des noix ; quelle espèce de fruits préfères-tu ?...

Noms abstraits — « Cas — Circonstances »

Mes amis ! { s'il fait beau, vous irez en promenade
{ au cas où il ferait beau, vous iriez
{ s'il pleut, vous resterez à la maison
{ au cas où il pleuvrait vous resteriez à la maison.

— Dans quel cas iriez vous en promenade ?... S'il venait à pleuvoir et que le feu prît à la maison resteriez-vous dans celle-ci ?... Non, monsieur, nous la quitterions précipitamment dans ce cas.

Sœur Marthe a veillé plusieurs nuits auprès du lit de Paul quand il a été malade. Après la guérison de celui-ci la sœur est partie pour la campagne. — Dans quelle circonstance sœur Marthe a-t-elle veillé... etc. — Quand Jean a eu mal de tête sœur Marthe a-t-elle veillé ?... Non monsieur, dans cette circonstance elle n'a pas veillé.

331 NOUVEAUX MODÈLES. **Emploi du futur comme forme de commandement.**

Louis ! { frappe sur l'épaule l'élève qui écrit
{ tu frapperas sur l'épaule

{ moque-toi de celui qui dessine
{ tu te moqueras de
— tu m'avertiras quand il sera onze heures ;
tes camarades et toi vous sortirez de classe tranquille-
ment, etc.

Fréquentatifs. — Mes amis ! qui vient de sauter ?...
(Jean).

Quel est l'oiseau qui { sautille là-bas ?... (un moineau)
{ fait des petits sauts
Louis vient de taper sur la table. — Qui d'entre vous se
plaît à { tapoter les vitres ?
{ taper légèrement et souvent
J'ai tiré Paul par la manche.

Les enfants { tiraillent leurs mères
{ tirent à plusieurs reprises par la robe
— Quand elles ne les écoutent pas ils criaillent...

334 5 « Je veux que vous soyez poursuivis... battus... liés » etc.

18 Supprimez « primaires »

335 4 ferme la porte — ouvre la fenêtre —

338 4 René « sur l'épaule » quand il écrira... quand il « des-
« sinera... tu l'arrêteras » quand il.

9 je « dessinais... » quand il t'a « arrêté »

339 4 Pierre ! « étends un mouchoir à terre, » et puis « age-
« nouille-toi... »

341 4 Léon ! tu « relèveras » Paul après que je l'aurai « ren-
« versé ; » — tu « emmeneras » Louis après que je l'aurai
« interrogé » etc.

343 4 René ! « engage » Louis « à » sortir... « engage-le à »
prendre, etc.

344 5 Mr N. « permet » que tu « passes » au jardin ; il « permet »
que tu joues... Hier... ne « permettait » pas que tu
« passasses » etc.

345 12 « Hier, te récompensai-je ? — Oui tu « me récompensas »
« Si je te « récompensais... »

346 4 sur « le bureau » etc.

347 10 oui, j'ai vu qu'on « le grondait »

348 5 « plains-toi » pendant que je te « bats » — Ernest !
« plains-toi » après que je t'aurai « battu » etc.

349 3 « Alfred ! le maître te donne une bonne note quand tu es
« laborieux. — Louise ! la maîtresse te donne une mau-
« vaise note après que tu as été paresseuse. — Paul et
« Jean ! cessez de courir ; bientôt vous serez en sueur.
« Mes amis ! René prend un air fier ayant des vête-
« ments neufs. — Albert se frotte les mains ayant eu une
« récompense. — Roger sourit devant avoir une friandise.
« Pierre ! quels élèves ont cessé de courir devant être

« en sueur ?.... Ce sont Paul et Jean — Qui est bien noté
« étant laborieux ! C'est Alfred. Par qui l'est-il ?
Il est bien noté par le maître. — Qui est mal notée ayant
été paresseuse ?... C'est Louise — Par qui l'est-elle? Elle est
mal notée par la maîtresse.

Qui s'est frotté les mains après avoir eu une récompense ? C'est Albert. — Qui a souri avant d'avoir une
friandise? C'est Roger.

Qui prend un air fier maintenant qu'il a des vêtements
neufs ?... C'est René.

349   Modèles nouveaux : **Passé dubitatif.**
Mes amis ! René s'est noirci les doigts :
$\Big\{$ il aura trop enfoncé la plume dans l'encrier.
$\Big\{$ peut-être qu'il a trop enfoncé
Paul est bien pâle :
$\Big\{$ il aura mal dormi.
$\Big\{$ peut-être qu'il a mal dormi.
— Louis saigne du nez : il sera allé au soleil sans chapeau.
— Albert a les oreilles rouges : quelqu'un les lui aura
tirées, etc.
Ici les futurs antérieurs exprime un passé avec une
circonstance de supposition ou de doute.

350 17   **Verbes modifiés dans leur signification et dans
leur nature par la présence de l'un ou de l'autre
auxiliaire.**
Jean raconte : Léon est monté sur le tabouret puis sur
la table ; — il a monté le tabouret au moyen d'une ceinture, ensuite il l'a descendu avec précaution ; enfin il
est descendu de la table, il a retourné le tabouret sens
dessus dessous, et il est retourné à sa place.
— Pierre a sorti un bonnet de la poche. Il s'en est coiffé,
puis il est sorti.
M. N* demande : Qui est rentré ?... Pierre — Qu'a-t-il
rentré ?... la serviette qui séchait au soleil. — Qui est
passé devant la classe il y a une heure ?... Le portier.
Qu'a-t-il passé par la porte entr'ouverte ?... Une lettre
etc.
Changer, lever, vieillir, rajeunir, partir etc. pourront
trouver place dans des exercices analogues.

352 28   « Le signe de *jour* se rend en tournant l'index du côté
« de l'Orient et en lui faisant décrire, comme le soleil,
« une courbe de bas en haut et de l'Est à l'Ouest. C'est
« par une lettre du nom que l'on supplée d'une façon
« sommaire à l'appellation mythologique des jours.
« Le signe de *jour* est-il accompagné de sept doigts

« écartés puis unis en faisceau, le groupement qui cons-
« titue *la semaine* se trouve indiqué. »

« Pour exprimer *aujourd'hui* le signe de *jour* est suivi
« du signe *d'instant actuel* qui se fait en portant les
« deux mains au devant de soi, la paume tournée en haut,
« les yeux fixés sur elles, tandis qu'elles oscillent de haut
« en bas.

« Le pouce jeté une fois en arrière par dessus l'épaule
« droite est le signe *d'hier*. Même mouvement du pouce
« et de l'index étendus pour dire en signes *avant-hier*.
« L'annulaire entre-t-il aussi en action, le sourd-muet
« dit : *il y a trois jours*.

« Dans la position qu'il prend pour-figurer la lettre A, le
« pouce élevé à la hauteur de l'épaule droite s'abaisse et
« et se porte en avant par un mouvement de rotation du
« poignet, pour rendre *demain*. Même mouvement en
« avant du pouce et de l'index ou bien du pouce, de
« l'index et de l'annulaire, pour dire *après-demain* ou
« *dans trois jours*.

355 13 « Logique en cela le langage des signes dit le vingt et
« unième jour de mai; et il ne commet pas de pléonasme
« pour s'informer de l'ordre numérique des jours du
« mois. »

356 4 14 « nomme » les sept jours..... « nomme » les douze mois
  20 « Dans les écoles de sourds-muets » le signe *année*
« se fait en figurant avec le poing droit, qui tourne au-
« tour du poing gauche immobilisé, la rotation de la terre
« autour du soleil.

« S'agit-il du signe *mois*, on abaisse lentement l'index, le
« long du pouce de la main droite préalablement dressé,
« comme pour chercher les jours dans une colonne de
« calendrier.

« Le signe de carré divisé en colonnes, joint au signe
« précédent constitue le signe *calendrier*.

« Janvier est en langage mimique le mois des embras-
« sements, ou si l'on puise la dénomination dans le
« zodiaque le mois du bélier, — Février est le mois des
« masques ou bien le mois du taureau, — Avril, le mois
« du poisson traditionnel, — Mai, celui des fleurs ou bien
« le mois de Marie, — Juin, celui des processions ou de
« la fenaison, — Juillet, celui des fortes chaleurs ou des
« moissons, — Août, le mois des prix, — Septembre, celui
« des vacances ou des vendanges, — Octobre, le mois des
« semailles, — Novembre, celui des morts, — Décembre,
« celui de la naissance du Christ. »

357 6 « Mars est le mois du carême et des giboulées mais... le

« printemps ; nous nous amusons à donner les poissons
« d'avril ; la verdure renaît partout ; les petits oiseaux se
« réjouissent … campagne. Le soir les femmes vont à
« l'Eglise pour prier et chanter… Juin ferme le prin-
« temps. Que les fraises sont abondantes ! Que les proces-
« sions sont belles ! Que les foins coupés sentent bon !

358 4 « Juillet ouvre l'été ; alors nous nous régalons de prunes
« et d'abricots ; les moissonneurs coupent les blés ;
« comme les chaleurs sont excessives, nous allons nous
« baigner dans la rivière ; les jours sont longs et les
« nuits sont courtes… les pêches et les distributions
« de prix ; les écoliers font leurs malles et partent avec
« joie. Septembre ferme l'été ; toutes sortes de fruits
« mûrissent ; c'est le mois des vendanges … commence ;
« les écoliers refont leurs malles, disent adieu à leurs
« familles et regagnent l'école. Novembre est bien triste ;
« la pluie, la neige, les brouillards sont fréquents ; dans
« toutes les églises on prie pour les morts ; souvenez-
« vous alors de porter des fleurs sur les tombes de vos
« parents et de vos amis … longues ; il ramène la fête
« de Noël, la messe de minuit et le joyeux réveillon.

« Le pays, le climat, la religion, le genre d'éducation
« publique ou privée forceront l'instituteur à modifier ces
« leçons pour les approprier au milieu physique et mo-
« ral. »

359 7 malheureux. « De quoi ont-ils besoin ?… » chantent « et
« font leurs nids ; » la terre…

« Le signe de *trimestre* consiste à tenir ouverts trois
« doigts de la main gauche (le pouce, l'index et l'annu-
« laire) et après avoir fait glisser, le long de chacun
« d'eux, le pouce de la main droite, de les saisir et de les
« réunir vivement avec cette main. — On figure une *saison*
« en substituant à la dernière partie du signe, c'est à dire
« à l'espèce d'accolade mimique que nous venons de dé-
« crire, le signe d'année. — Les signes de végétation, de
« chaleur, de chute des feuilles ou de froid joints au
« signe de saison servent aux sourds-muets à désigner
« le printemps, l'été, l'automne et l'hiver. »

360 4 Jules ! « dans combien de minutes quitteras-tu la classe ?
« — dans vingt minutes. » Dans combien d'heures « dîne-
« ras-tu ? — Dans deux heures. »

     16 « les minutes, » les heures, les jours…

364 25 visible, invisible, palpable, impalpable en italiques.

366 19 « il nous voit en récréation ; — il nous voit « en » promenade.

377 5 aux animaux ; — « le soleil, la lune et les étoiles lui

Guide des instituteurs primaires pour commencer l'éducation des sourds - muets

NOTES ET RAPPORTS.

I

Rapport sur la maison Dubois Fils au nom de la Commission de surveillance.

AU MINISTRE DE L'INTÉRIEUR,

La Commission de surveillance près la Maison Dubois fils s'est vue à regret contrainte de différer jusqu'à ce jour l'honneur de répondre à votre lettre du 7 novembre dernier. Quel que fut son désir de déférer à vos invitations réitérées, la Commission de surveillance ne pouvait faire que le temps ne fût un élément d'appréciation indispensable et que, pour juger le mérite d'un système d'éducation, on ne doive en comparer les résultats sur des sujets de capacité diverse et sur les mêmes sujets à des époques successives.

Votre Excellence désire savoir si les instructions données à M. Dubois fils, par suite de notre rapport du 30 avril 1852, ont été suivies ; elle veut être fixée sur l'état général des études dans cette Maison et sur le degré particulier d'instruction qu'y ont acquis les boursiers du Gouvernement ; enfin elle attache aussi beaucoup d'intérêt à savoir si le cours des études peut être réduit à quatre années pour les élèves qui ont joui de la faculté de parler et pour ceux qui ont conservé un certain degré d'audition.

La Commission s'est efforcée de recueillir et de peser avec soin tous les faits qui doivent servir de base à ces réponses ; elle a de plus réuni les données nécessaires, pour déterminer dans quelle mesure le système

24

d'éducation fondé sur la parole et l'écriture, à l'exclusion de toute autre espèce de signes, est préférable au système créé par l'abbé de l'Epée, modifié, étendu et perfectionné par ses successeurs.

Il n'est pas inutile de mettre sommairement sous vos yeux, Monsieur le Ministre, les faits qui déterminèrent le Gouvernement à faire expérimenter, en dehors des établissements qu'il subventionne, un système d'enseignement pratiqué dans une grande partie de l'Europe :
— L'Administration s'était émue des plaintes de plusieurs familles gémissant de voir, les unes, des enfants demi-sourds, les autres, des enfants ayant parlé dans le bas âge tombés dans une surdité et dans un mutisme complets, après un séjour de quelques années dans les établissements où la langue écrite est enseignée par les signes mimiques et où toutes les communications ont lieu par ces mêmes signes.

L'Administration n'ignorait pas les louables efforts tentés, à l'instigation du Conseil d'administration de l'Institution des sourds-muets de Paris, pour faire enseigner la parole aux sujets les plus aptes à en profiter; mais elle savait aussi que ces efforts étaient généralement impuissants : autre chose est d'enseigner l'articulation de la parole à des enfants instruits à l'aide des signes, comme on le faisait alors et comme on l'y pratique encore, autre chose est d'enseigner l'articulation et d'instruire par la parole, comme on le fait en Angleterre et dans une grande partie de l'Allemagne. L'Administration résolut donc de faire opérer ailleurs une expérience sérieuse et elle porta ses vues sur la maison Dubois fils.

C'était en 1844. Cette maison, ouverte en 1837 avec une autorisation ministérielle, avait plusieurs fois éveillé l'attention du Gouvernement qui même en avait fait faire l'inspection. M. Dubois fils, devenu sourd à

l'âge de sept ans, élevé à l'Institution de Paris et entretenu dans des habitudes de parole par sa famille, n'était
cependant pas éminemment propre à diriger de tels
essais; mais on le savait entouré de parents qui n'étaient
ni sourds ni muets; il avait une certaine clientèle; enfin
il n'existait à Paris aucune autre maison de ce genre.

L'Administration n'entendait pas s'imposer, dès l'a-
bord, les frais considérables qu'eût entraîné la création
d'un nouvel établissement; aussi, vers la fin de l'année
1844, six boursiers furent confiés à M. Dubois et pareil
nombre, le 12 novembre 1846 : — Telles furent, M. le
Ministre, les circonstances qui déterminèrent et l'expérience et le choix du milieu où elle s'accomplit.

Quoiqu'évidemment ce milieu laissât dès lors à désirer, la Commission chargée, par décision ministérielle
du 13 octobre 1849, de constater les résultats obtenus,
après s'être livrée à de sérieuses investigations, décla-
rait « que les élèves qui touchaient au terme de leurs
études lisaient bien la parole sur les lèvres, — que
leur instruction générale pouvait soutenir la comparaison avec celle que leurs compagnons d'infortune reçoivent dans les établissements où dominent les signes
mimiques, — qu'ils semblaient posséder mieux la langue
usuelle, mais qu'à deux exceptions près la prononciation de ces enfants laissait beaucoup à désirer, qu'elle
était même généralement inférieure à celle des élèves
qui suivent le cours d'articulation à l'Institution impériale de Paris. »

Cette Commission s'abstint de se prononcer quant au
mérite du système, au point de vue de l'application qui
peut en être faite; elle exprima le vœu que l'expérience
fût continuée sur une plus grande échelle, et que le
Gouvernement y fît participer de préférence des sujets
ayant, comme M. Dubois fils, parlé jusqu'à un certain
âge. De plus la Commission indiqua quelques obligations
à imposer au chef de l'établissement.

Le Gouvernement accueillit avec faveur les propositions qui lui étaient soumises ; il porta à trente le
nombre des boursiers et institua la Commission dont
nous sommes l'organe pour surveiller la suite de
l'expérience.*

Le 30 avril 1852 nous eûmes à signaler de regrettables
déviations aux conditions posées par l'ancienne Commission et en dehors desquelles des déceptions étaient à
craindre : — En effet, le Gouvernement avait placé
chez M. Dubois nombre d'enfants dont l'organisation est
réfractaire à l'enseignement par la parole. M. Dubois de
son côté, loin de mettre le personnel des maîtres en
rapport avec le nombre actuel des élèves, comme il lui
avait été prescrit de le faire, avait affaibli ce personnel
quant au nombre et quant au choix. — En prenant à
sa charge des locations disproportionnées à ses ressources, il s'était mis hors d'état d'attacher à son établissement des hommes capables ; il ne laissait cependant
point de chercher à créer des ateliers dans sa maison,
tandis qu'il exagérait le programme des études et en
compromettait ainsi la solidité.

A côté des erreurs la Commission dut signaler les
moyens qui lui paraissaient les plus propres à y remédier ; elle ne faillit point à son devoir ; aujourd'hui
elle apprend avec une vive satisfaction que les ordres
ont été donnés pour qu'*à l'avenir l'école des sourds-
parlants* soit exclusivement réservée aux sujets qui
réunissent des conditions particulières d'aptitude.

— Permettez-lui de vous exprimer le regret de n'a-
voir pas été avisée à temps des instructions adressées à
M. Dubois par suite du rapport précité ; vous eussiez été
plus tôt informé, Monsieur le Ministre, que vos instruc-

* Voici les noms des membres de la nouvelle Commission de
surveillance : MM. Durieu, président, Alfred Blanche, Hamelin,
Dr Ferrus, Léon Vaïsse, Valade-Gabel, secrétaire.

tions n'ont pas été convenablement suivies : en effet deux sourds fort peu capables ont continué à remplir les fonctions de professeurs ; pour rectifier la prononciation, un jeune homme, il est vrai doué de tous ses sens, leur a été tardivement associé ; mais il est d'une capacité douteuse, il n'a fait aucune étude spéciale ; et les avantages qui lui sont accordés, à titre de rémunération, sont si minimes qu'il n'a nul intérêt à acquérir les connaissances dont il aurait un indispensable besoin pour mériter le titre de professeur.

Ainsi, Monsieur le Ministre, répondant à la première question que vous nous avez fait l'honneur de nous adresser, nous sommes malheureusement forcés à vous dire : non, vos instructions n'ont pas été suivies, comme l'intérêt des élèves et de M. Dubois lui-même le nécessitait.

Cette première réponse fait pressentir la seconde et, dans une certaine mesure, en donne l'explication. Nos investigations ont successivement porté sur la parole considérée comme instrument, sur l'intelligence et la pratique du langage, sur l'étendue des connaissances que les élèves ont acquises dans chaque branche de l'enseignement.

Au mois de mai dernier, après une assez longue suite de séances, la Commission avait constaté que, pour la lecture sur les lèvres, sur 19 filles et 22 garçons (41 élèves en tout) il y avait :

Filles	Garçons	Elèves	
1	0	1	nul
0	2	2	très faibles
6	12	18	faibles
8	4	12	lisant assez bien
4	4	8	— bien.

et pour la prononciation :

1	0	1	nul (admission récente)
0	5	5	très faibles
7	9	16	faibles
9	2	11	prononçant assez bien
2	4	6	— bien
0	2	2	— très bien

Renouvelées à six mois de distance les mêmes épreuves ont permis de constater que, sur 18 filles et 22 garçons (soit 40 élèves en tout), il y a pour la lecture sur
les lèvres :

Filles	Garçons	Élèves	
0	1	1	nul
1	3	4	très faibles
5	10	15	faibles
4	8	7	lisant assez bien.
8	5	13	— bien

et pour la prononciation :

1	8	9	très faibles
6	5	11	faibles
8	3	11	prononçant assez bien
3	3	6	— bien
0	3	3	— très bien

Sur ce nombre :

11	9	20	sont en progrès
6	9	15	sont restés stationnaires
1	4	5	semblent avoir perdu en partie ce qu'ils avaient acquis.

Les progrès ont été plus sensibles chez les jeunes
filles que chez les garçons ; une seule a reculé ; et
cependant, si on reconnaît plus d'intelligence dans
l'ensemble de ces jeunes filles, on ne trouve parmi
elles qu'un petit nombre de sujets ayant bien su parler
avant d'être atteints de surdité. A quoi donc attribuer
ces progrès relativement remarquables, si ce n'est
à des soins mieux entendus, à une discipline plus satisfaisante ?

Avant de passer à l'appréciation des progrès que les
élèves ont pu faire dans l'intelligence et la pratique du
langage, disons que, sur les 40 en cours d'instruction,

Filles	Garçons	Élèves	
11	14	25	n'ont jamais entendu ni parlé,
1	2	3	ont conservé un degré d'audition appréciable,
2	1	3	ont été atteints de surdité avant l'âge de trois ans et sans doute avant qu'ils sussent assez bien parler,
3	2	5	— de trois à cinq ans,
1	1	2	— de cinq à sept ans,
0	2	2	— de sept à neuf ans.

Ainsi 15 seulement sur 40 sont, abstraction faite du degré d'intelligence, dans les conditions requises pour être instruits dans la parole et par la parole.

Les sujets qui ont joui le plus longtemps de l'audition et de la parole se trouvent, nous l'avons déjà dit, parmi les garçons ; l'ensemble paraît avoir été moins favorisé des dons de l'intelligence.

Filles	Garçons	Élèves	
5	4	9	très intelligents
9	2	11	intelligents
4	9	13	assez intelligents
0	7	7	peu intelligents ou bornés.

Cette statistique des facultés et des aptitudes, combinée avec l'exposé déjà fait de l'insuffisance des maîtres, explique les constatations qui vont suivre :

Les tableaux ci-contre dressés par la famille Dubois et rectifiés avec soin par la Commission résument le degré d'instruction de chaque élève et nous dispensent de plus longs détails. . . . . L'ensemble des élèves se trouvant si peu avancé dans la connaissance de la langue française, il devenait fort inutile de chercher à déterminer fort exactement ce qu'ils avaient acquis en histoire de france, en géographie, en morale et en arithmétique; tout cela n'est chez eux qu'à l'état rudimentaire. Disons toutefois qu'ils ont en général une écriture assez bonne et, chose remarquable, qu'ils ont presque tous fait beaucoup plus de progrès dans l'étude du dessin que nous ne nous y étions attendus.

La réponse à la troisième question que vous nous avez fait l'honneur de nous adresser n'est donc guère moins pénible que les deux premières: l'instruction de ces enfants n'est pas ce qu'elle devrait, ce qu'elle pourrait être ; et cette circonstance nous permet de répondre affirmativement à la quatrième : — oui, nous

croyons que quatre années, exclusivement consacrées à
l'éducation intellectuelle et morale des sourds qui ont
joui de la faculté de parler, peuvent suffire.

C'est en grande partie pour justifier cette dernière
réponse que nous n'avons pas craint d'entrer dans les
longs détails qui précèdent. Nous y avons vu que les
élèves les plus avancés sont précisément les moins
anciens et ceux qui, à l'avantage d'une intelligence
plus vive, joignent celui d'avoir le plus longtemps joui
de la parole L*, H*, G*, B*, M*, P* en sont des exemples.
Th*, presque idiot et dont le renvoi avait été réclamé
comme tel, est cependant parvenu à causer sur des
sujets à sa portée. Que serait-ce donc si, au lieu de
vivre avec des enfants dénués d'aptitude, dont la prononciation vicieuse rend presque impossible la lecture
sur leurs lèvres, ils eussent été placés dans un milieu
approprié à leur position ! Si, au lieu de prendre la parole mécanique pour une méthode, les maîtres adjoints
à M. Dubois et M. Dubois lui-même, à l'aide de procédés
bien choisis et d'une sage graduation dans les difficultés,
avaient constamment dirigés ces pauvres enfants !

Pour la Commission le procès est jugé : — Il y a
économie de temps et d'argent, il y a de plus l'immense
avantage de diminuer le nombre des sourds-muets proprement dits, à faire instruire dans la parole et par la
parole, tous les enfants qui sont susceptibles d'y réussir,
c'est-à-dire ceux dont le sort préoccupe aujourd'hui
V. Exc.

Faisons observer en passant que le Dr Schmalz, dans
ses remarquables travaux, évalue le nombre des sujets
susceptibles d'être élevés par la parole au tiers de la
jeune population plus ou moins affligée de surdité et de
mutisme, et quand on soupçonnerait quelque exagération dans ce chiffre, il en resterait toujours un assez
grand nombre pour justifier les appréhensions du
Gouvernement.

Mais si la parole est appelée à rendre de si éminents services à certaine catégorie de sourds-muets, c'est en vain qu'on prétendrait s'en servir pour la masse entière des sourds-muets, sans s'imposer des dépenses de temps et d'argent disproportionnées aux résultats possibles. — La prononciation reste nécessairement très imparfaite, les difficultés de la lecture sur les lèvres se compliquent pour chacun d'eux de tout ce que la prononciation de ses camarades a de vicieux ; l'acquisition des idées par la pratique de la parole devient d'une extrême lenteur — Ces communications si pénibles rendraient impossibles la culture et le développement des facultés comme aussi tout progrès dans l'étude des formes du discours, si ces formes n'étaient d'ailleurs rendues saisissables par l'écriture ; mais, alors même, il faut qu'on sache en étendre la connaissance au delà de quelques phrases, bien triviales, bien usuelles qui ne sont que de longs mots pour celui qui en fait usage ; car la plupart du temps il est hors d'état d'en apprécier séparément les éléments constitutifs.

L'articulation laisse donc fort en arrière le véritable sourd de naissance qui n'est pas placé dans des conditions exceptionnellement favorables, tandis qu'elle est l'arche de salut pour ceux qui ont entendu et parlé jusqu'à un certain âge et pour ceux qui ont conservé ou récupéré un certain degré d'audition. Seule elle peut empêcher leurs facultés de s'affaisser, maintenir moralement les premiers dans la grande société au sein de laquelle ils ont grandi et y fait entrer les seconds.

Le langage naturel des signes, appelé à rendre de si notables services aux sujets complètement sourds avant d'avoir appris à parler, ne peut qu'amener une déchéance fatale : — chez les demi-sourds, en les dispensant d'écouter et de se servir des organes de la parole, — chez les enfants atteints de surdité acquise, en leur faisant perdre l'habitude de combiner leurs pensées et de s'exprimer à l'aide des mots.

S'il est indispensable, dans leur propre intérêt, d'élever séparément ceux dont le malheur est réparable, cette séparation n'est pas moins nécessaire dans l'intérêt même des enfants complétement sourds-muets de naissance. Les premiers font illusion au professeur, l'exposent à se tromper et à tromper les familles ; leurs succès dans la grammaire et dans l'étude élémentaire des sciences font supposer, et supposer gratuitement, que les leçons profitent aux deuxièmes, sans qu'on ait su préalablement les mettre en état de comprendre la langue usuelle.

Résumons-nous. Il ressort de l'ensemble des expériences faites chez M. Dubois et des examens réitérés et approfondis auxquels la Commission s'est livrée :

— 1° que les instructions de V. Exc. n'ont été que partiellement et très incomplétement suivies ;

— 2° que l'état général des études laisse immensément à désirer ;

— 3° que l'instruction d'un très petit nombre de boursiers seulement est à peu près satisfaisante ;

— 4° que les résultats signalés tiennent, d'une part, à ce que la généralié des sujets placés dans cette école ne sont pas dans les conditions requises et, de l'autre, à ce que l'enseignement y est mal donné et, dans la maison des garçons, la discipline mal observée ;

5° que la réunion des diverses catégories de sourds dans un même établissement est fatal aux uns et aux autres

6° qu'on peut, en réduisant à quatre années le cours d'instruction, donner à certains sujets une instruction plus pratiquement utile et plus complète ;

7° que l'instruction des autres sourds-muets par la

parole serait trop lente, trop onéreuse et plus imparfaite que par les signes et par l'écriture ;

8° que, quels que soient son zèle et sa capacité, un sourd sera toujours un fort mauvais professeur de prononciation pour des muets ;

9° qu'il est urgent d'exiger des hommes qui se consacrent à l'enseignement des sourds-muets, soit comme directeurs soit à titre de simples professeurs, des garanties sérieuses, au triple point de vue de la moralité, de la capacité générale et des connaissances spéciales ;

— 10° Enfin que l'école expérimentale dont il s'agit réclame d'instantes réformes dans sa composition, dans le personnel des maîtres et dans la marche de l'enseignement.

Paris, 1853.

II

Notes remises à M. David, sur sa demande, le 22 décembre 1853.

A

Les institutions fondées par l'abbé de l'Epée devraient tendre à diminuer le nombre des sourd-muets : 1° en faisant revivre la parole chez les sujets tombés dans le mutisme pour avoir perdu l'ouïe à un certain âge ; 2° en développant l'audition et déliant la langue chez ceux qui sont incomplètement sourds. Non seulement elles ne le diminuent pas, mais elles l'augmentent en ouvrant inconsidérément la porte à des enfants qui parlaient à demi et qui, par le fait de leur séjour avec des muets, prennent bientôt l'habitude de ne s'exprimer que par signes.

Ces institutions devraient donner une instruction élémentaire, pratique, positive, se préoccuper avant tout de mettre leurs élèves en état de lire avec intelligence et de s'exprimer par écrit en phrases très courtes, sûr moyen d'établir entre eux et la société des relations non équivoques. Au lieu de cela elles donnent aux études une étendue, une ampleur ridiculement et prématurément exagérées ; dès avant que le sourd-muet soit en état de lire, on se hâte de l'initier, à l'aide du langage des signes, à une foule de connaissances au moins superflues que son esprit conçoit mal et digère plus mal encore. Aussi ces connaissances lui enflent le cœur et ne l'éclairent nullement sur ses intérêts vrais, ses devoirs et sa destinée.

Ces institutions devraient en outre enseigner une profession manuelle dont la pratique mît le sourd-muet à l'abri de la misère et des séductions de l'oisiveté. C'est tout au plus si la moitié d'entre elles possède des ateliers ; encore le choix des professions et le temps que les élèves peuvent employer à les apprendre sont tels que tout au plus un cinquième arrive à faire des demi-ouvriers.

En somme, au lieu de faire rentrer par l'éducation le sourd-muet dans la grande société ; au lieu de former des hommes de sens, d'honnêtes ouvriers, des fils respectueux, généralement aujourd'hui ces écoles font des sourds-muets une société à part, des esprits faux et prétentieux, des ouvriers incapables, des fils qui méconnaissent l'autorité paternelle. Tout dans leur éducation devrait les rattacher à la famille, au clocher du village ; tout au contraire semble tendre à les en éloigner, à les déclasser et à les pousser au vagabondage et à l'industrialisme.

Il importe donc, par dessus tout, de prescrire à ces établissements le but qu'ils doivent poursuivre et de s'assurer qu'ils emploient, pour atteindre ce but, les moyens les mieux appropriés à l'organisation de ces êtres incomplets, c'est-à-dire les moyens les plus naturels et les plus simples.

B

Parmi les sujets qui peuplent aujourd'hui les écoles il faut distinguer :

1º Ceux qui ont entendu et parlé jusqu'à un certain âge ; instruits par la parole ils peuvent être , plus promptement et à moins de frais, rendus à la société ;

2º Ceux qui ont conservé un degré d'audition qui mérite d'être cultivée ;

3º Ceux qui, complétement sourds de naissance, sont doués d'une intelligence ordinaire et peuvent être ins- truits dans la langue écrite et par cette langue ;

4º Ceux qui, complétement sourds de naissance, sont plus ou moins atteints de faiblesse d'intelligence et ne peuvent être sérieusement instruits qu'à l'aide de la mimique.

Les sujets des deux premières catégories peuvent sans dommage être réunis entre eux ; mais s'ils sont confondus avec ceux de la troisième et de la quatrième, ils contractent l'habitude de penser par signes, de ne s'exprimer que par signes et perdent ainsi, en peu de temps, la précieuse aptitude qu'ils avaient pour la parole.

Les sujets des deux dernières catégories peuvent aussi, à certaines conditions, être confondus dans les mêmes établissements ; mais leur réunion avec ceux de la première et de la deuxième leur est constamment fatale. L'instruction de ceux-ci étant beaucoup plus facile, les maîtres se font illusion sur l'efficacité des moyens dont ils font usage et ne s'aperçoivent pas que leurs leçons passent par dessus la tête des véritables sourds de naissance.

Qu'on sépare les faux sourds-muets d'avec les vrais sourds-muets, si l'on veut faire disparaître de leurs écoles le charlatanisme qui en est la plaie !

C

Pour l'homme étranger à l'instruction des sourds-muets chaque établissement , chaque professeur a sa méthode particulière. Il n'en est pas ainsi aux yeux de celui qui peut reconnaître la communauté de principes qu'elles ont entre elles et ramener à leur type primitif les procédés que l'usage et la tradition ont modifiés.

Dans un travail adressé à M. le ministre de l'intérieur au mois d'avril 1851 les 50 ou 60 écoles de France ont été rangées en trois groupes et sept familles , tellement fondées sur le véritable esprit de l'enseignement que, sans exception aucune , toutes les autres écoles de sourds-muets d'Europe et d'Amérique trouveraient leur place dans cette classification. On pourrait s'aider de ce travail pour faire choix de la méthode relativement la meilleure et la plus susceptible de nouveaux perfectionnement. Au lieu de s'étendre à toutes les écoles, les investigations pourraient alors se borner à la meilleure école des sept familles.

Mais comment déterminer le mérite relatif de ces écoles diverses ? — Par une exacte mesure des résultats qu'elles obtiennent et par l'appréciation des circonstances dans lesquelles ces résultats sont obtenus. On résoudrait ainsi, de fait et en peu de temps, une foule de questions abstraites qu'une commission ne viendrait peut-être pas à bout d'élucider en plusieurs années et l'on éviterait d'interminables débats.

Simplifiée de la sorte, l'opération ne laisserait pas encore d'être délicate , épineuse : les élèves ont-ils parlé ? — Sont-ils complétement sourds ? — Sont-ils intelligents ou bornés ? — Quel temps ont-ils consacré à l'étude du langage dans l'école ou hors de l'école ? Il ne suffirait pas de s'éclairer sur tous ces points, il faudrait en outre savoir se tenir en garde contre les mille moyens à l'aide desquels les instituteurs peuvent, volontairement ou non, donnant le change, faire prendre la forme pour le fond, l'apparence pour la réalité. Ce genre de prestidigitation est désigné par les personnes du métier sous le nom de *sicardisme*.

Lorsqu'une commission aurait reconnu la méthode relativement la meilleure, il lui resterait à la perfectionner, c'est-à-dire à établir une irréprochable concordance entre les théories et les procédés, à en combler les lacunes, soit à l'aide d'emprunts faits à d'autres méthodes, soit en indiquant aux instituteurs la nature générale des moyens à employer.

D

On ne saurait, à mon avis, attendre rien de bon des congrès d'instituteurs si souvent préconisés, pas même d'une commission entièrement formée des représentants de chacune des sept principales méthodes. Préjugés, habitudes, amour-propre, intérêt personnel frapperaient d'impuissance de semblables réunions.

Le choix de la méthode et les perfectionnements à y apporter exigent le concours de linguistes, de médecins et d'éducateurs de la première enfance, s'éclairant de l'expérience de quelques hommes spéciaux. Malheureusement, en dehors des écoles, on ne rencontre qu'un très petit nombre de personnes qui se soient sérieusement occupées de ce genre d'enseignement.

Cependant, pour me conformer au désir que vous avez exprimé, je citerai : — M. l'abbé Goudelin, jésuite, qui fut le successeur immédiat de l'abbé Sicard ; sa résidence actuelle ne m'est pas connue ; c'est un homme de premier mérite, mais fort âgé — M. l'abbé Dulorié, curé de Notre-Dame à Bordeaux, homme d'un sens exquis qui fut à la fois aumônier et professeur à l'institution de cette ville, — M. l'abbé Fissiaux, de Marseille, fondateur

très sérieux de plusieurs œuvres de charité en France
et en Algérie, — M. l'abbé Barbe, aumônier de l'institution de Toulouse, — M. l'abbé Bouchet, aumônier de
l'école d'Orléans. Les travaux de ces trois derniers sont
peu connus ; ayant eu occasion de m'entretenir avec
eux, je crois pouvoir assurer cependant qu'ils possèdent
suffisamment cette question.

A Paris se trouve un homme qui a beaucoup trop fait
parler de lui et s'est posé en instituteur de sourds-muets
quoiqu'il n'ait jamais enseigné ; je passe à dessein son
nom sous silence. — Mais je dois signaler : M. Alfred
Blanche, aujourd'hui secrétaire général au ministère
d'Etat, qui longtemps secrétaire du Conseil supérieur des établissements généraux de bienfaisance,
sut profiter de cette position pour comparer les divers
systèmes d'enseignement et en apprécier le mérite relatif, — M. Michelot, ancien élève de l'école polytechni-
que, qui a fait successivement partie de l'ancien Conseil
de perfectionnement, du Conseil d'administration et de
la Commission consultative de l'institution de Paris où il
siége encore ; c'est à peu près le seul membre de cette
Commission qui se soit occupé des classes.

Parmi les éducateurs les plus distingués on compte à
Paris M. Cochin, auteur de diverses publications sur
Pestalozzi et sur l'esprit de ses méthodes, — M. Lecomte,
esprit élevé, disciple fervent de Pestalozzi et qui a fait
de la pédagogie l'étude de toute sa vie, — M. Rapet,
inspecteur de l'instruction primaire du département de
la Seine, auquel on doit l'introduction en France des
méthodes si simples et si fécondes du Père Girard de
Fribourg, — M. Jules Delbruck, directeur et propriétaire
du journal *L'éducation nouvelle*.

L'Académie de médecine, au sein de laquelle eut lieu
dernièrement une lutte si passionnée à l'occasion des
sourds-muets, compte dans ses rangs des hommes doués

d'une merveilleuse perspicacité pour saisir tout ce qui a trait à l'éducation physique et morale de ces pauvres enfants. On doit, ce me semble, mentionner particulièrement : M. Bégin qui a fait preuve d'une si haute raison et le premier a demandé la création d'une commission de perfectionnement, — M. Bouvier, son antagoniste qui, dans cette discussion, a montré autant de sagacité que de tact et d'érudition, — M. Gerdy, dont les opinions sont si profondes et si sages. — Je m'abstiens de nommer M. Ferrus ; mieux que personne vous connaissez ses titres à votre confiance.

Les médecins auristes, en dehors et en dedans de l'Académie, me semblent devoir être exclus de la commission pour les mêmes motifs que les instituteurs en exercice. Ce sont MM. Bonnafont, Deleau , Hubert-Valleroux, Blanchet, etc.

Quant à des linguistes, l'Institut vous offre ses richesses. M. le ministre n'aurait qu'à y puiser directement ou à inviter la savante compagnie à désigner ceux de ses membres qui devraient prendre part à l'œuvre méditée.

E

Les sourds-muets appartenant pour la plupart à des cultivateurs, c'est vers l'agriculture et non vers l'industrie qu'il convient de les diriger. Il n'existe cependant pas en France un seul établissement où les enfants soient sérieusement appliqués à l'agriculture. Le jardinage, la taille de la vigne, l'arboriculture sont autant de professions qui conviennent même aux sourds-muets qui jouissent de quelque fortune, mais qui sont dépourvus, soit de goût marqué pour les beaux arts, soit d'une intelligence supérieure.

Parmi les professions, les plus usuelles, les plus vulgaires, celles qui nécessitent les efforts les moins longs pour obtenir un résultat, sont le mieux en rapport avec la capacité générale et le caractère longtemps enfant du sourd-muet.

Les familles comprennent mal ou ne comprennent pas du tout les véritables intérêts de ces pauvres enfants. Sitôt que la porte d'un établissement est ouverte à ceux-ci, ils se figurent avoir en eux autant de Massieu et ne rêvent qu'à en faire des professeurs. C'est aux chefs d'établissements à désabuser les familles, et à leur faire comprendre qu'il faut choisir, pour ces enfants, une profession manuelle en rapport avec leurs forces physiques, leur taille, leur intelligence, leur adresse, profession qu'ils puissent exercer avec avantage dans leur propre village ou dans le village le plus voisin, au sein de leur famille, ou sous ses yeux, chez quelque artisan de l'endroit.

L'art du tailleur dans ce qu'il a de plus ordinaire, la cordonnerie, la vannerie, le tour et la grosse menuiserie, comme initiation à toutes les professions qui s'exercent sur le bois et comme accessoire obligé des travaux agricoles, sont les professions qu'il importe de faire enseigner dans tous les établissements.

F

La régénération de l'institution de Paris serait prompte ; et les effets en seraient durables si, pour l'opérer, on associait convenablement à l'impulsion qui lui viendra du dehors ce qu'elle porte en elle de force, d'intelligence et de vie.

L'absence de toute direction pour l'enseignement en est le vice radical. Si une direction éclairée, agissante est nécessaire dans toute maison d'éducation, elle est ici absolument indispensable. Or le règlement ne fait du directeur que l'administrateur responsable de la partie matérielle et ne met à côté de lui ni un censeur

dès études comme à côté du directeur de Bordeaux, ni
un instituteur en second, comme aux Jeunes Aveugles,
chargés en sous ordre de la direction des études.

Le roulement qui amène chaque professeur à faire
toutes les classes dans l'espace de six années fut, il est
vrai, imaginé pour suppléer à l'insuffisance de la direction ; mais alors les réunions hebdomadaires connues
sous le nom de conférences, constituaient une direction
sérieuse, quoique multiple, qui entretenait dans tous les
rangs une salutaire émulation et qui, divulguant les procédés nouvellement inventés, tendait sans cesse à ramener l'unité là où le libre arbitre de chacun aurait autrement fait naître les dissonances les plus choquantes. Ces
conférences étaient en outre comme une sorte d'école
normale, où les aspirants, les maîtres d'étude et les
répétiteurs apprenaient, dans une certaine mesure, ce
qui aurait dû leur être enseigné dans des cours profes-
sés ad hoc. Les tendances de ces réunions étaient si
sages qu'en mainte occasion l'administration n'hésita
pas à s'éclairer de leurs conseils sur des questions de
discipline et de règlement intérieur. — Le rétablissement des conférences des professeurs est donc une des
mesures les plus urgentes et les plus efficaces qu'il y ait
actuellement à prendre.

Le programme des études, contre les exagérations
duquel une partie des professeurs protestèrent au moment de son adoption, devait être, chaque année, révisé
avec soin. Or, depuis cette époque 1838, il n'y a été
apporté aucune modification. C'est pour les uns un
piége, pour les autres une lettre morte ; refondre complétement ce programme, le réduire de plus de moitié
et le rendre obligatoire, doit être un des premiers soins
de l'administration et de la commission de perfectionnement avec le concours de la conférence.

La classification des élèves, non plus comme le hasard

les fait arriver telle année plutôt que telle autre, mais conformément aux catégories que nous avons établies et en tenant compte des connaissances de chacun à son entrée dans l'école, est une nécessité non moins urgente, et dont l'accomplissement doit incomber à la commission et à la conférence. La séparation des catégories sera, je le crains, rendue difficile par la disposition du local.

Je me borne aujourd'hui à indiquer les mesures qui semblent surabondamment justifiées par l'état des choses, me réservant de vous en soumettre un grand nombre d'autres, sitôt que la commission de perfectionnement sera en mesure d'en discuter le mérite.

III

Etat de l'enseignement à l'Institution des Sourds-Muets de Paris.

(Notes fournies en Novembre 1857, à M. le Baron de Watteville, inspecteur général des établissements de bienfaisance.)

Vous avez exprimé le désir de connaître mon opinion sur l'état actuel de l'Institution des sourds-muets de Paris : — l'enseignement est-il en progrès ou en décadence ? — A quelles causes faut-il l'attribuer ? — S'il déchoit, comment y porter remède ?

Quoique je n'appartienne plus à l'Etablissement, sa prospérité m'est toujours chère ; et, précisément parce que je n'en fais plus partie, je puis, sans passion comme sans faiblesse, répondre à vos questions avec un esprit dégagé de toute préoccupation personnelle. Il y aurait là matière à trois volumineux mémoires ; je n'ai ni le loisir ni la volonté de les écrire, vos travaux ne vous permettraient pas d'ailleurs d'en prendre connaissance.

— Tout d'abord j'affirme carrément que, loin d'être en progrès, l'enseignement est à Paris, depuis long-temps, en décadence. Aurai-je recours, pour justifier cette assertion, aux critiques toujours acerbes et quelquefois violentes de MM. Bébian, Esquiros, Montglave, Seguin, Hubert-Valleroux, Blanchet, etc. ? A Dieu ne plaise ! il y a au fond des écrits de ces messieurs un sentiment d'hostilité qui afflige. J'aime mieux appeler en témoignage un homme dont l'impartialité ne saurait être suspectée, un homme autrefois membre du Conseil supérieur des établissements de bienfaisance, qui manie avec facilité le langage des signes et connaît bien les sourds-muets.

Chargé de procéder aux examens de fin d'année et de présider la distribution des prix, en 1842-43-44 et 1846, M. Laurent de Jussieu ne laissait échapper aucune occasion de signaler, en termes polis mais formels, la nécessité de fortifier les études : *la langue française peut seule abaisser la barrière qui sépare les sourds-muets de la société et elle n'est pas suffisamment enseignée ; on instruit les sourds-muets par signes et c'est par l'écriture qu'il faudrait les instruire etc.*

Comment l'Institution accueillit-elle ces jugements, protesta-t-elle ? — Non. A t-elle modifié sa marche ? — pas davantage. Dans une brochure publiée vers la même époque, M. Puybonnieux reconnaît qu'un nombre trop restreint de sourds-muets parvient à se servir de la langue écrite ; et il en attribue la faute, non à leur capacité, mais aux obstacles qu'ils rencontrent dans leurs études, obstacles qu'il eût été facile d'aplanir en grande partie, si l'on s'était sérieusement occupé de l'enseignement. Dans un mouvement de généreuse indignation, l'honorable professeur va jusqu'à confirmer les amères critiques publiées par Bébian il y a vingt ans, il s'écrie : *tel il était il y a vingt ans* (l'enseignement), *tel il est encore aujourd'hui*[*]. N'attribuez point à un accès

---

[*] *Des Droits des sourds-muets à l'assistance publique*, page 18. Paris, Baillère, 1849.

d'humeur ces affligeantes paroles ; ce n'était pas la première fois que M. Puybonnieux s'apitoyait sur l'état de l'enseignement : « *Que quelques années encore s'écoulent au milieu de ce désordre moral toujours croissant*, écrivait-il trois ans plus tôt, *et la possibilité d'instruire les sourds-muets, démontrée par tant de faits incontestables, sera parmi nous remise en question.* » Il ne fallait rien moins que de telles autorités pour me donner la hardiesse de répondre à la première question par une affirmation malsonnante aux oreilles de bien des gens. Désirez-vous des preuves matérielles, palpables, vous n'avez qu'à vous faire mettre sous les yeux les pièces des concours ouverts, chaque année, pour la classe d'instruction complémentaire ; si vous en écartez les compositions des concurrents qui ne sont pas sourds de naissance, vous aurez la triste mesure de ce qu'un sourd-muet apprend, en six ans, dans l'institution. Au surplus, quand nous aurons parcouru les principales causes de l'affaiblissement graduel des études, les doutes qui peuvent exister dans votre esprit seront dissipés ; et, si vous êtes encore étonné, ce sera, non que les études aient faibli ; mais qu'elles donnent encore quelques résultats utiles.

— Qu'attendre en effet d'un enseignement qui manque de direction, dont l'objet n'est pas nettement déterminé, quand le choix des moyens est laissé au libre arbitre de chaque professeur, quand la tâche n'est pas répartie en raison des lumières et des aptitudes de chaque coopérateur, lorsqu'à leur entrée il n'est pas fait des élèves une classification rationnelle, lorsqu'enfin il n'est pas exercé sur les classes un contrôle et une surveillance de tous les instants ? À qui incombe la direction de l'enseignement : le règlement ne le dit pas ; il en attribue seulement la surveillance et le contrôle au directeur et à

* *Mutisme et Surdité*, page 371, Paris, Baillière, 1846.

la Commission consultative ; tout professeur est donc libre de diriger sa classe comme il l'entend. Il n'en était pas ainsi sous l'abbé Sicard, ni sous la Commission administrative qui s'était adjoint, pour la direction des classes, un Conseil de perfectionnement, ni sous M. Ordinaire qui, aidé de ce même Conseil et des avis de la conférence des professeurs, exerçait constamment sur la marche de l'enseignement une action salutaire. L'absence de toute direction date de la suppression des conférences, et de ce moment doit dater aussi l'affaiblissement des études ; car il n'y eut plus dès lors d'accord, d'émulation ni d'unité possibles : chaque professeur se trouva abandonné à ses propres forces, à ses inspirations personnelles. Dès lors aussi les méthodes, que la conférence avait mission de ramener à l'unité, durent prendre des caractères plus tranchés et aujourd'hui l'on est autorisé à dire avec M. Puybonnieux : *Dans l'école de Paris il y a dix méthodes différentes et chaque professeur a raison de prétendre que la sienne est la meilleure de toutes..... de l'accord, de l'unité et de l'ensemble il n'en existe nulle part.** Et ce n'est pas chose indifférente, Monsieur ; car il est encore vrai de dire avec le même professeur : « *Si à l'aide des procédés en usage aujourd'hui un certain nombre de nos élèves parvient à acquérir une éducation des plus satisfaisantes, il est permis de croire qu'en moins de temps un nombre dix fois plus grand parviendrait aux mêmes résultats !* »**

Le programme, proposé par une partie de la conférence et approuvé par le Conseil de perfectionnement en 1838, pouvait à la vérité déterminer l'objet de l'enseignement, y maintenir l'unité nécessaire et imprimer aux études une certaine direction. Mais ce programme qui donnait au cours d'instruction une extension exa-

* *Des droits*, etc., page 19.
** *Des droits*, etc., page 24.

gérée et ne spécifiait pas assez la nature des procédés
à employer, ce programmme, rendu obligatoire et qui
devait être revu tous les ans, ne l'a pas été une seule
fois ; il est tombé en désuétude.

La surveillance, le contrôle que le directeur et la
Commission exercent sur les classes peuvent-ils tenir
lieu de programme et de direction ? Suffit-il de deux
visites annuelles pour entretenir, exciter le zèle chez
les maîtres, l'émulation chez les élèves ? Si, par impossible, quelque professeur qui aurait été distrait par
d'autres intérêts, absorbé par quelque passion, ébloui
par des théories nouvelles, se voyait à la fin de l'année
dans la nécessité, ou de laisser voir l'absence de tout
progrès, ou de dissimuler sa faute par des effets, soit de
mémoire mécanique soit de prestidigitation, est-il bien
certain que Messieurs les examinateurs ne tomberaient
pas dans le piége ?

A l'exception du professeur de la classe de perfectionnement, tous les membres du corps enseignant ont à
remplir la même tâche : chacun reçoit, à son tour, les
élèves admis à une époque déterminée et les suit dans
toutes les phases du cours d'instruction ; ce qui suppose
entre eux égalité de position, de savoir et d'expérience.
Je ne me permettrai point de discuter l'expérience et le
savoir de MM. les professeurs de l'Institution ; s'ils n'en
ont pas tous une égale somme, assurément aucun d'eux
n'en est dépourvu ; mais leur position n'est pas la
même : quatre sont sourds-muets, un est sourd-parlant,
deux jouissent de l'ouïe et de la parole. Est-il utile
ou dommageable qu'un sourd-muet soit entièrement
élevé par un sourd-muet comme lui ? Dirons-nous
avec M. Puybonnieux : « Qui mieux qu'eux (les sourds-
muets) peut connaître la nature des difficultés que
présente l'éducation de leurs semblables ; qui sait
mieux à l'aide de quels moyens il est possible de les

surmonter ; n'ont-ils pas été enfants comme eux ? Et puisqu'ils ont parcouru avec succès la route qui, d'une ignorance profonde, les a conduits à une instruction *parfaite*, est-il possible qu'ils ne soient pas, plus que personne, aptes à servir de guides à ceux qui veulent marcher sur leurs traces ? » De ce raisonnement on pourrait conclure que l'art d'instruire les sourds-muets a dû être inventé par les sourds-muets eux-mêmes ; que, pour guider un aveugle dans les rues, il faut, en plein midi, avoir soin de fermer les yeux ; que les professeurs sourds-muets sont des prototypes de perfection etc. Malheureusement l'expérience a prouvé que les sourds-muets les plus instruits ignorent une foule de choses et qu'ils ont contre la société des préventions qu'ils font trop bien partager à leurs élèves. Le disciple se forme nécessairement à l'exemple du maître qu'on lui a donné : pour acquérir ce qui lui manque, pour s'assimiler à la société, le jeune sourd-muet doit habituellement être placé sous la direction, non d'un sourd-muet comme lui, mais d'un homme dont les facultés, les habitudes n'ont rien d'exceptionnel.

Autre considération non moins grave : il existe dans les institutions trois catégories d'élèves qu'on doit instruire par des moyens appropriés à leur

* *Mutisme et surdité*, page 359. — M. Puybonnieux plaide la cause de l'enseignement après avoir vigoureusement défendu celle des sourds-muets, ses collègues. Nous citons ici les pensées les plus saillantes de ce plaidoyer : « Si un sourd est exclusivement chargé d'en instruire un autre, non seulement il ne saura lui apprendre ce qu'il ne sait pas bien, mais il ne lui enseignera pas même tout ce qu'il sait : et au lieu de se perfectionner, l'enseignement des sourds-muets se restreindra ainsi de génération en génération. Il faut qu'un professeur de sourds-muets forme des élèves à son image : or, l'image d'un sourd-muet ne sera jamais ressemblante à celle d'un parlant. » (*Mutisme et surdité* page 363.) Nous avons donc encore une fois le plaisir de nous trouver d'accord avec M. Puybonnieux, quant au fond de la pensée.

position : — les demi-sourds, — les enfants atteints
de surdité après avoir appris à parler, — et les
véritables sourds de naissance. Evidemment les élèves
des deux premières catégories ne peuvent, sans dommage, être confiés à des professeurs privés de l'ouïe
et de la parole. La répartition de la tâche n'est donc
pas faite de manière à sauvegarder suffisamment les
intérêts de l'enseignement.

Adopté comme transitoire le système de rotation est
devenu définitif, sans que l'enseignement soit ni dirigé
ni sévèrement surveillé. Là gît une cause de décadence
qui, à elle seule, peut entraîner la ruine morale de
l'Institution. Ce système, il est vrai, neutralise en
partie les inconvénients qui résulteraient de la multiplicité des méthodes ; mais, indépendamment de ce que
l'Ecole modèle, ainsi vêtue en habit d'arlequin, ne peut
plus faire autorité et que la tâche des professeurs de la
classe complémentaire se trouve rendue infiniment plus
difficile, il a le grave inconvénient de faire surgir
quantité d'idiomes mimiques : ce que quelques espiègles
faisaient autrefois pour échapper à la censure des
surveillants, les élèves de plusieurs classes le font
aujourd'hui pour n'être compris que de leur coterie. Or,
comme la surveillance en dehors des classes et des
ateliers, c'est-à-dire la partie la plus essentielle de
l'éducation, est confiée tout entière à des sourd-muets,
fort honnêtes sans doute, mais qui n'ont pas toute
l'instruction voulue, une déplorable tendance se trouve
encouragée ; et le langage des signes, cet énergique et
puissant moyen de développement intellectuel et moral,
loin de se perfectionner, dégénère avec une effrayante
rapidité.

Diverses causes secondaires, telles que l'abaissement
de l'âge fixé pour l'admission, le partage mal raisonné du
temps entre les classes et les ateliers, la suppression

des séances publiques mensuelles, l'absence de répartition annuelle des élèves en raison des connaissances
qu'ils ont acquises etc. viennent encore aggraver le regrettable état de choses que l'administration supérieure
entrevoit et dont elle s'efforce de mesurer l'étendue.

— Le soin que j'ai mis à répondre à la seconde question me dispense de répondre à la troisième. Avoir
signalé les sources du mal, c'est dans l'espèce, avoir indiqué les meilleurs moyens d'y porter remède : Atta-
quez-le donc dans ses causes, vous en ferez disparaître
les effets.

IV

Etat de l'enseignement dans les écoles de Sourds-Muets.

*(Notes rédigées, en juin 1858, pour la division des affaires départe-
mentales et communales au Ministère de l'Intérieur).*

Les établissements destinés à servir d'écoles ou d'asiles
aux sourds de naissance ont été, à l'exception des institutions impériales de Paris et de Bordeaux, placés dans
la division des affaires départementales et communales.
Au point de vue de la science ces établissements méritent une attention sérieuse ; ils ont droit à une sollicitude particulière au point de vue de l'humanité. Malheureusement nos bureaux ne possèdent pas de moyens
d'action, soit pour leur imprimer une direction rationnelle et uniforme, soit pour exercer dans leur sein une
surveillance dont l'expérience fait sentir la nécessité.
Lorsque Votre Excellence a des secours à distribuer, rarement nous pouvons, en connaissance de cause, lui signaler les écoles qui répondent le mieux à la confiance
publique. Parfois aussi les préfets réclament de nous des
renseignements que nous sommes hors d'état de fournir.

Pénétré des difficultés et des embarras de la situation, j'ai fait sur tout ce qui a trait à ces établissements des recherches approfondies. Je vais exposer sommairement dans ce travail le résultat de mes investigations; j'aurai l'honneur de proposer ensuite quelques mesures qui, sans entraîner de nouvelles dépenses, rendraient plus profitables les sacrifices que l'Etat et les populations s'imposent, pour adoucir une des plus poignantes infortunes qui puissent affliger l'espèce humaine.

L'abbé de l'Epée qui, vers le milieu du dernier siècle, évaluait à 2.000 le nombre des sourds muets en France craignait de tomber dans l'exagération. En 1791, à l'Assemblée nationale, le député Prieur assurait cependant que le nombre réel était de 4,000. En 1828, des recensements partiels firent connaître qu'il était de 12,000 au moins. Dix ans plus tard, on affirmait à la Chambre des députés que le chiffre n'était pas au dessous de 22,000. Et, preuve que ces chiffres n'étaient pas grossis pour les besoins de la cause, le recensement officiel de 1851 a constaté l'existence de 29,512 de ces infortunés dans la population de l'Empire. Quelques personnes, se fondant sur la légèreté avec laquelle s'opèrent les recensements dans les communes rurales, et sur le rapport du nombre des sourds-muets avec la population générale de plusieurs Etats de l'Europe, portent à 40,000 les sourds-muets de la France.* Nous nous en tiendrons, pour le moment, au chiffre rond de 30,000.

Sur ces trente mille 4,300 environ devraient fréquenter les écoles, attendu que la durée de la vie moyenne

---

* On ne saurait contester que le nombre des sourds-muets tend continuellement à s'accroître. Des renseignements, encore trop incomplets pour être consignés ici, autorisent à penser que cette regrettable progression résulte en partie de l'élévation de la durée moyenne de la vie: parmi les sujets qui échappent aujourd'hui et qui eussent succombé autrefois à la mortalité des premières années de l'existence, il se trouve nécessairement un plus grand nombre

dépasse aujourd'hui 42 ans, que le cours d'instruction est de six ans et que la septième partie de la vie moyenne de chaque sourd-muet $^6/_{42}$ correspond à la septième partie du chiffre total de l'ensemble.

Les renseignements que j'ai pu recueillir sur la constitution des écoles de sourds-muets, leurs recettes, la dépense moyenne de chaque élève sont fort incomplets.

Indépendamment des deux grands établissements subventionnés par l'Etat à Paris et à Bordeaux, de plusieurs maisons de travail et de refuge et de 6 à 8 écoles privées, il existe en ce moment en France 48 institutions qualifiées de *départementales* ; non que les départements les aient fondées et en règlent les budgets, mais parce qu'ils y entretiennent un certain nombre d'élèves. Quelques départements, entre autres le Cantal, fournissent à ces écoles les bâtiments qu'elles occupent ; le Doubs et l'Isère assurent à l'instituteur un modeste traitement ; le Nord, le Rhône, la Haute-Garonne, la Meurthe, la Haute-Loire ont établi, près des écoles de Lille, Lyon, Toulouse, Nancy, le Puy, des commissions de surveillance ; et cela en raison même des sommes qu'ils affectent au service de ces établissements. Plusieurs villes défraient de leurs loyers les institutions qu'elles possèdent. Les écoles de Caen, d'Alby, de Nantes, de Laval, annexées à des hospices, ont une existence mieux assurée ; elles profitent des dons et legs faits aux établissements dont elles dépendent.

Les établissements, improprement désignés sous le nom d'*institutions départementales de sourds-muets*, ne

---

d'enfants mal constitués, lymphatiques, cacochymes, états qui prédisposent à la surdité et au mutisme. D'ailleurs il se produit pour les sourds-muets quelque chose d'analogue à ce qui s'est déjà produit pour les enfants trouvés : la quantité s'en est accrue, en raison des hospices qui leur ont été ouverts ; distribués sans intelligence les secours augmentent inévitablement le nombre des indigents.

jouissent donc pas généralement de la personnalité civile ; néanmoins quelques uns possèdent indirectement des immeubles : Le château de Lamballe fut donné par la famille d'Orléans à une congrégation religieuse qui s'est engagée à y maintenir une école de sourds-muets ; l'institution de St-Médard-les-Soissons occupe des bâtiments acquis avec le produit de quêtes autorisées par l'évêque diocésain ; l'asile des Saints Anges à Bordeaux se trouve dans le même cas.

Aucun de ces établissements n'a de ressources assurées : ils ne vivent guère que de la rétribution de quelques rares pensionnaires, des dons de la charité publique et du prix fixé pour les bourses départementales et communales ; leur existence est liée à celle de leurs fondateurs et, par exception, à celle de congrégations religieuses dont la plupart ne sont pas reconnues par l'Etat.

Les dépenses que, depuis 1822, les départements et les communes s'imposent au profit des sourds-muets, s'accroissent chaque année : En 1848 ces dépenses étaient de 306,620 francs ; en 1851 elles dépassaient 365,000. La Corse, l'Indre et Loire, les Landes, les Hautes-Alpes, la Creuse n'étaient encore pour rien dans cette dépense ; tandis qu'un assez grand nombre de communes urbaines, et même de communes rurales, y participaient. L'accroissement, signalé dans les allocations, eût été certainement plus considérable si quelques départements, tels que le Var, n'eussent ajourné toute augmentation dans l'attente d'une loi spéciale sur les sourds-muets ; si d'autres (Somme, Dordogne, Pyrénées-Orientales) mettant leur espérance dans la loi sur l'assistance publique, n'avaient cru devoir se borner à exprimer le vœu que cette loi fît aux sourds de naissance une large part ; si d'autres enfin (le Nord entre autres) n'avaient mis en quelque sorte leurs ressources à la disposition de l'Etat.

en demandant que les frais d'instruction des sourds-
muets soient acquittés, comme il est prescrit, par la loi
de 1838, pour l'entretien des aliénés dans les asiles.

Le nombre total des écoles de sourds-muets, avons nous
dit, est de quarante-huit; — 13 sont uniquement destinées aux jeunes filles, — 7 aux jeunes garçons, — 28 aux
enfants des deux sexes. Sur ce nombre : 39 forment des
écoles spéciales indépendantes, — 9 sont annexées à
d'autres établissements, tels que hospices, écoles de parlants, asiles d'aliénés, — 17 sont dirigées par des laïques
et renferment 325 élèves, — 31, ayant un caractère plus
ou moins clérical, en réunissent 875. Le prix de la pension y varie entre les limites extrêmes de 500 et de
95 fr. Le premier chiffre permet de pourvoir à tous les
besoins ; le second ne suffit pas à couvrir les frais de
nourriture. Les institutions de Laval , de Nantes ne
sauraient faire subsister leurs élèves sans les secours
que leur donnent les hospices auxquelles elles sont
annexées.

19 écoles réunissant ensemble 878 élèves, reçoivent des dép. et des com. 55,170 fr. soit par élève	149 fr.
8	294	60,775	206
9	419	127,770	306
2	158	57,500	363

Nous empruntons ces calculs à un rapport adressé à
votre prédécesseur ; ils ne sont ni ne peuvent être
l'expression rigoureuse de la vérité ; la somme des
recettes des institutions privées n'étant pas pour cela
suffisamment connue. Toutefois nous pouvons déduire
de ces calculs que le plus grand nombre des établissements de sourds-muets est dans une situation précaire,
qu'il y a d'énormes différences dans leurs conditions
d'existence, que des bourses de 500 francs, qui grèvent
les établissements de l'Etat, porteraient l'aisance dans
d'autres institutions. Nous pouvons déduire en outre des
renseignements recueillis que les secours sont encore
loin d'être à la hauteur des besoins : 4,300 sourds-muets

devraient fréquenter les écoles et, y compris les élèves des institutions impériales, on trouve que les écoles n'en contiennent pas au delà de 1,700. D'après le système d'éducation actuellement en vigueur, l'instruction de ces 4,300 sourds-muets coûterait, pour être convenablement donnée, plus de trois millions par an et le total des sommes affectées annuellement à cette dépense n'atteint pas 800,000 francs.

Si, de l'examen des conditions d'existence des institutions de sourds-muets, nous passons à l'examen du personnel qui les a fondées, qui les dirige et qui y donne l'enseignement, nous trouvons, parmi quelques individualités dignes de toute vénération, des hommes sur l'honorabilité desquels il est difficile de se prononcer, de hautes et nobles intelligences et des gens qui n'égalent pas le moindre des instituteurs primaires. Un de nos inspecteurs déclare que le personnel d'un grand nombre de ces écoles est d'une ignorance désespérante pour l'avenir des enfants qui leur sont confiés. Les professeurs de l'école de Paris firent, il y a peu d'années, de cet état de choses l'objet d'un rapport et démontrèrent la nécessité d'y mettre un terme.[*]

L'instruction, que les sourds-muets reçoivent dans ces écoles, viendrait-elle infirmer nos dires ? De loin en loin il en sort, il est vrai, quelques jeunes gens suffisamment instruits, quelques ouvriers capables de gagner leur vie ; ils attestent l'éminence des services que ces écoles sont appelées à rendre ; mais, sans vouloir les rabaisser toutes au même niveau, sans prêter l'oreille à des assertions exagérées, nous affirmons que, sous le rapport moral comme sous le rapport industriel et intellectuel, les résultats de leurs soins sont, en général, fort au-dessous de ce que la société est en droit d'exiger.

[*] *Annales des sourds-muets et des aveugles*, vol. IV, page 81.

En quoi devraient consister l'éducation et l'instruction des sourds-muets et en quoi consiste-t-elle par le fait ? — L'absence de l'ouïe isole les sourds-muets des autres hommes, engourdit leur intelligence, les prive des idées traditionnelles, les laisse sans direction morale et religieuse et leur rend plus difficiles l'apprentissage et la pratique d'une profession manuelle. Il faudrait donc leur enseigner à se faire comprendre des parlants et à les comprendre ; on ne leur enseigne guère qu'à comprendre leurs compagnons d'infortune et à s'exprimer par signes. Il faudrait les faire se rapprocher de la société et s'y fusionner de leur mieux ; on crée pour leur usage une société factice, on élève séparément et en commun les enfants frappés de la même infirmité. Il suffirait de donner un certain essor à leur intelligence et de leur faire acquérir des connaissances auxquelles les gens illettrés eux-mêmes ne restent pas étrangers ; on s'efforce presque partout de donner à leur instruction une portée scientifique, qu'elle ne comporte que par exception, et on leur laisse en même temps ignorer les choses les plus essentielles de la vie sociale. L'intérêt de ces malheureux, d'accord avec l'intérêt de la Société, demande qu'on fasse d'eux de bons et modestes ouvriers ; dans la plupart des écoles on n'essaie pas même de leur enseigner une profession manuelle. Or, si l'éducation qu'ils reçoivent, si l'instruction qu'on leur donne, si les habitudes qu'on leur fait contracter sont presque partout en désaccord avec leurs besoins et la position sociale de leurs familles, il est évident qu'ils ne peuvent que fort rarement devenir des hommes moraux et religieux, utiles à la société et à eux-mêmes.

Les preuves de cet affligeant état de choses se trouvent partout : dans le programme des études, dans le vice des méthodes d'instruction, dans l'organisation défectueuse des établissements, dans l'incapacité d'un grand nombre de maîtres, dans les plaintes des familles, dans l'emploi que font de leurs ressources les sociétés d'assistance exclusivement instituées au profit de ces infortunés. — Les programmes des études mentionnent presque tous la grammaire, l'histoire, la géographie, l'arithmétique, la mythologie ; quelques-uns la rhétorique, la philosophie, la littérature, voire même la versification française ! — Les méthodes, que l'expérience a démontrées radicalement vicieuses, ne laissent pas d'être encore appliquées dans un très grand nombre d'établissements; tandis que les perfectionnements utiles, les simplifications reconnues fécondes restent ignorées ou sont rejetées parce qu'elles ne sont pas comprises. — Dans quelques établissements les élèves des deux sexes sont réunis et presque confondus ; dans d'autres les sexes sont séparés, mais l'instruction est donnée ici aux filles par des hommes, là aux garçons exclusivement par des femmes. — Dans certaines maisons, les pratiques religieuses absorbent la majeure partie de la journée, sans profit pour la moralité, parce que l'intelligence et l'instruction font défaut ; dans le plus grand nombre les classes ne laissent pas de place aux ateliers ou ne leur laissent qu'une place évidemment insuffisante. — La pénurie des ressources fait employer, à titre de professeurs, même dans les établissements placés sous la direction d'hommes capables, des sourds-muets à demi instruits, des parlants sans moyens et sans instruction convenable.

Il n'y a donc pas lieu d'être étonné que d'amères critiques viennent, de temps à autre, étaler aux regards du public les plaies de ces établissements : — Un homme à qui ses fonctions officielles imposaient une grande circonspection, un professeur de l'école de Paris, reconnaît lui-même, dans une publication assez récente, l'insuffisance de l'instruction que les sourds-muets acquièrent dans les écoles et il en rejette la faute, non sur la capacité des élèves, mais sur l'abandon où on laisse ces établissements : « Il y a en France, dit-il, une quarantaine d'écoles de sourds-muets et partout règne la même confusion, le même pêle-mêle. De l'accord, de l'unité, de l'ensemble, il n'en existe nulle part » — Mʳ de Watteville a constaté qu'un de ces établissements est tenu par une servante sans place. — A la suite d'une mission qui lui fut confiée par le ministre de la justice, un autre professeur de l'école de Paris adressa à votre département un rapport qui se termine ainsi : « Dans les relations officielles que j'ai eues avec les professeurs et le chef de l'institution de ***, j'ai vu avec surprise et affliction qu'aucun d'eux n'est en état de comprendre, bien mieux d'écrire d'une manière correcte quelques lignes de français. Mʳ ** sourd-muet, directeur de l'école n'a pu être interrogé par écrit, et cependant il n'a pas laissé d'accuser l'ignorance profonde de ses collaborateurs. Lorsque nous lui avons fait sentir que par là il s'accusait lui-même, il s'est rejeté sur l'impossibilité de se procurer des auxiliaires capables. La cause première du désordre affligeant dont cette école a été longtemps le théâtre se résume ainsi : incapacité du chef, ignorance des professeurs, privation de haute direction morale et absence de toute surveillance. » Je passe sous silence une quantité de faits non moins affligeants.

— Si l'on scrute avec quelque soin la distribution que les sociétés de patronage font de leurs ressources, on est frappé de ce fait que la généralité des infortunés sourds-muets sortent des écoles sans instruction suffisante et sont entraînés loin de leurs familles, poussés au vagabondage, en butte à toutes les misères qui assiègent les individus déclassés.

Evidemment cette branche intéressante de votre administration, Monsieur le Ministre, réclame de sérieuses

et importantes réformes. Celles que j'ai l'honneur de
proposer à l'adoption de V. E. ont principalement pour
objet : — les unes, de faire participer les instituteurs
primaires à l'enseignement des sourds-muets, — les
autres, d'exiger des instituteurs spéciaux les garanties de
capacité et de moralité que l'Etat exige de tous ceux
qui se consacrent à l'enseignement public.

L'usage qui consiste à séparer les sourds-muets de
leurs familles et à les réunir, pour les instruire, dans
des pensionnats plus en moins nombreux a, comme nous
l'avons dit, le double inconvénient de nuire à leur
éducation et de nécessiter des dépenses considérables.
La publication d'un ouvrage que V. E. avait soumis
au jugement de l'Institut offre les moyens de commencer l'instruction de tous ces enfants dans les écoles
ordinaires et même d'y faire, en entier, celle des demi-
sourds et des enfants qui ont parlé jusqu'à un certain
âge. Il ne s'agit donc à présent que d'obtenir, par le
département de l'instruction publique, le concours des
instituteurs communaux et de mettre à leur disposition
l'ouvrage intitulé : *Méthode pour enseigner la langue
française aux sourds-muets sans l'intermédiaire du langage des signes.* Les conseils généraux accorderaient
facilement de légères allocations pour exciter le zèle
des instituteurs primaires et récompenser leur dévouement. Peut-être sera-t-il possible par la suite de renoncer au pensionnat en commun ; dès à présent il est
facile d'en restreindre l'usage et d'atténuer ainsi les
inconvénients qui y sont attachés.

Je ne propose point une innovation hasardée : dans
plusieurs états voisins, en Prusse notamment, les instituteurs primaires coopèrent à l'instruction des enfants
privés totalement ou en partie de l'ouïe et de la parole.

Les sourds-muets de naissance, ayant commencé de
bonne heure leur éducation dans les écoles primaires

sous les yeux de leurs parents, peuvent, avec moins de peine, de temps et de dépenses, acquérir au besoin dans les écoles spéciales une instruction complète ; et ils ont contracté, dans leurs villages, des liaisons qui tendent sans cesse à les y rappeler et à les y retenir. — Les demi-sourds et les enfants atteints de surdité accidentelle, n'étant plus mêlés et confondus avec les véritables sourds-muets, n'achèvent pas de perdre la faculté d'entendre et de parler ; les premiers au contraire apprennent à écouter, à mieux entendre et à s'exprimer par la parole ; les seconds conservent la précieuse habitude de penser avec les mots et parviennent à lire la parole sur les lèvres d'autrui. Ainsi, non seulement la coopération des instituteurs primaires sauve du mutisme un assez grand nombre d'enfants et rend plus économique l'instruction de tous ceux qui sont affligés de surdité, mais encore elle ôte au charlatanisme et à la mauvaise foi le moyen de surprendre la conscience des familles ; car, dans presque toutes les écoles spéciales, les sujets mis en évidence sont des demi-sourds et des enfants dont la première éducation a été faite par la parole : preuve qu'on ne sait pas y faire usage des méthodes et des procédés en rapport avec la nature et les besoins des vrais sourds-muets de naissance.

Si les propositions que j'ai l'honneur de vous soumettre, M. le Ministre, étaient approuvées, V. E. aurait à se concerter avec son collègue de l'instruction publique, afin d'aviser aux moyens de déterminer les instituteurs primaires à commencer dans leurs écoles l'instruction des sourds-muets du voisinage, tâche qui pourrait leur être rendue plus facile lorsque, dans les écoles normales, on leur aurait enseigné à eux-mêmes la pratique d'une méthode qui apparaît enfin pour ce qu'elle est : simple, naturelle, à la portée de toute personne lettrée. La distribution de quelques livres et

des instructions adressées à MM. les préfets, pour leur
faire connaître les dispositions arrêtées entre les deux
départements ministériels et la nécessité d'en surveiller
l'application, seraient le complément nécessaire de la
mesure.

Tout changement de système rencontre des opposi-
sitions et ne s'effectue qu'à la longue. Les écoles spéciales seront encore longtemps utiles ; et, loin de les
détruire, il convient de songer à les améliorer. Pour
relever ces établissements, leur imprimer une direction
régulière, leur assigner un but déterminé, pour en
épurer et en fortifier le personnel, est-il nécessaire de
créer une législation particulière ? — Non, il suffit de
leur appliquer les principales dispositions de la loi qui
régit l'instruction primaire. En effet ces établissements
que sont-ils ? — des académies, des instituts scientifiques ?... une telle question ne mérite pas d'être discu-
tée ; — des hôpitaux, des hospices ?... c'est en vain
qu'on le prétendrait : on ne soumet à aucun traitement
les sujets qui y sont admis et ils n'y sont admis que pour
devenir, par l'instruction, des hommes utiles. — Ces
établissements ne sont, ne peuvent être que des écoles
primaires et, quand les circonstances le permettent, des
écoles d'arts et métiers. L'instruction y est la même ;
seulement elle doit se renfermer dans des limites, en
apparence plus étroites, et ne peut être donnée qu'à
l'aide de méthodes particulières.

Or, tandis qu'une législation prévoyante et sage assure
la prospérité de l'instruction primaire, c'est une liberté
absolue, sans contrôle, qui a engendré, dans presque
toutes les écoles de sourds-muets, l'anarchie des méthodes et la ruine de l'enseignement. Mais le jour où
l'administration décidera que la loi du...,...... est applicable aux écoles de sourds-muets, elle aura contracté

l'obligation d'y régler le programme des études, d'y propager les méthodes les plus fécondes, d'y surveiller la discipline et d'exiger de tous les maîtres des garanties sérieuses de capacité générale et de connaissances spéciales.

Vos bureaux, Monsieur le Ministre, ne sont pas constitués de manière à pouvoir accomplir cette tâche, sans le concours d'éducateurs de l'enfance et de personnes qui ont étudié l'enseignement des sourds-muets. Aussi n'hésiterai-je point à demander l'établissement d'un *Conseil de direction*, destiné à remplir les regrettables lacunes qu'ont laissées le comité de perfectionnement près l'institution royale de Paris et le conseil supérieur des établissements de charité et d'instruction publique, dont les évènements politiques ont entraîné la suppression. Pour exercer une surveillance sérieuse sur des écoles dispersées dans toute l'étendue de l'empire, surveillance d'autant plus nécessaire que presque jamais la famille n'est capable de l'exercer, ce conseil serait assisté : — de MM. les inspecteurs généraux attachés au ministère et au nombre desquels V. E. voudrait bien admettre un homme spécial, versé dans la connaissance des méthodes et des pratiques de l'enseignement, — d'une commission de surveillance dans chaque localité où se trouvent une ou plusieurs écoles.

L'ensemble des dispositions reconnues nécessaires et facilement applicables que j'ai l'honneur de proposer à V. E., Monsieur le Ministre, peut-être résumé comme il suit :

1º Décentraliser et vulgariser l'enseignement des sourds-muets par la propagation d'une bonne méthode d'enseignement ; arrêter de concert avec M. le Ministre de l'instruction publique les moyens à employer pour engager les instituteurs primaires à commencer et, aussitôt qu'il se pourra, à continuer et achever l'instruction des sourds-muets de leur localité ; inviter les préfets à accorder des primes d'encouragement à ceux qui feraient preuve de zèle et d'habileté.

2º Déclarer applicables à toutes les écoles de sourds-muets la loi du 15 mars 1850 sur l'instruction primaire, et plus particulièrement les articles 25, 26, 27, 28, 29, 30, 49, 53, 79 et 83, en substituant à l'action du recteur et du conseil académique l'action du préfet et du conseil supérieur de direction et de perfectionnement (23 et 24).

3º Exiger des instituteurs spéciaux le brevet de capacité d'instituteur primaire du degré supérieur ou le diplôme de bachelier ès-lettres et de plus un brevet de capacité spéciale délivré par le conseil supérieur.

4º Interdire à l'administration départementale et communale de fonder ou d'entretenir des bourses dans les écoles qui n'accepteraient pas la haute direction et la surveillance de l'Etat.

5º Prescrire la création d'une commission de surveillance dans chaque localité où existent des établissements autorisés à recevoir des boursiers, commission composée du maire, du curé, de l'inspecteur des écoles primaires, d'un membre du conseil général et d'un médecin.

6º Créer à Paris un Conseil supérieur de direction et de perfectionnement composé d'hommes spéciaux, d'administrateurs et d'éducateurs ordinaires sous la présidence de V. E.; attribuer à ce conseil le droit de conférer, après examen, les brevets de capacité spéciale, de proscrire les méthodes vicieuses et d'autoriser les innovations reconnues utiles, de rédiger le programme des études, d'indiquer les livres à introduire dans les écoles et les professions qui devront y être enseignées, de proposer à V. E. le règlement relatif aux examens et aux inspections etc.

Ces mesures feraient bénir le gouvernement de

l'Empereur, Monsieur le Ministre; puisqu'elles seraient un bienfait pour les familles qui comptent des enfants sourds-muets, soit qu'elles n'aient pas les moyens de les envoyer dans les écoles spéciales, soit que, moins à plaindre, elles aient pu les y faire admettre, un bienfait pour les chefs de ces établissements qui se sentiraient appuyés et secourus et qui jouiraient des avantages que la loi accorde aux autres fonctionnaires de l'enseignement, enfin un bienfait pour l'administration départementale elle-même, qui n'aurait plus à craindre de voir employer, sans utilité réelle, les ressources que les conseils généraux mettent à sa disposition. Aussi ai-je la ferme confiance que V. E. prendra, en sérieuse considération, les propositions qui lui sont respectueusement soumises.

Sous l'inspiration du chirurgien en chef de l'Institution impériale des sourds-muets de Paris, le docteur Blanchet, ces sages dispositions firent place aux mesures prescrites dans la circulaire aux préfets du 20 août 1858.　　　　　　　　　A. V.

« Monsieur le Préfet, plusieurs conseils généraux se sont préoccupés de la nécessité d'améliorer le système actuellement suivi en France pour l'éducation des sourds-muets. L'opinion publique s'est associée à ce vœu; toujours empressé d'accueillir les idées utiles, le gouvernement de l'empereur y a consacré une attention particulière : je tiens à honneur de le réaliser.

« Assurer au sourd-muet l'assistance que sa double infirmité réclame, l'éducation primaire, à laquelle il a droit comme les parlants, le soustraire à l'isolement en le rendant à la vie de famille, à la misère en lui donnant un état; faire, en un mot, d'un être déshérité, inutile, onéreux même, un membre actif de la société, tel est le résultat que doit se proposer l'administration.

« Dans toutes les questions, et principalement dans les questions d'assistance, la meilleure solution est toujours la plus simple. Un système compliqué est difficilement mis en pratique; et quelque désirable que soit le but, l'État, les départements et les communes ne peuvent, chaque année, grossir la somme de leurs sacrifices.

« La combinaison que je crois devoir vous recommander, monsieur le préfet, est d'une exécution facile; elle n'exige ni établissements nouveaux ni grand surcroît de dépense ; en Belgi-que, en Suède, en Danemark, dans la plupart des Etats allemands, à Paris même, l'expérience en a démontré les bons effets, et je ne doute pas qu'elle ne gagne à être adoptée par tous les départe-ments de l'empire.

« Les sourds-muets (et encore n'est-ce que le très petit nombre) sont aujourd'hui disséminés dans des écoles, diverses comme les méthodes qui y sont suivies. Peu de points de rapprochement, beaucoup de divergences. Du dévoûement et du bon vouloir, insuffisance de vues d'ensemble et d'esprit pratique, promesses nombreuses, entretien coûteux, résultats presque nuls.

« Ni ces dissidences ni cette stérilité ne seront plus à craindre du jour où le sourd-muet, confondu avec les parlants, sera admis comme eux dans les écoles communales.

« C'est aujourd'hui un fait constaté que le sourd-muet peut, jusqu'à un certain point, acquérir l'usage de la parole. Ce langage est sans doute très imparfait, mais, dans le plus grand nombre de cas, il suffit pour que l'élève se fasse comprendre. De plus, vivant, dès ses premières années, avec des parlants, celui-ci pourra, par l'habitude, surprendre et lire la parole sur leurs lèvres. A leur tour, et grâce à ce contact incessant, ses condis-ciples se familiariseront avec ses mœurs, ses besoins, son langage ; compagnons de ses jeux, de son travail d'enfant, ils continueront, adultes et hommes, ces rapports qui se seront établis entre eux au début de la vie, et, protecteurs naturels, ils lui faciliteront l'entrée des ateliers et l'apprentissage d'un état.

« Au sortir des écoles spéciales, le sourd-muet n'est compris que d'un très petit nombre ; pour peu qu'il se déplace, l'isolement augmente et personne n'est plus en état de l'entendre, car la langue mimique n'est connue que de quelques-uns, et d'école à école la méthode diffère. Avec un système unique, avec cet heureux mélange des sourds-muets et des parlants, du langage articulé et du langage par signes, l'enfant peut sans crainte se porter sur tous les points du territoire où l'appellent les intérêts de sa famille, les nécessités de la vie. Partout il rencontrera sympathie, aide, patronage, et cette douloureuse différence qui existe entre lui et les autres hommes s'affaiblira.

« Pour obtenir ces résultats, peu de mesures sont à prendre, peu de sacrifices à faire.

« A Paris, des écoles primaires pratiquent avec succès, depuis plusieurs années déjà, ce mode d'éducation. La méthode y est simple ; après un cours d'un mois au plus, un instituteur ordinaire la possède, et peut à son tour l'enseigner. Une délibération du conseil départemental de l'instruction publique en a proclamé les avantages. Le conseil général de la Seine, le conseil municipal de Paris se sont exprimés en termes non moins formels et ils ont voté des fonds pour en étendre les bienfaits. Chaque année enfin, de nombreux élèves sont placés sans difficultés en apprentissage, des offres avantageuses sont même faites à leurs parents, et, après l'instruction primaire, l'enseignement professionnel leur est assuré.

« Il suffirait donc que les conseils généraux inscrivissent à leur budget un crédit de quelques centaines de francs, destiné à envoyer et à entretenir à Paris pendant les vacances un ou deux délégués des écoles normales primaires des deux sexes. A leur retour, ceux-ci formeraient dans les écoles des élèves qui, devenus plus tard instituteurs publics, propageraient dans les villes, dans les campagnes, dans le moindre hameau, l'enseignement qu'ils auraient eux-mêmes reçu et les principes uniformes que leur auraient inculqués les envoyés des conseils généraux.

« Avant d'obtenir leur diplôme les instituteurs et les institutrices primaires devraient justifier de ces connaissances spéciales ; mon intention est de me concerter à cet effet avec son Excellence le Ministre de l'instruction publique et des cultes.

« Pour la formation du corps enseignant, la dépense, vous le voyez, serait bien minime. Quant aux frais matériels, ils seraient moindres encore, et il n'est pas de si pauvre commune qui ne pourrait y subvenir. A l'enfant sourd-muet, que faut-il de plus qu'à l'élève ordinaire ? Quelques objets particuliers, des tableaux figurant les animaux et les choses dont la vue ou l'usage est le plus constant ; rien de plus.

« Je n'insisterai pas, Monsieur le Préfet, sur la nécessité de cette réforme. Désireux du bien public comme le gouvernement lui-même, les conseils généraux s'empresseront, je n'en doute pas, de répondre à votre appel et n'hésiteront pas à prélever sur les finances départementales une somme si modique, destinée à produire de si féconds résultats.

« Je recevrai avec le plus vif intérêt les délibérations qu'ils auront prises sur cet objet. Les professeurs ou les élèves des écoles normales primaires que vous désignerez pourront se présenter à mon ministère ; ils y obtiendront tous les renseignements et tout l'appui dont ils auront besoin. . . . .

« Signé : DELANGLE.

« POUR EXPÉDITION :

« Le Secrétaire général, J. CORNUAU. »

V

Esquisse historique des améliorations introduites en France, depuis l'abbé de l'Epée, dans l'art d'instruire les sourds-muets.

(Demandée par la Commission de l'Institut chargée de l'examen d'ouvrages relatifs à l'instruction des sourds-muets.)

L'abbé de l'Epée admit, en principe, que la pensée peut-être associée à tout autre genre de signes que les sons articulés, — que les signes dont les sourds-muets se servent naturellement sont un langage, — qu'à l'aide de ce langage on peut enseigner aux sourds de naissance une langue écrite.

Jusque-là il est dans le vrai ; mais il s'en écarte, quand il assimile le sourd-muet qui apprend la langue française par voie de traduction à l'*entendant* qui, à l'aide de sa langue maternelle, apprend une langue morte. — L'assimilation manque d'exactitude ; d'abord parceque celui-ci possède un instrument régulier, perfectionné, à l'aide duquel ses facultés intellectuelles et morales ont été déjà cultivées et qui l'a mis en possession d'une foule d'idées traditionnelles, tandis que le sourd de naissance ne possède encore qu'un langage, informe et de son invention, qui le met très imparfaitement en rapport avec la société, qui a laissé presque incultes ses facultés intellectuelles et ne lui a donné la connaissance d'aucune des idées élaborées et transmises par les siècles. — L'assimilation est encore inexacte, en ce que la langue du *parlant* est écrite ; ce qui met à sa disposition des instruments : grammaire, dictionnaire etc. dont le sourd reste inévitablement privé. — Enfin, s'il existe une ressemblance plus ou moins grande entre toutes les langues parlées, il n'y a aucune ressemblance entre le langage naturel des signes et une langue écrite ou parlée, quelle qu'elle soit.

Frappé de cette dernière considération, le saint prêtre s'attacha à mouler en quelque sorte les signes sur la parole ; et il leur imposa, avec la coordination de la phrase française, toutes les modifications dont les finales sont passibles pour l'expression du genre, du nombre, des personnes, des temps, des modes. C'est ce qu'on est convenu d'appeler les *signes méthodiques*. A l'aide de ces signes le sourd-muet devient un traducteur fidèle, mais inintelligent.

Aussi, quoiqu'il connût Saboureux de Fontenay, cet élève de Péreire qui publiait des dissertations remarquablement bien écrites, le digne abbé ne croyait pas que le sourd-muet pût jamais parvenir à exprimer ses propres pensées. M'objecterait-on que ses élèves allaient jusqu'à soutenir entre eux en public des discussions théologiques, je répondrais que, plein de droiture et de bonne foi, le saint prêtre avait soin d'avertir que les arguments avaient été communiqués au préalable ; ce qui signifie que ces exercices étaient affaire de pure mémoire.

L'indication sommaire de ce que la méthode fut, à son point de départ, nous permettra de reconnaître les améliorations qui y ont été apportées. — Successeur immédiat de l'abbé de l'Epée, l'abbé Sicard respecta les signes méthodiques. Dans son esprit, les enfants qui apprennent à écrire la langue qu'ils savent parler et ceux qui apprennent à comprendre la langue écrite, sans l'intermédiaire de l'oreille, sont arrêtés par les mêmes difficultés logiques ou grammaticales ; et il était persuadé que, si l'abbé de l'Epée n'avait pas obtenu plus de succès, il fallait l'attribuer à ce qu'il n'était pas grammairien de première force. Dans cette double conviction, il mit en jeu toutes les ressources d'une imagination vive,

originale, féconde, pour rendre accessibles à des enfants
qu'il ravalait au dessous même de la brute les théories
les plus subtiles de la grammaire.* Il s'était approprié
sous le Père Guilhe, son collègue chez les doctrinaires,
les idées philosophiques de Condillac et de J. J. Rousseau et il s'efforça constamment d'en faire l'application
aux sourds de naissance. C'est ainsi qu'il voulut n'aborder le monde moral qu'après avoir épuisé le monde
physique, — qu'il fit découler l'activité de l'âme de la
passivité de la sensation *(voir, voir : regarder — voir,
voir, voir : examiner, etc.)* — qu'il mit en première ligne
l'étude de la nomenclature, — qu'il voulut enfin faire
inventer la langue par son élève.

A l'aide de telles doctrines, il est absolument impossible d'instruire les sourds-muets ; ce n'étaient donc pas
celles de l'abbé Sicard, dira-ton, puisque les élèves qu'il
produisait en public, Clerc et Massieu, écrivaient couramment la langue française et qu'ils étaient assez instruits pour répondre pertinemment à toutes sortes de
questions. Ces doctrines étaient bien celles de l'abbé
Sicard, ou du moins celles dont il disait faire l'application ; ce qui ne lui appartient pas, ce sont les élèves
dont il faisait si fréquemment l'exhibition : Clerc était
l'élève de la nature ; il avait entendu jusqu'à l'âge de 8 à
9 ans ; Massieu, véritable sourd de naissance, avait été
formé par Saint Sernin auquel Col, Rambeau, Cheylat,
Baudonnet, Palsy, Salcède, Bonnefous , Gard, Valentin
devaient également une instruction très remarquable.

Qu'était-ce donc que Saint Sernin ? — Saint Sernin
était un simple instituteur primaire que l'abbé Sicard
s'était associé, lorsqu'il reçut de Mgr Champion de Cicé
la mission de fonder à Bordeaux la seconde école de
sourds-muets de France. Ce fut lui qui, le premier après

* *Cours d'instruction d'un sourd-muet.* Paris 1800, introduction,
p. v. à x.

Péreire, mit plusieurs sourds de naissance en état d'exprimer leurs pensées par écrit. Ce fait est mis en évidence par la correspondance des deux associés, correspondance dont je possède de précieux fragments. — Nuit et jour avec les muets, Saint Sernin sut apprécier la portée de leur esprit, leurs besoins moraux et leur caractère ; il évita de tomber dans les décompositions de mots, les procédés empiriques, les subtilités de tous genres dont l'abbé Sicard remplit plusieurs gros volumes. A la vérité Saint Sernin se servait aussi des signes méthodiques ; mais il les dégageait de leurs accessoires grammaticaux ; et par des applications fréquentes de la langue française écrite à des faits présents et tangibles, il arrivait à faire pénétrer le sens de celle-ci.

Trop modeste, trop occupé des intérêts de l'établissement dont il devint le premier directeur officiel, toujours forcé de lutter contre des obstacles renaissants que faisait surgir autour de lui une rivalité honteuse, Saint Sernin ne publia rien sur la marche de son enseignement, mais la Providence voulut que la supériorité en fut rendue évidente. Il eut pour successeur le Père Guilhe, dont l'abbé Sicard avait adopté les principes ; et ces principes appliqués à l'école de Bordeaux y firent déchoir l'instruction au dernier degré de l'échelle. Le fait suivant, pris entre mille, justifiera cette assertion : admise à visiter l'établissement en 1834 ou 1835, Lady M. fut émerveillée de la promptitude et de la facilité avec laquelle les élèves les plus avancés répondaient aux questions de psychologie posées par le directeur ; mais bientôt, s'étant aperçue que les prétendus philosophes s'occupaient beaucoup moins des difficultés inhérentes à des matières si délicates que de ce qui se passait autour d'eux, elle voulut les questionner à son tour : « Mon ami, demanda-t-elle au plus habile, de quoi fait-on le fromage ? » Le prétendu littérateur philosophe resta

court ; il n'était pas même en état de comprendre les
termes de la question. C'est ainsi que dans plusieurs
établissements les sourds-muets ne reçoivent qu'une
instruction dont la mémoire seule fait les frais. Aucun
des nombreux instituteurs qui se sont efforcés de marcher sur les traces de Guilhe et de Sicard n'a obtenu de
meilleurs résultats.

A l'histoire de l'Ecole-mère se trouve naturellement
liée l'histoire des progrès de la méthode ; nous sommes
donc forcé de revenir à l'Institution de Paris. Vers 1818
Bébian, censeur des études, créole d'origine et filleul de
l'abbé Sicard, reconnut à son tour l'insurmontable
obstacle que les accessoires grammaticaux accolés aux
signes naturels mettent à l'intelligence de la pensée ;
il rendit à ces signes l'allure qui leur est propre et eut,
dès lors, un instrument capable de porter la lumière
dans l'esprit des pauvres muets ; c'est à lui que MM.
Berthier, Lenoir et Forestier doivent leur instruction.
L'éloge qu'il fit de l'abbé de l'Epée, son ébauche de mimographie, son essai sur les signes naturels décèlent un
talent hors ligne. Esprit judicieux, investigateur et critique, Bébian avait parfaitement saisi les vices des
méthodes usitées jusqu'à lui : il avait reconnu l'inanité
des décompositions de mots, l'abus de certaines analyses, l'impuissance d'autres procédés ; mais il n'avait
encore rien trouvé pour remplacer ces procédés ; il se
borna à simplifier les théories grammaticales. — A la
mort de l'abbé Sicard, Bébian était, à Paris, le seul qui
méritât le titre d'instituteur ; malheureusement il s'était
rendu impossible..... jetons un voile sur les circonstances qui l'avaient fait éloigner de l'Institution et féli-
citons-nous de ce que, par ordre de l'administration, il
a publié en 1827 son manuel d'enseignement pratique,
recueil des procédés usités dans l'Institution.

La succession de l'abbé Sicard échut à l'abbé Goudelin, élève de Saint Sernin, qui ne la garda que quelques semaines ; et l'établissement passa sous la direction du très honnête abbé Périer. Je me trompe : l'abbé Périer ne fut que directeur nominal ; toute l'autorité resta aux mains du Conseil d'administration. Ce conseil, où siégeait le baron Dégérando, crut en 1824 devoir appeler dans l'Institution un certain nombre d'aspirants ou d'élèves-maîtres et y constituer ainsi une sorte d'école normale. Ce fut probablement, pour tenir lieu d'une bibliothèque spéciale dont l'école était dépourvue et d'un professeur chargé d'initier les élèves-maîtres aux méthodes d'enseignement, que M. Dégérando rédigea l'ouvrage intitulé *De l'éducation des sourds-muets de naissance*, œuvre très savante mais qui, dénuée de critique, fournit des arguments à l'appui de toutes les méthodes en usage.

Admis à titre d'élèves-maîtres, MM. Piroux, Morel, Rivière, Valade-Gabel, Desongnis, Vaïsse, etc. n'avaient pour s'instruire que la pratique des chargés de classe, presque tous sourds-muets, et la facilité de vivre avec les élèves de l'Institution ; ils se procurèrent les œuvres de leurs devanciers et les commentèrent ; ils étudièrent les sourds-muets les moins instruits et apprirent le langage des signes ; ils établirent des conférences et mirent en commun leurs observations. Ces conférences furent encouragées par le Conseil de perfectionnement institué vers 1826 et où siégèrent successivement Abel Rémusat, Raynouard, Feuillet, Droz, Thurot, de Cardailhac, Frédéric Cuvier, Burnouf, etc. En 1827 un arrêté ministériel rendit les conférences obligatoires pour les chargés de classe des deux sexes. Elles eurent lieu sous la présidence du directeur, M. l'abbé Borel, qui, entièrement étranger à l'enseignement, ne sut leur donner aucune impulsion. — En 1831 M. Dégérando et

27

plusieurs membres du Conseil de perfectionnement prirent part à ces conférences ; mais ils ne purent les diriger, n'ayant su se mettre d'accord sur les principes de philosophie qui doivent éclairer la pratique. — Une vive émulation s'était produite. A partir de 1832 chaque professeur avait été chargé de suivre les élèves dans toutes les phases du cours d'instruction ; la responsabilité qu'ils assumaient leur faisait adopter avec empressement tout ce qui était de nature à améliorer leur enseignement. — De son côté le Conseil d'administration avait établi des relations avec toutes les écoles de l'Europe et de l'Amérique. De précieux documents arrivaient de toutes parts et des circulaires annuelles allaient ensuite répandre partout les lumières dont l'école de Paris s'était fait le foyer.*

— Réorganisées en 1837, sous un directeur M. Désiré Ordinaire qui, malgré son âge, fréquentait assidûment les classes et qui avait accordé sa confiance à des professeurs pleins de bon vouloir, les conférences eurent de meilleurs résultats. Le programme général de l'enseignement y fut discuté et adopté ; le rôle que doit jouer l'articulation artificielle nettement déterminé ; le plan d'un vocabulaire illustré discuté, adopté et l'exécution commencée. Ce n'est point sous la direction de cet honorable universitaire que l'Institution a brillé du plus vif éclat ; mais c'est durant ces mêmes années qu'elle mérita le mieux la confiance des familles et que la méthode fit, à Paris, des progrès réels. Les conférences, auxquelles venaient parfois assister plusieurs directeurs d'écoles départementales et d'écoles étrangères, faisaient

* Ces circulaires, qui auraient dû être rédigées par une commission de professeurs et préalablement approuvées par la conférence, lui restaient complétement étrangères ; les mémoires qui affluaient de toutes parts à l'Institution ne lui étaient même pas communiqués ; ils devenaient le privilége d'une famille qui *monopolisait* à son profit la rédaction des circulaires.

naître et entretenaient, comme nous l'avons déjà dit, une salutaire émulation. Les expériences, les inventions, les découvertes y étaient mises en commun. Nul ne pouvant sans déshonneur se laisser distancer, chacun modifiait ses procédés par des emprunts à la pratique de ses collègues ; et l'unité des méthodes s'établissait insensiblement. Voici le sommaire des améliorations et des perfectionnements introduits à cette époque *dans la plupart des classes :* l'étude de la phrase se substitua à celle des mots isolés ; — l'intuition des faits prit place dans les procédés ; — les signes méthodiques furent à peu près complétement bannis de l'enseignement. Chargé de suivre les mêmes élèves dans toutes les phases du cours d'instruction, ainsi qu'il a été dit, chaque professeur mit dans ses leçons plus d'ensemble, de suite, d'homogénéité. L'enseignement ne perdit point le caractère grammatical ; mais la grammaire fut exposée de manière à pouvoir être comprise des élèves très intelligents. Le français, commenté, expliqué par le langage naturel des signes, fut mieux compris et moins imparfaitement écrit ; le langage des signes s'étendit, s'épura, et les élèves de capacité inférieure purent, par ce même langage, s'instruire de leurs devoirs d'homme et de chrétien.

M. Ordinaire se démit de la direction et M. de Lanneau lui succéda. L'administration de l'école fut profondément modifiée : conseil de perfectionnement, conférences, relations avec l'étranger, tout disparut avec M. Ordinaire, vers la fin de 1838.

L'administration commit alors une faute dont les conséquences ont été funestes : le programme adopté par la conférence fut rendu obligatoire, nonobstant les protestations de la minorité qui trouvait dans ce programme, fait pour 6 années d'études, plus de matières que les sourds les plus intelligents ne peuvent en voir dans l'espace de quinze à vingt années. Dès lors l'étude sérieuse de la langue française fut sacrifiée aux vaines apparences d'une science inutile à la plupart de ces enfants. Les amis des sourds-muets s'affligèrent vainement d'un état de choses condamné, au sein même de l'école de Paris, par un membre du Conseil supérieur des établissements de bienfaisance[*].

Les tentatives de perfectionnement dues à des personnes étrangères aux institutions de Paris et de Bordeaux se réduisent à peu de chose : — MM. Jamet à Caen, Dudésert à Condé-sur-Noireau, Laveau à Orléans, etc. croyant réformer la méthode de l'abbé Sicard, ont reconstitué les signes méthodiques. Pour eux les signes ne sont pas une langue, mais la prononciation des mots d'une langue. On peut certes créer des signes qui rappellent ainsi les mots directement : la dactylologie ordinaire, la *tachygraphie* de M. Recoing etc. etc. en sont la preuve ; mais ces signes sont dès lors purement arbitraires. — C'est ce que les auteurs cités plus haut s'efforcent de méconnaître, assurant que les signes des mots sont, par leur nature même, compris des sourds-muets sans explication ni commentaire : ce qui revient à dire que l'on choisira, pour représenter un œuf, un triangle quelconque et que, sans être initié à la convention, chaque individu, qui verra le triangle, y reconnaîtra immédiatement la représentation d'un œuf, qu'il n'a jamais vu.

La *tachymimographie* de M. Piroux a été appréciée (page 21 de la méthode) ; le syllabaire dactylologique de M. Recoing et quelques autres systèmes de signes ayant pour objet, dans la pensée des inventeurs, de simplifier

---

[*] M. Laurent de Jussieu, chargé par le ministre de l'intérieur, de présider les distributions solennelles des prix en 1842, 1843, 1844 et 1846.

ou d'abréger la dactylologie ont été jugés (pages 107, 125) ; enfin la mesure des réformes effectuées et des innovations introduites dans l'école impériale de Bordeaux, réformes et innovations qui déjà se propagent au dehors, se trouve suffisamment indiquée dans notre ouvrage (pages LXV à LXXIII).

Il nous reste à jeter successivement un rapide coup d'œil : 1° sur ce qui a été fait pour l'enseignement de la parole artificielle, — 2° sur les efforts tentés pour l'éducation de l'ouïe, — 3° sur les tentatives qu'on a faites pour intéresser les instituteurs primaires à l'instruction des sourds-muets.

I. — Si les signes mimiques, préconisés par l'abbé de l'Epée, ont fait école et se sont répandus partout, la parole artificielle sur laquelle s'appuyèrent les premiers instituteurs espagnols et que l'antagoniste de l'instituteur français, Heinicke, employait à Berlin, n'est point tombée en désuétude : dans un certain nombre d'institutions, en Allemagne et en Angleterre, elle est encore le pivot de l'enseignement. Hâtons-nous de dire que ces écoles éliminent les sujets incapables d'apprendre à parler et qu'ainsi elles n'élèvent guère que des demi-sourds et des enfants qui ont entendu et parlé jusqu'à un certain âge.

Nous avons vu l'abbé de l'Epée donner un soin particulier à l'enseignement de l'articulation artificielle ; il a laissé une traduction du livre de l'espagnol Bonet (1620), modifié de manière à en rendre les principes applicables au mécanisme de nos valeurs phonétiques. — S'il suffisait de fonder cet enseignement sur l'imitation pure et simple, l'ouvrage serait irréprochable ; mais, comme aucun des élèves formés par les moyens exposés dans cet ouvrage n'a approché des élèves de Péreire, il est permis de penser que l'imitation pure et simple ne suffit pas et que la marche tracée par l'abbé de l'Epée a quelque chose de fautif ou d'incomplet.

L'abbé Sicard ne vit dans l'articulation artificielle qu'un instrument indigne de fixer l'attention d'un philosophe et ne s'en occupa qu'autant qu'il le fallut pour en décrier l'enseignement. Aussi n'en restait-il plus trace dans l'Institution lorsqu'en 1826 M. Valade-Gabel entreprit de rendre la parole à plusieurs enfants doués de dispositions remarquables : c'étaient des sujets devenus sourds et tombés dans le mutisme vers l'âge de 6 à 7 ans. Bientôt il joignait à ces enfants un certain nombre de demi-sourds ; les résultats frappèrent l'attention des administrateurs et les expériences, entreprises sur une large échelle, furent placées sous la surveillance du Conseil de perfectionnement. Divers rapports de ce conseil attestent qu'elles produisirent de bons fruits. Malheureusement M. Désiré Ordinaire, encore étranger à l'enseignement des sourds-muets, crut en 1832 pouvoir rendre la parole à *tous les muets*. M. Valade-Gabel cessa de prendre part à cet enseignement; la classe d'articulation succomba sous le poids du ridicule.

Un peu plus tard les parents d'un élève de l'Institution qui avait joui de l'ouïe et de la parole jusqu'à l'âge de sept ans, M. Dubois, eurent le talent d'intéresser le ministère de l'intérieur et de se faire subventionner pour instruire par la parole, à l'exclusion des signes mimiques, *tous les sourds-muets indistinctement.* Après huit ou dix années la commission, chargée de surveiller l'expérience et d'en constater les résultats, demeura convaincue qu'il est avantageux d'instruire de la sorte les sujets atteints de surdité à un certain âge ainsi que les demi-sourds, mais que d'autres méthodes sont de beaucoup préférables pour les sujets frappés de surdité congéniale et complète.

Je dois m'abstenir et je m'abstiens de parler des classes d'articulation qui existent aujourd'hui dans l'établissement de la rue St-Jacques ; les enfants n'y sont pas dans les conditions qui, seules, peuvent rendre le succès à peu près certain.

II. — J'ai peu de choses à dire des demi-sourds et n'aborderai point le côté médical de la question. Longtemps je crus la médecine impuissante ; aujourd'hui un assez grand nombre de faits ont changé ma manière de voir.

Quoi qu'il en soit, quand il s'agit d'instruire des enfants qui ont conservé ou récupéré un degré de sensibilité auditive qui mérite d'être cultivée, avoir recours au langage des signes, c'est multiplier à plaisir les obstacles qui les empêchent d'écouter. Les médecins auristes et la généralité des instituteurs ne font cependant pas autre chose ; ils méconnaissent l'empire de la pensée sur les habitudes physiques. Il m'est permis d'affirmer, parceque j'en ai acquis la preuve avec Albert S* de Lille, Roger S* de Paris, Mlle P* de Libourne et Charles O* de Bruxelles, que le problème à résoudre consiste à concentrer l'attention des demi-sourds sur les impressions auditives, à leur faire contracter l'habitude de penser comme nous pensons et dans l'ordre où nous pensons, à fortifier en eux la volonté, et par dessus tout à leur faire acquérir par intuition l'idée nette et précise de tous les rapports exprimés par le discours. Il suffirait presque de les élever à l'aide de la méthode intuitive, que nous avons publiée, pour qu'ils parvinssent à prendre dans le monde le rang qu'y occupent les personnes dont l'ouïe s'est affaiblie avec l'âge ou par l'effet de quelque maladie.

Si nous avons insisté sur la catégorie des muets par surdité acquise et sur celle des demi-sourds c'est pour montrer : — premièrement qu'il y a tout avantage à ce qu'ils ne soient pas élevés par les signes mimiques, — secondement, que leur éducation n'est pas, à beaucoup près, aussi difficile que celle des sujets frappés de surdité congéniale ; par suite qu'elle peut être plus complète. — Nous y avons insisté encore parce que le charlatanisme confond , à dessein, ces deux cas de mutisme avec celui qui provient de surdité congéniale et complète ; tantôt pour faire croire à des guérisons qui n'en sont pas ; tantôt pour induire le public en erreur sur la puissance de l'éducation par la parole ; tantôt enfin, — c'est le plus pénible à dire, car c'est de là que résulte le plus de mal, — tantôt, dis-je, pour masquer la complète nullité des résultats obtenus avec les véritables sourds de naissance dans l'enseignement de la langue française par l'intermédiaire des signes.

Si nous ne craignions pas d'être taxé d'exagération, nous dirions que, de nos jours, au lieu de diminuer le nombre des sourds-muets comme pourrait le faire la vraie science unie à la charité, le charlatanisme et le faux savoir les multiplient d'une manière affligeante. Avis à tous ceux qui veulent apprécier la valeur des méthodes par l'étendue et la solidité des résultats obtenus.

Je me permets de faire observer ici que toutes les méthodes actuellement en usage, pour l'instruction des sourds à divers degrés, s'aident forcément de l'écriture et que, par une conséquence nécessaire, la méthode soumise au jugement de l'Institut peut être employée concurremment, soit avec les signes mimiques, soit avec l'articulation artificielle , soit enfin avec la parole vivante elle-même , et qu'ainsi cette méthode est également profitable aux sourds-muets de toutes les catégories ; pour peu qu'ils aient de bons yeux et qu'ils soient intelligents.

III. — Dans les contrées où l'enseignement par l'articulation artificielle prédomine, il était tout simple que
les sourds fussent assez facilement admis dans les écoles
primaires ; aussi l'Allemagne a-t-elle donné l'exemple
de cette heureuse fusion ; mais en France et partout où
les signes mimiques jouent le rôle principal, les instituteurs, étrangers à ce langage et justement effrayés
des théories scientifiques employées par l'abbé Sicard
et son école, ont montré une répugnance extrême à
ouvrir leurs portes aux pauvres muets.

M. Piroux de Nancy fut le premier, je crois, à
solliciter le concours du clergé et de l'administration
pour obtenir des instituteurs l'admission des sourds-
muets dans les écoles de village. Il publia diverses
notices destinées à leur faciliter l'accomplissement de
cette nouvelle tâche, qu'il restreignait à l'enseignement
de l'écriture matérielle, de la dactylologie, et de la
dénomination d'objets physiques à l'aide du dessin. La
dernière publication de cet estimable instituteur (Méthode de dactylologie, de lecture et d'écriture etc.)
donne la mesure de ce qu'il attend de l'école primaire ;
elle montre aussi jusqu'à quel point il lui est possible de
mettre l'art à la portée de tout le monde. Bien qu'il ait
intitulé son livre : *Méthode de dactylologie* etc., l'auteur
a soin de nous dire formellement que ce n'est point une
méthode ; certes, on peut l'en croire.

*L'instruction des sourds-muets mise à la portée des
instituteurs primaires et des parents* par l'abbé Carton.

Une lecture attentive prouve que ce livre, bien fait
pour inspirer aux instituteurs primaires le désir d'entreprendre l'éducation des sourds-muets, ne leur en
fournit pas les moyens. — Le langage naturel des
signes y est le principal levier de l'enseignement.

*L'art d'instruire les sourds-muets etc,** brochure d'une cinquantaine de pages où se trouvent quelques idées saines et nouvelles, mêlées à des vues surannées, et toujours l'indispensable nécessité du langage des signes.

L'enseignement primaire des sourds-muets etc. par Pélissier, professeur sourd-muet à l'institution impériale de Paris. — L'auteur, qui a grand soin de prendre le titre de sourd-muet, a été élevé à l'institution de Toulouse où il fut admis un ou deux ans après avoir perdu l'ouïe, c'est-à-dire vers l'âge de neuf à dix ans. Ce livre reproduit en grande partie la méthode de M. l'abbé Chazottes qui, si nos souvenirs sont fidèles, se montre plus sobre d'exercices grammaticaux. Il y a dans la partie pratique de l'ordre, de la suite ; les exemples y sont généralement bien choisis et si, comme il l'a tenté, M. Pélissier parvenait à mettre les instituteurs primaires en état de manier convenablement le langage des signes et que ce langage eût, comme l'auteur en est convaincu, l'avantage de n'être formé que d'expressions *porte-idées,* l'efficacité de ces leçons ne saurait être révoquée en doute.

Indépendamment du *Manuel de Bébian* destiné aux instituteurs spéciaux, il a été publié, depuis quelques années, d'autres ouvrages écrits dans le même but et sur le même modèle. Ce sont principalement : 1° Les *Exercices de grammaire à l'usage des jeunes sourds-muets ;* en d'autres termes les leçons de l'école de Nancy, mises au jour sous le nom et la responsabilité de M. Richardin, professeur sourd-muet attaché à cet établissement ; — 2° Le *Cours d'enseignement pratique pour les sourds-muets* par Claudius Forestier sourd-muet, véritable sourd-muet de naissance, directeur de l'Institution de Lyon,

* Par Hector Volquin — Librairie Hachette. Paris 1856.

élève de Bébian, homme aussi distingué qu'il est estimable. Dans cet ouvrage, comme dans le précédent, tout est subordonné au point de vue grammatical. Des exemples, heureusement choisis en général, mais qui n'ont de valeur que par la traduction mimique que peut en faire le professeur, en constituent à peu près tout le fond.

Vient ensuite la *Méthode d'enseignement pratique à l'usage des écoles de sourds-muets dirigés par les frères de Saint-Gabriel*, gros volume qui n'est malheureusement pas à la hauteur des sentiments de charité qui en ont inspiré la rédaction. L'auteur ou les auteurs n'y ont point inscrit leur nom. C'est un recueil d'exercices plus ou moins bien gradués, mais qui n'ont point de lien commun. On y reconnaît des emprunts, assez nombreux, faits à une pratique plus éclairée ; mais, à force de vouloir aplanir les difficultés aux professeurs chargés d'appliquer les leçons, les auteurs finissent, je le crains bien, par les mettre hors d'état de s'y reconnaître. — Au surplus, comme toujours, les signes mimiques et la grammaire, la grammaire et les signes mimiques sont les pivots de l'enseignement et ne cèdent que fort rarement la place à l'intuition des faits.

VI

Fonctions du Censeur des Études.

(Notes demandées par le Baron de Watteville).

La création d'un censeur des études dans l'Institution impériale des sourds-muets de Paris vient d'être arrêtée en principe, et vous désirez savoir quelles devront être, selon moi, la nature précise et l'étendue des attributions de ce nouveau fonctionnaire. Vous voulez connaître aussi quelles sont, dans l'état actuel des choses, les difficultés qu'il doit rencontrer sur sa route.

Heureux d'être utile encore une fois à une cause qui m'est chère et de vous donner une preuve de déférence et d'attachement, je m'empresse d'exposer ici mes réflexions:

Le directeur de l'Institution, savant estimable, administrateur distingué, n'ayant jamais pratiqué l'art difficile d'élever la jeunesse, ni celui plus difficile encore d'instruire les sourds de naissance, les attributions du censeur doivent être de nature essentiellement pédagogique et s'étendre à tout ce qui relève de l'éducation : ordre, discipline, méthode, langage des signes, surveillance des études, des classes et des ateliers.

Les difficultés contre lesquelles le censeur viendra se heurter sont nombreuses : les unes naissent de la nature même de l'enseignement, de la multiplicité et de l'imperfection des méthodes en usage, de l'abâtardissement du langage des signes ; les autres, et ce ne seront pas les moins épineuses, tiennent à la composition du corps enseignant où domine beaucoup trop l'élément sourd-muet, à l'ancienneté de la plupart de ses membres et à l'habitude que ces messieurs ont contractée de ne suivre jamais que leurs inspirations personnelles.

Avec la division du cours d'études entre plusieurs professeurs, telle que vous l'avez adoptée, la première de toutes les conditions de succès c'est l'unité de méthode. Or, il existe dans l'Institution, non pas une méthode, mais sept ou huit méthodes qui diffèrent, soit par les principes sur lesquels elles reposent, soit par les procédés qui en constituent l'essence.

Tant que les élèves sont restés confiés à un seul et même professeur pour tout le cours d'instruction, cette multiplicité de méthodes n'offrait pas de graves inconvénients : on peut arriver au même but par des voies différentes. Aujourd'hui que vous avez aboli le système de rotation, l'unité de méthode, je le répète, n'est plus un point de haute convenance seulement, mais une nécessité absolue.

Qui change fréquemment de route et de direction n'atteint que par hasard le but qui lui était assigné. Il en est ainsi des élèves sourds-muets quand ils changent de maîtres, s'ils changent également de méthodes : déroutés au commencement de chaque année, ils passent à se familiariser avec l'instrument d'instruction le temps qui devrait les amener à l'intelligence et à la pratique de la langue écrite.

Ce fait d'expérience acquise fut une des principales causes qui, en 1832, firent adopter le système de *rotation* ; système qui, soit dit en passant, n'eût produit que du bien, si les conférences des professeurs n'avaient été supprimées, et si des examens sérieux avaient annuellement fait peser sur chaque professeur la responsabilité de ses œuvres.

Quoi qu'il en soit, puisque cet ordre de choses a été supprimé et que l'unité de méthode est devenue indispensable, cherchons à qui incombe le devoir, à qui appartient le droit de faire choix d'une méthode et de l'imposer au corps enseignant.

Est-ce au directeur? Non, puisque, étranger à la spécialité, il reste absorbé par les soins de l'administration générale. — Est-ce au censeur des études? Oui, mais avec le concours des professeurs réunis en conférences régulières.

Lors même qu'au droit incontesté de poser seul les principes de la méthode et d'en prescrire les procédés, le censeur joindrait la double supériorité des talents et de l'expérience, mieux vaudrait, dans son propre intérêt comme dans l'intérêt de la chose, qu'il associât à l'accomplissement de cette œuvre difficile le corps

enseignant tout entier, parce que, de la sorte, l'amour-
propre de tous se trouvera ménagé et que nul ne pourra
plus, en cas d'insuccès, décliner sa part de responsabilité en accusant la méthode et des procédés au choix
desquels il aura coopéré.

La tâche du censeur ne se trouvera point allégée par
la coopération des professeurs au choix de la méthode
et au perfectionnement des procédés de l'enseignement.
S'il lui reste moins de responsabilité personnelle, l'œuvre
sera pour lui plus longue et plus épineuse ; une conférence par semaine et de fréquentes réunions des commissions entre lesquelles se partageront les travaux
seront nécessaires, pour conduire en quelques années
l'entreprise à bonne fin. Tenu de prendre part à tous
ces travaux, pour conserver la considération sans laquelle il ne saurait utilement remplir son mandat, le
censeur devra constamment faire preuve de savoir, de
tact et de haute intelligence et conséquemment s'être
appliqué à des études préparatoires.

Quelle que soit la méthode employée pour instruire
des sourds-muets vivant en commun, le langage des
signes est un auxiliaire dont les qualités et les défauts
facilitent ou entravent énormément le développement
du sens moral et les progrès de l'instruction.

Depuis que les professeurs, logés hors de l'établissement, n'ont plus de relations avec les élèves qu'aux
heures de leçons, depuis que le système de rotation a
fait de chaque classe comme une institution distincte,
depuis enfin que la surveillance générale a été entièrement abandonnée à des sourds-muets peu instruits, le
langage des signes, variable de son essence et dépourvu
encore d'écriture, s'est abâtardi, corrompu, encombré
d'expressions qui font double emploi ; il s'est transformé en divers jargons, à l'aide desquels de petites co-
teries d'élèves soustraient à toute surveillance le com-

merce de la pensée. L'éducation, la morale et les progrès de l'instruction ont également à souffrir de cet état de choses. Tous ceux qui coopèrent, soit à la surveillance soit à l'instruction des élèves, devront s'entendre pour ramener cet intéressant moyen de communication à ses principes naturels et à une pratique rationnelle. Les conférences auront à décrire les signes, si elles ne parviennent à les écrire.

La participation incessante du censeur à ces réunions ne saurait le dispenser de surveiller chaque jour les applications de la méthode et de s'assurer que tous les professeurs, les chefs d'atelier et les maîtres d'étude s'acquittent consciencieusement de leurs obligations. A quoi sert de constater la présence matérielle des maîtres en leur faisant signer, matin et soir, des feuilles de présence si l'on ne veille pas en même temps à ce qu'ils ne puissent impunément s'occuper de toute autre chose que de l'instruction des élèves ?

Des visites fréquentes ne suffiraient pas à extirper des abus que vingt ans d'abandon ont laissé germer dans l'établissement. Il faut que le censeur des études se trouve en quelque sorte partout à la fois, qu'il sache quelles leçons ont été données, de quels exercices elles ont été suivies, quels devoirs ont été prescrits; si les leçons ont été ou non préparées, comme elles doivent l'être, avant la classe, si le professeur ne perd de vue ni le chemin qu'il a fait, ni celui qu'il lui reste à parcourir.

Gardez-vous de supposer que je me complais à tracer un programme impossible. Pour en rendre l'accomplissement facile il suffira d'exiger; et l'administration supérieure en a incontestablement le droit, il suffira, dis-je, d'exiger des professeurs :

1° Qu'ils remettent au censeur le premier de chaque mois le programme détaillé des matières qu'ils se proposent d'enseigner ;

2° que, chaque jour, ils lui remettent le texte des
leçons qui doivent être données le lendemain ;

3° que chaque soir, immédiatement après la classe,
un relevé complet des explications écrites, des dictées et
autres exercices du jour soit également remis par eux
au chef de l'enseignement.

A l'aide de ces documents celui-ci pourra suivre à
toute heure la marche des classes, reconnaître les négli-
gences à combattre, les erreurs à rectifier, les écarts
dont il importe d'empêcher le renouvellement. Chose
plus précieuse encore, au commencement de l'année scolaire, tout professeur pourra se rendre compte des notions
que ses nouveaux élèves auront antérieurement acquises , et l'administration reconnaîtra sans peine dans
quelle proportion chacun coopère à l'œuvre commune.

Ces mesures rigoureusement appliquées seront fécondes ; je l'affirme pour les avoir employées à Bordeaux,
où, absorbé par les soins qu'exigeait la réorganisation
de tous les services, je parvins néanmoins à donner à
l'enseignement la forte impulsion dont il se ressent
encore.

La surveillance des heures d'études et des répétitions
que les élèves des quatre premières années recevront
quotidiennement, ne sera ni la moins lourde , ni la
moins importante partie de la tâche imposée au censeur.
Il devra s'assurer que les cahiers sont soigneusement
corrigés, que les leçons ont été récitées, que les maîtres d'étude et les répétiteurs ont fait faire les devoirs
prescrits et que les leçons ont été répétées, expliquées,
commentées conformément aux intentions exprimées
par les chefs de classe dans leurs livrets de correspondance quotidienne avec les maîtres d'étude.

On se sent rougir quand on pense qu'après plus de
trois quarts de siècle d'existence, l'Institution n'a encore rien produit qui ressemble à un cours pratique

d'enseignement, pas un seul petit livre élémentaire à la portée des sourds-muets ; et pourtant de tels ouvrages suffiraient pour faciliter l'instruction, à tel point qu'en six années les élèves seraient certainement plus avancés qu'ils ne le seront au bout de huit, si ces déplorables lacunes ne sont pas bientôt comblées.

C'est encore au censeur des études qu'il appartient, en tant que chef de l'enseignement, de rédiger ces livres élémentaires, soit seul, soit avec la coopération des professeurs. En attendant que la chose soit faite, on peut y suppléer, dans une certaine mesure, en écrivant en grosses lettres, sur de grandes feuilles de papier, les leçons les plus intéressantes données aux élèves des quatre premières années.

Les intentions de l'autorité supérieure ne seraient qu'à moitié remplies si, en même temps que les méthodes d'enseignement et le langage des signes d'une part, et de l'autre les habitudes et les fausses tendances des professeurs actuels seront réformés, on ne formait dans l'Institution des sujets capables de remplacer ceux des chefs de classe que leur âge, leurs infirmités ou tout autre motif appelleront bientôt à la retraite. C'est dans cette sage prévision que vous proposez la création d'un cours normal de pédagogie spéciale. Jamais mesure ne fut plus opportune ; personne n'en comprend mieux que moi l'importance et l'utilité. Durant les années 1839, 1840, 1841 et 1842 je professai moi-même un cours de ce genre, et par là je parvins à créer un corps enseignant ayant les mêmes principes, usant des mêmes procédés, animé du même esprit et tendant au même but.

En le réduisant aux parties les plus essentielles un cours normal de pédagogie spéciale reste formé :

1° D'études sur la surdité et sur les conséquences qu'elle entraîne,

2° D'études théoriques sur le langage des signes, ses éléments, sa grammaire, sa construction, son génie,

28

3° D'un exposé des principes de la méthode,

4° D'un exposé complet des moyens de communication et de leurs propriétés essentielles,

5° D'un exposé complet des procédés généraux et des procédés particuliers pour l'enseignement de la langue écrite,

6° D'un exposé semblable pour l'enseignement de la parole artificielle,

7° De leçons expérimentales d'applications,

8° De l'histoire de l'art.

Il serait bon que le cours normal pût être professé par le censeur des études ; mais peut-on raisonnablement l'exiger de lui ? Ne risque-t-on pas, en le surchargeant, de le frapper d'impuissance ? La surveillance quotidienne des classes, des études et des ateliers et les notes qu'il devra fournir à l'administration sur le personnel des maîtres et des élèves constituent déjà une tâche des plus laborieuses. La direction des conférences pour la réforme de l'enseignement et du langage des signes lui imposent un rude surcroît de fatigue et de travail. Y ajouter encore pour les aspirants des leçons qui nécessitent des recherches et des préparations nombreuses serait, à mon sens du moins, mettre un censeur quel qu'il soit dans l'impossibilité de rien faire de bien*.

En résumé, Monsieur et cher Inspecteur général, j'estime que les fonctions de censeur doivent être de

* En 1859 M. de Watteville avait la haute main dans les institutions impériales de sourds-muets. Il aurait voulu confier le cours normal au directeur honoraire de l'école de Bordeaux et il s'en était ouvert à celui-ci. Comme toujours, mon père se montra disposé à sacrifier son repos et les intérêts de sa famille aux intérêts des sourds-muets. L'opposition du successeur de M. de Lanneau fut des plus vives ; elle empêcha l'exécution de la mesure projetée dans la division du Secrétariat, et permit à une autre division du ministère d'utiliser, au profit des écoles départementales, la longue expérience de J. J. Valade-Gabel.   A. V.

nature exclusivement pédagogique et que l'état actuel de l'enseignement les rend si délicates, si difficiles et si pénibles qu'il est nécessaire d'en alléger le poids. J'estime d'autre part que le censeur pourra vaincre tous les obstacles et surmonter toutes les difficultés à l'aide d'un bon règlement appliqué avec prudence, esprit et vigueur.

Paris, le 12 juin 1859.

VII

Quels sont, au point de vue de l'enseignement, de l'administration et de l'insuffisance des bâtiments actuels, les avantages qui résulteraient de l'affectation exclusive d'une institution impériale aux sourds-muets de chaque sexe.

(Au Ministre de l'Intérieur)

La lettre dont V. E. m'a honoré le 29 juin dernier, m'informe qu'au nombre des mesures proposées pour améliorer l'enseignement des sourds-muets, figure la destination exclusive de l'Institution de Paris aux enfants du sexe masculin et de celle de Bordeaux aux jeunes sourdes-muettes. V. E. m'invite à examiner quels seraient les avantages qui résulteraient de cette mesure et à lui communiquer ensuite mes observations.

La séparation dont il s'agit a été, depuis longtemps, l'objet de mon attention. A l'origine la réunion des deux sexes, sous un même toit, eut ses raisons d'être dans l'extrême rareté des instituteurs spéciaux et dans la convenance d'éloigner le moins possible les enfants de leurs familles. Ces raisons ont cessé d'exister avec la divulgation des méthodes d'enseignement et la création des chemins de fer. Aujourd'hui l'intérêt des bonnes mœurs réclame la fin de cet ordre de choses et, conséquemment, l'affectation d'établissements distincts aux sourds-muets de chaque sexe. — L'insuffisance des bâtiment actuels et l'obligation de classer les sourds-muets, garçons et filles, d'après certaines circonstances de leur infirmité nécessitent également l'adoption de cette mesure. — Le groupement des élèves de chaque sexe, en raison de leur capacité naturelle et de leur instruction acquise, et par suite les progrès de l'enseignement, y trouveront de précieuses facilités. — L'amélioration de l'instruction professionnelle peut en résulter sans augmentation de dépenses. — Enfin, si cette séparation entraîne quelques frais extraordinaires, elle offre, en même temps, le moyen d'opérer sur les dépenses ordinaires des économies qui ne laissent pas d'avoir une certaine importance.

Nous allons étudier sommairement, à ces différents points de vue, la mesure proposée ; puis nous jetterons un rapide coup d'œil sur les difficultés d'exécution qu'elle rencontre et sur les moyens de surmonter ces difficultés.

L'intérêt des bonnes mœurs, avons nous dit, *réclame des établissements distincts pour les élèves de chaque sexe :* — en effet, quelque sage et vigilante que soit une administration, elle est impuissante à neutraliser entièrement les inconvénients et parfois les dangers qui naissent de la multiplicité des catégories d'employés et surtout de la proximité de personnes des deux sexes dans un même établissement. Rarement, il faut le dire, les mœurs ont eu à souffrir de ce voisinage soit à Paris soit à Bordeaux ; mais il faut le dire aussi, là même où la surveillance est la plus active, la plus scrupuleuse, on ne peut faire que les jeunes gens des deux sexes vivant sous le même toit, entrant par les mêmes portes, assistant aux mêmes offices, aux mêmes exercices publics ne se voient, ne s'entendent ou ne se devinent, et que, par là, des instincts dont il est nécessaire de retarder le développement ne s'exaltent parfois prématurément, au point d'entraîner des conséquences funestes. Faut-il en attribuer la cause à la conformité d'infortune, au langage des signes et à l'influence qu'il exerce sur les passions, aux difficultés plus grandes de la surveillance ? — Je l'ignore ; toujours est-il que, si dans les établissements universitaires, l'agglomération de sujets des deux sexes est absolument interdite passé l'âge de 7 à 8 ans : à plus forte raison devrait-il en être de même dans les écoles de sourds-muets. Les scandales qui, de 1825 à 1833, eurent lieu dans certaines écoles de province ne viennent que trop à l'appui de ces conclusions.

L'insuffisance des bâtiments occupés par les deux institutions et l'obligation de classer les élèves d'après diverses circonstances de leur infirmité nécessite, non moins que les bonnes mœurs, des établissements distincts.
— Consultée par l'un de vos prédécesseurs, Monsieur le Ministre, l'Académie de médecine répondit, il y a cinq ou six ans, qu'il était indispensable d'établir des quartiers distincts pour les sujets atteints de surdité congéniale et complète, pour les demi-sourds et les demi-muets : les premiers devant être instruits par l'écriture et les signes mimiques ; les seconds par la parole et l'écriture. Le même vœu avait été formulé par la conférence des professeurs de l'Institution de Paris en 1838 ; et pourtant, quoique la fusion de l'école expérimentale Dubois ait rendu cette mesure plus urgente encore, l'insuffisance des bâtiments en a toujours fait ajourner l'exécution. Aujourd'hui que l'on veut, je ne sais pourquoi, porter de 6 à 8 ans la durée du cours d'instruction et faire vivre ensemble des enfants de neuf ans et des jeunes gens de vingt-deux, puisque l'admission est possible jusqu'à quatorze, la sécurité des familles exige absolument qu'ils ne soient pas confondus dans les mêmes dortoirs, dans les mêmes cours de récréation, etc.

Avec la destination d'une maison à chaque sexe, il
peut être fait droit à ces légitimes exigences à peu de
frais et sans grandes difficultés, tandis que le maintien
des deux sexes dans chaque maison rend la chose
presque impraticable, à moins d'imposer à l'Etat d'énormes dépenses. En d'autres termes, à l'aide de quelques
séparations, il est facile d'établir trois quartiers dans
chaque maison, tandis qu'on ne saurait y en ménager le
double à moins d'élever des constructions nouvelles.

*Le groupement des élèves, d'après leur degré d'instruc-
tion et de capacité naturelle, et, par suite, les progrès de
l'enseignement trouveraient dans la séparation des facilités précieuses.* — Non seulement il est plus difficile,
mais encore il est infiniment plus pénible, d'instruire
des sourds-muets que des enfants doués de tous les sens
extérieurs : dans un lycée chaque professeur peut être
chargé de 30 à 40 élèves et plus ; dans une institution
de sourds-muets un maître n'en peut diriger avec fruit
que de 15 à 20, encore faut-il qu'ils soient à peu près de
même force. Or comme, en aucun cas, on ne saurait se
permettre de réunir des garçons et des filles dans une
seule et même classe, il est évident que la présence
d'élèves des deux sexes à l'Institution de Paris et à celle
de Bordeaux double, sans avantage aucun, la difficulté
d'associer un nombre convenable d'élèves d'égale force
pour les faire participer, toute une année, aux mêmes
leçons.

*L'amélioration de l'instruction professionnelle résul-
terait de la réunion des élèves d'un même sexe dans une
seule maison, et cela sans augmentation du chiffre des
dépenses.* — Les ateliers de l'Institution de Bordeaux ne
sont que des doublures des ateliers de l'Institution de
Paris ; qu'ils soient transférés dans cette dernière ville,
l'administration changera les professions qui y sont enseignées, et dès lors l'instruction professionnelle pourra

être mieux appropriée aux goûts, aux aptitudes, aux nécessités de position sociale, sans qu'il ait été pour cela rien ajouté à la dépense. Quant aux jeunes sourdes-muettes, dès qu'il n'y aura plus auprès d'elles des hommes de tout âge et de toute condition, elles pourront être appliquées, sans inconvénient, aux soins des diverses parties du ménage et recevoir ainsi une éducation mieux en rapport avec l'avenir qui leur est généralement destiné.

L'exécution de la mesure proposée occasionnera des frais qui n'auront pas à se renouveler ; mais elle offre d'autre part le moyen d'opérer des économies sur les dépenses ordinaires. — Il ne serait pas équitable de supprimer des employés, d'imposer à des professeurs, hommes et femmes, un déplacement onéreux, sans accorder aux uns et aux autres de justes dédommagements ; l'appropriation des bâtiments à leur destination nouvelle exigera également quelques dépenses. Il y aura donc des indemnités à payer, des réparations à solder ; mais ce sera des dépenses une fois faites dont le chiffre ne saurait être très élevé. Si les allocations du budget et les réserves des deux institutions ne pouvaient y faire face, faudrait-il ajourner une mesure si bien justifiée ? Non, mieux vaudrait, selon moi, laisser vacantes un certain nombre de bourses et en employer le montant à l'acquit de ces dépenses.

Les économies dont il a été question proviendraient des suppressions d'emploi : un maître d'écriture, un maître de dessin, deux infirmières, plusieurs domestiques. Elles seraient considérablement accrues par la substitution progressive de religieuses professeurs aux dames professeurs laïques, si l'Institution de Bordeaux devait rester par la suite aux seules mains de la congrégation de Nevers, attendu que le traitement des religieuses est de 6 à 700 francs, tout compris, et que celui des dames laïques s'élève, en moyenne, au moins à 2,000 francs.

L'énumération des avantages attachés à l'affectation d'un établissement distinct aux sourds-muets de chaque sexe est loin d'être épuisée ; nous passons sous silence : moins de complication dans la comptabilité en matières, acquisitions d'objets d'habillement faites à de meilleures conditions, parce qu'elles porteraient dans chaque maison sur un nombre d'articles plus restreint et des quantités plus considérables ; dans un autre ordre de faits collections et bibliothèques plus accessibles à tous, émulation plus grande entre les professeurs de même sexe, etc.

Les adversaires de la mesure objecteront que les élèves seront plus éloignés de leurs familles et que les frais de voyage s'en trouveront aggravés. L'objection eût été sérieuse avant l'établissement des chemins de fer ; nous l'avons déjà dit, elle ne l'est plus aujourd'hui. D'ailleurs, c'est moins la proximité des institutions que la réputation dont elles jouissent, à tort ou à raison, qui généralement détermine les familles de toutes les parties de la France à solliciter de préférence le placement de leurs enfants à Paris ou à Bordeaux. Peut-être objectera-t-on encore de prétendues différences entre le caractère et les besoins sociaux des méridionaux et des habitants des autres parties de l'empire ; j'ai vécu assez longtemps dans les deux institutions pour pouvoir affirmer que ces différences sont insignifiantes.

Avant d'examiner les contrariétés et les dommages que les changements de résidence occasionneraient au corps enseignant, voyons s'il serait possible et avantageux d'associer pour toujours des dames laïques à des religieuses et, dans la négative, duquel des deux éléments il conviendrait d'amener graduellement l'extinction. L'entente cordiale, toujours difficile à établir entre des religieux et des laïques coopérant à une même œuvre et vivant sous le même toit, devient plus difficile encore lorsque ce sont des femmes. Il se produit alors, presque à chaque instant, des compétitions d'influence, des rivalités, des guerres sourdes et intestines qui rendent impossible l'accomplissement de l'œuvre commune ; aussi les fondateurs de presque tous les ordres monastiques ont-ils proscrit ce genre d'association. La congrégation des Dames de Nevers n'est pas comprise dans l'exception. Toutefois, comme elle attache une grande importance à la gestion de l'Institution de Bordeaux et que ses chefs ont des vues larges et élevées, il y a lieu de croire qu'elle accepterait l'association des dames professeurs laïques, pourvu que ce fût à titre temporaire et seulement transitoire... Réduite à ces proportions, la résistance d'une congrégation qui, depuis trois quarts de siècle, rend à l'Institution de Bordeaux des services si précieux pourrait-elle motiver son exclusion ? — Non, d'abord parceque le refus d'association indéfinie n'est pas fondé sur le caprice ou sur l'intérêt personnel ; ensuite parceque l'enseignement, l'éducation que les dames de Nevers donnent depuis 1839 est de beaucoup supérieure à celle que reçoivent à Paris les jeunes sourdes-muettes, enfin parceque leur présence dans l'Institution assure aux familles et à l'administration une inappréciable sécurité.

Je vais donc raisonner dans l'hypothèse où l'extinction du corps enseignant laïque pour les jeunes filles serait admise en principe. Parmi les dames professeurs de l'Institution de Paris les unes réunissent toutes les conditions voulues pour obtenir une pension de retraite, d'autres approchent du terme ; quelques unes n'appartiennent à l'Institution que depuis peu d'années. Pourquoi dissimuler ? — le changement de résidence serait onéreux et désagréable à toutes ces dames ; leurs habitudes se verraient froissées, leurs relations rompues ; quelques unes auraient la douleur de se séparer de leurs familles. Si donc l'intérêt général et permanent des malheureux au profit desquels les institutions de Paris et de Bordeaux ont été fondées ne méritait de l'emporter sur des intérêts privés, s'il n'était pas possible de donner en même temps satisfaction aux droits des uns et des autres, il faudrait renoncer, pour toujours, à affecter l'école de Paris à l'instruction des jeunes sourds-muets et celle de Bordeaux aux jeunes filles privées de l'ouïe et de la parole. Heureusement il n'en est pas ainsi : la substitution des institutrices religieuses aux institutrices laïques, comme nous l'avons déjà fait observer, produira sur le budget ordinaire des économies considérables qui pourront être employées à l'acquit de pension de retraite pour les dames ayant droit à ces pensions, de traitements de congé ou de disponibilité pour celles qui ne sauraient quitter Paris sans nuire à leurs familles, enfin d'indemnités temporaires à celles dont les services sont trop récents pour qu'il convienne de les associer aux dames de Nevers. Celles qui ne sont pas comprises dans l'une de ces trois catégories iraient enseigner à Bordeaux, jusqu'à ce que des décès ou la durée de leurs services permissent de les mettre à leur tour, soit en disponibilité, soit à la retraite.

La translation des professeurs de Bordeaux à Paris offre moins de difficulté : il suffirait, je pense, d'accorder à ces messieurs une indemnité pour frais de voyage et de déménagement et de les faire participer à l'augmentation de traitement déjà réclamée au profit des professeurs actuels de l'Institution de Paris ; leur position est par trop inférieure à celle de professeurs des lycées impériaux et des autres établissements publics de cette ville. Trois chefs d'atelier, fort recommandables, dont le traitement a subi une retenue pour la caisse des retraites se trouveraient privés d'emploi : le maître cordonnier, le maître tailleur et le chef des menuisiers et des tourneurs. Le premier pourrait demeurer attaché à l'établissement pour le service des jeunes filles et trouver dans cette position une compensation suffisante ; le second accepterait, je suppose avec plaisir, la charge de concierge actuellement occupée par son beau-père qui est dans toutes les conditions requises pour prendre sa retraite ; seul le chef des menuisiers et des tourneurs resterait entièrement dépossédé et aurait droit à un traitement de demi-solde.

Je m'arrête ici, Monsieur le Ministre, momentanément retiré à la campagne et dépourvu de toute espèce de documents, il ne m'a pas été possible de donner à ma réponse les développements et la précision qu'elle eût mérité ; toutefois, comme la question sur laquelle vous m'avez fait l'honneur de demander mon avis ne m'est pas nouvelle, je n'ai pas hésité à appuyer de tout mon pouvoir la solution proposée à V. E. Si la commission de réorganisation et de réforme* avait été suffisamment édifiée sur les véritables causes de la décadence de l'enseignement dans l'Institution de la rue Saint-Jacques, si en même temps elle eût été autorisée à s'occuper de l'état des études dans les écoles départementales, ainsi que des moyens de pourvoir à la régénération morale de tous les sourds-muets de l'empire, elle n'eût fait à V. E. que des propositions également dignes d'être approuvées par les instituteurs spéciaux qui, dégagés de toute préoccupation d'intérêt personnel, ont sérieu-

* MM. de Gombert, conseiller maître à la cour des comptes — Parchappe et de Watteville, inspecteurs généraux des établissements de bienfaisance — Le comte de Champagny — Goupil, maître des requêtes au Conseil d'Etat — de Caritan, sous-chef de bureau du ministère de l'Intérieur, secrétaire, composaient cette commission.

A. V.

sement médité sur les moyens de proportionner les
secours à l'étendue des besoins sans grever outre mesure, au profit des sourds de naissance, le budget de
l'Etat et celui des départements.

Agréez, etc.

Sarlat, le 25 juillet 1859.

VIII

**La durée des études dans les institutions impériales de sourds-
muets originairement fixée à cinq années, portée à six en
1822, sera-t-elle aujourd'hui étendue à huit années.**

*(Notes rédigées pour la division du Secrétariat et de la comptabilité
au Ministère de l'Intérieur).*

Cette question est plus importante et plus délicate
qu'on ne le croirait au premier abord ; elle touche aux
intérêts, non seulement des sourds-muets admis ou à
admettre dans les institutions impériales, mais à ceux
de tous les jeunes sourds-muets de l'empire.

Les inspirations de la charité la plus pure n'engen-
drent des mesures administratives irréprochables qu'à la
condition d'avoir été suffisamment éclairées des lumières
de l'expérience. Ceux qui réclament une prolongation
de deux ans pour les études dans les institutions impériales ont-ils pressenti que la mesure s'étendrait forcément à toutes les autres institutions ; et qu'ainsi, de
deux choses l'une, ou le nombre des sujets actuellement
en cours d'instruction serait fatalement diminué d'un
quart, ou bien la dépense qu'ils occasionnent serait
augmentée d'un tiers : nécessité fâcheuse au point de
vue financier et plus fâcheuse encore au point de vue
charitable ; car cette forte aggravation dans les dépenses éloignerait indéfiniment peut-être l'époque désirée

où tous les sourds-muets de l'empire participeront au bienfait de l'éducation et recevront les con-olations de la foi religieuse.

Cette considération, quelle qu'en soit la valeur, ne devrait pas faire rejeter la demande de prolongation des études, si les six années accordées étaient véritablement insuffisantes, et s'il n'était pas possible de remédier autrement à la faiblesse des études. Que fait-on valoir à l'appui de la demande dont il s'agit ? — Les élèves sortant de l'école de Paris ne savent que peu ou point de français, et presque aucun n'est en état de gagner sa vie. — Six années, ajoute-t-on, ne sauraient évidemment suffire à l'instruction, à l'éducation et à l'apprentissage d'un sourd de naissance, quand on en accorde huit aux jeunes aveugles dont l'instruction est cependant bien moins pénible, quand celle d'un enfant doué de l'intégrité de ses sens commence à la mamelle, et ne se termine pas en moyenne avant la fin de sa dix-huitième année.

L'exactitude de ces assertions ne saurait être contestée ; mais est-il certain que les causes de l'insuffisance des résultats résident dans l'insuffisance du temps pour lequel les bourses sont concédées ; est-il bien sûr que le remède proposé n'engendrerait pas un mal plus grand que celui dont on se montre à bon droit préoccupé ?

Afin de parer à l'insuffisance dont on se plaint, il fallait en préciser les causes : une enquête a eu lieu à cet effet, et ne les a pas même signalées ; les personnes interrogées n'ont pu ou voulu les faire connaître. L'insuffisance des études proprement dites a été attribuée, non sans quelque apparence de raison je l'avoue, à la brièveté du séjour des élèves ; — bien à tort selon moi au travail alternatif dans les classes et dans les ateliers ; — et, avec une extrême injustice, au système de rotation qui seul, depuis vingt ans, a préservé l'enseignement d'une ruine complète. Les personnes interrogées ont gardé le silence sur l'étendue exagérée du programme des études, sur l'absence de toute direction, de toute surveillance dans l'intérieur des classes, sur l'absence non moins déplorable de toute classification des élèves, en raison de leurs aptitudes, de leurs connaissances acquises et de leurs progrès annuels. Elles n'ont signalé qu'en passant le mauvais emploi du temps en dehors des classes et des ateliers, les services qu'auraient pu rendre et que n'ont point rendus des maîtres d'étude à la hauteur de leurs fonctions; elles n'ont pas dit un mot du dénuement où sont les maîtres et les élèves de toute espèce d'ouvrages classiques élémentaires. Les témoins entendus ne pouvaient ni s'accuser eux-mêmes, ni accuser l'ancienne administration.

L'exemple puisé chez les jeunes aveugles ne saurait faire autorité; attendu que les huit années accordées à ces pauvres enfants ne l'ont pas été, après un examen approfondi de leurs besoins réels et de la condition sociale de leurs familles; attendu d'ailleurs que, plus dépendant des choses et des personnes, l'aveugle n'est pas, comme le sourd-muet, enclin à se séparer de sa famille, et à courir le monde, et qu'ainsi il y a moins d'inconvénients à prolonger son séjour loin du toit paternel.

L'argument tiré de la durée de l'éducation des sujets doués de tous les sens extérieurs est plus sérieux; mais qu'on y prenne garde, après s'en être servi pour faire élever le cours d'instruction de 6 à 8 ans, on s'en servira pour le faire porter à 10, à 12, à 16 ans et plus; et il faut s'attendre à ces demandes successives, si l'on admet que tout sourd-muet indigent a droit à une instruction égale à celle que reçoivent les jeunes gens de la classe moyenne et qu'il doit acquérir cette instruction tout entière dans les établissements spéciaux.

En quoi consistent l'éducation et l'instruction que la société doit aux sourds-muets de naissance ? Le moment est venu de vider cette question préjudicielle : En tenant compte, d'une part des ressources relativement restreintes dont le gouvernement dispose et de l'infériorité organique, malheureusement trop réelle, de ces pauvres enfants, d'autre part des droits que leur infirmité leur donne à l'assistance publique, de l'intérêt que la société peut avoir à ne pas laisser dans ses rangs des individus dangereux ou tout au moins inutiles, enfin en prenant en considération les intérêts de la science elle-même, on est fondé à poser carrément ce principe que le gouvernement doit son concours aux familles pour réparer, dans les limites du possible et selon les facultés de chaque famille, les effets de la surdité congéniale. Or ce qu'il est possible d'obtenir, chez tous les sourds de naissance non atteints d'idiotisme, c'est le développement intellectuel, moral et religieux dont l'absence de communications régulières de la pensée a arrêté l'essor. Voilà le but ; voici les moyens : — d'abord le langage des signes, étendu et perfectionné conformément à sa nature et à son génie, le commerce de pensées que les jeunes sourds établissent avec leurs maîtres et leurs condisciples ; — En second lieu une surveillance active, vigilante et *toute maternelle* dont les soins s'étendent sur le physique comme sur les dispositions morales ; — En troisième lieu un travail mécanique qui oblige la pensée à suivre et à diriger les opérations de la main ; — En quatrième lieu l'étude élémentaire de la langue française usuelle dont on fait des applications à quelque peu d'histoire sainte, de catéchisme, de calcul, de géographie, etc.

Les trois premiers moyens peuvent rigoureusement suffire à acquitter la dette de la société et l'on est obligé de s'en contenter pour les intelligences inférieures ;

(la moitié environ) ; mais en ayant soin de leur enseigner, par le langage des signes, le fond du dogme et de la morale religieuse. Le quatrième moyen, c'est-à-dire l'enseignement de la langue française usuelle et les applications qu'on en fait, complète le bienfait pour les intelligences moyennes (un tiers) qui échappent ainsi plus ou moins à l'isolement où les condamne leur infirmité. Les études complètes qui élèvent, autant que possible, le sourd de naissance à la hauteur des sujets doués de tous leurs sens, ne peuvent être organisées qu'en vue des enfants favorisés des dons de la fortune ou de l'intelligence et dans l'intérêt des sciences philosophiques (un sixième).

Maintenant reprenons cette question : six années peuvent-elles suffire à l'instruction des sourds de naissance ? — Distinguons. Pour les sujets destinés à des études complètes, évidemment non. Mais, s'ils appartiennent à des parents riches, c'est aux familles que doit incomber la dépense ; et si les parents sont hors d'état de payer, le gouvernement y pourvoira par des prorogations de bourses individuellement accordées, pour deux ou trois ans et plus, s'il le faut.

Quant aux sujets d'intelligence, soit moyenne, soit inférieure, nous répondrons : non seulement six années *peuvent suffire*, mais elles *doivent suffire*. Six années peuvent leur suffire, pourvu que le programme des études soit resserré dans les limites du possible pour les uns, de l'indispensable pour les autres, — que les classes soient dirigées et surveillées, — qu'elles soient formées d'élèves ayant des aptitudes et des connaissances à peu près égales, — pourvu que des maîtres d'étude capables et dévoués sachent faire mettre à profit les heures destinées aux acquisitions de la mémoire. — Enfin les sujets de ces deux catégories acquerront, en six années, beaucoup plus de connaissances qu'ils ne l'ont fait jusqu'à ce jour, pourvu que l'établissement fasse rédiger et mettre en leurs mains de petits ouvrages, bien simplement écrits, bien élémentaires, qui dispensent ces pauvres enfants de transcriptions longues, fastidieuses et rebutantes, et qui soient de nature à leur inspirer le goût de la lecture.

Ces six années *doivent suffire* au plus grand nombre parce que soit curiosité, soit inconstance, soit parce qu'ils vivent par les yeux plus que par tout autre sens de relation, les sourds-muets sont naturellement enclins à courir le monde ; en outre une longue séparation affaiblit les liens de famille, qu'il faudrait au contraire fortifier en raison des tendances de leur caractère et de leur infirmité. Ces six années doivent enfin suffire à leur instruction, parce qu'une portée scientifique, plus apparente que réelle, donnée à leurs études a pour inévitable effet d'enfler le cœur de ces pauvres enfants et de leur inspirer, sinon du mépris, du moins de l'éloignement pour leur famille. Aussi arrive-t-il trop souvent que l'instruction donnée en vue d'assurer leur régénération intellectuelle et morale, faute d'avoir été pondérée et prudemment dirigée, les pousse à leur perte : c'est-à-dire au déclassement, au vagabondage, etc.

Au lieu d'ajouter à la durée du séjour des sourds-muets dans les grandes institutions spéciales, leur intérêt bien compris voudrait qu'on s'efforçât de la restreindre. Est-ce possible ? — Certainement oui, et voici pourquoi : Dans l'abandon et l'isolement, où trop souvent il est laissé au sein même de sa famille pendant son enfance, le sourd-muet contracte une sauvagerie de caractère, une torpeur d'esprit contre lesquelles ses instituteurs spéciaux ont ensuite péniblement à lutter. Nous nous garderons bien de vouloir pour cela substituer l'école primaire à l'institution spéciale, partout et toujours ; nous

29

en ferons notre auxiliaire seulement. Que le sourd-muet y soit admis, dès l'âge de 7 à 8 ans, il y perdra son caractère farouche, se disciplinera par la puissance de l'exemple, y apprendra en peu de temps à compter, à écrire matériellement, et si le gouvernement fait répandre quelques uns des livres élémentaires dont je réclame la publication et dont les institutions impériales elles-mêmes sont encore dépourvues, rarement le sourd-muet sortira de l'école de son village sans être muni d'une certaine provision de mots et de phrases bien comprises ; il se trouvera de plus dans les conditions voulues pour mettre à profit, dès son entrée dans une institution spéciale, la science et la direction de ses nouveaux maîtres.

Pourquoi, au nombre des conditions d'admission dans les institutions impériales, n'insérerait-on pas, par la suite, l'acquisition préalable des connaissances sus énumérées ! Que l'on dénie, si l'on veut, à ce moyen le pouvoir de restreindre au dessous de six années le cours d'instruction ; on ne saurait, de bonne foi, lui refuser celui de faciliter considérablement aux institutions spéciales l'accomplissement de leur tâche, ni lui attribuer aucun des inconvénients attachés au séjour loin de la famille. Si l'on prétendait qu'il serait encore plus avantageux de porter à 8 ans la durée des études et que l'on osât dénier l'urgence des réformes indiquées, pour toute réponse je montrerais les élèves bénéficiaires du legs Itard ; tous ont passé 8 ou 9 ans dans l'Institution ; voyez ce dont ils sont capables.

Vous avez perdu de vue, dira-t-on, la profession manuelle qui contribue, sinon à moraliser le sujet, du moins à le maintenir dans la bonne voie en le préservant de l'oisiveté et lui donnant le moyen de pourvoir honorablement à son existence ! Je l'ai si peu perdue de vue que je fais du travail manuel le troisième instrument de développement intellectuel ; mais peut-être mieux vaudrait préparer seulement les sourds-muets à l'exercice d'une profession que de leur en donner une, comme il arrive presque toujours, sans avoir sérieusement étudié leurs aptitudes, la position sociale qui les attend, les localités habitées par leurs familles et les ressources qu'elles peuvent offrir pour retenir ces pauvres enfants sous une tutelle salutaire. Cette question mériterait un chapitre à part.

D'où vient que, contrairement à ce qui se pratique pour les autres enfants, les sourds-muets font leur apprentissage en même temps que leurs études ? — C'est que, comme nous l'avons déjà fait observer, le travail manuel est parfois nécessaire pour les habituer à fixer leur attention et à la diriger ; c'est aussi parce qu'ils ne peuvent avoir acquis une instruction suffisante à l'âge de six à douze ans, comme le font les enfants parlants ; et que, si on ne les mettait en apprentissage qu'au sortir des écoles spéciales, c'est-à-dire à 16, 18 ou 20 ans, il serait trop tard pour les habituer à un travail pénible.

On supposerait à tort qu'ils ne peuvent apprendre un métier en dehors des écoles : l'acquisition d'un métier simple, facile, éminemment du ressort des yeux, tel enfin qu'il convient au sourd de naissance peut se faire partout ; n'avait-on pas récemment proposé de supprimer tous les ateliers de l'Institution de Paris ! Une expérience de plus de trente ans me permet d'affirmer que, si dorénavant les bourses de l'État étaient accordées à des sujets, de dix ans au moins à douze ans au plus, ayant passé utilement deux ou trois années dans les écoles primaires, si d'autre part le choix de la profession n'était pas laissé entièrement au caprice du sourd-muet et à la sotte ambition de la famille, si enfin les ateliers, aussi bien que les classes, étaient convenablement

organisés, dirigés et contrôlés, fort restreint serait
le nombre de ceux qui ne pourraient en sortant gagner
des journées à peu près égales aux journées des autres
apprentis de leur âge. Et de ce que quelques uns ne
seraient pas en état de gagner leur vie, il ne faudrait pas
être tenté de les retenir encore deux années à Paris :
avec le quart des dépenses qu'ils y occasionneraient on
pourrait faire parachever leur apprentissage, aux lieux
mêmes de leur naissance et sans danger pour leurs
mœurs. Là, encore jeunes, munis d'une instruction plus
ou moins satisfaisante, ils reprendraient sans peine les
habitudes du pays et les relations de leur enfance et ne
seraient plus tentés d'aller se perdre dans le gouffre des
grandes villes.

Je me résume en disant : comme à tort ou à raison les
institutions départementales prennent pour modèle l'Institution impériale de Paris, il importe de n'introduire
dans celle-ci aucun usage dont la propagation puisse
devenir préjudiciable à la généralité des sourds-muets
et, pour les mêmes motifs, il faut y relever les études
depuis trop longtemps en décadence.

Toute personne connaissant bien les sourds-muets qui
se donnera la peine d'établir une sorte d'équation morale
entre les avantages et les inconvénients attachés au
séjour prolongé dans une école loin du toit paternel,
entre les inconvénients et les avantages qui résultent de
leur résidence dans les grandes villes, quand ils n'y sont
pas avec leurs familles, restera convaincue que porter
indistinctement pour tous la durée de la concession des
bourses, de six à huit années, serait leur faire un *présent
funeste.*

Cauterets, le 28 Février 1859.

IX

État de l'enseignement pédagogique dans l'Institution impériale des Sourdes-Muettes de Bordeaux en 1863.

Les épreuves auxquelles j'ai soumis les élèves sourdes-muettes de l'Institution impériale de Bordeaux, ainsi que V. Exc. me l'avait prescrit par sa dépêche du 4 août dernier, m'ont donné la conviction que si l'Institution n'a pas fait de progrès, du moins grâce au zèle, à l'intelligence et au dévouement des dames de Nevers qui y dispensent l'enseignement, la moyenne des résultats obtenus n'a pas cessé d'être fort satisfaisante et de beaucoup supérieure à celles qu'on obtient dans les établissements de même nature.

Je dois faire observer à V. Exc. que, n'ayant pu me rendre à Bordeaux que dans les premiers jours d'octobre, les élèves de sixième année, c'est-à-dire celles dont l'instruction était le plus avancée, s'étaient éloignées de l'Institution pour ne plus y revenir et que les enfants auxquelles les bourses devenues vacantes ont été concédées, ou n'y avaient pas encore été amenées, ou bien y étaient arrivées depuis si peu de jours que leur instruction est encore nécessairement nulle.

Les quatre séances consacrées aux examens, en présence et avec le concours du directeur de l'établissement, ont donc porté sur les élèves sorties au mois d'août des classes de première, de seconde, de troisième, de quatrième et de cinquième année seulement. Ces cinq classes sont chacune partagées en deux divisions. Après avoir fait ranger dans chaque division les élèves par ordre de mérite, je me suis appliqué à constater par des exercices pratiques les connaissances qu'ont acquises en langue française, non pas les élèves mieux douées, ni les élèves les plus faibles, mais les élèves de force moyenne. Cette manière de procéder m'a permis d'apprécier avec une extrême impartialité le mérite des institutrices et la force de chaque division ; j'y ai trouvé de plus l'avantage d'avoir des entretiens avec le corps enseignant, et tantôt de rappeler, tantôt de préciser les principes de la méthode intuitive, cause première du rang élevé auquel l'Institution de Bordeaux est parvenue.

Mme la Supérieure m'a signalé avec raison diverses causes qui ont rendu plus pénible la tâche de ses compagnes et qui ont dû retarder les progrès des élèves : — Ce sont principalement la gêne qu'entraîne la reconstruction de l'établissement, l'obligation où l'on s'est trouvé de se transporter une partie de l'été à la campagne, les maladies qui ont régné dans la maison et les pertes que ces mêmes maladies ont fait éprouver au personnel des dames professeurs dont la supérieure avait accru le nombre au prix de persévérants efforts.

Le programme général de l'enseignement est resté tel qu'il fut arrêté par l'un de vos honorables prédécesseurs en 1847. Sous la direction de M. Morel on avait donné plus d'extension aux parties qui intéressent particulièrement la mémoire ; l'expérience a fait sentir que c'était aux dépens de la connaissance même de la langue écrite et l'on s'est de nouveau renfermé dans les limites qui avaient été précédemment tracées.

L'introduction des jeunes filles qui avaient commencé leur éducation dans l'Institution de Paris a, durant quelques années, jeté de la confusion dans le langage des signes en usage à Bordeaux ; c'étaient deux idiomes d'une même langue dont la fusion devait s'opérer. On peut, dès à présent, considérer cette fusion comme accomplie. Toutefois le langage mimique, autrefois en usage dans l'établissement, a perdu de sa justesse : au lieu de localiser les signes, afin d'exprimer naturellement des rapports qui ne peuvent être bien compris autrement, quelques-unes des institutrices ont adopté des signes méthodiques. Je n'en citerai qu'un exemple : pour exprimer le datif, ces dames ajoutent au nom un signe équivalent à l'expression de passivité ; elles exposent ainsi leurs élèves à confondre des cas essentiellement distincts. Sur mes observations Mme la Supérieure a proscrit ce signe ; l'on peut être certain que sa volonté sera respectée.

Je ne fatiguerai point V. Exc. de longs détails pédagogiques. L'Institution de Bordeaux répond à la confiance de votre administration, Monsieur le Ministre ; elle y répondrait mieux encore, je crois, si Mme la Supérieure concentrait son action sur l'enseignement, si au lieu de donner souvent elle-même des leçons aux sourdes-muettes, elles s'attachait plus particulièrement à former ses institutrices. J'ai dû lui en exprimer le désir ; il serait à souhaiter que V. Exc. daignât lui faire sentir qu'à cette condition seulement, l'avenir de l'enseignement peut être assuré.

Il est aussi des moyens d'alléger le travail de ses compagnes ; le plus simple et le plus facile consisterait à leur épargner le soin de transcrire elles-mêmes un recueil de leurs leçons pour chaque élève. A cet effet il suffirait de mettre à la disposition de ces dames une petite presse autographique et ses accessoires.

Poitiers, le 19 Octobre 1863.

X

Coup d'œil sur l'art d'instruire les sourds-muets, tel qu'il est pratiqué en France, et plus particulièrement dans l'Institution impériale de Paris.

(Notes fournies à M. de Bosredon, Secrétaire général du ministère de l'intérieur).

La faculté de penser paraît tellement inhérente à la faculté de parler qu'Aristote considérait comme impossible d'instruire les sourds-muets et que St-Augustin désespérait qu'on pût jamais faire pénétrer dans le cœur de ces déshérités les douces consolations de la foi religieuse. Partout assimilés aux imbéciles, aux idiots, aux êtres les plus dégradés, les enfants privés de l'ouïe et de la parole furent, jusqu'à la fin du moyen âge, l'objet de la répulsion universelle ; les familles s'efforçaient de les soustraire aux yeux du monde ; et dans certaines contrées on allait jusqu'à leur arracher la vie, dès que l'infirmité était avérée.

Lorsque la charité chrétienne eut pénétré plus profondément les cœurs, les lumières de la philosophie firent mieux comprendre l'indépendance des facultés de l'âme de leur manifestation par la parole ; aussi, à partir du XVIᵉ siècle, Pedro de Ponce et Paul Bonet en Espagne, Wallis en Angleterre, Van Helmont en Hollande, Kerger en Allemagne, entreprirent, et presque tous menèrent à bonne fin, l'instruction de quelques sourds de naissance. En 1747 vivait à Paris un savant d'un mérite hors ligne, Jacob Rodrigue Péreire, israélite d'origine espagnole. A l'aide sans doute des travaux antérieurs de Ponce, de Bonet et de Wallis, il s'était créé une méthode simple, rationnelle qui, à en juger par le savoir des disciples qu'elle forma, avait seulement le défaut d'être trop lente et de ne pouvoir être appliquée en même temps qu'à un nombre d'élèves fort restreint. Péreire faisait de ses procédés un profond mystère et il n'en a laissé aucune trace. C'est donc bien à tort que l'abbé de l'Epée, son contemporain, est considéré comme le premier inventeur de l'art d'instruire les sourds-muets ; mais quand le saint prêtre, par une sublime inspiration de la charité et du génie, se fit leur instituteur et leur apôtre, il ignorait les travaux de ses devanciers ; il ouvrait à l'art d'instruire les sourds-muets une voie nouvelle, au prix de sa fortune personnelle et de toute une vie de labeurs et de combats ; il fondait la première et la plus glorieuse des écoles publiques qui, en France et à l'étranger, régénèrent actuellement des milliers de malheureux qu'une infirmité physique plongeait dans une profonde dégradation morale.

Les devanciers de l'abbé de l'Epée avaient observé que les sourds ne sont pas privés de la voix, ils s'efforcèrent donc de leur rendre l'usage de la parole, espérant leur rendre en même temps la faculté de penser. A l'aide de la vue et du toucher ils parvinrent à faire produire aux sourds-muets tous les sons et toutes les articulations ; mais, comme la pensée n'est pas inhérente à la parole, ils se virent contraints d'avoir recours à des images et à des gestes pour faire comprendre à leurs élèves la signification des mots. Plus hardi dans ses conceptions, l'instituteur français admit en principe que les signes naturels aux sourds-muets constituent une langue, et qu'à l'aide de cette langue des signes étendue et perfectionnée, on peut enseigner à ces pauvres enfants la langue écrite, sans l'intermédiaire de la parole.

L'expérience a démontré la justesse de ce raisonnement ; mais il n'est plus permis de soutenir, comme on

l'a fait, que le sourd-muet admis dans une école spéciale
s'y trouve dans des conditions égales aux conditions
du parlant qui, au sortir de l'école primaire, entre dans
un lycée pour y apprendre le grec et le latin : le parlant
possède alors une langue régulière, riche d'idées traditionnelles, une langue par laquelle toutes ses facultés
intellectuelles se sont étendues et développées. Le muet
n'apporte à l'école qu'une langue de signes abrupte,
restreinte comme ses besoins, pauvre comme ses idées,
une langue qui laisse le malheureux dans l'isolement et
n'a pu donner l'essor à ses facultés morales. Le premier
a pour s'instruire des grammaires, des dictionnaires,
des livres de toute sorte, écrits dans sa langue maternelle. Le second est privé de ces précieux instruments
de travail, car la langue dont il fait usage n'est pas
écrite et ne le sera probablement jamais.

Si de l'Epée fit les rapprochements que nous venons
d'indiquer, son zèle n'en fut point arrêté ; il crut surmonter tous les obstacles en organisant les signes mimiques, de telle façon qu'ils devinssent la prononciation
de la langue française ; et cela, erreur profonde, sans
rien perdre de leur clarté originelle. Ainsi furent créés
les signes dits *méthodiques*, à l'aide desquels le charitable prêtre mettait, en quelques années, ses chers élèves
en état d'écrire couramment sous la dictée, non seulement le français, mais encore le latin et l'espagnol.
Princes et philosophes, accourus à ses exercices publics,
applaudissaient à l'envi ; nul en France ne soupçonnait
que des traducteurs aussi fidèles restassent étrangers
à l'intelligence même des textes qu'ils transformaient.
Il en était pourtant ainsi et l'abbé de l'Epée, chose
étrange, même après qu'il eut connaissance des travaux
de Péreire, vécut dans la persuasion que le sourd-
muet pouvait bien s'approprier nos idées, mais qu'il
resterait toujours hors d'état d'exprimer les siennes

dans notre langue*. « *J'ai trouvé le verre, c'est à vous à faire les lunettes* » écrivait-il à l'abbé Sicard qui, plus confiant dans la fécondité du principe mis en œuvre, espérait amener ses élèves à narrer d'eux-mêmes en français les faits qui se produisaient sous leurs yeux.

L'abbé de l'Epée s'éteignit le 23 septembre 1789, emportant la consolante espérance que son œuvre ne périrait point. Louis XVI l'avait dotée; l'Assemblée nationale la plaça sous la protection de l'Etat par la loi du 21 juillet 1791. La direction de l'établissement, mise au concours, était échue à l'abbé Sicard.

Esprit brillant, grammairien subtil, doué d'une grande facilité d'élocution, l'abbé Sicard ne sut pas reconnaître le vice capital de la méthode. Mettre les théories de la grammaire à la portée d'enfants que ses écrits ravalaient au dessous de la brute, tel fut le but inaccessible auquel il tendit: Le *Cours d'Instruction d'un sourd-muet de naissance*, qui lui ouvrit les portes de l'Institut n'est, au jugement du baron Dégérando et de tous les hommes compétents, qu'un roman philosophique à l'aide duquel il est absolument impossible d'instruire un sourd-muet quelconque**. S'il est vrai que le célèbre instituteur se soit fait un piédestal de l'infortune des

---

* Les élèves de l'abbé de l'Epée allaient, il est vrai, jusqu'à soutenir en public des discussions théologiques; mais, plein de droiture et de bonne foi, le digne instituteur ne manquait jamais de prévenir que les arguments avaient été communiqués: ce qui signifiait que l'on ne devait y voir que des exercices de mémoire.

** Clerc et Massieu, que l'abbé Sicard produisit si longtemps devant un public toujours avide d'admirer la vivacité et l'originalité de leurs réponses, ne donnent pas un démenti à cette assertion: — Clerc avait parlé jusqu'à l'âge de 8 à 9 ans, — Massieu avait été formé par Saint-Sernin sur la tête duquel à Bordeaux avait reposé tout le poids de l'enseignement et à qui Rambeau, Palsy, Salcède, Bonnefous, Gard, Valentin durent un degré d'instruction remarquable.

sourds-muets, comme la voix publique l'en a souvent
accusé, il est juste de reconnaître que l'éclat de sa
renommée personnelle, le prestige de ses théories
excitèrent l'enthousiasme et provoquèrent la fondation
d'une foule d'établissements en faveur des sourds-muets.
L'illustre abbé termina sa carrière en 1822.

Les hommes d'imagination sont rarement des administrateurs habiles : on avait été forcé d'adjoindre à l'abbé
Sicard un Conseil pour la gestion de l'établissement. De
1822 à 1841, ce Conseil, où siégèrent les Montmorency, les
Doudeauville, les Noailles, et autres sommités aristo-
cratiques, s'arrogea le droit de régner et de gouverner
sans partage, ne laissant au directeur qu'une autorité
nominale.

Le successeur immédiat de l'abbé Sicard, le digne et
savant abbé Goudelin, qui avait été professeur à l'école
de Bordeaux, protesta contre la position subalterne
qui lui était faite et se retira*. Il ne se trouvait alors
dans l'école qu'un seul homme qui méritât le titre de
professeur : c'était Bébian, jeune créole d'un grand
talent. Le premier il avait signalé les vices des signes
méthodiques, l'abus et l'impuissance des décompositions
de mots, des théories grammaticales dont son maître
avait tenté de faire le fond de sa méthode ; il fut chargé
de recueillir et de rédiger l'ensemble des procédés
pratiqués dans les classes. L'ouvrage parut, cinq ans
après la mort de l'abbé Sicard, sous le titre de *Manuel
de l'enseignement pratique des sourds-muets*. Dans ce
laps de temps Bébian s'était laissé aller à des écarts de
conduite, tels qu'il dut être éloigné de l'Institution, et

---

* Sous la Restauration l'œuvre de l'abbé de l'Epée devait rester
aux mains du clergé. A l'abbé Goudelin succédèrent les abbés
Périer et Borel, hommes fort honorables mais dépourvus de talent
et de caractère, qui ne firent rien, ne purent rien faire pour le
progrès des études ou même pour la discipline.

l'enseignement, livré aux mains de répétiteurs inhabiles, périclitait à vue d'œil.

Impatient de porter remède à ce déplorable état de choses, le Conseil constitua, au sein de l'Institution, une sorte d'école normale. La maison était alors entièrement dépourvue d'ouvrages spéciaux ; il n'y avait plus de professeurs capables de former les élèves-maîtres. Pour tenir lieu de bibliothèque et de professeurs le baron Degérando entreprit la rédaction de deux gros volumes intitulés : *De l'éducation des sourds-muets de naissance* qui parurent en 1827. L'ouvrage est très savant, rempli de vues judicieuses, mais dépourvu de critique, à tel point que les systèmes les plus opposés y trouvent leur apologie.

Les élèves-maîtres ou aspirants Rivière, Piroux, Morel, Valade-Gabel, Desongnis, et Vaïsse, admis en 1824 et 1825, n'eurent d'abord, pour apprendre l'art qu'ils étaient appelés à pratiquer, que la fréquentation des élèves et de leurs répétiteurs, presque tous sourds-muets eux-mêmes ; ils se procurèrent les ouvrages des abbés de l'Epée et Sicard et les commentèrent, ils étudièrent le langage des signes, tel qu'il est mis en usage par les élèves dans leurs relations intimes ; ils établirent des conférences et mirent en commun leurs observations.

Ces conférences furent encouragées par le Conseil de perfectionnement institué en 1826, et où l'on vit figurer Abel Rémusat, Raynouard, Droz, de Cardaillac, Frédéric Cuvier, Burnouf etc. En 1827 une ordonnance ministérielle rendit les conférences obligatoires ; elles eurent lieu sous la présidence du directeur, alors M. l'abbé Borel, qui entièrement étranger à l'enseignement ne sut leur donner aucune impulsion.

Peu de temps après la révolution de juillet, un laïque M. Désiré Ordinaire, ancien recteur de l'Académie de

Strasbourg, fut appelé à la direction de l'établissement ; il prit au sein du Conseil la place qu'y avait indûment occupé le comptable. Sous son autorité la discipline se rétablit. La plupart des premiers aspirants avaient été promus successivement aux fonctions de répétiteurs et de professeurs. Une décision ministérielle prescrivit à chacun des professeurs de garder ses élèves durant les six années accordées pour les instruire. C'est à cette organisation des études que l'on donna le nom de *rotation.* L'expérience avait fait vivement sentir la nécessité de cette mesure ; ne fallait-il pas que tous les professeurs eussent passé par toutes les phases du cours d'instruction avant qu'il leur fut possible d'établir, d'un commun accord et en pleine connnaissance de cause, le programme raisonné de l'enseignement ?*

Quoique âgé, M. Ordinaire fréquentait assidûment les classes. A mesure qu'il apprenait à connaître les véritables besoins intellectuels et moraux des sourds-muets, il renonçait aux idées préconçues qui l'avaient d'abord inspiré. Ce n'est point sous la direction de cet honorable universitaire que l'Institution a brillé du plus vif éclat ; mais c'est dans ces mêmes années qu'elle mérita le mieux la confiance des familles et que la méthode fit à Paris des progrès réels. Les conférences, auxquelles venaient parfois assister plusieurs directeurs d'écoles départementales et d'écoles étrangères, faisaient naître et entretenaient une salutaire émulation. Les expériences, les inventions, les découvertes y étaient mises en commun ; nul ne pouvait, sans déshonneur, se laisser distancer ; chacun modifiait ses procédés par des

* Vers la même époque le baron Dégérando et plusieurs membres du Conseil de perfectionnement prirent part aux conférences hebdomadaires pour en hâter les travaux, mais ne parvenant pas à se mettre d'accord entre eux sur les principes mêmes qui doivent éclairer la pratique de l'enseignement, ils ne tardèrent pas à renoncer à leur projet.

emprunts à la pratique de ses collègues et l'unité des méthodes s'établissait insensiblement. Parmi les nombreux travaux qui furent élaborés on doit citer : — deux mémoires sur le rôle que l'articulation artificielle et la lecture sur les lèvres doivent jouer dans l'enseignement des sourds-muets et les avantages qu'on peut légitimement en espérer, — le plan d'un vocabulaire illustré si nécessaire pour faciliter l'étude individuelle ; l'exécution en fut même commencée. Enfin la Conférence, après des discussions pleines de vivacité et d'intérêt, approuva, à une assez forte majorité, le programme général des études qu'une commission formée dans son sein avait rédigé.

Voici le sommaire des améliorations et des perfectionnements introduits à cette époque *dans la plupart des classes* : l'étude de la phrase fut substituée à celle des mots isolés, l'intuition des faits prit place dans les procédés, les signes méthodiques furent à peu près complétement bannis de l'enseignement. Chargé de suivre les mêmes élèves dans toutes les phases du cours d'instruction, ainsi qu'il a été déjà dit, chaque professeur mit dans ses leçons plus d'ensemble, de suite, d'homogénéité. L'enseignement ne perdit point le caractère grammatical ; mais la grammaire fut exposée de manière à pouvoir être comprise des élèves très intelligents. Le français, commenté, expliqué par le langage naturel des signes, fut mieux compris et moins imparfaitement écrit. Le langage des signes s'étendit, s'épura et les élèves de capacité inférieure purent, par ce même langage, s'instruire de leurs devoirs d'homme et de chrétien. Dès 1827 le Conseil d'administration avait établi des relations avec toutes les institutions de l'Europe et de l'Amérique ; de précieux documents arrivaient de toutes parts et des circulaires annuelles allaient ensuite répandre partout les lumières dont l'école de Paris s'était faite le foyer.

Vers la fin de 1838 M. Ordinaire se démit de la direction et M. de Lanneau lui succéda. L'école fut profondément modifiée : conseil de perfectionnement, conférences, relations avec l'étranger, tout disparut. En 1841 l'administration de l'établissement passa tout entière aux mains du directeur assisté d'une commission consultative. Sous M. de Lanneau l'enseignement périclita beaucoup, sans redescendre toutefois au point où il était déchu en 1825.

Le programme que la conférence des professeurs avait adopté contenait trois fois plus de matières qu'il n'est possible d'en enseigner, en six années, aux sourds-muets les plus intelligents ; et, malgré les protestations d'une minorité judicieuse, le conseil d'administration s'était hâté de le rendre obligatoire*. Dès lors l'étude de la langue française dut être forcément sacrifiée à l'acquisition, plus apparente que réelle, d'une foule de connaissances inutiles à la plupart des sourds-muets. Aussi, tout affligés qu'ils sont de cet état de choses, les amis de l'école-mère ne s'étonnent pas d'entendre, au sein même de l'Institution, un homme investi de la confiance du gouvernement le condamner chaque fois qu'il préside les distributions de prix (1842, 43, 44, 46) « Je n'entrerai pas, dit en 1842 M. Laurent de Jussieu, membre du Conseil supérieur des établissements de bienfaisance créé en 1841, *dans le détail de ce que j'ai vu et observé au sein de cet établissement ; mais je regarde comme un devoir d'exprimer, en cette solennelle occasion, un vœu très formel et très ardent ; c'est que l'étude approfondie de la langue française soit ici la base de l'enseignement et le but principal de tous les perfectionnements qu'on cherche à lui donner »* En 1844 M. de Jussieu devient

---

* A la vérité cette espèce de charte de l'enseignement devait être soumise à une révision annuelle. La révision n'eut lieu que vingt ans après.

plus explicite : « *C'est surtout, nous ne saurions trop insister sur ce point ; c'est surtout l'étude de la langue française qui doit être l'objet des plus grands soins, de la plus constante sollicitude. Le langage des signes qui est le langage naturel des sourds-muets est assurément plein d'énergie et de poésie, il se prête à l'expression de toutes les choses et de toutes les idées ; il peut parfaitement leur suffire dans leurs rapports entre eux. Mais il ne les met pas en communication avec le reste de la société, et il les laisserait dans un isolement très fâcheux au milieu des autres hommes. Il est nécessaire au sourd-muet de savoir notre langue, comme il nous le serait de savoir celle d'un pays étranger où nous serions forcés de vivre. Et d'ailleurs, s'il veut compléter son éducation et acquérir de nouvelles connaissances par la lecture et par l'étude, ne faut-il pas qu'il puisse comprendre tous nos livres ? C'est donc là, je le répète, le point capital de l'enseignement.* »

Tandis qu'à Paris, sous un directeur étranger à la spécialité de l'enseignement, l'impulsion donnée au perfectionnement des méthodes se ralentissait, que les professeurs s'efforçaient en vain de satisfaire aux exigences d'un programme trop littéraire et trop savant, l'Institution de Bordeaux, récemment placée sous la direction d'un professeur venu de l'Ecole-mère, rompait entièrement avec le passé, renouvelait son personnel, réduisait au strict nécessaire les matières de son programme et, par la transformation qu'elle achevait de faire subir à la méthode, méritait d'être officiellement proclamée quelques années plus tard, au sein de l'Institut, la première des écoles de sourds-muets de France.

Le décret, qui affecte exclusivement l'une des deux écoles impériales aux jeunes garçons et l'autre aux jeunes filles, introduisit à Paris, avec les professeurs de

Bordeaux, la méthode intuitive approuvée par l'Institut.
Ce fut en 1859. A-t-elle pu depuis s'y acclimater, s'y
étendre et y produire d'aussi beaux fruits qu'elle le fait à
Bordeaux? — Non, il eût fallu retrancher du programme
des études tout ce qui n'est pas indispensable à la généralité des élèves et toutes les prescriptions qui asservis-
sent le développement de la langue aux vues trop
étroites de la grammaire. Il eût fallu rétablir les conférences, afin de faire pénétrer dans toutes les classes
l'esprit et les procédés de la méthode intuitive. Il eût
fallu maintenir le système de rotation pour les quatre
premières années, rendant ainsi chaque professeur responsable des résultats de son enseignement.

Rien de tout cela n'eut lieu. Après la retraite de
M. de Lanneau (en octobre 1858), une commission fut
chargée de réorganiser les études ; mais, composée de
hauts fonctionnaires étrangers à l'art d'enseigner, elle
se laissa entraîner aux inspirations du nouveau directeur qui, lui-même, était alors tout-à-fait étranger à la
science pédagogique et à l'historique de l'Institution.
Son premier soin fut de mettre à néant le système de
rotation : chaque professeur eut une classe déterminée
où il reçoit, chaque année, des élèves pour les transmettre à l'un de ses collègues au commencement de
l'année suivante. Au programme déjà beaucoup trop
chargé, de nouvelles matières furent ajoutées ; on en
respecta les tendances grammaticales. Enfin, si les
conférences furent un moment reprises, elles retombèrent aussitôt dans l'oubli. On crut pourvoir à tout en
multipliant les employés attachés au service des classes,
en consacrant exclusivement aux études les quatre
premières années du séjour des élèves, en portant de
6 à 7 ans la durée du cours d'instruction et en doublant
le directeur, chose certainement fort utile, d'un censeur
chargé de surveiller l'enseignement.

La décadence des études, un moment suspendue par la fusion des élèves de Bordeaux avec ceux de Paris, a dû continuer néanmoins. A en juger, non par le nombre et la nature des prix décernés à la fin de l'année, mais par le nombre des élèves capables de suivre le cours supérieur et par les compositions qui sont faites au concours pour l'obtention des bourses Itard, les jeunes gens élevés à l'Institution de Paris ne parviennent pas, tant s'en faut, à s'approprier la pratique de la langue française à l'égal des jeunes filles élevées à l'Institution de Bordeaux. C'est en vain que l'école de Paris inscrit sur son drapeau *Méthode intuitive* : tant que les principes et les procédés de cette méthode n'y seront appliqués que partiellement et dans de mauvaises conditions, l'Ecole-mère ne brillera que d'un éclat faux.

Mars, 1866.

XI

Qui 'est l'auteur de la méthode intuitive ?

(A M. Ph. de Bosredon)

Les notes que l'Institution impériale des sourds-muets de Paris a présentées pour servir à l'histoire de l'art d'instruire les sourds-muets en France, m'ont été communiquées par vos ordres ; et j'ai vu qu'on y attribue à d'autres que moi la création d'une méthode d'enseignement qui m'a coûté trente années de veilles et de travaux. Déjà j'avais appris de M. Parchappe* que M. de Col prétend faire remonter la méthode intuitive jusqu'au vénérable abbé de l'Epée, affirmant contre toute vérité qu'elle a été pratiquée dès l'origine de l'Institution. Aujourd'hui il me revient de divers côtés qu'on ne désespère pas de me dépouiller de l'honneur que peut

---

* Le docteur Parchappe, inspecteur-général des établissements de bienfaisance, membre de l'académie de médecine.

me valoir cette création et je n'hésite plus à mettre sous vos yeux, Monsieur le Secrétaire général, des preuves irréfragables de mon droit, preuves rassemblées à la hâte et qui pourraient être presque indéfiniment multipliées.

Les rapprochements ambitieux répugnent à mon caractère. A ceux qui disent : — Avant M. Valade-Gabel des améliorations précieuses avaient été introduites dans l'enseignement, je pourrai répondre : de ce que Chappe avait créé la télégraphie aérienne, l'invention de la télégraphie électrique a-t-elle moins de mérite ? Daguerre n'aurait pas inventé l'art qui porte son nom, si les sciences chimiques étaient restées dans l'enfance! — Les principes essentiels sur lesquels repose la méthode intuitive ont été, objecte-t-on encore, reconnus par Sicard, Bébian et Dégérando. Loin de le nier, j'ajoute qu'ils l'avaient été par Dalgarno au commencement du XVIIᵉ siècle ; mais ni Dalgarno, ni Sicard, ni Bébian, ni Dégérando, personne enfin n'avait trouvé avant moi les moyens de faire passer ces principes de la théorie dans la pratique. Bien mieux, les instituteurs contemporains affirmaient que ces mêmes principes ne sont pas applicables et, depuis la publication de la méthode intuitive, j'ai dû soutenir, tant en France qu'en Belgique et en Allemagne, des discussions très vives contre des incrédules et des envieux. Aucun des professeurs de l'école de Paris n'est descendu dans la lice : ils n'avaient pas à défendre une œuvre qui n'était pas leur bien, ils ne pouvaient nier des faits dont ils avaient parfaite connaissance.

La méthode intuitive a déjà pénétré dans presque toutes les institutions de l'empire et dans plusieurs institutions étrangères ; elle est appelée, on le sent, à se substituer partout aux autres méthodes, tant elle facilite aux maîtres l'accomplissement de leur tâche, tant elle épargne aux élèves d'efforts infructueux, de pénibles labeurs! Une notabilité de l'Institut, M. Franck, a mieux fait que définir cette méthode, il l'a clairement exposée dans un remarquable rapport qui est entre vos mains, Monsieur le secrétaire général. Cette circonstance me permet de fournir, sans plus tarder, les preuves que j'ai annoncées :

— Ce n'est pas, je le répète, au sagace réformateur des signes méthodiques, à Bébian, qu'est due la conception de la méthode intuitive. Ouvrons son manuel d'enseignement pratique. « *Nous n'avons en vue,* y est-il dit, *que l'étude de la langue et même qu'une partie de cette étude, mais la partie la plus importante, celle qui forme la base de toute l'instruction des sourds-muets, l'enseignement grammatical* [*] » La méthode intuitive conduit l'élève à penser directement avec les mots français ; Bébian affirme que les sourds-muets ne pensent avec les mots ni avant, *ni après leur instruction* [**]. Il reconnaît que nous apprenons la langue, nous, par intuition ; il ne l'enseigne, lui, que grammaticalement et par traduction.

— Est-ce que M. Morel est jamais entré dans les voies de la méthode intuitive ? — Non ; dans le discours qu'il prononça le 8 août 1850 à la distribution des prix de l'Institution nationale des sourds-muets de Paris, il s'écrie : « *Nos langues conventionnelles sont pour les sourds-muets des idiomes étrangers qu'ils apprennent comme nous apprenons les langues mortes etc. Il ne faut pas comparer les sourds-muets aux enfants qui parlent leur langue maternelle, mais aux collégiens qui étudient une langue morte.* » Ces paroles résument exactement et sa pratique bien connue et les théories qu'il a expo-

[*] Introduction, pages 1 et 2.
[**] *Journal de l'instruction des sourds-muets et des aveugles,* page 21.

sées et soutenues dans les *Circulaires de l'institution* ainsi que dans les *Annales de l'enseignement des sourds-muets et des aveugles.*

— Serait-ce à M. Vaïsse, au professeur qu'on accusa non sans raison d'encenser la pantomime et de symboliser la grammaire, qu'appartiendrait le mérite d'avoir fait sortir l'enseignement des ornières de la tradition grammaticale ? « *S'il nous fallait caractériser par un mot la méthode de l'institution de Paris,* disait-il dans une circonstance solennelle en 1847[*], *nous pourrions dire qu'elle est essentiellement grammaticale.* » Expliquant sa pensée M. Vaïsse ajoute : « *Plus la méthode est savante, plus la leçon est simple ; c'est une grammaire toute pratique qu'on présente aux sourds-muets ou, pour mieux dire, on lui fait créer à lui-même sa grammaire.* » La pratique de l'estimable professeur n'a jamais été en désaccord avec sa théorie.

— Mais, pris séparément, ces messieurs se sauraient personnifier l'Institution impériale ; écoutons-les donc quand ils parlent d'un commun accord : dans une pétition collective adressée au ministère de l'intérieur en 1847, les huit professeurs de l'établissement dépeignent, comme il suit, la tâche qui leur est confiée : « Il s'agit, non seulement de développer des intelligences engourdies, presque inertes, mais aussi d'apprendre à des hommes si complétement étrangers parmi nous, *à l'aide des procédés les plus métaphysiques,* les règles de notre langue, et même les mots qui la composent ; or c'est là une œuvre d'une difficulté inouïe qui exige de la part de celui qui s'y dévoue des études sérieuses, un noviciat prolongé, un dévouement sans bornes. Un instituteur, disait l'abbé Sicard, — ce sont les pétitionnaires qui citent, — qui ne sera pas métaphysicien pro-

[*] Discours prononcé à la distribution des prix de l'Institution des sourds-muets de Paris, le 11 août 1847.

fond, dialecticien rigoureux et grammairien parfait, un pareil instituteur ne pourra que perpétuer l'enfance d'une méthode dont le double but a été de suppléer le sens de l'ouïe et la faculté de la parole » Signé *Morel, Berthier, Vaïsse, Puybonnieux, Lenoir, Allibert, Pélissier, Lecoq.*[*] N'en déplaise au docte abbé et à ces messieurs, ces rares qualités nuiraient plutôt qu'elles ne viendraient en aide aux personnes chargées d'instruire les sourds-muets par la méthode intuitive ! La haute métaphysique n'a rien à y voir.

— On insinue que cette méthode fut l'œuvre de la Conférence des professeurs : s'il en est ainsi, les procès-verbaux de ces conférences en sont la preuve ; qu'on les exhibe. Le programme de 1837, publié dans les annales de M. Morel,[**] donne une idée nette de la méthode telle que le corps enseignant la comprenait alors ; cette méthode, aux progrès de laquelle j'avais largement contribué, ne répondait cependant pas à ma pensée. La preuve en est dans les observations que j'adressai au conseil d'administration,[***] dans l'autorisation qui me fut accordée de ne pas me conformer à ce programme, enfin dans les résultats que j'obtins l'année qui précéda ma promotion à la direction de Bordeaux.

Les procédés qui constituent le nouveau mode d'enseignement restèrent-ils dès lors (1838) acquis à l'Institution ; hélas non ! elle n'en conserva même pas la trace ! L'un des professeurs qui ont le plus écrit sur la matière était autorisé à dire en 1849 : « *Dans l'école de Paris il y a dix méthodes différentes, de l'accord, de l'unité, de l'ensemble il n'en existe nulle part.* » L'honorable professeur va jusqu'à confirmer les amères critiques publiées en

[*] Annales, Tome III 1847, page 81.
[**] Tome I, 1844, page 129.
[***] Annales, Tome II, 1845, page 137.

1833 par Bébian : « *tel il était il y a vingt ans, tel l'enseignement est encore aujourd'hui*[*] »

Cet état de choses a pu changer depuis lors ?.. Il était
bien peu changé dix ans après ; car M. Franck, par un
sentiment de discrétion dont on doit lui savoir gré, se
borne à nous apprendre qu'il a visité l'Institution impériale dirigée par M. de Col et confiée pour l'instruction à
un corps enseignant qui se partage *entre plusieurs méthodes* notablement différentes. Le silence que le représentant de l'Institut garde sur tout le reste a bien sa
signification.

Lorsque, toujours à la sourdine, on ose m'accuser de
m'être approprié des travaux qui ne sont pas les miens,
on oublie volontairement que ce furent MM. Vaïsse,
Berthier, Lenoir, Puybonnieux et Volquin, tous professeurs de l'Institution, formant une commission où sié-
geaient aussi MM. Alfred Blanche, de Cambray et Riant
qui, après examen, appelèrent sur mon livre l'attention
du gouvernement et demandèrent qu'il fut soumis à des
juges plus compétents. Ces hommes, éminemment spéciaux, n'y avaient donc pas reconnu leur œuvre !

Dans le rapport à la suite duquel l'inspection et la
surveillance des institutions départementales me furent
confiées M. le conseiller d'Etat Thuillier, directeur
général du ministère de l'Intérieur, s'exprime ainsi :
« *Une commission de l'Institut a été appelée à se prononcer sur les diverses méthodes d'enseignement des
sourds-muets. Celle de M. Valade-Gabel a été jugée la
meilleure et votre administration n'a pu qu'applaudir à
un arrêt qui consacre ses propres appréciations fondées
sur l'étude comparative des résultats obtenus dans ces
diverses écoles.* » 21 juin 1862. — L'administration ne

---

[*] Droits des sourds-muets à l'assistance publique. Puybonnieux
1849, pages 18 et 19.

saurait donc contester le bien-jugé de l'arrêt rendu par l'Institut, sans se déjuger elle-même.

Voici la vérité tout entière : — La méthode intuitive fut conçue à Paris par un professeur formé dans cette école ; elle a été ensuite élaborée, mise en pratique, perfectionnée, à l'Institution de Bordeaux, d'où elle a été rapportée à Paris, d'abord par son auteur, M. Valade-Gabel, en 1850, par M. Valade-Rémi en 1852, puis en 1859 par les autres professeurs de cette école.

Si, après tant de démonstrations, il était besoin de preuves nouvelles, je vous prierais, Monsieur le Secrétaire général, de faire rechercher dans vos cartons un mémoire qui fut spontanément adressé au ministère en 1859 par un jeune professeur de talent qui n'appartenait plus alors à l'Institution*. Après avoir exposé la méthode de chacun de ses anciens collègues, l'auteur ajoute : « *Il faut avoir le courage et le génie de faire un coup d'État : imposer comme loi la méthode de M. Valade-Gabel et exiger qu'on la suive scrupuleusement, user d'une sévérité excessive avec les professeurs et ne leur laisser le choix qu'entre la règle ou leur sortie de l'Institution.* »

La loi n'assure aucun privilége aux inventeurs de méthodes. Elle leur en assurerait que je n'en userais pas : je me sens assez récompensé par l'honneur que mes travaux font au nom que portent mes enfants ; mais je suis déterminé à ne reculer devant l'emploi d'aucun moyen légitime pour empêcher qu'on les prive du seul héritage qu'il me soit possible de leur transmettre.**

Paris, Juillet 1866.

* Hector Volquin.

** Léon, le plus jeune des quatre fils de J. J. Valade-Gabel, celui dont la prose enfantine était, en 1849, produite à l'appui de théories judicieuses (*De l'enseignement de la langue écrite*), s'est fait un nom dans la littérature. A. V.

XII

Rapport sur l'ouvrage intitulé *Physiologie et instruction du sourd-muet.*

(Au Ministre de l'Intérieur).

Par sa lettre du 13 juillet dernier V. E. appelle mon attention sur un ouvrage intitulé *Physiologie et instruction du sourd-muet,* et elle me fait l'honneur de me demander un avis sur la valeur des conseils que l'auteur, M. le docteur Edouard Fournié, donne aux instituteurs spéciaux ainsi que sur le mérite du plan d'enseignement qui termine ce travail. Je m'empresse de mettre sous les yeux de V. E, Monsieur le ministre, les observations qui m'ont été suggérées par l'examen attentif des doctrines et des opinions de l'auteur.

Le livre intitulé *Physiologie et instruction du sourd-muet* est la reproduction partielle d'un gros volume que M. Fournié fit paraître en 1866, sous le titre de *Physiologie de la voix et de la parole.* Après une revue critique de tout ce qui a été publié sur la matière, l'auteur expose le fruit de ses propres recherches, puis il s'efforce de démontrer physiologiquement les rapports de la parole avec la pensée.

Il n'est pas d'abîme plus difficile à sonder : il ne s'agit de rien moins que d'expliquer l'inexplicable lien qui unit la machine corporelle et l'âme qui la dirige. M. Fournié affirme néanmoins avoir résolu le problème ; j'avoue en toute humilité, n'avoir rien compris à la solution, si ce n'est que, pour désigner la perception des actes de l'intelligence par elle-même, il emploie les mots *sens de la pensée* et qu'à l'aide de cette dénomination, il se figure avoir matérialisé l'idée et l'avoir fait passer dans le domaine de la sensation.

Quoiqu'il en soit des hauteurs où il s'est élevé, M. le docteur Fournié n'a pas laissé d'apercevoir que l'enseignement des sourds-muets, tel qu'il est aujourd'hui généralement pratiqué, est en opposition formelle avec les théories qu'il a laborieusement échafaudées. Dès lors que devait-il faire ?... Renoncer aux rêves de son imagination ou attaquer de front les méthodes pédagogiques qui l'importunent ; c'est à ce dernier parti qu'il s'est inconsidérément arrêté et, dans sa deuxième publication, il se propose, dit-il, d'asseoir ces méthodes sur des bases plus solides et de donner aux continuateurs de l'œuvre de l'abbé de l'Epée *un criterium sérieux et fidèle* qui puisse les guider dans l'application de leurs procédés.

La science physiologique, sur les données de laquelle l'honorable docteur Fournié prétend s'appuyer pour se poser en réformateur, avait fait entrer le non moins honorable docteur Blanchet dans des voies diamétralement opposées : — M. Blanchet prétend faire percevoir la parole par les nerfs de la sensibilité générale ; — M. Fournié s'imagine avoir découvert un sixième sens qui ne peut être directement en rapport qu'avec la parole et le langage des signes : aussi, d'après M. Blanchet, la parole peut être sans peine rendue, même aux enfants complètement sourds de naissance et tous peuvent être mis facilement en état de lire la parole sur les lèvres ; tandis que, d'après M. Fournié, le sourd-muet ne peut combiner ses idées avec les mots écrits et que l'expression verbale de la pensée et l'entente de la parole, aux mouvements de la bouche, lui sont absolument interdites. — M. Blanchet affirme qu'il suffit d'envoyer les sourds-muets à l'école de leur village, pour qu'ils s'y instruisent par la parole comme les autres enfants ; M. Fournié propose un plan d'instruction qui contraindrait à les grouper tous dans des internats spéciaux. — Celui-là avait fait d'heureux emprunts à la méthode intuitive ; celui-ci prêche une croisade contre cette méthode.

Disons-le tout de suite : dans son plan d'instruction M. le docteur Fournié ne propose rien moins qu'une sorte de contre-révolution dans l'enseignement des sourds-muets... Pour lui, tous les progrès accomplis depuis trente ans sont des leurres ; la méthode intuitive, officiellement approuvée en 1861 par l'Institut, reconnue la plus simple et la plus féconde, cette méthode que l'administration supérieure s'ingénie à propager dans les écoles de sourds-muets de France, parce que, depuis vingt-cinq ans, elle a pu apprécier l'excellence de ses résultats dans l'Institution impériale de Bordeaux, la méthode intuitive constitue un crime de lèse-humanité... Le retour à des errements abandonnés depuis un quart de siècle, voilà suivant lui le progrès ! En présence de si étranges paradoxes, notre premier devoir est d'examiner les titres de M. le Dr Fournié à la confiance des familles, des instituteurs spéciaux et de l'Administration : — M. Fournié s'est-il rendu compte du nombre et des véritables besoins des sujets en état de recevoir l'instruction ?... connaît-il le langage naturel des signes dont il veut faire la base exclusive de son système d'éducation ?... a-t-il étudié avec soin la théorie et la pratique de l'enseignement d'après les diverses méthodes en usage ?... a-t-il enfin exposé avec impartialité les doctrines qu'il croit devoir combattre ?... autant de questions auxquelles nous aurons à répondre négativement et qui nous amèneront à juger, d'une manière plus certaine, le criterium et le plan d'enseignement qu'il présente comme nouveaux et seuls conformes aux véritables données de la science.

Le nombre et les besoins des sourds-muets n'ont pas

été, de la part de M. Fournié, l'objet de sérieuses méditations; voici, Monsieur le Ministre, un exemple saillant à l'appui de mon assertion : l'honorable docteur porte à 21,576 le nombre des sourds-muets de tout âge qui existent en France*, et comme 2,446 seulement fréquentent les écoles, il en induit que tout le surplus, c'est-à-dire 19,130 , reste privé de tout moyen de communication avec la société... La conclusion est prise un peu trop à la légère : dans leur ensemble les 54 écoles ouvertes aux sourds-muets datent d'un quart de siècle au moins, et tous les ans ces écoles rendent à la société environ 400 sourds-muets plus ou moins instruits; ce qui en 25 ans, forme un total de 10,000 sujets qui, presque tous, figurent parmi les 19,130 dont M. Fournié déplore l'isolement et l'abandon. D'après les données même de M. Fournié, ce n'est donc pas plus de 19,000 de ces malheureux qui restent privés d'instruction, ce n'est pas la moitié, ce n'est pas le tiers de ce nombre ; car, indépendamment des 9 à 10,000 sourds-muets sortis des écoles, 4 à 5,000 autres n'ont pas atteint l'âge voulu pour être admis dans les établissements publics et, en bonne justice, on ne saurait les mettre déjà au rang de ceux qui restent à jamais dans leur ignorance native.

M. Fournié n'a présenté aucune idée nouvelle en insistant sur l'utilité du langage des signes ; et par contre, en proscrivant ou tout au moins en reléguant à un plan tout-à-fait secondaire l'enseignement de la langue écrite, il a perdu de vue le double but que doivent se proposer tous les instituteurs de sourds-muets : les arracher à l'ignorance et les mettre à même de communiquer avec les autres hommes.

M. le Dr Fournié n'a du langage des signes que des idées vagues, incomplètes ou fausses : — dans sa

---

* Physiologie de la voix et de la parole, page 776.

première publication il prône les signes méthodiques et
crie haro sur les instituteurs qui ont renoncé à s'en
servir. Dans la seconde, il cesse de recommander ce
système de signes sans donner aucun motif à l'appui d'un
changement radical dans sa manière de voir : — Il veut
que l'on enseigne de très bonne heure aux sourds-
muets le langage mimique : donc ce serait aux parents
à l'inventer pour le leur apprendre ; c'est précisément le
contraire de ce qui a lieu. — De ce que l'homme n'a pas
été créé pour mimer, mais bien pour parler, M. Fournié
conclut que le sourd-muet doit éprouver beaucoup
plus de difficultés à apprendre le langage mimique que
l'entendant n'en éprouve à apprendre une langue
phonétique ; l'expérience est encore ici en opposition
formelle avec ses conclusions. — Devons-nous croire
celui qui nous dit : « le langage des signes n'est pas
aussi pauvre que quelques esprits prévenus voudraient
l'insinuer ; non seulement il n'est pas aussi pauvre
qu'on le dit, mais encore il est doué d'une puissance
d'analyse qui lui permet de s'élever aux idées abstraites
et générales.... En un mot il n'est pas de notion que le
sourd-muet ne puisse acquérir avec cet instrument. »
Vaut-il mieux nous en rapporter à celui qui déclare que
« le langage des signes doit tendre dans sa formation à être un instrument de synthèse plutôt qu'un
instrument d'analyse comme la parole... le langage
ainsi formé péchera par la précision ; mais il faut en
prendre son parti : mieux vaut n'être pas assez précis
que de ne l'être pas du tout ; ce qui arriverait infailli-
blement si l'on voulait multiplier outre mesure les signes
élémentaires. »... Ne soyons pas embarrassés du choix,
c'est le même Dr Fournié qui soutient deux théories
inconciliables (pages 80 et 86). — Pour lui les expressions *langage des signes naturels* et *langage naturel des
signes* sont absolument équivalentes. Il n'y a pas de

langage de signes arbitraires, il n'y a pas de langage de signes naturels : il n'y a que des signes primitifs et des signes dérivés. C'est ainsi que substituant, sans motif sérieux, des expressions nouvelles à des expressions consacrées par l'usage et sans toucher aucunement au fond des choses, M. Fournié fait de la science à sa manière.

M. le Dr Fournié n'a pas étudié ; il ne comprend pas les méthodes d'enseignement. — On lit en effet dans son ouvrage à la page 108 : « On voit, d'après cet exposé sommaire, la simplicité et l'excellence de la méthode de l'abbé de l'Epée. C'est cette méthode que les instituteurs d'aujourd'hui décorent du nom de méthode *intuitive*, nous ne savons pas trop pourquoi. On aurait dû, ce nous semble, lui conserver le nom de *méthode naturelle* ; car c'est celle que nous suivons tous pour apprendre la parole et l'écriture ; ou bien, si on tenait à lui donner un nom nouveau, lui laisser celui de son inventeur. » Et un peu plus loin, oubliant que l'association directe de l'idée au mot écrit est la base essentielle de la méthode intuitive, M. Fournié affirme (pages 126 et 127) que « vouloir enseigner à penser directement par des signes extérieurs est une erreur déplorable ; vouloir que des enfants sourds-muets apprennent la langue nationale par l'écriture, sans le secours du langage qui leur est naturel, c'est-à-dire sans le secours du langage mimique, est un crime de *lèse-humanité*. »

M. le Dr Fournié n'a pas étudié d'assez près, c'est évident, la matière qu'il traite, il n'a pas lu les ouvrages qu'il cite et la méthode qu'il condamne ; autrement sa loyauté lui eût interdit d'accuser l'auteur de cette méthode et les nombreux instituteurs qui en font l'application du crime de *lèse-humanité*, sous prétexte qu'ils proscrivent absolument le langage des signes. Il y a dans ses accusations une injure à l'administration qui recommande cette méthode et au Conseil impérial de l'instruction publique qui l'a approuvée, une sorte de défi porté à l'Institut tout entier et plus particulièrement aux membres de sa commission MM. Dumas, Nisard, Jomard et Ad. Franck qui, à la suite d'une étude comparative de toutes les méthodes en usage, ne craignirent pas de s'exprimer comme il suit : « Il était d'abord à craindre qu'en substituant l'intuition à la traduction, ou en liant directement la pensée à la parole écrite, on ne se laissât entraîner à condamner entièrement l'usage des signes, M. Valade-Gabel n'est pas tombé dans cette faute. Il sait à quel point les expressions elliptiques et la libre syntaxe de la mimique naturelle sont nécessaires au sourd-muet pour s'entretenir habituellement avec ses pareils et se livrer sans contrainte à l'exercice de ses facultés. Aussi ne songe-t-il à restreindre pour lui l'emploi de ce moyen, qu'à mesure que la langue maternelle lui devient plus familière et lui fournit un plus grand nombre d'expressions. Il reconnaît d'ailleurs qu'on chercherait vainement à obtenir davantage, et que les signes sont tellement chers au sourd-muet *« que la violence même ne saurait le déterminer à y renoncer. »*

... La méthode de M. Valade-Gabel n'est pas un système plus ou moins ingénieux qui attend encore la consécration de l'expérience. Appliquée tout entière et sans interruption, depuis 1838, dans l'Institution impériale de Bordeaux, d'abord par l'auteur lui-même, placé à la tête de ce grand établissement, ensuite par ses disciples et ses continuateurs, il y a 22 ans qu'elle fait ses preuves. Nous avons visité avec un soin particulier l'Institution de Bordeaux, et nous y avons constaté des résultats supérieurs à ceux que nous avons rencontrés ailleurs. Ces résultats, il nous est impossible de les considérer comme d'heureuses exceptions ; car nous les avons obtenus de la grande majorité des élèves répondant simultanément, classe par classe, aux questions multipliées que nous leur adressions par écrit, et traitant devant nous, sans préparation, les sujets que nous jugions utile de leur proposer. C'était ou une action compliquée à raconter, au moment même où nous venions de l'exécuter sous leurs yeux, ou une gravure sans titre et apportée par nous-même dans ce dessein, à expliquer au gré de leur imagination, ou quelque lettre à improviser, ou des questions d'histoire et de grammaire à résoudre. » M. Fournié possède ce remarquable document, puisqu'il y puise de nombreuses citations. Comment n'a-t-il pas vu les passages que nous venons de transcrire ?

L'ouvrage où l'ancien directeur de l'Institution de Bordeaux a développé les principes et la pratique de la méthode que l'honorable docteur condamne et glorifie tour à tour sans qu'il s'en doute* a été publié sous le titre de *Méthode, à la portée des instituteurs primaires, pour enseigner aux sourds-muets la langue française sans l'intermédiaire du langage des signes.* M. le Dr Fournié n'a pas lu ces mots *à la portée des instituteurs primaires,* puisqu'il les omet toutes les fois qu'il cite ce livre et qu'il écrit** « les uns avec M. Valade-Gabel prétendent instruire le sourd-muet sans l'intermédiaire du langage mimique... M. Valade-Gabel est tout-à-fait absolu sur cette question. » Il n'a pas lu davantage le corps de l'ouvrage car il aurait trouvé à la page LXIII le paragraphe suivant : « Telle qu'elle a été posée et qu'elle devait l'être, la question exclut l'emploi des signes systématisés, soit naturels, soit méthodiques, c'est-à-dire l'emploi de la mimique étendue et perfectionnée, de

* Physiologie et instruction pages 127 et 156,
** Page 120.

manière à se prêter à toutes les combinaisons de la pensée ; les professeurs spéciaux et les élèves qu'ils ont formés sont seuls capables de se servir avec avantage de ces instruments. Il n'en faudrait pas induire que tout geste indicateur, toute simulation d'action, toute mimique naturelle soient absolument interdits aux autres institu- teurs ; quiconque sent vivement ne saurait s'exprimer sans faire de gestes ; quiconque a vécu quelques jours avec un sourd-muet a déjà saisi la valeur de plusieurs de ses signes ; mais de ces rudiments à la systématisa- tion du langage mimique, il y a une distance énorme, et c'est de la mimique élevée à la dignité de langue que les instituteurs primaires et les pères de famille doivent pouvoir se passer. »

M. Fournié s'est si bien contenté des vérités imagi- naires exposées dans son œuvre qu'il s'emporte contre les principes de la méthode intuitive, parce que l'appli- cation de cette méthode sape par la base le système philosophique qu'il a péniblement élevé. Il la déclare impossible, absurde ; bientôt après néanmoins, il assure que la méthode intuitive n'est, sous un autre nom, que la méthode de l'abbé de l'Epée dont il s'est complu à faire l'éloge. Le parallèle des deux méthodes suffira à faire justice des insinuations offensantes auxquelles il se livre à cette occasion.

PARALLÈLE ENTRE LES DEUX MÉTHODES.

Dans la méthode ancienne :	*Dans la méthode nouvelle :*
Le sourd-muet était assimilé à l'enfant qui, sachant sa lan- gue maternelle, ayant toutes ses facultés intellectuelles dévelop- pées, apprend une langue étran- gère à l'aide de la grammaire et du dictionnaire.	Le sourd-muet est assimilé à l'enfant doué de tous ses sens qui, sur les genoux de sa mère, apprend d'abord à comprendre celle-ci, puis à s'exprimer com- me elle.

La langue française était enseignée par traduction.

La langue française est enseignée par intuition.

On partait des mots isolés que l'on enseignait en grand nombre, avant de faire construire des propositions.

On part de la proposition pour arriver à la nomenclature.

Le sourd-muet devait arriver par les explications du maître à l'intellligence des mots et des phrases.

Le sourd-muet est amené, par son activité propre et par les faits placés sous ses yeux, à s'approprier le sens de la proposition dans son ensemble et le sens particulier de chacun des mots dont la proposition est formée.

Tous les procédés avaient pour but d'expliquer des notions grammaticales ou philosophiques dont le sourd-muet n'a que faire, tant qu'il ne connaît pas la langue française.

Tous les procédés ont pour objet de faire contracter temporairement à l'écriture la rapidité, la fugitivité, l'unité, la force d'impression de la parole.

Le langage des signes était surchargé d'indications grammaticales.

Le langage naturel des signes répudie toutes les indications grammaticales qu'on empruntait à la langue française.

On faisait violence à la construction mimique, en la subordonnant à la construction française.

On respecte la construction mimique, sans laquelle les rapports des idées et la subordination des propositions ne sauraient être saisis.

Les élèves ne pensaient qu'avec les signes mimiques ; et, même après six années d'études, ils écrivaient le langage des signes avec des mots français inintelligibles souvent pour leurs professeurs eux-mêmes.

Les élèves pensent à l'aide de mots français et, après trois ou quatre ans d'études, ils écrivent en français plus ou moins correct mais intelligible, dans la mesure des connaissances qu'ils ont acquises.

Quand avec la simplicité de cœur d'un grand homme, l'abbé de l'Epée écrivit à l'abbé Sicard : « J'ai trouvé le verre, c'est à vous de faire les lunettes » il fit tacitement appel aux lumières et au dévouement de tous ses continuateurs. La méthode qu'il avait imaginée s'est successivement modifiée, perfectionnée, transformée ; mais, quels que soient les moyens à l'aide desquels elle s'est accomplie, la régénération morale des sourds-muets n'en restera pas moins son œuvre, un titre de gloire dont nul ne cherche à le dépouiller.

Les observations critiques que je viens d'exposer à V. E. vous ont déjà fait pressentir, Monsieur le Ministre, quelle peut être la valeur des conclusions du travail de M. Fournié. J'aborde néanmoins, article par article, l'examen du criterium qu'il a formulé et, pour rendre ma pensée plus saisissante, je place en regard des observations le texte même de l'auteur. *

1° L'opération la plus élémentaire de l'esprit humain est un *acte* rendu sensible par des mouvements dirigés dans leur exécution, par le sens de la vue ou par le sens de l'ouïe.

M. Fournié confond ici l'opération la plus élémentaire du langage et l'opération la plus élémentaire de l'esprit humain. L'opération la plus élémentaire de l'esprit humain consiste dans l'affirmation mentale d'un rapport perçu entre deux sensations ; cette affirmation constitue l'idée. L'opération la plus élémentaire du langage consiste dans l'association d'une idée à un signe mimique, à un mot écrit ou parlé, ou à tout autre signe perceptible par l'un des cinq sens.

D'après M. Fournié la parole intérieure ou l'idée elle-même serait postérieure à la parole extérieure ; la sensation ne deviendrait idée que lorsqu'un acte de la volonté l'aurait incorporée à une parole ou à un signe mimique ; à l'en croire les petits enfants apprendraient à prononcer matériellement des mots avant d'avoir rien distingué, rien connu. Cette opinion est infirmée par l'expérience : tous les enfants comprennent, avant de savoir rien exprimer par la parole ; ils distinguent leurs parents à l'audition de leur nom et se rendent à une foule de petites invitations qui leur sont faites de vive voix.

Un objet tombe sous mes sens pour la première fois ; il attire mon attention ; je l'examine, j'en reconnais la

* De la page 222 à la page 226.

forme, les dimensions, le volume, la couleur ; et néanmoins, d'après M. Fournié, comme j'en ignore le nom,
je n'aurai l'idée de cet objet qu'après en avoir acquis le
signe phonétique ou le signe mimique ! Le sophisme est
évident.

2º Ces mouvements voulus et dirigés par un sens spécial constituent les éléments du langage.

C'est le principe immatériel qui veut et qui dirige, et
non le sens dont il fait son instrument.

Quel est le sens spécial dont il est ici question : est-ce
le sens de la vue ou celui de l'ouïe auxquels M. Fournié
a déjà attribué la direction des mouvements constitutifs
du signe ? ou bien est-ce, ce qu'il appelle le sens de la
pensée ?

3º Tout langage doit être constitué par le mouvement de nos
organes, et être en rapport direct avec notre intelligence.

L'erreur dans laquelle M. Fournié s'obstine tient
d'abord à ce qu'il n'a pas précisé la distance qui sépare
la voie que dut suivre celui qui inventa sa langue et
la voie qu'il faut suivre pour s'approprier la langue des
personnes au milieu desquelles on est appelé à vivre ;
ensuite à ce qu'il ne s'est rendu compte que de ce qui
se passe dans l'homme doué de l'intégrité des sens
extérieurs au lieu d'étudier ce qui, dans des circonstances données, se passe chez l'homme privé de l'ouïe.

Dans l'hypothèse où l'homme aurait, à l'origine, inventé lui-même un moyen d'exprimer sa pensée, comme
le sourd-muet invente, par l'action des facultés qu'il
tient du Créateur, son langage mimique, évidemment il
n'aurait pu avoir recours qu'aux mouvements de ses
organes ; mais la langue phonétique, une fois établie,
donna naissance à des langues constituées par des signes
autres que des sons ou des mouvements ; et ces langues
peuvent être mises en rapport direct avec notre

intelligence : telle est l'écriture phonétique, telle est encore la langue chinoise écrite.

Tout langage doit en effet être en rapport direct avec notre intelligence ; c'est précisément pour cela qu'on a tort de vouloir, comme le veut M. Fournié, interposer un signe mimique entre le mot écrit et l'intelligence du sourd-muet.

4° Tout signe placé en dehors de nous ne peut être en aucune manière un *langage*; le signe extérieur impressionne un de nos sens, et l'intelligence ne subit pas seulement une impression, elle est active; elle veut et elle traduit sa volition par un mouvement déterminé.

Qand il écrivit ces lignes M. Fournié avait perdu de vue ce qu'il a dit page 110 « la forme ou la nature du signe importe peu, pourvu que l'on s'entende sur la signification » — D'après le système de M. Fournié l'idée ne peut exister en dehors d'un acte mimique ou phonétique ; en d'autres termes, l'idée n'existe pas sans être incorporée avec un mot parlé ou avec un signe gestuel. Le procédé qui consiste à montrer en même temps le mot écrit et la chose qu'il dénomme est à ses yeux une monstruosité, une erreur funeste. On met ainsi, dit-il, dans le sens de la vue une double image mais pas une idée. Distinguons ; si l'élève auquel la leçon est donnée voyait, pour la première fois, le pain, par exemple, s'il n'en avait pas mordu, mâché, savouré, la vue du mot *pain* ne lui rappellerait rien autre chose que l'image du pain ; mais comme le pain fait partie de son alimentation, qu'il en connaît la saveur, la consistance, la destination : par le fait de l'association opérée entre la chose et le mot écrit, celui-ci réveillera, dans l'esprit du sourd-muet, toutes les notions qu'il possède déjà au sujet de cette substance alimentaire.

Pour contester la possibilité de penser directement à l'aide de l'écriture, M. Fournié objecte l'extrême difficulté qu'on éprouverait à s'en rappeler la forme ; selon lui les mots écrits pourraient tout au plus réveiller le souvenir des objets et seraient une simple superfétation. Il oublie avoir constaté lui-même « qu'il est certaines personnes qui semblent lire dans un livre invisible, tant la mémoire du mot écrit est développée chez elles » (page 23).

Il n'est pas possible de penser directement avec les signes de l'écriture, dit encore le Dr Fournié, parceque ces signes ne renferment pas l idée ; ils ne renferment que des objets capables d'impressionner le sens de la vue. — Les signes phonétiques et les signes mimiques ne renferment pas plus l'idée, par leur nature même, que ne le font les signes écrits ; il ne sont que des objets capables d'impressionner, les uns le sens de l'ouïe, les autres le sens de la vue ; quand ils contiennent l'idée, c'est qu'on l'y a mise, et ce qu'on a mis dans la parole ou dans les signes mimiques, on peut également le mettre dans l'écriture.

5° Il n'y a que deux langages correspondant chacun à un ordre de mouvements différents : le langage mimique et le langage phonétique.

Quelque incomplet que soit l'appareil des sens, l'âme trouve toujours le moyen de manifester ses conceptions ; à défaut de l'ouïe elle a recours à la vue ; à défaut de l'ouïe et de la vue, au toucher. Les aveugles causent avec les sourds-muets par le toucher ; ce moyen de communication a suffi pour faire, dans la mesure du possible, l'éducation de quelques aveugles sourds-muets de naissance. Le langage tactile est de beaucoup inférieur, sans doute, au langage parlé et au langage mimique ; ce n'en est pas moins un langage et le physiologiste aurait dû en tenir compte.

6° L'exercice de la pensée humaine n'est pas possible en dehors de ces deux langages.

La parole et les signes mimiques sont, il est vrai, les deux moyens de communication qui offrent le plus de

facilité aux rapides combinaisons et à l'expression de la
pensée ; à certaines conditions cependant : par exemple,
en ce qui concerne le langage mimique, à condition que
les signes ne soient pas surchargés d'indications grammaticales, comme les signes dits méthodiques créés par
l'abbé de l'Epée, et que la construction n'en soit pas
subordonnée à la construction française comme ceux
de l'abbé Laveau ; autrement, loin d'y faire luire la
lumière, ils portent le trouble et la confusion dans
l'esprit. Mais l'exercice de la pensée est possible, dans
des limites restreintes toutefois, par le sens du toucher
ainsi que nous venons de l'établir. Il est encore possible
par la dactylologie, la phonomimie et l'écriture.

7° Le développement de l'intelligence, considéré d'une manière
générale, est toujours en rapport avec le développement, la richesse
et la perfection du langage.

Ce principe incontestable est gros de conséquences
dont M. Fournié néglige de tenir compte. — Le langage
mimique est pauvre, imparfait, se prête mal à l'analyse,
M. Fournié le reconnaît, et cependant « c'est avec ce
langage que, d'après lui, le sourd-muet doit penser ;
c'est avec lui et rien qu'avec lui qu'il doit s'assimiler les
notions que les mots de nos langues représentent etc. »
page 167. — Tout en reconnaissant au langage mimique
une action énergique et salutaire pour opérer chez le
sourd-muet les premiers développements de l'esprit et
du cœur, aucun instituteur, homme de sens, ne voudra,
sur les conseils de M. Fournié, abandonner l'enseignement de la langue nationale et se borner à transporter
dans le langage mimique les notions de tout genre
qu'elle contient.

8° Condition-principe, formelle, indispensable : l'intelligence
du sourd-muet ne peut se développer qu'avec le secours du langage
mimique ; tous les efforts doivent tendre à compléter, à enrichir, à
perfectionner ce langage.

Je souscris à tous les moyens rationnels qui seront proposés pour compléter, enrichir et perfectionner le langage mimique ; mais une conviction fondée sur l'expérience, une conviction profonde, inébranlable me fait protester contre la condition-principe de M. Fournié et les conséquences qu'il en déduit : — Dans la première enfance l'intelligence du sourd-muet se développe, sous l'influence du milieu où il est placé et du langage des signes qu'il invente ; est-ce à dire qu'elle ne puisse plus tard se développer par d'autres moyens ? est-ce à dire qu'au lieu d'avoir recours à la langue nationale écrite, pour fortifier ses facultés, étendre ses connaissances et le rattacher à la société par le langage de la société, il convienne que le maître concentre tous ses efforts à compléter, enrichir, perfectionner le langage mimique et laisse le sourd-muet sans moyens de communication régulière avec la société ?

9° L'éducation du sourd-muet doit se faire d'après les mêmes principes qui dirigent l'éducation de l'entendant-parlant. De bonne heure, on doit lui enseigner sa langue maternelle, le langage mimique, comme on enseigne la parole à l'entendant ; puis, comme on le fait encore pour ce dernier, on doit lui apprendre à représenter les signes mimiques par un signe écrit, qui aura même forme, même valeur que le signe écrit du parlant. De cette manière l'écriture étant la traduction exacte du langage mimique et du langage phonétique, il arrivera que le sourd-muet et le parlant se comprendront toujours par l'écriture.

Oui certes l'éducation du sourd-muet doit se faire d'après les mêmes principes qui dirigent l'éducation de l'entendant-parlant, mais en tenant compte de sa constitution exceptionnelle et c'est ce que M. Fournié ne fait pas : — il suppose en effet que le petit enfant sourd-muet est entouré de personnes capables de lui enseigner le langage des signes, tandis que c'est le sourd-muet qui invente ce langage et l'impose à ceux qui vivent avec lui. — Il suppose ensuite, avec aussi peu de raison , que l'écriture phonétique peut être habituellement la traduction exacte du langage naturel des signes et réciproquement ; tandis qu'il n'en est ainsi qu'entre l'écriture et les signes méthodiques que l'honorable docteur a défendus, dans la première publication et abandonnés dans la deuxième. — Il suppose enfin qu'un ou plusieurs caractères tracés peuvent en même temps être la représentation d'un signe mimique et d'un mot parlé ; ce qui est absolument impossible. Les caractères mimographiques essayés par Bébian représentent les mouvements constitutifs du signe mimique et non la parole ; les caractères alphabétiques représentent la parole et non les signes mimiques. M. Fournié a eu probablement l'intention de dire que le sourd-muet doit-être habitué à donner au mot écrit une valeur mentale identique à celle que le même mot réveille chez le parlant.

10° Loin d'abandonner le langage mimique, comme on le fait aujourd'hui, il faut au contraire le perfectionner et le compléter. A cet effet, il devrait exister dans chaque institution un cours de mimique complété, si c'était possible, par un autre cours d'écriture mimique.

Il n'est pas exact ; bien plus, j'en demande pardon à M. Fournié, il est contraire à la vérité de dire qu'on abandonne aujourd'hui les signes mimiques. Parmi les 53 institutions spéciales qui existent aujourd'hui en France, il n'en est qu'une seule où il n'en soit pas fait habituellement usage. Ce qu'il y a de vrai c'est que, dans les écoles où la langue française est enseignée avec le plus de succès, on ne les considère que comme un instrument de second ordre et que dans celles, en très petit nombre, où le langage des signes prédomine, si le développement intellectuel et moral est généralement satisfaisant, la connaissance de la langue nationale est insignifiante chez les élèves qui n'ont pas joui, plus ou moins longtemps, de l'ouïe et de la parole.

Une langue quelconque ne peut-être sérieusement perfectionnée qu'avec les siècles, dans une société nombreuse en possession d'une écriture et d'une littérature, M. Fournié a oublié de dire comment il entend perfectionner le langage des signes, en dehors de toutes ces conditions.

11° L'écriture ne constitue pas un langage, c'est la représentation visuelle d'un langage ; son existence suppose toujours un *langage physiologique* préexistant : par conséquent, la signification de l'écriture ne peut arriver à l'intelligence qu'en passant, par traduction, dans le *langage physiologique*. En effet *lire* c'est parler notre écriture. Si nous ne parlions pas mentalement ou à haute voix, le sens de la vue serait impressionné ; mais la signification de l'écriture n'arriverait pas à l'intelligence. Malheureusemt on n'a pas compris cela dans le système d'enseignement actuel ; le sourd-muet retient la forme du signe écrit, mais comme on lui refuse le langage mimique qui lui tient lieu de la parole, la signification de l'écriture n'arrive pas à son intelligence. Beaucoup de sourds-muets arrivent à écrire, mais c'est en dépit de leur maître et en se servant du langage mimique.

M. Fournié a dit ailleurs (page 84). « L'écriture n'est pas un langage, c'est la traduction d'un langage » il affirmait ainsi ce qu'il avait l'intention de nier, car on ne peut traduire un langage que par un autre langage. — Ici l'expression est rectifiée et l'erreur de fait reste tout entière. L'écriture n'est, il est vrai, que la représentation d'un langage pour l'homme doué de l'ouïe ; mais, comme nous l'avons vu, elle devient l'expression directe de la pensée chez le sourd-muet instruit par la méthode intuitive.

C'est sur des affirmations dénuées de preuves que M. Fournié s'appuie, pour dénier aux sourds-muets la possibilité de penser avec les mots écrits ; c'est sur un principe de philosophie indiscutable, sur l'observation réitérée de faits bien établis qu'est fondée l'opinion contraire. Dans les institutions où la langue française est enseignée par voie de traduction mimique, après six années d'études et plus, la signification exacte et l'usage des pronoms, les principaux modes de la pensée, la dépendance des propositions échappent à presque tous les élèves; — ils saisissent avec peine et souvent tout de travers les ordres qui leur sont donnés, les questions qui leur sont faites par écrit; on le voit à la manière dont ils exécutent les ordres et répondent aux questions. — Sont-ils appelés à exprimer leurs propres idées, ce n'est pas du français c'est du langage mimique qu'ils écrivent avec des mots français; ils tombent dans des répétitions incessantes et demeurent inintelligibles.

Les choses se passent tout autrement quand la langue française est enseignée par intuition : — au bout de trois ans et souvent plus tôt, les élèves ont acquis l'intelligence et, qui mieux est, le sentiment de la construction française. — Les pronoms ne les embarrassent pas plus qu'ils n'embarrassent les entendants-parlants. — Les ordres écrits sont promptement compris et exécutés; les questions restent rarement sans réponse satisfaisante. — Exige-t-on qu'ils rendent leurs propres conceptions, leur phrase n'a rien d'insolite; il n'y faut chercher, je l'avoue, ni pureté ni élégance; mais c'est du français que tout le monde peut comprendre. — Les sourds-muets élevés de la sorte ne laissent pas de se servir du langage mimique; mais ils ont conscience de son infériorité relative; si bien qu'à des explications dans ce langage il n'est pas rare de les voir préférer des explications écrites.

En présence de tels faits la thèse de M. Fournié est insoutenable.

12° L'enseignement de la pseudo-parole (mimophonie) considéré comme simple moyen de communication doit être le couronnement, le complément de l'éducation du sourd-muet; cet enseignement ne doit préoccuper l'instituteur qu'après qu'il aura suffisamment développé l'intelligence du sourd-muet par le langage mimique, et que, par l'intermédiaire de ce dernier, il lui aura enseigné l'écriture.

Cette fois M. le D' Fournié se range à l'opinion généralement adoptée par les instituteurs spéciaux. Je ne puis toutefois m'empêcher de faire remarquer que la saine physiologie tient compte des habitudes organiques, que renvoyer, comme il le fait, l'enseignement de la phonomimie aux dernières années du cours d'instruction serait en décupler les difficultés et en rendre le succès très problématique, même avec les sujets qui ont entendu et parlé et avec ceux qui ont conservé un certain degré de sensibilité auditive.*

* Dans un long chapitre l'auteur explique, à sa manière, la formation de la voix et le mécanisme des voyelles et des consonnes. On y trouve beaucoup d'érudition et des connaissances anatomiques dont l'enseignement de la phonomimie peut fort heureusement se passer.

Dans ce chapitre, comme dans les autres parties de son livre, le désir d'innover domine M. Fournié, au point de lui faire commettre de regrettables erreurs : par exemple il n'admet pas l'existence des voyelles nasales, mais par compensation il admet des consonnes nasales qui devraient s'écrire *ng, nt, nf, nv, mb, mp, etc.*; ainsi le mot *engageante* comprendrait trois fois le son a pur et deux articulations nasales *ng, nt.*

Quand on veut transformer un son pur en son nasal, évidemment il faut effectuer un léger mouvement de la partie postérieure de la langue. C'est sur ce fait que M. Fournié s'appuie pour nier l'existence des voyelles nasales. A cela je réponds : — les voyelles nasales peuvent être formées directement.; — chaque fois que l'on passe de l'émission d'un son à l'émission d'un autre son, il y a nécessité à mouvoir une ou plusieurs parties de la bouche ; — la disposition que l'on est forcé de donner à la partie postérieure de la langue n'est pas plus une articulation que le mouvement des lèvres par exemple quand, de l'émission du son I on passe à l'émission du son U.

La traduction de Paul Bonet, que l'abbé de l'Epée publia avec les changements que comportent les différences qui existent entre la langue espagnole et la langue française, est infiniment mieux à la portée des personnes étrangères à l'art médical que tous les traités sur cette matière publiés depuis cette époque, y compris celui de M. Fournié.

13° Avant d'enseigner la pseudo-parole, on doit s'assurer si le sourd-muet est apte à l'acquérir : l'examen des organes de la voix avec le laryngoscope, la connaissance de l'époque à laquelle la surdité est survenue, l'état des facultés intellectuelles de l'élève, fourniront à l'instituteur les éléments de ses déterminations. On ne doit pas tenter d'enseigner la parole au véritable sourd-muet de naissance qui n'entend pas du tout, et, à plus forte raison, à celui dont les facultés intellectuelles sont affaiblies. On tirera un grand profit de cet enseignement chez celui qui a entendu, et à plus forte raison chez celui qui entend un peu : il est des demi-sourds, à qui on doit enseigner non pas la pseudo-parole, mais notre parole ; on doit les habituer à penser avec elle, à l'exclusion du langage mimique.

Ici encore M. le Dr Fournié ne fait qu'exprimer l'opinion généralement admise ; seulement il se montre trop absolu. Un sourd-muet intelligent appartenant à des parents riches, dont l'instruction est commencée de bonne heure et continuée de longues années dans la famille par des instituteurs dévoués et capables, peut être avec avantage appliqué à l'étude de la parole. Je pourrais citer quelques exemples d'éducation faites dans ces conditions et qui ont réussi au delà de toute espérance.

14° L'enseignement de la lecture sur les lèvres et de la parole équivaut à l'enseignement d'une langue étrangère. En effet, pour le sourd-muet, les mouvements de la parole sont des signes arbitraires dont il traduit l'ensemble dans son langage, comme nous traduisons dans la nôtre, les signes de la langue espagnole par exemple. Il y a cette différence cependant que nous traduisons littéralement, signe par signe, la langue étrangère, tandis que le sourd-muet traduit l'idée représentée par un ensemble de signes.

Mais de même qu'avant d'apprendre par traduction une langue étrangère, nous commençons par apprendre la nôtre et par l'écrire, de même il est nécessaire que le sourd-muet apprenne son langage mimique et l'écriture ; puis si on le désire, il pourra traduire son langage naturel en signes arbitraires exécutés par le tuyau vocal.

L'enseignement de la parole au sourd, qui n'a jamais parlé mais qui est parvenu, n'importe comment, à comprendre la langue écrite, n'équivaut point à l'enseignement d'une langue étrangère ; elle équivaut seulement à l'enseignement de la prononciation d'une langue étrangère. Quant à l'enseignement de la lecture sur les lèvres à un sujet placé dans les mêmes conditions, il est assimilable à l'enseignement de la lecture rapide des vieux manuscrits dont les mots sont souvent, ou fort abrégés, ou rendus méconnaissables par l'étrangeté des caractères et la disparition d'une partie des lettres qui concourent à leur formation.

15° La marche logique de l'instruction du sourd-muet se résume dans les propositions suivantes : 1° — Enseignement du langage mimique ; — 2° Enseignement de l'écriture, à la condition expresse que l'ensemble des signes écrits, représentant une idée déterminée sera traduit par un signe mimique ; — 3° Enseignement de la mimophonie considérée comme instrument de communication, et non comme l'instrument direct de la pensée du sourd-muet.

Ce résumé en trois articles nous offre les traits caractéristiques de la méthode de l'abbé de l'Epée perfectionnée par Bébian. L'inventeur et le continuateur admettaient aussi l'enseignement de la parole artificielle et la lecture sur les lèvres, non comme moyen de développement intellectuel, mais comme moyen de mettre en circulation les idées acquises par d'autres voies.

V. E. n'attend pas de moi une réfutation plus détaillée de l'œuvre de M. le Dr Fournié. Aussi il ne me reste qu'à conclure, après avoir indiqué la marche que le physiologiste propose de substituer à celle qui est aujourd'hui généralement adoptée. — « La mimique est le véritable langage des sourds-muets, dit-il page 167, car lui seul réunit toutes les conditions d'un langage : c'est avec ce langage, instrument direct de son intelligence, que le sourd-muet doit penser ; c'est avec lui et rien qu'avec lui qu'il doit s'assimiler les notions que les mots de nos langues représentent ; c'est avec lui enfin, qu'il doit s'élever à la connaissance de ce qui est vrai, juste et bon, à la connaissance de Dieu et de lui-même. »

Une langue n'est perfectible que par l'action du temps, dans une société nombreuse en possession d'une écriture et d'une littérature : d'où l'obligation de réunir les sourds-muets de deux sexes dans de vastes internats et de les y maintenir de longues années.

M. Fournié se chargera-t-il de créer une mimographie assez facile pour qu'en peu d'années, les jeunes sourds-muets apprennent à la lire et à s'en servir pour exprimer leurs pensées ?... Il a oublié de nous apprendre aussi comment au sortir des institutions ces malheureux entreraient en communication avec le reste des hommes.

M. Fournié ne leur interdit pas absolument, il est vrai, l'étude de la langue française, mais il n'a aucune confiance au succès ; écoutons ce qu'il dit page 169 :
— « On parle en effet d'enseigner la langue nationale au sourd-muet, par le moyen de la pantomime, de la dactylologie, de l'écriture ; mais sait-on bien ce que l'on veut dire en parlant ainsi ? Est-ce que jamais un véritable sourd-muet parlera notre langue nationale ? Comme nous l'avons démontré dans l'article consacré à la *mimophonie*, l'ambition ne doit pas consister à enseigner la langue nationale, mais à transporter les notions que cette langue renferme dans le langage mimique, afin que le sourd-muet puisse se les assimiler. Dans cette entreprise l'enseignement de l'écriture sera une chose très précieuse... »

M. Fournié revient ainsi en arrière d'un demi siècle ; il ignore que presque tout ce qu'il propose a été expérimenté cent fois, et n'a jamais donné que des résultats tout à fait insuffisants pour la moyenne générale des intelligences.

A mes yeux l'ouvrage, sur lequel V. E. m'a fait l'honneur de me demander un avis, n'est pas dépourvu de mérite littéraire; il est sans valeur didactique aucune et les erreurs qui y sont soutenues le rendraient plus que déplacé dans les écoles normales primaires.

Paris 1868.

XIII

De la situation des écoles de Sourds-Muets non subventionnées par l'Etat.

A la suite d'un Rapport que lui adressa M. Thuillier, directeur général du personnel au ministère de l'intérieur, M. de Persigny décida qu'il serait fait une étude approfondie de la situation matérielle et morale des écoles de sourds-muets non subventionnées par l'Etat. Cette intéressante et délicate mission fut confiée, le 21 juin 1862, à M. Valade-Gabel, directeur honoraire de l'institution nationale de Bordeaux, dont les travaux et les publications ont été si profitables aux malheureux privés de l'ouïe et de la parole. Voici le résumé des recherches auxquelles M. Valade-Gabel s'est livré de 1862 à 1868 ; c'est un travail de statistique générale, un Rapport d'ensemble, dans lequel, après avoir étudié les conditions d'existence des écoles, le mode de leur administration, leurs ressources, le personnel des maîtres, le personnel des élèves, les moyens d'action et tout ce qui intéresse le bien-être matériel et moral des jeunes sourds-muets, l'auteur signale les réformes et les améliorations que comporte l'organisation actuelle, principalement au point de vue de l'instruction intellectuelle, morale et religieuse, et de l'instruction professionnelle. *

* Actes de l'Académie nationale des Sciences, Belles-Lettres e Arts de Bordeaux. — Année 1875.

Conditions d'existence des écoles.

Depuis l'époque de la création, par l'illustre abbé de l'Épée, de la première école publique destinée aux sourds de naissance, la charité chrétienne et l'amour de la science ont fait surgir sur divers points de la France, indépendamment des institutions subventionnées par l'État, plus de 80 établissements spéciaux; 52 seulement se sont maintenus dans les localités et dans le voisinage des populations où les cas de surdi-mutité se présentent le plus fréquemment.

Les 52 établissements dont j'ai à parler se trouvent répartis entre 38 départements et 47 communes du nord, du nord-ouest, de l'est, du sud et du sud-est. Une zone large de quarante lieues environ, allant du nord-est au sud-ouest, est entièrement dépourvue.

3 sont la propriété des départements, 4 reconnus d'utilité publique s'appartiennent à eux mêmes, 2 appartiennent à des hospices, 5 à des évêchés, 3 à des prêtres, 6 à des laïques hommes, 3 à des laïques femmes, 3 à des congrégations religieuses d'hommes, 23 à des congrégations religieuses de femmes.

Tous les établissements ouverts aux jeunes sourds-muets ne sont pas exclusivement affectés à ces infortunés : 9 écoles admettent des sourds-muets et des parlants, 6 reçoivent des aveugles avec les sourds-muets, 3 annexées à des pensionnats ou à des externats de parlants reçoivent aussi des aveugles; 8 sont placées dans les bâtiments de maisons religieuses mères et y sont associées à diverses œuvres d'éducation et de bienfaisance; 1 est jointe à un hospice de vieillards et à un orphelinat; 3 sont annexées à des asiles d'aliénés et à des écoles de parlants.

Dans les établissements où les sourds-muets et les parlants vivent sous le même toit, aucune sorte de leçons n'est donnée en commun ; il est seulement quatre écoles où les récréations sont prises dans le même lieu et aux mêmes heures. Ces relations tournent à l'avantage du développement moral et intellectuel des uns et des autres ; elles plaisent aux enfants parlants, mais elles déplaisent à leurs familles. Les institutrices de Vizille et de Fontainebleau ont réussi, non sans peine, à imposer silence aux préjugés. Il est à souhaiter que des relations fréquentes soient permises entre les sourds-muets et les parlants, partout où la chose est praticable : l'éducation des uns et des autres, je le répète, ne peut qu'y gagner ; mais il ne faut pas se faire illusion quant au profit que peut y trouver l'instruction des sourds de naissance ; trois ou quatre muets suffisent à enseigner le langage des signes à des centaines d'enfants parlants, et des centaines de parlants, quels que soient les moyens de communication mis à leur disposition, n'ajouteront jamais que peu ou point à la connaissance que peuvent avoir acquise de la langue française les quelques sourds-muets avec lesquels ils prennent leurs récréations.

Au point de vue spéculatif, la réunion des muets et des aveugles est séduisante ; dans le domaine de la pratique, elle n'offre d'autre avantage qu'une certaine économie dans les dépenses générales de l'établissement. Les moyens d'instruction à mettre en œuvre sont tout différents : il faut des classes et des professeurs distincts ; aucune leçon ne saurait leur être donnée en commun. En dehors des classes, un commerce de sentiments et d'idées peut, il est vrai, s'établir par le sens du toucher entre les deux catégories d'infirmes ; mais elles font habituellement bande à part ; le moyen de communication manque d'attrait, il est trop plein de lenteur et d'incertitude. D'ailleurs, les idées que les uns et les autres se font du monde physique et du monde moral n'ont souvent qu'une analogie lointaine et parfois ne se ressemblent pas du tout. Enfin, tandis que le sourd-muet, frappé de la dépendance dans laquelle la cécité place son compagnon d'infortune, s'empresse de lui être utile ; l'aveugle méconnaissant les services que le langage naturel des signes rend à la pensée, dédaigne le sourd-muet comme un être inférieur, indigne de ses sympathies.

L'existence des sourds-muets dans les maisons-mères de certaines congrégations de femmes a cet avantage que les religieuses qui y font leur noviciat apprennent toutes, plus ou moins, les premiers éléments de la pédagogie spéciale, et se trouvent ainsi, par la suite, en mesure d'ébaucher l'instruction de quelques uns de ces pauvres enfants.

L'adjonction des écoles de sourds-muets à des asiles d'aliénés ou à des hospices n'a de raison d'être que l'esprit de charité chrétienne qui a inspiré les fondateurs. Elle aurait des inconvénients graves si les quartiers affectés aux élèves n'étaient bien séparés des autres quartiers. Cette condition m'a paru on ne peut mieux observée dans les quatre établissements de Laval, Caen, Pont-l'Abbé et Albi.

Les enfants des deux sexes étaient autrefois admis dans toutes les institutions ; il en est autrement aujourd'hui : 10 sont exclusivement affectées aux garçons, 17 aux jeunes filles, 25 admettent encore des élèves des deux sexes : d'où il suit que les jeunes filles sont reçues dans 42 établissements, et les garçons dans 35 seulement.

Dans les établissements qui reçoivent des sourds-muets des deux sexes, on ne saurait trop rigoureusement interdire toute communication entre les quartiers. Cependant, la séparation est encore à établir dans trois écoles de création récente : elle est mal organisée ou insuffisante dans dix autres écoles.

Si, grâce à leur infirmité, ils échappent aux mauvais conseils, les sourds-muets sont dès le bas-âge beaucoup plus exposés que les autres enfants à de pernicieux exemples et à de honteux attentats. Je tiens de respecta_ bles aumôniers que, dans les départements couverts de hautes montagnes et dans les départements manufacturiers, la pureté de très jeunes sourdes-muettes est souvent compromise avant leur admission à l'école. Partant de ces faits, et tenant compte de l'action incontestable que le langage des signes exerce sur le développement des passions, on conçoit sans peine que les sourds-muets, plus précoces à certains égards, soient plus exposés à contracter des habitudes vicieuses.

Puisque l'Université interdit la réunion des garçons et des filles sous le même toit dès qu'ils ont atteint l'âge de huit à neuf ans, on devrait à plus forte raison proscrire absolument l'admission des sourds-muets des deux sexes dans un même établissement. Le moindre danger de ces rapprochements est de faire naître entre ces jeunes gens des sympathies qui les conduisent à des mariages, et personne n'ignore que de telles unions offrent rarement à la société et à la famille des garanties suffisantes.

L'examen des inconvénients graves qui peuvent résulter de l'admission des sourds-muets des deux sexes dans un même établissement conduit naturellement à rechercher s'il peut être avantageux de confier, comme on le fait, l'instruction des garçons à des religieuses. Il y a là quelque chose d'anormal, qui choque au premier abord; mais quand on examine la question de plus près, on reconnaît que les femmes sont plus aptes que les hommes à l'éducation de la première enfance, parce qu'elles sont plus affectueuses, plus patientes, plus sympathiques. Or, ce qui est vrai pour les enfants ordinaires est d'une vérité plus grande encore quand il s'agit des sourds de naissance. Pour réussir dans une éducation si difficile, il faut un cœur de mère, et les religieuses ont généralement en elles des trésors de patience et d'affection à épancher. L'Administration se donnerait donc, à mon avis, un tort réel si elle interdisait aux religieuses de tous ordres de recevoir de jeunes garçons dans les écoles dont la direction leur est confiée. Toutefois, pour que cet état de choses ne puisse dégénérer en abus préjudiciables au respect que méritent les congrégations religieuses de femmes, il serait bon de fixer l'admission des sourds-muets dans les écoles de cette catégorie à un âge plus tendre, afin qu'ils puissent en sortir à leur treizième année révolue. Dans ces conditions, l'instruction professionnelle, il est vrai, ne pourrait être faite à l'école; il y serait pourvu soit dans la famille, soit dans des établissements agricoles à ce destinés .

Administration et Direction des Etudes.

L'administration des établissements et la direction des études sont aux mains de 70 personnes (30 hommes et 40 femmes) revêtus du titre de Supérieur, Directeur ou Sous-Directeur. Sur ce nombre, ou compte 58 prêtres ou religieux et 12 laïques.

Parmi les hommes, il y a 7 bacheliers ès lettres ou ès sciences, 1 bachelier en théologie, 7 instituteurs primaires, 11 prêtres non gradés, 4 laïques non gradés. Parmi les femmes, on ne compte que 7 institutrices ou maîtresses de pension ; les 33 autres, religieuses ou laïques, ne sont pas gradées.

Sur ces 70 chefs 1 seul est sourd-muet.

52 prennent une part active à l'enseignement, les 18 autres y restent étrangers.

9 m'ont paru peu capables, 36 capables, 25 très capables.

Dans tout établissement d'instruction publique il doit

y avoir un règlement qui trace les conditions d'admission, la marche du service, et assigne à chacun ses obligations et les avantages auxquels il a droit. Une dizaine d'institutions sont dépourvues de cet instrument essentiel, de cette base constitutive. Quelques-unes ont un règlement qui indique seulement l'emploi des heures de la journée ; d'autres en ont qui, sans être aussi incomplets, laissent encore beaucoup à désirer. Dans les deux institutions du Puy, le règlement est calqué sur celui de l'institution de Bordeaux et revêtu de l'approbation du ministre de l'intérieur. Dans celles de Caen, Albi et Pont-l'Abbé, il est compris dans les statuts de la congrégation du Bon-Sauveur et approuvé par l'autorité ecclésiastique. Quelques règlements ont été revêtus de l'approbation du préfet ou d'une commission de surveillance, du directeur ou des chefs de congrégation.

Nous aurons à rechercher quelles sont les dispositions règlementaires qui devraient être communes à toutes les écoles, et à signaler les abus qui ont pu se glisser dans quelques-uns des règlements existants. Que l'on me permette d'en citer un : tous les élèves de certaines écoles sont tenus d'assister chaque matin à la messe et de réciter le chapelet à une heure déterminée. Cette obligation, fort respectable en elle-même, est abusive pour ceux des élèves encore hors d'état de rien comprendre aux prières de l'Eglise ; elle abrutit ces pauvres enfants et, contrairement à l'attente de ceux qui l'ont imposée, elle leur inspire de l'éloignement pour les pratiques de la religion par l'ennui qui s'y trouve ainsi attaché.

La tenue d'une comptabilité régulière est obligatoire pour les institutions qui jouissent de la personnalité civile, et pour celles qui appartiennent aux départements et aux hospices. A Saint-Hippolyte, le directeur chargé des écritures remplit aussi les fonctions d'économe ; un trésorier, pris dans le Conseil d'administration, garde la caisse et mandate les dépenses. A Nantes, le directeur remplit les fonctions d'économe ; les écritures sont tenues dans les bureaux de la préfecture ; le préfet mandate et le receveur général effectue les recettes et les dépenses. A Rhodez, la comptabilité est confiée au directeur ; la manière dont elle est tenue fait honneur à son habileté administrative.

L'institution départementale de Besançon (garçons) et les institutions du Puy, qui jouissent de la personnalité civile, sont régies à forfait.

A Laval, les recettes et les dépenses de l'institution se confondent avec la comptabilité de l'hospice.

L'Administration n'a pas le droit de vérifier la comptabilité des établissements qui appartiennent aux évêchés, ni d'exiger communication des notes que les congrégations et les particuliers tiennent pour leur propre satisfaction. Néanmoins, grâce au bon vouloir des chefs de ces établissements, je crois être parvenu à établir, très approximativement, le chiffre minimum des recettes annuelles effectuées dans l'ensemble des institutions qui nous occupent. (Voir page 492.)

Les registres-matricules dont la tenue est imposée aux institutions nationales fournissent à l'Administration des données nécessaires, à la science des renseignements d'une incontestable utilité.

8 institutions départementales ont un registre de ce genre bien tenu ; 26 autres en ont qui sont négligemment tenus et dont les lacunes sont telles qu'assez souvent les professeurs ne peuvent enseigner aux élèves leur état civil ; dans 18 autres maisons il n'y a pas de trace connue de registre-matricule. Je dis *trace connue*, car il est possible qu'on en dissimule l'existence. Plusieurs anciens directeurs ont, avant de se retirer, fait disparaître tous les documents qui auraient pu tenir lieu de semblables registres.

Dans une certaine école, il est tenu deux registres : l'un que l'on montre, et l'autre dont les renseignements sont connus du directeur seul. Dans une autre, la communication du registre-matricule a été refusée.

Le mérite d'une institution de sourds-muets ne se mesure pas seulement au degré d'instruction et de développement auquel les élèves sont parvenus : il faut connaître leur point de départ, les conditions physiques et morales qu'ils réunissaient à leur entrée, le temps qu'ils ont mis pour acquérir les connaissances qu'ils possèdent. A tous les points de vue, il importe de rendre obligatoire la tenue exacte et régulière d'un registre-matricule conforme au modèle adopté pour les institutions nationales. Les sourds-muets ne sortiront plus de l'école sans connaître leur état civil. L'inspecteur puisera, dans ce registre, des données, en l'absence desquelles ses appréciations seront toujours exposées à manquer de justesse.

Un registre d'observations générales destiné, soit à consigner les critiques des personnes qui, à différents titres, sont autorisées à exercer dans ces écoles une certaine surveillance, soit à inscrire les remarques, souvent fort curieuses du corps enseignant, aurait aussi son utilité. Il n'existait de registre de ce genre dans aucun des 52 établissements que j'ai visités.

Les institutions de sourds-muets ont été, jusqu'à ce jour, considérées à la fois comme établissements de bienfaisance et comme maisons d'éducation. En tant qu'établissements de bienfaisance, elles sont soumises aux obligations des établissements hospitaliers ; en tant que maisons d'éducation, elles jouissent des immunités de l'enseignement libre : les méthodes et les moyens d'éducation échappent à la critique de l'Administration. Cependant, comme ces institutions ne subsistent guère qu'à l'aide des bourses que les conseils généraux y entretiennent, que d'ailleurs les pères de famille sont presque tous hors d'état de reconnaître jusqu'à quel point l'instruction est appropriée à l'état physique et moral de leurs enfants, l'Administration départementale se croit obligée d'étendre sa surveillance à toutes les parties du service, et elle n'éprouve pas de résistance.

C'est pour exercer cette surveillance qu'ont été créées, dans divers départements, quatorze commissions composées d'hommes éminents appartenant au clergé, à la magistrature, au barreau, aux lettres, aux sciences. Cinq d'entre elles exercent une action salutaire, trois ne se réunissent que de loin en loin, et six donnent à peine signe de vie. D'où peut venir cette tiédeur ? De l'extrême difficulté, je crois, qu'éprouvent à juger les résultats de l'enseignement et le mérite des méthodes, les personnes étrangères à la spécialité.

Ici les inspecteurs d'Académie, là les inspecteurs des écoles primaires, ailleurs quelques inspecteurs départementaux des établissements hospitaliers, au-dessus d'eux MM. les Inspecteurs généraux des établissements de bienfaisance, sont parfois appelés à contrôler le fonctionnement des écoles de sourds-muets. Leur action est utile, sans doute, mais elle n'atteint que peu ou point l'ordre intellectuel et moral.

Les institutions d'Aurillac, d'Avignon, de Bourg-la-Reine, de Clermont, de Saint-Étienne, d'Orléans, de Larnay, de Rouen n'avaient été, avant mon passage, inspectées par personne, ou avaient seulement été visitées par le préfet et quelques membres du Conseil général.

Presque partout, la mission que j'ai remplie m'a valu un accueil sympathique ; on y a vu une preuve certaine de l'intérêt actif, réel, que le gouvernement porte à toutes les classes souffrantes. Partout j'ai pu questionner les élèves, me rendre compte du caractère et de l'efficacité des méthodes. J'aurais certainement rencontré des résistances si je m'étais permis de faire subir, aux membres du corps enseignant, rien qui pût ressembler à un examen. L'opinion que j'ai émise et celle que j'émettrai, en son lieu, sur la portée générale des professeurs et le degré de leur instruction n'a donc de valeur que pour l'ensemble. J'ai jugé de leur mérite, d'après les entretiens que j'ai eus librement avec eux, et d'après l'examen que j'ai fait de leurs élèves.

Ressources. Services économiques.

Le chiffre total des sourds-muets en cours d'instruction dans les écoles départementales est de 1,897, parmi lesquels 1,862 internes et 35 externes.

Les départements acquittent 957 bourses.

Les communes 110 bourses et demie.

Les hospices, les Sociétés charitables, quelques fondations pieuses, 83 bourses et demie,

Les familles paient pension entière pour 165 enfants, et pension réduite pour 169 autres.

64 fractions de bourses restent, en outre, à la charge des parents.

17 externes seulement acquittent une rétribution mensuelle.

D'après les déclarations des chefs d'établisement, le nombre des internes pour lesquels il ne leur serait rien donné serait de 313.

La charité publique ou privée pourvoit donc, en entier, à l'instruction de 1,482 sourds-muets, et les familles, partiellement, à celle des 415 autres, soit des 22 centièmes environ du nombre total : preuve évidente que l'immense majorité des sourds-muets appartient aux classes nécessiteuses de la société.

Les recettes annuelles de toute nature qu'il a été possible de constater ou d'évaluer s'élèvent à 693,369 fr.

Ces recettes se composent de :

Sommes payées par les familles des internes . . . . F. 124,906
Allocations départementales 383,460
Allocations communales 58,450
Bourses des hospices, bureaux de bienfaisance et sociétés . 21,180
Fondations, rentes et intérêts de capitaux 4,938
Rétributions de l'externat 1,170
Produits des ateliers, des champs et des jardins 29,500
Secours de l'État 5,900
Quêtes et dons en nature 33,928
Recettes pour trousseaux 29,847
TOTAL . . . . F. 693,369

La moyenne générale du prix des bourses entretenues par les départements est de 370 fr. 55 c., chiffre qui s'élève à 400 fr. 29 c. lorsque l'on y comprend les allocations supplémentaires accordées, dans quelques localités, pour traitements de professeurs ou de médecin, indemnités de logement, secours pour les ateliers etc.

Les communes ont à leur charge 110 bourses et demie. Plusieurs des villes où les écoles sont établies, allouent des indemnités pour logements, ateliers, etc.; en sorte que la dépense faite au profit de chacun de leurs boursiers s'élève, en réalité, à 528 fr. 09 c.

La moyennne par tête d'élève entretenu aux frais des hospices, sociétés charitables, fondations pieuses, etc., est de 312 fr. 07.

Le taux de la pension varie entre les limites extrêmes de 100 et de 800 fr. Le maximum exigé dans tel établissement ne dépasse pas le minimum de pension exigé dans tel autre. Le taux moyen est de 339 fr. 19 c.

La moyenne de la rétribution annuelle pour l'externat est de 67 fr. 64 c.

La somme des secours accordés par l'État, si elle était également répartie, ne donnerait pas tout à fait 114 fr. pour chaque établissement ; 14 institutions seulement participent annuellement à ces secours, ce qui porte la part de chacune à 421 fr. 42 c.

Les fondations faites directement aux institutions ont été jusqu'à présent presque insignifiantes. Il est fort difficile de découvrir celles qui ont pu être faites par voies indirectes. On serait porté à croire que ces dernières ne sont pas sans importance, quand on cherche à s'expliquer comment il est possible que des établissements dont les ressources connues sont si restreintes admettent, à titre gratuit, 16 p. 100 de leurs élèves.

Le trousseau est exigé, soit en argent, soit en nature, dans presque tous les établissements. Toutefois, remise doit forcément en être faite à un assez grand nombre de familles. Les frais d'entretien incombent aux parents quand le trousseau a été fourni en nature ; sont-ils absolument hors d'état d'y pourvoir, l'école ou la charité publique leur vient en aide.

La moyenne générale du prix fixé pour la fourniture des trousseaux est de 208 fr.

Le travail des apprentis est peu productif. A très peu d'exceptions près, les ateliers sont organisés moins en vue de procurer des bénéfices que pour assurer aux élèves l'instruction professionnelle ; d'ailleurs, à peine formés les jeunes ouvriers sortent de l'établissement.

La répartition de la totalité des recettes (693,369 fr.), moins le produit de l'externat (1,170 fr.) sur la tête des 1,549 élèves internes pour lesquels les établissements reçoivent une rétribution, donne par élève 446 fr. 58 c., et sur la totalité des internes payants ou gratuits (1,862) 371 fr. 75 c. Dans l'institution la plus favorisée au point de vue des ressources pécuniaires, la recette moyenne par élève est de 693 fr. Dans l'institution la moins favorisée, cette recette moyenne (recette apparente) est de 131 fr. seulement.

C'est à dessein que nous n'avons pas encore parlé de l'état des diverses parties du service. Pour apprécier,

avec équité, le mérite des administrateurs, il fallait, au
préalable, connaître les ressources dont ils disposent.
Ces ressources, nous l'avons vu, ne sont pas partout ce
qu'elles devraient être, et cependant la situation des
diverses parties du service économique est en général
assez satisfaisante.

Il est à remarquer qu'aucune plainte ne m'est parvenue au sujet de la nourriture. Si l'on devait s'en
rapporter entièrement à l'état général de la santé des
élèves durant la belle saison, le régime alimentaire serait
partout à peu près ce qu'il doit être. Partout, il est vrai,
le pain, de qualité convenable, est distribué à discrétion;
il est servi de la soupe trois fois par jour dans un certain
nombre d'institutions, et leurs élèves s'en trouvent à
merveille ; mais la constitution éminemment lymphatique de presque tous les enfants qui peuplent ces écoles
rendant nécessaire l'usage fréquent de la viande, mon
attention a dû se porter particulièrement sur la composition du régime alimentaire. Le nombre des repas en
gras par semaine varie, suivant les établissements, de 3 à
10 ; la moyenne est de 6,78. Dans 17 localités, on donne
pour boisson du demi-vin ; dans 8, de la petite bière ;
dans 11, du cidre léger ; dans 16, de l'eau pure. Nulle
part, j'en ai la ferme confiance, les élèves ne souffrent
de la faim ; mais, pour des enfants dont l'infirmité est
le plus souvent la conséquence d'une constitution défectueuse, le régime alimentaire n'est pas ce qu'il devrait
être dans les maisons qui servent de la viande moins de
six fois par semaine, comme dans celles où les élèves
n'ont pour boisson que de l'eau pure.

Les conditions hygiéniques du logement, de la literie,
du vestiaire contribuent au maintien de la santé, et ne
restent pas étrangères aux habitudes dont l'ensemble
constitue la bonne ou la mauvaise éducation. Les élèves
ont des vêtements convenables et sont proprement tenus

à peu près partout ; je n'ai eu à relever que trois exceptions.

Sous le rapport de l'ordre et de la propreté, les établissements de Bourg, Arras, Orléans (filles), Angers, Laval, Auray, Lille (filles), Clermont, Bourg-la-Reine et Larnay méritent d'être mentionnés avec éloge.

13 établissements sont très bien meublés, 25 ont un mobilier décent ; dans les 14 autres l'ameublement décèle la gêne ou le désordre.

Il n'est pas d'institution entièrement dépourvue d'ouvrages qui traitent de la théorie et de la pratique de l'enseignement ; quelques institutions même en possèdent une collection assez complète.

Au point de vue de la salubrité, 7 établissements laissent à désirer ; 10 sont placés dans des bâtiments peu convenables, 7 occupent des bâtiments en location ; les 28 autres réunissent d'excellentes conditions hygiéniques et sont bien appropriés à leur destination.

31 sont situés dans des villes, 21 à la campagne ; 3 n'ont ni jardin ni enclos ; 29 ont un jardin ou un préau, 20 ont un enclos d'une certaine étendue.

Personnel des Élèves.

Étudions maintenant le personnel des élèves, le personnel des maîtres, et tout ce qui se rattache à l'enseignement.

Il faut s'être fait une idée bien nette de l'état physique et de l'état moral des sourds-muets avant toute instruction, pour rendre pleine justice aux maîtres qui se dévouent à leur régénération. A leur arrivée à l'école, ce sont, en général, des sauvages qu'il faut habituer à l'ordre, à l'obéissance, à la discipline. Les uns abrutis par de mauvais traitements, les autres rendus fantasques, exigeants, colères, par une aveugle tendresse, semblent atteints d'idiotisme, tant leurs facultés morales et intellectuelles sont restées engourdies. Un préjugé qu'on ne saurait trop combattre, attribue pourtant à ces pauvres enfants une certaine supériorité d'intelligence.

D'après les déclarations des maîtres et mes propres observations, les 1,897 élèves qui sont aujourd'hui dans les écoles des départements doivent être classés comme il suit au point de vue de la capacité :

	Garçons	Filles	TOTAL
Idiots	46	42	88
Arriérés	192	182	374
Doués d'une intelligence ordinaire	494	552	1,046
Très intelligents	204	185	389
TOTAUX	936	961	1,897

On compte donc, dans la population actuelle des écoles, 4,66 p. 100 d'idiots ou quasi-idiots, 19,75 p. 100 d'enfants arriérés, 55,08 p. 100 d'enfants d'intelligence ordinaire, et 20,50 p. 100 d'enfants qui semblent se distinguer par leur intelligence.

Les idiots ou quasi-idiots qui se rencontrent dans les institutions y ont été maintenus, les uns parce que leurs familles paient tout ou partie de la pension, les autres parce qu'on espère les discipliner, développer en eux le langage des signes et les former à quelques travaux manuels. En général, les idiots sont exclus des écoles dès qu'ils ont été reconnus absolument incapables.

La proportion des sourds-muets idiots aux sourds-muets non-idiots est en réalité, en tenant compte des sujets de cette catégorie hors des écoles, non plus de 4 à 5, mais de 7 à 8 p. 100 au moins.

Sous la dénomination d'*arriérés*, on désigne les élèves dont les facultés n'ont pas atteint le degré de développement auquel les sourds-muets de leur âge sont prèsque toujours parvenus. Là se groupent les sujets maladifs ou à vue mauvaise, ceux d'intelligence faible, de caractère difficile, etc., etc.

Parmi les sourds-muets, comme dans le monde des parlants, les intelligences à portée moyenne sont en grande majorité. La surdité ne porte certainement pas atteinte au principe des facultés intellectuelles ; cependant, arrivés à l'âge de neuf à dix ans, les enfants qui n'entendent pas, s'ils ont été abandonnés à eux-mêmes, ont rarement l'intelligence plus développée que les autres enfants à l'âge de trois ou quatre ans : l'isolement leur a été aussi préjudiciable que la surdité elle-même. Envoyons-les, très jeunes, à l'école du village ; leur intelligence y prendra l'essor : « *ils s'y instruiront dans leurs pensées,* » suivant l'expression aussi heureuse que vraie échappée à une religieuse, institutrice des plus distinguées.

Les mesures prises de concert par les ministères de l'intérieur et de l'instruction publique portent déjà quelques fruits. Environ deux cents des sourds-muets en cours d'instruction avaient reçu des soins dans les salles d'asile, les écoles primaires ou leurs familles. Presque tous ces enfants y avaient appris à tracer les caractères de l'écriture, quelques-uns à compter, quelques autres la signification d'un petit nombre de mots, un ou deux à exprimer, par écrit, leurs propres idées.

Les deux tiers au moins des élèves signalés comme très intelligents ont parlé jusqu'à 5, 6, 7 ans et plus tard. L'usage de l'ouïe et de la parole, même limité aux trois premières années de la vie, a sur le développement de l'intelligence, une influence profonde.

Les muets, nous venons de le dire, ne sont pas tous sourds de naissance ; ils ne sont pas non plus tous sourds au même degré.

		Garçons	Filles	TOTAL.
Ont entendu et parlé jusqu'à l'âge de 3 ans. . . .		41	39	80.
—	— 4 ans. . . .	37	36	73
—	— 5 ans. . . .	40	39	79
—	— 6 ans. . . .	28	32	60
—	— 7 ans. . . .	20	18	38
—	jusqu'à un âge plus avancé	4	2	6
	TOTAUX.	170	166	336
N'ont jamais parlé { incomplétement sourds . .		131	89	220
complétement sourds. . . .		635	706	1,341
	TOTAUX.	936	961	1,897

Ainsi, 336 *sourds-muets* ont parlé avant de perdre l'ouïe ; 220 ont conservé un degré de sensibilité auditive proprement dite, susceptible d'être cultivée ; 1,341 sont complétement sourds ; ce qui n'implique pas nécessairement qu'ils n'aient jamais entendu, et qu'il soit absolument impossible de leur apprendre à parler.

Pour acquérir la somme de connaissances qui leur est indispensable, les sourds-muets sont forcés de se livrer à un travail plus soutenu que les autres enfants, et souvent la santé leur fait défaut. La constitution lymphatique, à ses différents degrés, est celle du plus grand nombre, plus particulièrement de ceux qui sont atteints de surdité congéniale. Les institutions de Besançon, Strasbourg, Schiltigheim voient dans cette constitution, portée à l'excès, la principale cause de la surdi-mutité. Les écoles où la constitution lymphatique est le moins accusée sont celle de Montpellier ouverte aux deux sexes, celles d'Avignon pour les jeunes filles et du Puy pour les garçons. Cette constitution prend, au contraire, un plus haut degré de gravité à Rhodez, Marseille, Saint-Hippolyte (du Gard), Toulouse, Saint-Etienne, Clermont, Chaumont et Albi. Dans les Alpes, notamment à Vizille, Grenoble, Embrun, Gap, et qu'il me soit permis d'ajouter ici à Chambéry, la constitution lymphatique est assez souvent accompagnée de dispositions goîtreuses : trait d'union entre la surdi-mutité et le crétinisme.

A l'exception de M. Piroux, directeur de l'institution de Nancy, si connu pour son zèle et sa prodigieuse activité, ni les chefs ni les médecins des établissements n'ont recueilli aucune donnée, ni sur les causes qui ont produit la surdité des enfants confiés à leurs soins, ni sur le degré de cette surdité, ni sur l'époque où elle s'est produite. Ils ignorent aussi, généralement, si ces enfants ont été soumis à un traitement médical ayant pour objet le rétablissement de l'ouïe. Ce n'est guère que par les révélations des élèves eux-mêmes, par l'examen des traces que laissent certains traitements, et par des épreuves répétées que nous sommes parvenu à recueillir, sur ces différents points, les renseignements consignés dans ce travail.

Il ne serait pas équitable de taxer d'incurie des personnes qui, par leur position, semblent le mieux à même de recueillir et de coordonner les documents propres à éclairer la haute Administration et la science médicale. L'ignorance, les préjugés, l'amour-propre des familles opposent aux investigations des instituteurs des obstacles que le défaut de loisirs et la dissémination de leur clientèle rendent souvent insurmontables.

Quoi qu'il en soit, dans quelques régions, certains faits, à raison de leur fréquence et de leur gravité, ont forcément éveillé l'attention ; c'est ainsi que les chefs des écoles d'Aurillac, Saint-Brieuc, Nogent-le-Rotrou, Saint-Etienne (filles), Lille (garçons), Alençon, et plus particulièrement les directrices de Larnay et d'Angers, ont été frappés du grand nombre d'enfants dont la surdité peut-être attribuée à la proche parenté de leurs auteurs. A Larnay, les sourds dont le père et la mère sont cousins-germains, forment, à ce que m'ont assuré les dignes Filles de la Sagesse, le tiers de la population de l'école. Un double fait d'une effrayante gravité est attesté par les dames directrices de l'école d'Angers: les frères N... des environs de cette ville épousèrent deux sœurs, leurs cousines-germaines : de l'une de ces unions il est né 7 enfants sourds-muets, de l'autre 7 aveugles.

4 p. 100 des sourds-muets aujourd'hui présents dans les écoles départementales ont été soumis à un traitement médical ayant pour objet le rétablissement de l'ouïe : moxas, vésicatoires, sétons ont été appliqués sur la plupart, les traces en sont visibles ; l'électricité, le magnétisme ont été essayés sur d'autres. Si l'on ajoute à ces renseignements ceux que M. Piroux a recueillis dans sa nombreuse clientèle, on parvient à établir que de 300 cas de surdité traités médicalement, il n'y a pas eu une seule guérison complète. Une amélioration de la sensibilité auditive plus ou moins prononcée, plus ou moins durable a été, il est vrai, trois fois obtenue ; mais à tort ou à raison, on attribue à ces mêmes traitements la ruine de la santé de trois enfants et une aggravation de surdité chez un quatrième. Les renseignements que j'apporte sur cette délicate question ont été recueillis, on doit le remarquer, non dans les familes, mais dans les écoles spéciales où les sourds guéris par la médecine, s'il y en a eu, n'ont certainement pas été amenés ; il faut donc se borner à en tirer cette dou&le conséquence : les cas de surdité guérie sont très rares ; le traitement prescrit par quelques médecins peut compromettre sinon la vie du sujet, du moins sa constitution.

Dans une dizaine d'établissements, l'instillation de l'éther sulfurique dans les oreilles fut pratiquée sur environ 120 élèves des deux sexes : à Arras à Toulouse, par ordre du médecin ; ailleurs, sur l'initiative des directeurs, ou bien par condescendance pour les familles.

Chez le plus grand nombre des sujets ainsi traités, aucun résultat appréciable ; chez plusieurs, un réveil de la sensibilité auditive qu'on ne cherche pas à mettre à profit ; chez quatre, une amélioration marquée de l'audition. A Clermont, les Dames du Bon-Pasteur affirment que deux de leurs élèves, sous l'influence de ce traitement, sont parvenues à entendre et à parler dans l'école même où elles étaient en relation avec des jeunes filles parlantes. Ces Dames ajoutent que, rentrées depuis trois ans au sein de leurs familles, les élèves dont il s'agit conservent en partie l'usage de la parole et continuent à parler français, bien que leur entourage ne parle guère que patois. A Fougères, deux autres sourdes-muettes parvinrent, en assez peu de temps, à percevoir et à reproduire distinctement un grand nombre de mots, l'une à 5 mètres et l'autre à 8 mètres de distance.

L'instillation de l'éther n'a causé, que je sache, aucun accident ; seulement, M. le directeur de Toulouse fut, au bout de quelques semaines, obligé d'y renoncer, tant elle occasionnait, dit-il, de vives douleurs.

Dans quelle mesure la surdité congéniale ou, tout au moins, la surdité survenue pendant la première enfance est-elle curable? Étranger à l'art de guérir, je n'entends me ranger ici ni sous la bannière des médecins, peu nombreux à la vérité, qui nient jusqu'à la possibilité de faire revivre ou d'améliorer la sensibilité auditive, ni sous la bannière de ceux qu'on accuse injustement, pour la plupart, d'exploiter l'affliction et la crédulité des familles. Dans le cours de ma longue carrière, il n'est parvenu à ma connaissance, aucun cas de guérison de surdité obtenue par la médecine ou la chirurgie, guérison tellement radicale que le sujet ait pu de lui-même apprendre à entendre et à parler ; mais je pourrais inscrire ici les noms d'un certain nombre de sujets qui, d'abord restés muets quoique ayant conservé naturellement ou récupéré, à l'aide d'opérations ou de remèdes, une sensibilité auditive imparfaite, sont entrés en possession de l'ouïe et de la parole, par le triple effet de l'exercice, du développement de l'intelligence et d'un traitement pédagogique approprié.

Les sourds-muets ne sont pas également susceptibles d'éducation à toute époque de la vie : trop jeunes, leur attention se fixe difficilement ; trop âgés, les habitudes acquises ne peuvent être réformées, la mémoire des mots écrits ne s'acquiert que par des efforts dont ils sont devenus incapables. Deux établissements reçoivent pourtant, quel que soit leur âge, les élèves qui se présentent; sept n'ouvrent ainsi leurs portes, sans condition d'âge, qu'aux pensionnaires des familles. Partout ailleurs, il y a pour l'admission des limites déterminées, mais qui souffrent des exceptions.

La moyenne de la limite minimum d'âge exigée à l'entrée est de huit ans pour les filles, et de huit ans et demi pour les garçons; la moyenne de la limite maximum est de seize ans pour les deux sexes. Les instituteurs qui admettent des enfants très jeunes font valoir la nécessité de les arracher à l'abandon et à la misère qui abrutit et corrompt, l'avantage d'assouplir de bonne heure les organes des sujets qui doivent être instruits par la parole, le profit que donnent les élèves dont les familles sont en état de payer la pension dix et douze années durant, s'il le faut. A ces considérations, on oppose que, lorsque les enfants sont admis trop jeunes, ils manquent des forces physiques indispensables pour l'apprentissage d'une profession mécanique, et qu'ils n'ont pu acquérir encore, par des rapports incessants avec les personnes et les choses, une somme d'idées et de notions rudimentaires de nature à faciliter la tâche du maître. Les institutions qui reçoivent des adultes cèdent au désir de ne pas laisser sans consolations des malheureux qui, s'ils ne sont pas capables d'apprendre la langue française, peuvent néanmoins acquérir, par le langage naturel des signes, l'instruction religieuse, qui leur est si nécessaire. A cela on objecte qu'il y a danger, pour les mœurs, à faire vivre en commun des hommes faits et de jeunes enfants.

Les règlements de toutes les écoles devraient déterminer le minimum et le maximum d'âge pour l'admission, et laisser au directeur et à la commission de surveillance le droit d'accorder des dispenses motivées.

Quelle devrait être la durée du cours d'instruction dans les écoles spéciales ? A peu d'exceptions près, tous les chefs d'établissement estiment que la durée du cours d'instruction peut-être fixée à six ans, mais que des prorogations individuelles doivent être accordées aux élèves admis trop jeunes, à ceux dont les études ont été interrompues par la maladie, et à quelques autres reconnus capables d'acquérir une instruction au-dessus de l'ordinaire.

Aussi, prenant en considération, d'une part, le nombre des sourds-muets de naissance qui, faute de ressources, ne peuvent participer au bienfait de l'éducation ; de l'autre, la nécessité où se trouvent l'immense majorité de ces malheureux de ne pouvoir compter que sur eux-mêmes pour gagner leur vie, et cette circonstance qu'aujourd'hui les jeunes sourds-muets sont admis dans les écoles primaires, où on les *dégrossit* tout au moins, quand on ne parvient pas à les initier aux premiers rudiments du langage, j'estime que la durée du cours d'instruction, pour la masse des sourds-muets, doit rester fixée à six ans, et qu'il est nécessaire d'accorder des prorogations individuelles dans des cas déterminés.

Jusqu'à un certain âge, les enfants doués de l'intégrité des sens acquièrent infiniment plus dans les relations ordinaires de la vie que, dans les écoles, par les leçons des professeurs. Quant aux sourds-muets, c'est tout autre chose; ils ne s'instruisent guère que dans les classes. Partant de là, on a proposé de supprimer pour eux les vacances. Si les vacances annuelles procurent aux maîtres un repos indispensable, elles donnent aux élèves l'occasion de se rappeler l'existence qui les attend au village, de retremper leur cœur au foyer paternel, d'élargir la sphère de leurs idées, d'appliquer les connaissances qu'ils ont acquises, et, par là, de mieux sentir la nécessité d'étendre leur instruction.

Il est donc à souhaiter que toutes les institutions accordent six semaines de vacances, mais pas davantge: au delà, il il y a temps perdu, dissipation.

Personnel des Maîtres.

351 personnes, parmi lesquelles 150 laïques et 201 religieux, 177 hommes et 174 femmes, participent à l'œuvre de l'éducation des sourds-muets; c'est en moyenne deux maîtres pour onze élèves.

Le travail des classes repose sur 256 personnes; 215 y prennent part en qualité de directeurs, professeurs ou aumôniers; 10 en qualité de répétiteurs, 31 en qualité de maîtres d'étude et de surveillants. Ces différents titres décèlent moins le mérite de ceux qui en sont revêtus que la nature des fonctions qui leur sont départies. Dans la plupart des établissements, la surveillance est faite par les professeurs à tour de rôle.

Parmi les 215 professeurs, il y a 80 hommes et 135 femmes, 180 parlants et 35 muets, 161 religieux et 54 laïques.

L'instruction professionnelle est confiée à 95 chefs d'ateliers, parmi lesquels 72 laïques et 23 religieux, 62 parlants et 33 muets, 19 femmes et 76 hommes.

L'infériorité du nombre des femmes spécialement chargées de l'instruction professionnelle s'explique par la
large part que les dames professeurs prennent à l'enseignement des travaux manuels.

Les sourds-muets comptent, dans l'ensemble du personnel des maîtres, 77 individus, parmi lesquels :
75 laïques, 2 religieux ; 32 employés comme professeurs,
6 comme répétiteurs, 6 à titre de surveillants, et 33
comme chefs d'ateliers*. Deux sourds-muets ont depuis
quelques années pris l'habit religieux parmi les Frères
de Saint-Gabriel. Sept sourdes-muettes ont été admises
à prononcer des vœux chez les Filles de la Sagesse, les
Religieuses de Notre-Dame du Calvaire, les Sœurs ado-
ratrices de la Justice de Dieu, et les Religieuses de la
Providence d'Alençon.

Au point de vue de la moralité, autant qu'il m'a été
possible de l'apprendre ou de le reconnaître par moi-
même, le personnel des professeurs laisse peu ou point
à désirer. Il n'en est pas de même au point de vue de
l'intelligence, de l'instruction générale, et surtout des
connaissances spéciales.

Le corps des professeurs laïques comprend :

1° 11 hommes parlants : 3 directeurs à la hauteur de
leurs fonctions, 2 qui sont à peu près étrangers à la
spécialité, 2 professeurs d'un mérite distingué, 3 professeurs médiocres, 1 incapable.

2° 11 femmes parlantes : 2 directrices de haute capacité, 1 de capacité ordinaire, 1 fort peu capable, 1 professeur fort distinguée, 6 de capacité médiocre.

---

*Quelques personnes bien intentionnées ont voulu exclure les
sourds-muets instruits des fonctions de l'enseignement ; c'est
qu'elles avaient été frappées de l'influence que les moniteurs
exercent sur leurs compagnons d'infortune, et qu'elles n'avaient
pas réfléchi qu'autant cette influence est pernicieuse quand ils ont
un mauvais caractère, autant elle est avantageuse dans le cas
contraire.

3° 32 muets : 1 directeur, 21 professeurs, 10 dames professeurs.

Les professeurs muets des deux sexes, sauf de rares exceptions, sont fort intelligents; quelques-uns manquent d'instruction générale ; il en est peu qui soient en état d'apporter des changements utiles aux méthodes et aux procédés à l'aide desquels ils ont été eux-mêmes instruits ; mais ils concourent, de la manière la plus efficace, au développement moral et intellectuel de leurs compagnons d'infortune par le langage naturel des signes. — M. Forestier, directeur de l'institution de Lyon, est, à ma connaissance, dans les écoles départementales, le seul qui dépasse de beaucoup ce niveau.

Le corps enseignant religieux compte dans ses rangs :

1° 14 Prêtres, directeurs, aumôniers ou professeurs ; 5 m'ont paru très capables, 8 capables, 1 peu capable.

2° 39 Frères de diverses congrégations, dont l'instruction laisse généralement à désirer. Plusieurs, il est vrai, rachètent le défaut de culture intellectuelle par une certaine pénétration ; tous se distinguent par un dévouement absolu à leurs élèves.

3° 108 Dames religieuses, directrices et professeurs, qui sont en général plus instruites, plus capables que les Frères dont il vient d'être parlé : 22 m'ont paru d'un mérite hors ligne, 58 des femmes vraiment capables. Je n'ai pu juger que très imparfaitement de la portée des autres ; elles sont trop jeunes, trop timides; il m'est tout au plus possible de signaler deux incapacités flagrantes et trois ou quatre capacités douteuses. Ces Dames comptent dans leurs rangs deux sourdes-muettes, dont le mérite doit être apprécié à l'égal de celui des autres professeurs muets.

Les traitements alloués aux professeurs laïques parlants sont de 1,500, 1,800 et 2,100 fr., sans aucun avantage en nature; de 180, 300 et 400 fr., quand les professeurs sont logés, nourris, éclairés, chauffés et blanchis. Ces dernières conditions sont appliquées aux maîtres d'étude et aux surveillants.

Quant à MM. les Aumôniers, leur traitement en argent est de 500 fr., et ils jouissent des avantages en nature ci-dessus énumérés.

Dans les établissements qui appartiennent à des Congrégations, aucun traitement n'est attribué aux professeurs et autres employés religieux : tous doivent se contenter du vivre, du couvert et de la grâce de Dieu. Les religieux chargés de l'enseignement et de la surveillance dans les institutions dont leur Ordre n'a pas la propriété reçoivent le logement, la nourriture, le chauffage, l'éclairage, le blanchissage, et touchent un traitement qui varie entre 250 et 400 fr. pour les hommes, 125 et 200 fr. pour les femmes.

Les conditions faites aux chefs d'ateliers varient à raison de la nature de la profession, du nombre et de la durée des heures d'atelier, du prix des loyers et de l'importance des patentes dont ils restent ou ne restent pas chargés, de la clientèle que l'établissement leur procure, de l'outillage qu'il leur prête, du nombre d'apprentis qu'il leur confie et du temps accordé pour l'apprentissage.

Instruction. Méthodes d'enseignement.

Un programme général contenant, avec l'indication des matières à enseigner, l'exposé de la méthode en usage et l'énumération des procédés à l'aide desquels cette méthode est mise en pratique, constitue pour toute institution de sourds-muets un régulateur indispensable.

Trois établissements, récemment créés il est vrai, n'en ont d'aucune sorte. Six autres ont adopté, après y avoir pratiqué de larges coupures, le programme arrêté en 1837 par l'institution de Paris. Dans les écoles dirigées par les Frères de Saint-Gabriel ou par les Filles de la Sagesse, le cours de M. l'abbé Chazotte, tel qu'il a été publié aux frais des deux Congrégations avec de nombreux changements, tient lieu de tout régulateur. Enfin, à l'exception de l'institution de Nancy, qui possède un programme très étendu dont on ferait difficilement l'analyse, toutes les autres écoles n'ont pour programme qu'une simple nomenclature des matières de l'enseignement.

La langue française écrite figure, en première ligne, dans tous ces documents ; puis viennent l'histoire sainte, le catéchisme, l'arithmétique et la géographie élémentaire. Trente-deux écoles enseignent quelques notions d'histoire de France, onze quelques notions d'histoire naturelle. La technologie de la grammaire française absorbe plusieurs heures par semaine, dans une vingtaine d'écoles qui, pour la plupart, sont loin de former de bons élèves. L'histoire de l'Église est substituée à l'enseignement de l'histoire sainte, à Orléans (filles) et à Saint-Étienne (filles). Vizille intéresse les élèves par quelques notions sur les arts et métiers. Une seule institution donne une étendue exagérée aux matières de l'enseignement ; elle y fait figurer la géométrie, l'histoire ancienne, l'histoire moderne, la rhétorique, la philosophie, et même la mythologie.

En résumé, dans la plupart des programmes qui m'ont été communiqués, il y a d'importantes lacunes à remplir, nombre de tendances regrettables à corriger.

Sous le nom de *moyens de communication*, on désigne les divers expédients dont il est fait usage pour tenir lieu de la parole vivante : tels sont le langage naturel des signes, les signes méthodiques, l'articulation artificielle, l'écriture, le dessin, la dactylologie, la dactylographie, la phonodactylologie, l'alphabet phonomimique.

Chaque jour voit éclore quelque nouveauté de ce genre.

Ces inventions doivent-elles être considérées comme autant de méthodes nouvelles ? Nullement, car tout moyen de communication, pris isolément, ne constitue qu'un élément plus ou moins nécessaire de la méthode.

Quels sont les services qu'on peut légitimement espérer de ces moyens de communication et ceux qu'une pratique mal éclairée se donne le tort d'en attendre ? Il importe d'arrêter un instant sur ce point notre attention.

Le langage naturel des signes est employé par les élèves dans toutes les écoles, dans celles-là même où son usage est interdit par les maîtres ; c'est sous son influence et avec son secours que se sont opérés chez les sourds-muets les premiers développements de l'intelligence, et que se sont formées la plupart de leurs idées. Ce langage a une syntaxe et un génie qui lui sont propres. Quelques instituteurs, ne tenant pas compte de ce double fait, le dénaturent en croyant le perfectionner ; d'autres le dédaignent au point d'en négliger absolument l'étude et la pratique, et, par suite, restent hors d'état d'exercer sur leurs élèves, ailleurs que dans les classes, aucune surveillance morale *. Dans le plus grand nombre des écoles, on s'efforce avec raison d'utiliser ce langage attrayant, facile, passionné, mais vague et nuageux, qui, lorsqu'il est employé sans circonspection ni mesure, ne laisse pas de créer des obstacles sérieux à l'étude et à la pratique de la langue française.

A l'exemple de l'abbé de l'Epée, l'abbé Jamet de Caen et plus récemment l'abbé Laveau d'Orléans se sont appliqués à revêtir les signes mimiques d'inflexions grammaticales contraires à leur nature, à subordonner la cons-

---

* Ce cas s'est présenté dans une des écoles où les sourds-muets sont instruits à l'aide de la parole exclusivement.

truction mimique à la construction française, à réduire enfin ces signes à n'être que la prononciation de la langue écrite. Tels sont les signes dits *méthodiques*, genre hybride et stérile qui ne peut faire que des automates traducteurs, genre faux de tous points, puisque jamais, dans aucune école, on n'a pu faire adopter par les élèves l'usage de ces signes en dehors des classes et loin de l'œil du maître ! Et cependant, telle est la puissance des préjugés et des habitudes, telle est l'inhabileté de certains professeurs, que dans un assez grand nombre d'établissements, aujourd'hui encore, la traduction des textes français se fait par signes méthodiques, la récitation des leçons par signes méthodiques ; la matière des thèmes français est donnée, encore et toujours, en signes méthodiques. Les moins inconséquents expliquent, une première fois, le texte des leçons, en s'aidant du langage naturel des signes ; puis ils font étudier et répéter ces leçons par signes méthodiques, déplorable habitude qui a pour effet de replonger dans l'obscurité ce qui venait à peine d'être mis en lumière.

Tout sourd-muet peut parvenir à proférer, d'une manière plus ou moins distincte, tous les éléments phonétiques ; il peut parvenir aussi à reconnaître et distinguer leur émission chez les personnes placées près de lui, face à face, la figure bien éclairée. En théorie, il est donc permis d'affirmer que tout sourd de naissance peut apprendre à parler ; mais dès qu'on aborde le terrain de la pratique, l'affirmation devient essentiellement conditionnelle. En effet, le sujet n'est-il pas doué d'une sensibilité organique normale, d'un œil pénétrant et d'un esprit plus pénétrant encore : peines et soins, tout est inutile ; réunit-il en sa personne ces conditions essentielles, le succès ne sera complet que si son instruction a été commencée dès le bas-âge, si elle peut se continuer dix ou douze ans au moins, si l'enfant n'est entouré

exclusivement de personnes parlantes, et si son professeur ne joint à une constitution robuste une grande
habitude de l'enseignement. En dehors de toutes ces
conditions, il est impossible qu'un véritable sourd de
naissance parvienne à s'approprier activement et passi-
vement l'usage de la parole. Les spécimens que le
charlatanisme et la cupidité exhibent avec fracas ne sont
devenus muets qu'après avoir parlé jusqu'à un certain
âge, ou ont conservé un degré de sensibilité auditive
susceptible d'amélioration.

Telle est l'opinion généralement adoptée, et sur
laquelle se règle la pratique de l'immense majorité des
écoles françaises ; les faits que j'ai constatés, même en
France, dans deux écoles, en confirment la sagesse *.
Quoi qu'aient pu dire les chefs de ces établissements,
partisans absolus de l'enseignement par la parole,
M. Kilian, lui-même, fondateur de l'une de ces écoles,
aujourd'hui directeur de celle de Schiltigheim, s'est
rangé à l'opinion générale : il n'instruit plus par la
parole que les demi-sourds et les enfants qui ont entendu
et parlé jusqu'à un certain âge.

La lenteur de l'écriture et l'embarras du matériel
qu'exige son emploi, ont suggéré l'idée d'une foule
d'inventions connues sous le nom d'alphabet manuel
ou dactylologie, dactylographie, chéirologie, syllabaire
dactylologique, phonodactylologie, etc., etc. Toutes ces
inventions ont cela de commun qu'au lieu d'être en
rapport direct avec la pensée, comme le langage naturel
des signes, elles sont la reproduction plus ou moins
exacte, soit de mots écrits et de leur orthographe, soit
de leur prononciation seulement.

L'alphabet manuel espagnol ou dactylologie, employé

---

* Les expériences faites aux frais de l'État, de 1842 à 1854 dans
la maison Dubois à Paris, semblent avoir été oubliées ; elles
auraient pu suffire pour fixer entièrement sur ce point important,
les idées de l'Administration.

dans presque toutes les écoles, prête à l'étude et à la mémoire du mot écrit un secours précieux. Une heure suffit à tout homme lettré pour en apprendre l'usage.

La chéirologie des Frères de Saint-Gabriel reproduit, en le modifiant, le syllabaire dactylologique de M. Recoing, qui consiste dans des mouvements combinés de la main et de l'avant-bras, destinés à rappeler des fractions de mots. La somme des avantages qu'elle peut offrir est inférieure aux inconvénients attachés à sa pratique ; elle a été abandonnée, si je ne me trompe, comme le fut l'invention de M. Recoing.

La dactylographie consiste à tracer les mots avec le bout des doigts, soit en l'air, soit sur l'autre main, soit même sur le dos de l'interlocuteur, ainsi que l'a proposé un trop célèbre docteur ; elle ne prête pas à la mémoire un point d'appui aussi solide que l'alphabet manuel ; c'est une importation d'Amérique qui n'a jamais pu s'acclimater dans aucune de nos institutions.

La dernière invention de ce genre, connue sous le nom d'*alphabet phonomimique*, a pour auteur M. Grosselin, qui la présente comme une méthode rendant facile l'instruction des sourds-muets en commun avec les parlants. Cet alphabet consiste en une série de signes gestuels destinés à rappeler des fractions de mots, non telles qu'elles doivent être écrites, mais telles qu'elles doivent être prononcées*. Pour les enfants qui entendent, indépendamment du mouvement qui les amuse et

---

* EXEMPLE. Veut-on dire, à l'aide de l'alphabet phonomimique, *J'ai mal aux dents*, il faut faire successivement les signes de

jet d'eau	pour	j	j'
appeler	pour	è	ai
traire	pour	m	m
admiration	pour	a	a
eau qui coule	pour	l	l
étonnement	pour	o	aux
endormir un marmot	pour	d	d
charpentier donnant un coup de hache	pour	an	ents.

qui contribue à fixer leur attention, il y a là des
éléments mnémoniques qui leur aident à retenir la
dénomination des lettres ; mais pour les enfants qui
n'entendent pas, cet avantage disparaît entièrement ;
pour eux il ne reste plus qu'une sorte de rébus, des
images que leur esprit doit dépouiller de leur signification naturelle pour en faire des signes de rappel de
lettres isolées ou de groupes de lettres *.

Le dessin et les représentations graphiques sont
d'utiles auxiliaires qui dispensent parfois le maître de
longues explications et facilitent aux élèves l'étude
individuelle. Il a été publié en France, dans ces derniers
temps, plusieurs ouvrages illustrés plus ou moins bien
conçus. Ceux dont les auteurs n'ont pas eu la prétention
déplorable de faire du dessin l'instrument essentiel de
l'instruction morale et religieuse, rendent d'incontestables services.

Les écoles qui n'utilisent pas le dessin comme elles le
devraient sont assez nombreuses ; celle de Saint-Hippolyte du Gard, qui rejette l'emploi du langage naturel
des signes, doit y recourir plus qu'aucune autre.

Je n'ai vu employer nulle part le catéchisme illustré,
dont l'auteur prétend expliquer par des images les
vérités dogmatiques et les vérités morales.

De tous les moyens dont on peut faire usage pour
instruire les sourds-muets, l'écriture est sans contredit
le plus essentiel ; aucun instituteur ne conteste ce principe, et pourtant peu nombreux sont encore ceux qui

* Le système de M. Grosselin a été expérimenté à Vaujours.
J'ai constaté que les élèves sourds-muets et les parlants y font
usage de l'alphabet phonomimique ni plus ni moins que, dans
d'autres écoles, les élèves des deux catégories ne font usage de
l'alphabet manuel espagnol. Ce que les jeunes sourds-muets de
Vaujours savent de la langue française, ils l'ont appris d'un
estimable professeur qui leur donne en particulier des leçons par
la méthode intuitive.

savent faire jouer exactement à l'écriture le rôle qui lui appartient ; on la subordonne au langage des signes au lieu de lui assigner le premier rang * : on se borne à mettre sous les yeux des élèves des textes écrits dont on leur fait faire la traduction, ici en signes méthodiques, ailleurs en signes naturels. En procédant ainsi, on n'amène pas les élèves à associer, sans intermédiaire, les idées aux mots et à exprimer spontanément leurs propres pensées par l'écriture ; on ne fortifie pas assez la mémoire des mots écrits ; les souvenirs en sont fugaces. Il serait indispensable que toutes les leçons de principes fussent recueillies par les enfants, qui pourraient ainsi les relire et les *ruminer* jusqu'au jour où ils en posséderaient imperturbablement l'ensemble et les détails.

Dans plusieurs établissements, les élèves ne tiennent de cahiers que pour les leçons de calligraphie ** ; dans un grand nombre d'autres, les professeurs ne font prendre copie que des exercices d'application et laissent de côté les leçons de principes ; ailleurs, les enfants ne recueillent, à ce qu'il paraît, que les leçons de géographie, d'histoire sainte, de catéchisme, etc., etc., connaissances pour l'acquisition desquelles il pourrait et il devrait y avoir des livres.

Cet état de choses décèle de l'incurie s'il est réel, de l'impuissance et de la ruse, si l'on se croit intéressé à

* A Nogent-le-Rotrou, maîtresses et sourdes-muettes se communiquent habituellement leurs pensées par l'écriture ; elles écrivent au tableau presque aussi vite que l'on parle ; aussi, quoique la méthode y laisse encore beaucoup à désirer, les résultats sont assez satisfaisants.

** Les frères de Saint-Gabriel et les Filles de la Sagesse semblent avoir été déterminés à publier le Cours d'instruction de M. l'abbé Chazottes, par l'espoir que ce volumineux recueil tiendrait lieu d'expérience aux professeurs et dispenserait les élèves de la tenue des cahiers.

dissimuler les documents qui permettent le mieux d'apprécier la portée des instituteurs, l'ordre qui règne dans les établissements et le mérite des méthodes. Je regrette que mon attention n'ait pas été appelée sur ce point dès ma première tournée. Autant l'Administration doit laisser de liberté aux instituteurs pour le choix des méthodes, autant elle doit se montrer exigeante pour la tenue et l'exhibition des cahiers des élèves.

L'enseignement spécial des sourds de naissance se partage en deux grandes écoles : l'école française, qui prend les signes soit naturels, soit méthodiques, pour base de toute instruction et ne voit dans la parole qu'un auxiliaire plus ou moins utile, et l'école allemande qui fait, au contraire, de la parole son instrument principal et prétend ne s'aider d'aucune sorte de signes gestuels. Cette école est représentée, en France, par les institutions de Grenoble et de Saint-Hippolyte du Gard.

L'école française n'est pas une : de l'Épée, et, à son exemple les abbés Jamet et Laveau, ont fait, des signes méthodiques, le pivot de leur enseignement ; Sicard et Saint-Sernin s'appuyèrent moins sur ce genre de signes, ils eurent recours aux théories de la grammaire et à des procédés ayant pour but de rendre ces théories saisissables. Bébian et l'abbé Chazottes ont écarté d'une manière absolue les signes méthodiques, et enseigné la langue française, par traduction, à l'aide du langage des signes et de procédés grammaticaux. On retrouve encore aujourd'hui, dans un grand nombre d'écoles, quelques errements de ces trois systèmes.

La méthode intuitive répudie également les signes méthodiques, les théories et les procédés grammaticaux ; elle fait de l'écriture son principal instrument ; au lieu d'enseigner la langue française par traduction, elle l'enseigne par intuition, comme le font les mères.

Tous ses procédés ont pour objet de faire produire à l'écriture, sur la vue du sourd-muet, des effets semblables aux effets que la parole produit sur l'oreille de l'entendant. Forcée d'admettre, pour les enfants entièrement sourds qui n'ont jamais parlé, le langage naturel des signes, elle ne lui accorde qu'un rang secondaire, et parvient ainsi à les mettre en état de penser avec les mots écrits, comme nous pensons avec les mots parlés. Cette méthode qui fait, je le répète, de la langue nationale écrite, non plus seulement l'objet, mais le principal moyen de l'instruction des sourds-muets, est comme un terrain neutre, comme un pont jeté entre l'école allemande et l'école française ; elle s'associe ou se substitue presque partout en France aux anciennes méthodes, et l'estimable instituteur de Schiltigheim, Allemand d'origine, n'a pas hésité à l'adapter à son enseignement par la parole.

J'ai eu fréquemment à constater des résultats fort inégaux dans les quartiers d'un même établissement, tantôt parce que la méthode n'y est pas la même, tantôt parce que les professeurs n'y sont pas également capables. J'ai remarqué également que si le choix de la méthode a une une grande influence sur l'importance des résultats obtenus, certaines circonstances peuvent neutraliser l'effet des méthodes rationnelles, et d'autres faire produire quelque bien aux méthodes vicieuses.

Parmi les 77 quartiers inspectés pendant ma première tournée, il y en avait 7 où la méthode avait dû être qualifiée *bonne*, aujourd'hui le nombre en est de 22 ; — 23 où la méthode avait dû être qualifiée *assez bonne*, aujourd'hui le nombre en est de 21 ; — 25 où la méthode avait dû être qualifiée *passable*, le nombre n'en est plus aujourd'hui que de 21 ; — 11 où la méthode avait dû être qualifiée *mauvaise*, il n'y en a plus que 7 ; — 11 où la méthode avait été notée *très mauvaise*, le nombre en est descendu à 6.

44 quartiers seulement ont été inspectés deux fois ; c'est parmi ceux-là que les améliorations se sont produites. Les résultats reconnus à ma première visite,

très satisfaisants dans	2 quartiers, le sont aujourd'hui dans	7
satisfaisants	7	—	—	11
passables	9	—	—	9
médiocres	10	—	—	9
très faibles	6	—	—	5
presque nuls	10	—	—	3

La notation des résultats a trait à l'intelligence pratique de la langue française. Mon attention a dû se porter principalement sur ce point, qui est le nœud vital du cours d'instruction, et j'avais trop peu de temps à passer dans chaque établissement, une trop grande masse de renseignements à recueillir pour voir en détail la somme des connaissances que chaque élève s'était appropriées. D'ailleurs, quand on s'est assuré que le mécanisme de la langue française, le jeu des pronoms, la valeur des temps et des modes sont bien compris, on peut s'en rapporter, pour le surplus, au dire des instituteurs ; au contraire, quand on a reconnu que les élèves n'ont pas l'intelligence de la langue écrite, il est hors de doute qu'ils ont été dressés comme des perroquets, et, dans ce cas, les attestations des instituteurs méritent peu de créance.

Sans doute, il est pénible de voir que, dans près de la moitié des écoles de sourds-muets, l'étude de la langue française est presque insignifiante ; mais à côté de cette étude, j'aurais dû dire au-dessus, se place le développement de l'esprit et du cœur ; or, je ne crains pas de l'affirmer, dans plusieurs des écoles où l'étude de la langue française laisse le plus à désirer, l'intelligence et la moralité des élèves méritent de justes éloges. Cette anomalie doit être attribuée à ce que, si la langue française y est mal enseignée, les communications de la pensée, en dehors des classes, ont lieu même entre les professeurs et les élèves, non plus par signes méthodiques, mais à l'aide du langage naturel des signes. Sans entrer dans de fastidieux détails, disons que le développement intellectuel et moral est très satisfaisant dans 16 quartiers, satisfaisant dans 34, faible dans 23, très faible dans 4.

En général, la faiblesse des études tient aux vices des méthodes d'enseignement, parfois à l'insuffisance du nombre des professeurs, et, comme il a été déjà dit, au défaut d'instruction générale chez plusieurs d'entre eux, aussi bien qu'au manque de connaissances spéciales chez beaucoup d'autres. — Étrangers qu'ils sont à l'enseignement des sourds-muets, quelques supérieurs de Congrégations estiment qu'il suffit de savoir lire et écrire pour être en état d'instruire les sourds-muets; ils n'hésitent pas à mettre à la place d'un homme instruit et expérimenté un religieux dont l'inhabileté n'est rachetée que par une charité ardente. Les ouvrages pratiques, mis entre les mains de ces professeurs improvisés, ne sauraient tenir lieu de savoir et d'expérience. Données à l'aide de livres que le maître comprend d'une manière imparfaite, les leçons manquent d'intérêt, de mouvement et de vie. Le sourd-muet, grand imitateur de sa nature, se voit transformé en perroquet; en lui le jugement, la réflexion, le raisonnement auraient plus particulièrement besoin d'être cultivés; on n'exerce que sa mémoire.

La réforme des méthodes et du personnel enseignant présente de sérieuses difficultés; néanmoins, comme les Congrégations religieuses sont animées de bonne volonté et que, mieux que jamais, les instituteurs laïques comprennent la nécessité d'améliorer les études, il est permis d'espérer que la partie la plus essentielle de ces réformes pourra s'opérer en quelques années.

L'instruction religieuse est, dans tous les établissements l'objet de grands soins. Si elle ne produit pas partout de bons fruits, c'est qu'elle n'est pas toujours donnée comme elle devrait l'être ; en effet, plusieurs instituteurs s'efforcent de faire apprendre le texte du catéchisme avant que leurs élèves aient acquis une certaine intelligence de la langue française, avant que les facultés intellectuelles aient pris l'essor, alors que le langage des signes lui-même est encore chez eux à l'état rudimentaire ; aussi, est-ce en vain qu'ils s'épuisent à expliquer la doctrine chrétienne, la valeur de leurs signes explicatifs n'est pas comprise. Dirigée de la sorte, l'instruction religieuse n'a rien de sérieux ; c'est une affaire de pure mémoire, qui dégoûte de l'étude et risque de compromettre le sentiment religieux. Tout en rendant justice aux excellentes intentions dont les maîtres sont animés, j'estime qu'il y a insuffisance d'instruction religieuse dans les 27 quartiers où le développement intellectuel et moral a été reconnu faible ou très faible.

Instruction professionnelle.

Les sourds-muets appartiennent pour la plupart à des familles pauvres. A ce titre, l'apprentissage d'une profession manuelle est indispensable au plus grand nombre, et c'est avec raison que l'Administration exige que le temps consacré à l'instruction de ces infortunés soit partagé entre la classe et l'atelier.

L'instruction professionnelle est nécessairement en meilleure voie dans les institutions affectées à l'éducation des jeunes filles que dans les institutions ouvertes aux jeunes garçons ; cela tient à ce que les conditions ne sont pas égales pour les uns et pour les autres : les jeunes filles trouvent partout le genre de travaux qui leur convient; dès leur entrée dans l'établissement, elles sont appliquées au tricot, au ravaudage, à la couture, sous la direction de leurs institutrices. Les garçons, n'ayant pas à l'âge de neuf ou dix ans la force nécessaire au maniement des outils, ne commencent un apprentissage qu'au bout d'une ou deux années; souvent, ils n'ont à choisir qu'entre des professions pour lesquelles le goût ou l'aptitude leur fait défaut, car la nécessité d'un outillage dispendieux, l'obligation de rétribuer les chefs d'ateliers, ne permettent de faire enseigner qu'un nombre restreint de métiers.

L'instruction professionnelle des garçons est nulle dans 7 établissements, insuffisante dans 10, suffisante dans 15, bien soignée dans 3 (Caen, Saint-Étienne, Nancy). Les Frères du Puy et ceux de Saint-Étienne ont établi des ouvroirs où, à l'expiration de leurs études, les boursiers sont gardés gratuitement jusqu'à ce qu'ils aient achevé leur apprentissage.

La cordonnerie, la menuiserie et l'art du tailleur sont, avec le jardinage et l'agriculture, les professions le plus généralement enseignées. La cordonnerie forme un assez grand nombre de bons ouvriers; c'est un métier pour lequel les sourds-muets ont du goût et de l'aptitude, et qu'il est bon de leur enseigner parce qu'il peut être également exercé à la campagne et à la ville.

Les sourds-muets ne réussissent guère dans l'art du tailleur; ceux qui y ont été appliqués ne tardent pas à l'abandonner, parce que c'est une profession ingrate pour le simple ouvrier, et qui, au lieu de fortifier leur constitution, comme la pratique du jardinage, par exemple, tend à la compromettre.

Les ateliers de menuiserie ne forment qu'un nombre restreint de bons ouvriers, et ne laissent cependant pas d'être très intéressants; les enfants s'y livrent à des exercices de force, d'adresse et d'intelligence, profitables à leur développement physique; ils s'y familiarisent avec l'emploi des instruments dont tout habitant de la campagne, maître ou valet, est appelé à faire fréquemment usage.

Le jardinage, quand il est sérieusement enseigné et qu'on y comprend la taille et la multiplication des arbres, convient fort bien à des jeunes gens qui, d'ordinaire nés au milieu des champs, sont appelés à y passer leur vie; la constitution lymphatique de la plupart d'entre eux trouverait un correctif utile dans le grand air et l'insolation.

Dans les écoles de Bourg, Besançon, Château-Farine, Albi et Chaumont, les élèves sont appliqués aux travaux de l'agriculture proprement dite. Cette profession est celle qui convient, entre toutes, aux sourds de naissance; il m'a été donné de constater que la moitié des établissements ouverts aux jeunes garçons s'efforcent d'entrer dans cette voie.

Un assez grand nombre d'autres professions sont enseignées exceptionnellement dans plusieurs localités: la reliure à Saint-Étienne, Lyon et Rouen; l'art du tourneur à Caen, Soissons et Saint-Étienne; la fabrication des sabots, métier qui s'exerce plus particulièrement à la campagne, prospère à Nogent-le-Rotrou, à Chaumont et à Orléans; la serrurerie, la vannerie, la ganterie, la passementerie, la lithographie, la peinture, l'imprimerie, la sculpture, le tissage des étoffes, voire même la confiserie, sont enseignées à quelques élèves de certains établissements, soit à l'intérieur pour les professions dont l'outillage est simple, soit à l'extérieur, dans le cas contraire. — L'apprentissage hors de l'établissement exige une surveillance très active; il offre peu de dangers dans les localités non manufacturières et à population restreinte. Les écoles de Nancy et d'Aurillac sont celles où se pratique avec succès ce mode d'apprentissage.

L'instruction professionnelle des filles n'a été trouvée nulle que dans 3 institutions, et très faible dans 1 seule ; elle est suffisante dans 28 et bien soignée dans 10 (Soissons, Caen, Besançon, Saint-Etienne, le Puy, Laval, Nancy, Auray, Lille, Larnay).

La couture, le ravaudage du linge, la broderie, le repassage, sont des travaux auxquels les jeunes filles sont appliquées à peu près dans tous les établissements. Dans la moitié, le tricot est enseigné aux plus jeunes ; dans un pareil nombre de maisons, les soins du ménage, l'ordre, la propreté et même la cuisine ne restent pas étrangers aux plus âgées. Suivant le degré d'adresse et d'intelligence dont elles sont douées ; suivant la position sociale des familles auxquelles elles appartiennent, les élèves sont ou ne sont pas appliquées à la taille des robes, à la lingerie, aux travaux de tapisserie, de broderie. Chaumont fabrique quelque peu de dentelle ; Brou pratique le tissage des étoffes de soie ; Rouen s'occupe de brochage ; Larnay ne néglige pas d'appliquer à certains travaux agricoles les filles nées à la campagne et qui doivent y retourner. Ce qui se fait à Larnay mérite toute approbation ; il en est autrement du tissage de la soie et des travaux préliminaires de la reliure : autant de sourdes-muettes jetées dans les ateliers, autant de filles perdues. Quant à la dentelle dont le travail se fait au sein de la famille, elle a l'inconvénient de fatiguer la vue, et la conservation de la vue doit être, pour ceux qui sont déjà privés de l'ouïe, l'objet d'une scrupuleuse attention.

Presque toutes les institutions où l'instruction professionnelle est convenablement soignée, s'occupent du placement des ouvriers qu'elles ont formés. Partout les orphelines et les jeunes filles délaissées sont l'objet d'une tendre sollicitude ; les hospices, pensions, noviciats, auxquels certaines écoles sont annexées, gardent à demeure un assez grand nombre d'entre elles. L'école de Larnay est organisée de façon à pouvoir utiliser toutes les muettes qui y ont fait leur éducation, et que leurs parents ne réclament pas. L'école de Lyon a donné naissance à un asile-ouvroir, qui s'en est détaché et qui compte en ce moment 50 sourdes-muettes. Il existe deux autres asiles, l'un à Paris où se trouvent réunies 32 jeunes filles, et l'autre, à Bordeaux, qui en compte une quarantaine. En fait d'établissements analogues pour les garçons, je ne connais que les ouvroirs de Saint-Étienne et du Puy dont j'ai déjà parlé ; mais je dois faire remarquer que les sourds-muets ne s'attachent pas volontiers d'une manière définitive à des maisons de ce genre. Capables ou non, tous ambitionnent les fonctions de professeur.

Les asiles-ouvroirs ne devraient-ils pas être visités comme établissements hospitaliers ?

Que deviennent dans le monde, les sourds-muets des deux sexes élevés dans les institutions départementales ? De quelle utilité leur est la profession manuelle qu'ils ont apprise ? Les chefs d'établissement n'ont pu fournir sur ces divers points que des renseignements fort incomplets. Une enquête serait nécessaire pour éclairer l'Administration.

Statistique générale.

La mission qui m'a été confiée a pour but, non seulement de constater la situation des écoles de sourds-muets et de rechercher les moyens d'y améliorer l'enseignement, mais encore de reconnaître si ces écoles peuvent suffire aux besoins de la population. Dans sa sollicitude pour les classes souffrantes, le Gouvernement voudrait

qu'aucun des malheureux privés de l'ouïe et de la parole
dès le berceau ne restât sans éducation ; il n'en est
cependant pas ainsi. La France compte environ 25,000
sourds-muets,* dont 4,000 de cinq à quinze ans, réunissant les conditions d'aptitude pour être admis, les uns
au nombre de 1,200 dans les écoles primaires, les autres
au nombre de 2,800 dans les institutions spéciales ; il en
est aujourd'hui, parmi ces derniers, 550 environ qui,
faute de ressources, restent privés de toute éducation
morale et religieuse.

Voici les faits et les raisonnements qui autorisent ces
assertions : 8 institutions croient suffire à la population
des départements où elles sont situées ; ce sont celles
d'Albi, Caen, Laval, Marseille et Nancy, pour les deux
sexes, Orléans et Nantes pour les garçons, Larnay pour
les jeunes filles. — 19 institutions ne peuvent accueillir
qu'une assez faible partie des demandes qui leur sont
adressées ; ce sont celles de Bourg et Brou (Ain), Grenoble et Vizille (Isère), Gap et Embrun (Hautes-Alpes),
le Puy (garçons) et le Puy (filles) (Haute-Loire), Rhodez
(Aveyron), Cahors (Lot), Aurillac (Cantal), Auray (Mor-
bihan), Besançon (Doubs), Clermont (Puy-de-Dôme),
Toulouse (Haute-Garonne), Fontainebleau (Seine-et-
Marne), Montpellier (Hérault), Avignon (Vaucluse),
Déols (Indre). — Les autres, au nombre de 25, ignorent
dans quelle mesure elles répondent aux besoins des
régions où elles sont situées.

Pour suppléer à l'insuffisance évidente des renseignements recueillis dans le cours de l'inspection, nous
devons forcément avoir recours aux données de la statistique générale.

En 1851, pour la première fois, mention spéciale des
sourds-muets fut faite dans le recensement officiel de la

---

* Il ne faut pas perdre de vue que ce Rapport a été rédigé en
1868, c'est-à-dire avant la perte de nos provinces de l'Est.

population, et le travail accusa l'existence de 29,512 de ces malheureux. Ce chiffre parut exagéré ; on supposa que, dans diverses localités, les administrations communales avaient inscrit, parmi les cas de surdité compliquée de mutisme, les cas de surdité simple. De nouvelles instructions furent données en conséquence à l'époque du recensement de 1856 : elles eurent pour résultat de faire descendre le chiffre de 29,512 à 21,654. Le recensement de 1861 s'étant opéré après l'annexion de Nice et de la Savoie, le chiffre de 21,654 aurait dû se grossir des sourds-muets de ces contrées, au nombre de 1,441, et être ainsi porté à 23,095... ; il ne fut cependant porté qu'à 21,956 ; sous l'apparence d'un chiffre plus élevé, il s'était en réalité encore opéré une réduction nouvelle. Enfin, par l'effet d'une diminution difficile à expliquer, le recensement officiel de 1866 est arrivé à ne constater l'existence que de 21,214 sourds-muets. A six années d'intervalle, est-il possible que le nombre des sourds-muets ait doublé dans certaines localités et se soit réduit de moitié dans d'autres ? Nous voyons cependant, en 1861 et en 1866 :

La Gironde accuser d'abord 309 sourds-muets, et puis 607
Le Nord — 139 — 575
Le Finistère — 147 — 279
Le Gers — 128 — 40
L'Aisne — 455 — 282

De telles variations dans les résultats rendent forcément suspectes les données de la statistique.

Le chiffre qui se rapproche le plus de la vérité n'est pas celui de telle ou telle année, mais bien celui qui donne la moyenne générale de 1851 à 1866 :

Le premier recensement (1851) accusa 29,512 sourds-muets
Le second — (1856) — 21,654 —
Le troisième — (1861) — 21,956 —
Le quatrième — (1866) — 21,214 —
94,336

Les deux premiers recensements ne tinrent pas compte des sourds-muets de Nice et de la Savoie ; il faut donc ajouter à chacune des années 1851 et 1856 le chiffre de 1,441, qui représente le nombre connu aujourd'hui des sourds-muets des pays annexés ; le chiffre de 94,336 se trouve ainsi porté à 97,218, dont le quart est de 24,304. Le nombre des sourds-muets en France est, en chiffres ronds, de 25,000, c'est-à-dire de 1 sur 1,468 habitants pour une population de 36,692,000 âmes ayant dépassé l'âge de deux ans.*

L'éducation et l'instruction de ces pauvres déshérités ne peuvent être utilement commencées avant qu'ils aient atteint la fin de leur cinquième année, ni après qu'ils ont quinze ans révolus ; c'est donc parmi les 6,537,320 personnes de cinq à quinze ans, dont la statistique constate l'existence, que se trouvent les sujets dont nous avons particulièrement à nous occuper. D'après le rapport que nous avons trouvé plus haut, le nombre de ceux qui sont en âge de fréquenter les écoles est de 4,458 ; mais comme dans ce chiffre les idiots et autres incapables figurent pour un dixième, le nombre des sourds-muets qui réunissent les conditions exigées pour être admis dans les écoles se trouve réduit à 4,000. La durée du cours d'instruction dans les institutions spéciales doit servir de point de départ pour la répartition de ces 4,000 sujets entre les institutions spéciales et les écoles primaires ; il a été établi qu'elle est en moyenne de six ans et quelques mois ; supposons-la de sept années, pour tenir compte du séjour plus prolongé qu'y font les pensionnaires et les élèves qui obtiennent des prorogations de bourses ; dès lors nous devons attribuer

---

* Il y avait lieu de retrancher, comme je l'ai fait, de l'effectif total de la population, les enfants âgés de moins de deux ans, puisque les cas de surdité qui existent dans leurs rangs ne sont pas encore connus.

aux écoles primaires 1,200 et aux institutions spéciales 2,800 sujets. Or, il est constant que les institutions subventionnées par l'État instruisent 355 élèves et les institutions non subventionnées 1,897, soit un total de 2,252 enfants sur les 2,800 qui devraient y être reçus. Ce n'est donc pas plusieurs milliers de sourds-muets, réunissant les conditions d'âge et d'aptitude pour être admis dans les écoles, qui restent privés de toute instruction, comme se complaisent à le publier des esprits chagrins ou superficiels, mais seulement 550 environ. Il suffirait que chacun des établissements existants pût admettre et entretenir chaque année deux élèves de plus pour que, dans un avenir prochain, on ne vît plus en France un seul sourd-muet adulte étranger à toute notion de morale religieuse.

Conclusions générales.

La liberté illimitée dont les institutions de sourds-muets ont joui jusqu'à ces derniers temps a facilité la création d'un grand nombre d'établissements qui, s'ils ne répondent pas entièrement aux légitimes exigences de l'Administration, ne laissent pas que d'opérer beaucoup de bien à l'aide de faibles ressources. Les personnes honorables placées à la tête de ces établissements appellent de leurs vœux une organisation d'ensemble qui fasse profiter chacun de l'expérience de tous, éclaire la marche des études et facilite l'amélioration des autres parties du service. Aussi nonobstant les immunités que la loi accorde aux écoles libres, l'Administration n'éprouvera, à une ou deux exceptions près, de résistance nulle part, si tout en imposant certaines obligations, elle tient compte de la nature, du caractère et des ressources de chaque établissement.

Voici les moyens qui, d'après moi, seraient les plus propres à combler les lacunes, à réprimer les abus, à

rectifier les fausses tendances qui égarent ou retardent
l'éducation et l'instruction des sourds de naissance.

La majeure partie des institutions n'a pas de règlement. Faut-il leur en imposer un ? Je ne le pense pas ;
mieux vaudrait proposer un modèle, et laisser à
chacune la latitude d'y introduire des modifications
justifiées par les conditions particulières de son existence. Ce projet présenterait comme obligatoire : la
tenue régulière d'un registre-matricule conforme à
celui qui est tenu dans les institutions nationales, — la
production d'un programme de l'enseignement et de
l'emploi des heures de la journée, — la fixation de
la durée des cours d'instruction, — celle des vacances
annuelles, — les limites d'âge minimum et maximum
pour l'admission des élèves, — la séparation complète
entre les élèves des deux sexes dans les institutions
autorisées à les recevoir, — une comptabilité régulière
pour les établissements reconnus d'utilité publique et
pour ceux qui appartiennent aux départements, —
l'enseignement d'une profession manuelle choisie de
telle sorte que le sourd-muet se trouve rattaché à sa
famille ou tout au moins au village natal, — la mise en
tableau de toutes les leçons de principes, pour les faire
lire et relire, répéter et répéter encore, — la trans-
cription par les élèves de ces mêmes leçons dans leurs
cahiers.

De même qu'il serait proposé un règlement susceptible de modifications partielles, je voudrais que l'Administration donnât un programme modèle qui, après
avoir été au besoin modifié par les chefs d'école,
recevrait l'approbation de l'Autorité, et, comme le
règlement, deviendrait dès lors obligatoire : — la
méthode intuitive y serait recommandée, mais non

prescrite ; — l'emploi des signes méthodiques formellement interdit ; — la dactylologie espagnole recommandée de préférence à tout autre écriture volante ; — la parole et les exercices d'audition seraient exigés pour les demi-sourds et les sujets atteints de surdité après avoir déjà su parler. Quelle que soit la méthode adoptée, le programme devrait, en outre, indiquer : 1° les matières de l'enseignement ; — 2° les services que l'école attend du langage naturel des signes ; — 3° les exercices à employer pour développer chez les élèves la mémoire des mots écrits, pour cultiver en eux la mémoire des idées, l'attention, le jugement, la réflexion, le raisonnement, l'imagination ; — 4° le parti que l'instituteur se propose de tirer du dessin ; — 5° les années durant lesquelles les élèves doivent être appliqués en commun à des études actives dirigées par les maîtres et, à leur défaut, par des moniteurs, en attendant qu'ils soient en état de s'appliquer à l'étude méditative ; — 6° l'époque à laquelle ils doivent commencer à apprendre le catéchisme ; — 7° le temps durant lequel ils doivent recevoir des leçons d'écriture, je veux dire de calligraphie.

Ce règlement et ce programme auraient pour effet de régulariser le fonctionnement des diverses parties du service et de faire disparaître des lacunes et des abus. Ce serait beaucoup sans doute ; mais, pour qu'il fût possible à toutes les institutions de s'élever et de se maintenir à la hauteur de leur mission, il faudrait de plus :

1° Parer, s'il est possible, à l'insuffisance des ressources dont elles disposent ;

2° Étendre, fortifier et encourager le Corps enseignant ;

3° Combattre les causes qui nuisent au progrès des études ;

4° Organiser, pour chaque école, une surveillance active s'exerçant à la fois de près et de haut ;

5° Pousser au perfectionnement du langage des signes.

— Les secours que le Ministère de l'intérieur accorde aux institutions paraissent bien minimes à ceux qui, comme moi, connaissent l'étendue de leurs besoins. Ne serait-il pas possible d'en augmenter le chiffre et de faire en sorte que ces secours profitassent également aux écoles qui s'efforcent d'attirer sur elles l'attention publique, et à celles qui, plus modestes, font le bien, gardent le silence et vivent dans une extrême pénurie ?

— Comment fortifier le Corps enseignant ? Quant au nombre des professeurs, là où la nécessité d'une augmentation de personnel s'est fait sentir, la persuasion sera, je crois, le seul moyen à mettre en usage, aussi longtemps que les budgets de l'État et des départements seront dans l'impossibilité de parer à l'insuffisance de ressources des écoles. Quant à la capacité, à l'instruction spéciale, il conviendrait d'abord d'éveiller l'attention des évêques, des préfets et des supérieurs généraux des Congrégations sur les conditions d'aptitude que doivent réunir les préposés à l'enseignement ; puis sur les inconvénients graves qu'entraînent des mutations fréquentes dans le personnel des maîtres. Il faudrait ensuite offrir à tous les établissements de grandes facilités pour faire initier au langage naturel des signes, à la théorie et à la pratique de la méthode intuitive, les sujets destinés au professorat.

Dans plusieurs départements, des circulaires émanées des Ministères de l'intérieur et de l'instruction publique ont été mal comprises ; on a cru à tort que le Gouvernement avait l'intention non d'associer, mais de substituer, pour l'instruction des sourds-muets, les écoles primaires aux écoles spéciales; c'est une erreur qu'il importe de dissiper.

Enfin, il serait à la fois équitable et nécessaire d'assimiler les instituteurs publics de sourds-muets aux autres instituteurs, pour l'exonération du service militaire, et de décerner, à des époques déterminées, des médailles d'honneur aux plus méritants.

— Parmi les causes diverses qui retardent l'instruction des sourds-muets, j'ai signalé :

1° L'absence de livres élémentaires à mettre entre les mains des élèves.....

En 1833, l'institution de Paris provoquait la rédaction de livres appropriés aux besoins de ses élèves : renouveler le concours et appeler tous les instituteurs de sourds-muets à y prendre part.

2° L'hébétement dans lequel l'isolement et l'abandon jettent ces malheureux durant la première enfance.....

Persister dans l'emploi des moyens dont il a été fait usage, pour obtenir que les sujets de cinq à neuf ans soient admis dans les écoles primaires.

— Serait-ce céder à un sentiment de défiance que d'établir une Commission de surveillance dans chacune des localités où existent une ou plusieurs institutions ? Non, certes ; les établissements y gagneraient de l'importance, les instituteurs de la considération, les élèves de généreux protecteurs. Toutefois, l'expérience en est faite : il ne faut pas s'attendre à ce que les Commissions impriment l'impulsion à l'enseignement ; il est plutôt à craindre qu'elles n'en faussent la direction, si, pour procéder aux examens de fin d'année, elles n'ont en main une instruction qui les prémunisse à la fois contre leur propre inexpérience et contre l'emploi toujours facile de moyens frauduleux pour dissimuler l'inanité des résultats. Chaque Commission devrait être composée de six membres renouvelables par moitié, de trois ans en trois ans ; en feraient partie l'inspecteur d'académie ou l'inspecteur des écoles primaires, le maire ou un adjoint, le curé, un magistrat, un membre du Conseil général et un médecin.

L'action de l'inspecteur général produira tout le bien qu'en attend l'Administration centrale, quand elle s'exercera au moins une fois l'an dans chaque établissement ; la tâche est trop lourde pour un seul fonctionnaire.

— La plupart de ceux qui ont prétendu améliorer le langage naturel des signes l'ont faussé, et chaque jour des praticiens peu expérimentés cèdent à la routine et le dénaturent de plus en plus.

Où trouver le remède ? Dans les recommandations à adresser aux instituteurs, dans la publication d'une sorte de grammaire des signes où la construction de ce singulier langage serait ramenée à ses vrais principes et appuyée par de nombreux exemples, enfin, dans un cours théorique et pratique qui serait professé dans les écoles de Paris et de Bordeaux.

Le sujet est loin d'être épuisé ; il resterait à examiner, entre autres points, si à l'avenir le premier venu aura, comme par le passé, la facilité d'ouvrir une institution de sourds-muets sans avoir prouvé que ses mœurs sont bonnes, qu'il possède une instruction suffisante, et qu'il est familiarisé avec les théories et les pratiques de l'enseignement.

Serait-on fondé à rendre applicable aux institutions spéciales de sourds-muets la législation qui régit l'instruction primaire ? Je le crois ; mais il faudrait s'attendre à voir ces institutions, qui déjà sont pour les quatre cinquièmes aux mains des Congrégations religieuses, achever d'échapper aux mains laïques ; et comme, à mon sens, il serait peu sage en ce moment de rien faire qui fût de nature, soit à affaiblir l'élan de la charité,

soit à monopoliser, au profit de telle ou telle classe de
la société, l'instruction des sourds de naissance, la
mesure doit être ajournée.

Dans un autre ordre de faits, il y aurait à étudier si
l'organisation des institutions nationales dont le but est
principalement de servir de modèles, est en rapport avec
leur destination.

L'institution nationale de Bordeaux s'est jusqu'à présent refusée à servir d'école normale ; l'institution
nationale de Paris reçoit il est vrai des aspirants, et fait
professer un cours public normal qui, chaque année,
dure quelques semaines. Or, un instituteur de sourds-
muets ne s'improvise pas plus qu'un médecin ou qu'un
avocat ; pour le former, il faut au moins une couple
d'années : ce cours est donc insuffisant quant à la durée ;
d'autre part, les aspirants ou élèves-maîtres admis dans
cette institution sont tous laïques, et les écoles laïques
pour les garçons, au nombre de 8 ou 10, comptent tout
au plus huit professeurs parlants.

L'institution de Paris tend donc à former des maîtres
qui, hors de son sein, ne trouveront que difficilement à
se placer, et elle ne forme pas, pour les écoles tenues
par des Congrégations religieuses, les sujets dont elles
ont grand besoin.

Lorsque, après avoir rapproché le nombre des sourds-
muets instruits dans les institutions de l'État du nombre
de ceux élevés dans les écoles des départements, on a
reconnu que les premiers représentent tout au plus le
sixième du nombre total (355 sur 2,252), et que cependant
ils occasionnent une dépense annuelle de 371,000 fr.,
soit en chiffres ronds 1,045 fr. par tête, tandis que les
cinq autres sixièmes dépensent seulement 693,000 fr, ou
446 fr. par tête d'interne payant, on demeure convaincu
que l'éducation et l'instruction des sourds-muets ont

bien plus à attendre des écoles départementales et des écoles libres que des institutions de l'Etat. On est, en outre, forcé de reconnaître que, pour améliorer et généraliser en France l'éducation des sourds-muets, il est indispensable de modifier le fonctionnement des institutions subventionnées par l'État et de mettre plus d'unité, plus d'harmonie dans la haute direction de toutes les institutions qui poursuivent le même but humanitaire.

FIN

TABLE DES MATIÈRES

DEUXIÈME PARTIE

Enseignement de la parole. — Sourds incomplets

Articles

TROISIÈME PARTIE

Etudes sur le langage des signes

QUATRIÈME PARTIE

Ebauches. Articles divers

CINQUIÈME PARTIE

Notes et Rapports

FIN DE LA TABLE

ERRATA